Edua

Franzisca Hernandez und Frai Franzisco Ortiz

SALZWASSER VERLAG

Eduard Boehmer

Franzisca Hernandez und Frai Franzisco Ortiz

Unveränderter Nachdruck der Originalausgabe von 1865.

1. Auflage 2022 | ISBN: 978-3-37500-974-8

Verlag: Salzwasser Verlag GmbH, Zeilweg 44, 60439 Frankfurt, Deutschland
Vertretungsberechtigt: E. Roepke, Zeilweg 44, 60439 Frankfurt, Deutschland
Druck: Books on Demand GmbH, In de Tarpen 42, 22848 Norderstedt, Deutschland

Franzisca Hernandez und Frai Franzisco Ortiz.

Anfänge reformatorischer Bewegungen in Spanien unter Kaiser Karl V.

Aus Originalacten des Inquisitionstribunals zu Toledo

dargestellt

von

Eduard Boehmer.

Mit einem Blatt Facsimile.

Leipzig, H. Haessel.

MDCCCLXV.

Die Quelle der nachfolgenden Erzählung ist ein Band der von Dr. Gotthold Heine auf einer Reise in Spanien erworbenen Manuscripte, deren Benutzung mir dessen Bruder, seit dem 1848 erfolgten Tode des Sammlers der Besitzer jenes Schatzes, Hr. Dr. Eduard Heine, Professor der Mathematik an der Universität Halle-Wittenberg, auf das Liberalste gestattet hat. Anderes aus jenen Handschriften habe ich bereits in der »Deutschen Zeitschrift für christliche Wissenschaft und christliches Leben,« Berlin 1861 October und November, mitgetheilt.

Diese meine Arbeit ist jetzt gedruckt worden, wie sie vor freilich noch immer nicht neun Jahren, nachdem ich mit dem Gegenstande ganz vertraut geworden, aus einem Gusse entstanden war, und später nur mit einigen Nachweisen und Bemerkungen, mit ein paar Nebenausführungen und einem Anhange vermehrt ist.

Halle a. S., September 1865.

E. B.

Auch in Spanien wirkte der Schlag, den Luther in Wittenberg gegen den kirchlichen Schlendrian führte. Auch dort begann eine frische Bewegung sich zu regen, wenngleich anfänglich im Gegensatz zu dem nicht verstandenen Anstoss im fernen Deutschland; allmälig fand sie ihre eigenthümliche Bahn, und die Gleichgestimmten sammelten sich im Stillen zu kleinen Gemeinden. Es ist bekannt, wie König Philipp dieser Entwicklung auf Jahrhunderte Einhalt that. Der Kaiser hatte ihm noch aus Yuste geschrieben, er selbst würde sein Kloster verlassen und Hand ans Werk legen, wenn er nicht dem guten Willen und der Faust seines Sohnes vertraute. Die Hartnäckigen müsse man lebendig verbrennen, den Reuigen die Köpfe abschlagen. Die Scheiterhaufen von Sevilla und Valladolid bezeichnen die beiden Brennpunkte reformatorischen Lebens auf der Halbinsel. 1559 fing man an, peinliches Gericht zu halten, und Valladolid kam zuerst an die Reihe. Bei dem dortigen Maifest des heiligen Amtes der Inquisition war Eine Familie besonders glänzend vertreten, die Cazalla's: eine Mutter mit fünf Kindern. Dª Leonor de Vibero, Gemahlin des königlichen Finanzdirectors Cazalla in Valladolid, war bereits verstorben, als ihr der Prozess als Beschützerin der Lutheraner gemacht ward: ihre Ueberreste wurden aus der Familiengruft in der Kirche genommen und mussten jetzt ins Feuer. Zwei Söhne von ihr, Augustin, einst Hofprediger des Kaisers, den er nach Deutschland begleitet hatte, und Franzisco, gleichfalls Priester, ebenso deren Schwester Beatriz wurden erdrosselt und verbrannt; ein gleiches Ende fand mit ihnen der treue Hüter der heimlichen Ketzerversammlungen im Hause Leonorens. Eine andere Tochter und ein dritter Sohn derselben wurden zu lebenslänglichem Kerker verdammt, ebendazu dessen Weib und der Beatriz Magd. Im Octoberauto desselben Jahres wurde daselbst noch ein Sohn Leonorens nachgeholt, auch er ein Priester; er ward garotirt, sein Diener endete standhaft in den Flammen. Das elterliche Haus der Cazalla's war schon im Mai niedergerissen und dem Boden gleichgemacht, eine Schandsäule auf jenem Platz verkündete das Verbrechen der ausgerotteten Bewohner. Erst vor einigen Jahren ist sie weggeschafft, und der Ort, der bis dahin Gasse der Cazallainschrift genannt wurde, heisst jetzt Strasse Dr. Cazalla's.

In das Innere dieses Hauses nun führen uns spanische Inquisitionsacten ein, die im Original in meinen Händen sind; in eine Zeit, da die Kinder Leonorens noch jung waren, die ein solches Ende nahmen. Es wohnte dort bei ihnen ein wunderbares Mädchen, von der in Büchern Nichts geschrieben steht, die aber gar wichtig gewesen ist für die spanische Kirche, in deren Geschichte Franzisca Hernandez eine schöne Ehrenstelle verdient. Man könnte sich versucht fühlen, auch was über sie zu erzählen ist, bei allen den köstlichen Herrlichkeiten zu lassen, die in der Stille vorgehen und im Verborgenen bleiben, so dass die Nachwelt niemals mehr davon erfährt als höchstens was sie aus sichtbaren Folgen, wenn sie nicht zu stumpfsinnig ist, vermuthen kann. Denn wenig des Grossen, das geschieht, wird in den Schriften der Gelehrten verzeichnet. Es werden gewaltige Schlachten geschlagen, stolze Siege erfochten, weitgreifende Eroberungen gemacht, von denen kein Wort verlautet; Millionen schöner Blüthen weht der Sturm weg. *O quam multarum egregia opera in obscuro iacent,* schrieb der Philosoph von Corduba an seine Mutter. Doch zu Nutz und Frommen von ein paar Lesern hat der Erzähler sichs nicht verdriessen lassen, aus vergilbten Acten ein Bild jener Spanierin und ihres Kreises herzustellen. Er glaubt, dass sie im Buch des Lebens steht, mögt ihr sie in Arturi a Monasterio *Sacrum Gynaeceum* oder in Feustkings ketzerisch *Begeistertes Frauenzimmer* verweisen.

Wir finden Franzisca Hernandez zuerst in Salamanca, in dessen Nachbarschaft ihr Geburtsort lag[1], um 1520. In zarter Jugend war sie im Begriff gewesen, Nonne zu werden[2]; sie führte nun aber in der Welt das Leben einer Art von freiwilliger Laienschwester, ähnlich den sogenannten Beaten, auch in nonnenartiger

---

[1] *El lugarito de Canillas.* Ausser einigen andern Ortschaften dieses Namens in Spanien liegen deren zwei *in partido i obispado de Salamanca, cuarto de Baños, als Canillas de arriba und Canillas de abajo* unterschieden, jedes von beiden vier jetzige *leguas* von jener Hauptstadt.

[2] Wodurch sie daran verhindert wurde, wissen wir nicht. Nur das lesen wir bei ihrem Lobredner: die schlechte Absicht dessen, der sie davon zurückgehalten ins Kloster zu gehen, habe Gott zum Besten gewendet.

Kleidung, doch ohne ein Gelübde abzulegen. Ihr Unterhalt muss durch ein kleines Vermögen ausreichend gesichert gewesen sein. Franziska war ein ebenso schlichtes als geistvolles Mädchen. Sie selbst hatte sich ohne Lehrer genügende Kenntniss des Lateinischen angeeignet, um die Bibel in der Kirchensprache lesen zu können. Es galt damals nicht für so unweiblich als es jetzt erscheint, dass Frauen Lateinisch und auch Griechisch lernten, und Königin Isabella die Katholische war ihrer Zeit nicht die einzige gelehrte Frau in Spanien. Ihre Lehrerin, Dª Beatriz de Galindo, die 1535 starb, nannte man *la latina*. Dª Franzisca de Lebrija, die Tochter des berühmten Philologen Antonio, dozirte Rhetorik an der Hochschule Alcalá, Dª Luzia de Medrano, sagt man, die Klassiker zu Salamanca[1]. Maria Pacheco, gleichfalls durch ihre Studien be-

[1] Luis Vives, der berühmte Valenzianer, empfiehlt in seinem 1524 erschienenen Buch *de institutione feminae Christianae* das Studium von griechischen und lateinischen Classikern und Patres auch dem weiblichen Geschlecht und zählt eine Reihe wissenschaftlich ausgezeichneter Frauen verschiedener Zeiten auf. In dem vier Jahre später herausgegebenen Buche *de officio mariti* sagt er (Op. ed. Mayans. IV. p. 321); *fuerunt et sunt non paucae robustiore ac virili magis pectore quam virorum plerique*, und bald darauf (p. 322): *nec aetati nostrae voluit Christus deesse exemplum, multum etiam ad posteros mansurum, quod praebet Catharina Hispana* (Isabellens der Katholischen Tochter), *Britanniae regina, Henrici octavi uxor*, deren starken Geist er dann weiter rühmt. Er schäme sich vor sich selbst, wenn er auf diese in so schweren Bedrängnissen so tapfre Frau hinblicke. Ihr hatte er jenes vorhergenannte frühere Buch zugeeignet. Catharina hat unter Anderm Meditationen über die Psalmen geschrieben. — Erasmus schreibt im März 1529 an Juan Vergara (epist. 1032): *Habemus Angliae reginam, foeminam egregie doctam cuius filia Maria scribit bene Latinas epistolas . . . Caesaris germana, Maria* (die Königin von Ungarn und Statthalterin der Niederlande), *Latinos codices habet in deliciis; cui nuper scripsi Viduam Christianam* (op. t. V). *Id efflagitarat a me quidam ecclesiastes illi carissimus. Scena rerum humanarum invertitur; monachi literas nesciunt et foeminae libris indulgent.* — Nicht vorübergehn wollen wir an dem Zeugniss, das der Sevillaner Pero Mejia in jener Zeit den Frauen ausstellte, in seiner *Silva de varia leczion* (*liber et editio albis corvis rarior*, wie in meinem, nunmehr in die Hallesche Universitätsbibliothek übergegangenen Exemplar eingeschrieben steht, einem der Ausgabe v. 1548; die erste erschien 1542. Das Buch ist dem Kaiser gewidmet). Viele Männer, sagt er (1,10), machen sich damit breit, dass sie die Weiber heruntermachen, indem sie dieselben als unvollkommen und schwach tadeln und über ihre Leichtfertigkeit und andre Schwächen reden, die, wenn sie jenen zustossen, sicherlich viel mehr bei den Männern zu Hause sind. Denn die Wahrheit ist, dass in jeder Art von Tugenden die Weiber uns Männern den Rang ablaufen oder mindestens uns gleichkommen; so in der Liebe, so in der Treue, und so in Wohlthätigkeit, so in Hingebung, Anhänglichkeit, Sanftmuth, Milde, Barmherzigkeit und so in allen übrigen Tugenden, die wir aufsuchen mögen. Und gab und gibt es bei ihnen einige Uebel oder Sünden, so gibt und gab es viel grössere in den Männern, und ist dies so offen-

rühmt, hat später grösseren Ruhm erlangt als Gemahlin und Witwe des tapferen Kämpfers für die von Kaiser Karl angetasteten Freiheiten Castiliens, des Juan de Padilla, nach dessen Niederlage und Enthauptung sie die Vertheidigung Toledo's noch ein halbes Jahr fortsetzte, bis im October 1521 diese letzte Feste der castilischen Comuneros fiel.[1]

Auch Franzisca Hernandez Bedeutung liegt durchaus nicht vorzugsweise in ihrem Latein, von welchem Erasmus nicht viel gehalten haben würde; sie lag in dem überwältigenden Einfluss, durch den sie empfängliche Gemüther von der gewohnten starren Aeusserlichkeit losmachte und zu geistlicher Freiheit und wahrer Frömmigkeit heranzog. Besonders mit dem Franziscanerorden trat sie in vielseitige Beziehungen. Sie selbst stand ja der dritten Regel des heiligen Franziscus sehr nahe, nach welcher einerseits Männer, andrerseits Frauen, ohne die Verhältnisse in denen sie lebten zu verlassen, sich in losere Genossenschaften zusammenthaten. Durch diese Einrichtung der Tertiarier wurzelten die Franziscaner, wie kein anderer Orden, in der bürgerlichen Gesellschaft und im Familienleben und blieben offener für jede Anregung von aussen. Die Franziscaner zeigen durch ihre ganze Geschichte ein reiches Gemüthsleben, neben mönchischer Ueberreiztheit die herr-

---

bar, dass man keine Beispiele dafür anzuführen braucht. Nur in einer Sache, fährt er fort, schienen die Männer etwas vorauszuhaben, nämlich in den Waffen, aber, damit man sehe, dass selbst hierin die Weiber es uns gleichthun und uns sogar übertreffen könnten, seien grosse Waffenthaten von Weibern ausgeführt worden. Da es zu lang sein würde, viele davon zu berichten, so möge es genügen, dass er nur Eine Geschichte erzähle, — die der Amazonen. *La Amazona Cristiana* ist der Titel einer Dichtung von 1619 auf die heilige Therese. — Von Alvaro de Luna erschien 1546 ein Buch *de las claras mujeres Hebreas, Jentiles i Cristianas*. Ferner: Juan Perez de Moya: *Varia historia de santas i ilustres mujeres en todo jenero de virtudes*. Madrid 1583. [A. S. Peregrinus] *Hispaniae bibliotheca*. Francof. 1608. p. 340. sq. über gelehrte Frauen. In der *epistola dedicatoria* seines Buches sagt er: *matronas Hispaniae eruditas subiecimus quae ut viragines sunt et reliquarum gentium foeminis compositae viros potius alacritate dixeris, ita plures etiam quam ulla natio doctas foeminas Hispania protulit.* (Beiläufig weise ich auf eine interessante versprengte Notiz über eine gelehrte Spanierin in einem Brief von Arnisaeus – gewiss Henning A., der philosophische Arzt — in *Commerc. lit. clar. vir. e museo R. A. Noltenii.* 1737. p. 44. [wo *at* statt *aut* paulo zu lesen]).

[1] Ueber diesen politischen Horizont der Anfangszeit der von uns darzustellenden Geschichte vgl. die treffliche Skizze (von Hermann Baumgarten) in Haym's Preussischen Jahrbüchern 1859. Bd. 3. Heft 1. Spanien unter den Habsburgern I. Weiter unten werden wir einiges Einschlagende zum Behuf der Charakterisirung des Admirals von Castilien, des einen der damaligen Vizekönige, zu sagen haben.

lichste göttliche Liebesfülle; in diesem Orden wurde das Dies irae und das Stabat mater gedichtet. In Salamanca lebte damals ein Franziscanerguardian Pater de Sahagun. Viele Jahre war er Novizenmeister gewesen, ein Amt, das man nur den bewährtesten anzuvertrauen pflegte. Dieser nun schickte der Franzisca so viele Mönche zu, als er irgend konnte; es kam vor, dass zehn bis zwölf zugleich bei ihr waren. Tadel darüber konnte nicht fehlen. Aber er sagte, indem er auf die umgewandelten Sitten (*reformados costumbres*) der Mönche hinwies, die mit ihr verkehrten: Was wollt ihr, dass ich thun soll? Ich darf sagen, was Christus dem Johannes sagen liess: Blinde sehen, Lahme gehen. Man sagte, sie brauche Jemand nur anzusehen, um sein Herz zu erkennen[1]. Mit schnellem geistlichen Blick wusste sie die, welche zu ihr kamen, zu durchschauen und dann mit sicherem Tact sich so zu ihnen zu stellen, wie es heilsam war. Dabei war sie aber von einer grossartigen Naivetät. Einmal fiel sie ein paar Mönchen, denen sie sich freute zu begegnen, draussen ohne weiteres um den Hals, und als die ehrbaren Herrn Confratres sagten: Aber Schwester, so auf offener Strasse sich zu umarmen! da meinte sie in aller Unschuld: Nun, Jesus, was ist denn dabei? Zumal in Spanien musste ein derartiger Verstoss gegen die Förmlichkeit sehr auffällig werden, und den Studenten von Salamanca war so etwas natürlich ein Hauptspass. Ohne Zweifel war sie damals noch recht jung; unsere Acten sind nicht so indiscret, ihr Geburtsjahr auch nur von fern zu verrathen.

Endlich glaubte die stets wachsame Inquisition, welcher der Kaiser jetzt besondere Sorgsamkeit eingeschärft hatte[2], nicht länger zusehen zu dürfen, und Franzisca ward nach Valladolid vorgeladen. Aber sie wusste eben so einfach als gewandt alle Künste der Verhörenden abzuwehren. So fragte man sie: Es heisst, dass Ihr die Seelen unterscheiden könnt, ob sie zum Fegfeuer oder zum Himmel

[1] Vgl. was über Catharina's von Siena durchdringenden Scharfblick ihr Beichtvater Raimund sagt, *Acta Sanctor.* April. t. 3. p. 891.

[2] Die Instruction für die Vizekönige vom Herbst 1520 siehe bei Quevedo in seiner Ausgabe von Juan Maldonado's *Movimiento de España*, Madrid 1840, S. 311 - 313. Im April 1521 hatte der Generalinquisitor befohlen, die Schriften von Luther, die sich in Mancher Händen befanden, dem h. Amt auszuliefern, ein Befehl, der 1523 wiederholt werden musste. A. de Castro *hist. d. l. protest Españ.* 1851. p. 85. In einem Schreiben gleichfalls vom April 1521 fordert er den Kaiser auf, jenen pestilenzialischen Ketzer zu bestrafen oder dem Papst auszuliefern. Gachard *Correspond. de Charles V. et d'Adrien VI.* 1859. p. 245.

oder zur Hölle gehen —? worauf sie antwortete: Wenn ich Jemand sehr schlecht leben sah und den schlechten Ruf hörte, in dem er stand, so weinte ich über ihn bei seinem Tode. Man lachte, und sagte, das sei ganz gut. Der Grossinquisitor, Cardinal Adrian, der damals in der Abwesenheit des Kaisers zugleich Regent war [1], ging ihren Prozess durch, urtheilte aber, es liege nichts Erhebliches gegen sie vor, das dem Glauben präjudicire. Man scheint ihr indessen eine Art Nonnengelübde nebst den obligaten Pönitenzen auferlegt und sie gewissermassen unter Polizeiaufsicht gestellt zu haben. Auch dies war Adrian geneigt zu verhindern, hätte sie sich nicht, seiner Meinung nach, zu heiter gezeigt, als sie vor ihm stand. Darein konnte sich dieser strenge Mann, der von hervorstechender Ernsthaftigkeit war, ein aufrichtiger, aber wenig beweglicher Holländer, durchaus nicht finden. Er äusserte nachher: sie habe so muntre Augen, und so viel Lachen gezieme nicht einer Dienerin Gottes. Dies war der ganze Grund, weshalb er zu ihrem Richter sagte: Herr Inquisitor, thut was gerecht ist. So blieb es denn bei jenem Urtheil. Einer aber, der in ihrem Prozess mitzureden gehabt, Name und Stellung wird nicht angegeben, kam nach ihrer Verurtheilung zu ihr, und seine ersten Worte waren: Wir haben uns also geirrt, Señora. Mir ist Alles recht, antwortete sie (*a mi todo me está bien*), aber Gott haben Rechenschaft zu geben, die Dies gethan. Er verabschiedete sich in Unruhe, indem er sichtlich wünschte, das Geschehene wieder gut zu machen, aber der Tod nahm ihn sehr bald danach hinweg. Diese Verurtheilung Franzisca's scheint gegen Ende 1521 stattgefunden zu haben. Seit jener Zeit blieb sie in Valladolid und ist vermuthlich gleich zu Anfang in das Haus Cazalla's gezogen, wo sie eine Wohnung von mehreren Zimmern inne hatte.

Valladolid in Altcastilien war damals die schönste und freundlichste Stadt von ganz Spanien. Selbst in des Sevillaners Pedro de Medina Beschreibung der Merkwürdigkeiten der Halbinsel

[1] Als Generalinquisitor von Aragon und Navarra schon 1516 päpstlich bestätigt, wurde Adrian (inzwischen 1517 Cardinal geworden) im März 1518 auch zum Nachfolger des verstorbenen Cardinals Jimenez als Generalinquisitor von Castilien und Leon bestätigt. Gouverneur von Castilien, Leon u. s. w. ward er im Mai 1520. Im September desselben Jahres wurde er von Brüssel aus bevollmächtigt, während der Abwesenheit des Kaisers alle Inquisitoren und andern Inquisitorialbeamten zu ernennen. Gachard *Correspond. de Charles V. et d'Adrien VI.* p. 235 f. Im October 1521 übertrug Adrian, durch die Staatsregierung zu sehr in Anspruch genommen, das Präsidium des h. Amts der Inquisition dem Dominicanergeneral. Das. p. 41.

(*Grandezas i cosas notables de España*, neue Bearbeitung von Diego Perez de Messa, Prof. der Mathem. an der Univ. Alcalá, gedruckt Alcalá 1595, fol. 230 f.) lesen wir: es ist eine bezaubernde Stadt, so dass sie jedweden Fremden, der hinkommt, so fesselt, dass Niemand wieder fortmöchte, und Jeder sagt, es sei die angenehmste und gemüthlichste (*apazible*), die er gesehen habe, und Alle loben Valladolid mehr als ihre eigenen Städte, ohne dass auch nur Einer dieser gemeinsamen Stimme Aller, die dagewesen, widerspräche. (Auch Navagero, der venezianische Gesandte, der 1527 dort verweilte, ist ihres Lobes voll, wenngleich nicht so überschwenglich. Op. Patav. 383 f.) Vom ersten Schritt an, den man hineinthue, mache sie den Eindruck einer Residenz, so breit seien die Strassen, so prächtig die Häuser mit den geschmackvollen Balkonen; in der Umgebung die reizendsten Parkanlagen, von Wasser durchschnitten, wo man an Sommerabenden unter Musik Kühlung fand. Der fruchtbare Boden lieferte Baumfrüchte und Getreide aller Art, die saftigsten Birnen der Halbinsel, einen vortrefflichen Wein und so vielen dass er gewöhnlich billiger war als in ganz Spanien — man liess oft älteren (hoffentlich schlechteren) ausfliessen, um Platz für den neuen zu haben. Mit den ausgesuchtesten Fischen jeder Art und mit den besten Fleischwaaren war man stets aufs reichlichste versorgt. Die Würstchen von Valladolid waren die schmackhaftesten des gesammten Königreichs. Man brauchte dort weder Valenzia um seine Confituren und Conserven zu beneiden, noch Granada um seine Seidenstoffe — die Valladolider Damenmäntel waren durch ihre schöne und saubere Arbeit berühmt; noch auch, sagt der redselige Erzähler, irgend einen andern Ort, um irgend etwas Andres. Selbst die Winterkälte konnte hier nicht so empfindlich wirken, als an manchem andern Punkt gleichen Klima's, denn an Kohlen und Holz gab es die Menge; die Stadt besass grosse Fichtenwaldungen. Die Valladolider waren urbane, höfliche, feingebildete Leute, anspruchslos, mildherzig, fromm, würdevoll ohne Beigeschmack von Anmaasslichkeit oder Hochmuth. Es waltete dort ein klarer und sanfter Geist, man hatte viel Sinn und Begabung für Poesie, das Castilisch von Valladolid gehörte zu dem Besten, das man hören konnte. Interesse und Verständniss für Wissenschaft wurde durch die dortige Universität (die mit der von Salamanca um das höhere Alter stritt) stets rege gehalten. In solcher Umgebung also lebte nun Franzisca in ihrer Zurückgezogenheit still und zufrieden.

Etwa zwei Jahre nach jener Begegnung mit ihr sass Adrian in Rom, am späten Abend seines Lebens und voll Sorge. Er sass im Vatican, denn er hatte inzwischen das Unglück gehabt, — so sah er selbst es an, — Papst zu werden. Den Römern, die den Mediceer noch in frischester Erinnerung trugen, war der langweilige Moralprofessor auf der Cathedra Petri verhasst, weder Katholiken noch Protestanten hatte er es recht gemacht. Er dachte wehmüthig an die schönen Tage wo er in Löwen Vorlesungen hielt und wo sein Schüler Karl auch noch nicht der grosse Kaiser war; dann an die Zeiten von Spanien, die mit allen Comuneros und Ketzern doch noch lange nicht so dornenvoll gewesen waren als die römische Tiara. Er hatte gerade damals, im September 1523, sich einen Nachfolger im spanischen Generalinquisitoriat zu setzen, den schon zu Anfang des vergangenen Jahres von ihm unter Andern vorgeschlagenen, jetzt endlich vom Kaiser für jenen Posten und zugleich für den Erzbischofsitz Sevilla erwählten Bischof von Córdova, Alonso Manrique.[1] Da trat ihm nun das Bild der Franzisca Hernandez vor die Seele. Der Blick der Spanierin, der ihm damals zu lachend erschienen war, jetzt lachte er ihn wie ein Sonnenblick an. Es hatte etwas so Sieghaftes darin gelegen, und dem alten Mann, der sich der gewaltigen Aufgabe eines Pontifex, die er gegen seine Neigung nur aus Pflichtgefühl übernommen, in jener kritischen Epoche nicht gewachsen fand, der überall Zerrüttung sah und nirgend Gottesfrieden, that es wohl, sich an der Erinnerung an jenes Mädchen zu erheben, das so unbefangen, so göttlich heiter vor dem gefürchteten Inquisitor dagestanden, der ihr Schicksal in Händen hielt. Seine aufrichtige Seele fühlte jetzt die Grösse, die ihm dort entgegengetreten war, und beugte sich vor ihr. Er beauftragte seinen Beichtvater, den Franziscaner Pater de Carmona, in seinem, des Papstes, Namen an Franzisca zu schreiben, und seine päpstliche Person und das Regiment der ganzen Kirche ihrer warmen Fürbitte zu empfehlen. Adrian war kein Phrasenmann und in jenem Auftrag lag gewiss seine ganze Seele. Und welche Ehrenbezeigung lag für Franzisca Hernandez in diesem doppelten Zeugniss des Generalinquisitors von Spanien und des Oberhauptes der katholischen Christenheit, und dazu eines so edlen Mannes wie Adrian

[1] Ueber diese Wahl s. Gachard a. a. O. p. 37. 38. 41. 54. 66. 75. 95. 193. Im März 1522 schreibt Adrian dem Kaiser, das Wohlergehen desselben, in Bezug sowohl auf die Seele als auf die Welt, hänge zum grössten Theil von der angemessenen Besetzung dieser Stelle ab.

war. Nur einmal hatte er sie gesehen, und seitdem war die Regierungslast der ganzen Kirche auf seine Schultern gefallen, und doch hatte er sie nicht vergessen. Aber auch nicht diesen Auftrag sollte er ausgeführt sehen; kurz darauf starb er, am 14. September 1523, nach einem Pontificat von nur zwanzig Monaten, und der Beichtvater glaubte nun nicht, den Brief noch absenden zu sollen, erzählte davon aber nachher in Valladolid, wo er im Franziscanerkloster verweilte. Pater de Carmona, nachher noch Confessor des Bischofs von Segovia, war kein gelehrter Mann, aber in einem solchen Bericht über eine Thatsache, wie jener Auftrag, ein Zeuge, der nicht zu beanstanden war, *testis omni exceptione maior* — so nennt ihn Franzisco Ortiz, der mit ihm verkehrte und von dem wir jetzt mehr zu reden haben.

In demselben Sommer 1523 nämlich knüpfte sich zwischen Franzisca Hernandez und einem Mönch Franzisco Ortiz ein geistliches Band, welches für sie beide und für Spanien von hoher Wichtigkeit wurde. Ortiz, damals in der Mitte seiner zwanziger Jahre, gebürtig aus Toledo, war ein hochbegabter Mann, zarten und kräftigen Gemüthes, gründlich gelehrt, ein ausgezeichneter Redner, und vor allem ein lautrer Charakter. Auch er gehörte dem Orden der Franziscaner an und zwar den Observanten. Von Franzisca Hernandez vernahm er zuerst in Alcalá. Dort hörte er einen Pater Frai Juan de Espejo erzählen, viele treue Mönche sollten von quälenden körperlichen Leiden dadurch vollständig befreit worden sein, dass sie Gürtel trugen, die sie in Glauben und Demuth von der gesegneten Franzisca Hernandez erbeten, die gar hoch stehe in übermenschlicher Einsicht und dabei ein Kind sei an Treuherzigkeit und Taubeneinfalt und Reinheit. Dies Wort versiegelte Ortiz, wie er selbst sagt, in seinem Herzen, und sehnte sich, ihr auch sein Leid zu klagen und wo möglich für ein mehrjähriges Uebel Heilung zu finden. Im Sommer 23, wie gesagt, kam er nach Valladolid. Er war auf der Rückreise von Burgos, wo zu Pfingsten das Generalcapitel des Ordens und dabei die Wahl eines neuen Generals stattgefunden hatte. In Valladolid beschäftigte er sich mit Predigen, sein Hauptwunsch aber war, Franzisca zu sprechen. Sie war jedoch nicht mehr so zugänglich für Besuche, wie in Salamanca, sondern im Gegentheil äusserst zurückhaltend, worin sie lediglich ihrem Wunsche folgte. Sieben Tage erschien Ortiz in ihrer Wohnung, täglich zweimal, Morgens und Abends, — er wurde niemals angenommen. Man sagte ihr, es sei ein grosser Prediger, der schon im Generalcapitel zu reden gehabt (*habia tenido conclusiones*). Sie antwortete: wenn er ein guter Prediger ist, so gehe er auf die Kanzel. Endlich aber, nach einer Woche, öffnete sich ihm die Thür. Franzisca empfing ihn mit den Worten: Ihr könnt Euch versichert halten, dass Ihr durch die Hand Gottes hereinkommt. Er blieb fünf Stunden bei ihr und erfuhr dabei, wie er sagt, so reiche Gnadenerweise Gottes, dass er sie nicht verdient haben würde, wäre er auch hundert Meilen weit auf den Knien herbeigekommen.

Franzisca gab ihm eine rauhe Schnur, die er nun um den Leib geschlungen trug, und sein Leiden verliess ihn. Ich ward geheilt, sagt er sechs Jahre später, wie das Weib durch Berührung des Saumes Christi, wie die Kranken, die der Schatten des heiligen Petrus streifte [Apostelgesch. 5, 15]; er erinnert auch an einen Studenten, der dadurch, dass er dem heiligen Dominicus die Hand geküsst, von Fleischesversuchung befreit worden sei.

Der Tag von Ortiz erster Bekanntschaft mit Franzisca war der 22. Juni, dies Datum blieb ihm unvergesslich. Die Ankunft des Kaisers in Valladolid, die am Tage zuvor stattgefunden hatte, wird kaum seine Aufmerksamkeit erregt haben.

Es war eine selige Zeit für ihn. Wenn die irdische Liebe ihren unnennbaren Zauber hat, zumal unter Spaniens Sonne, wie viel wunderbarer und hinreissender ist die himmlische Liebe, die in der ersten Wonnezeit schwelgt, im Triumph über die Welt, die da unten ihr zu Füssen liegt. Wer dann im Vollgefühl der göttlichen Freiheit nicht an alle die Schranken denkt, welche die mit Recht so genannte gute Sitte für die Durchschnittsverhältnisse der Menschen festhält, der kann dem nicht entgehen, dass er in Worten oder Schritten den moralischen Ceremonienmeistern Anstoss gibt. Wir verstehen, was Ortiz sagt, dass seit demselben Tage, an welchem er bei Franzisca Zutritt fand, seine Brüder durch den Neid des Teufels begannen ihn zu verfolgen.

Gleich nach den ersten Tagen seines Verkehrs mit Franzisca, zu der er nun häufig kam, erlebte er ein Beispiel ihrer, man könnte sagen, instinctiven moralischen Kritik, und sah, wie entschieden ihr hoher Charakter das sittlich Niedrige abstiess, so dass sie durch die aufdringliche Nähe einer gemeinen Natur selbst körperlich leidend affizirt werden konnte. Sein Begleiter auf dieser Reise — denn der h. Franziscus verordnete nach dem Vorbild der ersten Apostelaussendung, dass seine Mönche immer zu zweien wandeln sollten —

war Frai Antonio de Burgos, in den dreissigern, auch er Priester, der Bruder eines Canonicus von S. Yuste in Alcalá. Mit Frai Antonio befand sich Ortiz eines Morgens bei Franzisca, als jener, ein fleischlich gesinnter Mensch, ein unehrbares Gelüsten in sich aufkommen liess. Zu seiner eigenen Verwunderung, wie er selbst nachher berichtete, sah Franzisca was in ihm vorging, und bekam sofort Ohnmachtanfalle, die an acht Stunden dauerten; dazwischen rief sie herzzerreissende *ai, ai, ai!* [1] Als die Andern assen, konnte sie keinen Bissen hinunterbringen; sie spürte, wie sie nachher sagte, förmlich einen widerlichen Geruch, der von jenem Menschen auszugehen schien, und konnte nicht am Tische aushalten. Wiederholt fragte Ortiz, ob er mit seiner Lauheit diesen ihren Zustand verschuldet habe; sie verneinte es. Gegen fünf Uhr Abends fühlte mit einmal Frai Antonio einen so furchtbaren leiblichen Schmerz, wie nie zuvor in seinem Leben; er ging auf und ab, ohne Ruhe finden zu können. Sein Herz war noch ungebrochen; judasartig fragte er endlich: Señora, bin ich der Grund? Da richtete sich die ganz Erschöpfte mit erschreckender Kraft von ihrem Lager auf und sagte mit furchtbarem Blick: Ja, ihr seid's! Von Entsetzen getroffen fiel Jener auf die Kniee. Sie aber redete nun mit solcher Strenge und solchem Nachdrucke zu ihm, dass der arme Sünder zitternd den Gefährten um seine Vermittlung bat. Ortiz selbst fühlte sich durch den Eindruck der Majestät Gottes, die sich in dieser seiner Verlobten offenbarte, gleichfalls niedergezwungen auf die Kniee und küsste den Boden, wo sie stand. Franzisca sagte zu ihm, er solle aufstehn, er aber rief aus: O Señora, wenn die Türken gesehen hätten, was ich gesehen, so würden sie hier niederknien. Sie erwiederte, er solle sich nicht wundern über die Thaten Gottes (*no se habia de maravillar de las obras de dios*), und hiess Jenen sofort bei Ortiz beichten. Als er dies gethan, ermahnte sie ihn noch eindringlicher, sein Leben zu ändern. Und so, sagt Ortiz, ward aus einem leichtfertigen Menschen ein treuer Diener Jesu Christi; so erkannte sie, nicht aus Neugier, sondern zur Bekehrung, die Herzen.

Gleich nachdem Ortiz zuerst Zutritt bei Franzisca erhalten hatte, sprach er über sie mit seinem in Valladolid anwesenden, vor

[1] Vgl. einen ähnlichen Fall bei Wienholt, *Heilkraft des Magnetismus*, Th. 3. Abth. 3. 1806. S. 305—8. — Ferner Raimund über Catharina von Siena, *Acta Sanctor.* April. t. 3. p. 891. §. 153. Auch von Filippo Neri erzählt man, er habe Sünden gegen das sechste Gebot riechen können.

ein paar Wochen in Burgos gewählten Ordensgeneral, Frai Franzisco de los Anjeles (ein Graf Luna, nachher Cardinal S. Crucis). Derselbe besuchte sie und sagte, als er einige Tage mit ihr verkehrt hatte, voll Begeisterung zu Ortiz: obgleich er Spanien und Italien durchreist sei, so habe er doch nie eine ähnliche Person wie Franzisca Hernandez gefunden, und da Ortiz ihn um Erlaubniss bat, sie weiter zu besuchen, sagte er: täglich müsse er hingehn. Er gab Ortiz einen Freibrief, wonach keiner von seinen, des Generals, Untergebenen ihm, Ortiz, den Verkehr mit Franzisca Hernandez verbieten solle. Später kam er eigens nach Valladolid, um ihre Meinung zu hören über eine Reise nach Rom, die er beabsichtigte.

Vielleicht war dies die Reise, von welcher ihm der Kaiser durch einen Brief vom 20. Februar 1525 unter Hinweis auf Nachstellungen, die ihm bereitet würden, abzuhalten suchte. *Nihilominus*, sagt Lucas Wadding, der Geschichtschreiber des Franziscanerordens (*Annal.* od. cec t. XVt. p. 205), *ille abire decrevit, spretis periculis maris et terrae insidiis, itineris incommodis et Caesaris posthibitis mandatis.* Vielleicht war es zugleich eigens um die dort anwesende Magdalena de la Cruz, aus dem Franziscanerkloster zu Cordova, aufzusuchen, die als Heilige und Prophetin galt, und unter Anderm auch den Cardinalshut für ihn vorhergesagt haben soll (Llorente *hist. crit. de l'inquisition d'Espagne.* sec. éd. Paris 1818. chap. 16. art. 4. §. 2. 3. Wir kommen weiter unten gelegentlich auf Mgd. de la C. zurück.)

Franzisco de Quiñones, Sohn des ersten Grafen von Luna (Alonso Lopez de Haro: *Nobiliario genealogico de los reyes y titulos de España.* Madrid 1622. t. 1. p. 424), geb. 1475, wurde durch Juan de la Puebla, den Stifter der Custodia, dann seit 1517 Provinzia, de los Anjeles, in diese streng regulirte Abtheilung des Franziscanerordens aufgenommen (Fray Andres de Guadalupe *Historia de la santa provincia de los Angeles de la regular observancia y orden de nuestro seraf. p. san Franc.* Madrid 1662. Folio. Die Lebensbeschreibung des Quiñones, über den auch sonst hie und da in dem Werk die Rede ist, nimmt p. 219—267 ein). Leo X. bevollmächtigte ihn 1521 als Missionar für America, und Clemens erneuerte 1526 das Diplom, auch bat Hernan Cortés brieflich mehrmals den Kaiser, ihm den Quiñon zu schicken, doch wurde dieser durch den ihm Pfingsten 1526 übertragenen ultramontanen Generalcommissariat, der ihn auch nach Köln und Antwerpen führte, dann durch das Generalministerium, als dies ihm gerade zwei Jahre später zufiel, dann auch durch den Auftrag verhindert, im Namen des Papstes die Friedensunterhandlungen mit dem Kaiser zu leiten (Vgl. Pagi *Breviarium* t. V. 1748. p. 592 sq. 612). An Cortés, der auch an ihn selbst geschrieben, sandte Quiñon 1523 dreizehn Mönche seines Ordens. Als Unterhändler, und zwar im Sinne der Königlichen, die die Bewegung der Comuneros zu unterdrücken suchten, begegnet uns Frai Franzisco de los Anjeles schon 1521 (Sandoval *hist. d. emperad. Carlos.* 8, 38. 47). Es war am Ende 1526, dass er für den Papst nach Spanien zum Kaiser reiste, von welchem er unter Anderm die Nachricht zurückbrachte, derselbe wolle zum Empfang der imperialen Insignien mit 5000 Mann nach Italien kommen und dann von dort aus nach Deutschland gehen, *ad Lutherum sine ulla novi concilii oecumenici indictione comprimendum.* Der General wusste den Papst von dem Wohlwollen und der Friedensliebe des Kaisers zu überzeugen, und wirkte brieflich auch beim französischen Könige zur Versöhnung, damit die Waffen aller Christenmächte sich einträchtig gegen die Türken wenden könnten (Raynald. a. 1527. n. 3. 6. 7. 11. Pagi p. 593). Am 27. März 1527 wurde er aufs neue vom Papst an den Kaiser gesandt (Rayn. n. 12). Nachdem dann die Einnahme von Rom durch das Heer Bourbons erfolgt war und der Papst sich drei Monate in Gefangenschaft befunden hatte, schickte der Kaiser am 3. August den Quiñon nach Rom, um den Befehl zur Freilassung zu überbringen (Guicciardini l. 18. Dass der General damals Beichtvater des Kaisers gewesen, Pagi. p. 612. 613, wollen die Worte des Jovius l. 25: *pietatis et probitatis nomine expiandis criminibus sibi delectum* doch wohl nicht besagen) und zugleich einen eigenhändigen Brief an den Papst, in welchem er denselben einlud, nach Spanien zu kommen, wo er auch, wenn es dann noch nöthig sei, als Friedensstifter auftreten könne zwischen dem Kaiser und dem König von Frankreich (*Lettere di principi*, Brief vom 9. Febr. 1528, in der Ausg. Venezia 1564 fol. 111.ᵇ. 114). Der Brief an den Papst selbst liess eine schleunigere Befreiung erwarten, als der an die Heerführer, der eine nicht eben unbedingte Anweisung enthielt (gedruckt auch bei Rayn. n. 29. Vgl. den Brief Castiglione's vom 10. Dez. 1527 in den *Lettere di principi* und bei Serassi 2, 148. 151). Als am 15. Octbr. der englische Gesandte darauf drang, Se. Heiligkeit nun endlich in Freiheit zu setzen, antwortete der Kaiser, *avere provveduto per il Generale* (nach Guicciardini, welcher dem letzteren nachsagt, er habe *per la cupidità di diventare cardinale* die zögernden kaiserlichen Räthe im Interesse des Papstes zum Abschluss gedrängt). Anfang Dezbr. endlich durfte der Papst das Castell S. Angelo verlassen. *Avendo ottenuto*, sagt Ruscelli, der Herausgeber der *Lettere di principi* (fol. 117ᵇ) von Quiñon, *la liberazion del papa etc.*, *e condotta la pace tra que' due principi* (Papst und Kaiser) *con grandissima speranza che si conducesse anche tra gli altri principi Cristiani*, *come alla fine si condusse, meritamente fu dalla gratitudine del pontefice esaltato alla dignità del cardinalato* (vgl. Pagi p. 612). Wie Wadding angibt, geschah dies 1528 in Viterbo, was auch Cardella (*memorie storiche de' Cardinali* t. 4. Rom 1793. p. 100 f.) für das Wahrscheinlichere hält, obgleich es bei Ciacconio (t. 3. 1677) ausdrücklich für irrig erklärt und dagegen behauptet wird, Quiñon sei am 7. Dezember 1527 zum Cardinal creirt, aber erst am 10. Januar 1529 als solcher publizirt worden, eine Angabe, der auch Pagi (p. 613) geneigt ist, Glauben zu schenken; Guadalupe sagt (p. 245), der Papst habe im Castell S. Angelo oder in Viterbo ihn 1527 creirt (in dem päpstlichen Schreiben vom 1. Dezember bei Guadalupe wird Q. noch nicht als Cardinal bezeichnet). Am 7. Dezember in aller Frühe hatte der Tags zuvor in Freiheit gesetzte Papst die Engelsburg verlassen (*documentos inéditos para l. hist. d. España*. 24, 484); wohl Abends spät, nachdem er in Orvieto angelangt, vollzog er jenen Act der Dankbarkeit gegen Quiñon. Dieser befand sich nicht beim Papste, der ihn (nach Rayn. n. 46) schon am Tage zuvor, also noch im Castell S. Angelo, mit einer Botschaft an den Kaiser betraut hatte; am 12. Dezember finden wir ihn noch in Rom (Guadalupe p. 244); Anfang Februar 1528 war am päpstlichen Hofe in Orvieto Nachricht von ihm eingetroffen, wonach er noch nicht wieder in Spanien war (*Lettere di principi* fol. 111ᵇ. 112); Ende April schreibt Jacopo Salviati an ihn aus Rom (das. fol. 117). Mit dem Datum 7. Dez. 27 für diese Cardinalcreirung stimmt, dass Quiñon auf seine Bitte durch den Papst, der ihm die diplomatischen Unterhandlungen schlechterdings nicht abnehmen wollte, am 1. Dez. 1527 der Ordensregierung entbunden wurde (Guadalupe gibt im *Registro* p. 18. hinter seiner Hist. das päpstl. Breve). Dem widerspricht nicht, dass in einem Brief aus Rom vom November 1528 (bei Molini *Documenti di storia Italiana. vol.* 2. *Firenze* 1837. p. 120. 121. 125) vom *Cardinal General de' Cordeglieri* die Rede ist; General heisst er als *ancien général*, Cardinal als designirt. Ebenso heisst er *il Reverendissimo Cardinale di santa Croce* in einem Briefe Salviati's aus Rom vom 22. Dezember 1528, und in einem andern desselben ebendaher vom 3. Januar 1529 (*Lett. di principi* fol. 118[a] und [b]. 120[b]); zwischen den Daten dieser beiden Briefe war er in Rom eingetroffen, wieder im Auftrag des Kaisers. Bei dieser seiner Anwesenheit also, scheint es, erhielt er den Hut und ward ihm im Consistorium der Mund geöffnet. Am 7. Mai erwähnt der Papst selbst in einem Briefe an den Kaiser des Cardinals S. Croce als Ueberbringers eines kaiserlichen Schreibens (*Lett. di princ.* f. 122[b]). Einer der drei Legaten, die der Papst in demselben Jahr 1529 dem Kaiser nach Genua entgegensandte, war dieser neue Cardinal (Jovius l. 27. Sepulveda *Antapol. c.* 19. Bei dieser Reise fiel er in die Gefangenschaft eines Abts, Varchi *Storie Fior.* l. 9). Auf desselben Antrieb geschrieben und ihm gewidmet ist Sepulveda's Buch *de ritu nuptiarum et dispensatione*, Rom 1531. Im J. 1534 ernannte ihn der Papst zum Protector des Franciscanerordens (Guadalupe p. 19 des *Registro*). Bei der Anwesenheit des Kaisers in Neapel 1535 und 36 finden wir ihn dort auf den beiden grossen Hochzeitfesten, dem der natürlichen Tochter des Kaisers und dem der Stieftochter der Giulia Gonzaga (Summonte *Hist. di Nap.* t. 4). 1536 zum Administrator von Ravello gesetzt, trat er schon im folgenden Jahre auch von dieser Stellung zurück. Unter Paul III. übernahm er noch einmal eine päpstliche Gesandtschaft an den Kaiser. Er starb in Campanien 1540. Wadding (p. 469) rühmt ihm unter Anderm nach: *parcissimus ei somnus, vestis vilis, cibus communis, abstinentia frequens, eam reddens causam: si carni vel parumper indulgeo, pudicitiae timeo iacturam.* Ruscelli sagt (*Lett. di princ.* f. 118): *tra l'altre singolari virtù sue fu gratissimo e liberalissimo premiatore de' buoni e amorevoli servitori, sì che niuno partì mai da' servigi suoi senza essere stato largamente, secondo la sua condizione, rimunerato, cosa tanto più degna di lode quanto ne' signori d'oggi è più rara e meno usitata.*

Im Auftrage Clemens VII. redigirte er ein neues Breviarium, welches unter dessen Nachfolger Paul III., an den sich die Vorrede wendet, in Rom 1536 erschien. *Ex quo apparet,* heisst es bei Ciacconio, *quanto in pretio et sapientiae fama fuerit apud Romanos pontifices, maxime vero apud Clementem cardinalis iste cui soli tanti ponderis negotium, quod novam divini cultus formam per universum orbem Christianum respiciebat, commisit.* Er selbst sagt: *Illud ante omnia visum nobis est in consuetudinem revocare ut scriptura sacra maxime omnium toto anno, et omnes psalmi singulis septimanis perlegerentur.* Das kleine Officium der heiligen Jungfrau liess er aus, ohne übrigens deren Verehrung, für die noch gesorgt bleibe, zu nahe treten zu wollen; *et profecto quorundam psalmorum gravem plerisque repetitionem omitti non tam molestum esse virgini matri credi par est quam gratum illud quod clerici ad ipsius filii Jesu Christi divinum cultum commodissima et expedita ratione alliciantur.* Ueberhaupt habe er, dahin geht ein von Wadding mitgetheiltes *iudicium auctoris consultationis de reformandis horis canonicis*, seine Arbeit so geschickt ausgeführt *ut istud officium, licet universa quae necessaria sunt, atque etiam amplius quam illud quo nunc utimur, contineret, multo tamen brevius atque compendiosius esset.* Nach der römischen Ausgabe erschienen bis 1563 drei Venezianische, bis 1557 neun in Frankreich. Die Pariser Theologen verfassten zwar schon 1535 *Notae censurariae sacrae Facultatis in sacrum Quignonis breviarium,* in welchem ihnen anstössig war, dass der Vf. gegen so alte Tradition, so viele Sachen weglasse *tanquam ut inquit nec ad pietatem nec ad cognitionem s. scripturae magnopere conducant*, doch hatte dieses Gutachten keinen Erfolg. Im Jahr 1574 erklärte dieselbe Facultät gegen Maldonats heftige Invectiven gegen das Brevier: *Quignonis breviarium sedes Romana approbavit et dicere proposuit auctoritate Pauli III., Julii III. et Pauli IV. in quos omnes redundant contumeliae dictae in Quignonium.* Und dies erklärte sie, obgleich Pius V. den Gebrauch des Breviers, der übrigens nie allgemein obligatorisch, sondern besonders nur, wie wenigstens berichtet wird, *ecclesiasticis in saeculo viventibus* gestattet war, 1568 gänzlich abgeschafft hatte *ne quicquam innovaretur.* Wadding sagt in seinen *Scriptores Ord. Minor.* Rom 1650: *plerique doluerunt breviarium hoc fuisse suppressum atque alii etiamnum cuperent restitutum.* Vgl. *Lettres choisies* de M. (Richard) Simon, nouvelle édit. t. I. Amsterd. 1730. lettre 27. vom Jahr 1685. S. 239 f. D'Argentré *Collect. iudicior.* t. I. 1728. *index sentent.* p. IX. *Thesaur. sacror. rituum a Gavanto concinn., adiectis observation. et addit. Merati.* t. 2. pars 1. Romae 1738. p. 27—30. Nur die Anm. hieraus, unter dem Titel *Merati observat. et addit. ad Gavanti comm. in Rubricas.* t. 2. pars 1. Augustae Vindel. 1740. p. 10—13. — S. auch Joan. a S. Antonio *Bibliotheca universa Franciscana.* Madrid t. I. 1732. p. 429. Auch Nic. Antonio *Bibliotheca.* — Ein Brief von Sadolet an Quiñon aus dem Jahre 1539 steht in des ersteren Opera t. 2. 1738. p. 60. sq.

Hören wir von Ortiz selbst, worin ihm das Epochemachende seiner Bekanntschaft mit Franzisca lag. Nicht scholastische Lehre lernte ich bei ihr — auf die hatte ich die meiste Zeit meines Lebens in Alcalá verwendet und darf ich sagen, sowohl in der h. Theologie als in den freien Künsten hatte ich viele meiner Coaetanen überflügelt; sondern bei ihr bekam ich den innerlichen Geschmack der wahren Weisheit. Nachdem ich das erste Mal etwa zwanzig Tage mit ihr verkehrt hatte, da konnte ich sagen, ich habe mehr Weisheit in Valladolid gelernt, als wenn ich zwanzig Jahre in Paris studirt hätte, denn nicht Paris, sondern das Paradies vermochte jene Weisheit zu lehren[1] Die Vorsehung Gottes, sagt er wiederum, die den serafischen Vater in die Welt sandte, um eine neue Lebensweise einzurichten, dessen Orden nicht einmal ein einziges Buch als Eigenthum besitzen darf, dieselbe göttliche Vorsehung schickte in diese elenden Zeiten ihre gesegnete Franzisca, um die Nachlässigen, die, nicht durch Schuld ihrer Regel, in Aeusserlichkeiten versunken waren, daraus aufzuwecken. Sie soll der ganzen Kirche

---

[1] Jacovone da Todi singt, indem er sich lustig macht über die scholastischen Definitionen: »So wie es ist, so ists (über diesen Gemeinplatz, kommt ihr, will er sagen, mit allen euren Begriffsbestimmungen nicht hinaus), Frömmigkeit gibts nicht (an die denkt ihr nicht). Paris ist bei uns in schlechtes Ansehn gekommen, da es uns Assisi zerstört hat, indem sie es mit ihrer Lectorei auf schlechten Weg gebracht haben.« *Cantici,* Roma 1558, cant. 31:

Tale qual e tal e	Das ist: Tale qual è, tal è,
non ce religione.	religione non c'è.
Mal vedemmo parisci	
cane destructi ascisi	cane = c'ha ne
con la lor lectoria	
messo lo en mala via.	

helfen durch die Gunst ihrer angenehmen Gebete und köstlichen Verdienste mittels jenes Einflusses, den der h. Geist, der Lebengeber des ganzen mystischen Leibes des Erlösers, tief verborgen auf wunderbare Weise übt von den einen Gliedern zu den andern hin, und soll durch ihre Worte voll Wahrheit und ihre tugendsamen Werke Strahlen der Klarheit allen denen geben, die aufrichtiges Herzens und demüthiges Sinnes wohl vorbereitet mit ihr verkehren. Man frage ihn, bemerkt er ein andermal, ob es denn nicht andre Heiligere gebe? Er antworte: möglich, dass Gott in den Winkeln seiner Kirche andre, viel Heiligere hat, aber ich habe keine heiligere Person gesehen und hätte auch keine Lust auszugehen, eine solche zu suchen. Früher suchte ich alle Personen in meiner Provinz, die im Ruf geistlicher Gesinnung standen, eifrigst auf, um von ihnen im rechten Weg unterwiesen zu werden, und fand da keine Ruhe; seit dem ersten Male aber, dass ich diese gesehen, fesselte sie mein ganzes Herz, und Gott gab mir die Einsicht, dass ich keine grössere Wahrheit unter dem Himmel finden könne, als die ich aus ihrem Mund vernahm. Indem Gott mir sie zur vertrauten Herrin und Mutter gab, scheint er mir ein Unterpfand des ewigen Lebens gegeben zu haben, und kann ich sagen: mit ihr sind mir alle Güter auf einmal zugefallen [Weish. 7, 16].

In die Zeit des ersten Freudenrausches wird auch die Vision gehören, die er später erzählt. Er befand sich äusserlich entfernt von ihr an einem Orte, wo sie menschlicherweise schlechterdings nicht gegenwärtig sein konnte — wahrscheinlich im Franziscanerkloster zu Valladolid. Da sah er sie im Wachen mit seinen leiblichen Augen vor sich erhoben über die Erde. Wunderschön stand sie dicht vor ihm und betrachtete ihn mit sanften, gütigen Blicken, als wenn sie über ihn wache. Er war erstarrt vor Staunen und Entzücken. Als er endlich auf dem gewöhnlichen Wege zu ihr gegangen war und ihr das Vorgefallene erzählte, und bat, ihn oft so aufzusuchen, da antwortete sie: denkt darauf, die Wahrheit zu suchen, und in der Wahrheit bleibt und lasst die Bilder (*que pasase a buscar la verdad i parase en la verdad, dejadas las figuras*). Gott habe dies gethan, um ihn fühlen zu lassen, dass er ihr die Sorge für sein Seelenheil aufgetragen und dass keine leibliche Entfernung sie hindern könne, im Herzen bei ihm zu sein. Gewiss eine weise Antwort. Ortiz sagte später, er glaube, Franzisca habe nichts von jener Erscheinung gewusst, bis er ihr davon erzählte; ihr Engel sei es gewesen, der ihm jenes süsse Bild in die Luft gemalt.

Von Valladolid kehrte Ortiz nach Alcalá zurück. Er floss über von Lob der Franzisca Hernandez. Ich sage Euch, äusserte er zu Alonso de Frias, ich glaube, Gott hat sie zur Verwirrung aller Gelehrten der Welt gemacht. Ein andermal sagte er: was er bis dahin gepredigt, sei Spielerei gewesen und Narretheidinge (*burla, locura*), von nun an wolle er sich an die Herzen wenden. Niemals noch war ihm die Zeit so schnell vergangen, als jetzt in Alcalá. Die Tage, obwohl es Juli war, verliefen ihm aufs kürzeste. Die Gnadenerweise, die er in seiner Zelle empfing, zu der er frische Liebe mitgebracht hatte, und die ihn in seinem Vertrauen zu jener Gottesdienerin bestärkten, liessen ihn aus vollem Herzen so viel Lobeserhebungen derselben aussprechen, dass Andre sie für übertrieben hielten. Man sagte, seine neue Predigtweise bestehe in fast unverständlichen Spiritualitäten über eine gewisse Liebe Gottes. Vierzig Tage nach seiner Rückkehr befiel ihn ein heftiges Fieber.

Noch im Spätsommer desselben Jahres 1523 finden wir ihn in Pastrana, einem durch Alterthum namhaften Oertchen, wenige Stunden von Alcalá. Es liegt von Höhen umgeben unter freundlichen Olivenpflanzungen und Weingärten. Dort dozirte er den Mönchen Logik. Pastrana war einer der Sammelpunkte der sogenannten Alumbrados, der »Erleuchteten«, die seit kurzem von sich reden machten. Es war damals seit einigen Jahren im Königreich Toledo eine Zeit aufrichtigen Suchens frommer Seelen nach dem rechten Wege zu Gott, im Gefühl der Unzulänglichkeit der gewöhnlichen Priesterlehre, welche den Herzen keinen Frieden gab. Ein Pastraner, Franzisco Jimenez de S. Domingo machte Bekanntschaft mit einigen Franziscanermönchen aus Zifuentes, die er dann in ihrem Kloster besuchte, — dies geschah 1522; besonders war es ein Pater Frai Diego de Barreda, der dort grossen Eindruck auf ihn machte. Auch ein Frai Antonio de Pastrana war damals mit ihnen zusammen. Man sagte, es seien Dinge unter ihnen gesprochen worden wie diese: man solle sich keine Gewalt anthun zum Gebet, sondern sich Gott unterwerfen, der, was er wolle, gebe. Kämen einem dabei Gedanken, so solle man sich nicht an sie kehren, denn unser Herr erlaube, dass sie kämen, um die Seele zu reinigen (*purgar*), doch unter einer Bedingung, nämlich, dass der Wille nicht einwillige (*consintiese en ellos*). Von diesem Besuch in Zifuentes habe Jimenez, hiess es, das Reden über die Gelassenheit (*dejamiento = laxamentum*) nach Pastrana mitgebracht, welche ein bessrer Weg sei, dem Herrn zu dienen, als die Sammlung (*recojimiento = recueillement*). Er äusserte einmal, er halte es für Versuchung, an Gott zu denken und wünsche nicht, an Gott zu denken, — natürlich in jenem Zusammenhang. Der Zeuge, der dies berichtet, Nicolas de Enbid, sprach sein Befremden darüber aus, worauf Jimenez erwiederte: wundert Euch nicht, denn der Teufel, wenn er etwas sehr Gutes stören will, hindert es durch etwas andres Gutes, um das Bessre zu stören. Ein dritter Ort, an welchem sich eine gleiche Bewegung zeigte, war Guadalajara, wo als Hauptperson Pero Ruiz Alcaraz erscheint. Guadalajara, wo die Mendoza mit königlichem Glanze residirten, liegt etwa zehn (geogr.) Meilen nordöstlich von Madrid, jetzt in zwei Stunden von dort erreichbar; etwa auf halbem Wege liegt Alcalá. Zifuentes ist etwa acht Meilen nordöstlich sowohl von Guadalajara als von Pastrana entfernt, welches letztere etwa fünf Meilen östlich von Alcalá liegt. In Pastrana gaben sich einmal de Barreda und Alcaraz eine Zusammenkunft, nach Pastrana wandert auch Ortiz. Besondere Umstände begünstigten wohl an diesem Ort einen ungehinderten Verkehr. Als diejenigen, mit welchen Alcaraz dort vorzugsweise umging, werden ausser Franzisco Jimenez noch Gaspar de Vedoya und Alonso Lopez Sebastian genannt; in ihren Häusern pflegte er zu essen, sie rühmten ihn als einen grossen Diener des Herrn; wunderbar sei es zu sehn, wie er die heilige Schrift verstehe. Auch ein paar Baccalaureen, Juan Lopez und Jeronimo de Olivares, finden wir mit ihm zusammen. Der erstre erzählt, dass er bei Jimenez eines Tages Alcaraz, der mehr als einmal nach Pastrana herüberkam, und Franzisco Ortiz im Gespräch getroffen habe. »Sie disputirten,« sagt er, »über die Arten unserm Herrn zu dienen, man führte Schriftautoritäten an, und mir schien Ortiz dem andern viel zuzugeben.« Sie stimmten also, wie man sieht, nicht ganz überein, und dies geht auch aus der Zeugenaussage des Olivares über die Pastraner Zustände hervor. Wie alles bisher von uns über dieselben Gesagte auf inquisitionsgerichtlichen Aussagen aus dem Jahr 1525 beruht, so gehört auch die seinige in diese Zeit. Sie ist anziehend genug, um ausführlicher mitgetheilt zu werden; Einzelnes haben wir ihr bereits für das Vorstehende entnommen. Olivares ist *clericus presbyter*, im Jahre 1523 etwa 27 Jahre alt. Er habe, sagt er am 16. Februar in Pastrana selbst aus, sich mit Andern, ohne zu unterlassen, seine Horen und übrigen Devotionen herzusagen, doch mehr dem innern Gebet, der *oratio mentalis* zugewendet, die man Sammlung nenne; bei welcher die Sinne nicht zerstreut seien (*derramados los sentidos*), indem man jeden Gedanken von sich abzuwerfen suche und die Seele zur Ruhe (*quietud*) bringe [Quietismus], so dass sie in einen solchen Zustand komme, dass sie weder ihrer selbst noch Gottes gedenke (*se acordase*); denn, obwohl sie seiner in jener Ruhe nicht gedenke, sei das doch sehr gut und sei sie vereint (*unida*) mit Gott [unio mystica]. Und zu diesem Zweck, sagt er, knieten wir ein Weilchen und setzten uns dann in einen Winkel mit geschlossenen Augen [rechte Mystiker, *μεμυκότες τοὺς ὀφθαλμούς*], und blieben so eine gute Zeit lang. Zuweilen öffnete ich die Augen, damit die Vorübergehenden nicht Anstoss nähmen [sie übten dies Augenschliessen nämlich auch in der Kirche]. Und hiezu brachten uns Frai Francisco de Osuna, wohnhaft in la Sazeda, und Frai Cristobal und der Franziscaner Ortiz. Manche Tage thaten wir es nicht, denn Isabel de la Cruz und Alcaraz hatten es nicht gern. Und nachdem ich es in Gerson gelesen, sah ich, dass man dadurch Anstoss gebe; auch vorher schon sagte ich, man scandalisire die Leute, aber Ortiz sagte, das sei *scandalum passivum*, darum solle ich mich nicht bekümmern.

Schalten wir gleich einen andern Bericht ein nach einem zu den Acten genommenen Auszug über Alumbradossachen. Es heisst dort, Frai Fr. Ortiz habe sich ebenso geäussert wie Frai Fr. de Osuna. Dieser nämlich empfahl, wenn man den aufrichtigen Willen habe, Gott nicht zu beleidigen, die Sammlung (*recojimiento*), bei der man suchen müsse, an nichts zu denken, sondern nur Willen und Herz zu Gott erheben und sich bemühen müsse, alle Gedanken die einem kämen wegzuwerfen, bis die Seele ohne irgend einen Gedanken bleibe, und darin sollte man in Glauben und Vertrauen auf unsern Herrn verharren, denn da gebe er Erkenntniss und Trost. Und wenn sie dies auch nicht gleich fühlten, so sollten sie darum doch nicht ablassen von dieser Uebung, die man in Kirche und Haus und draussen vornehmen könne. Osuna sagte, er halte wo möglich täglich eine Stunde solcher Sammlung vor dem Messelesen, indem er zuerst an das denke, was er zu empfangen habe und an die Leiden unsers Erlösers, und eine andre Stunde nach der Messe, im Gebet über das, was er empfangen habe.

Ebenso berichtet Nicolas de Enbid, gleichzeitig mit jener Aussage des Olivares, und gleichfalls in Pastrana: er sei von Frai Cristobal und Frai Fr. de Osuna und Frai Fr. Ortiz und Frai Fr. Jimenez und dessen Bruder Frai Pedro belehrt worden, dass man die Seele sammeln müsse durch möglichst stetige Sorge für die

Bewahrung des Herzens, damit nichts in dasselbe hineinkomme was den Herrn beleidige, und dass man den Willen erheben solle, Gott zu lieben, und dass man befriedigt in diesem Stillstand (*zebados en esta suspension*), nichts weiter zu suchen brauche. Dabei müsse man alle Gedanken abweisen, die einem aufstiegen, wenn sie auch gut wären, denn nur Gott solle man suchen; die Mühe, die man sich gebe, solche Gedanken los zu werden, sei verdienstlich und auf diese Weise gebe Gott, in der Seele Verborgenheit, grosse Erkenntnisse, wunderbare Wissenschaft, ohne Geräusch von Worten. Die Inquisitoren bezeichnen dies einige Jahre später in den Acten als Irrthum der Alumbrados, während Ortiz behauptet, niemals deren Ansichten gehabt zu haben. Es scheint auch deutlich genug, worin der Unterschied zwischen Ortiz und Alcaraz, zwischen Osuna und Barreda, zwischen Franzisca Hernandez und Isabel de la Cruz bestand. Es sind die Recojidos einerseits, die Dejados anderseits, die Gesammelten und die Gelassenen, und an letzteren scheint auch der Name Alumbrados schon ursprünglich gehaftet zu haben.[1] Sie behaupteten, man müsse sich keine Mühe geben irgend welche Gedanken abzuwehren, sondern in der Seele kommen und gehen lassen was da wolle, wogegen die Andern die Arbeit der Abwerfung des Denkens anempfahlen. Daher Isabel de la Cruz und Alcaraz auch an dem Augenzumachen kein besonderes Gefallen fanden, wie Olivares aussagt, während Ortiz sieben Jahre später davon sagt: es ist klar, dass es zuweilen nützt, um das Umherschweifen der Gedanken zu hemmen (*para quitar vagueaziones*) und mehr Aufmerksamkeit auf Gott zu haben, weshalb es auch die Priester beim *Memento* anwenden. Und, fügt er hinzu, wie ich das *scandalum*, das Jemand daran fände, dass der Zöllner *nolebat*

[1] Vgl. unten S. 40 die Mittheilung aus Wadding. Osuna erzählt im dritten Theil seines Abecedars, der wohl spätestens 1527 erschien, Tract. Y. Kp. 4, wo er von der vollkommensten Art des recojimiento spricht, von einem Greise, den er kennen gelernt, der länger als funfzig Jahre »diese Dinge geübt«. S. unseren Anhang hier. Llorente scheint *hist. de l'inquis.* chap. 10 art. 6. § 1. bei Besprechung eines Processes aus dem Jahr 1511 vorauszusetzen, dass schon damals »Alumbrados« existirten und von der Inquisition als häretisch behandelt wurden. Der betreffende Fall ist der eines Frauenzimmers, von welcher Petrus Martyr von Anghiera 1509 aus Valladolid schreibt (epist. 428): *Novum audi genus latriae quod nunc pullulat. Fanatici cuiusdam rustici Abulensis dioecesis filia, ab unguiculis primis in oppido quod vulgo dicitur Piedra hita Salmanticae enutrita ex genitoris instituto, intenta contemplationi, corpus fertur cibis adeo tenuibus assuefecisse ut stomachus eius iam vix escam ferat . . . Ignara literarum femina sapientes aequare theologos dicitur . . . Interdum se Christi sponsam profert palam.*

oculos in caelum levare [Luc. 18, 13], für ein *passivum* halten würde, so würde ich auch den Fall ansehen, wenn Einer daran Anstoss nähme, dass Jemand in der Kirche zu passender Zeit mit zugemachten Augen kniete. Olivares sei doch sehr scrupulös, wenn er aus dem Schliessen oder Oeffnen der Augen einen Scrupel mache. Uebrigens aber erinnerte sich Ortiz jenes Augenschliessens nicht, und meinte, er habe vielleicht grade gesagt, das sei *scandalum passivum* und andre könnten daran Anstoss nehmen, wenn sie es sähen.

Weiter bekennt nun Olivares, sowohl er selbst als andere hätten öfter, wenn sie sich so in Sammlung befanden, unterlassen, bei der Messe die erforderlichen Zeichen auf die Brust zu machen. Auch habe man ihm vor etwa drei Jahren [das wäre also ungefähr schon zu Anfang 1522] gesagt: wenn man gesammelt sei, und sehe das Sacrament auch nicht mit den leiblichen Augen, so sehe man es doch mit den Augen der Seele. Dieser Satz würde offenbar unter die Ordonnanz von 1558 fallen, wonach die Secte der »Alumbrados oder Dejados«, deren Hauptlehre die *orazion mental* sei, behauptete, dass man bei der Aufhebung des allerheiligsten Sacraments die Augen schliessen müsse *por rito i zeremonia nezesaria*. (Llorente t. 4, append. p. 420).

Auch in Bezug auf das Fasten äusserte Jimenez gefährliche Grundsätze. Wer in vollkommener Liebe Gott unterworfen sei und dem Willen desselben überlassen (*dejado*), der sei nicht gebunden (*obligado*) zu fasten. Olivares erwiederte ihm: wer in vollkommener Liebe zu Gott stehe, sei um so mehr verbunden, die Vorschrift der Kirche zu erfüllen. Aber Jimenez, in dessen Hause das gesprochen wurde, blieb bei seiner Meinung. Etwa ein Jahr darauf, im Juli 1524, glaubte Olivares dies dem h. Amt mittheilen zu müssen.

Der Behauptung des Barreda und Alcaraz, dass man sich nicht bemühen müsse, die Gedanken abzuweisen, glaubt Olivares ausdrücklich entgegengetreten zu sein, besonders hinsichtlich der schmutzigen Gedanken. Das Gebet betreffend, habe Barreda gesagt, da Gott überall sei, so müsse der Diener Gottes, wo er sich auch befinde, im Gebet sein, und mit solcher Ehrfurcht, als habe er Gott vor Augen; Barreda habe das besondere Gebet (*la orazion en particular*) nicht verworfen, dass er wüsste, aber, glaube er, geäussert, dass es Kleingläubigkeit sei (*atamiento*).

Nach diesem Gespräch unterliess ich, erzählt Olivares, einige Tage so zu beten, wie ich pflegte, doch betete ich mein Offiz und las Messe und that die andern nöthigen Dinge. Ebenso, glaube ich, verstanden es die von Guadalajara. Dass sie sich nicht kümmerten ums Beten (*que no curian de rezar*), erinnere ich mich nicht, gehört zu haben; nur so viel sagte man, es sei besser in jener Sammlung zu sein, als mündlich zu beten, doch das Nöthige zu beten unterliess man deshalb nicht. Auch den Pater Ortiz hörte ich sagen: sobald Jemand lau sei, solle er schnell einige Devotionen beten, um zur *oratio mentalis* zu kommen. Nicht an das Leiden unsers Herrn zu denken, sei nicht gerathen worden, sondern nur gesagt, die Sammlung sei etwas Vollkommneres, als das Denken an das Leiden unsers Herrn. Der erste, den ich dies sagen hörte, war, denke ich, mein Bruder, Franzisco Jimenez, und glaube ich, dass der Pater Osuna es ihm gesagt hatte; auch den Pater Frai Cristobal hörte ich dasselbe bemerken. Dieser habe ihm einmal gesagt, die gute Sammlung komme aus dem Aufhören (*sedar*) der Meditation über das Leiden unsers Herrn. Für etwas ganz Vorzügliches seien gewisse Bücher, die über die *orazion supernal*[1] reden, von jenem gehalten.

Ueber das Thema: *oratio humilians se penetrat nubes* hat Juan Lopez, der schon erwähnte Baccalaureus, wie er selbst gleichfalls im Februar 1525 aussagt, den Ortiz einmal dort im Hause des Jimenez, vor etwa sechs oder sieben Personen, darunter der Franziscanerguardian von Pastrana, Frai Juan de Argande, eine Rede halten hören. Olivares sagt, dass er einmal einen Cura, andre male den Baccalaureus Juan Lopez vor andern Personen habe die Schrift lesen und die Uebersetzung davon erklären hören (*el Romanze della*). Jimenez und Gaspar de Vedoya hielten sich, sagt Olivares, sehr eng an den Buchstaben des Evangeliums; sie bestanden gegen ihn darauf, dass das Evangelium keine Rathschläge gebe, man habe in nichts seinen eigenen Willen zu thun. Dies hörte Olivares auch noch von einer andern Seite. Vor etwa anderthalb Jahren, sagt er [das wäre also etwa August 1523], kurz bevor Ortiz ebendahin

[1] Dizionario della Crusca. Bologna t. VI. 1824. p. 603. *Supernale. Superiore, di sopra. Lat. superior, supernus Gr. ἀνώτερος, ὁ ἄνω. Teol. mist.* [teologia mistica, ein Manuscript über das auch t. I. p. 103 der Vorbemerkungen keine Auskunft gibt]. *È questo atto divino supernale di necessità. Mor. S. Greg.* [Uebersetzung der Moralia Gregorii magni, vgl. t. I. Vorbem. p. 79]. *Chiunque è cittadino della città supernale, non lascia la bruttura della carne per paura della pena, ma per amor della carità. E altrove: Sono stolti, e ignobili coloro, che per seguitare il loro appetito fuggono d'avere la supernale sapienza d'Iddio.* Diese letzte Stelle steht Moral. XX. 16, 42 (*superna sapientia*).

ging, kam auf eine Bitte der Erzbischof Cazalla[1] nach Pastrana, um zu predigen, und wohnte im Hause meiner Mutter. Er war Bischof von Anillo und Franziscaner. »Er sagte: es gebe keine Rathschläge im Evangelium, Alles seien Gebote. Als Zweifel entstanden seien über die Regel des h. Franziscus, da habe ein Papst entschieden, dass die Uebertretung des Befohlenen Todsünde sei, die des Uebrigen lässlich. Wenn nun dies bei der Regel eines irdischen Menschen der Fall, wie viel mehr in der Regel Gottes. Und dies, dass die Rathschläge verpflichten, meint, glaube ich, Erasmus in gewissen Canones des Enchiridion.« [canon VI. col. 47 D]. Auch das findet er der Mühe werth anzugeben, dass er diesen Bischof sagen gehört: wer das Kreuz verehre, solle es nicht verehren, sofern es Holz sei, sondern den, der daran hänge.

---

1 Ob dieser Cazalla mit den Valladolider Cazallas verwandt war, ist nicht ersichtlich. 1530 lebte er nicht mehr. Seine Schwester Maria, die in denselben Acten mit erwähnt wird, wurde von der Inquisition eingezogen. Ein vereinzeltes Actenstück, das sich in demselben Bande befindet, aus welchem ich über die Prozesse Centellas und Frai Manuel in Hollenberg's Deutscher Zeitschrift Oct. und Nov. 1861 Mittheilungen gemacht habe, enthält die Klagebeantwortung der Gefangenen Maria de Cazalla, Ehefrau des Lope de Rueda, am 17. Juni 1532 dem Inquisitor, Liz. Alonso Mejia, zu Toledo in der Audienz eingereicht. Wir lesen darin unter Anderm Folgendes.

2. Ich erinnere mich, oft gesagt zu haben: O Herr, welch eine Blindheit ist es doch, dass die Leute dich in den Steintempeln suchen, und suchen dich nicht in den lebendigen Tempeln, gemäss dem Wort Christi: das Reich Gottes ist inwendig in euch —! Nicht erinnere ich mich, zu irgend einer Zeit die Ordnung, welche die Kirche beobachtet, für schlecht gehalten zu haben. Ich meinte, wir sollten ihn allezeit und allerorten suchen, um ihn desto würdiger in den Tempeln und in seinen Sacramenten zu finden. 3. Ich erinnere mich, als ich die Kirchen reinigen und schmücken sah, gesagt zu haben: wenn wir so grosse Vorbereitungen machten, um unsre Gewissen zu reinigen, so würde das Gott besser gefallen. 4. Ich habe manchmal gesagt, dass ich mehr Andacht (*devozion*) fühle, wenn ich im Gebet gesammelt (*recojida en orazion*) in einem Winkel sitze, als wenn ich von der Communion komme, indem ich dabei mir die Schuld gab und über meine geringe Andacht klagte. Niemals habe ich gesagt, dass ich wegen der Leute nicht unterlasse zu beichten; ich sagte, dass ich manchmal, wenn ich den andern Tag gebeichtet hatte oder wenn mich mein Gewissen in keiner Sache anklagte, zur Beichte gehe, um kein schlechtes Beispiel zu geben und weil ich mich niemals bei dieser Sicherheit des Gewissens beruhigte, wie meine Beichtväter wissen. 8. Niemals habe ich das Gedächtniss des Leidens Jesu Christi für Unvollkommenheit gehalten, ich sagte, dass es etwas Höheres ist, die Göttlichkeit zu betrachten, als die Menschlichkeit. 9. Ich erinnere mich, oft gesagt zu haben, dass diese äusseren Dinge und Bussen unvollkommen geschehen, wenn der, welcher sie thut, nicht die Absicht hat, durch sie und in ihnen Gott zu suchen; und indem ich sagte, dass in Geist und in Wahrheit Gott angebetet sein will, meinte ich nicht, dass deshalb die andern Dinge zu unterlassen seien, vielmehr sagte ich und sage, dass,

Ich erfuhr, erzählt endlich Olivares, dass Fr. Ortiz im geistlichen Wege sehr vorgerückt sei, und dass er sehr viel halte von einer gewissen Franzisca Hernandez in Valladolid. Ich besuchte ihn einige Male und er lobte sie mir so, dass ich Lust bekam, sie

---

wenn wir ihn in Geist und in Wahrheit anzubeten wissen, diese andern äussern Dinge sehr wichtig und verdienstlich sind. Oft habe ich mit unbesonnenem Eifer gesagt, ich wünschte Märtyrer zu sein, damit dies Allen offenbar werde (*por la manifestazion desto en todos*). 11. Ich erinnere mich nicht, jemals das von diesen Doctoren gesagt zu haben. Denn den Erasmus habe ich für gut gehalten und seine Werke gelobt, die, welche ich in Uebersetzung (*Romanze*) gehört habe, und habe gesagt, ich werde ihn so für gut halten, bis dass die katholische Kirche uns Andres anzeige. Die christliche Lehre [d. h. doch wohl das Erasmische Enchiridion, das sich in der epist. ad Voltzium als eine Art Compendium der Lehre Christi bezeichnet] las ich und lobte sie, einige gute Dinge, die sie enthält, so in jenem Verfahren, welches sie angibt, damit man die Sünden erkenne, und wie wir die Gebote Gottes übertreten. Ein Mönch, Frai Pedro de Vitoria, sagte einmal beim Predigen Schlechtes von ihr, es ist lange her, und seitdem liess ich sie unten in einen Kasten werfen und befahl meinen Töchtern, dass sie sie nicht lesen sollten, bis dass Euer Gnaden beschlossen haben würden, was zu verfügen sei. Denn ich halte Nichts für gut noch gut angefasst (*guiada*), ausser was die katholische Kirche sagt und für gut hält; denn es können wohl meine Worte irren, aber Ketzer sein, ohne es zu wollen, das kann ich nicht sein. 12. Niemals habe ich gesagt, dass mir Isabel de la Cruz mehr Autorität sei, als die Heiligen; ich sagte, dass ich sie für eine gute Christin halte und sie nie irren gesehen, — dies sagte ich, ehe sie gefangen genommen war, — und dass ich, bis ich sie verurtheilt sehe, nicht aufhören könne, die Dinge zu glauben, die man von ihr sagte. Nachdem sie verurtheilt ist, halte ich sie für das, wofür die Kirche sie erklärt. Unter 14. führt Maria mit an, Erasmus sage, jene äussern Dinge ohne die Absicht zu thun, durch dieselben Gott zu suchen und zu finden, sei eine neue Art von Judaismus [*Enchirid.* canon V. edit. Clerici t. 5. col. 32 F. 33 A. 36 A. cap. XIII. col. 65 B]. 18. Ich habe stets das mündliche Gebet für nothwendig und sehr gut gehalten, denn die äusseren Dinge sollen die Absicht haben, die ich genannt habe, ohne diese sind sie unvollkommen. 19. Den Alcaraz und die Isabel de la Cruz hielt ich für gut, bis zu der angegebenen Zeit. Dass ich gesagt haben sollte, ich habe keinen Geist ausser dem ihren mir verwandt (*conforme*) gefunden, erinnere ich mich nicht. Ich hörte dieselbe viele gute Dinge reden, so z. B. sie wünsche, dass Alle Gott kennten und ihm gehorchten, und über die Ertödtung ihrer selbst (*mortificazion de si mesma*), und Andres der Art; und hierin, sagte ich, finde ich Verwandtschaft mit ihnen. Irrthümer hörte ich nicht von ihnen, ausser ein paar Mal; ich meine (*digo*), dass sie mir solche, weil sie mich für gering (*en poco*) hielten, nicht anzuvertrauen wagten. 26. Ich hörte meinen Bruder, den Bischof Frai Juan de Cazalla, sagen, es gebe heilige alte Doctoren, welche der Meinung seien, dass die heilige Anna nicht öfter als einmal verheirathet gewesen, und dass Maria Magdalena, die Schwester des Lazarus, nicht die sei, welcher unser Herr im Hause Simons verzieh, sondern dass dies zwei Marien gewesen; und hierüber brachte mein Bruder zwei Bücher vor, eines über die h. Anna und ein andres über die Marien. [Die Pariser theologische Facultät entschied am 1. Dezember 1521, auf Veranlassung eines Buches des bekannten Lefèvre d'Estaples über die drei Magdalenen, dass es nach der evangelischen Geschichte nur Eine Maria

zu sehen; da er sagte, das würde meinen Geist beruhigen (*se asosegaria mi spu*). Ich besuchte sie zusammen mit einem Toledaner Sto Domingo. Dass sie etwas Schlechtes gesagt hätte, wüsste ich nicht, denn sie sagte weiter nichts, als dass wir Gott lieben sollten, und auf die Frage, was wir zu thun hätten, um ihn zu lieben, antwortete sie: wir sollten ihn lieben und ihn um diese Liebe bitten. Etwas bedenklich aber ist mir bei ihr (*lo que tengo alguna duda della es*), dass sie denen, die zu ihr kommen, etwas gibt, wie Rosenkranzperlen (*cuentas*) oder Andres; in welcher Absicht, weiss ich nicht. Ortiz hatte mir gesagt, ich sollte sie um ein paar Cuentas bitten, sie gab mir aber einige, ohne dass ich bat, auch für meine Mutter, und eine Schwester von mir, welche Nonne ist in Sta Clara zu Alcalá. Manchmal habe ich wohl gedacht, was ich doch damit

---

Magdalena gebe, der Martha Schwester, deren Bekehrung Lucas berichte. Jourdain *Index chronologicus chartarum pertinentium ad historiam universitatis Parisiensis.* 3me livrais. 1862. p. 327]. Ich habe schon bemerkt, dass das Besagte das war, was ich meinen Bruder sagen gehört, denn niemals hatte ich und habe auch jetzt nicht eine andre Meinung als die welche die katholische Kirche hat. Auch hörte ich meinen Bruder sagen, dass die modernen Doctoren die andre Ansicht hätten. 22. Es kam zuweilen vor, dass ich beim Dastehen mir eine Weile das Gesicht mit dem Mantel bedeckte, aus vielerlei Gründen, weil ich manchmal einen Anfall von Weinen hatte, andre male, weil es kalt war. Wenn ich den Kopf nach der Thür oder die Augen zu Boden gewendet habe, so mag das aus Unruhe (*de inquieta*) geschehen sein, und bestreite ich, es gethan zu haben, um das Sacrament nicht zu sehn. 27. Wenn sie mit den Bekannten und Verwandten zusammengewesen, so habe sie oft, sagt Maria, um die Klatschereien zu vermeiden, von den gehörten Predigten gesprochen, auch im Kreise weniger und vertrauter Freundinnen vorgelesen, z. B. aus den Horen unsrer lieben Frau, und einen oder den andern Vers erklärt, oder einen Psalm oder eine Antiphone oder ein Gebet, denn durch langen Gebrauch und weil sie es oft auf Spanisch (*Romanze*) hergesagt, verstehe sie einige Worte davon, doch immer habe sie sich genau an den Buchstaben gehalten. 28. Diese äussern Dinge sollen Mittel sein für die innern, und, ohne diese Absicht gethan, sind sie von unserer Seite unvollkommen, nämlich an sich sind sie heilig und nothwendig; und so habe ich es gemeint und so sagte ich es. 29. Ich habe nie dafür gehalten und halte auch jetzt nicht dafür, dass dies h. Amt der Inquisition mit Unrecht bestehe, sondern stets hielt ich es für sehr nothwendig und heilig, und, wenn ich irgend einen Verdacht hatte oder in meinen Worten zeigte, so war es in Bezug auf die Zeugen, dass dieselben, ohne recht ihre Gewissen zu bedenken, mehr sagten, als geschehen war, oder was ihnen einfiel (*se les antojuva*); einige mal sagte ich, weil die Sachen zart (*delicadas*) waren, es bedürfe einer Person, die göttlichen Geist habe, in der die Furcht und Liebe Gottes wäre, denn dies halte ich für göttlichen Geist. — In diesem Verhöre aufgefordert, sich einen Gelehrten (*letrado*) zu ihrer Vertheidigung zu wählen, bittet sie, ihren Mann oder dessen Bruder darüber zu befragen. Noch an demselben Tage nennt der letztere, Pedro de Rueda, Kleriker, den Lizenziaten Quemada für jenen Zweck, und tritt dieser am 20. mit ihr in Verkehr.

sollte, indessen trug ich sie eine Zeitlang, damit ich mich an die Geberin erinnere, da sie eine treue Dienerin unsers Herrn war, um mich anzuspornen, Gott zu lieben [zu diesem Zweck eben wollte sie durch ihre Gabe helfen [1]], denn viele weise Leute hielten sie für eine solche. Und Pater Ortiz sagte mir, die Erfahrung habe gezeigt, dass Viele, denen sie irgend etwas gegeben, grosse Gnaden von unserm Herrn empfangen. Das war vor etwa sechzehn Monaten [also etwa October 1523]. Nachher gab ich sie an Pater Osuna, der mich darum bat. Zwar wollte ich sie nicht geben als ich sah, wie gern er sie haben wollte, aber da er mir sagte, dass es ihr lieb sein werde, so gab ich ihm dieselben und nahm mir die meiner Mutter. Vor ein paar Monaten [also um Ende 1524] hörte ich Frai Cristobal die Franzisca Hernandez loben, und sagen, dass ein Kleriker Pedro de Rueda aus Guadalajara, der sehr an Versuchungen des Fleisches litt, dieselbe durch eine Nestel (*agujeta*) losgeworden, die er von ihr bekommen. Und Pater Osuna sagte, dass Jemand, der sich mit einem Tuch, das sie ihm gegeben, gerieben habe, in Folge dessen das Fieber verlassen; ich weiss nicht mehr, ob den Fr. Ortiz, doch glaube ich, dieser war es. Wegen solcher Geschichten bekam ich mehr Vertrauen auf ihre Sachen, denn ich war etwas ängstlich in Bezug auf die Cuentas, die ich getragen habe, weil sie geweiht waren, um des Ablasses willen, den

---

[1] Offenbar wollte sie ein Erinnerungszeichen in den Händen derer lassen, die in frommem Sinn zu ihr gekommen waren, damit dieselben an die heiligen Momente, die sie mit ihr gemeinsam verlebt hatten, zurückdächten und so die Andacht in ihnen genährt würde. Wem aber Franzisca hierin doch zu viel gethan zu haben scheinen sollte, den dürfte man wohl auf die Worte ihres Landsmannes Luis Vives verweisen, welcher 1528 in seinem schönen Buch *de officio mariti* sagt: *nec mihi satis probatur mulier quae non aliquantum ad superstitionem vergit ex ingenti quadam religionis cura nisi forte sit aliqua ex absoluto illo perfectoque matronarum genere* (op. Mayans IV. p. 324). Erasmus dagegen schrieb 1521 an Budäus, indem er auch für Frauenzimmer solche gelehrte Bildung, wie er an des englischen Kanzlers Thomas More Töchtern bewundert hatte, empfiehlt: *nec ideo minus habebit pietatis quia minus habet superstitionis* (Op. Lgd. III. col. 679). Die ängstlich Römisch Gesinnten mochten aber darin, dass Franzisca Cuentas austheilte und dass man solche von ihr zu bekommen suchte, gar eine gewisse Opposition wittern gegen die damals so beliebten Cuentas benditas des Papstes Adrian. Ueber diese s. Juan Valdes *Diálogo de Mercurio i Caron* von 1528, Ausg. von 1850. S. 41. 48. vgl. 49; und *Breve tratado de doctrina*, Ausg. von 1852. S. 211. nebst der dazu gehörigen Anm. In dem unterdrückten Index prohib. Sixtus des V. (herausg. von Mendham 1835) wird fol. 56ª angeführt: *Trattato utilissimo del beneficio di Giesu Christo, con li misterii del Rosario, con l'indulgenza in fine di Papa Adriano alle corone de' grani benedetti.*

man dadurch erhält, und so widerstand ich dem Gedanken der mir kam, dass ich übel thue, sie zu tragen. In Bezug auf alles das, worin ich geirrt, indem ich sie trug oder diese Dinge glaubte, klage ich mich an. Auch nahm ich ein Tuch von ihr, das sie uns gegeben. Auch etwas zu essen gab sie uns. Und zuerst als sie mir die Cuentas gegeben, waren sie mir so lieb, dass ich eine Schleife, die sie daran gemacht hatte, nicht abnehmen mochte; da ich aber sah, dass es abergläubisch war, legte ichs öfter ab und nahm es wieder. Einige Male habe ich gesagt, dass jene Franzisca Hernandez von Valladolid bemerkt habe, wie ich schlechte Dinge dachte. Ich glaube, Pater Ortiz hatte mir vorher gesagt, jene Frau bemerke (*entendia*) die Gedanken und sei im Rufe, von klein auf Dienerin Gottes gewesen zu sein, Todsünden habe sie nie begangen. Auch, denke ich, sagte er mir, sie habe niemals lesen und arbeiten gelernt, so viel er glaube, und doch arbeite sie und wisse, was in einem Briefe stehe [ohne ihn zu öffnen]. Alles dies wird vor etwa sechzehn Monaten geschehen sein.«

Auch den Alcaraz vermochte Ortiz zu einer Wanderung nach Valladolid. Ortiz erzählt, sein Verkehr mit demselben sei darauf beschränkt geblieben, dass er ihn zwei, drei Mal zusammen mit Andern gesprochen habe, und einmal allein, um ihn zurechtzusetzen. Dabei habe er ihm Franzisca Hernandez hoch gepriesen, die ihn aus seiner Verblendung reissen werde, wenn er sie aufsuche. Alcaraz ging wirklich nach Valladolid (in demselben oder dem nächsten Jahre), konnte aber trotz allen Andringens keinen Zutritt bei Franzisca erhalten. Etwa gegen Ende 1524 wurde er, als Alumbrado verklagt, in Haft genommen, die er nur reconziliirt, also nachdem er widerrufen, wieder verliess. Was Alcaraz selbst nachher (1527) über ihre Sache sagt, klingt freilich etwas anders, indem er behauptet: als Ortiz ihm die Franzisca ganz übermässig gepriesen und gesagt, er habe ihm von ihr Erlaubniss sie zu sehen ausgewirkt, da habe er, Alcaraz, Ortiz Eitelkeit ausgelacht und keine Lust bekommen, zu ihren Füssen zu knieen. Nach Hörensagen sagt er von Ortiz, derselbe habe seit seiner Rückkehr von Valladolid schon in Alcalá die Art der Sammlung der Franzisca Hernandez angenommen gehabt, zu Niemand zu sprechen, wenn Gott es nicht wisse und wolle. Was aber Ortiz so nicht Wort haben will. In ungünstigem Lichte erscheint Alcaraz auch durch eine Aussage des Frai Diego de Victoria von 1529, der sich erinnert, dass jener ihm zu verstehen gegeben, er habe die ganze Geschichte mit den Alumbrados heimlich durch Franzisca Hernandez kennen gelernt.

Sehr bald nachdem er Pastrana, wo er sich nur kurze Zeit aufhielt, verlassen, machte er sich wieder auf den Weg nach Valladolid, diesmal mit einem Frai Alejo, wo er gegen Weihnachten eintraf und bis zur Septuagesima 1524 [24. Januar] verweilte. Er hatte eine Einladung der Stadt Burgos, in der nächsten Fastenzeit dort zu predigen, ein um so ehrenvollerer Auftrag, als wohl schon bestimmt war, dass der Hof jene Wochen dort zubringen werde. Zu diesem Zweck wollte er sich in Valladolid bei Franzisca, wie er sagte, geistliche Kost holen. Es waren für ihn Tage der Wonne. Fast täglich sah er sie; Morgens ging er zu ihr und blieb bis zur Zeit des Mittagsessens, das er im Kloster einnahm, und Abends war er wieder bei ihr, bis er zum Abendbrot zu den Mönchen zurückkehrte. Sein Umgang, bezeugt Franzisca vor Gericht, war der eines Apostels.

Wie damals ihr ferner Stehende urtheilten, geht aus der gerichtlichen Aussage des Frai Diego de Victoria vom 25. October 1529 hervor. Vor etwa fünf Jahren, so erzählt dieser, sagte mir im Franziscanerkloster zu Valladolid entweder Frai Alonso de Salinas oder Frai Jil de Bejar [vermuthlich nicht dieser] viel Gutes von Frai Franzisco Ortiz, und bemerkte, um mich von seiner Heiligkeit zu überreden: im Reich Toledo gebe es Leute, die sich die Gelassenen nennten und die einen Weg, in kurzer Zeit vollkommen zu werden, gefunden hätten; in ihrem Orden folgten viele oder einige diesem Leben und Frai Franzisco Ortiz sei einer von denselben, und Franzisca Hernandez sei es die ihn in dies Leben eingeführt. Und als ich ihn fragte, ob diese Franzisca Hernandez eine enthaltsame Person sei, antwortete jener Mönch, er habe Franzisco Ortiz sagen hören, sie befinde sich schon in einem solchen Grad der Heiligkeit, dass Enthaltsamkeit ihr nicht nöthig sei.

Ohne Zweifel konnte Ortiz, wenn anders er diese Worte gebraucht hat, nur meinen, dass die evangelische Freiheit über die äusserliche Gesetzlichkeit, besonders mönchischer Askese erhebe. Auch war sie keineswegs befangen in jenen Pastranischen Gelassenheiten und Vernachlässigungen. Dass aber derartige, leicht missverständliche Aeusserungen in jenen Kreisen wirklich vorkamen, sieht man auch aus einem Passus des schon erwähnten Inquisitionsedicts von 1558, wonach die *Alumbrados o Dejados* sagen sollen, dass die Vollkommenen keine tugendhaften Werke zu thun brauchen (Llorente 4. p. 420).

Als Ortiz von der neuen Manier der Pastraner, wie er sich ausdrückt, indem er gewiss jene nachlässige Gelassenheit Barreda's meint, zu ihr sprach, sagte sie: ohne Zweifel sind sie in Täuschung und kennen nicht die wahre Sammlung. In Folge dieser Worte bedachte er die Sache weiter und fand, wie er sagt, bedeutenden Irrthum darin, worauf er dann, etwa um Anfang 1524, an Fr. Jimenez schrieb. Dort aber machte man sich, wie er erfuhr, über seinen Brief lustig, und Jimenez antwortete ihm in einer Weise, welche deutlich zeigte, wie verschieden ihre beiderseitigen Standpunkte waren.

Auch mit den Erasmisten war er auseinandergekommen. Nachdem er Franzisca kennen gelernt, erschien ihm die Enthaltsamkeit in einem höheren Lichte. Bald nach seiner ersten Rückkehr von Valladolid hatte er in Alcalá in einer Predigt am Tage der h. Clara [12. August] ausgeführt, dass der Stand des Ordens und der Virginität höher sei als der der Verheiratheten, und hatte im Hinblick auf die Witze gegen das Mönchswesen in des Erasmus *Moria* die sehr in Umlauf war, bemerkt: mit solchem Salz koche man ein Höllengericht (*la olla del infierno*), indem man mit Spassereien darauf ausgehe, dem Vollkommnen die Hochachtung zu rauben. Dies missfiel einigen Erasmisten und der Bischof Cazalla (den wir vorher in Pastrana fanden) schrieb deswegen an Ortiz einen tadelnden Brief. Ortiz suchte in seiner Antwort den Bischof ehrerbietigst darauf hinzuführen, dass er das Gute in Erasmus auf solche Weise schätzen möge, dass er nicht gutheisse worin jener sich vom Richtigen entferne. Diese Antwort, die er durch den Kleriker Sto Domingo von Toledo, der ihm auch den bischöflichen Brief zugestellt hatte, besorgte, fand keine gute Aufnahme. Der Bischof schien es übelzunehmen, als passionirter Verehrer des Erasmus gekennzeichnet zu werden. Ortiz hatte in seinem Briefe die Franzisca Hernandez eine hochgesegnete (*benditisima*) Dienerin Gottes genannt. Der Bischof äusserte nun: Der Engel und die Apostel hätten unsre liebe Frau nur gesegnete genannt, und Ortiz nenne die Franzisca hochgesegnet! »Wobei«, sagt Ortiz später, »Seine Hochwürden nicht bedachten, dass nach der Auslegung der Heiligen jenes *benedicta in mulieribus* soviel sagen will als *super omnes singulariter benedicta*, und dass das *sancte*, womit wir in der Litanei den h. Petrus anreden, hunderttausendmal mehr wiegt als das *sanctissimus* oder *sacratissimus*, das hier auf Erden die einen Diener Gottes andren geben, wie aus verschiedenen Briefen von Päpsten an ihre Untergebenen hervorgeht, und nicht berücksichtigten dass solche Titel nicht nach strenger Logik genommen werden, sondern dass wir einen Erzbischof Hochwürdigster nennen, obgleich die Würde des Papstes oder eines Cardinalbischofs eine höhere ist.« Zwischen Ortiz und Bischof Cazalla fand gar kein weiterer Briefwechsel statt. Letzterer aber äusserte an Frai Jil de Bejar brieflich seine Missbilligung über Ortiz. Da der Bischof schrieb: er redet schlecht über uns, so glaubte Frai Jil, er sei auch mit im Spiel und beklagte sich in Valladolid zu dem Gefährten des Ortiz darüber, bis dieser, nachdem er den Brief gesehen, ihn aufklärte, dass der Prälat nur im episcopalen Plural von niemand anders als sich selbst gesprochen habe. Auch will Frai Jil de Bejar, da er den Ortiz schriftlich wegen jener angeblichen Erhebung der Franzisca über die h. Jungfrau zur Rede gestellt habe, von demselben mehre Briefe erhalten haben, die er dem h. Amte gezeigt haben würde, wenn er es nicht um des Ordens willen unterlassen hätte.

Im Kloster aber hatte Ortiz einen schweren Stand. Der Guardian, Juan de Guinea, war ein sehr beschränkter Mönch. Er sagte später aus, Ortiz habe damals viel von der Liebe Gottes gepredigt; ihm sei dies als die Lehre der Franzisca Hernandez vorgekommen, und habe er Ortiz aufgefordert, andre nützlichere Dinge zu predigen. Dies sind seine Worte. Letzteres stellt Ortiz sehr entschieden in Abrede, indem er behauptet, ausser einem einzigen Mal am h. Königstage [6. Januar] 1524, wo ein Mönch ihm nach der Predigt Missbilligung aussprach, habe Niemand dort Tadel über seine Predigten zu ihm geäussert. Er sagte aber solche Dinge, die allerdings einem Pater Guinea völlig unverständlich gewesen sein müssen, wie dass die Seele in der tiefsten Einfalt Gott vereint sei durch die Liebe, dass Gott und die Seele nicht zwei seien. Uebrigens gesteht Guinea die Lehre der Franzisca nicht zu kennen, nur habe ihm das einen sehr schlechten Eindruck gemacht, was er von ihrer Lebensart gehört. Von mehren Seiten, sagt er, habe er gehört, sie lasse sich von Niemand sprechen, von dem sie nicht glaube dass er ihre Lehre annehmen werde und habe manchen drei, vier Mal abgewiesen bis sie dessen gewiss gewesen, dass er dazu fähig sein werde (*capaz*). Er selbst liess sich nicht überreden sie aufzusuchen und machte dem Ortiz Vorstellungen, dass derselbe sich von einer Weibsperson Belehrung holen wolle und dass er Stundenlang mit ihr allein sei. Der h. Hieronymus habe sich in Rom sehr davor in Acht genommen mit Mädchen zusammenzukommen; um so weniger solle er, ein junger Mann, mit der jungen Person allein sein; es könne gar nicht ohne Versuchungen abgehn— sie habe da ein schönes Bett und esse gut und lebe gut. Alles, sagt der Guardian, was hochgestellte Damen ihr schenkten, Goldsachen und sonstige Kostbarkeiten, habe sie verkaufen lassen und zu Geld gemacht. Es half nichts dass man ihm unermüdlich von ihrer Mildthätigkeit und von der wunderbaren Wirkung ihrer eignen Keuschheit auf andre sprach, seine Abneigung gegen den von ihr ausgehenden Geist war nicht zu überwinden. Glücklicherweise traf es sich, dass er in Ordensangelegenheiten eine Reise zu machen hatte. Als er wiederkam, fand er die Dinge zu seinem Schrecken sehr verändert: sein Stellvertreter Franzisco de Muñotello und eine ganze Anzahl Mönche standen jetzt auf Seiten der Franzisca. Muñotello erzählte dem Ortiz, dass Gott ihm mehrmals Franzisca in wunderbarem Glanze strahlend gezeigt und dass er manchmal von ihrem Herzen eine Anziehungskraft ausgehn fühle, die ihn mit himmlischem Trost erfülle, so dass er sich dann gar nicht von ihr trennen könne, obgleich die Vicariatsgeschäfte ihn nöthigten sich loszureissen. Muñotello wurde pönitenzirt, und den Ortiz nebst allen, die ihm und der Franzisca anhingen, warf Guinea, wie er selbst sagt, aus dem Hause: er wollte mit einer solchen Faulenzersecte nichts zu thun haben. Verbieten konnte er Ortiz jenen Umgang nicht, er war gar nicht dessen Prälat; aber den ferneren Aufenthalt in diesem Kloster konnte er ihm verweigern. Vielleicht geschah es schon um diese Zeit dass der Ordensgeneral wegen der Redereien über die ausgedehnte Erlaubniss die er Ortiz gegeben hatte, Franzisca zu besuchen, in einem Briefe an denselben jene Lizenz suspendiren zu müssen glaubte, wobei er jedoch schrieb, er werde ihn seiner Zeit wieder mit neuer Erlaubniss erfreuen.

In Burgos erlangte Ortiz den grössten Beifall; es war ein solcher Zudrang zu seinen Predigten, dass man schon am Abend vorher die Plätze in der Kirche für den nächsten Tag einnahm. Am Sonntag nach Ostern (dom. in albis) predigte er auf besonderen Befehl des Kaisers, der sich seit dem elften März dort aufhielt, vor Sr. Majestät im Dreieinigkeitskloster. Doch fehlte es auch nicht an solchen die Anstoss nahmen; besonders eine Aeusserung war es die Aufsehn machte und von Mund zu Mund weiter ging, nämlich: Christus sei in vollkommnerer Weise in der Seele der

Gerechten als im h. Sacramente des Altars. Sein Freund Frai Jil hielt es für gut an jenem Tage, wo Ortiz im Trinitatiskloster vor dem Kaiser predigte, im Kloster der Franziscaner gegen den Unverstand derer, welche an Ortiz Worten Anstoss genommen hatten, von der Kanzel zu reden. Es fanden sich sogar Angeber die der Inquisition berichteten: Ortiz, der Fastenprediger, esse trotz der Fastenzeit Fleisch. Er erfuhr dies wieder durch seinen Pater Vizegeneral, der ihm aber gleich dabei schrieb, er werde die Sache in seine Hände nehmen. Und allerdings konnte Ortiz unbesorgt sein, denn er that jenes aus Gesundheitsrücksichten auf besondren Befehl des Arztes und mit Vorwissen seiner Obern. Die mehrmonatliche Krankheit die er im vergangenen Sommer gehabt hatte, zeigte noch ihre Nachwirkung; die erste Woche, die er mit Eiern anfing, bekam er wieder Fieber. Auf diese Weise konnte er der grossen Anstrengung von vier Predigten jede Woche nicht gewachsen sein. Der Hofarzt Dr. Alfaro verordnete ihm Fleisch zu essen, und der Guardian selbst trug Sorge, dass ihm das Kapitel der Hauptkirche jene anstössigen fetten Hennen schickte und ausserdem sehr schönes Eingemachtes, ohne dass er seinerseits ein Wort davon hatte fallen lassen. Beinahe die ganze Fastenzeit hindurch hatte er keinen Appetit. Das Eingemachte der Herren von der Kathedrale schickte er nach Valladolid an Franzisca, zu der auch sogleich ein Salzfass wanderte, das ihm die Stadt Burgos als Zeichen ihres Dankes verehrte. Ein andres Geschenk, das ihm Burgos machte, sandte er an Guinea, der ihn aus dem Kloster geworfen.

Sobald er loskommen konnte, machte er sich selbst auf den Rückmarsch nach Valladolid. Die Entfernung beträgt etwa 16 (geogr.) Meilen. Unterwegs hielt ihn wieder das Fieber auf. Um bälder zu Franzisca zu kommen, habe er, sagt er, Gott gebeten, ihn um ihretwillen herzustellen, und als er sich mit einem Tuche von ihr den Kopf gerieben, fühlte er sich so genesen, dass er noch selbigen Tages weiter marschirte und so tapfer, dass sein Reisegenoss Frai Alejo aus dem Kloster von Escalona (derselbe war nicht Priester und damals etwa in der Mitte der vierziger Jahre) ernstlich für seines jüngern Freundes Gesundheit fürchtete. Doch ohne weiteren Zufall kamen sie vor Valladolid an.

Nun galt es aber eine schwere Entscheidung. Es war sicher vorauszusehen dass Guinea ihn entweder gar nicht wieder in sein Kloster aufnehmen oder alles aufbieten würde, um ihn an Besuchen bei Franzisca zu hindern; in jedem Fall stand Zank und Streit bevor wo er Frieden suchte. Nur ein kühnes Auskunftsmittel war möglich, nämlich geradeswegs in das Cazallasche Haus zu gehn und dort Unterkommen zu suchen ohne sich im Kloster zu melden. Einigen Anzeichen nach gewinnt es den Anschein dass die beiden schon einmal, kurz bevor sie, nachdem sie Guinea's Kloster hatten verlassen müssen, den Gang nach Burgos antraten, die Gastfreundschaft Cazalla's auf zwei Tage genossen hatten. Die h. Theresa sagt noch einige Jahrzehnte später in ihrer Lebensbeschreibung (7): in den Klöstern ist der Weg der wahren Religion so wenig üblich, dass ein Mönch oder eine Nonne, die in Wahrheit anfangen ganz ihrem Beruf zu folgen, sich mehr zu fürchten haben vor ihren eignen Hausgenossen als vor allen Teufeln, und grössere Vorsicht und Verheimlichung hat man da nöthig um von der Freundschaft zu sprechen, die man mit Gott zu halten wünscht, als wegen anderer Freundschaften und Neigungen die der Teufel in den Klöstern anstiftet. Bei dieser Wahl, entweder den überschwenglichen Segen fahren zu lassen der ihm aus dem Verkehr mit der Dienerin Gottes zuströmte, oder die menschliche Einrichtung der Ordensregel, nicht ausser dem Kloster zu übernachten wo ein solches vorhanden sei, zu übertreten, an diesem Scheidewege, sobald er ihn klar vor sich sah, schwankte er nicht. Er dachte an Nikodemus, der Christum bei Nacht aufsuchte, und ging mit seinem treuen Begleiter Nachts in die Stadt. Pedro de Cazalla nahm die beiden wie Apostel auf, sagt Franzisca selbst; die Hausfrau lieh die nöthigen Sachen um ihnen in der Wohnung Franzisca's, welche mehrere Zimmer hatte, ein Nachtlager aufzuschlagen.[1]

[1] Der heilige Franziscus von Assisi und ein hübsches Mädchen, nachher als die heilige Clara berühmt geworden, hören von einander. *Visitat ille istam et saepius ista illum, visitationum suarum tempora moderantes quibus divinum illud studium nec percipi ab homine possit nec rumore publico detractari. Nam unica tantum familiari socia comitante paternos lares puella egrediens clandestinos ad virum dei frequentabat accessus cuius sibi verba flammantia cuiusque ultra hominem opera videbantur. Hortatur eam pater Franciscus ad mundi contemptum suadens virginalis pudicitiae margaritam beato illi sponso quem amor humanavit fore servandam.* (*Acta Sanctor.* Augusti t. 2. p. 755 sq). Ich mag mir nicht versagen hier auch eine Stelle herzusetzen, in welcher eine der feinsinnigsten und gelehrtesten und zugleich frommsten Frauen einen Schritt vertheidigt, den sie mit Hintansetzung der gewöhnlichen Formen der Schicklichkeit that. Ich meine Anna Maria von Schurmann, in deren lateinischen, griechischen, hebräischen Briefen sich ein umfassender und klarer Geist ausspricht (s. die Ausgabe ihrer *opuscula* von Dorothea Loeber, Lpz. 1749); und die nach einem makellosen Lebenswandel ihre ganze weibliche Anhänglichkeit und wunderbare Geisteskraft der Auferbauung evangelischen Gemeindewesens widmete wie dasselbe von Labadie gepredigt und gegründet wurde. Diesem

Nur eine kurze Zeugenaussage der D^a^ Leonor de Vibero, der Frau Pedro's de Cazalla, ist bei unsern Acten. Sie sagte am

---

Bestreben, die reine apostolische Kirche herzustellen, welches auf reformirtem Boden der gleichzeitigen Bewegung im Lutherischen Gebiet analog war, dient ihre herrliche Schrift: *Εὐκληρία seu melioris partis electio*, Altona 1673 (Dessau 1782), mit dem Motto: *unum necessarium*, *Maria optimam partem elegit.* Mit voller Hingebung redet sie von den Pastoren ihrer Gemeinschaft, die so nach dem Bilde Christi wandelten *ut eorum naturam in gratiam, imo et gratiam ipsis in naturam conversam dixeris* (9, 21) und bekennt, *quamvis ut sanctorum minima* doch aber als wahres Glied dieser lebendigen Kirche, im Besitz des h. Geistes: *nihil mihi amplius deesse arbitror, sed omni parte, etiam ante obitum, mihi videor beata* (9, 22) Hören wir nun diese virgo beata in ihren sechziger Jahren (sie war 1607 geboren) erzählen, wie sie in Amsterdam zu Labadie ins Haus gezogen. Mit einer Freundin zusammen reiste sie nach jener Stadt und suchte eine Wohnung in der Nähe der Wohnung Labadie's, dessen christlicher Führung sie sich ganz hingeben wollte; da aber in jenem Stadttheil schlechterdings keine geeignete zu finden war und sie doch das üble Hin- und Herlaufen durch die Strassen zu vermeiden wünschten, so stellte ihnen Labadie, mit dem sie (*oculos in ejus aedes satis amplas conjicientes*) darüber sprachen, unten in seinem Hause, wo auch seine Wirthschafterin, eine Witwe mit zwei Töchtern wohnte, ein besonderes Zimmer zur Verfügung. *Hic itaque optima conclusione opus erat nec consilium ineundum cum carne et sanguine aut prudentia humana. Videbamus enim ex una parte optimam occasionem maximae nostri ipsarum aedificationis, ex altera vero nos non latebat, si ita domum D. de la Badie subiremus, quanta subsecutura esset rabies malevolorum hominum et praesertim eorum mundanorum concionatorum qui hunc fidelem Christi servum e sua communione tanquam eorum ordinis ac sententiae contemtorem excluserant, eoque omnia quae ipsius causae favere videbantur rapiebant in calumniam. Nec nos fugiebat quanta vis et tyrannis esset moris hodierni sive consuetudinis a qua recedere videremur, cui nescio quis non mortalium tanquam Dictatrici, Imperatrici ac veluti Numini subsit ejusque legibus pareat. Non etiam ego immemor eram sententiae D. Voetii, mei veteris amici atque in casibus conscientiae consiliarii, quam iam ante coram satis nude detexerat, cum institutum Paulae, quae cum filia sua Eustachia Hieronymum tanquam Doctorem sui temporis doctissimum suaeque aedificationi aptissimum in Palaestinam secuta erat, eaque occasione a me laudatum improbaret, quia scilicet hoc nomine male audierat apud plurimos quod aliquod insolens et sine exemplo mundo exhibuisset exemplum nec satis observasset decorum. — — Sed revera illa omnia externa non magis nos in illa sequelae Christi via detinuerunt quam si agmen aliquod muscarum occurrisset quod vel leniter incedentibus facile cedit et alio commigrat. Non diffiteor me illius Decori civilis more recepti atque honestae ut dicitur Famae perinde atque alicujus verae virtutis per omnem vitam fuisse cultricem, verum in hoc casu nihil me morabatur, sive illam ut transitoriam comparate ad divina considerarem, sive ut donum aut depositum coeleste respicerem, quod ut caetera mea omnia, quae reipsa a Deo et Dei sunt, Deo reddere et in sacrificium ipsi, horum omnium Largitori, offerre magno animo decrevi. — — Ita et ego mecum Deo gratias egi quod mihi inter alia aliquem famae splendorem concesserit quem (sic dirigente ejus Providentia) in ejus causae amplexu amittere et abdicare possem.* (6,14—16. Von Bewunderern ihres Geistes umgeben verachtet sie jetzt die literarische Idololatrie, wie sie es nennt, und alle *mendaces panegyrici qui mutuis sese laudibus incantantes in mera animalia gloriae se transformant.* 1, 6).

16. April 1529 vor dem Inquisitor Liz. Moriz in Valladolid, unter anderm in dem uns vorliegenden Auszug nicht Mitgetheilten, in Bezug auf Ortiz Folgendes. Einen Franziscaner Ortiz habe sie öfter zu Franzisca hineingehn sehn. -Und einmal habe die Magd derselben von ihr, der Zeugin, Sachen geliehen für jenen der von der Reise komme und in der Wohnung Franzisca's übernachte. Sie glaubt dass er manchmal bei ihr gewohnt und länger als zwei Tage, sie weiss nicht genau wie lange. Gefragt, ob Ortiz allein gekommen sei, antwortet sie, er habe einen Begleiter gehabt, den sie nicht kenne. Ob die Mönche anderswo im Hause nicht untergebracht werden konnten, wissen wir nicht zu sagen.

Franzisca hatte damals zwei Dienerinnen, eine Frau und ein Mädchen; an der ersteren that sie mehr ein Liebeswerk als dass sie von der undankbaren Person viel Hülfe gehabt hätte. Die gewiss scheidne Wohnung konnte auf Besuch nicht berechnet sein, man musste sich helfen so gut es ging. Das Schlafgemach der Mönche, welches neben dem Franzisca's lag, wurde Nachts von aussen verschlossen; Franzisca selbst pflegte kaum drei Stunden zu schlafen. Auch Tags werden sie sich schwerlich haben draussen auf der Strasse sehen lassen dürfen. So blieben sie denn vierzehn Tage in dieser glücklichen Clausur. Franzisca war die angenehmste Wirthin, mit jener Ungezwungenheit, die es jeden willkommnen Gast im Innern eines echt spanischen Hauses gleich so wohl sein lässt, *con toda la franqueza Española* — einer jener unübersetzbaren Ausdrücke wie die deutsche Gemüthlichkeit und der englische Comfort. Auch das Gespräch wird dortzulande in allen Ständen von einer gewissen vornehmen Bildung getragen, welche ihm eine anmuthige Freiheit der Bewegung gestattet, die den anders gewöhnten Ladies zunächst manchmal *shocking* vorzukommen pflegt.

Franzisca war ein kleines zartes Wesen, von so delicater Constitution, dass, wie Ortiz sagt, jeder Arzt der sie sah einen Schreck bekam. Sie musste darum sehr gewählte Speisen essen. Ich glaube, sagt wiederum Ortiz bei ihrer Vertheidigung, dass es ihr mehr Pönitenz ist, Huhn zu essen, als mir Salat. Aber ihr würdet umkommen, wenn ihr in vierzig Tagen nicht mehr zu essen bekämt als sie in fünfzig. Das arme Frauenzimmer litt oft zwölf, fünfzehn Tage an Obstruction — ich muss auf solche kleinen Umstände kommen wenn ihr die Geringfügigkeiten so übertreibt. Denn natürlich stach man dieser so heilig thuenden Betschwester die Leckerbissen auf, von denen sie lebe, und die Schmausereien die bei ihr gehalten würden. Sie war nämlich die Gastlichkeit selber und sah es gern wenn ihre Gäste ordentlich zulangten. War sie allein, so liess sie sich oft nur ein Paar Eier zum Mahl zubereiten, wenn aber Jemand bei ihr war, so liess sie das Beste auftragen, das sie hatte, und so zwang sie sich mit der anmuthigsten Liebenswürdigkeit (*con grazia mui agraziada*) mehr und mehr zu essen und nöthigte die Andern und sagte, sie wolle auch selbst so viel essen wie ein Wölfchen. Ortiz erzählt weiter einen hübschen Zug. Sie fand einmal als sie mit ihren Dienerinnen zur Messe gegangen war (es kam äusserst selten vor dass sie ausging) beim Nachhausekommen an der Thür ihrer Zimmer ein schönes Gericht Blancmanger (so wird es genannt, *manjar blanco*; das Recept bedaure ich, nicht mittheilen zu können); eine Dame, die ihr sehr zugethan war, hatte es ihr hinsetzen lassen. Ohne auch nur zu kosten gab sie das Ganze den Armen an der Hausthür und bestellte für sich ein paar Eier und für ihre Begleiter etwas Fleisch. Dabei sagte sie, wie Ortiz erzählt, lächelnd: wie werden nun die armen Leute sagen: o wie ganz voller Blancmanger muss diese Beate sein da ihr so viel für uns übrig geblieben ist! Sie scherzte gern und konnte äusserst witzig sein wenn sie wollte (*sabe dezir con tanta sal que es maravilla mui benditos donaires cuando quiere*).

Immer hielt sie sich schmuck, in Sittsamkeit, ohne Prunk, wie der Apostel fordert [1 Tim. 2, 9]. Ihre Kleidung war stets von gutem anständigen Zeug und die gewöhnliche Tracht aller ehrbaren Weiber (*mujer honesta*) die weder Beaten waren noch sich verheirathen wollten. Dass sie nicht geringere Stoffe wählte — was für eine Mäkelei ist das! ruft Ortiz aus. Sie verschmähte es, um für heilig zu gelten, z. B. die Farbe des Kleides zu beachten; über solche Unterlassungen aber ärgerten sich viele an ihr, ohne zu bedenken dass sie weder Nonne noch Beate war, sondern stets ihr *hábito de virjen honesto* beibehalten. Sie lebte, wie er ein andermal sagt, *en el hábito honesto i venerable de virjen prudente que jamas mudó desde que le tomé*.

Ihre eine Dienerin, Maria Ramirez, war ein treues Mädchen; die andere, Ines Lopez, jetzt dreissig Jahre, hatte Franzisca der Mutter derselben (la de Villanueva genannt) aus reinem Mitleid abgenommen, und dieser eine grosse Erleichterung damit gewährt. Obgleich von Franzisca erhalten, nähte sie derselben doch nichts ohne sich dafür bezahlen zu lassen, und war so nachlässig in dem was sie zu thun hatte, dass Ortiz sie eines Tages hart darüber ausschalt. Aber auch der Maria hatte er Veranlassung ernstlich zu sagen, sie solle diese Dienerin Gottes besser bedienen und ihr keinen Verdruss machen.

Sehr schön spricht sich Ortiz nach Jahren über die evangelische Freiheit ihrer Lebensart folgendermassen aus: Wie Gott einst den h. Franziscus aus dem Geräusch der Welt rief, damit man einen Menschen sehe, der geringschätzte was alle Welt liebt, und ganz arm einher ginge und Viele zur Busse führte, — jetzt aber kocht in seinen Mönchen die Habsucht und trachten sie danach prächtige Gebäude zu bekommen [z. B. San Juan de los Reyes in Toledo war ein wahrhaft königlicher Bau], die der h. Stifter ausdrücklich verbot, und Ambition nach Prälaturen, — so geschah es durch eine besondere Fügung Gottes, dass jetzt in seiner Kirche seine treue Dienerin Franzisca lebte, die ohne alle jene zur Heiligkeit nicht nothwendigen Aeusserlichkeiten voller Gottesliebe war und uns belehrte, dass das Werk der Armuth, die auch der h. Franziscus wollte, nicht sei, Geld nicht mit Händen anzurühren — so nothwendig es auch ist, dass derjenige es nicht berührt, der versprochen es nicht zu thun, sondern darin, die Habsucht aus dem Herzen zu verbannen, und dass die wahre heilige Strenge nicht im Tragen der groben Kutte bestehe — sie trug gutes Zeug und Linnen, und würde sich lieber lebendig verbrennen lassen als mit Ueberlegung die geringste Sünde thun —, obwohl es gut ist dass ein Jeder in dem Stand und Gewand bleibe, wozu er berufen ward.

Voll der ungetheiltesten Bewunderung ist er für ihr Verständniss des Wortes Gottes und für ihre Gabe dasselbe auszulegen, woran er sich oft im engen häuslichen Kreise, wo dann auch allerlei Unterredungen ohne zu stören dazwischen kamen, im innersten Herzen erlabte. Ihre Erklärungen der h. Schrift, rühmt er, gleichfalls fünf Jahre später, seien so hoch und so tief, wie man es durch viele Jahre Universitätsstudien nicht erreiche, ohne dass sie irgend in die Schulen von Salamanca oder Paris gegangen. Obgleich sie Irrthümer gegen die Regeln des Donat beging, von welchen der h. Gregor sage, man müsse sie hintansetzen bei den Worten des himmlischen Orakels, und wenn sie auch in grammatischen Constructionen nicht das Rechte traf, sprach sie doch mit grosser Lebhaftigkeit die Substanz dessen aus, was darin stand, so dass es ganz wunderbar war. Daher ihm denn sehr glaublich geworden sei, dass sie Geringeres, wie Lesen und Schreiben, ohne Lehrer gelernt. Wenn ich sie, sagt er ein andermal, auf mein

Bitte, sei es das hohe Lied erklären hörte, das früher selbst die vorgeschrittenen Männer nicht einmal lesen durften[1], oder die Bergpredigt des Herrn, in der die ganze christliche Ethik steht, oder die Abendmahlsrede voll so hoher Metaphysik, oder wenn ich sie sprechen hörte über ein Kapitel eines Propheten, oder über einen Psalm Davids, oder über das Buch der Weisheit, oder über irgend eine apostolische Epistel oder die Apokalypse — denn über jedes von dem hier aufgezählten habe ich sie reden hören, wie man grade die Bibel aufschlug ohne auszuwählen —, oder über die Sprüche Salomos, woraus sie mir den letzten Abschnitt über das wackere Weib (*mulier fortis* 31, 10 f.[2]) auslegte: so blieb ich in Erstaunen und Bewunderung versenkt, indem ich sah, wie unzulänglich mein Geist war, die Höhe zu erreichen, die sie dort uns klar machte, und mit welchem Flusse sie sprach, ohne anzuhalten und nachzudenken, was sie sagen solle, und ohne sich dadurch stören zu lassen, dass sie der Magd Aufträge zu geben hatte, und, fügt er hinzu, wenn es Noth that, ein paar ordentliche Ohrfeigen. Sie werden der unleidlichen Ines von der zarten Hand ihrer Herrin nicht eben zu weh gethan haben. Sie beweisen übrigens schlagend, dass sie nicht zu den allzu »Gelassenen« gehörte, und dass sie auf Zucht hielt. Er hätte gewünscht, sagt Ortiz weiter, dass grosse Theologen ihr gelauscht hätten, um zu gestehen, dass höhere Weisheit in ihren Worten zu finden sei, als man mit vieler Mühe aus Büchern zusammenlese. »Denn, wenn sie auch nicht die in den Schulen üblichen Wörter gebrauchte, und nicht von Quidditäten sprach und Formalitäten, Relationen der Aequiparanz und Disquiparanz, Hypostatication des Substracts und dergleichen, so sagte sie doch was die Gelehrten nach viel Disputiren und grosser Arbeit feststellen, in drei klaren Worten, und ohne Stroh und Staub.«

---

[1] Die h. Theresa schrieb, auf Befehl geistlicher Vorgesetzten, Betrachtungen über das Hohelied, als aber ihr Beichtvater daran Anstoss nahm, dass ein Weib dieses dunkle Buch auszulegen wage, warf sie das Manuscript ins Feuer. Doch hatte eine Nonne schon einige Blätter abgeschrieben gehabt, und diese sind als »Gedanken über die Gottesliebe« in Theresens Werke mit aufgenommen. Die Herausgeber tadeln das vorschnelle Urtheil jenes Beichtvaters und bedauern den Verlust des Uebrigen. Die Canonisationsacten über Theresa führen auch ihre Schrift über das Hohelied als Beweis ihrer Auslegungsgabe an. Auch Madame Guyon hat über dasselbe geschrieben.

[2] Die Verfasserin des vor ein paar Jahren erschienenen Buches: *A woman's thoughts about women* nennt (ch. VII) diese »Worte des Königs Lemuel die seine Mutter ihn lehrte« *as true a photograph of nature in this our modern day as it did in those ancient days under the glowing sun of the East.*

Dass sie nicht bloss wunderkräftig, sondern auch lehrreich gewirkt, auch dies habe sie nach dem Vorbild Christi gehabt. »Christus, unser einziges Gut, der den blinden Griechen Thorheit schien, und den blinden Juden Anstoss gab, er war den Berufenen aus beiden Völkern Weisheit Gottes und Kraft Gottes: Weisheit, um sie die Griechen zu lehren, die sie suchten; Kraft, um Wunder zu zeigen den Juden, die Wunder forderten — den Einen wie den Andern mit vollen Händen gebend.« [1 Kor. 1, 22 f.].

Zu einer Zeit, wo die Kirchenlehrer sich in lauter gelehrte Sackgassen verlaufen hatten — eine rechte Männeruntugend, und allerlei Unsinn und Unsitte herrschend war, da konnte es nur segensreich wirken, wenn ein weiblicher Geist mit jenem klaren Blicke in die wirklichen Bedürfnisse einer Lage, der dem schöneren Geschlechte eignet, das Eine erkannte was Noth that und mit sanfter Gewalt auf den schmalen Weg zurückrief; zumal in einem Volk, bei welchem die Frauen so viel Selbständigkeit geniessen. Kenntnisse aufzustapeln, ist nicht eben Frauensache, aber das Einfache, ewig Gültige wird dem weiblichen Gemüth schneller fühlbar als dem unsrigen.

Sie selbst hält sich bei allem anmuthigen Selbstgefühl fern von eitlem Uebermuth. Ortiz, sagt sie, sei damals nicht in sein Kloster gegangen, weil er gemeint habe, wenn er sich dort zeige, werde man ihn nicht mit ihr verkehren lassen, denn in seiner Demuth habe er gedacht und gesagt, dass ihm der Umgang mit ihr sehr wichtig sei; das habe er gedacht in seiner Demuth, nicht als ob sie dächte, dass an ihr etwas sei, was ihm habe nützen können. Bald genug kam die Scheidestunde. Pedro de Cazalla begleitete die beiden Mönche noch drei, vier Meilen weit. Augustin, Pedro's Sohn, der spätere kaiserliche Prediger, war damals ein Junge von vierzehn Jahren.

Vier Jahre lang sah Ortiz Franzisca nicht wieder, er blieb in Toledo in San Juan de los Reyes. Oft aber schrieb er an sie und sie antwortete in grosser Kürze, durch die Hand Pedro's de Cazalla oder der D[a] Leonor oder wer sonst im Hause die Güte haben wollte; so lange sie dort war, scheint sie nicht eigenhändig an ihn geschrieben zu haben. Sie schreibe nämlich so schlecht, gibt sie selber an, indem sie hinzusetzt, jetzt (1529) könne sie gar nicht mehr sehn. Vielleicht wollte sie Ortiz nicht Veranlassung zu übergrosser Anhänglichkeit an ihre Briefe geben. Die wenigen Zeilen, die er später ein paar Mal von ihrer eigenen Hand bekam, vernichtete er indessen treulich, da sie ihm mehrmals gesagt hatte, nicht Papiere gefielen Gott, sondern dass man ins Herz schreibe was dazu fromme Ihm zu dienen. Ihre Briefe, so kurz sie waren, waren doch, sagt er, substantiell, und darauf angelegt, sein Herz der Weltliebe zu entreissen und der Gottesliebe zuzuwenden. Er schrieb ihr mit grosser Ehrerbietung seine Fehler und bat um ihre Fürbitte. Einen Andern, der sich wiederholt brieflich an sie wendete, machte sie sich dadurch, dass sie seine Briefe niemals beantworten wollte, zum Gegner; auch mit schriftlichem Umgang war sie äusserst zurückhaltend.

Bald nach Ortiz' Rückkehr von Valladolid hielt zu Toledo der Generalminister Quiñon am Trinitatisfeste 1524 die Castilischen Provinzialcomitien. Wadding erzählt dabei Folgendes: *Irrepserat hoc tempore per illam regionem blanda quaedam sed perniciosa pestis haereseos, nuncupatae Illuminatorum* [*alumbrados*] *seu Viae illuminativae aut Dimittentium se divinae dispositioni* [*dejados*], *nihil volentium facere nisi quod ultro per divinas inspirationes aut revelationes sibi suggeri facile et erronee credebant. Ne in religionem irreperet* (*infecerat enim haec stulta superbia et aemulatoria fatuitas quosdam ex clero et religiosis*) *summa cura invigilari praecepit Quiñonius, et si quis deprehenderetur per hanc viam incedere et admonitus statim immediate sine resistentia et contradictione ab ea non recederet et ab huiusmodi stultitia non desisteret, ipso facto sine dilatione et misericordia carceri manciparetur* (t. 16. p. 189). Im Januar desselben Jahres hatte der Papst die früher den Franziscanern mehrfach gewährte Exemtion von der Gewalt der Inquisition bestätigt, und den Ordensobern Vollmacht über die Glaubensvergehen ihrer Mitglieder verliehen.

Durch diese Verurtheilung jenes besondern Alumbramiento und Dejamiento liess sich das ihm nahe genug verwandte, für die Meisten kaum davon verschiedene, Recojimiento nicht abschrecken.

Jener Osuna, den wir mit Ortiz verkehren sehn, und der sich nach Olivares' Aussage so angelegentlich darum bemüht, einen Rosenkranz zu erhalten, der aus den Händen der Hernandez kam, ist kein anderer als der Franzisco de Osuna, welchem Nic. Antonio unter den Franziscanern (er war Observant) an Gelehrsamkeit und Frömmigkeit Wenige zu vergleichen findet, und den er einen Mann von immenser Belesenheit der mannigfaltigsten Art nennt und zu den ersten Rednern jener Zeit rechnet. Unter seinen Schriften hat eine besondere Bedeutung das *Abecedario espiritual*, sechs Quartbände, die beiden letzten erst nach des Vf. Tode erschienen (*obiisse creditur circa a.* 1540. Nic. Ant.)[1] Dieses Abecedars dritter Theil, dessen erste Ausgabe die von 1527 zu sein scheint, wurde etwa 1535 der h. Therese der Wegweiser zum innern Leben; sie erzählt in ihrer Autobiographie (Kp. 4), wie tief ein Buch sie ergriffen, welches den Titel trug: das dritte ABCbuch, und welches Anweisung gab zum Gebet der Sammlung (*recojimiento*). Wie man sich sammle, habe sie vorher nicht gewusst; sie zog sich nun mit diesem Buch, nach welchem sie sich ganz zu richten beschloss, in die Einsamkeit zurück, und auf diesem Wege wars, dass sie zum Gebet der Ruhe (*quietud*) und auch zu dem höheren der Einigung (*union*) gelangte. Von Cortes, König, Papst ist Therese von Ávila als Patronin Spaniens angenommen worden, als Genossin des Patrons Santiago. Wie es aber ihr nicht erspart blieb, sich vor der Inquisition rechtfertigen zu müssen, so war auch Ignaz von Loyola, dessen Jünger nachher ihre Führer und Verehrer wurden, 1527 in Alcalá und Salamanca und zwar, wie sein frühster Biograph meint, als Alumbrado, festgenommen worden und nicht ungedemüthigt nach einigen Wochen Gefängniss wieder entlassen (*Acta Sanctor.* Julii t. 7. p. 435 C. 646 B. 649 B). Osuna, der in jenem dritten Abecedar von 1527 (Tract. 20. Kp. 6. S. unsern Anhang) die Mönche davor warnt, den Weiblein, die man, ob mit Recht oder Unrecht, für heilig halte, mehr Autorität zu geben als den eignen Obern, wird durch seine Verehrung für Franzisca schwerlich in ernstliche Verlegenheiten gekommen sein[2]. Doch verfolgen wir die Geschicke von Ortiz.

Seit seiner zweiten Rückkehr von Valladolid also blieb Ortiz in Toledo, seiner Vaterstadt, in dem schönen Kloster S. Juan de los Reyes, beschäftigt mit Studien und Predigten, Seine Magnetnadel, wie er sagt, war das Andenken an Franzisca, nach der er bei allem seinem Thun und Lassen sich orientirte. Manchmal erfüllte ihn ihre geistliche Nähe so überschwenglich, dass, sagt er, mit hunderttausend Städten nicht Eine Stunde dieses Trostes bezahlt sein würde, der sein ganzes Herz so in Vergessenheit alles Irdischen tauchte, dass er nicht mehr er selbst zu sein schien, und nüchtern gotttrunken

[1] Siehe unsern Anhang. — Osuna war auch in Frankreich und den Niederlanden. Spiegel der Reichen, 40: als ich zu Antorf war. Andr. de Guadalupe zufolge, a. a. O. S. 491 f., reiste er mit dem General Quiñones zusammen nach Italien ab.

[2] Ein Zeitgenoss, Louis de Blois (geb. 1506), der Osuna's Abecedar rühmt, sagt, derselbe sei Confessor des Cardinals Alonso Manrique, des Erzbischofs von Sevilla, gewesen, der ihn sehr nahe an sich gezogen habe. Andr. de Guadalupe a. a. O.

(*como sobriamente embriagado de dios*), ausrufen konnte: *introduxit me rex in cellam vinariam, ordinavit in me caritatem* [Hoheslied 1, 3. 2, 4].

Er suchte nicht den menschlichen Umgang und besonders nicht die Frauen. Wenn er in einem Nonnenkloster zu predigen hatte, so pflegte er seinen Guardian um Erlaubniss zu bitten, von der Kanzel gleich zu seiner Zelle zurückzukehren; denn er ging lieber ganz abgemattet von la Conzepzion nach San Juan, wo er nur etwas kaltes Hammelfleisch bekam, als dass er dort geblieben wäre zu den schönen Mahlzeiten, die die Nonnen zu geben pflegten (*las buenas comidas que las monjas dan*); was er, wie er sagt, unter andern Gründen auch deshalb wünschte, damit er keine Zeit verliere und um nicht mit Nonnen zu thun zu haben. Um Urlaub für einen Besuch bei Franzisca bat er während der ganzen vier Jahre nicht.

Wie sehr er sich ihrem geistlichen Einfluss hingab, zeigte sich glänzend, als ihm der Kaiser, der in Burgos von seinen Predigten sehr eingenommen worden war und ihn gewiss auch in Toledo öfter gern gehört hatte, die Stelle eines kaiserlichen Predigers antrug. Dies geschah vermuthlich um den Anfang des Jahres 1526 während des beinahe viermonatlichen Aufenthalts des Kaisers in Toledo. Covos, Staatssecretär Sr. Majestät, kam mit diesem Auftrage persönlich zu ihm. Er bat sich Bedenkzeit aus und schrieb nach Valladolid. Franzisca schrieb an Ortiz, sie möchte nicht, dass er Prediger des Kaisers werde, er solle Prediger Jesu Christi sein. Dies Wort entschied, dass er die angetragene Ehre ablehnte; er würde sie nun, sagt er, nicht angenommen haben, wenn man ihm auch tausend Millionen geboten hätte. Als er sie erst später fragte, warum sie es nicht gewünscht habe, da er dann doch grössere Freiheit gehabt haben würde mit ihr zu verkehren und da der Hof nicht vermögen würde, seinen Lebenswandel zu verderben, antwortete sie: ich vertraue allerdings auf die Gnade Gottes, dass der Hof Euch nicht schaden würde, aber damit nicht das Volk, dem ihr predigt, denke, Ihr liebt diese Eitelkeiten, die Andere suchen und lieben, schien mir, ihr dürftet es nicht thun.

So hatte ihm Franzisca gerathen abzulehnen, obwohl sie, wie er sagt, wohl wusste, dass, wenn er kaiserlicher Prediger war, sein ganzer Einfluss der ihrige sein würde, denn, sagt er, besass ich auch nichts was ich geben konnte, so wusste sie doch, dass ich tausend Welten, wenn ich sie gehabt, ihr würde zu Füssen legen; aber niemals machte sie die geringste Andeutung, dass sie von hohen Herrn, bei denen er in Ansehen stand, etwas durch ihn wünsche. Nur

Kleinigkeiten machte er ihr dann und wann zum Geschenk, die mit Paulus sagen dürfe: ich will nicht das Eurige, sondern Euch. Geld nahm er, treu seiner Regel, niemals an. Die Ehrengeschenke, die er von der Stadt Burgos empfing, sandte er, wie wir schon erzählten, sofort an sie. Aus Toledo schickte er ihr gleichfalls Eingemachtes, besonders von Citronen, und einmal einen knöchernen Zahnstocher, der kaum einen Maravedi werth war, ein andermal ein Bildchen von demselben geringfügigen Werth. Er sagte ihr: obgleich ich mich herzlich freue, Señora, dass ich Euch solche Kleinigkeiten schicken kann, so werdet ihr doch nicht gern sehn, dass ich zu diesem Zweck Andre um etwas bitte; worauf sie erwiederte: wenn er das thäte, so würde sie alles unmuthig wegwerfen (*todo lo aborrezeria i lo echaria con la ira mala*). Einmal aber erbat er sich doch ein goldverziertes Korallensächelchen, um es ihr zu schicken, von D[a] Teresa de Cardenas, der Frau des Pedro Zapata, die eine grosse Zuneigung zu Franzisca an den Tag legte, so dass er durch eine solche entgegenkommende Bitte den Willen der letzteren, dem er stets zu willfahren bereit gewesen, da er ihn als dem Willen Gottes sehr angemessen erkannt habe, nicht zu verletzen geglaubt. Und ebensowenig glaubte er dadurch seine Ordensregel zu übertreten, denn dass er von Niemand etwas bitten solle, habe er für den Fall verstanden dass Verschwendung darin liege (*derramamiento*).

Aber die Feinde ruhten nicht. Die hauptsächlichen Unkrautsäer, wie sie Ortiz nennt, gegen Franzisca waren Frai Jil Lopez und Diego Lopez Husillo, letzterer aus Alcalá, die in dieser Hinsicht ein Herz und eine Seele waren. Frai Jil Lopez hatte früher selbst zu Ortiz geäussert, dass er durch den Tadel Franzisca's wegen seiner Redereien über Andre von einer heimlichen Wunde geheilt sei, und hatte gesagt, er kenne keine andre h. Katharina von Siena, keine andre Angela di Foligno, als sie. Da sie ihn aber, weil er nicht davon abliess, sich unter die Grossen zu drängen, nicht mehr zu sich lassen wollte, brach die alte Wunde wieder auf. Als er dann hörte, dass Covos im Auftrag des Kaisers zu Ortiz gekommen sei, um ihm die Hofpredigerstelle anzutragen, so suchte Frai Jil zu hintertreiben, dass auch Ortiz an den Hof komme, wo er seinerseits verkehren durfte, und sagte z. B. — während Ortiz übrigens schon, dem Wunsch Franzisca's entsprechend, abgelehnt hatte — eines Tages zum Pater Frai Gaspar de Leon, einem guten Prediger in der Provinz Santiago (der es Ortiz wieder erzählte), in Gegenwart von vielen Mönchen: habt ihr den Prozess von Franzisca Hernandez und Franzisco Ortiz? obgleich die Inquisition an ein Vorschreiten gegen ihn noch gar nicht dachte. Frai Jil verkehrte mit den Inquisitoren in Valladolid und strebte diese für seine abgünstige Ansicht über die beiden zu gewinnen. Auch andre Mönche suchten überflüssigerweise, um Ortiz' Anstellung als kaiserlicher Prediger zu verhindern, ihn vermittels des genannten Staatssecretärs in schlechten Ruf wegen dieser, wie Ortiz sagt, neuen Susanne zu bringen. Diego Lopez, der, was er nur von üblen Gerüchten über Franzisca in Erfahrung zu bringen wusste, sammelte und geeigneten Orts anwendete, schrieb auch einen Brief an Ortiz selbst, um diesen angeblich auf einen bessern Weg zu weisen, so dass er sich Franzisca's nicht weiter annehme. Er brachte, sagt Ortiz, eine Menge von boshaften Verläumdungen gegen sie vor, aber bei alledem doch nichts was eine Sünde gegen den h. katholischen Glauben gewesen wäre. Selbst des Ortiz Pater Provincialis verwies den beiden Lopez ihre Redereien und sagte zu Ortiz, es sei eine grosse Sünde, dass dieselben solche Dinge, die, wie er auch aus Erfahrung wisse, unter geistlichen Personen bei sehr heiliger, rein himmlischer Liebe vorkommen könnten, weltlichen Personen zu Ohren gebracht, die nur Fleisch und Blut zu denken verstünden.

Diego Lopez schrieb an Ortiz unter Anderem: Die Armen weise Franzisca ab, die Reichen lasse sie vor, um sie auszunutzen. Das Gegentheil sei wahr, sagt Ortiz. Wenn sie, schreibt er später, etwas annimmt, so nennt man sie habsüchtig und sagt, sie lasse Niemand vor, der ihr nicht etwas bringe; und wenn sie gibt, so spricht man wieder von Verschwendung, denn wenig zu geben versteht sie nicht. Niemals habe er einen Menschen gesehen, der alle weltlichen Schätze geringer geachtet und wären es die von Venedig und vom ganzen Reich. Er habe diese grosse Weltverächterin fünfzig, sechzig Ducaten weggeben sehen als wären es so viel Strohhalme. Und in ihrem Hause durfte doch nicht ein Brotstückchen verkommen, wie sie von Christus gelernt, ihrem Verlobten, der nach der Speisung der mehr als Fünftausend die Brocken sammeln liess. Hatte er bei ihr eine Mahlzeit eingenommen, wobei stets, wie sie mehr zur Erquickung der Seele als des Leibes gegeben war, seine Seele mehr Genuss gehabt als sein Leib, so hahe er gesehen, wie nach Tische diese so freigebige Verlobte des Kaisers der Himmel eigenhändig das übrige Brot einschlug, um es zu verwahren. Während sie über ein Messerchen oder Papierbildchen oder dergleichen Kleinigkeiten, die man ihr gab, sich so herzlich freuen konnte, und weil sie die

Liebe ansah, mit der es gegeben wurde, es so hoch hielt, wie auch der Aermste bei einer so unbedeutenden Sache nicht thun würde, machte sie im Gegentheil oft das traurigste Gesicht, wenn sie, was oft genug von verschiedenen Seiten geschah, kostbare Dinge geschickt bekam, z. B. reiche Kelchschleier (*palias*) für ihren Altar oder ähnliche Werthsachen, und wollte so etwas nicht annehmen. Ortiz sagt, dass Personen von Ansehn und Rang sie unter Thränen und auf den Knien gebeten, ein Geschenk anzunehmen, und nur mit Mühe Franzisca durch seine Vermittlung dazu zu bringen war, damit jene doch nicht niedergeschlagen weggingen.

Viele, sagt Ortiz, fragten ganz pharisäisch über Franzisca: warum isst sie mit Zöllnern und Sündern? warum fasten ihre Verehrer nicht? warum übertreten sie die Vorschriften der Alten und waschen nicht ihre Hände, wenn sie Brot gegessen? indem diese Blinden nicht beachten, wie sehr sie selbst das Gesetz Gottes wegen ihrer Ueberlieferungen überschreiten [Math. 9, 11. 14. 15, 2. 3]. Wäre ein Funke rein göttlichen Eifers in ihnen, so hätten sie, wenn sie mit denen zusammengekommen waren, die mit dieser Gottesdienerin verkehrten, zu Ew. Hochwürden gehen müssen und sagen: wir wissen nicht, warum Ihr diese Dienerin Gottes nicht ganz in Freiheit und lasst, warum Ihr sie nicht bittet, mit recht vielen Leuten umzugehn und nicht so zurückhaltend zu sein, denn wir müssen Euch sagen, dass die Mönche, von den uns untergebenen, welche bei ihr haben Zutritt erlangen können, wie kostbare Steine unter den übrigen hervorglänzen: keine andern sind so demüthig, so gehorsam ohne Murren, zu allem was wir ihnen nach Gottes Willen befehlen, keine andern lieben so das Gebet und das Schweigen; nie hören wir sie murren wider ihre Brüder; sie fliehen jeden Zeitverlust und ziehen sich in ihre Zellen zurück; sie sinds, die wir die Ehren der Welt verachten sehn, und geduldig sind sie in den Verfolgungen und nehmen dieselben mit einer Freude über sich, die man erschrickt sich vorzustellen — es ist unmöglich, dass nicht ein grosser Schatz unter diesem holländischen Linnen und feinen Zeug verborgen sein sollte, von welchem alle diese Tugenden herkommen. Bittet sie doch, dass sie öfter unsere Mönche vorlasse, die sie so gut zu lehren weiss, denn ein Gespräch mit ihr nützt ihnen mehr als hundert mit uns. Uebrigens glaubt Ortiz selbst, er der sie doch so sehr liebte, seinerseits kaum sieben Personen aufgefordert zu haben, zu ihr zu gehen.

Auch im Kloster zu Valladolid ging die Bewegung ihren Gang

fort; insbesondre Muñotello liess sich von der Anhänglichkeit an Franzisca auf keine Weise abwendig machen, sondern nannte sich »mit vollem Munde« einen unwürdigen Diener dieser h. Verlobten Jesu Christi. Er war von bekanntem Adelsstamme, ein trefflicher Hidalgo, wie Ortiz bezeugt, und ein gar demüthiger Mönch, der, so oft ihm eine Prälatur angeboten wurde, ablehnte. Als er die Guardianstelle, für die er im Capitel zu Ávila erwählt wurde, nicht annehmen, sondern Untergebener bleiben wollte, fing man an zu schreien, Franzisca Hernandez mache ihn dem Gehorsam untreu. Ungehorsam, sagt Ortiz, nenne man den, der in wahrer Demuth seine Unzulänglichkeit einsehe, darauf bestehe, nicht befehlen zu wollen, sondern befehligt zu werden. Nur das Amt des Novizenmeisters übernahm Muñotello, ein Amt, das man, wie Ortiz sagt, in seinem Orden nur den *mas devotos i recojidos en todo recojimiento i virtud* zu geben pflege. Als solcher flösste er den Neulingen die guten Lehren ein, die er selbst durch jene Gottverlobte empfangen. In einer Congregation unter Beisein des Provinzials Martin de Bejar wurde aber der wohlweise Bescheid beschlossen: man würde dem Frai Muñotello gern die Erlaubniss geben, die Franzisca Hernandez zu besuchen, allein da das doch nur in Begleitung geschehen dürfe [nach der ersten Regel des h. Franziscus Kp. 12: *nullus cum eis,* nämlich *mulieribus, consilietur solus*] und somit allmälig das ganze Kloster hingehn könne, so könnte es kommen, dass man sagte, durch ein Weib sei das berühmte Franziscanerkloster von Valladolid reformirt worden. Dieser »Inconvenienz« wegen hielt man es für angemessen, jene Erlaubniss zu verweigern. Einige Tage darauf indessen gab ihm der Provinzial dennoch die gewünschte Lizenz, doch unter der Bedingung, dass er nur mit Andern als den Hausbewohnern seines eignen Klosters dorthin gehe. Welch ein Possenspiel, ruft Ortiz, der die Sache in obiger Weise darstellt, aus, voll luziferinen Hochmuths, der die Gaben Gottes nicht durch ein Weib annehmen will, und Gott den Weg vorschreibt, und die weibliche Natur verachtet und alle Heiligen in jenem Geschlecht, bloss wegen der fleischlichen Herzen, die nicht mit Lauterkeit die Geschöpfe Gottes anzublicken wissen.

Durch Guinea's eigne Aussage erfahren wir, dass er, als Guardian in Valladolid, mehrmals zum Generalinquisitor, dem Erzbischof von Sevilla, gesprochen habe, um ihn zu veranlassen, gegen das Aergerniss des Franzisca-Hernandez-Enthusiasmus gründliche Abhülfe zu treffen; man solle das Frauenzimmer, schlug er vor, in ein Kloster stecken oder sonstwohin, damit ihre Lehre nicht so grossen Schaden stifte. Der Erzbischof, sagt Guinea, habe sie darauf in das Kloster Sta Isabel zu Valladolid zu bringen beabsichtigt, die Nonnen aber wollten den unruhigen Gast nicht haben, damit sie das Kloster nicht in Aufregung bringe (*desasosegase*), und ihrerseits erklärte Franzisca, dass sie nicht in das Kloster wolle, und so ohne weiteres sie zu zwingen, wagte man doch nicht. Sie verliess aber endlich Valladolid.

Bei der dortigen Inquisition war im März 1526 auch ein Prozess angestrengt gegen die Mutter von Franzisca's Hauswirthin, der Frau Eleonore Vibero de Cazalla, gegen Constanze Ortiz, die schon zwei Jahre vorher als Witwe von Juan de Vibero in Valladolid gestorben war. Constanze, nach einer Verurtheilung wegen Judaismus wieder zu Gnaden angenommen, wurde auf Grund von Beschuldigungen dreier ihrer früheren Dienstboten nach ihrem Tode als Rückfällige in Anklagestand versetzt. Ihre Kinder, Eleonora und deren Bruder, unternahmen die Vertheidigung, aber erst nach sechs Jahren, im März 1532 entband der Inquisitor Moriz das Andenken Constanzens von der Anklage (Llorente Ch. 14. art. 2. §. 22). Ob Constanze mit unserm Franzisco verwandt war, erhellt nicht; der Name Ortiz war ziemlich verbreitet.

Aus Valladolid ging Franzisca nach Castel de Tejeriego oder, wie es in den Acten auch kurzweg genannt wird, Castrillo. Es liegt etwa fünf Meilen von Valladolid, ungefähr in nordöstlicher Richtung[1]. Dort wohnte sie, wie sie selbst sagt, bei Don Bernardino in der Festung, also dem eigentlichen Castell des Orts. Ein Zeuge drückte sich so aus, sie habe damals in der Posada der Frau des Don Bernardino gewohnt. Diese *posada* wird nicht ein Wirthshaus sein, sondern, was es gleichfalls bedeuten kann, die Wohnung jener Frau, die, wie der Ausdruck *posada*, der von ausgedehnten Räumlichkeiten gebräuchlich ist, vermuthen lassen würde, eine vornehme Dame war, etwa die Gemahlin des Commandanten. In dessen Hause, das vielleicht dem Cazallaschen befreundet war, mag

[1] Sebastian de Miñano: *Diccionario geografico-estadistico de España y Portugal.* t. 2. Madrid 1826. p. 486: *Castrillo Tejeriego, Villa Secular de España, provincia de Valladolid, partido de Portillo. Alcalde ordinario,* 117 *vecinos,* 248 *hab. parroquia,* 1 *convento de clérigos menores,* 1 *pósito. Situada a la margen derecha del arroyo Jaramillo que desagua en el Duero, en las inmediaciones de Tudela; confina con los pueblos de Villafuerte y Piña de Esgueva. Hay en su término una magnífica dehesa llamada de Valbuena. Dist.* 6 *leguas de la capital.* 6²/₃ leguas = 5 geographische Meilen.

sie als Gast der Hausfrau aufgenommen worden sein. Maria Ramirez, ihre Dienerin, war mit ihr gegangen; die andre, Ines Lopez, befand sich wohl schon eine Weile nicht mehr in ihrem Dienst. Die sorgliche Aufmerksamkeit Muñotello's sandte ihr auch dorthin Eingemachtes; er sass ja in Valladolid an einer gesuchten Quelle.

Ihn nun und Ortiz sehen wir im Mai des Jahres 1528 bei Franzisca dort zum Besuch eintreffen; der letztere hatte den Freund wahrscheinlich abgeholt. In Castrillo nahmen sie eine Art Wohnung, da sie, ohne Mönchen Anstoss zu geben, mit Franzisca verkehren konnten; ein Kloster war dort wohl überhaupt nicht. Franzisca lebte hier noch zurückgezogener als in Valladolid. Jemand, der die weite Reise von Sevilla nach Castrillo (doch wohl an 80 Meilen) gemacht hatte, um sie zu sehen und zu sprechen, musste, ohne dazu gelangen zu können, wieder zurückreisen. Aber für die beiden alten Freunde war ihr Herz und ihre Thür offen.

Manchmal, wenn sie Ortiz aufforderte, ihr und ein paar Hausfreunden einen Psalm zu erklären, bat er seinerseits Franzisca, ehe er das Buch öffnete, um den ersten, der sich beim Aufschlagen darbot, durchzunehmen, dass sie ihm Gnade von Gott dafür erbitten möge, wobei es auch vorkam, dass er vor ihr niederkniete, ein Umstand der später von Uebelwollenden arg gemissdeutet wurde. Nachdem er dann gesprochen, pflegte sie gleichfalls zu reden, und, berichtet er selbst, »der Pfarrer von Castrillo und ein anderer Kleriker, Andres Barba, die mit Dank gegen Gott vom Guten zum Bessern fortschritten, sagten, sie hätten in ihrem Herzen grössere Wirksamkeit von Gott verspürt bei dem was Franzisca über meine Worte gesagt als bei diesen selbst.« Viele missbilligten es natürlich, dass ein Weib über Psalm oder Evangelium rede, aber es fehlte auch nicht an besonnenen Männern, die mit Ortiz nichts daran auszusetzen fanden, wenn Franzisca *in familiari colloquio et opportuno tempore, praesertim rogata,* über Gottes Wort redete, das sie so gut verstand. Katharina von Siena, sagt er, und viele andre heilige Dienerinnen Gottes übten das sehr fleissig.

Die christliche Kirche hat ihren Glaubenslehrerinnen mit nichten das Wort verweigert. Am ersten Pfingsttage erinnerte Petrus an den Spruch des Joel, der nun erfüllt werde: in jenen Tagen giesse ich meinen Geist aus über alles Fleisch und es weissagen eure Söhne und eure Töchter (AG. 2, 17). Vier Töchter des Evangelisten Philippus werden als Prophetinnen erwähnt (21, 9). Priscilla und Aquila — die Frau wird deshalb, weil sie hierbei die wichtigere gewesen war, an erster Stelle genannt — nahmen sich den Alexandriner Juden Apollos vor, einen bedeutenden Schriftgelehrten, der die Sache Jesu genau lehrte, und setzten ihm den

Weg genauer auseinander (18, 24 f.). Wie Paulus an die Galater schreibt, ist unter denen, die in Christus leben, weder nationaler, noch bürgerlicher, noch geschlechtlicher Unterschied, es gibt da nicht Mann und Weib; beide haben Theil an ihm, ebenso wie Knechte und Freie, Juden und Griechen. Die Verbote des Apostels hinsichtlich des Redens der Weiber beziehen sich auf Ehefrauen und Gemeindeversammlungen. Nur von den verheiratheten Weibern sagt er 1 Cor. 14, dass sie in den Gemeindeversammlungen schweigen und nicht einmal um Belehrung zu erbitten, das Wort nehmen sollen; sie sollen vielmehr zu Hause ihre Männer fragen, wenn sie etwas wissen wollen; Anderen Lehrvorträge zu halten ist überhaupt nicht ihre Sache. Auch dieser apostolische Rath beschränkt sich übrigens selbstverständlich durch die Verhältnisse, denn die mit Heiden Verheiratheten konnten natürlich bei ihren Männern keine Auskunft über christliche Dinge bekommen; doch selbst für diesen Uebelstand gab es ja andere Abhülfe als öffentliches Reden der betreffenden Weiber in den erbaulichen Zusammenkünften. Der Apostel kann also schlechthin sagen: es ist unschicklich für eine verheirathete Frau, in der Gemeindeversammlung zu reden. »Oder«, fragt er, »ist euch Männern etwa das Wort Gottes ausgegangen? wisst ihr gar nichts zu sagen? dann freilich mögt ihr euren Ehehälften die Zungen entbinden. Oder ist umgekehrt das Wort Gottes nur euch zugekommen? Hat nur eure Gemeinde die Gnadengabe der Verkündigung des Heils? so dass man nur wünschen müsste, dass Jedweder bei euch, Mann und Weib, seinen Mund aufthäte, damit die Welt doch so viel wie möglich von der frohen Botschaft vernähme.« Dies Alles bezieht sich unzweifelhaft lediglich auf die verheiratheten Frauen. Auch 1 Tim. 2 sind es diese, denen gesagt ist: ein Weib lerne in Stille in aller Unterordnung, einem Weibe gestatte ich nicht, zu lehren, noch sich ein Ansehn zu geben über den Mann, sie soll selig werden im Kindergebären, wenn sie in Glaube und Liebe und Heiligung mit Sittsamkeit verharrt. Wenn nun somit die Eheweiber (bei gesunden Gemeindeverhältnissen) vom öffentlichen Reden ausgeschlossen werden, so ist dies mit nichten ohne weiteres auch auf die Mädchen auszudehnen. Jungfräuliche Prophetissen, den Hellenen nichts Unerhörtes, mögen selbst in den Gemeindeversammlungen aufgetreten sein, es ist dies sogar wahrscheinlicher als dass sie nur privatim ihre Gaben angewendet.

Hieronymus schreibt an Paulinus gegen das Jahr 400: »*Quod medicorum est Promittunt medici, tractant fabrilia fabri*« [Horat. *Epist.* 2, 1]. *Sola scripturarum ars est quam sibi omnes passim vindicant.* »*Scribimus indocti doctique poemata passim*« [ibid.]. *Hanc garrula anus, hanc delirus senex, hanc sophista verbosus, hanc universi praesumunt, lacerant, docent antequam discant. Alii, adducto supercilio, grandia verba trutinantes, inter mulierculas de sacris literis philosophantur. Alii discunt, proh pudor! a feminis quod viros doceant, et ne parum hoc sit, quadam facilitate verborum, imo audacia edisserunt aliis quod ipsi non intelligunt.* Beschämend ist es allerdings für Männer, von Weibern Theologie lernen zu sollen; dass aber die Männer, wenn ihnen das Wort Gottes ausgegangen ist, sich nicht schämen dürfen, sich von einem Weibe, bei dem es vorhanden ist, sagen zu lassen, lehrt an der Hand der Schrift Hieronymus selbst. In seinem 415 geschriebenen Dialog gegen die Pelagianer, wo er gelegentlich (l. 2. c. 22) die Worte der Prophetin Hulda anführt: »So spricht der Herr. der Gott Israels: sprecht zu dem Manne der euch zu mir gesandt —« (2 Chron. 34, 23), bemerkt er dazu: *In quo occulta et regis* [Josiae] *et sacerdotum et omnium virorum reprehensio est, quod nullus virorum sanctus potuerit reperiri qui posset futura praedicere.* In einem Briefe an Ktesiphon um dieselbe Zeit spricht er wiederum geringschätzig von den *muliercularum socii, prurientes auribus et ignorantes quid audiant, quid loquantur, qui vetustissimum coenum quasi novam suscipiunt temperaturam ... Donatus per Africam, ut infelices quosque foetentibus pollueret aquis, Lucillae opibus adiutus est. In Hispania Agape Elpidium, mulier virum, coecum coeca duxit foveam, successoremque sui Priscillianum habuit, Zoroastris magi studiosissimum, et ex mago episcopum, cui iuncta Galla, non gente sed nomine, germanam huc illucque currentem alterius et vicinae haereseos reliquit haeredem.* Sulpicius Severus *hist. sacra* 2, 46 berichtet, den Gnosticismus habe nach Spanien ein gewisser Marcus, ein Memphit, gebracht. *Huius auditores fuere Agape quaedam, non ignobilis mulier, et rhetor Elpidius. Ab his Priscillianus est institutus.*

Aus den Canones des vorgeblichen vierten Carthagischen Conzils, einer jedenfalls vor Ende des sechsten Jahrhunderts entstandenen Sammlung, ist auch in das Decretum Gratiani, c. 29. dist. 23, die Bestimmung aufgenommen: *mulier, quamvis docta et sancta, viros in conventu docere non praesumat. Mulier* wird hier wohl im weitesten Sinne für *femina* stehn. Doch schliesst der Wortlaut das öffentliche Auftreten einer solchen, wenn sie nur ordnungsmässig dazu aufgefordert ist, nicht aus. Unter Innocenz III. war es in den Diözesen von Burgos unb Palenza vorgekommen, dass Aebtissinnen ihren Nonnen die Weihe ertheilt, deren Beichte abgehört und gepredigt hatten, gewiss nur im Kloster, denn mehr wird das *et legentes evangelium praesumunt publice praedicare* nicht bedeuten. Der Papst trägt dem Bischof auf, die Ordnung wieder herzustellen, und bemerkt: *licet beatissima virgo Maria dignior et excellentior fuerit apostolis universis, non tamen illi sed istis dominus claves regni caelorum commisit* (Decretal. Greg. IX. 5, 38, 10). Alexander IV. decretirt: *inhibemus ne cuiquam laicae personae liceat publice vel privatim de fide catholica disputare. Qui vero contra fecerit, excommunicationis laqueo innodetur* (sexti decretal. 5, 2, 2).

Joh. Gerson *de examinatione doctrinarum*, pars 2. consid. 2, nachdem er von den ungebührlich lehrhaften Weibern geredet, fügt hinzu: *neque tamen, ista dicentes, derogemus gratiae dei neque mulierum quas elegit privilegiatae sanctituti* (vgl. auch *de myst. theol.*, consid. 30, eine Stelle, die wir weiter unten mittheilen). Doch bleibe Weiberlehre zunächst immer verdächtig und bedürfe noch sorgfältigerer Prüfung als die von Männern, *quia levius subductibiles, quia pertinacius subductrices.*

Papst Pius II. sagt in der Canonisationsbulle für Catharina von Siena (*Acta sanct.* April. t. 3. p. 975): *Nemo ad eam accessit qui non doctior meliorque abierit. Doctrina eius infusa, non acquisita fuit. Prius magistra visa est quam discipula: quippe quae sacrarum literarum professoribus, ipsisque magnarum ecclesiarum episcopis, difficillimas de divinitate quaestiones proponentibus, prudentissime respondit et adeo satisfecit ut tamquam agnos mansuefactos remiserit quos tamquam lupos ac leones feroces acceperat.* Hinsichtlich ihrer Schriftauslegung vgl. den *Processus contestationum* in Martene und Durand *Ampliss. Collectio* t. 6. col. 1352. 1378.

In den *Acta authentica canonizationis S. Teresiae* heisst es (*Acta sanct.* Octobr. t. 7. pars 1. p. 404): *Gratia interpretationis sermonum quamvis videatur spectare ad doctores et in divina lege peritos, nihilominus, quia gratis data, deus omnipotens, cuius non est abbreviata manus, illam beatae Teresiae ad multos edocendos et erudiendos tribuit ut constat. Nam cum esset mulier quae nunquam latinum sermonem didicit, aliqua s. scripturae loca interpretata est sensu sano catholico et utili, ut inter alia apparet in libro quem in orationem dominicam edidit et in illo super cantica canticorum.*

Der Dogmatiker der sogenannten Quäker, Robert Barclay, sagt in seiner Schrift *Theologiae vere Christianae Apologia*, 1676, thesis X, §. XXVII, p. 210, nachdem er die Einwendungen aus der Schrift gegen das Reden von Weibern in den Gemeindeversammlungen beseitigt hat:

denique observatum est, deum in hoc die efficaciter multorum animos ad ipsum mulierum ministerio convertisse, quibus etiam frequenter filiorum ipsius animos consolatus est, quae manifesta experientia nobis rem extra omnem controversiam ponit. Uebrigens berichtet Croesius *Hist. Quaker.* ed. 2. 1696. p. 122: . . . *etiamsi, cum initio minor esset numerus virorum ac postea et impraesens maior copia accesserit, iam nunc illa mulierum consuetudo, docendi ac disserendi palam, etiam atque etiam minutatim hodieque fere universim in desuetudinem abierit.* —

Wie sehr zu der Zeit und in dem Lande, in welchem sich unsere Erzählung bewegt, die Männer gewöhnt waren, in religiösen und selbst in theologischen Dingen sich von den Frauen beherrschen zu lassen, sieht man recht aus einer Aeusserung Juan Maldonado's in einem Brief an Erasmus vom 29. Nov. 1527 (Burscher *Spicileg.* V. 1785. p. XXIV). Er sagt von einem Dominicaner der in der damals ganz Spanien aufregenden Erasmusfrage ein fanatischer Gegner des grossen Humanisten war: *Omnia tua scripta flammis destinanda censebat. Idem fecisse paulo post comperi apud curiosas quasdam monachas et apud illustres alias foeminas, quae suis apud nos plerumque viris, in his quae sunt pietatis, praescribunt.* Ueber den Einfluss, der damals von *mujerzillas devotas que son señaladas en sanctidad* auf die Mönche geübt wurde, vgl. die Bemerkung Osuna's aus demselben Jahr 1527, auf die ich schon oben (S. 41) hinwies, im 3. ABC. Tr. 20. Kp. 6., in unserm Anhang. Juan Valdés, der Bruder des damaligen kaiserlichen Staatssecretärs Alfons Valdés, lässt in seinem gerade 1528 geschriebenen Gespräch Mercurs und Charons bei diesen beiden Männern, ausser andern Seelen, auch eine vorbeikommen, die von ihnen sogleich als eine Frau erkannt wird, und lässt dieselbe, als Charon äussert: »Ich weiss nicht ob sie nicht vor uns fliehen wird?« bemerken: »Zuweilen lassen sich die, die am raschsten zur Flucht greifen, am schnellsten einholen. Da ich in der Welt vor den Männern, vor denen ich mich fürchten konnte, nicht geflohn bin, indem ich in mir den festen Vorsatz hatte, keusch zu leben, warum sollte ich jetzt vor euch fliehn, von denen ich keine Unbill zu erwarten brauche?« »O du Geist nicht eines Weibes, sondern eines muthigen Mannes!« ruft Mercur aus. »Möchtest du uns wohl sagen, welcher Art dein Leben in der Welt war?« »Und zwar sehr gern«, erwiedert die weibliche Seele, gleich bereit, zu erzählen. »Das grösste Gut«, sagt sie, »das meine Eltern mir hinterliessen, war, dass sie mich gewöhnt hatten, zu lesen, und ein wenig Latein. Und so grosses Vergnügen fand ich daran, in der heiligen Schrift zu lesen, dass ich viel von ihr kannte; und ausserdem dass ich dieselbe kennen lernte, suchte ich mein Leben und Treiben ihr gemäss einzurichten, indem ich nicht unterliess, meine Freundinnen und Gefährtinnen, die mit mir umgingen, das zu lehren, was mich Gott gelehrt hatte, jedoch mit so viel Bescheidenheit und Mässigung, dass ich nicht getadelt werden konnte, wohl wissend wie gefahrvoll mein Geschlecht und Alter war und wie achtsam auf mich selbst ich wandeln müsse. Denn ohne Zweifel thut uns Weibern viel mehr als den Männern Noth, jede Meinung, auf die wir gerathen, für verdächtig zu halten, bis dass sie zuvor gar wohl erwogen und mitgetheilt ist. Und weil das Schweigen für die Weiber, besonders die Mädchen, so schicklich und ehrbar ist, wie das zu viele Reden schlecht und unehrbar, so sorgte ich immer dafür, dass vielmehr meine Werke als dass meine Worte predigten. Dergestalt lebte ich viele Jahre ohne Neigung Nonne zu werden oder mich zu verheirathen, da ich sah, dass jene Lebensart meiner Eigenthümlichkeit (*condizion*) sehr fremd war und welche Gefahren und Mühen es in dieser andern gibt.« Endlich übrigens hält sie für sich doch den Ehestand rathsamer. (Ausgabe von 1850 S. 315 f.). —

Es dürfte hier nicht am unrechten Orte sein, noch eine merkwürdige

Stelle aus demselben Gespräch herzusetzen (S. 20 f. jener Ausg.). Charon fragt den Mercur: Hast du nicht unter einer so grossen Menge von Christen Jemand gefunden, der wirklich die christliche Lehre befolgte? So wenige, antwortet der vielgewanderte Himmelsbote, dass ich vergass, sie zu erwähnen. Aber die, die es gibt, — ich sage dir in Wahrheit, es ist das Herrlichste von der Welt, zu sehn, mit welcher Heiterkeit und mit wie grosser Zufriedenheit sie unter den Andern leben: so dass ich mich einige Tage bei ihnen aufhielt, um mit ihnen zu verkehren, und mir schien, ich lebte unter Engeln. Aber weil diese scheuen Seelen meist auf die eine oder andre Art verfolgt werden, so wagen sie nicht unter den Leuten aufzutreten, noch auch die Wahrheiten, die Gott ihnen offenbart hat, zu verkünden. Aber sie unterlassen darum doch nicht, Jesus Christus beständig zu bitten, dass er der Welt so grosse Blindheit benehme; indem sie in um so grösserer Heiterkeit leben, je näher sie sich die Verfolgung sehn. Hast du gehört, was die Philosophen über die Tugenden der Seele auseinandersetzen? Oft genug, erwiedert der Fährmann. Scheint es dir nicht, fragt der Andre weiter, unmöglich, dass ein Mensch jene Vollkommenheit erreiche? — Und selbst mehr als unmöglich. — Nun, fährt Mercur fort, wenn du sähest wie diese, von denen ich rede, leben, so würdest du merken, wie viel Unvollkommenheiten der Lehre jener Philosophen, die dir so überaus schwer zu befolgen scheint, anhaften, im Vergleich mit dem Lebenswandel dieser. — So der Verehrer des Erasmus (Vgl. das. S. 173 was Mercur sagt und die dort vorhergehende Selbstschilderung der betreffenden Seele). —

Am 5. Juli 1530 schreibt aus Augsburg Andreas Osiander an Wenz. Linck und Schleupner (*Corpus Reform.* ed. Bretschneider t. 2. col. 164): *Est in Hispania mulier quaedam evangelii studiosa quae libellum edidit dignum qui publicaretur. Itaque ab episcopo quodam versus in latinam linguam excusus est. Philippo* [Melanthoni] *promisit quidam* [der Beichtvater oder der Hofprediger des Kaisers, von denen in dem Briefe vorher die Rede war, oder wahrscheinlicher Alfons Valdés] *eum se ei exhibiturum; quod si fiet vel descriptum ad vos mittam.*

In Castrillo sah man eine schwere Zukunft für die evangelisch Gesinnten in Spanien voraus. Franzisca erzählte von der Gnade Gottes, die sie im Gefängniss erfahren habe, und Muñotello ermuthigte den Ortiz, nicht zu ermatten, auch wenn er den Streit mit dem Erzbischof selbst zu bestehn habe. Ortiz versprach, fest zu sein, und der Freund rief aus: o wie gern möchte ich Euer Diaconus sein bei dem Opfer, das Ihr mit Eurer Person zu bringen habt!

Ortiz blieb von Ende Mai bis in den Juli hinein in Castrillo, etwa vierzig Tage.

Dieser Besuch belebte das Feuer der Inquisition. Wir haben eine Zeugenaussage vom 18. Juli 1528 »aus dem Prozess der Franzisca Hernandez«. Ines Lopez nämlich, die hier eine Beate heisst, wohnhaft im Hause des Lizenziaten Bustamante, sagt Folgendes: Franzisca sage zu denen, die zu ihr kommen, um ein gutes Beispiel an ihr zu nehmen, zuerst stets, dass sie Gott lieben sollten und ihm dienen, dann aber liessen sichs ihre Devoten bei ihr wohlsein und ässen gut und redeten schlecht über Andre, auch über ihre eignen Prälaten, ohne sich an den Gehorsam zu kehren. Gefragt ob ihr im Umgange zwischen Franzisca und Ortiz irgend Etwas anstössig vorgekommen, antwortete sie, dass sie niemals Ungeziemendes bemerkt habe, ausser einmal, wo Franzisca, als sie mit ihm und noch einem Mönch zu Tisch sass, ihren Kopf an Ortiz' Schulter gelehnt habe. An diesen so hochbedenklichen Vorfall, den schlimmsten, den Ines ihrer Herrin nachzusagen weiss, kann sich Ortiz einige Jahre nachher nicht mehr erinnern. Stellen wir hiermit gleich zusammen, was Franzisca's andere schon erwähnte Dienerin im Sommer 1530 gerichtlich aussagt. Sie wisse, sagt sie, dass man Franzisca für heilig gehalten. Einige Male sah sie Ortiz vor derselben niederknien und um ihre Hand bitten, um sie zu küssen; Franzisca aber verbarg ihre Hände, und ein paar Mal ergriff Ortiz dieselben trotz der Weigerung und küsste sie. Was die böse Zunge gegen geistliche Vorgesetzte betrifft, so wollen wir nicht unterlassen, mitzutheilen, was Ortiz später gelegentlich als ein Zeichen der Weltverachtung Franzisca's erwähnt, dass er nämlich mehrmals gesehn, wie sie Briefe von Prälaten verschiedener Orden, die mit der grössten Hochachtung geschrieben waren, mit Lachen las und geringschätzig ins Feuer warf, während sie über andre Briefe, die nur aus wenigen, aber einfachen und aufrichtigen Worten bestanden, eine wunderbare Freude zeigte.

In jenen zwei Aussagen treten zwei Punkte hervor, welche im April des nächsten Jahres ein Valladolider Zeuge kurz so formulirt: die Alumbrados oder Dejados seien gegen die Keuschheit und den Gehorsam. Vgl. in dem schon erwähnten späteren Edict von 1558: nach ihrer Lehre brauche man weder dem Prälaten, noch dem Vater, noch dem Vorgesetzten zu gehorchen, wenn sie etwas befehlen, was die Stunden des geistigen Gebets und der Beschaulichkeit störe; auch sagten sie übellautende Worte über das Sacrament der Ehe (Llorente 4, appnd. 419. 420).

Ortiz wurde von wohlwollenden Prälaten, die das nahende Gewitter spürten, zur Vorsicht ermahnt. Er erzählt: Pater de Caravajal, der in Salamanca eine Apologie der Klosterorden gegen Erasmus geschrieben hat, sprach mit mir und theilte mir mit, der Bischof von Mondoñedo habe, nachdem er eine Predigt von mir gehört, ihm gesagt: Dieser Pater schafft Frucht, wo er nur predigen mag, aber er hat Nebenbuhler, die ihn verfolgen, unter seinen Ordensgenossen; sagt ihm, er soll sich zusammennehmen und im

Loben der Franzisca Hernandez nicht zu viel thun. Ortiz antwortete, er habe seit dem ersten Tage, wo er diese Dienerin Gottes gesehn, Verfolgung erfahren und dadurch nur um so mehr Festigkeit gewonnen, wie ein Nagel, je stärker man auf ihn schlage, um so fester in der Wand sitze. Dem Pater Caravajal schien das nicht übel und er bemerkte, freilich, wo Menschen seien, da gebe es auch Nachrede.

Ueber die Erasmushändel, welche seit einigen Jahren auch Spanien aufregten, ist unterrichtend zunächst ein Brief von Juan Maldonado an Erasmus (Erasm. epist. 338. appd.). Wir heben eine längere Stelle aus, die uns auch die rege Betheiligung der Frauen an der religiösen Bewegung zeigt. Die unermüdlichen Gegner des grossen Gelehrten waren die Mönche. Sie belagerten die weltlichen und die geistlichen Obrigkeiten um ein Verbot des Verkaufs der Erasmischen Schriften zu erlangen und glaubten sich schon nicht fern vom Ziel, *cum ecce summi iudices, qui fidei tuendae negotio praepositi sunt, male loqui de Erasmo vetuerunt, minas intendentes in eos qui Erasmi scripta ut parum pia improbassent, ni publice cantarent palinodiam. Qua denuntiatione perculsi Erasmo-mastiges, ne tanta eorum tamque late patens ditio penitus interciperetur, nobiles feminas, apud quas nihil non ex eorum arbitrio fiebat, coetus etiam sacrarum virginum ac coenobia quae sunt in Hispania frequentissima locupletissimaque retinere vel sola sunt conati, omni nixu caventes ne nominis doctrinaeque tuae fama penetraret ad illas. Norunt enim satis cucullati magistri, ex diametro pugnare monita tua cum eorum hypocrisi habereque volumina tua viam facillimam ad beatitudinem ac dogmatis Christi perceptionem, neque posse eos sustinere vel apud feminas auctoritatem, quam sensim linguae, vultus cucullique lenocinio paraverant, si tua scripta non supprimerentur nomenque obrueretur. Itaque dabant operam persuadendis feminis ne quemquam admitterent ad colloquium qui Erasmum nescio quem dogmatisten (utar mitiori vocabulo) nominaret nedum qui eius instituta circumferret. Ceterum, ut est humanum ingenium, cum vetari audierunt prudentissimae, confestim magni aliquid afferre se suspicatae sunt quod monachos male haberet, itaque avidissime conquirebant qui Erasmum clanculum interpretaretur, qui monachorum stomachum revelaret. Quam ob rem factum est ut, dum monachi te subvertere machinantur tuaque scripta perdere parant, omnibus te notissimum reddiderint, adeo ut, qui latine vel paululum sciunt, non solum tua complectantur praeclara volumina ac emtitent, sed confusa etiam multitudo, quae nullam praeter vernaculam callet linguam, de te audire tuaque praecepta cognoscere magnopere gestiat. Neque viri solum quos sexus maxime stimulat, sed debiles etiam feminae ac rudes ardent desiderio cognoscendi quid doceat Erasmus tanto eruditorum praeconio commendatus. Neque solum feminae quae in mundo mediaque in luce versantur, sed quae cancellis parietibus clausae tenentur, quibus loqui non licet sine arbitris, maiorem in modum efflagitant ut Erasmi scripta eis communicentur, et ubi per monachos fieri palam non datur, clanculum moliuntur deceptis aut in sententiam pellectis custodibus. Vide quo res tua deducta sit. In harum gratiam et omnium qui literas latinas ignorant, plerique multi eruditi viri laborant in vertendis in linguam nostram opusculis tuis, et iam Enchiridion hispane loquens prodiit neque valent typographi multis excusis millibus satisfacere ementium multitudini* (wir sind schon oben S. 24 einer Frau begegnet die das Enchiridion gelesen). *Dialogi etiam nonnulli ex Colloquiis hispani facti volitant per manus virorum feminarumque.* Der Brief ist aus Burgos vom 1. September 1526. Am Tage darauf verdonnerte zu Palenza ein Franzicaner von der Kanzel herab das Enchiridion als erzketzerisch. Der Uebersetzer desselben berichtete über diesen Vorfall an Dr. Coronel, den Vertrauten des Generalinquisitors; mit des letzteren Erlaubniss und Wappen war eben damals jenes Erasmische Werk spanisch herausgekommen. (S. diesen Bericht in Eberts *Jahrbuch für roman. und engl. Lit.* IV. 1862. S. 158 f. Usoz i Rio im Anhang zu seiner spanischen Uebersetzung der Considerationen des Juan Valdes, zweite Aufl. 1863. S. 570 f. will diesen Brief ins Jahr 1527 setzen). Der Generalinquisitor wird vom kaiserlichen Secretär Schepper in einem Briefe an Luis Vives vom Februar 1527 als *vir sane bonus* bezeichnet, der für Erasmus das Mögliche thue (Erasm. epist. 876). Ebenso schreibt Bernardin Tovar Vergara im Mai 1527 aus Valladolid, die Mönche seien vom Generalinquisitor, *viro integerrimo ac tum natalibus tum propriae virtutis fulgore clarissimo*, vor ein paar Monaten ernstlich angewiesen worden, *ne Erasmum apud populum seditiose incesserent neque hominis doctrinam haereseos insimularent.* (Niedners *Zeitschr.* 1859. S. 601 f. Dass Helfferich, der Herausgeber dieses Briefes, *Jovaris* druckt statt *Tovaris* oder *Tovar*, beruht auf einem Versehn. Alfons Virues schreibt in einem, von Burscher *Index et argum. epistolarum ad Erasm. Rot. autographarum.* 1784. p. 73. Nr. 22 erwähnten, jetzt in der Leipziger Universitäts-Bibliothek befindlichen Briefe vom October 1526 an Juan Vergara: *Bernardinus Touar, vir certe pro suo quodam mentis ingenuo candore et morum haut vulgari probitate singularis amicitiae necessitudine mihi devinctus . . . Libelli vero* (eines vom Briefschreiber gegen Erasmus gerichteten) *exemplum habet Bernardinus Touar, frater tuus.* Im nächsten Jahr am 2. September schrieb Erasmus (ep. 894) an Juan Vergara: *Bernardo Tovari video quantum debeam . . . Tovari multam ex me salutem dicito.* Von Luis Vives wird 1534 *Vergara et frater eius Tovar* erwähnt, Mayans *Vita Viris* in den Op. des letzteren p. 130. Der Baccalaureus Olivares, dessen Aussagen wir oben ausführlicher mittheilten, berichtet am 29. Juli 1524, dass ein Kleriker, Bernardino de Tovar aus Alcalá, vor etwa sechs Monaten zu ihm gesagt: die Aeusserlichkeiten seien eingeführt, um zur Liebe zu kommen; wenn nun Jemand Gott liebe, was könne dann Gott daran liegen, ob der Fleisch oder Fisch esse? Die Kirche aber habe dergleichen verordnet um die Schlechtigkeiten zu zügeln). Ungeachtet jener Anweisung des Generalinquisitors stellte es sich als nöthig heraus, im Beisein eines kaiserlichen Raths vor einer kirchlichen Versammlung die Mönche ihre Anklagen der Reihe nach vorbringen zu lassen. Zu den heftigsten Gegnern des Erasmus standen die Franziscaner. Wenn dieser, schreibt ihm Tovar, für gut finde, sich noch vor dem Spruch zu vertheidigen, so möge er sich nur recht gemässigt ausdrücken. Inzwischen hatte Erasmus bereits im April ein ausführliches, wie sich erwarten liess sehr geschicktes Schreiben nach Spanien gesendet um die bestimmenden Kreise für sich zu gewinnen (es wird von Helfferich a. O. gleichfalls mitgetheilt). Am 20. Juni schreibt Alfons Valdes an Erasmus: *Congregatis theologis die proximo sabbathi* [15. Juni], *negocium inchoare decretum est. Veneruntque monachi, Franciscani videlicet ac Dominicani, olim inimicissimi, nunc autem, ad tuam perniciem coniurati, plus quam amicissimi, atque, instructioribus machinis instructi, nobis dira minantur. Veruntamen, crede mihi, in eis faba cudetur; dummodo tuum tu Viruesium unica saltem epistola placare velis. Optarim praeterea ut ad universum ordinem Benedicti* (zu welchem Orden Virues gehörte) *alteram epistolam scriberes in qua ipsis pro eorum in te studio atque officio gratiam habeas, institutum laudes, rogesque ut tuum patrocinium (uti coeperunt) suscipiant continuentque* (Ms. der Leipz. Univ. Biblioth., abgedruckt in Burschers *Spicileg.* V. 1785. p. XXI. Erasmus hatte den Missgriff begangen, sich wegwerfend über Virues zu äussern, der allerdings gewisse Bedenken gegen Erasmus aufgesetzt und, wie aus der oben angeführten Stelle eines Briefes von ihm selbst hervorgeht, unter Freunden mitgetheilt hatte, doch aber eine grosse Stütze der Erasmischen Sache war. Der betreffende Brief des Erasmus, der den Virues sehr verletzen musste, war wie zu Anfang des oben von uns excerpirten Valdesschen Briefes bemerkt ist, am Trinitatistage in Valladolid angekommen, als eben Valdes und Virues zusammen waren, also am 16. Juni. Es ist mithin ein Versehen, wenn Virues, wo er, bei Burscher *Spicileg.* V. p. XII. sq., von derselben Sache redet, als Datum *Decimo sexto Kals Junii* angibt, das wäre der 17. Mai; statt *Junii* ist zu schreiben *Julii*, so erhalten wir ebenfalls den 16. Juni. Ebenso ist das Datum dieses Viruesschen Briefes nicht der 20. Mai, *XIII. Cal. Jun.*, sondern *XIII. Cal. Jul.*, der 19. Juni; Valdes schrieb einen Tag später. Hiernach ist auch im Anhang meiner Ausgabe der *Considerazioni* del Valdesso p. 485. Anm. 10 zu berichtigen. Auf für Erasmus beschämende Weise spricht sich Virues gegen ihn aus und unterschreibt: *tui velis nolis studiosissimus*. In dem oben erwähnten Brief an Vergara vom 2. Sept. 1527 sagt Erasmus, nachdem auch Vives ihm im Juli den Virues gelobt hatte epist. 876: *Alphonsum Viruesium ex amicorum literis intelligo longe alium virum quam liber ille prae se ferebat. Itaque satius reor totum hoc quicquid est querelae consopire*). Nach Sandoval (*hist. d. emperad. Carlos* 16, 14) traten am 27. Juni 1527 in Valladolid zwei und dreissig namhafte gelehrte Theologen zusammen, um gewisse Propositionen aus den Schriften des Erasmus zu beurtheilen, »den Viele begünstigten, aber noch Mehre angriffen«; zwei Monate hindurch hielt man Sitzungen, im Hause und im Beisein Manrique's. Als dieser sah, dass die Einen den Erasmus hartnäckig bekämpften, die Andern ihn mit Böswilligkeit (*sobrada malizia*) vertheidigten, brachte er es mit guter Art zur Auflösung der Versammlung und zum Schweigen über die ganze Angelegenheit (*tuvo manera como la congregazion se deshiziese i no hablasen mas en aquel negozio. Cum videret perennitatem disputationis, dextere coetum dissolvit et ne de illo negotio ageretur iussit,* sagt Mayans *Vita Vivis* p. 98). Am 29. Juni schreibt der Erzbischof von Toledo, Alonso Fonseca, an Erasmus, er freue sich, dass dieser in seiner Vertheidigungsschrift einen im Ganzen so bescheidenen Ton angeschlagen und äussert über die kirchlichen Streitigkeiten: *ita negotium temperare licebit ut et adversariorum falsa dogmata et nostrorum corrupti mores gemino industriae fructu taxentur* (bei Helfferich a. O. S. 599), ganz im Sinn der zweiten Instruction Adrians an seinen Gesandten zum Nürnberger Reichstag 1523. Mit einem Einleitungsbrief an den Generalinquisitor vom März 1528 gab Erasmus seine *Apologia* heraus *adversus articulos aliquot per monachos quosdam in Hispania exhibitos* (Op. ed. Lugd. t. IX. p. 1015 sq. Vgl. *Apendize* zu *Dos consideraziones* 1857, *Reformistas Españ.* t. XII). In Titel 4 über die Inquisition contrastirt er die christliche Milde der alten Kirche mit der gewaltsamen Verfolgungssucht seiner Zeit. Am Schluss nennt er als seine Hauptgegner die Dominicaner und die Franziscaner und zwar die Observanten. *Nam hi cum antehac in negotio Luthterano dormitarint, nunc nescio cuius rei fiducia prosiliunt in aciem. Opinor Pontificem illis minatum, se rescissurum quicquid indulsit privilegiorum ni se praebeant fortes viros. Sed ita rem gerunt multis locis ut et ordini Seraphico multum detrahant et auctoritatis et gratiae nec caussam ecclesiae admodum iuvent . . . Quid hic commemorem quos tumultus excitarint primum in aula Caesaris, deinde Salamanticae, quoties palam vociferati sint haereticum et Luthero deteriorem Erasmum?* Er erwähnt wie man sie in aller Form habe zu Wort kommen lassen und bemerkt darauf: *atque eum quidem conventum* (ohne Zweifel meint er jenen Valladolider) *pestis diremit* (in Benutzung dieses Vorwandes mag sich die *dexteritas* Manrique's gezeigt haben, welche bald in Bezug auf das Trienter Conzil Nachfolge fand), *in quo sic rem gesserunt monachi ut Praesul* (Manrique) *a renovanda synodo libenter abstineat.* Es ist vielleicht Höflichkeit für den Generalinquisitor, dass hier für den Abschluss dieser Streitereien gar nicht auf das Breve des Papstes verwiesen wird, das der spanische Geschäftsträger in Rom auf Befehl des Grosskanzlers Gattinara für den Erzbischof von Sevilla erwirkte und am 1. August 1527, an Alfons Valdes adressirt, nach Spanien abschickte, wo wir fast unmittelbar nachdem es an seine Adresse gekommen sein konnte, die Erasmomachie eingestellt sehn. Das Breve wies, nach Llorente's Bericht (*hist. de l'inq.* ch. 21. art. 2. §. 6.), den Erzbischof an *qu'il impose silence, sous peine d'excommunication, à ceux qui combattent la doctrine d'Erasme, pourvu qu'elle soit contraire à celle de Luther.* Aber die Sache war damit nicht zu Ende. Am 29. November schreibt Juan Maldonado an Erasmus aus Burgos (Burscher *Spicileg.* V. p. XXIV): *Jacobus Osorius, vir patricius summoque loco natus,* sei ein so begeisterter Verehrer des Erasmus *ut cotidie non cesset apud archiepiscopos Toletanum et Hispalensem conqueri ac lamentari quod tuis invidis aures illi praebuerint* und dass sie nicht aufs Eifrigste bestrebt seien, dem abwesend Angeklagten, der auf Vertheidigung nur durch seine Freunde angewiesen sei, es offenkundig zu machen, dass seine Neider sich vergeblich abgemüht. Am 23. Dezember erliess, ebenfalls aus Burgos, der Kaiser ein, wohl von dem contrasignirten Secretär Alfons Valdes abgefasstes, höchst huldreiches, äusserst schmeichelhaftes Schreiben (epist. 915), das sehr bald darauf in Spanien gedruckt worden zu sein scheint. Nachdem er den Gelehrten als den um die christliche Kirche unsterblich verdienten Besieger der Verkehrtheit der Lutherischen gerühmt, bemerkt er, die von ihm, Karl, zugelassene Inquisition der Bücher des Erasmus werde ungünstigsten Falls demselben nur Gelegenheit bieten, auf freundschaftlichen Hinweis menschliche Versehn zu bessern. Doch weder Kaiser noch Papst vermochten es, die Mönche in Ruhe zu halten. Es erschien das Buch von Luis de Caravajal *Apologia monasticae religionis diluens nugas Erasmi*; die Dedication datirt (nach Nic. Antonio) vom Jahr 1528 aus Salamanca (In der Wiener kaiserlichen Bibliothek ein Exemplar s. l. 1529. O.). Erasmus spricht von diesem Buch in einem Brief (1031) an Alfons Valdes vom 22. März 1529, — die Franziscaner Observanten, sagt er dort, seien in allen Ländern gegen ihn thätig, und ebenso in einem Briefe an einen andern Freund vom 13. August 1529 (epist. 1072), wo er davon spricht, dass er jetzt keine heftigeren Feinde als die Franziscaner habe, besonders die Observanten. *Sed nulla regio fortiores habet quam in Hispaniis Salamantica quorum Carvajalus quidam etiam libellum emisit qualem, bone deus, Francisci nepote dignum.* Erasmus führt unter Anderm an: *Quicunque non vivunt iuxta regulam evangelicam, negat esse monachos, — me videlicet liberans gravi calumnia. Etenim cum semper excipiam bonos monachos nec usquam attingam nisi malos qui iuxta istum monachi non sunt, nihil habet ullus monachus quod mihi stomachetur.* Auch schrieb er eine eigene *Responsio adversus febricitantis cuiusdam* (nämlich des Carvajal) *libellum* (in der er sich auf einen Brief vom 1. August 1528 beruft, op. t. 9. col. 1677 A. vgl. 1757 sq.). Das Buch Carvajals erschien in neuer Auflage in Paris (epist. 1031. 1104). Als derselbe ein zweites Buch gegen Erasmus herausgegeben, schrieb dieser (epist. 1104) unter dem 31. März an den Generalinquisitor und empfahl, den Buchdrucker nicht straffrei zu lassen, welcher ungesetzlicher Weise, wie auch bei jenem frühern Buch geschehn, seinen Namen und den Druckort verheimlicht habe. Ueber den Vf., der ihm ein *iuvenis* ist, spricht er nur äusserst geringschätzig (vgl. den Brief an Pedro Mejia vom Tage zuvor, epist. 1102). Die Mahnung war nicht erfolglos. Im spanischen *Index prohibitorum* finden wir unter Ludovicus Carvajalius wenigstens eine *Dulcoratio amarulentiarum Erasmicae responsionis ad Apologiam eiusdem Ludovici Carvajalii; donec prodeat expurgatio, prohib.* Von demselben rührt folgendes spätere Werk her:

Lodovici Carbaiali Bethici de restituta theologia liber unus. Opus recens aeditum in quo lector videbis theologiam e sophistica et barbarie magna industria repurgatam. Coloniae 1545. Q. Die Widmung an den Kaiser ist Köln Juni 1545 datirt. Er sagt cp. V. Schluss: *theologia suadet ut amemus. Est ergo practica.* Und cp. LXXIII. gegen Ende: *nimiam aliquorum et anxiam in mysterio trinitatis disceptationem et in re tam sublimi temerarias assertiones ac λογομαχίας vellem compesci et inutiles quaestiones vitari et ad modestiam sacrarumque literarum amorem earum assertores pellicere.* Er sehe *quantam verae eruditionis iacturam nostrae scholae ex illis nimiis disceptationibus fecerint et quam occupent ingenia et vinculis ferreis alligent neque sinant ea humanioribus et gravioribus literis vacare.* Auf scholastische Distinctionen eingehend zeigt er sich übrigens nicht ohne Scharfsinn. Eine neue Ausgabe erschien drei Jahre später in Antwerpen. Eine Rede, die er im Trienter Conzil gehalten, ist gedruckt worden. Auch der berühmte Sepulveda, der gleichfalls mit Erasmus einen Strauss gehabt hatte, stellt den Carvajal sehr hoch. Er führt ihn gegen Melchior Canus mit unter den Autoritäten an, die sich für sein Buch über die Gerechtigkeit des Krieges gegen die Indianer ausgesprochen. Nachdem er eine ansehnliche Reihe philologischer Grössen ersten Ranges in Spanien für sich genannt, fügt er hinzu: *hic adde pares doctissimis theologis Ludovicum Carvajalum coenobii ad Hispalim praefectum et Jo. Aegidium qui Salmanticae ex cathedra theologiam docet.* Dies schreibt Sepulveda 1549 (epist. p. 61. op. III. 1780). 1552 sendet er *Ludovico Carvajali Franciscanorum monacho ad Baeticam provinciam praefecto provinciali* einen freundschaftlichen Brief (ib. p. 219). Eysengrein, in seinem *catalogus testium veritatis locupletissimus omnium orthodoxae matris ecclesiae doctorum extantium et non extantium* (Dillingen 1565), worunter Erasmus nicht gerechnet ist, sagt über diesen Feind desselben (f. 192): *Ludovicus Carvaialus, monachus, vir eruditione et eloquentia clarus, philosophus atque orator perfectissimus, nec ulli theologorum secundus, scripsit Apologiam contra Erasmum, item Dulcorat. amarul. Erasm. respons.* Im Anschluss an Eysengrein nennt ihn Mayans im Leben des Vives (Op. 1. p. 115. 116) unter den bedeutendsten Zeitgenossen dieses frommen Humanisten. Vgl. über ihn auch Juan de S. Antonio *biblth. Franciscan.* 2, 292. f.

Wie ein Weberschiff, sagt Ortiz, gingen die Lopez hin und her, ihr Gift auszubreiten. Wenn man Frai Jil, der eifrig correspondirte, etwas schrieb, was Franzisca oder Ortiz zum Nachtheil gereichen konnte, so zeigte er solche Briefe gleich den Prälaten. Diego hatte, was er von böser Nachrede gesammelt hatte, im Kapitel der Mönche zu Valladolid vorgelesen, wo nur Muñotello Einwendungen zu machen wagte. Nachdem man die Ordensprovinz Conzepzion gegen den gefährlichen Einfluss gesichert zu haben glaubte, suchte man die Provinz Toledo zu gewinnen. Besonders Frai Barnabas, der Guardian von San Juan in Toledo, bei dem Ortiz im Kloster war, gerieth in Eifer, indessen gingen ihm Einige doch noch zu weit. Besonders wurde Frai Barnabas böse über Pater Mariana, der, wie Ortiz sagt, nicht viel Theologie gelernt hatte, einen langjährigen Gegner von Ortiz, dessen Predigten ihm jetzt nur Aergerniss gaben. In mehreren Provinzen redete man über die

Gottesliebe, die Ortiz predige, und sagte: er mag sich scheeren mit seiner Gottesliebe, und Aehnliches — als ob es, sagt er dagegen, alumbramiento wäre, dies grosse Gebot Christi zu predigen. Für den wahrhaft evangelischen Grundzug in Franzisca's und Ortiz' Charakter hatte man keinen Sinn. Und wenngleich das Mönchsgesindel in Spanien wahrscheinlich doch nicht so stumpfsinnig war als in Deutschland, wo Hutten und Genossen es dem Gelächter preisgegeben hatten, — denn überhaupt hat der gemeine Mann dort zu Lande weniger Unreife des Urtheils als bei uns —, so gab es doch derjenigen genug, die das neue Leben, das in jenen Persönlichkeiten aufging, wie die Kuh das neue Thor anstierten, und sich benahmen als hätten sie sich aus ihrer Vulgata den Psalmvers *Quoniam non cognovi literaturam, introibo in potentias Domini* (Ps. 70. vgl. Franc. Assis. *collatio* V und XV) zum Wahlspruch genommen. Dazu brennen die Leidenschaften aller Art dort mit südlicherem Feuer.

Man suchte zunächst Ortiz zu trennen von Franzisca. Frai Jil redete mit ihm in diesem Sinne und andre Dritte liess man mit ihm sprechen und an ihn schreiben; man wollte ihm den Glauben an Franzisca benehmen, damit er nicht durch sein Ansehn den Plan gegen dieselbe durchkreuze. Diego ging zum Generalinquisitor, dem Erzbischof von Sevilla, und setzte denselben in Kenntniss. Auch der Franziscanergeneral, durch den Tumult der Mönche über Ortiz Reise nach Castrillo ganz stutzig geworden, sagte in Madrid zum Erzbischof von Sevilla: er habe geglaubt, an Franzisca Hernandez sei etwas Gutes, aber er sehe, es sei nöthig sehr aufzupassen. Aus den Händen des Generalinquisitors und eines andern päpstlichen Bevollmächtigten empfing um jene Zeit Quiñon im Franziscanerkloster zu Madrid den Purpur, in Gegenwart des Kaisers, der ihm noch 1528 das Bisthum von Coria gab (Guadalupe p. 245. — In Madrid war der Kaiser 1528 vom 9. März bis 22. April und vom 3. August bis 31. October). Zum Vizegeneral des Ordens hatte Quiñon bei Niederlegung der Regierung den Pater Antonio de Calzena ernannt (Wadding 16. p. 240 sq. 250). Dieser schickte nach der Ordenscongregation, die im October 1528 in Guadalajara stattfand (vgl. Wadding das. p. 253), dem Ortiz durch dessen Pater Provincialis Frai Juan de Olmillos einen, wie Ortiz sagt, sehr unhöflichen Brief, worin er ihm befahl, in heiligem Gehorsam, die Franzisca Hernandez weder mehr zu sehen, noch auch ihr zu schreiben. Quiñon erzählt, *Joannem de Olmillos, guardianum conventus de Scalona, virum fuisse religiosissimum et obedientiae virtute insignem, qui cum frequenter extra se raperetur et sensibus sopitis multa in dei laudem, etiam inter missarum solemnia diceret et aliqua praediceret, ab ipso Quiñonio iussus prompte obedierit et deinceps ab huiusmodi sermonibus abstinuerit neque amplius tales extases habuerit pro quibus aliud maius occultum beneficium se a deo recepisse Quiñonio revelavit dum regeret provinciam Castellae; obiitque Madriti anno* 1529, *magna pietatis opinione* (Wadding 16. p. 206). Durch diesen Provinzial erfuhr Ortiz, dass der Vizegeneral jenes Verbot nach Berathung mit andern Provinzialpatres Spaniens beschlossen hatte, wiewohl jener selbst schrieb, des Geheimnisses wegen schreibe er eigenhändig, — ein hübsch weites Geheimniss, sagt Ortiz mit Bitterkeit. Ich aber wusste, sagt er weiter, dass man Gott mehr gehorchen soll als den Menschen, und antwortete dem Vizegeneral, was ich mündlich dem Provinzial gesagt, als er mir den Brief brachte: ich werde keine Exemtionen erbitten, auch nicht Apostat werden [vom Ordensgelübde], um jene Gottverlobte zu sehn, aber, wenn ich sicher wisse, dass man mir hiezu keine Erlaubniss geben wolle, werde ich Karthäuser werden. Dies habe ihm nämlich frei gestanden, ohne sein Gelübde zu brechen.

Papst Clemens hatte in Wiederholung einer Bulle Leo's von 1516, am 12. März 1525 die Generale und Provinziale der Franziscaner ermächtigt, auch unter Zuhülfenahme des weltlichen Arms Ordensbrüder, die den Gehorsam verlassen, zurückzuführen *nisi ad arctiorem vitam, ubi actu observanter viverent, transirent* (Wadding ib. p. 480. 578). Für ein solches Leben der strictesten Observanz hatte Quiñones nach dem Vorbilde des Juan de la Puebla Sorge getragen, sobald er General geworden. Während des Capitels zu Burgos 1523 veröffentlichte er unter Zustimmung desselben Statuten für Recollectenklöster, deren in jeder spanischen Provinz mehre eingerichtet werden sollten, um Mönchen, die unter dauerndem Schweigen sich recht dem Gebet hingeben wollten, eine Zufluchtstätte zu bieten (Guadalupe p. 228. 233). Unter dem 27. Juli 1523 hatte Franzisco de los Anjeles, Minister Generalis, von dem Valladolider Kloster aus für die Brüder der Provinz Conzepzion, *qui arctiorem, solitariam et magis tranquillam, ab hominum turbis remotam et a taediosis muneribus liberam vitam ducere cupiebant quorum plurimi tunc in hoc ipsum conveniebant,* fünf *domos recollectionis* eingerichtet, aus welchen der Provinzial nur im Fall der Ueberfüllung Bewohner derselben sollte versetzen dürfen (Wadding ib. p. 167 sq.). Ebenso wurde für andere Provinzen gesorgt. Noch ein anderer gesetzlicher Weg stand dem Franziscaner offen, der sich aus seinen Klosterverhältnissen heraussehnte. Die am 3. Juli 1528 erlassene Stiftungsbulle der Capuziner, in welcher Papst Clemens VII. die Franziscaner Ludovico und Rafael de Forosempronio, die von den Observanten zu den Conventualen übergegangen waren, und denen, sowie ihrem Freunde Matthäus a Bassio de Montefeltro, dem eigentlichen Urheber dieser sogenannten Reform, er bereits zwei Jahre früher gestattet hatte, *superiorum licentia petita, licet non obtenta, extra domos et loca regularia ordinis in aliquo eremitorio vitam eremiticam ducere*, nunmehr ermächtigt, jedweden Weltgeistlichen und Priester und jedweden Laien in ihre Gemeinschaft aufzunehmen, und wo sie wollen ein strenges Eremitenleben zu führen (vgl. *Bullarium Ordinis FF. Minorum S. P. Francisci Capucinorum*. ed. Mich. a Tugio t. I. 1740, p. 1—4). In der längeren päpstlichen Constitution vom 3. September 1529, welche mehre, den Camaldulensern und Capuzinern gemeinsame Privilegien bestätigt, heisst es: *omnes et singulos religiosos quorumcunque, etiam Mendicantium, ordinum et congregationum ac monasteriorum ad eremitoria praedicta tamquam ad arctiorem vitam convolare et sub societate et eorum habitu Altissimo famulari eligentes, superiorum suorum licentia petita, licet non obtenta, absque aliqua contradictione vel obstaculo recipere . . . indulgemus*, unter ausdrücklicher Aufhebung entgegenstehender früherer Bestimmungen (l. c. p. 8. 10). Wadding berichtet zum Jahr 1529 (16. p. 279), dass die *Superiores Observantum apertum hoc latissimum ostium suis subditis obedientiam excutiendi et ad alios transmigrandi* schmerzlich beklagten, und mit ansehen mussten *quotidie suos subditos dilabi ad huiusmodi vitae eremiticae professores*. Folgenreich für die Capuziner war der 1534 erfolgte Uebertritt des Conventualen Bernardin Occhino zu ihnen. Im August 1535 erst erlangte der Protector der Franziscaner, Cardinal Franzisco de los Anjeles, eine Bulle Pauls III., welche unter Hinweisung auf die vorhandenen Recollectenklöster der Observanz den Uebertritt zu den Capuzinern verbietet (wie Guadalupe aus dem Archiv von S. Juan de los Reyes zu Toledo mittheilt, a. a. O. p. 247).

Jetzt zum ersten Mal wurde es Ortiz zur heiligen Gehorsamspflicht gemacht, allen Verkehr mit Franzisca abzubrechen, während er seinerseits die Ueberzeugung hatte, die er in jener schriftlichen Antwort auch aussprach, es sei nicht nach dem Willen Gottes, dass man ihm diesen Umgang verbiete. In solchen Differenzen mit seinen

Prälaten könne er nicht leben. Wenn er diesem ihm unerträglichen Druck entgehen, doch aber seinem Gelübde treu bleiben wollte, so musste er sich noch einer stricteren Observanz und Abgeschlossenheit unterwerfen, die ihn aber wenigstens von diesen Vorgesetzten befreite, mit denen er sich in Spannung befand. Er schrieb: Viele würden sein Gewissen für rasend halten, er aber begnüge sich mit der Hoffnung, dass seine Gerechtigkeit am Tage des Gerichts sich herausstellen werde.

Dieses Schreiben hielt der Guardian in Toledo zurück. Derselbe beabsichtigte alles was in seiner Macht stand aufzubieten, um die Ausführung des Karthäuserplanes zu verhindern. Denn so schlecht die Mönche auf Ortiz' Predigten zu sprechen waren und obgleich sie ihn wegen derselben beim Erzbischof in bösen Ruf zu bringen wussten, so ungern hätten sie Ortiz gemisst, da er durch seine Beredsamkeit und Beliebtheit dem Kloster doch viel Ehre einbrachte. Er wurde von nah und fern so vielfach zum Predigen begehrt, und der Guardian wurde so gedrängt ihn hierhin zu schicken und dort hin zu schicken, dass dieser Ortiz' schwächliche Gesundheit, die dies Reisen nicht vertragen würde, als Ablehnungsgrund zu nennen pflegte. Und es liess sich erwarten dass Ortiz sich nicht unverbesserlich zeigen werde. Frai Barnabas dachte: Ortiz vertheidigt sich damit, dass er sagt: wäre Franzisca Hernandez nicht gut katholisch, so würde die h. Inquisition sie nicht sieben Jahre lang dergestalt frei und unbehelligt gelassen haben. Nun — so müssen wir sie in Haft bringen, dann ist er geschlagen, und wir werden uns seiner nach Wunsch bedienen können. Eines Tages, am ersten Weihnachtstag, brachte er den Erzbischof mit ins Kloster. Ortiz sah ihn im Chor und küsste ihm die Hand. Darauf gingen jene beiden geheimnissvoll in des Guardians Zelle wo sie eine gute Weile blieben. Frai Barnabas zeigte dem Grossinquisitor jenen Brief und redete viel von Ortiz' unfügsamem Sinn; dieser Mönch, der sonst ein Engel gewesen, sei durch die Hernandez ganz verdorben. Er würde ihn schon ins Klostergefängniss gesetzt haben, wenn er ihn nicht zum Predigen brauchte, sagte er. Der alte Mann wusste den Erzbischof zu beschwatzen. Aber gleich an Franzisca Hand zu legen, schien nicht gerathen. Die Fastenzeit war nicht fern und Ortiz gerieth, wenn man sie jetzt herbrachte, vielleicht so ausser sich, dass er keine Fastenpredigten halten wollte, auf die man doch stark rechnete. Es wurde deshalb beschlossen, die Sachen so einzurichten, dass Franzisca erst gleich nach Ostern in Toledo eintreffe.

Man hoffte sie dann bald der Häresie gegen den h. Gehorsam zu überführen.

Jil Lopez trat so übermüthig als möglich auf. Am dritten Weihnachtstage predigte Ortiz vor dem Kaiser in San Juan de los Reyes, und seine Predigt, die sich auf das Leben Johannes des Evangelisten bezog, fand grossen Beifall. Acht Tage darauf predigte Frai Jil. Er tadelte dass man die Prediger so viel lobe. »Warum lobt ihr sie?« fragte er. »Weil Einer über das Leben des h. Johannes gesprochen?« Auf wen das zielte, war nicht zu verkennen. »Aber welche Laster und Schmausereien hat er getadelt?« Auch dies eine boshafte Anspielung auf die vielerwähnten Vorwürfe gegen Franzisca und ihre Verehrer. Es sei ihm gleich, fügte Frai Jil hinzu, ob man sage, er rede aus Neid. Und als die Mönche, die doch böse geworden waren, sein Benehmen auf der Kanzel missbilligten, so beklagte er sich darüber dass man seine gute Absicht nicht anerkenne und äusserte: eine bessere Predigt als die seinige habe man seit der Apostelzeit nicht gehört.

Für seine Fastenpredigten hatte sich Ortiz schon das Jahr zuvor von Franzisca in Castrillo den Text geben lassen. Es war die Michastelle (6, 8. 9): *indicabo tibi, o homo, quid sit bonum et quid dominus requirat a te: utique facere iudicium et diligere misericordiam et sollicitum ambulare cum deo tuo; vox domini ad civitatem clamat et salus erit timentibus nomen eius* [*tuum*]. Hieraus predigte er alle Mittwoch darüber, dass nie der Mensch sich selbst richten solle, alle Freitag: wie er Barmherzigkeit üben solle an seinem Nächsten, Sonntags: wie er sich zu Gott solle zu verhalten suchen, die vier Montage: über den Bussruf Gottes an diese Stadt. Am Ende der Fastenzeit hatte er in diesem Rahmen das ganze sechste Kapitel und einen grossen Theil des siebenten erklärt, ein Kunststück über das er selbst erstaunt ist. Er habe sich dabei, sagt er, redliche Mühe gegeben, doch keine Arbeit habe an das gereicht, was ihm Gott gegeben. Die Kaiserin — der Kaiser verliess Toledo etwa Anfang März — verlangte den Ortiz so oft zum Predigen im Palais, dass es dem Guardian zu viel wurde und er einige Male die Erlaubniss dazu verweigerte.

Etwas vor der Fastenzeit beorderte der Provinzial den Zellengenossen des Ortiz, den Frai Alejo, fort von San Juan. Der Guardian aber wünschte denselben dazubehalten und forderte deshalb Ortiz auf, zusammen mit ihm an den Provinzial zu schreiben, um diesen zu bitten, den Alejo in San Juan zu lassen. Ortiz lehnte es ab, indem er sagte: Ihr haltet mich ohnehin schon für un[gehorsam], aber, Brust zur Erde, muss ich gehorchen in allem [was] der Prälat nach Gottes Willen befiehlt.

Der Guardian, so wenig er auch merken lassen wollte, dass Franzisca's Verhaftung bereits eine beschlossene Sache war, machte doch seiner Gesinnung in den unverhohlensten Ausdrücken Luft. Was braucht man mehr um sie zu verbrennen, sagte er, wenn man den Brief gelesen hat, den Ortiz an den Vizegeneral schrieb? Ich werde es durchsetzen dass sie ins Feuer kommt. Zu wiederholten Malen äusserte er mit Heftigkeit seine Ueberzeugung, man müsse dies Frauenzimmer verbrennen. Dem Ortiz selbst bezeugte er noch eine gewisse Hochachtung, indem er zu ihm äusserte: wenn Franzisca so viel Gutes von ihm, Ortiz, sagte, so würde das gut sein; dass aber er es von ihr sage, habe keinen Sinn.

Von Dª Catalina Pacheco bekam Ortiz einen Brief zweier Brüder derselben zugeschickt, des D. Pº Pacheco und D. Alonso Tellez [1], welche ihrer Schwester schrieben, sie wüssten, dass einige Herren des Inquisitionsraths, mit denen sie selbst gesprochen hätten, der Franzisca Hernandez wohlwollten, der Erzbischof sei von Mönchen schlecht unterrichtet. Also, sagt Ortiz, *schisma erat inter eos; alii dicebant quia bona est, alii: nequaquam, sed seducit turbas* [Joh. 9, 16. 7, 12].

Ortiz entschloss sich, zum Grossinquisitor selbst zu gehn, um denselben vom Vorgehn gegen Franzisca abzuwenden. Der Erzbischof sprach ausserordentlich freundlich mit ihm und lobte Ortiz' Predigten, die er gern das ganze Jahr hindurch hören würde. Als dieser bemerkte, seine Predigten seien auch von Franzisca Hernandez gelobt worden, erwiederte der Erzbischof, er freue sich über

---

[1] *Don Alonso Tellez Jiron, Señor de la puebla de Montalvan*, gehörte unter der Regentschaft des Cardinals Adrian zu den vom Kaiser ernannten ihm beigeordneten Räthen, ein gewissenhafter und besonnener Mann, wie Sandoval sagt, der ein Gutachten von ihm mittheilt, *hist. de Carlos.* 5, 33. 35. Bei dem Krönungsaufenthalt des Kaisers in Bologna befanden sich in seinem Gefolge auch Don Alonso Tellez und Don Juan Pacheco, Herr von Montalvan, die mehrmals unmittelbar zusammen genannt werden. Gaet. Giordani, *Della venuta e dimora in Bologna del sommo pontef. Clemente VII. per la coronaz. di Carlo V. imper.* Bologna 1842. Unter den *Aulici Caesareae Maiestatis* die auf dem Augsburger Reichstag waren werden mitgenannt und unmittelbar zusammen: *Don Alphonsus Telles, Don Johannes Pacheco.* Coelestini *hist. comitiorum a.* 1530 *Augustae celebratorum.* 1577. t. IV. fol. 122b.

Ortiz gutes Zeugniss für sie. Er beruhigte denselben mit den ausdrücklichen Worten: ich habe nicht Beweis genug um die Hernandez zu verhaften. Er schien sie, für den Fall dass er sie doch nach Toledo citire, in einem Privathause wohnen lassen zu wollen, und erkundigte sich bei Ortiz, wie sie in Castrillo lebe, mit was für Bedienung u. s. w. Schliesslich forderte er Ortiz auf wiederzukommen und ihm noch einmal seine Meinung auseinanderzusetzen.

Als aber Ortiz wiederkam, fand er den Erzbischof ganz verändert. Frai Barnabas war es gelungen, ihn inzwischen entschieden umzustimmen. Der Abweisung gegenüber wurde Ortiz in seiner Besorgniss um so andringender. Er bat den Erzbischof, doch an Franzisca schreiben zu wollen und sich ihr zu empfehlen, so werde er den Segen ihrer Fürbitte verspüren. Ortiz dachte dabei vielleicht an Papst Adrian, der sich nicht zu hoch gestellt glaubte, Franzisca's Fürbitte nachzusuchen. Doch auf den, welchen sich Adrian zu seinem Nachfolger als Generalinquisitor bestellt hatte, machten die warmen Worte ihres Vertheidigers keinen Eindruck. Der Guardian hat Recht, sagte er ruhig; sie verdient den Scheiterhaufen. Ja, wenn sie Nonne wäre, so würde ich alles Gute von ihr glauben was ich erzählen höre; aber so —. Aber, rief Ortiz aus, das heisst ja, sie muss verbrannt werden, weil sie nicht Nonne ist! Der Inquisitor erwiederte, man kenne diese lascive Person. Mochte Ortiz beanspruchen dass man ihm nicht minder Glauben schenke als dem Frai Barnabas, und den Erzbischof noch so flehentlich ermahnen, sich nicht an dieser bei Gott so gut angeschriebenen Person zu vergreifen, — der Erzbischof bemerkte nur: Vielleicht werdet Ihr Eure Meinung ändern, Pater. Er meinte, sei sie nur erst in Haft, so werde sich Ortiz schon von ihrer Sache los machen. Dass, um Ortiz auf diese Weise aus dem Verderben zu reissen, die Verhaftung Franzisca's als Mittel dienen sollte, war die Ueberzeugung der Freunde des Ortiz, und dieser selbst sah die Sache ebenso an. Der Erzbischof sagte ihm in der Unterredung ganz wie der Guardian: er predige Alumbramientos, und in demselben Athem: der Guardian habe ihm gesagt, er würde Ortiz schon ins Klostergefängniss gesteckt haben, wenn er ihn nicht zum Predigen nöthig hätte. Also: wenngleich Ortiz schädlich predigte, so durfte man ihn doch nicht ohne weiteres daran verhindern, denn wichtiger war das *opus operatum* dass überhaupt gepredigt wurde und so gepredigt wurde dass die Leute gern zuhörten. Niedergeschlagen verliess Ortiz den Generalinquisitor. Auch bei Hofe entzog ihm dieser das Vertrauen vieler Cavaliere, indem er sagte, die Franzisca Hernandez habe ihn verdorben.

Frai Antonio de la Cruz, Guardian in Alcalá, sagte der Dª Catalina Pacheco: er wisse, nach Ostern werde man Franzisca Hernandez nach Toledo schaffen; Dª Catalina sagte es Frai Alejo, der es an Ortiz schrieb. Auch Frai Antonio selbst redete ihm dann davon, und rieth ihm, sich nach seinem Guardian zu richten, und sich in nichts einzumischen.

Es war in diesem Jahre 1529 dass Luis Vives von den Niederlanden aus sein Buch *de pacificatione* dem Erzbischof-Generalinquisitor widmete. In der Dedicationsepistel hält er demselben, den er ausserordentlich hochschätzt, in schöner Weise die Verantwortlichkeit seiner Stellung vor. *Hoc opus decrevi ad Te mittere,* sagt er, *nam quum multis nominibus donisque sive naturae sive industriae seu potius divinae benignitatis, unde sunt omnia, magnus semper occurras, nullo Te illorum contemplari quisquam potest quin Te pacificum esse debere intelligat ut nihil sit aliud quodcunque Tuum ornamentum quam velut debitum officium pacificationi ut, si is esse velis qui nominaris et crederis, pacis et concordiae publicae perstudiosus sis oportet, citiusque Tibi Tuorum ornamentorum ac decorum sit persona exuenda quam pacificatoris.* Für den Frieden zu wirken verpflichte ihn der Adel seines Geschlechts, sein Lebensalter, sein Ansehn bei dem Fürsten, seine erzbischöfliche Würde. *Accedit his omnibus maximis ut vides pignoribus pacificationis munus inquisitionis haereticorum quod, quum tantum sit tamque periculosum nisi sciat quis quo pertineat, eo peccabit gravius quo de plurium salute fortunis fama et vita agitur. Mira dictu res, tantum esse permissum vel judici qui non caret humanis affectionibus, vel accusatori quem nonnunquam ad calumniam odium vel spes vel prava aliqua impellit animi cupiditas. In tanto discrimine tempestatis non unica spectanda est sacra illa ut Graeci dicunt ancora, sed bonus et sapiens rector clavi qui et sciat in quem sit portum navis torquenda et illuc eam velit deducere, ad pacem videlicet et quietem publicam, cui hactenus, modo dum satisfiat, inquisitionis est munus necessarium; nec arbitror in ecclesia Dei ullam esse functionem maioris momenti quaeque virum requirat et iudicio auctiorem et magis bonitate praeditum minusque morbis ac perturbationibus animi obnoxium atque obsequentem. Ergo quum Te undique decora Tua omnia et officia ad publicam pacem et concordiam impellant, cui potius de pacificatione scripsero quam Tibi? olim etiam hic mihi vel familiarius noto, ut est incredibilis Tua in studiosos omnes humanitas. Quam quum habent omnes compertam, tum nulli testari possunt melius quam qui quotidie experiuntur, Ludovicus*

Coronellus Theologus, Joannes Martinus Poblatio Medicus, Antonius Davalus et Joannes Castellus Philosophi, et alii quos esset longum admodum connumerare; ego meos recensui quorum memoriam propter eorum et ingentem eruditionem et singularem probitatem libentissime soleo usurpare. Vale. (Opera. V. p. 404. 405).

Um von Franzisca's wirklicher Verhaftung und Reise zu reden, müssen wir in der Zeit zurückgreifen. Franzisco hatte einen jüngeren Bruder Pedro, der, als diese letzten Vorgänge spielten, etwa 28 Jahre alt war, ein ebenso liebenswürdiger als gelehrter Mann, damals Professor der Bibel an der Universität Salamanca, und nicht bloss in Spanien angesehen. Papst Adrian, zu dessen Regierungszeit er in Paris war, schenkte ihm grosses Vertrauen (vgl. Blas Ortiz *Itinerarium Hadriani* cap. 39). Was Franzisco über ihn sagt, ist sowohl für weitere Beziehungen merkwürdig, als auch von Gewicht in diesem Falle, um Pedro's Urtheil Bedeutung zu geben. »Obwohl, schreibt Franzisco ein paar Wochen nach dem zuletzt Erzählten, die hochwürdige Facultät von Paris so grosse und so viele Theologen hat, so wollte doch das Conzil, das neuerlich in Paris gegen die lutherische Secte und andere Irrthümer gehalten wurde, ihm, weil man seine stets bereite Wissenschaft für alle Beschlüsse die dort gefasst wurden sehr wichtig erachtete, nicht erlauben, bevor es beendigt war, nach Spanien zurückzureisen, obwohl er dringend darum bat, da mein Herr Vater, Sancho Ortiz, den Gott selig habe [er war in den ersten Tagen des laufenden Jahres gestorben], fast in den letzten Zügen lag und ihn erwartete. Um die Lehre des Erasmus zu prüfen, war er einer der hauptsächlichsten Deputirten[1]. Und kaum thaten die

---

[1] Die Pariser theol. Facultät hob unter dem 16. Mai 1526 eine Anzahl von Irrthümern aus den *Famil. colloq.* des Erasmus aus, desgl. unter dem 16. Dezbr. 1527 aus desselben Vf. neutestam. Paraphrasen; am 1. Juli 1528 erliess die gesammte Universität ihre verwerfende Censur gegen erstgenanntes Buch; wiederum erging 1542 eine Zensur der theol. Fac. gegen einige Erasmische Schriften, darunter das *Encomium moriae* (Jourdain *Index chartar. univ. Paris.* 3me livr. 1862. über den Erasmushandel p. 329, 331—334. 336. 352). — Wie in Spanien, so kam in Frankreich die Anti-Erasmische Bewegung dadurch zum Ausbruch, dass man den Erasmus in der Landessprache zugänglich gemacht. Am 2. Sept. 1527 schreibt Erasmus an Juan Vergara nach Spanien: *Qui libros meos istic Hispanice loqui doctos excudunt, utrum studio mei faciant an odio, parum liquet, mihi certe movent gravem invidiam. Ex hoc fonte nata est et Lutetiae non levis tragoedia.* Bei den letzten Worten dachte Erasmus gewiss an Louis de Berquin.

Herrn Eures h. Amts in Frankreich irgend etwas ohne sein Gutachten, denn, ausserdem dass er sehr gelehrt war, bewährte er sich nach öffentlicher Erfahrung als sehr treu der h. Kirche. Als zwei Herrn Bischöfe, Mr. de Meaux und dessen Bruder etwas von der

---

Dieser schreibt, nachdem er zum zweiten Mal im Gefängniss gesessen, am 17. April 1526 an Erasmus (J. Fecht: *hist. eccl. supplementum* 1684 p. 874 sq.) über die vor Senat und päpstlichen Delegaten gegen ihn verhandelte Anklage wegen Uebersetzung einiger kleinen Erasmischen Schriften: *Olfeci protinus quidnam illi molirentur; ut videlicet libri Erasmi, si diis placet, velut haeretici cremarentur et una cum eis Berquinus, ni tanquam tales abiuraret,* — und weiterhin: *Delegati . . . posteaquam in Erasmi nomen satis essent debacchati, illum haereticum et apostatam subinde clamantes et Berquinum illius fautorem, produxerunt articulos a theologis ex libris tuis decerptos, ut aiebant, truncatos tamen ac mutilos, quos haereticos schismaticos scandalosos olentes haeresin, h. e. ipsis displicentes, asserebant.* Nach diesem Gutachten oder Missachten zog das Parlament die Sache vor sich und der König nahm sich wie zuvor, so auch diesmal des Berquin warm an; bei der dritten Verhaftung aber liess er denselben im Stich. Gervasius (von welchem Erasmus am 23. Mai 1527 aus Basel schreibt, epist. 867: *fuit apud nos Gervasius theologus vere candidus cuius colloquium mihi magno fuit solatio,* und der sich epist. app. 439, Lutetiae 9. Oct., das Jahr fehlt, über die unwissende unverschämte theologische Facultät von Paris auslässt, die aus Erasmus Paraphrasen Einiges schon verdammt habe, Andres noch verhandle) berichtet unter dem 15. August 1528 aus Paris an Erasmus (Burscher *Spicileg.* XXIII. Lps. 1796 p. XIII sq.): *Apud Senatum Parisinum Berquinus omnium maxime male audit. Hisce diebus Pontifex motu proprio (sic habet Bulla) misit rescritum quo adimit Berquini iudicibus delegatis potestatem iudicandi, et iudicibus, qui Berquinum haereseos condemnarunt, dat et confirmat, quam ante biennium concesserat, potestatem, in crimine videlicet haereseos iudicandi sic ut ab eis provocare non liceat . . . Ego putaverim Facultatem theologiae, Berquini nomine, tibi valde male affici. Putant enim, multo maxime inter te et illum convenire, quamquam illam suspicionem multis ademerim. Crede mihi, Berquini imprudentia, qua de te multa spargit, multum te gravavit invidia . . . Facultatis in tuos libros censuras non potui nancisci. Penes unum sunt Barptolomaeum, Theologum Sorbonicum. Sunt qui putant montium fore partum quod parturiunt. Crede mihi, vix edent quae censuerunt edenda.* Nach anderthalbjährigem Prozess wurde Berquin am 17. April 1529, also sehr bald nach Pedro Ortiz' Abreise, in Paris hingerichtet. Ueber Berquin vgl. den Artikel in Haags *France protestante* t. 2. 1847 und den Abriss von C. Schmidt in Pipers Jahrbuch 1862; in Bezug anderseits auf die Lutherische Bewegung in Frankreich, deren Heerd zuerst eine Zeitlang Meaux war, verweisen wir zunächst auf die *Geschichte des französischen Calvinismus* von G. v. Polenz, B. 1. 1857. Der von Ortiz gemeinte Bischof von Meaux ist Guillaume Briçonnet, s. *Gallia christiana.* VIII. 1744. p. 1645 sq. Dort ist angegeben dass er 1528 in Paris war, und ferner: *vicarios instituit die prima Januarii* 1529 *qui audirent de haeresi Lutherana cuius Philippus Papillon canonicus Meldensis* (von Meaux) *insimulabatur.* Ausführliches über G. Briçonnet bei Merle d'Aubigny *histoire de la réform.* livre XII. Vgl. den Aufsatz von C. Schmidt *Ueber den mystischen Quietismus zur Zeit Königs Franz I.*, in Niedners *Zeitschrift* 1850, Heft 1, und ebenda 1852 Heft 1. 2. Graf's Biographie des Faber Stapulensis. Wilhelms Bruder Dionys Briçonnet war Bischof von St. Malo, s. *Gallia christ.* VI. 1739. p. 564 sq. Er war

Glaubenswahrheit abwichen, indem sie irrige Dinge in ihren Bisthümern zuliessen, und als man in Paris dachte, er werde sich auf deren Seite stellen, da sie seine Gönner waren, welche seit den ersten Beschlüssen, die sie ihn vertheidigen sahen als er eben in Paris angekommen war, wegen seiner grossen Geschicklichkeit ganz entzückt von ihm waren, und ihn dort freihielten, da war mein Bruder derjenige, der am meisten dafür Sorge trug, dass die Irrthümer seiner Gönner (*amos*) zu nichte gemacht wurden, wobei er alles verlor was sie ihm zu geben pflegten, da er sich nicht mochte gleichgültig zeigen, sondern laut reden wollte für die Wahrheit«. So habe sich Pedro zugleich als *fidelis servus et prudens* [Matth. 24, 45] bewährt. Der Bischof von Meaux, der den Muth seiner eignen bessern Ueberzeugung nicht selbst hatte, durfte in der That keine Hingebung dafür von andern erwarten. Pedro Ortiz war es auch, durch den sich in Paris der Dominicaner-Inquisitor bewegen liess, den im Februar 1528 dorthin gekommenen Ignaz Loyola vorzufordern, und noch abreisend empfahl Ortiz seinen Freunden, Loyola's Leben und Ansichten scharf zu untersuchen (Ribadeneira

---

es, der 1519 in Rom die Canonisation des Franz von Paula durchsetzte. Uebrigens redet Franz Ortiz hier wohl von einem Amtsbruder des Dionys. Von wem, dürfte aus folgender Stelle erhellen. Der Nuntius Aleander schreibt am 30. Dezember 1531 aus Brüssel nach Rom an den päpstlichen Secretär (Lämmer *monumenta Vaticana* 1861 pag. 95): »ich weiss durch einen Freund von mir und ihm, dass Jacques Lefevre (d'Estaple), vom königlichen Hof entlassen, nach St.-Paul (*-des-trois-châteaux* in Dauphiné) gegangen ist, das unter der Jurisdiction der Schwester des Königs steht, wo durch die Gunst dieser Herrin ein gewisser d'Arande Bischof ist (der Druck hat *Joanes Gerardi*, jedenfalls, obgleich er *Gerardi* nachher noch einmal heisst, ein entstellter Name; man könnte an *Jean Bernard* denken, von welchem 1526 die Sorbonne Sätze exzerpirte und verurtheilte, allein Bischof von jenem St. Paul war damals seit 1526 und bis 1539, wo er abdankte, Michel d'Arande, *Gallia christiana* t. 1. 1716. p. 729 sq.), jener von dem der Doctor [Pedro] Ortiz sagte, er predige die Lutherischen Lehren in Blois (nicht *Blais*, wie gedruckt steht), ein Zögling dieses Faber, und zu den Verbündeten des Bischofs von Meaux gehörig, so dass man erwarten kann, sie werden da schöne Dinge und Conventikel anstellen«. Man müsse den Faber auf gute Art von da wegbringen, übrigens nichts Anderes von demselben verlangen als ein Retractaz'önchen, wie es Augustin abgegeben. »Dr. Ortiz und ich, sagt er, wir hatten es mit Wissen unsers Herrn (des Papstes) schon beschlossen (*concluso*)«, jetzt aber bei der grossen Entfernung möge man die Sache durch irgend eine andere Mittelsperson verhandeln und ihn etwa nach Italien ziehn. »Hierüber sprechen Sie jedenfalls mit Dr. Ortiz und referiren dann unserm Herrn«. Ohne solchen, ,die von König und Universität verurtheilt und verwiesen seien, Gunst zu beweisen, müsse man, um den Mann zurückzubringen, säuberlich verfahren.

in den *Acta Sanctor*. Julii t. 7. p. 675 F. vgl. 650 D. 436 D., und Orlandini *hist. societ. Jesu* 1, 70. 2, 3). Nachdem er in Paris schon anderweitig über Franzisca Hernandez gehört hatte, bekam er noch mehr durch die Mittheilungen seines Bruders das grösste Verlangen sie zu sehen. Auf der Rückreise machte er einen Umweg um sie in Castrillo zu besuchen.

Pedro Ortiz kam gerade dort an, als auch der Valladolider Inquisitonsbeamte Alvaredo eintraf um Franzisca nach Toledo zu beordern. Sie empfing diesen mit grosser Freundlichkeit und Heiterkeit und sagte zu ihm: Wenn Ihr so sicher wäret beim Befehlen, als ich beim Gehorchen, so wären wir beiderseits recht sicher (*si tan seguro fuese a vos mandallo como a mi obedecello, todos estariamos bien seguros*). Als der Alguazil erschien, den man aus Toledo geschickt hatte, sie zu holen, empfing sie ihn mit heiterm Angesicht, sobald sie hörte, er komme vom Erzbischof. Sie wurde vereidigt und dann aufgefordert anzugeben wessen Weib sie sei und was sie besitze. Auf die erstere unverschämt gethane Frage erwiederte sie ruhig: Ich bin Verlobte Jesu Christi. Und auf die andre: Ich habe nichts und mir mangelt nichts, durch Gottes Barmherzigkeit. Ortiz, indem er diese schöne Antwort erzählt, setzt hinzu: Das ist das Apostolische: als die nichts haben und doch Alles besitzen. Pedro wurde, besonders durch die Art wie Franzisca dem Alvaredo begegnet war, so gefesselt, dass er sie, die sich sofort reisefertig machte, drei Tagereisen begleitete, denn länger reichte leider sein Urlaub nicht. Es gehörte, auch wenn Franzisca noch nicht förmlich verhaftet war, doch Unabhängigkeit der Gesinnung und einiger Muth dazu, der so Verdächtigen, die unter Aufsicht des Inquisitionsbeamten reisen musste, sich anzuschliessen. Noch von unterweges sandte er einen Brief an seinen Bruder Franzisco um demselben auszusprechen: er danke Gott mit Thränen, dass er ihn so etwas in Spanien habe erleben lassen. Er glaube gern, schrieb er, dass alle, die zu viel Wesens von den Ceremonien machten und nicht weiter vordrängen, sich an ihr ärgern würden. Als Franzisco dies las, erinnerte er sich was sie selbst zu ihm gesagt: Ich weiss wohl, dass, wer nicht von Gott zu mir geführt wird, in mir nichts finden wird als woran er Anstoss nehmen muss. Aber selbst Diego Lopez, der so eifrig alle möglichen Anklagen gegen Franzisca zusammentrug, gestand dem Dr. Ortiz ausdrücklich ein, dass er von ihr Nichts gegen den katholischen Glauben wisse.

Das h. Amt nahm keine Rücksicht auf die h. Osterzeit, grade

in dieser Festwoche liess der Erzbischof Franzisca unterwegs sein; oder vielmehr man nahm gewiss nur zu wohl Rücksicht darauf und wollte sie eben jetzt, wo die Gemüther mit Anderm beschäftigt waren, möglichst ohne Aufsehn schnell an Ort und Stelle schaffen. Zwölf Tage dauerte die Reise; man machte also durchschnittlich etwa 3—4 Meilen den Tag[1]. Noch jetzt legt das Reisen in Spanien Entbehrungen auf, die man im civilisirten Europa gar nicht mehr gewohnt ist und die auch dem Rüstigen sehr fühlbar werden. Und nun das schwächliche Mädchen, das nicht selten Ohnmachtszufälle hatte, — und damals! Etwa nur dreissig Jahre früher durchreiste ein Ritter Arnold von Harff, der viel herumgewandert und bis nach Mekka gekommen war, auch die Pyrenäenhalbinsel. Böse Herberg, sagt er; was du haben willst von Essen und Trinken musst du alles auf der Strasse gelden [kaufen]. Dazu Bänk, Stühl, Tischlaken, Bettung musst du alles besonders bezahlen. Summa Summarum ist Hispanien gar ein böser Land als ich in der Türkei mit [d. h. und] der Christenheit funden habe[2]. An ein bequemes Bette, wie das zarte Wesen zu Hause darauf hielt zu haben, war hier nicht zu denken. Ortiz will wissen, sie habe auf dieser ganzen Reise nur fünf Eier gegessen. Aber, sagt er, sie hatte im schwächlichsten Leib eine starke Seele.

Am Ostermontag Abend erreichte sie Toledo. Sie hatte nicht das Geringste gethan, um Ortiz wissen zu lassen dass sie komme. Schon unterweges bekam sie einen Brief von ihm, den er an D[a] Catalina Pacheco zur Weiterbeförderung geschickt hatte; Franzisca unterliess es, ihm eine schnelle Antwort zuzustellen. In Toledo angekommen wollte sie nicht zugeben dass man ihn benachrichtige. Es that Ortiz weh, dass sie nicht einmal sagen liess: ich bin da. Aber gewiss war ihre Absicht nur die, ihrerseits keinen Schritt zu thun, der ihn in ihr Schicksal weiter hineinziehen konnte; sie sah nur zu gut voraus, was auch ihm, der ihre Sache grade jetzt nicht aufgeben werde, schon bevorstand; sie hatte keinen Wunsch mehr,

---

[1] Im *Itinerario* am Schluss von Pedro de Medinà's *Grandezas i cosas notables de España*, neue Bearbeitung von Diego Perez de Messa, Alcalá de Henares 1595, werden von Valladolid nach Toledo 39 *leguas* gerechnet. Die *legua* beträgt dort 4000 Schritt zu 5 gewöhnlichen Fuss, doch sei bei diesen üblichen Angaben die Leguaszahl oft sehr nach Gutdünken taxirt. 7 altspan. Leguas, wie man sie bis zum Jahre 1801 rechnete, sind 6 geogr. Meilen, man kann also den Weg zwischen Castrillo und Toledo auf etwa 38 geogr. M. angeben.

[2] *Pilgerfahrt*, herausg. von E. v. Groote. 1860. S. 230.

hingegeben in Gottes Schickung. Aber Jemand, der sie gesehn. kam am Osterdienstag Morgen nach neun Uhr um es ihm zu sagen. Sofort bat er, obgleich es Messezeit war, gegen seine Gewohnheit den Guardian um Erlaubniss auszugehn. Dieser sah ihm wohl an dass etwas Besonderes vorgefallen sei, und schloss, Franzisca werde in der Nähe der Stadt sein, da sie ja gleich nach Ostern kommen sollte, und Ortiz habe es erfahren. Misstrauisch fragte er, ob Ortiz aufs Feld hinaus wolle, und gab, ungeachtet dieser es verneinte, nur zögernd seine Einwilligung zu diesem Ausgang. Zu Tisch musste er zurückkehren. Aber nur seine Seele war hungrig, wieder zu der zu gehn, die ihm nicht hatte wollen sagen lassen dass sie da sei. Dies konnte er gar nicht verstehen noch verwinden. Der Schmerz darüber, dass sie sich nicht sofort an ihn als gleichsam ihren Ritter gewendet, war ebenso schön männlich als ihre Zurückhaltung edel weiblich war. Nach dem Essen bat er wieder um Erlaubniss, in derselben dringenden Angelegenheit, für die er Vormittag so wenig Zeit gehabt habe, noch einmal ausgehn zu dürfen. Niemals sonst pflegte der Guardian Schwierigkeiten zu machen wenn Ortiz Lizenz wünschte, was freilich sehr selten vorkam; jetzt aber drehte und wand er sich, um erst herauszubekommen wo Ortiz gewesen und wo er hinwolle. Als endlich dieser bemerkte, er habe nicht erwartet ihn bei einer wichtigen Sache so diffizil zu finden, liess er ihn gehn, gab ihm aber einen Begleiter mit, der nachher, seinem Auftrag gemäss, alles treulich berichtete.

Ortiz war noch des Glaubens, sie werde in Toledo wohnen dürfen wie sie in Valladolid gewohnt, und fragte sie, ob sie nicht irgend etwas brauche, damit er dafür Sorge tragen könne. Noch hatte er ja einflussreiche Connexionen und hohe Gönner und stand in Ansehn. Sie aber antwortete: Ich brauche hier Nichts und von Niemand zu bitten, und sollte ich hier tausend Jahre bleiben, mit Gottes Hülfe.

Im weitern Gespräch erinnerte Ortiz sie daran, wie Adrian sie um ihres Lachens willen nicht frei gelassen. Mit heiliger Anmuth sagte sie: Bittet jetzt Gott, dass ich nicht lache wenn ich sehe, was für Dinge sie sagen und fragen.

Der Guardian war ausser sich als er vernahm wie die Sachen standen, und dass es Ortiz somit gelungen war, noch mehrmals Franzisca Hernandez zu sprechen. Im Zorn ging er Mittwoch gegen Abend aus, um, wie Ortiz sagt, die Braut Christi vollends zu verkaufen. An demselben Abend — es war der 31. März — erfuhr Ortiz die erfolgte Abführung ins Gefängniss der Inquisition.

Gesammelt sass Ortiz in seiner Zelle, im Verlangen nach rechter Erkenntniss über das von ihm zu beobachtende Verhalten. Da, an demselben Tage noch, fühlte er plötzlich in sich den Willen, die That des General-Inquisitors öffentlich zu tadeln, und trotz der Aussicht auf die Lebensgefahr fand er sich mit so grosser Heiterkeit und Freude und solchem Jubel erfüllt, wie er nie in seinem Leben bis zu jenem Augenblick empfunden hatte. Er prüfte sich aber, ob auch jener neue Geschmack begleitet sei von Mose und Elia [vgl. Richard von S. Victor im *Beniamin minor* Kp. 81], ob er sich zu etwas neige das Gottes Willen gemäss sei. Wie ein Licht ging ihm das Verständniss der göttlichen Fügung auf, dass schon zwei Privatmonitionen des Erzbischofs vorangegangen seien, bei denen Ortiz selbst gar nicht an dieses Ende irgend gedacht hatte, dass er aber nun [nach Matth. 18, 15—17] freie Hand habe zur öffentlichen Rüge. Der Erzbischof hatte ihn das zweite Mal, da er ihm bereits sein Vertrauen entzogen hatte, auch nicht mehr aufgefordert wiederzukommen.

Juan Valdes lässt, in seinem 1527 geschriebenen Dialog (auf den wir schon oben S. 51 verwiesen haben) zwischen Mercur und Charon, die Seele eines frommen Predigers sagen (S. 282 f.): »Die Fürsten, Prälaten und Richter tadelte ich lieber in ihren Häusern im Stillen, als öffentlich von den Kanzeln; damit das Volk nicht die ihnen schuldige Ehrfurcht, Folgsamkeit und Anhänglichkeit verliere, woraus, wie ich einsah, viele und sehr grosse Uebelstände hervorgehn würden. Aber wenn ich sah dass sie hartnäckig waren und dass sie um ihrer eignen Interessen, Leidenschaften oder Neigungen willen das zu thun unterliessen was sie sollten und wozu sie verpflichtet waren, so unterliess ich nicht, öffentlich sie zu tadeln und das, was sie thaten, als schlecht darzustellen und ihnen zu zeigen was sie thun sollten; damit sie aus Scham dahin kämen das zu thun was sie gutwillig nicht thun wollten; indem ich dessen gedachte, dass der heilige Paulus es doch gewagt hat, den h. Petrus öffentlich zu tadeln wie er selbst an die Galater schreibt.« »Wenn du auf diese Art verfuhrst«, bemerkt Mercur, »und Wahrheiten sagtest, so dürfte es dir nicht an Verfolgungen gefehlt haben«. »Bis zum Tode fehlte es mir niemals daran«, antwortet die Seele; »aber alles Schlimme, das sie mir anzuthun suchten, war alles Gute was ich mich zu erreichen sehnte«. Erstaunt ruft Mercur aus: »Wie ist das möglich?!« Die christliche Seele aber sagt: »Welches grössere Gut konnte ich wünschen als Bedrängnisse zu leiden um der Liebe Jesu Christi willen? Und welche grössere Glorie als zu sterben wegen Vertheidigung und Verkündung seiner Wahrheit?« Mercur selbst sagt nachher (S. 285) dass es kaum noch Jemand gebe, der wie ein wahrer Christ zu reden und zu leben wage; so sehr sei die Christenheit tyrannisirt von der Art von Menschen, welche, wenn Einer mit Wort oder That die christliche Vollkommenheit predige, sich gleich über ihn herstürzen und ihn als Ketzer verdammen.

Ortiz Klosterbrüder fingen an, ihn auf ganz eigne Weise an zugucken, seit seine verehrte Franzisca Hernandez gefänglich eingezogen war. Schon darum blieb er am liebsten so viel irgend möglich in seiner Zelle, zu weinen und zu beten. Wie würden ihn erst die Leute draussen angesehen haben? — er hätte nicht gewagt einen Fuss über die Klosterschwelle zu setzen. Er fühlte es: des Sohnes Schmach ist eine Mutter ohne Ehre. Zwei oder drei Tage nach Franzisca's Einkerkerung, als dieselbe schon stadtbekannt war, suchte ihn Pater Frai Antonio Zapata, Mitbewohner desselben Klosters, in seiner Einsamkeit auf, um ihn zu trösten. Was geschehn ist, thut mir leid, sagte er; ich suchte es zu hindern und wünschte, dass man sie anders wohin bringe, wo sie bessre Behandlung fände. Aber ein Brief von Euch an sie, den man fand, hatte zu grosse Entrüstung bewirkt. Man hat ihn hergeschickt, und, in der That, wenn auch nichts Häretisches darin war, so schien er uns doch unbesonnen für einen Mann von Eurem Ansehn. Es entgeht mir nicht, wie viel Grund Ihr habt, Schmerz zu fühlen, aber wendet Euch an Gott und beruhigt Euch; gefährlich ist die Sache nicht, glaub' ich. Dann aber setzte er hinzu: man soll sie mit allem, was sie hat, hergebracht haben. Ich sage Euch: es wird erst noch das Jahr 29 und es wird 30 und 31 vergehn ehe sie wieder herauskommt, wenn Gott kein Wunder thut. Vater, antwortete Ortiz, ich habe nur zu singen: *Gloria in excelsis Deo.* denn Christus, unser Erlöser, wurde schlimmer behandelt da er gefangen war. Zapata, der aus diesen Worten wohl merken konnte, wenn er noch daran zweifelte, dass Ortiz Franzisca's Verhaftung für eine schreiende Sünde halte, ermahnte ihn noch, er solle vorsichtig sein in seinen Reden, denn was die Inquisition thue, das halte man für von der Kirche gethan. Es war aber vielmehr die Befürchtung, dass man ihn am Predigen hindern werde, von welcher Ortiz, wie er nachher selbst sagt, sich zurückhalten liess, sein Vorhaben irgend Jemand im voraus mitzutheilen. Doch äusserte er, indem er an das dachte, was er vorhatte, zu seinem Bruder Juan: glaub mir, Gott wird diesen Mönchen eine Ohrfeige geben dass sie daran denken. Auch ein Student, meint er nachher, und ein gewisser Sammetweber möchten an seinem Benehmen und Reden wohl abgenommen haben, mit was er umging. Ganz vermochte er sein Inneres nicht zu verschliessen.

Also sein Brief war ein neues Zeugniss wider sie geworden, und sollte, sagte man, den Ausschlag für ihre Verhaftung gegeben haben. Schon ein paar Tage früher hatte er eine warnende Zuschrift bekommen: man habe einen Brief von ihm an Franzisca Hernandez gefunden; er solle auf seiner Hut sein. Gewiss ist dieser Brief derjenige der sich bei unsern Acten befindet. Er ist datirt Toledo den 16. October, ohne Zweifel des Jahres 1528. Der Hof ist da, Anfang November traf der Kaiser ein. Ortiz kann sich nicht genug thun in Ehrfurchtsbezeigungen und Worten der innigsten Anhänglichkeit. Er beginnt: »O meine Herrin! O meine reinste Liebe, o mein gesegnetes Innerstes und Leben meiner Seele und mein Herz und meine Augen!« Irgend ein jüngster Vorfall, man ersieht nicht was es gewesen ist, erfüllt ihn mit neuer überschwenglicher Bewunderung für sie, durch die Gott so grosse Gnaden erweise. Er bittet sie, für seine blinde Mutter das Geschenk des Augenlichts erlangen zu wollen; sie, die den wahren Arzt so in sich und so zu Willen habe, brauche nur ein Ja zu sagen, damit es sich erfülle. Seine Schwester Ines bittet er sie inständigst als ihre Dienerin annehmen zu wollen. Unter Anderm empfiehlt er ihrem Gebet den Pater de los Anjeles, der in Toledo sehr krank sei (dies ist gewiss sein Ordensgeneral, dessen Wohlwollen für ihn und sie, wie wir sahen, damals durchaus nicht mehr fest war). O meine Herrin, schreibt er gegen Ende, schützt mich vor diesem meinem Pater Guardian, denn er und Andre wünschen so sehr, ich solle jetzt, wo der Hof hier ist, meine Predigtweise bessern, dass es entsetzlich ist für Jemand der die Augen aufthut. Er unterzeichnet als: Geringer Sohn und Diener Eurer grossen Gnaden, der Eure meine heiligen Füsse bald mit tiefster Ehrfurcht zu küssen verlangt.

Nichts gegen sie ausser elendem Mönchsgeschwätz und jenem geistlichen Liebesbrief — das war kein ausreichender Grund zu dieser vor der Welt entehrenden Gefangennahme, dess war er gewiss.

Es kam ihm glaubwürdig zu Ohren, dass sich Franzisca im Gefängniss sehr gute und schöne Mahlzeiten bereiten liesse. Wer nämlich von den Gefangenen der Inquisition vermögend war, musste dem h. Amt eine hohe Pension bezahlen, von welcher für seine tägliche Beköstigung dreissig Maravedi, etwa zwei Silbergroschen, ausgesetzt wurden. Eine Erhöhung dieser geringen Summe war indessen auf Kosten des Betheiligten zulässig (*si lautius velit helluari, licebit quidem, sed ex suo,* theilt Montanus mit, *Inq. Hispan. artes* 1567. S. 106). Doch blieb diese Erlaubniss immer eine besondre Vergünstigung, die es unter Anderm dann nicht so schwierig war zu erlangen, wenn sich der Prozess so anliess, dass kein Urtheil auf Güterconfiscation, also kein Gewinn für die h. Beamten in Aussicht stand. In dem vorliegenden Falle aber wollte man wohl deshalb von der Strenge nachlassen, damit sich zeige wess Geistes Kind sie sei; wäre nicht die Rücksicht auf die öffentliche Meinung mit im Spiel gewesen, so würde schwerlich ein Wort davon über die geheimnissvolle Schwelle gedrungen sein. Man hielt sich also darüher auf und sagte: das sei eine schöne Dienerin Gottes die sich so auftragen lasse. Aber welchen Grund hätte sie gehabt für die Inquisitionskasse zu sparen? Es war recht, dass sie bei allen den unvermeidlichen Entbehrungen, die das Gefängniss ihr auferlegte, sich etwas pflegte um rüstiger zu sein für die gute Sache. Und dass sie nicht den Kopf hängen liess wie andere in dergleichen Lage, und keine heilige Enthaltsamkeit zur Schau tragen wollte, obgleich man gerade deren Mangel an ihr tadelte, sondern dass sie es wagte, sich etwas Ordentliches zu essen zu bestellen, ist kein übler Zug ihrer unerschrocknen Frische. Sie, die so geringe Bedürfnisse hatte, und so wenig genoss, liess sich gewählt und reichlich auftischen (*con tanto regalo i apparato*) um ihre evangelische Freiheit auch im Kerker zu zeigen. Es ist auch dies wieder so heiter keck.

Zur Ausführung seines Vorhabens, öffentlich für ihre gute Sache einzutreten, kam Ortiz die Gelegenheit einer Predigt, die er nach wenigen Tagen zu halten hatte, wie eigens dazu von Gott gesandt. Obwohl die Mönche schon vermutheten, Ortiz werde nächstens irgendwie seine Meinung über jenen letzten Vorfall laut werden lassen, so hatte der Guardian doch allerlei Umstände wegen nicht umhin gekonnt, ihm diese Predigt aufzutragen, wie es scheint vor jener Gefangensetzung der Franzisca, eben in den allerersten Tagen ihrer Anwesenheit in Toledo. Er wäre, sagt Franzisco, ohne jene für ihn so erwünschte Nothwendigkeit schon gleich ins Klostergefängniss geworfen worden, was nun bis nach der zu haltenden Predigt aufgeschoben wurde. Dann aber war für ihn keine Aussicht mehr, Franzisca vertheidigen zu können. Wie würde der Guardian, der schon so ergrimmt war, ihm Freiheit verstattet haben um das zu zerstören, was Er gewirkt. Auch die Befehle des Provinzials wusste derselbe zu umgehn und sagte vor seinen Mönchen: Hol der Teufel den der ihn zum Provinzial gemacht.

Franzisco hatte die Anstrengungen der Fastenzeit mit ihren vielen Predigten, den gewöhnlichen und dazu denen vor der Kaiserin, nur eben hinter sich. Dennoch ass er jene sechs Tage bis zur Predigt kaum zwei Brotschnittchen bei den Mahlzeiten, und schlief kaum drei Stunden des Nachts; er war aber munter und zufrieden, als hätte er keine leiblichen Bedürfnisse. Mit besonderer Andacht feierte er die Messe, nur noch wenige waren ihm beschieden. Es war mir, sagt er, eine unaussprechliche Freude zu denken, dass ich um der Liebe Gottes willen von denen, die sich für seine Diener halten und sehr christlich und voll Eifer für seinen h. Glauben zu sein vermeinen, als Ketzer und verkehrter Mensch werde behandelt und für närrisch und besessen gehalten werden. Auch seine Studien zu verlassen, und im Gefängniss ohne seine lieben Bücher sein zu müssen, auch dafür fühlte er Freudigkeit in sich. Ich hatte nur noch, sagt er, das Verlangen nach etwas Stille um von meinen Füssen den Staub zu waschen, der mir aus der Zerstreuung durch soviel Predigten, als ich seit neun Jahren in Einem fort gehalten, anhaftete.

Keine andre Stunde blieb mir, berichtet er, noch auch irgend ein andrer Weg, nach menschlichem Ansehn, um für die Wahrheit einzutreten die ich so unterdrückt sah, ausser jenem einen, in der ich Dienstag den 6. April auf die Kanzel steigen sollte; und darum liess mich Gott so sehnlich jene Stunde erwarten, die für diese heilige Sache so einzig war wie der Vogel Phönix. Denn in Wahrheit schwöre ich Euch: das ganze Leben das ich gelebt bis zur Stunde da die gefangen wurde, welche Gott so frei gemacht hat durch die heilige Freiheit seiner Gnade, kam mir nicht so lang vor als die wenigen Tage, welche von ihrer Verhaltung bis zu meiner Predigt vergingen, so quälte jene Wahrheit mein Herz um hinauszudringen, und wie gerufen kam mir der Text aus Amos dem Propheten: der Löwe brüllt — wer sollte sich nicht fürchten? Gott der Herr spricht — wer sollte nicht weissagen? und war der Schmerz, und dazu die Angst die ich hatte, ich möchte sterben ehe jene Stunde käme, so gewaltig wie Geburtswehen. Und wenn auch Gott dieselben linderte durch die grossen Tröstungen, die er mir, wie ich erzählte, gab, so blieb es mir doch unerträglich, zu sehen wie die Uhr zögerte zu schlagen, und die Sonne schien mir träg in ihrem Lauf, und am Montag vor der Predigt, die auf den Dienstag angesetzt war, sagte ich bei mir, es sei ein schlechtes Sprichwort: vom Montag bis zum Dienstag ist's nicht weit (*del lunes al martes pocas son las artes*), denn viele waren der Zwischendinge (*artes*) und unerträglich die Länge, im Gefühl dessen der von so göttlichem, grossem Feuer in seiner Brust verbrannt ward, denn ich sage Euch, es zehrte mir süsser Weise das Leben auf, indem es mich weder essen noch schlafen liess, da mich der Eifer um die Ehre Gottes verzehrte.

Endlich bestieg er dann zu seiner Predigt die Kanzel von San Juan. Es waren über 200 Personen zugegen, der Dekan und das Kapitel der Kathedrale, die obersten Civilbehörden der Stadt, Justizia und Ayuntamiento, und viele Geistlichen und Laien, welche zu der an jenem Tage stattgehabten Prozession zusammengekommen waren. Diese fand statt wegen des Regens der nach mehr als zweimonatlanger Dürre endlich eingetreten war. Ortiz war durch seinen Guardian und seinen Provinzial beauftragt, gleichfalls dankzusagen und im Namen der Herren von der Hauptkirche es zu beklagen dass trotz des so sehnlichst erwartet gewesenen Landsegens ihre allgemeine Prozession nur so wenig Theilnehmer gefunden habe. Diesen Auftrag richtete er ganz zuerst aus, ehe er etwas Anderes sagte. Dann wendete er sich zu seiner Rede. Ich predige, fing er an, als wäre dies meine letzte Predigt, und hört auch ihr mir zu als müsstet ihr sterben wenn sie aufhört. Denn so geschehn die vollkommnen Werke wenn man denkt, indem man sie thut, sie könnten unsre letzten sein. Nach dieser Präambel schritt er zu seinem Text. Es waren jene Worte aus dem Propheten Amos (3, 8): Der Löwe brüllt — wer sollte sich nicht fürchten? Gott der Herr spricht — wer sollte nicht weissagen? Ortiz wies zurück auf die nicht weit vorhergegangnen Worte (2, 11. 12): Ich erweckte Propheten aus euren Kindern und Geweihte aus euren Jünglingen, und die Geweihten hiesset ihr Wein trinken und gebotet den Propheten: ihr sollt nicht propheseien. Dann stellte er das Thema auf: man muss Gott mehr gehorchen als den Menschen. Er verwies auf eine Rede Basilius des Grossen, der, während er sonst in seinen Homilien nicht von einem Bibelwort auszugehen pflege, gerade in einer Busspredigt bei Hunger und Dürre jenen ersten Amostext an die Spitze gestellt habe. Das grösste Unglück, sagte Ortiz, sei der Mangel des geistlichen Regens der wahren Lehre; das äussere Wasser sei, im Vergleich damit, ein gar geringes Gut, und Gott lasse ja regnen über Gerechte und Ungerechte. Dass es aber Gott von Zeit zu Zeit an äusserem Regen und Brot fehlen lasse, geschehe aus zwei Gründen, nämlich: um die Gerechten zu prüfen und um die Bösen zu strafen. Der Herr wolle, dass die Seinen Geduld lernten und Gottvertrauen. Man müsse nicht kleinmüthig sein in der Noth, der treue Gott helfe oft wunderbar. Dem Elia sandte er in die Einsamkeit nicht etwa eine Taube als Boten um ihm Speise zu bringen; sondern Raben, die selbst Fleischfresser sind, mussten ihm Fleisch und Brot zutragen, damit das Wunder um so sichtlicher sei, wenn dieser Vogel das Fleisch nicht anrührte, das dem Elia bestimmt war, und die Fürsorge Gottes um so offenbarer [1]. So ward auch Daniel mitten unter hungrigen Löwen am Leben erhalten. Den Ungerechten aber trifft die Noth als eine Strafe des göttlichen Zornes über seine Sünden, besonders wegen der Verfolgung der Frommen, die mit Wort und That Gottes Willen bezeugen, der den andern zuwider ist. Den Daniel warfen sie darum in die Löwengrube, den Jeremia in den Brunnen, aber den Elia mussten Thiere ernähren, Amos ward grausam ermordet, — alles weil sie, dem mächtigen Zuge Gottes folgend, redeten was er befohlen. Wegen solcher Sünden hat Gott oftmals Brot und Regen fehlen lassen wie drei Jahre zur Zeit Elia's. — Ich will Euch die Wahrheit sagen, fuhr Ortiz fort, denn Gott der Herr hat gesprochen. Hört was ich sage, und nehmt kein Wort davon, und fügt keines hinzu. Was ich weiss, will ich sagen; ich will nicht sagen was ich nicht weiss. Ich bin weder Prophet noch Prophetensohn und weiss nicht ob Gott eine grosse Sünde, die in dieser Stadt begangen ist, noch in dieser Welt strafen wird; dies, ich wiederhole es, weiss ich nicht. Was ich aber weiss — und seine Stimme erhob sich zu grosser Bewegung — ist dies dass die sehr schwere Sünde,

[1] Dies über Elia und die Raben ist aus jener Homilie des Basilius (hrsg. v. Garnier 2, 62 f.) der auch an den Daniel erinnert.

welche ganz kürzlich in Toledo begangen ist, und die ich öffentlich namhaft mache, weil sie öffentlich begangen wurde, die Gefangennahme der Franzisca Hernandez ist! . . Sofort entstand Lärm in der Kapelle wo die Mönche sassen. Der Prediger wandte sich dorthin und rief ihnen zu: Schweigt, schweigt! Gott heisst mich reden! dann nahm er schnell seine Rede wieder auf. Der Name dieser Dienerin Gottes, sagte er, ist weithin bekannt. In ihrer Sache zu reden ging ich zum hochwürdigsten Erzbischof von Sevilla und er nahm mich wie einen Engel auf. Jetzt sprangen Frai Barnabas, sein Guardian, und mit ihm dessen Mönche von ihren Sitzen und schrieen ihm zu, er solle still sein und heruntersteigen. Doch Ortiz fuhr fort: ich kam zum zweiten Mal zum Herrn Erzbischof, aber der Guardian hatte mir dessen Vertrauen entzogen. Da griffen die Mönche zu, die inzwischen herbeigerannt waren; vergebens suchte er sich auf der Kanzel zu halten, den Blick auf die Gemeinde gerichtet; während er rief: Lasst mich die Wahrheit sagen! rissen sie ihn hinunter. Ein Kleriker in der Nähe rief mit Thränen in dem Auge: Lasst den Heiligen reden! Bischof Campo sagt nachher aus, er sei der Erwartung gewesen, Ortiz habe nun weiter die Schuld vom Erzbischof und vom Rath abwälzen und auf die Inquisition in Valladolid schieben wollen. Allerdings konnte man nicht wissen wo er hinaus wollte, aber für Frai Barnabas hatte er schon genug und zu viel gesagt. Ortiz versichert später, er sei darauf vorbereitet gewesen, nur in Stücke zerrissen von der Kanzel herunterzukommen.

Man schleppte ihn aus der Kirche in ein Privathaus; wie es scheint, um das Kloster nicht durch diesen Unwürdigen mehr zu beflecken. Den ganzen Tag bis auf den Abend bekam er nichts zu essen. Endlich erschienen der Guardian und Fr. Antonio Velasquez, der Novizenmeister, und kündigten ihm an, er müsse, so leid es ihnen thue, ins Inquisitionsgefängniss. Mit einer Wonne, über die sich die Beiden entsetzten, antwortete er: Ein Freudengeschenk verdient ihr für so gute Botschaft! und als sie ihn nun abführten, trieb er sie zur Eile, zeigte ihnen die Gassen, durch die sie am schnellsten zum Ziele kämen. Dort angelangt gingen seine Klosterbrüder niedergeschlagen fort und er blieb munter und getrost, wie er selbst sagt, in den Händen des Kerkermeisters. Als er in seine Zelle gebracht wurde, bat er, ihm zu zeigen in welcher Franzisca sei, mit der er nun so glücklich war, unter demselben

Dache wohnen zu dürfen; aber natürlich musste er hören, die Erfüllung einer solchen Bitte sei unzulässig.

So sassen denn die beiden im Inquisitionskerker und bald erfüllte diese Nachricht weithin die Gegend, sowohl mit Schreck über die Grösse der Gefahr, der man entgangen war, als auch mit grosser Beruhigung über diese glückliche Abwendung derselben. So erzählt Frai Diego de Victoria in seiner schon ein paar Mal erwähnten Aussage vom 25. October dieses Jahres: Vor vier, fünf Monaten in Burgos sagte mir Frai Luis de Malvenda, er freue sich sehr über die Verhaftung von Franzisca Hernandez und Franzisco Ortiz, obgleich es ein Makel für seinen Orden sei. Denn er wisse dass Franzisca im Reich und in seinem Orden viel Schaden gestiftet habe; sie sei die Quelle und Mutter, von der diese neuen Secten herkämen, und ihre Gefangennahme würde Vielen, die diesen Secten angehörten, Schrecken einflössen. Ich weiss aber nicht, fügte Frai Diego hinzu, ob er dies sagte, weil er es wusste, oder weil er es sich so dachte. [1]

Es ist wohl der Alarm, in den die Zionswächter gerathen waren, der sich in den Worten spiegelt, mit welchen der Hofnarr des Kaisers, Franzisco de Zúñiga, der von Amts wegen sich über Jedermann lustig macht, den Papst nicht ausgenommen, in seiner nicht ungesalzenen Chronik einen Grund angibt, der ihn mitbewogen habe, seinen Herrn nicht nach Italien zu begleiten wohin derselbe Mitte 1529 abreiste: Der Doctor Villalobos, schreibt er, mein Waffenbruder und witziger Arzt seiner Majestät, rieth mir, mich nicht aus dem Reich zu entfernen, damit wir, wenn dasselbe aufrührisch würde, den Erzbischof von Sevilla und den katholischen Glauben beschützen könnten. (S. die Stelle bei Ferd. Wolf in den *Sitzungsberichten* der philos. histor. Classe der Wiener kaiserl. Akad., Sitzung vom 5. Juni 1850 S. 58.)

Da in Ortiz Prozess von keiner Seite das Privilegium zur Sprache kommt, welches nach Vorgang früherer Päpste Leo X. 1517 sämmtlichen Bettelorden gegeben hatte, dass die Generale derselben ihre Untergebenen *a quibuscunque criminibus, excessibus et*

[1] Wohl auf Ortiz bezieht sich was Maria de Cazalla in jenem Verhör 1532 (s. oben S. 23) Punct 10 sagt: Ich erinnere mich gesagt zu haben dass aus Veranlassung der Unordnungen der Diener der Kirche Gott diesen Schlag (*azote*) in seiner Kirche zugelassen habe, und dass ich habe sagen hören dass dieser zu Anfang, ehe er den Kopf verloren (*se desbaratase*), ein guter Mönch gewesen.

censuris, nisi in certis expressis casibus in quibus sedem Apostolicam consulendam esse, absolviren könnten (Wadding 16, p. 492), noch auch das andre Leonische durch Quiñon's Fürsorge von Clemens 1524 einige Wochen nach seiner Thronbesteigung neu eingeschärfte, wonach allen *Inquisitoribus haereticae pravitatis, Apostolica vel quavis alia auctoritate in quibusvis mundi partibus deputatis,* bei Strafe der Excommunication geboten war *ne contra quascunque personas ordinis Fratrum Minorum super haeresi vel aliis quibuscunque causis ad officium Inquisitorum quomodolibet pertinentibus se intromittere, testes examinare seu processus agitare praesumerent* (ib. p. 193): so muss man annehmen dass der Generalvicar gegen des Ortiz durch dessen eignen Guardian geschehene Auslieferung an das Inquisitionsamt keine Einwendung erhoben hat.

Auf einem Zettel, der vielleicht noch am Tage der Verhaftung geschrieben ist, gibt der Erzbischof von Sevilla die Anweisung, zu thun was der Pater Guardian sagen werde. und von diesem steht, gleichfalls eigenhändig, darunter: Mir scheint gut dass man ihm auf nichts, was er schreiben mag, Antwort gebe, und dass man ihm die Ordenskutte (*hábito*) nehme, und die *Tunica*[1] und den Mantelkragen (*manto*) lasse und den Leibrock (*sayo*) lasse. Frai Barnabas.

Die nächsten Actenstücke die in Betracht für uns kommen sind vier Briefe an den Generalinquisitor von Ortiz.

Am dritten Tage nach seiner Verhaftung schreibt er einen drei (grosse) Bogen langen Brief an den Erzbischof, um demselben wiederum vorzuhalten wie ohne Grund man Franzisca verfolge. Man solle ihr doch nicht, weil sie nicht Nonne sei, das Vertrauen entziehn. Er sage dies ja nicht um die Orden zu benachtheiligen — es sei offenkundig wie oft er gegen Erasmus gepredigt habe, dass dieselben nicht gering zu schätzen seien —, sondern er halte nur fest, es sei eine in vielen Conzilien verurtheilte Häresie, anzunehmen dass man zur vollkommnen Liebe nicht, ohne im Ordensstand zu sein, gelangen könne. Also dass sie nicht Ordensschwester sei, dürfe man nicht gegen sie vorbringen. Ob sie aber lasziv sei oder nicht, das zu untersuchen gehöre gar nicht zur Cognition des h. Amtes, dem über derartige Materien Prozesse nur zustehen, wenn einer dogmatisire dass nicht Sünde sei was Sünde

---

[1] Nach der zweiten Regel Kp. 2 hat der Franziscaner eine *tunica cum caputio* und, wer sie haben will, eine andre *sine caputio.*

ist. Weit entfernt übrigens sei sie davon gewesen, die Mönche zum Ungehorsam zu verführen; vielmehr, sagt er, habe ich nie vorher gelernt so wie ein Lamm zu gehorchen als seit ich sie kennen gelernt. Die Sünde ihrer Gefangensetzung sei so scandalös, dass ein Paar Jahrhunderte der Ruf davon dauern werde, der sich über einen grossen Theil der Christenheit erstrecken werde, indem gar Viele hie und da durch diese Dienerin Gottes Gnade empfingen. Ihm aber habe man durch ihre Schmach das Vertrauen geraubt, da die Leute wüssten wie sehr er der Sohn ihres Herzens sei. Er unterschreibt: Aus diesem meinem geliebten Kerker der h. Inquisition, 9. April 1529. Und unter der Nachschrift mit einer Wendung die er liebt: Euer Hochwürden geringer Diener der Euer Heil wünscht wie das seine.

Einige Tage später reicht er einen zweiten Brief ein, zwei Bogen lang, in demselben Ton. Wenn der Erzbischof Franzisca auch nicht das natürliche Leben genommen habe, so doch das gesellschaftliche (*la politica*), das im guten Ruf besteht. Was ihn selbst betreffe, so denke er nun hier mit der Gnade seines Herrn Jesus Christus anzufangen wahrer *frater minor* zu sein, da die Welt ihm gekreuzigt sei und er der Welt. Ob ich Offenbarungen empfangen, sagt er, braucht man nicht zu untersuchen. Ich habe mich nie für einen Propheten ausgegeben und habe diese Gabe nie empfangen; aber genüge es Euch zu wissen, dass alle Wahrheit vom h. Geiste kommt, wenngleich es ein so grosser Sünder wie ich bin sagt. Aus diesem gesegneten Gefängniss der h. Inquisition von Toledo, 14. April 1529.

Am 16. schreibt er einen dritten Brief, aus diesem Ihrem sehr heiligen Gefängniss der Inquisition von Toledo. Hervorstechend in diesem zwei Bogen langen Schreiben ist, dass er den Muñotello als Mitzeugen für Franzisca nennt; er wusste dass er dem Freunde, der gewünscht hatte bei dem Opfer, das Ortiz zu bringen hatte, mitfungiren zu dürfen, einen Liebesdienst that, wenn er ihm Gelegenheit gab, seine heiligste Ueberzeugung zu vertreten. Ortiz erzählt auch eben jenes Wort Muñotello's, dessen feiner Geist ein Vorgefühl gehabt zu haben scheine von dem was inzwischen nun geschehen sei. Wo jener jetzt auch sein möge, er werde Ortiz Aussagen bekräftigen.

In einem vierten Brief vom 28. sagt er, dass er, so zart und schwach seine Gesundheit sei, nicht aufhören werde, nur Grünes und Trauben zu essen und dass er sich nicht die Schuhe ausziehen und andre selbst auferlegte Casteiungen, die er nennt, nicht einstellen werde, bis er wisse, dass Franzisca zu ihrer Hülfe im Gefängniss angemessne Bedienung habe. Er wünscht; dass die Rios, eine *hijadalgo,* als ihre Bedienung zugelassen werde. Nachschriftlich dankt er dass man ihm das Franziscanerkleid wieder zurückgegeben habe. Dies war auf Befehl des Generalinquisitors vom 17. geschehn.

Am Tage vor Himmelfahrt, am 5. Mai, erhielt Ortiz den Besuch des Dr. Coronel.

Luis Coronel ist uns schon oben (S. 67) in dem Briefe des Vives von eben diesem Jahre begegnet. Es ist dies derselbe Dr. Coronel auf den sich Alfons Valdes der Secretär des Staatskanzlers Gattinara in seinem Briefe an den päpstl. Nuntius in Spanien vom J. 1528 beruft als auf Jemand dem er seinen Dialog über die Eroberung Roms vor der Veröffentlichung vorgelegt und der nur einiges darin zu amendiren gefunden, was, obgleich nicht an sich gegen die Frömmigkeit, doch der Verläumdung ausgesetzt sein würde. Sein jüngerer Bruder Anton Coronel war Professor der Philosophie in Paris, und seiner Zeit ein berühmter philosophischer Schriftsteller. Erasmus knüpft in einem Brief vom April 1522 (epist. 622) Freundschaft mit Luis an, über dessen *felix ingenium, non solum in literis theologicis absolutum, verum etiam in disciplinis mathematicis eleganter excultum* und dessen *rarus animi candor* und christliche Zuneigung zu Erasmus (*erga me nihili hominem studium plane Christianum*) ihm von mehren Seiten gerühmt worden war, nachdem ihm zuerst Luis Vives den vortrefflichen Charakter desselben gerühmt hatte. Nach einem Brief des Vives an Erasmus vom Mai des zuletzt genannten Jahres (Erasm. ep. 625) war Coronel (doch wohl Luis) zu dieser Zeit ebenso wie Vives in Brügge. In einem Brief vom Juni 1525 an Natalis Bedda (epist 746) nennt Erasmus den Luis Coronel als denjenigen der *elegantissime* geantwortet habe als in Spanien ein Dominikaner sich der Veröffentlichung einer spanischen Uebertragung des Erasmischen Enchiridion widersetzte, weil in demselben das Fegefeuer geleugnet zu werden scheine und das Mönchswesen nicht als fromm anerkannt werde. Ebenso zeigt der schon oben (S. 55) berührte Brief des Uebersetzers des Erasmischen Enchiridion ins Spanische, über einen Erasmus verdammenden Franziscanerprediger, diesen Dr. Coronel, an den der Brief gerichtet ist, 10. Sept. 1526, als einen eifrigen Beförderer jener Ausgabe, die auf sein Zeugniss hin vom Grossinquisitor gestattet und sogar protegirt war. In dem Schreiben an den Generalinquisitor vom März 1530, dem er die Streitschriften Caravajals denunzirt, vergisst Erasmus nicht, auch den Luis Coronel vielmals grüssen zu lassen (epist. 1104). Denn Pedro Juan Oliver hatte dem Erasmus über ihn geschrieben: *patronus est tuus supremus et maximae auctoritatis apud Hispalensem* (appendix epist. 469, ohne Zweifel aus dem Jahr 1527). Bei jenem Mönchtumult gegen Erasmus und der dadurch nöthig gewordenen Untersuchung erscheint Luis Coronel unter den vordersten Vorfechtern der Erasmischen Sache (epist. 876. append. 340. 342).

Coronel trat mit den Worten ein: Ich war im Gefängniss und ihr habt mich besucht; was ihr gethan habt einem meiner Geringsten, das habt ihr mir gethan. Es lag grosse Demuth und Liebe in des Doctors Ausdruck. Ortiz antwortete dankend, er sei fröhlich und getrost. Coronel fuhr fort, er halte Frai Franzisco für einen wahren Sohn des h. Vaters Franziscus, welchen Christus durch die Wunden, die er ihm eingedrückt, zum Abbild seiner Kreuzigung gemacht, und so glaube er, dass Frai Franzisco, dessen *frater minor*, einer von jenen *minimi* sei, von denen Christus dort gesagt: Du hast sie besucht. Und damit er jene heiligen Worte am Tage des Gerichts vernehmen möge, so komme er zu ihm, nach vielen Schwierigkeiten. Er hoffe, er komme zu einem sanften Lamme, da Ortiz ja so Viele durch seine Predigten besänftigt und geduldig gemacht. Ortiz antwortete: mit Recht erwarte der Doctor das; er sei demüthig offen, die Wahrheit zu erfahren um ihr zu folgen. Darauf kam Coronel zur Sache. Ortiz müsse retractiren. Jene Predigt habe ein solches Scandalum gegeben, wie seines Wissens nie ein andres Wort. Ortiz habe sich das Predigen für immer unmöglich gemacht und damit dem christlichen Volk, das ihn mit so viel Beifall hörte, einen unübersehbaren Schaden gebracht. Nicht von den Thränen aller seiner Verwandten, über die er ein so grosses Unglück herbeigeführt habe, wolle er ihm sprechen, denn er wisse, Ortiz werde sich nicht durch Fleisch und Blut und weltliche Ehre bewegen lassen, aber, fuhr er fort, dass Ihr durch eignen Willen das Volk der geistlichen Frucht beraubt, die ihr ihm bringen könntet, ist tief zu beweinen. Nichts anderes wird jetzt von Euch verlangt als was Ihr verlangtet: Wiedergutmachen des Anstosses. Man werde nicht sagen können, Ortiz thue dies aus Todesfurcht, denn wodurch hätte er den Tod verdient? Wahr aber sei dass Ortiz ein sehr ungebührliches Wort ohne peremtorischen Grund gesprochen. Denn da Ortiz nicht bestimmt gewusst, ob nicht der Erzbischof neue Zeugenaussagen bekommen seit dem letzten Gespräch mit ihm, so habe er nicht dürfen jene Predigt halten, mochte er auch seinerseits von Franzisca's Unschuld überzeugt sein; vielmehr habe er, bis das Gegentheil erwiesen, annehmen müssen dass der Erzbischof mit gutem Grund die Verhaftung Franzisca's ungeachtet der Gegenvorstellungen verfügt haben werde. Ferner sei unhaltbar was Ortiz in jener Predigt ausgesprochen: die Verhaftung der Franzisca Hernandez sei eine öffentliche Sünde — womit er also diejenigen, die es befohlen hatten, öffentliche Sünder genannt. Aber ohne Zweifel sei es keine öffentliche Sünde gewesen, denn wenn auch Ortiz jene That als Sünde ansah, so sehen doch die Meisten sie nicht so an. Also habe Ortiz den Inquisitoren mit Unrecht den guten Ruf genommen, und könne, da er etwas Unrichtiges behauptet habe, ohne der Wahrheit zu nahe zu treten, widerrufen. Die Unbesonnenheiten jener Predigt zu retractiren, sei Klugheit; es nicht zu thun, wäre Uebermuth. Fast sei es Häresie dass er den Erzbischof zurechtweisen wolle. Auf Ortiz gutes Gewissen wollte er nicht viel geben; Johann Hus sei auch heiter in den Tod gegangen, und ebenso ein anderer Kleriker der in Toledo verbrannt worden weil er die Kraft der Pönitenz herabsetzte die dem nichts helfe der nach der Taufe zum zweiten Mal in Sünde verfalle. Ortiz müsse das Gewissen, das er bei jener Predigt gehabt habe, ablegen. Dann werde man mit Recht über ihn sagen: *sanitas tua citius orietur et anteibit faciem tuam iustitia tua et gloria domini colliget te* [Jes. 58, 8]. Mittlerweile war es spät geworden, so dass Ortiz den Doctor bat eine längere Antwort am nächsten Tage anhören zu wollen. Coronel stellt sich demgemäss am Abend des Himmelfahrtstages wieder ein. Aber Ortiz hat keine Ruhe, zu erwägen inwiefern er selbst incorrect verfahren sei, sein Blick ist ganz gefesselt von der ihm klar einleuchtenden Thatsache dass die Einkerkerung Franzisca's materiell unrecht sei in den Augen Gottes. In dieser Auffassung konnte ihn nur bestärken dass, wie Coronel ihm bestätigte, seit der Zeit, wo er jenes letzte Gespräch mit dem Generalinquisitor gehabt, bis zur Verhaftung Franzisca's kein neues Zeugniss gegen dieselbe eingelaufen war. Er sagt dem Doctor, er danke Gott und ihm für den Besuch, und wünsche dass einst der Herr ihm jenes Wort *Quia uni ex minimis meis* zurufen möge. Er ist aufrichtig willig, sich allen Bussübungen zu unterwerfen die der Doctor ihm vorschreiben wolle, damit er für die Erkenntniss der Wahrheit um so besser vorbereitet sei; sobald er seinen Irrthum einsehe, werde er widerrufen. Und wenn selbst Paulus, der h. Apostel, welcher sagt dass er durch die Offenbarung Jesu Christi das Evangelium gelernt, das er predigte, dennoch dasselbe dem h. Petrus und Andern vorlegte, *ne forte*, wie er Galater 2. sagt, *in vacuum cucurrissem*, um wie viel mehr komme es ihm, Ortiz, zu, auch wenn er eine Offenbarung Jesu Christi habe, das reife Urtheil der in himmlischer Weisheit Weisen nicht wegzuwerfen. Er schätze Coronels Freundschaft hoch, weil er glaube, derselbe werde ihn lieber todt sehen für die Gerechtigkeit, als in Ungerechtigkeit am Leben. Der Doctor äussert, auf sein Gewissen würde er nicht nehmen was Ortiz gegen sein eignes gethan habe. Nach einigem Hin- und herreden bricht Coronel auf. Schickt mich nicht so ungetröstet weg, sagt er herzlich; Ortiz erwiedert: Und Ihr, lasst mich nicht in der Hölle. Er fügt hinzu: wenngleich Gott unveränderlich ist, so ist er doch nicht unbeugsam und unversöhnlich gegen den der ihn unter Seufzen bittet, dass er ihn leite nach seinem Willen. So ist es, sagt Coronel. Ortiz wirft sich ihm zu Füssen und bittet ihn, ihm eine Vorbereitung aufzuerlegen und für ihn zu beten und beten zu lassen. Der Doctor empfiehlt ihm nur, einige Punkte zu bedenken.

Sechstehalb Wochen nach der Verhaftung, am 14. Mai, findet sein erstes Verhör statt, vor den Inquisitoren Baltasar de Castro und Juan Yañez. Die Mittags abgebrochne Sitzung wird am Abend wieder aufgenommen. Das Erste ist wie gewöhnlich eine genealogische Untersuchung. Hier erfahren wir dass Franzisco Ortiz in diesem Monat Mai 1529 im Kerker seiner Vaterstadt sein 32. Lebensjahr vollendete, dass sein Vater Sancho, der zu Anfang eben desselben Jahres in Toledo verstorben war, die Stelle eines Mayordomo bei dem Gesandten Rojas bekleidete, und seine Mutter, Ines Yañez, noch lebte, in den Sechzigern. Beide Eltern stammten, nach Franzisco's weiterer Angabe, von *Conversos* ab, d. h. bekehrten Mauren oder Juden[1], und waren nie mit der Inquisition in unangenehme Berührung gekommen; und dasselbe habe er seinen Vater mit Dank gegen Gott von seinen beiderseitigen Vorfahren sagen hören. Sein ältester Bruder, Juan, etwa vierzig Jahre alt, lebte zur Zeit dieser Aussage in Toledo als Secretär des Admirals von Castilien. Dies war Fadrique Henriquez, der zur Zeit des castilischen Aufstandes zusammen mit Cardinal Adrian und dem Connetable von Castilien die Regentschaft geführt hatte. Sein Bruder (und Erbe auch in der Admiralswürde), Don Fernando Henriquez, war mit einer Schwester jener Catalina, der Tochter des Grafen Ureña, verheirathet, die wir schon als Ortiz zugethan kennen gelernt haben. (Lopez de Haro *Nobiliario* p. 386. 399. 400). Ein andrer Bruder, drei bis vier Jahre jünger als Franzisco, war der Professor zu Salamanca, Dr. Pedro, von dem schon die Rede gewesen ist. Zwei Schwestern lebten als Nonnen in Toledo, ebenda eine dritte *en habito de virjen honesta*, eine vierte, gleichfalls in diesem Charakter, zusammen mit Dª Catalina Pacheco, Tochter von D. Alonso Tellez. Nachdem Ortiz, soviel er von den Verwandten weiss, gesagt hat, fügt er hinzu dass er noch viele Angehörige habe,

[1] Auch Pedro de Cazalla und Leonor de Vibero stammten von jüdischen Vorfahren; Llorente 2. p. 222. Ueber Franzisca Hernandez findet sich keinerlei Andeutung, wonach sie nicht *Cristiana vieja* gewesen wäre.

bei denen er den Grad nicht bestimmen könne. Der Familienname Ortiz ist ein häufiger. Franzisco's Ankläger, über den wir bald mehr zu sagen haben werden, heisst Diego Ortiz de Angulo. Unter den Richtern, die am Schluss des Prozesses ihr Votum abgeben, befindet sich auch ein Blas Ortiz, ein Toledaner Canonicus, den Franzisco in diesem genealogischen Examen auch als einen Verwandten seines Vaters nennt, ohne aber den Grad der Verwandtschaft oder den Vornamen anzugeben zu wissen. Es ist derselbe der von Papst Adrian ausgezeichnet wurde und mit diesem nach Rom ging von wo er erst nach dem Tode des Papstes zurückkehrte. Sein *Itinerarium Hadriani VI.* gab er als Generalvicar von Toledo 1547 heraus, zwei Jahre später: *summi templi Toletani descriptio*. Der eine der Inquisitoren die wir vorher nannten trägt den Familiennamen der Mutter des Ortiz. [1]

Auf die Frage wen er seit seinem Eintritt in das Gefängniss gesehn habe, antwortet er, dass er die 39 Tage ganz ohne menschliche Gesellschaft zugebracht. Nur zwei Gefangenwärter habe er gesehn und einmal sei er von dem einen gefragt worden, ob er

---

[1] Aus unsers Franzisco weitern Stammbaumangaben erhellt nicht, ob etwa auch der Dr. Alonso Ortiz, der 1497 sechshundert Bände an die Universitätsbibliothek zu Salamanca abtrat, aus welcher Sammlung die meisten der jetzt noch dort aufbewahrten griechischen und lateinischen Manuscripte stammen, ein Verwandter von ihm war. Ein Brudersohn seines Vaters ist ein Alonso Ortiz, wohnhaft in Toledo, verheirathet; einen Schwestersohn seines Vaters, einen Alonso de la Torre, nennt er als *Jurado* von Toledo, verstorben 1528. Durch einen Alonso Ortiz, *Jurado de Toledo*, entdeckte Don Pedro Laso dem Connetable und dem Admiral seinen Wunsch, sich unter gewissen Bedingungen von den Comuneros zu trennen, und derselbe führte dann als beiderseitiger Unterhändler die Angelegenheit zum erwünschten Ende (Sandoval *hist. del emperad. Carlos* 8, 36—39). Auch unterhandelte er nach der Einnahme von Torrelobaton durch Padilla mit diesem und den Seinen über einen Waffenstillstand (ib. 47). Noch einmal tritt er auf nach der Schlacht von Villalar, als Bekannter des gefangnen Franzisco Maldonado, dem er seine guten Dienste anbietet, ohne ihn jedoch von der Hinrichtung retten zu können (9, 21). Aus unsers Franzisco Angaben über seine Familie ist auch hinsichtlich dieses Jurado nichts Sicheres zu entnehmen. Páramo *de origine et progressu officii s. inquisit.* Matriti 1598 nennt p. 175 unter dem Personal der Toledaner Inquisition, und zwar unter den Iudices bonor. confiscatorum an erster Stelle: *Lic. Alphonsus Ortiz, Juratus*, dann zwei Quemada's, auf die wir nachher zurückkommen. Bei A. M. Gamera *Historia de Toledo*, 1862 p. 1094 begegnen wir urkundlich 1547 als Canonici von Toledo: *El doctor Blas Ortiz, vicario. Diego Ortiz. Leonardo Ortiz.* — In der MS. Sammlung von Sir Thomas Phillips zu Middlehill, Worcestersh. befindet sich (nach Haenel *catalogi*, 1830. col. 885): *Pedigree of Pedro Ortiz*; 1680. *membr.* (*Hispanice*). Ich weiss nicht ob daraus auf die Familie unsers Ortiz Licht fallen würde.

etwas wünsche, worauf er gesagt habe, Gott sorge für ihn. Einmal bekam er Eingemachtes von ausserhalb des Gefängnisses geschickt ohne zu erfahren von wem. Ausser den beiden anwesenden Herrn Inquisitoren und den Notaren der Inquisition habe ihn nur der Doctor Coronel besucht, der ihn von seiner Schuld zu überzeugen gesucht habe. Ueber die Unterredungen mit diesem berichtet er ausführlich; was ihm derselbe schliesslich zu bedenken gegeben, das habe er bedacht. Er erwarte nun dass man ihm die Anklageartikel schriftlich zustellen werde, damit er schriftlich eine wohlüberlegte Antwort geben könne. Auf diese Weise werde sich am besten herausstellen, ob er in Täuschung befangen oder sie, denn auch dies letztere sei möglich, da selbst ein allgemeines Conzil in facto und wegen Mangels an wahren Berichten irren und Unrecht thun könne. Er bleibe getrost, denn es sei unerhört dass Gott Jemanden, dem er so viel Unterwürfigkeit verliehen habe, in einer solchen Sache der Verblendung überlasse; es heisse: den Demüthigen gibt er Gnade. Er könne nicht umhin zu sagen, dass er die heilige Dreiheit und Einheit anflehe, dass die h. Inquisition ebenso bereit sein möge, die Schuld abzutragen, die sie, wie er ihnen mit Gottes Hülfe zeigen werde, in der Gefangennahme der h. Verlobten Jesu Christi begangen, wie er seinerseits bereit sei, in allem und jedem für die Schuld genugzuthun die man ihm in seinem Verfahren zeigen werde. Die Inquisitoren bemerken: was er gethan, werde allgemein für eine so offenbare Verirrung gehalten, dass man nicht nöthig habe, ihm Gründe vorzubringen, um zu zeigen, dass er geirrt. Ortiz bittet schliesslich, dass sich die Herren seine vier Briefe an den hochwürdigsten Erzbischof zur Einsicht verschaffen wollen, die sie zu seinem Befremden gar nicht zu lesen bekommen haben.

Tags darauf beginnt er ein neues Schriftstück an denselben, gleichfalls zur Kenntnissnahme für die andern Inquisitoren bestimmt, aufzusetzen, welches er am 21. an de Castro einreicht. Es ist ein Heft von mehr als 25 Bogen, sein *erstes Heft*, wie er es später öfter nannte, aus dem wir bereits Vieles in unsre Darstellung der früheren Geschichte verwebt haben. In einem der nächstfolgenden Verhöre theilt er mit, was ihn zur Unternehmung und Durchführung dieser Arbeit begeistert habe. Nachdem er Gott gebeten, ihn in der vorliegenden Sache zu erleuchten, sei er ein wenig eingeschlummert. Da schien ihm, er sei bei Franzisca; sie sah ihn mit gütigem heitern Antlitz an und setzte ihn mit einer

Kerze von allen Seiten in süsses Feuer. Beim Erwachen erkannte er, Gott habe ihm ein Zeichen gegeben, dass er ihm durch Interzession dieser h. Gottverlobten Feuereifer zur Erkenntniss und Vertheidigung der Wahrheit, die er gepredigt, verleihen wolle. Und der Erfolg habe dies bestätigt, denn diese 25 Bogen habe er fast in fünf Tagen geschrieben, schneller als er sonst so etwas habe überlegen und zu Papier bringen können. Man solle, sagt er, in dieser seiner Schrift, die sich auf das Heil der Seelen beziehe, nach denen wir göttliches Geschlechtes seien, nicht zu schnell Vieles für müssig ansehn, da er im Verhör so viel habe sagen sollen über Eltern und Grossväter und deren Weiber und Söhne und Töchter und Männer der Töchter und Frauen der Söhne u. s. w., worüber er wenig Rechenschaft zu geben gewusst. Länger als ein Jahr sei er in Toledo in San Juan gewesen ohne ein einziges Mal seine beiden Schwestern im Kloster Conzepzion zu besuchen. Seine Verwandten seien, die den Willen unsers Vaters im Himmel thun. Wenn er an diese Gottverlobte geschrieben, die er für die grosse Mutter seiner Seele halte, so habe er seine natürliche Mutter, die ihn nur in dies Thränenthal geboren, seine kleine Mutter genannt. Er mache wie der h. Daniel den Anwalt dieser neuen Susanne gegen die falschen Zeugen. Wollte man ihn jetzt frei lassen, so würde er es nicht annehmen, wenn man nicht ihr und ihm eine öffentliche Ehrenerklärung gebe. Gott sei verletzt in seinem Augapfel (*niñeta de los ojos* [Zach. 2, 8]), und durch keine andern guten Werke sei dies wieder gut zu machen, als durch eine solche Restitution. Er habe durch öffentliche Rüge den Schaden zu verhindern suchen müssen, den jene Verhaftung bei seinen Zuhörern stiften musste. Das zu beweisen, sei der Hauptzweck dieses Schreibens. Ihre Befreiung, sagt er, suche ich mehr als die meine, denn sie verdient dieselbe ohne Vergleich mehr als ich, und war es eine viel grössere Sünde, sie zu verhaften, als mich.

Der Erzbischof habe ihm den Doctor Coronel geschickt, welcher, um ihn seines Unrechts zu überführen, mehre Gründe vorgebracht habe. Gegen den, dass er, Ortiz, nicht gewusst habe, ob nicht neue Zeugenaussagen neuen Grund zur Verhaftung gegeben, wendet er zunächst ein, dass thatsächlich, wie er von Dr. Coronel selbst wisse, keine neuen eingelaufen seien; wenn nun auch jetzt noch Zeugen gegen sie kämen, so bleibe doch jene Verhaftung immer ein Unrecht. Obwohl Sie, redet er den Generalinquisitor an, während Sie inquiriren, nicht verurtheilen, so ist es doch ein gefährlicher Irrthum gegen Glauben und gesunde Lehre, zu behaupten, dass es Ew. Hochwürden frei stehe, über Leben und Wandel irgend einer Person durch dies Mittel zu inquiriren, nämlich indem Sie dieselbe in's öffentliche Gefängniss werfen, bevor genügende Zeugen vorhanden sind, welche sie eines Verbrechens anklagen, das solche Strafe verdient. Dies sei ebenso unerlaubt als Strafwürdige gehn zu lassen. Er glaube, sagt er hier gelegentlich, es seien Wenige in Toledo, die dem Bischof das zu sagen den Muth gehabt haben würden, was er ihm gesagt habe. Kein geringer Grund, das Verfahren des Erzbischofs für ungerechtfertigt zu halten, sei ihm ferner jene Aeusserung desselben gewesen, welche mit andern Worten so viel bedeutet als: man müsse Franzisca verbrennen, weil sie keine Nonne sei. Und Hauptbeweis sei ihm die göttliche Gewissheit die er in sich fühle, und die ihm Freudigkeit gegeben, alles Leiden über sich zu nehmen. Und, sagt er, Ew. Hochwürden die Wahrheit zu gestehn, ich dachte in diesem Gefängniss nicht so gute Behandlung zu finden, als ich finde.

Weiter hatte Coronel ausgesetzt, dass Ortiz die in Rede stehende Verhaftung eine öffentliche Sünde genannt, während vielmehr die Menge jene That nicht so ansehe. Der Doctor sei ein weiser Mann, in der logischen Kunst wie in allen menschlichen und göttlichen Wissenschaften zu Hause, das erkennt Ortiz mit Freuden an, indem er seinen Lehrer in ihm verehrt, denn aus seinen und seines Bruders Maestro Antonio Büchern habe er Logik und natürliche Philosophie gelernt; auch wolle der Doctor gewiss Ortiz' Bestes. Bei alledem aber müsse er sagen, diese Beweisführung des Doctors sei ein Sophisma. Denn durch das Beiwort *publicum* habe er in seiner Rede nicht das Formale des *peccatum* weiter bezeichnen wollen, sondern die Substanz des Factums, welches in Toledo offenkundig war. Aus dem Satz *aqui se ha hecho un pecado público* dürfe man nicht folgern *aqui se ha hecho un público pecado*. Wäre die That in Toledo allgemein als Sünde aufgefasst worden, so hätte er nicht jene Predigt zur Belehrung gehalten. Wenn die Unordnung in Ew. Hochwürden Verfahren Allen notorisch wäre, dann, glaube ich, würde sich eine neue und heilige Gemeinschaft gegen Sie erheben. Es würde nämlich keine schlechte sein wie die vergangne [die Anti-Erasmische], die um unsrer Sünden willen zugelassen war, von welcher mich Gott frei gehalten hat die ganze Zeit die sie dauerte, obgleich ich mit der Aufforderung belästigt wurde, zu ihren Gunsten zu reden, da ich ein Prediger war, den das Volk sehr liebte und dem es folgte, in Alcalá de Henares; sondern diese Gemeinschaft würde eine heilige sein, weil sie nur auf die Ehre Gottes und seine Wahrheit ausgehe, und deshalb sich ganz gegen Ew. Hochwürden wenden würde, und noch auf Erden käme die Verhaftung der Verlobten Jesu Christi Ihnen theuer zu stehn. — Die dem Volk bekannte Thatsache, fährt Ortiz fort, sei für ihn ehrenrührig gewesen. Wer dem Erzbischof des Ortiz Predigten rühmte, dem sprach der Prälat davon, dass Franzisca Hernandez ihn verdorben habe, und durch seine hohe Autorität machte er ihn bei Hofe wie in der Stadt verdächtig. Aus Eurem autorisirten Munde kam die Pestilenz, die der Guardian unter die Hofleute verbreitete. Wenn nun schon Jedermann für seinen guten Ruf, der sein gesellschaftliches Leben sei (*vida politica*), nicht minder als für sein leibliches Leben Sorge zu tragen die Pflicht habe, so besonders der, von dessen gutem Ruf das geistliche Wohl Vieler abhange. Sein gesellschaftliches Leben sei ihm wichtiger als das Leibesleben, das ohne jenes nichts nütze; er habe seine Stellung in der Kirche, in der er ein so hohes Amt hatte, vertheidigen müssen. Als Schriftbeweis für seine Berechtigung dazu bringt er Galater 2. Dort sage Paulus darüber, dass er in Antiochien dem Petrus offen gegenüber getreten: *in faciem ei restiti quia reprehensibilis erat.* Und die *resistentia* sei *in publico* gewesen, denn er sage bald darauf: *cum vidissem quod non recte ambularet* [*ambularent*] *ad veritatem evangelii, dixi Cephae coram omnibus etc.* Und dass es nicht allen Anwesenden schon notorisch war, jene Simulation des h. Petrus sei nicht der Wahrheit des Evangeliums conform, geht aus den Worten hervor: *simulationi eius* (Petri) *consenserunt ceteri Judaei ita ut* [*et*] *Barnabas duceretur ab eis in illam simulationem;* denn es sei nicht wahrscheinlich, dass Barnabas darauf eingegangen wäre, wenn er gewusst hätte, was Paulus, sein Genosse im Apostolat, darüber dachte. Mir nun, sagt Ortiz, stand fest, dass, was der Erzbischof von Sevilla that, der evangelischen Wahrheit, die ich predigte, nicht conform war, sondern dem christlichen Volk Veranlassung gab, meine Lehre für verdächtig zu halten, die vielmehr nicht meine war, sondern die Jesu Christi und die katholische. Es ist aber kein geringeres Uebel, die katholische Lehre für verdächtig zu halten, als die wirklich verdächtige für katholisch. Er habe nicht mehr gewagt als damals Paulus. Paulus war ein Untergebner Petri, welcher Papst war und dienendes Haupt der Kirche (*cabeza ministerial*). Wenn man sich übrigens gegen jenes Wort *público* bei *pecado* steife, so wolle er die Kanzel besteigen und sagen: Man hat mich angeklagt dass ich gesagt, euch sei die Sünde offenkundig gewesen, die ihr doch nicht wusstet, und thut es mir gar sehr leid, dass ihr mich werdet für einen Lügner gehalten haben. Meine Absicht war nur die, euch die Sünde kund zu thun, die ich wusste und ihr nicht wusstet, damit meine Predigten nicht weniger Zutrauen fänden darum, dass die gesegnete Verlobte Jesu Christi gefangen ist, die ich, wie auch allbekannt war, für die wahre Mutter meiner Seele hielt, und die mich als ihren Sohn und Diener lieb hatte. So hört denn jetzt recht aufmerksam zu und ich will anfangen zu reden, wo ich aufgehört habe, damit ihr alle Mitwisser der Beleidigung seid, die Gott erfahren hat und damit ihr Schmerz fühlt über den Schimpf, den er in seinen Dienern leidet. Dieses schreibe ich, *ut sermo meus sit sale conditus,* denn man muss sich bei allen diesen Mühseligkeiten doch einmal durch etwas Heiteres erholen. Nicht habe ihn von seinem Auftreten das zurückhalten können, dass es dem guten Ruf Anderer schadete, denn es sei in diesem Falle klar gewesen, dass jene denselben nicht verdienten, und zum Segen der Kirche nöthig, eben diese Thatsache aufzudecken. Wenn er das Martyrium erlangte wegen Predigt gegen das h. Amt der Inquisition, so wäre das ein gar neues in der Kirche.

In dem ferneren Argument, dass den Erzbischof corrigiren zu wollen der Häresie nahe komme, sei Coronel fast so weit gegangen ihn mit Hus und jenem Toledaner Ketzer zu vergleichen, die gleichfalls mit Heiterkeit dem Tode entgegen gegangen. Ueber diese beiden Ketzer, so betheuert Ortiz in dem Eifer, seine Sache von der Einmischung fremdartiger Fragen rein zu halten, und über alle, die der Teufel je in der Kirche aufgestachelt, und über alle, deren es heutzutage ach so viele gibt, gegen die man eifriger sein sollte als ich sehe dass man ist, und über alle die es bis ans Ende der Welt geben wird, *quia oportet haereses esse* [Matth. 18] und alle, die sich trennen vom Willen Gottes und vom Gehorsam der katholischen Kirche, unserer Mutter, sage ich mit ganzem Herzen was der Patriarch Jakob von Simeon und Levi sagte: Gefässe der Schlechtigkeit sind sie, *in consilium eorum non intret anima mea et in coetu eorum non sit gloria mea* [Gen. 49]. Und ich verabscheue sie und speie sie an (*escupo*), wenn sie hartnäckig in ihren Irrthümern verharren, wie ich stets in meinen Predigten und Gesprächen bewiesen habe. Vielleicht, meint er, habe Coronel angenommen, er, Ortiz, habe den Erzbischof als Höherer oder Gleichgestellter tadeln wollen. Aber fern liege es ihm, die kirchliche Ordnung und Hierarchie antasten zu wollen. Solche Thorheit, dass man den Vorgesetzten als Vorgesetzter strafen könne, müsse entweder in's Hospital des Nucio, seines Onkels, das derselbe für die Irren gegründet, zur Kur gegeben, oder mit Feuer und Blut verfolgt werden. Dann schmecke jenes sehr nach der verdammten Lutherischen Secte (*maldita secta Lutheriana*), welche behaupte, dass jeder Laie Messe lesen könne, wie ein Priester. Wir sehen wie die Deutsche Bewegung selbst so edlen Naturen wie Franzisco Ortiz wegen mangelnder treuer Nachricht unverständlich blieb. Etwas ganz anderes, fährt derselbe fort, sei es, wenn ein auch noch so hoch gestellter Prälat von einem Prediger wie er, bei aller Anerkennung des hohen Grades, getadelt werde. Dazu seien die guten Prediger da, dass sie bellen, wenn die Hirten schlafen und die Wölfe eindringen [Jes. 56, 9. 10]. Wie gesagt, Paulus tadelte öffentlich den Petrus, seinen Vorgesetzten, um den Anstoss abzuwenden, den dessen Simulation bei den Heidenchristen geben konnte. Die Freudigkeit der Ketzer im Tode sollte man übrigens vielmehr schamlose Widerspenstigkeit des Herzens nennen statt Freudigkeit. Er aber sage: *spiritus, qui postulat pro nobis gemitibus inenarrabilibus* [Röm. 8, 26], *testimonium reddit spiritui nostro quod filii dei sumus* [V. 16]. Er bittet Coronel, dessen freundliche Theilnahme er ehrerbietig zu schätzen weiss, um weitere Belehrung, worin denn er, Ortiz, an Ketzerei grenze.

Endlich viertens noch über ein Argument Coronels, das vielmehr dessen erstes gewesen, nämlich: da er als der gesegnetste aller jetzigen Prediger gewirkt habe, so müsse er um so mehr möglichst bald der Wahrheit gemäss retractiren. Seit dem Tage, erwiedert hier Ortiz, wo seine Prälaten ihm das Predigtamt übertrugen, habe er stets mehr Lust gehabt zu schreiben als zu predigen, und habe öfter gesagt: sollte er auch vor einem noch so hohen Auditorium predigen, so würde er dennoch, wenn er auch mit einer wohlstudirten Predigt im Begriff wäre auf die Kanzel zu steigen, sobald ein andrer Prediger ihm entgegenträte und sagte: Ich habe zu predigen, nicht Ihr, diesem die Füsse küssen und sich hinsetzen mit Freuden, um zuzuhören. So habe er einst eine Predigt, die vor der kaiserlichen Majestät zu halten war, gerne abgetreten. Ich erkannte mich stets als sehr unzureichend für das Amt, das ich hatte, und möchte lieber Noviz als Prediger sein, denn ich fühle in mir eine Neigung die Menschen zu fliehen und Gott zu leben (*vacar a dios*). Die letzte Fastenzeit, wenn er Sonntags vor der Kaiserin im Palast zu predigen hatte, pflegte er seiner Aussage nach während er auf die Anfangszeit der Predigt wartete, sich zwischen Orgel und Wand zu verbergen, um nicht wie die meisten Mönche, die in den Palästen der Grossen verkehren und deren Gunst lieben, in die Eitelkeit derselben zu verfallen. Besonders seit er Franzisca kennen gelernt, habe er jedesmal, so oft er zu predigen hatte, diesen Kampf in seinem Herzen gefühlt, mit Thränen über seine Schwachheit und Lauheit, die den Geist behinderte. Sehr früh sei er zum Predigen befohlen worden, das nur Personen bewährter Tüchtigkeit übertragen werden sollte. Dass viele Leute im Volk so blind seien, um seinetwillen andern verdienten Predigern den Zulauf zu entziehn, habe ihn sehr betrübt. Was er aber gesagt habe, könne er nicht widerrufen, er könne es gewissenshalber nicht, und *omne quod non ex fide peccatum est* [Röm. 14, 23]. Man zeige ihm doch, dass seine Ueberzeugung falsch sei.

Der Erzbischof könne seinerseits die Sache leicht in Ordnung bringen, indem er Franzisca Hernandez freilasse unter öffentlicher Bezeugung des Fehlens gesetzlicher Beweise gegen ihre Unschuld, indem er ferner ihn, Ortiz, wieder in sein Amt einsetze, und indem er die Verfolger der Unehre Preis gebe; auf diese Weise werde der Erzbischof sich von Schuld frei machen und Ehre einlegen. Wenn derselbe entschuldigt werden könne, dass er die Lüge der falschen Zeugen nicht in der Lage gewesen sei zu durchschauen, so sei er doch unentschuldbar, wenn er die Grenzen seines Amts nicht kenne; es komme ihm nicht zu, seine Hand in andrer Leute Angelegenheiten zu mischen (*en nuez ajena*). Ferner habe derselbe, während er die ganze Untersuchung ebenso gut führen konnte, wenn Franzisca wie in Valladolid in irgend einem wohlangesehnen Hause wohnte, statt dessen sie eingekerkert. Ferner mache er durch solches Verfahren die Schwachen scheu und irr am geistlichen Leben. Niemals aber, glaube ich, war die sanfte und liebenswürdige Rahel, die das beschauliche Leben bedeutet [s. Richards von S. Victor *Beniamin minor*] so missachtet in der Welt als gegenwärtig, wo gleich jeder, der sich nicht mit den Nachlässigen zerstreuen will, für einen Alumbrado gehalten wird. Ferner habe der Erzbischof obenein nun auch ihn noch gefangen gesetzt. Dazu komme, dass derselbe sie beide vom Messehören und von den Sacramenten fernhalte wie Ketzer. Keine grössere

Strafe aber könne ihm widerfahren als dass er nicht Messe lesen dürfe; er sei bekannt dafür im Kloster, dass sie keinen Priester hätten, der mehr den h. Altar frequentirte als er; Meilen weit sei er gegangen um eine Messe lesen zu können, und selbst in dem dreitägigen Fieber (*tertianas*), das er in Toledo länger als zwei Monate hatte, habe er zur Verwundrung der Andern nur vielleicht dreimal ausgesetzt.

Indem er einen gewissen Abschluss seiner Vertheidigungsschrift hier erreicht glaubt, fügt er als Warnung vor weiterem Beharren auf dem einmal eingeschlagenen falschen Wege hinzu: die Inquisition solle sich nicht durch das Idol ihrer unrechten Ehre verleiten lassen, sie solle erst den Balken aus ihrem eignen Auge schaffen ehe sie den Splitter in dem seinigen berühre.

Am Tage vor Pfingsten 7 Uhr Morgens hatte er Tinte und Papier erhalten, nur bei Tageslicht durfte er schreiben, am Abend des Pfingstsonntages hatte er 42 Folioseiten geschrieben. Und dazu schrieb er gegen seinen Lehrer, gegen einen gewandten Dialektiker. Aber die passenden Worte flossen ihm mit Leichtigkeit aus der Feder.

Am Montag fährt er rastlos fort. Es genüge, meint er, was er in dem Vorstehenden gesagt. Er wolle aber noch nachweisen, dass ihm gar kein anderes Mittel mehr geblieben sei für Franzisca einzutreten, als jene Predigt. Hier erzählt er nun, was wir bereits oben in unsere Darstellung aufgenommen haben. Er kommt auch wieder auf Muñotello zurück, dem ich, sagt er, in dem Brief an Sie ein Zeugniss ausgestellt habe von sehr neuem Stil, wie es, glaub ich, nie gesehn ist, seit Ihr Euer h. Amt habt. Ueber den Guardian von San Juan aber ist er in der höchsten Empörung. Niemals habe ich ihm, sagt er, mein Votum zum Guardianat verweigert, aber jetzt gebe ich ihm wahrhaftig kein anderes Votum als dass jene Füsse gefangen werden, die so böse Schritte gingen, und dass ein Knebel die Zunge fessle, die so verderbliche Lüge gesprochen; denn vielleicht möchte er hier seine Sünde erkennen und beweinen, um dem Abgrund der Hölle zu entgehn. Ortiz weiss, dass der Guardian glaubte, Gott einen Dienst zu thun, und hielt ihm schon selbst das Wort entgegen: *Venit hora ut omnis qui interficit vos, arbitretur obsequium se praestare deo* [Joh. 16, 2]. Jener Mann, der da sagte, er wolle Keinem im Eifer für die Ehre des Ordens nachstehn, habe denselben nun so tief entehrt durch seine eigne Unordnung. —

Er schildert dann in ergreifenden Worten, die wir bereits mitgetheilt haben, den Drang seines Herzens nach jener Predigt hin und fährt fort: Dies waren Schmerzen vor der Geburt. Die Geburt aber jener Rede war mir gar süss, und nachher ist mir Alles Erholung gewesen. Vorher kamen jene sieben Tage mir als siebentausend Jahre vor, jetzt würden siebentausend Jahre Gefängniss, wenn Gottes Gnade bei mir bliebe, wie sie hoffentlich alle Tage wachsen wird, mir nicht sieben Tage scheinen. Denn ich versichere Euch vor Gott, dass ich mir in eine neue Welt geboren vorkomme und gestorben jener traurigen Welt, die mir hunderttausend Meilen unter mir zurückgeblieben zu sein scheint, und dass dies für meine Seele so heilige Gefängniss mir in grosser Höhe erbaut ist, an einem Ort der Klarheit und des Friedens, wohin das unruhige Treiben von Toledo nicht kann hinaufreichen. Und weiss ich wohl dass dies Gebäude nicht in Mauern besteht, sondern dass die Barmherzigkeit Gottes es in meinem Herzen erbaut hat, meine Liebe zum Himmel aufrichtend auf den sieben Säulen der sieben Gaben des heiligen Geistes. Wohl weiss ich, fährt er fort, dass Manche sich entrüsten werden über das was ich hier rede, und fast glauben werden, ich sei von Sinnen; doch ich werde darob nicht erschrecken. Denn es ist keine neue Geschichte in der Welt, dass, wenn der h. Geist vom Himmel über seine Diener herabsteigt, um ihnen seine Gaben auszutheilen, auch der Geist des Teufels, sowie es heisst dass er ins Herz des Judas fuhr, herabfährt auf die Seinen um die Diener Gottes zu verfolgen und ihnen Leides zu thun.

Aus seiner göttlichen Freudigkeit schliesst er auf die Göttlichkeit des Beweggrundes zu jener Predigt zurück. So habe er allerdings peremtorischen Grund zu jener Strafpredigt gehabt.

Er habe auch das bedacht, dass er den Mönchen, die ihn zum Schweigen zwingen wollten, nur entrinnen konnte, wenn er sich ins Gefängniss der Inquisition flüchtete. Hier, sagt er, unter Eurer Jurisdiction müssen sie mich das wenige Gehör, das man mir schenkt, geniessen und anwenden lassen, — denn wenig ist es mir im Verhältniss zu dem Verlangen, das ich trage, die Wahrheit ganz offenbar zu machen. Ich werde aber nicht müde, schreibt er weiterhin, Gott zu danken, dass ich mich in demselben Kerker mit seiner heiligen Verlobten sehe, indem ich zu seiner unendlichen Barmherzigkeit das Vertrauen habe, dass ich einst in den freien Gefilden des Empyreums mich mit dieser meiner h. Herrin und

Mutter werde zusammenfinden. Jetzt bin ich Karthäuser, ohne dass ich eine Bulle von Rom zu erbitten brauche, und ohne dass meine Prälaten es hindern können; und ich weiss nicht, welche bessere Karthause man in den Grotten von Sevilla, Eurem Erzbischofsitze, haben kann[1]. Er geniesst gar keine Fleischnahrung; nur in den drei Festtagen hat er sich dazu verstanden, um dem Bischof von Mondoñedo zu folgen, der ihm habe sagen lassen, er solle dies thun. Auf Aeusserliches wenig zu geben, habe ihn Franzisca gelehrt, und würde er im rechten Nothfall selbst am Karfreitag trotz pharisäischem Aergerniss Fleisch essen. Nach dieser vorbereitenden Wendung kommt er darauf zu sprechen, dass Franzisca sich hier im Gefängniss besonders gute Kost habe vorsetzen lassen, statt sich Mühe zu geben, wie Andere gethan haben würden, allen bösen Schein zu vermeiden; sie, deren häusliche Frugalität so gross gewesen. Daran schliesst sich eine herrliche Ausführung, deren kurzen Sinn wir so aussprechen können: es frommt nicht jederzeit Jedes und nicht Allen Alles.

Gott schmücke, sagt er, seine Kirche durch gar mannichfaltige Arten von Heiligen, wie der Psalmist singe: die Königin steht zu Deiner Rechten in goldigem Gewande, bunt angethan [*circumdata varietate*, Vulgata Psalm 44, nach dem griechischen *πεποικιλμένη*, vgl. die mannichfaltige Weisheit Gottes, *πολυποίκιλος σοφία τοῦ θεοῦ* Epheser 3, 10]. Die Verschiedenheit der Zeiten erfordere es so. Es habe Menschen gegeben, deren Enthaltsamkeit, so hoch dieselbe auch sonst stehe, sehr verderblich gewesen sein würde. Augustin stelle die Ehe des Abraham mit der Enthaltsamkeit des Täufers gleich. Und in der That, da von Abraham und David der Herr Christus habe herkommen sollen, so wäre jener der verderblichste aller Menschen von der Welt gewesen, wenn er seinen freien Willen dazu missbraucht hätte, die Verheissung, die er hatte, unerfüllbar zu machen. Dort also war die Ehe mehr werth als die Enthaltung von derselben. Seit aber Christus gekommen, sei es ein verwerflicher Irrthum, die Ehe der Jungfräulichkeit vorzuziehn oder auch nur gleichzustellen, da nach Paulus diese vielmehr besser sei. Dessen ungeachtet könne die Ehe unter Umständen das Gebotene sein, selbst bei Personen die das Gelübde

---

[1] Der Venezianer Navagero findet 1526 die Sevillaner Certosa von so vollendeter Schönheit der Umgebung, dass er meint, die fratres dort hätten es allerdings nicht weit zum Paradiese. Opera 311. 359.

der Enthaltsamkeit abgelegt, die dann vom Papste sich Erlaubniss einholen müssten, der seinerseits sündigen würde wenn er sie verweigerte. Es erhelle also wie unrichtig es sei zu behaupten, Jemand verdiene verbrannt zu werden weil er nicht dem Klosterstand angehöre.

Einst, schreibt er, nachdem er gesagt, dass er die evangelische Lehre verkündet habe, die er zu Franzisca's Füssen gehört, der es nicht zukam, selbst zu predigen, einst waren die jüdischen Ceremonien nothwendig, und profan diejenigen, die sie nicht hielten; dann kam eine Zeit wo sie nicht mehr nothwendig, sondern nur noch erlaubt waren, denn auch die Apostel verordneten in ihrem ersten Conzil, dass sich die Judenchristen des Erstickten und des Bluts enthalten sollten; darauf sind die jüdischen Sitten verwerflich geworden und sind es jetzt noch[1]. Zuerst als die Kirche klein war, da war es geheiligt dass alle Gläubigen kein Eigenthum besässen, heutzutage wäre das nicht gerathen. Einmal zeigte sich die Heiligkeit im Eremitenleben, wie zur Zeit des Paulus von Theben und des Antonius und seiner Nachfolger; ein andermal im Verlassen der Einsamkeit um im Volk mit Lehren und Unterreden die Häresie zu bekämpfen, wie unter dem grossen Basilius, dem Nazianzener, dem Hilarius, Hieronymus, Augustinus. So waren die Arten und Weisen des heiligen Wandels verschieden. Niemals aber war Jemand heilig ohne Liebe Gottes, die die Seele mit den mannichfaltigen Gaben ausstattet, welche zur Zeit eben Noth thun. Heilig kann sein wer in grobem Zeug geht, heilig wer in Brocat gekleidet, aber nicht kann heilig sein wer Gott nicht liebt. Heilig kann sein der mit Brot und Wasser zufrieden ist, heilig wer alle Tage Puter und Blancmanger isst, nicht aber wer nicht das Gnadenleben in seiner Seele erhält durch angelegentliche Sorge Gott zu lieben und den Nächsten zu lieben und die heiligen Gebote zu halten. Ebenso heilig kann Jemand sein der lacht, als ein Andrer der weint, und ebenso heiligerweise kann der Eine sprechen wie der Andre schweigen. Nur sehe der da isst und der da fastet, der da lacht und der da weint, der da schweigt und der da spricht, wohl zu, was es ist das ihn bewegt, einen Jeden zu dem was er thut, und ob er etwas findet was Gott nicht ist oder ob er sich in irgend

[1] Vgl. Alfons Valdes Dialog vom Jahr 1527, Ausg. 1850. S. 400 f., wo dasselbe Beispiel angeführt wird, um den Satz: andre Zeiten, andre Sitten, zu beweisen. Dasselbe in der Augsburger Confession Art. 28.

etwas vom Gehorsam gegen ihn oder gegen die Kirche (denn alles dies halte ich für eins) entfernt, damit er, was er thut, zum Ruhme Gottes thue. Denn wenngleich die äusseren Werke an sich verschiedenartig sind, und, wer fastet, Gott näher zu kommen scheint als wer gut isst, so ist es doch eine bewährte Entscheidung aller Theologen, dass, wenn die Liebe, die Jemanden zum Essen um Gottes willen bewegt, grösser ist als die, welche einen Andern treibt, um Gottes willen zu fasten, derjenige mehr Verdienst hat, der mit grösserer wahrer Liebe isst, als derjenige der mit geringerer wahrer Liebe fastet, denn das Verdienst wesentlichen Ruhms, das derjenige hat, der mehr liebt, wird nicht aufgewogen durch die Mühseligkeit dessen, der mit geringerer Liebe fastet, obwohl diesem die Schwierigkeit des Werkes sehr hilft um bei Gott etwas zu verdienen. Und dies ist eine der nothwendigsten Lehren, die man zu dieser Zeit tausend Mal in der Kirche Gottes predigen soll. Versteht sich, dass der Prediger weise sei, damit nicht die Laxen unter jenem Vorwand sagen: ich will nicht fasten, sondern essen in der Liebe Gottes, denn das ist ebenso verdienstlich als das Fasten, — dies wäre ein grosses Uebel. Und hierin hat mir Gott besondere Gnade verliehen, derart die evangelische Wahrheit zu predigen, dass ich den Lauen alle Gelegenheit nahm, ihre Schlechtigkeit zu bemänteln. Ich tadelte dies unablässig. Denn, ist auch die Lehre gut, so muss man das Brot doch dergestalt vertheilen, dass sich die Kleinen nicht die Zähne zerbrechen.

Der h. Franziscus würde sich nicht gestossen haben an Franzisca's holländischem Linnen und weichem Bette; er habe geboten, nicht die zu verurtheilen, die in schönen Kleidern gehn. [In der Regel, auf welche der Orden durch päpstliche Bestätigung gegründet wurde, sagt er Kap. 2: *fratres omnes vestimentis vilibus induantur et possint ea repeciare de saccis et aliis peciis, cum benedictione Dei. Quos moneo ne despiciant neque iudicent homines quos viderint mollibus vestimentis et coloratis indutos uti cibis et potibus delicatis, sed magis unusquisque iudicet et despiciat semetipsum*[1].] Und nicht wenig verwies es Gott dem Abt Efrem, dass derselbe, als er den

[1] *Apologia confessionis Augustanae.* artic. III. § 90. *Antonius, Bernardus, Dominicus, Franciscus et alii sancti patres elegerunt certum vitae genus vel propter studium vel propter alia utilia exercitia; interim sentiebant de fide propter Christum iustos reputari et habere propitium deum, non propter illa propria exercitia.*

grossen Basilius im erzbischöflichen Pompe gesehn, vermeinte, der könne doch nicht eine so grosse Feuersäule sein als er vorher gedacht hatte [*Vitae patrum* l. I. 6. ed. Rosweydi 1628. p. 160 sq. Eine feine Mahnung an den Erzbischof Generalinquisitor, nicht Anderen vorzurücken, dass sie in guter Kleidung heilig sein zu können glaubten, ein Vorwurf, dessen Spitze sich gegen ihn selbst zurückwandte, dessen Amtstracht keine Mönchskutte war]. Zum h. Gregor, dem Eremiten, sagte der Engel über den Papst Gregor, obgleich beide heilig waren: ärmer sei der Papst als der Einsiedler, denn dieser liebe seine Katze mehr als jener die Ehre des Pontificats.

Man darf im Reiche Gottes nicht mit zu ängstlichem Maasse messen. In den Lebensbeschreibungen der Väter [l. I. ib. p. 197 sq.] lesen wir, sagt Ortiz, von einem Manne, der alle Nacht ins Bordell ging, um einer der Weibspersonen zu geben was er Tags verdient hatte, damit sie die Nacht nicht sündige. Er blieb die ganze Nacht bei ihr, indem er ihr zuredete, und betete, dass Gott diese Sünderin bekehren wolle. Nicht als ob man es machen solle wie dieser h. Alte [Vitalius], denn die heroischen Werke der Vollkommenen übersteigen die geringe Fassungskraft der Menge; man soll jene verehren, aber man soll ihnen nicht nachahmen wollen, wenn man nicht denselben besondern Geist empfangen.

Ihm werfe man die herzlichen Worte vor, die er zu Franzisca gebraucht. Nenne er sie *mis entrañas,* habe nicht Paulus Jemanden *mea viscera* genannt? (Philem. 12). Aber in der That, keinen Namen der Liebe, so ausgesucht er sein mag, kann ich sagen, der da hinreichte, auch nur zum hundertsten Theil genügend die himmlische Liebe auszudrücken, die so rein und lauter und süss und stark und gross und voller Segen Gottes und Zerschmelzen des Herzens und der Seele, die Liebe die Gott mir gegeben in seiner grossen Güte durch diese seine sehr heilige Verlobte, meine wahre Mutter und Herrin. Denn wenn ich stillstehe, um mit Genuss meiner Seele daran zu denken, wie durch ihre Vermittlung ich so herrliche Huldgeschenke Gottes empfangen habe und stündlich mehr empfange, und wie ich durch ihre Vermittlung hoffe, dass die Barmherzigkeit ihres Verlobten meine Seele retten und mit den Auserwählten mich zu seiner Rechten stellen wird am Tage des schrecklichen Gerichts, so versagen mir Herz und Gedanken und meine Zunge wird stumm. Jetzt da ich sprechen kann, sage ich dass sie meine Liebe ist, denn ich weiss, dass ich in ihr nichts liebe als Gott, und sage dass sie meine Augen ist, denn wenn sie mit Gott mitwirkt (*cooperando su merzed con dios*), so sehe ich alle Eitelkeit dieser Welt durch sie, und sage dass sie mein Herz, denn in ihm hat Gott mit mächtiger Hand ihr gesegnetes Gedächtniss besiegelt. In den Wundern, die ich nachher erzählen werde, werdet Ihr etwas verspüren können, wie viel Grund ich habe zu meiner Anhänglichkeit.

Sie ist keine Heilige, sagt man, denn sie ist keine Nonne. Allerdings sei der religiöse Orden der Stand *perfectionis acquirendae*, sehr geeignet, damit die Unvollkommnen lernen ihren Eigenwillen ablegen, jedoch sei dieser Stand nicht der unumgängliche Weg zur Vollkommenheit, der Erzbischof selbst stehe ja, ohne Mönch zu sein, im Stande *perfectionis exercendae*, oder thäten denn Alle übel, welche Bischöfe würden ohne Mönche zu sein? Wenn Ew. Hochwürden wollen, dass ich von Ihnen denken soll, dass Sie ohne Mönch zu sein als ein guter Hirt vollkommene Liebe zu Gott und Ihren Schafen haben, warum soll man nicht von dieser Dienerin Christi glauben, dass sie ohne Nonne zu sein sehr heilig sein könne? Und das ist sie. Nun erzählt er viel von Franzisca's grossartiger Geringschätzung weltlichen Gutes, von der Bedürfnisslosigkeit dieser so freigebigen Verlobten des Kaisers des Himmels; wir haben das Meiste schon früher gelegentlich eingeflochten. Er erzählt wie sie jenes Blancmanger, welches, während sie in der Messe war, eine Freundin ihr geschickt hatte, ganz den Armen an der Hausthür gab, — und hier im Gefängniss, setzt er hinzu, lässt sie sich mit allem Aufwand bedienen. Und wenn Ihr fragt: was soll das Alles? so sage ich, denn ich will es sagen in der Bitterkeit meiner Seele [Job 7, 11]: den Teufeln in der Hölle geben Raum zu böser Stunde diejenigen die vermessen aburtheilen über Dinge die sie nicht kennen noch verstehn. Kommt man, Ihnen zu sagen: Franzisca Hernandez hat den Frai Franzisco Ortiz umarmt, oder: sie ohrfeigt ihre Magd wenn das Blancmanger nicht gut geschlagen ist, oder: sie beraubt die Welt um ihrem geliebten Pater Medrano zu geben und schickt ihm so feine Stoffe wie die Kaiserin sie nicht besser hat, oder: sie schläft in einem sehr guten Bett und kleidet sich mit sehr gutem Zeug und isst sehr gut und darf kein Härchen darin sein, oder: sie ist eine sehr gefällige Schöne (*mui linda agraziada i hermosa*) und glauben wir dass ihre Liebhaber fleischlich sind, oder: dass S. Franziscus nicht so gelebt hat oder St[a] Clara, oder: es wird der Kirche gewaltigen Schaden bringen . . . Feuer! Feuer!! Feuer!!! — das ist nicht der Geist Gottes, noch einmal sage ich: zur bösen Stunde treibt solche der Satan. Hört sie das erste Mal an um zu sehn wo das hinaus will, das zweite Mal, wenn sie nichts Einleuchtendes vorbringen was Ihr strafen zu müssen glaubt, zeigt ihnen kein gutes Gesicht, das dritte Mal schmeisst sie zu den Teufeln der Hölle die in ihren Seelen sitzen. Hier passt was David sagt: *Detrahentem secreto proximo suo, hunc persequebor* [Ps. 101, 5]. Und leiht Eure würdigen Ohren nicht diesem Abschaum der Hölle, diesem schwarzen Pech wie Frai Jil Lopez und Diego Lopez — denn mit pez (Pech) enden sie alle (*que todos se acaban en pez*), schlechtes Pech, das besudelt und beschmutzt und anschwärzt und sich festsetzt um das Feuer der Hölle zu nähren. Er redet von der emsigen Herumträgerei bösen Leumunds, die sich jene und ihre Gesellen zum Geschäft gemacht, und kommt auch auf die Predigt des Lopez gegen eine kurz vorher gehaltene Predigt von ihm. Ich bin nicht neidisch, sagt dieser weiter; auch die Unfähigsten meines Amtes pflegte ich gern predigen zu hören, schweigend über das was mir nicht bedeutend schien und lobend was ich mit Recht loben konnte, indem ich sagte, ich sei bei der Predigt sehr andächtig gewesen, und das war wahr, denn der gute Wille, zur Erkenntniss und Liebe Gottes zu wecken, mit dem Jemand hinaufstieg, genügte mir, Gott sei Dank, um mich zu erbauen.

Da das h. Amt mit nicht geringer Angelegentlichkeit die Besitzthümer der Gefangenen zu confisziren pflege (*los bienes de los que entran en esta carzel se suelen confiscar i guardar con no pequeña diligenzia*), so solle besonders in diesem Fall die h. Inquisition, die, wie verlaute, etwas arm sei (*algo pobre*), nicht unterlassen einen reichen Zug zu thun. Denn Franzisca's wohlverborgene Reichthümer seien ihr Verlobter Jesus Christus der Gekreuzigte.

Diese reine Liebhaberin Gottes habe eine sehr zahlreiche Menge (*mui multiplicada muchedumbre*) von Kindern geboren durch die h. Sorglichkeit die Gott in ihre Seele gelegt für das Wohl und die Ausbreitung der ganzen allgemeinen Kirche. Und sind auch nur Wenige in ihren nähern Umgang (*familiar comunicazion*) gekommen, sich unmittelbar an ihrem Licht zu freuen, so sind es doch nicht Wenige denen Gott um der Treue dieser seiner geliebten Verlobten willen viele Gnaden erweise, umsomehr als sie das Amt, das sie nicht in eigner Person inne hatte, in mir hatte, ihrem unwürdigen Sohn, der ich, so lange ich predigen durfte, gleichsam ihre Zunge in der Kirche war. An den geistlichen Brüsten dieser reinen Jungfrau, die in Christo Jesu mich geboren hat, sog ich Milch der Lehre für die Kleinen und nahrhaftere Speise für die Geförderten. Man erinnere sich bei diesen Worten von Ortiz an das herrliche Gemälde Murillo's im Madrider Museum: das Gesicht des h. Bernhard, der in demüthiger Begeisterung von der Milch der h. Jungfrau empfängt.

Wir sind hier in Toledo, fährt Ortiz fort, wo ich seit fünf Jahren sehr viele Predigten gehalten habe, und weder meine Person noch mein Ruf ist verborgen in der Kirche, so dass ich kein Papier darüber zu verschwenden brauche.

Was ich im Orden gesucht hatte, fand ich bei ihr, nämlich Gott. Moses sah Gott im Dornstrauch, Jakob salbte einen Stein bei dem ihm Gott erschienen. S. Franziscus hiess seinen Genossen Fra Leone einen Stein, wo er, der Heilige, Christum, seine Liebe, gesehn, mit Wein waschen und dann mit Oel und dann mit Balsam. Und Franzisca sagte öfter zu Ortiz: Wenn ich in einem Dornbusch besonders erweckt würde, Gott zu erkennen und zu lieben, so würde ich mich nimmer davon trennen. Ich, bekennt Ortiz, habe in Nichts so sehr Christum unser höchstes Gut gefunden als in ihr; ich durfte mich nicht von ihr trennen lassen. Gewiss, auch unter den Mönchen gebe es nicht wenige Edelsteine. O, ruft er aus, dass Ihr wüsstet wie kostbare Säulen der Orden des h. Franziscus unter seinen Brüdern zählt. Mit Schmerzen denkt er daran, welch einen furchtbaren Schlag Gott den verblendeten Mönchen geben werde, mit Thränen, denn die Guten werden wegen der Schlechten leiden müssen.

Nachdem er das schöne Zeugniss des Generalinquisitors und Papstes Adrian guten Andenkens für Franzisca vorgebracht, und erzählt was diese geantwortet als er, Ortiz, sie jetzt in Toledo daran erinnert dass einst ihr Lachen ihr so verhängnissvoll geworden, dass sie nämlich gesagt, gebe Gott dass sie nicht wieder lache wenn sie höre was für Fragen die Richter stellten, fügt er hinzu: Darum rathe ich Euch, seht Euch wohl vor in den Verhören, damit Eure Fragen von Gewicht und Bedeutung sind (*de peso i entidad*), wie man sie einer so weisen Verlobten Jesu Christi vorlegen soll; sonst wird sie ohne Zweifel nicht umhin können zu lachen, denn es steht nicht bei ihr. Die Herren möchten immerhin etwas lachen über diesen seinen guten Rath.

Nunmehr wendet er sich dazu von den Wundern zu schreiben, durch welche sein Vertrauen zu Franzisca fest geworden ist. Gewiss will er damit der Anforderung genügen, welche Innozenz III. bei Gelegenheit der Beginensache dahin ausgesprochen hatte, dass, wer ohne von der Kirche dazu bestellt zu sein, als Gottesgesandter auftreten wolle, diese unsichtbare Mission durch Verrichtung eines Wunders oder durch einen besondern Schriftbeweis erhärte (decretal. Greg. IX. 5, 7, 12). Er habe gelernt, sagt er, Gott nie um ein Wunder zu bitten, aber er wisse von Wundern zu erzählen, die er selbst erlebt. Freilich auch die klarsten finden Verfolger, und wenn hier auch nicht mehr Christen verfolgt werden, so doch immer noch wahre Christen. Von Franzisca's eigner Ansicht über Wunder sagt er: Nie in meinem Leben habe ich eine andre Person gesehn, die so wenig als diese hochweise Gottverlobte sich auf Wunder gestützt hätte, um von denselben gross Aufhebens zu machen (*que tan poco estribase sobre milagros para hazer de ellos gran caudal*).

Erstens sei es notorisch, dass sie weder lesen noch schreiben, noch Grammatik noch Theologie in den Schulen hier unten gelernt, und doch könne sie schreiben und lesen und Latein und, was das Wunderbarste, sie verstehe die Schrift mit tiefer Weisheit zu erklären. Den Erguss seiner Bewunderung ihrer Schriftauslegung haben wir bereits oben übertragen, ebenso den Bericht über den Besuch seines Bruders bei ihr. Was er dabei über seines Bruders weitverbreitetes Ansehn und erprobte Katholizität mittheilt, das, sagt er, bringe er nur deshalb vor, damit man einsehe dass die Weisheit Franzisca's, durch welche so Weise in Erstaunen versetzt worden seien, keine geringe sein könne.

Zweitens seine eigne wunderbare Heilung. Mit Beschämung wolle er gestehn, dass er fast vier Jahre lang an Pollutionen gelitten, die ihm, wie er dessen sicher gewesen, ganz unwillkürlich zustiessen. Seine Hoffnung auf Franzisca Hernandez' heiligende Einwirkung, von welcher ihm zuerst, wie wir bereits erwähnten, Frai Juan de Espejo in Alcalá merkwürdige Beispiele erzählte (nach der letzten Kunde, die Ortiz jetzt kürzlich von diesem Pater erhalten hatte, war er Guardian in Murzia), jene sehnliche Hoffnung ging in Erfüllung. Franzisca gab ihm eine Schnur um den Leib zu tragen und durch dies Mittel gab Gott ihm Heilung, welche seitdem zu seiner Seele Erleichterung schon sechs Jahre vorhielt. Uebrigens wisse er wohl, bemerkt er ausdrücklich, dass nur Gottes Gnade Keuschheit verleihe; er könne sagen, was Weisheit 8 stehe: *ut scivi quoniam aliter non possem esse continens nisi deus det, et hoc ipsum erat summa sapientia [erat sapientiae] scire cuius esset hoc donum, adii dominum et deprecatus sum illum.* Dies Vertrauen zur Gnade Gottes dürfe aber nicht zum Nachlassen der Selbstzucht verleiten. Das wisse er Alles wohl, es beweise aber nicht gegen jene Schnur (wie er mit einem Wortspiel sagt: *no perjudica esto a la cuerda que la mui cuerda esposa de dios me dió*) welche er hochhalten würde, wenn sie ihm auch zu nichts Anderm nützte, als dass er sich hier im Gefängniss damit geisseln könne.

Ein drittes Wunder nennt er, dass das Andenken an sie ihm ein Licht geworden, das ihm seine Fehler entdecke, und eine Anfeuerung zur Gottesliebe. Durch die Liebe sei Franzisca so göttlich geworden, dass sie durch Theilnehmung in Gott verwandelt sei (*tan divina la ha hecho el amor que en dios la tiene transformada por partizipazion* — ganz nach der Ausdrucksweise schon der Areopagitischen Mystik). Er brauchte nur an sie zu denken um rechte Andacht in sich zu erwecken. Man solle S. Bernhard lesen, der im Commentar über das Hohelied erzähle, wie ihn der Gedanke an einen h. Gottesmann zu andächtiger Stimmung entflammt habe [sermo XXVI]. Es sei aber nicht die blosse Vorstellung der äusseren Figur, die so in ihm wirke. Gott legte für meine Seele in diese seine Dienerin ein ich weiss nicht was und weiss doch dass, denn ich kann es fühlen, aber ich kann's nicht sagen (s. unser Facsimile). Gott hat mich die Grösse dieses Persönchens erkennen lassen, das so klein ist und doch so gross. Wenn er übrigens, dies will er nicht unbemerkt lassen, Vergleichungen anstelle zwischen ihr und Christus, ihrem Geliebten, wie er hin und wieder thut, so werde, hoffe er, Niemand so grob sein, dies als Vergleichungen der Gleichheit zu nehmen, während es nur so zu verstehen sei wie wenn man den Sprung eines Flohes mit dem eines sizilischen Rosses vergleiche. Durch stetige Erfahrung belehrt, habe er dafür halten müssen, dass es nicht Gottes Wille sei, ihm den Umgang mit ihr zu verbieten, deren blosses Andenken ihm schon so segensreich war, und tröste es ihn, dass dieses doch auch der Kerkermeister ihm nicht zu rauben vermöge.

Das vierte Wunder sind die Visionen, in denen sie ihm und Andern erschienen. Seine eigne und die des Muñotello kennen wir bereits. Er fordert die Inquisitoren auf, diesen letzteren darüber zu vernehmen, dem er oben ein Zeugniss ausgestellt habe, damit man ihn gefangen hieher ins Gefängniss bringe, wo er mit Freuden in der Nähe seiner Herrin und Mutter sein werde, um deren willen er schon viele Verfolgungen der Mönche in dèr Provinz Conzepzion ertragen; Muñotello werde ihnen viel Wunderbares zu erzählen wissen. Einen ähnlichen Fall theilt er hier aus dem Munde eines Paters mit, welcher Confessor der Marquise de Aguilar war, Frai Bernaldino de Madrigal; man solle denselben eidlich darüber verhören; er wohnte, als Ortiz in San Juan eintrat, im Franziscanerkloster zu Escalona (etwa 7 Meilen von Toledo). Dieser alte Pater lag in Valladolid todtkrank darnieder, so dass man schon von seinem Begräbniss sprach. Da schaute er plötzlich mit wachen Augen die h. Jungfrau und neben derselben Franzisca, deren Verehrer er war; sie schien die Mutter Gottes um seine Genesung zu bitten. Und von Stund an war seine Krankheit gebrochen. Als er hingegangen, um ihr vielmals zu danken für ihre Fürbitte, denn um diese hatte ein Freund sie zuvor gebeten gehabt, sagte sie: Schweigt und danket Gott, der Euch hier gelassen hat, damit Ihr ihn mehr liebet.

Fünftens erzählt Ortiz, doch ohne Namen und Stand des Betreffenden zu nennen, den Vorfall mit Frai Antonio, dessen fleischliches Gelüsten Franzisca in der Seele desselben gelesen hatte. Vieles Aehnliche unterlasse er anzuführen, um Platz zu behalten für wichtige Sachen andrer Art. (Thomas von Celano berichtet in der Lebensbeschreibung des h. Franziscus von Assisi, wie derselbe Herzensgeheimnisse durchschaut und fern Abwesenden leiblich sichtbar erscheint. *Acta Sanctor*. 4. Oct. p. 697.)

Sechstens, wie leicht und inhaltsvoll ihm seine Predigten durch Franzisca's geistige Nähe gelangen. Es kam vor, dass er, ohne seine gewöhnlichen Predigten auszusetzen, die sämmtlichen Predigten für die ganze Fastenzeit in vierzehn Tagen schrieb, nur mit der unglossirten Bibel und dem Andenken an Franzisca. E- schrieb zuweilen, während er sonst manchmal eine Woche zu einer einzigen Predigt brauchte, vier, fünf Predigten an einem Tage; und dass sie sämmtlich werden voll Kraft und Wärme gewesen sein, kann man sich lebhaft vorstellen, wenn man sieht, wie in diesen Actenstücken seine Feder läuft und stets eindringliche Worte schreibt. Von den Fastenpredigten von 1525 und den jüngstvergangenen dieses Jahres 1529 haben wir nach dem hier von ihm Gesagten schon oben gesprochen. Manchmal, fährt er fort, habe er sich beim Ausarbeiten seiner Predigten ganz rathlos befunden, Tage vergingen, in denen die Stumpfheit des geistlichen Ger schmacks (*desabrimiento*) nicht weichen wollte, und mit Angst sah er den Sonntag immer näher rücken. Warf er sich dann im Herzen dieser h. Gottverlobten zu Füssen, so fühlte er bald den Segen davon. So schenkte ihm Gott so grosse Fülle, dass er niemals darum gebeten habe, an einen andern Ort versetzt zu werden, wie die Prediger gewohnt seien zu thun, nachdem sie drei vier Jahre auf einer und derselben Kanzel gepredigt. Niemals wiederholte er eine Predigt aus einem frühern Jahr, nicht aus Uebermuth, sondern wegen der Ueberfülle, die Gott ihm schenkte. Seine Predigtausarbeitungen, die er mit Freuden in seiner Zelle zurückgelassen, könnten dies beweisen, wenn man sie nicht zerrissen habe; es sei ihm noch Stoff für mehr als vier Fastencykeln vorräthig geblieben. So reichlich habe er den Segen des Verkehrs mit Franzisca erfahren. So erkenne ich, sagt er, dass das Feuer Kraft hat, daran, dass ich, je näher ich trete, um so mehr seine Glut verspüre.

Endlich ein siebentes Wunder Gottes sei es, dass er, so schwach und zart er auch sei, doch den Muth erlangt habe, in dieser Sache sein Leben einzusetzen. Marcus 10. sage Christus: Wer Haus und Brüder und Schwestern u. s. w. um Seiner Liebe willen verlasse, der werde hundertfach wieder erhalten — nicht: mit weltlichen Ehren und Reichthümern, sondern: *cum persecutionibus* (dies bewundernswerthe Wort stehe nicht, bemerkt er richtig, bei Matthäus und Lucas) und in der künftigen Welt ewiges Leben. In diesen Verfolgungen habe er wirklich tausendmal mehr empfangen als er verlassen. Die Thränen seiner Verwandten, von denen man ihm geredet, könnten ihn nicht andern Sinnes machen; gern möchte er sie aus ihrem Schmerz reissen, aber er gedenke dessen, dass Jesus Christus für ihn geweint und sein Blut vergossen, und ihm dem Gekreuzigten müsse er folgen, um nicht selbst zu weinen in der andern Welt, wo er von Gott ewiges Leben hoffe.

Diese sieben Wunder, sagt er nun am Schluss seiner Darlegung derselben, habe er aufgezählt zu Ehren der sieben Gaben des h. Geistes, unter dessen tröstlichem Anhauch er dies ganze Heft geschrieben, vom Tage vor Pfingsten bis zum Morgen des Donnerstags nach dem Fest, denn, weil man ihm Nachts kein Licht verstatte, habe Tags seine Hand keine Ruhe gehabt. Er schrieb also, die weiteren paar Blätter mit hinzugerechnet, alles in allem in fünf Tagen 102 Seiten, also täglich durchschnittlich fünf Bogen, und die Seite hat etwa 35 bis 40 Zeilen, Alles in seiner gewöhnlichen klaren und regelmässigen Handschrift. Und was er sagt, hat Hand und Fuss, und hat Herz, zeigt Gemüth und Muth; aus übervollem Innern ergiesst er einen Feuerstrom gewaltiger Beredsamkeit.

Dass seine Predigt gerechtfertigt gewesen, glaubt er hinreichend erwiesen zu haben. Aber er behaupte mehr als das, sie sei verdienstlich, ja heroisch gewesen. Zu retractiren habe er Nichts. Er sage mit Job: *Absit a me ut iustos vos esse iudicem; donec deficiam, non recedam ab innocentia mea. Iustificationem meam, quam coepi tenere, non deseram; nec enim reprehendit me cor meum in omni illa praedicatione* [*in omni vita mea* heisst es bei Job, K. 27]. Er ist bereit für seine Ueberzeugung die schwersten Opfer zu bringen. Was er auf Erden ohne allen Vergleich am meisten liebe, sei seine gottgesegnete Mutter, die erleuchtete Gottverlobte; bei alle dem aber sage er: wenn er notorisch wüsste, dass sie, wenn er nicht auf den geforderten Widerruf einginge, sofort sterben müsse, er würde sie sterben lassen, nicht nur einen, nein tausend Tode, ehe er Gott, der sich so barmherzig seiner angenommen, dadurch beleidigte, dass er gegen sein Gewissen handelte, denn insoweit habe ihn Gott diese seine Verlobte lieben gelehrt als er sie als Mittel seines Seelenheils erkannt. Dass er aber geirrt habe in jener Predigt, könnten ihm hunderttausend Doctoren zusammen nicht so genügend begreiflich machen als Franzisca Hernandez; so sehr vertraue er ihr, die ihm so oft seine Fehler nachgewiesen, die er vorher wie Wasser geschlürft [Job 15, 16], — und dies sei ein Wunder, würdig den vorhergenannten an die Seite gestellt zu werden.

Er ist am Schluss. Der Schlag, sagt er zu guter Letzt, den man gegen ihn geführt, werde wiederhallen in Portugal, dessen König [des Kaisers Schwager] sehr wünschte, dass er, Ortiz, hinkomme, einige Predigten vor ihm zu halten, wozu der genannte Pater Carmona beauftragt war ihn zu bewegen. Es werde wiederhallen in Frankreich, wo er, obschon er niemals dort gewesen, doch wohl bekannt sei; denn als die Pariser Universität an den Erzbischof von Toledo schrieb, um seines Bruders Pedro Gelehrsamkeit und Leben zu rühmen, erwähnte das Kapitel der Kirche in seiner Antwort unter anderm, sie hätten hier einen Bruder jenes Doctors, einen sehr ausgezeichneten Prediger, nebst vielen andern Lobsprüchen, die er ohne Zweifel nicht verdient habe. Dieser Schlag werde wiederhallen in ganz Italien, und nicht wenig das Generalkapitel seines Ordens betrüben, welches in diesen Tagen dort versammelt sei [in Parma, Wadding 16. p. 272 sq.], wenn jene Väter hörten, dass der junge Mönch, den sie vor sechs Jahren in Burgos, obgleich sie nicht Castilisch verstanden, sich doch so freuten reden zu hören, jetzt gefangen sitze in dem für Ketzer bestimmten Kerker. Das Alles indessen würde ihn wenig berühren; was ihn aber ohne Trost brennend schmerze, sei dies, dass dieser Schlag wiederhallen werde im ganzen Paradiese Gottes, um Gnade und Ruhm zu bitten für ihn, der Strafe ohne Schuld erleide, und Strafe zu fordern für den, der hier ohne sie dastehe und voller Schuld. Er wiederhole: *si male locutus sum, testimonium perhibe de malo; si autem bene, quid me caedis?* [Jo. 18, 23]. Christum, mein ganzes Heil, bitte ich, er wolle Ew. Hochwürden mit allen meinen Herrn Ihres h. Raths unter die Zahl der Seligen aufnehmen. Amen Amen Amen. Aus diesem Ihrem h. Gefängniss der Inquisition von Toledo, am 20. Mai 1529.

Ew. Hochwürden und aller Magnifizenzen Ihres Raths
geringster Sohn und Diener
† Frai Fran. †
Ortiz.

In einer Nachschrift erbietet er sich, für jeden der Rathsherrn eine Abschrift dieses Actenstücks zu machen, damit er die Gemüse, von denen er sich nähre, nicht umsonst verzehre; auch mache es ihm Freude, diese Bogen wieder zu sehn, welche zu bekommen, als sie noch unbeschrieben waren, er gern eine Hand von seinem Leibe gegeben haben würde. Ausserdem bittet er noch darum, nur einmal eine Unterredung haben zu dürfen mit seinem Provinzial Frai Juan de Olmilla, dem er einige für den Orden höchst wichtige Dinge mitzutheilen habe, die er keinem andern Ordensbruder mittheilen werde. —

Die Herren Richter übereilen sich in keiner Weise, fernere Verhöre vorzunehmen. Das nächste, im Ganzen erst zweite, wird mit Ortiz am ersten Juni angestellt, diesmal durch den Lizentiaten Hernando Niño, Mitglied des Rathes der Inquisition. Er leitet die Befragung in geschickter Weise. Ortiz' Aussagen ergeben meist Thatsachen, die in unserer Erzählung schon früher ihre Stellen gefunden haben. Er behauptet wiederholt, dass auch die Gefangennehmung Franzisca's in Valladolid in Folge mangelnder Ueberlegung geschehn sei; es lasse sich vernünftigerweise nicht denken, dass sie, die so erleuchtet sei, ein Verbrechen begangen haben sollte, wegen dessen sie verdiente gefangen gehalten zu werden, und, obgleich er nicht selbst ihren Prozess gesehn, so mache ihn doch das was er von glaubwürdigen Zeugen über denselben gehört, zusammengenommen mit den Zeugnissen, die Gott ihm in seiner Seele gegeben, über die Ungerechtigkeit ihrer damaligen Detention gewiss. Einer jener glaubwürdigen Zeugen sei Pater Carmona; Ortiz kommt nun auf die Stellung Adrian's zu ihr zu sprechen und gibt unter dem zu Anfang der Sitzung geleisteten Eide dasselbe zu Protokoll, was er in der Schrift an den Erzbischof etwa vierzehn Tage früher gesagt. Wir geben die beiden Stellen über diesen bedeutenden anziehenden Punkt im Original. In jenem Hefte schreibt Ortiz: *Digo que es notorio que si hubiera la sancta inquisizion hallado en su prozeso cosa herética, nunca la hubiérades consentido estar siete años en aquella manera de libertad que le habés dado. I tambien digo que es notoria una cosa que contaré bien para reir, i es que cuando el papa Adriano de buena memoria, predezesor Vro en este sancto ofizio, la llamó en Valladolid, loda la causa, porqué no dejó a su md, cuando la vió, en entera libertad, fué porque le parezió que tenia los ojos alegres i que tanta risa no convenia a sierva de dios; que entonzes dejó a su md como se estava, diziendo: domine inquisitor, faciatis iustitiam, que esto dijo a los señores inquisidores de Valladolid. Pues despues al mismo Adriano, hecho Romano pontifize, con ser cuan gran letrado era, le pesó porque no la habia enteramente libertado i mandó a su confesor que escribiese a esta sierva de dios de su parte encomendándole mucho su persona i toda la governazion de la iglesia, aunque, por ser prevenido con la muerte, no se curó despues el confesor de hazer lo que le fué mandado. Preguntarésme con razon que de donde lo sé? respondo que lo sé del mismo confesor del papa Adriano, i así os lo juro que lo sé dél, porque me lo zertificó muchas vezes; i si os pareziere nezesario, hazed informazion, que este, que era su confesor, es un padre mui rdo que es agora confesor del señor obispo de Segovia, i cuando yo aquí entré era habitante en el convento de san Franzisco de Valladolid, i tiene por sobrenombre el de Carmona.* — Blas Ortiz in jenem von uns schon ein paar Mal angeführten *Itinerarium Hadriani* von 1547, in welchem er auch viel über sich und die mit dem Papst in nähere Berührung gekommenen Personen spricht, erwähnt mit keinem Wort diesen Beichtvater, in dessen Gesellschaft er doch vermuthlich nach Spanien zurückreiste (*quaesivi comites et inveni ex familia Papae paucos quidem ex multis.* cp. 41); wahrscheinlich schweigt er deshalb über Carmona, weil dessen Name eben durch diesen Prozess sowie vielleicht durch andere Dinge missliebig bei den hohen Würdenträgern geworden war. — Die Parallelstelle aus dem Protokoll ist folgende. *El uno de los dichos testimonios es que aquel padre Carmona, confesor del papa Adriano, de quien hizo menzion en su cuaderno, le dijo a este declarante como el mesmo papa Adriano le habia mostrado todo el prozeso desta esposa de Cristo Franzisca Hernandez, diziéndole i mostrándole como no habia en él cosa de tomo que prejudicase a la fe, i que como la causa, por donde no la dejó en entera libertad, fué porque le parezió que tenia los ojos alegres i que tanta risa no pertenezia a sierva de dios, i que el mesmo Adriano, hecho pontifize, como en el cuaderno este declarante ha rezado, le mandó a este su confesor, que es el dicho padre de Carmona, que le escribiese de su parte a esta sierva bendita de Jesu Cristo Franzisca Hernandez, encomendándole que tuviese cuidado de rogar a dios por su persona pontifical i de* [sic] *toda la iglesia. I como este pontifize hobiese sido inquisidor mayor i visto i examinado todo el prozeso hecho contra esta sierva tan amada de dios Franzisca Hernandez i hobiese como gran letrado examinado todo lo que allí estava, es este un testimonio mui creíble a este declarante; que no la tuviera el pontifize por tan grande sierva de dios que le mandase tener cuidado de rogar a dios por su iglesia i de escrebirle desde Roma sobrello, si en su prozeso hobiera visto cosa que prejudicase a ser mui esclarezida sierva de Jesu Cristo.*

Er behauptet, sichre Kenntniss von dem damaligen Urtheil gegen Franzisca zu haben und dass die Zeugenaussagen nicht ausreichend gewesen seien um jene ihre Bestrafung zu rechtfertigen. Er erinnert daran, dass besonders ein gewisser Urrea, Client (*criado*) des jetzigen Erzbischofs von Toledo, auf Franzisca's Citation nach Valladolid gedrungen habe, indem er viel Aufhebens davon machte, dass sie lange Kleider trage (*las haldas largas*), worauf Einer der Inquisitoren ihm doch sagte: *pues, cuerpo de tal con vos, quereis vos que traya las faldas cortas para verle las piernas?* —

Der für ihn entscheidende Hauptgrund seiner Ueberzeugung von der Ungerechtigkeit des Verfahrens gegen Franzisca sei das Zeugniss des h. Geistes in ihm selber. Allerdings glaubt er, dass sie *peccabilis* sei, aber, seit Gott sie geschaffen, glaube er, habe sie keine Sünde gethan, die dem h. katholischen Glauben präjudizirte. Gefragt, woher er wisse, dass jene Zeugnisse in ihm göttlich seien, und nicht Illusionen des bösen Feindes, verweist er auf sein geschriebenes Heft, für welches er Gott um einen Examinator bittet, der in dieser so schwierigen Sache mit Gelehrsamkeit Gottesfurcht vereine und Erfahrung der geistlichen Dinge.

Am nächsten Tage, dem 2. Juni, wird der Gefangene vor denselben Untersuchungsrichter geführt, welcher auch die drei folgenden Verhöre abhält. Ortiz behauptet aufs Neue, die Inquisition habe sich in Sachen der Franzisca sträfliche Nachlässigkeit zu Schulden kommen lassen. Statt die Zeit zu verschwenden mit Fragen, woher er wisse, dass sie unschuldig sei, solle man ihm doch einfach die Beweise gegen sie vorlegen. Niño erwiedert darauf, Angeklagter fordere, dass man den Gang der Gerechtigkeit ändern solle; es sei nicht gebräuchlich in diesem h. Amt, die Zeugenaussagen Jedem zu zeigen, der Lust bekomme sie zu sehn. Ortiz entgegnet, es scheine ihm doch in diesem Falle gerathen, dass die Herren, um eine Seele zu heilen, die sie für blind halten, anordneten, jenen Aussagen das Siegel abzunehmen, denn zum Heil der Seelen habe das Lamm das Buch geöffnet, das mit sieben Siegeln verschlossen war, wie S. Johannes schaute. Man solle ihm den Beweis wider Franzisca authentisch geben und ihm Zeit lassen sich denselben zu überlegen. Niño wendet sich zu weiterer Befragung. Seit wann er Franzisca Hernandez kenne? Am Tage des Señor S. Paulino, der auf den 22. dieses Monats Juni fällt, laufen sechs Jahre ab seit mir Gott die Gnade gewährte, nachdem ich sieben Tage lang an ihrer Thür darum gebeten. Welchen Umgang er diese sechs Jahre mit ihr gehabt? Allen den er konnte. Für die Förderung seiner Seele, die er in diesem Verkehr empfing, habe er jede andre Rücksicht von minderer Wichtigkeit hintanstellen zu müssen geglaubt. Er erzählt wie er in ihrer Wohnung übernachtet, er gibt Alles an, was er sich entsinnen kann, ihr geschenkt zu haben, auch dass er gegen den Buchstaben seiner Ordensregel einmal etwas für sie erbeten habe von D[a] Teresa de Cárdenas. Auf die Bemerkung des Inquisitors, man sei unterrichtet, dass er der Franzisca noch einige andere Silbersachen gegeben, antwortet er, an Anderes erinnere er sich nicht, aber wenn er tausend Welten hätte, so würde er sie gern ihr zu Füssen legen, denn das würde ein weltlicher Schatz sein, über den er denke wie derselbe verdiene. Von San Jil, dem Franziscaner, lese man, fügt er, gewiss mit Rücksicht auf jene seine unvorschriftmässig scheinende Bitte an D[a] Teresa, hinzu, derselbe habe zu einem Armen gesagt: sie haben mir verboten, den Mantel zu verschenken, aber komme du und nimm ihn mir weg.

Wer die Person jenes fünften Wunders gewesen, weigert er sich zu sagen. Die Nächstenliebe verbiete es ihm, denn es könnte für jenen Unehre oder schlechter Ruf daraus hervorgehn, während derselbe nach Gottes Willen jetzt als Bekehrter in Ehren lebe. Lieber will Ortiz auf dies Wunder kein Gewicht legen. Er will nicht einmal sagen, wo die Sache vorgefallen.

In dem Verhör am dritten, Tags darauf, wird ihm sein aufgefangener Brief an Franzisca vorgelegt, und insbesondere eine Erklärung über den Punct verlangt, dass es ihr, wie er sage, nur ein Ja koste, um die Heilung eines Kranken herbeizuführen. Ortiz setzt Folgendes auseinander. Es sei im Willen der Heiligen zweierlei zu unterscheiden. Was die Heiligen wollen, bevor sie Gottes bestimmten Willen wissen, erfülle sich oft nicht. So schreibe Paulus [Röm. 15, 22], er habe sich oft vorgenommen zu ihnen zu kommen, und sei bis jetzt daran verhindert worden. Daraus erklärten Viele auch das Danielische: *ab exordio precum tuarum egressus est sermo* [9, 23], *princeps autem regni Persarum restitit mihi viginti et uno diebus* [10, 13], denn, wenn der Wille Gottes schon bekannt gewesen wäre, so hätte ein h. Engel nicht einem andern solchen widerstehen können, mittlerweile aber führte jeder sein Recht an. Anders verhalte es sich mit demjenigen Willen der Heiligen, welcher dem erkannten Willen Gottes gemäss sei. Durch diesen Gott angemessnen Willen thun sie Wunder. Von diesem habe er gesprochen als er gesagt, es koste Franzisca nur ein Ja; er meinte ein solches Ja, wie das *Fiat* der Maria [Luc. 1, 38]. Er wisse aber wohl, dass, um so ein Ja zu sagen, die Heiligen vieles Gebets und andrer geistlichen Uebungen bedürfen, welche dazu dienen (*que cooperan*) zu erlangen, was sie bitten (vgl. besonders seines Landsmanns und Zeitgenossen Juan Valdes 59. und 67. Consideration, wo ganz ähnlich ein zuversichtliches Gebet, das erfüllt wird, und eines der Ungewissheit über den göttlichen Willen unterschieden ist).

Dass er so schnell und klar auf Alles zu antworten wisse, dafür verdiene er kein Lob, denn die h. Gottverlobte sei seine Genossin im Gefängniss. Er erzählt die Erscheinung, die ihn kürzlich zu jener ausführlichen Vertheidigungsschrift entflammte. Ein andermal erschien ihm in Gestalt einer leichtsinnigen Dirne, von der er sich aber abwendet, seine eigne Sinnlichkeit; dass diese es gewesen, merkt er als er erwacht unter der grössten Fleischesversuchung, die er jemals hatte, und deren er nur durch viele Schläge, die er sich selbst gibt, Herr zu werden vermag.

In dem Verhör am fünften desselben Monats gibt er vollständig zu, dass Franzisca Hernandez wie jede andre freie Creatur sündigen könne nicht nur gegen den Glauben, sondern auch gegen die Hoffnung und die Liebe und was sonst noch; aber es handle sich hier gar nicht um jene Möglichkeit, sondern um diesen vorliegenden Fall. Ihm stehe die jungfräuliche Reinheit Franzisca's fest; die Schweinereien, die man gegen sie geredet (*cosas nazidas de mui aporcados i suzios corazones*), möge er gar nicht in den Mund nehmen. Seine stets wachsende Freudigkeit im Gefängniss sei ihm eine neue göttliche Bestätigung, dass er recht gethan habe; er sage mit Paulus [Röm. 8]: Geist bezeugt unserm Geist dass wir Gottes Kinder. Er leide jetzt nicht an diabolischer Täuschung. So fühle er jetzt. Was morgen sein werde, in ihm oder in dem Fragenden, das wisse er nicht, hoffe aber, Gott werde ihm täglich mehr Gnade geben.

Am siebenten desselben Monats kommt er darauf zurück, dass das h. Amt, wenn es Jemand nur durch Mittheilung der Zeugenaussagen aus Sünde retten könnte, zu solcher Mittheilung, um des willen der für das Heil der Seelen gestorben, verpflichtet sei, natürlich unter dem Siegel der Verschwiegenheit. Niño weicht zu etwas Anderm aus. Ortiz selbst habe gesagt, dass er wenig Gewicht auf die äussern Zeugnisse lege, die er für ihre Unschuld beibringe, und in der That seien dieselben blosse Conjecturen ohne rechtliche Beweiskraft. So ziehe sich denn die Sache zusammen auf die göttlichen Zeugnisse, die er zu haben angebe und dass Gott ihm so zu predigen geboten. Da nun die Kirche und ihre Diener nicht über verborgne Dinge urtheilen können (*la iglesia ni sus ministros no pueden juzgar de las cosas ocultas*), dieser sein Prozess aber durch Menschen beurtheilt werden müsse, und da sie von Rechtswegen nicht gebunden seien ihm zu glauben was er sage, wenn er es nicht durch ein Wunder bekräftige, so möge er ein Wunder thun; denn sonst könne man in diesem Prozess nur nach dem verfahren, was erwiesen befunden werde. Man wusste recht gut, sagt später der Fiscal, dass Ortiz keine Wunder thun könne, da Gott falschen oder schlechten Dingen nicht mit Wundern zu Hülfe kommt. Ortiz antwortet zunächst: er verzichte durchaus nicht darauf, die äusseren Zeugnisse, so weit es recht sei, geltend zu machen, obwohl sie nicht so schwer wiegen als die innern, — eben nur dies habe er sagen wollen. Es sei aber ganz offenbar, dass die Gründe zu Franzisca's Verhaftung unzulänglich gewesen. Was das geforderte Wunder betreffe, so erwiedre er: *signum non dabitur eis etc.* [*ei.* Matth. 16, 4]. Indessen sei es kein geringes Wunder, das sie, wie er zu Gott hoffe, stets an ihm finden würden, dass er nämlich im Gefängniss munter, heiter, fröhlich und zufrieden sei (am Rande von andrer Hand: wird sein, weil er seine Franzisca dort weiss), und Tag und Nacht voll Lob gegen Gott, der ihn gewürdigt habe, etwas zu leiden für seinen Namen, und in sehnlicher Erwartung seines Todes um die Krone des Martyriums zu empfangen. Es würde ihm Todesqual und unsägliche Bitterniss sein, aus diesem sichern Hafen in das Meer der Welt hinauszumüssen, da er sich so wohl befinde in dieser heiligen Karthause, — eine Karthause, das habe er ja seinem Prälaten gesagt, werde er aufsuchen, wenn sie ihm nicht erlaubten dahin zu gehn, wohin Gott ihm im Gewissen zu gehn befehle.

Beharrlich weigert er sich über die Umstände des fünften Wunders nähere Angaben zu machen. Sein Schwur, die Wahrheit sagen zu wollen, könne ihn nicht verbinden gegen das Gesetz Gottes zu sündigen. Unverletzlich sei z. B. das Beichtgeheimniss und so gebe es viele andre Fälle, die man in zehn Ries Papier nicht alle namhaft machen könne. Niño wünscht wenigstens zu hören, wo und in Gegenwart welcher Personen jenes fünfte Wunder Statt gefunden habe, denn klar sei es, dass Ortiz dies nicht durch die Beichte erfahren. Ortiz meint, man könnte sich den Vorgang so denken: Franzisca sagte Jenem mit schrecklichen Blicken seine Schuld, ohne dass sie dabei die Sünde nannte, und sagte nachher zu ihm, Ortiz, sie habe ohne ein äusseres Zeichen von jenem dessen Sinn erkannt, und dieser beichtete nachher das Uebrige. So könne es sein, dass er Vieles nur durch Beichte wisse. Niño bemerkt, dies sei keine Antwort, und Ortiz erwiedert, er habe das Beichtgeheimniss überhaupt nicht als den wirklichen Grund seines Schweigens angeführt, sondern nur als Beispiel möglicher Gründe. Es stehe ihm fest, dass er nicht mehr mittheilen dürfe, und wenn man ihn weiter frage, so werde er sie durch disparate Antworten zum Lachen bringen. Die Sitzung wird geschlossen — weil es spät sei. Ortiz wird nicht wieder befragt über diesen Punct, der indessen bald durch Franzisca Aufhellung fand.

Am 20. August wird sie von demselben Obertribunalsrath

Niño vernommen. Sie erklärte, es beschwere ihr Gewissen, etwas auszusagen, das zum Nachtheil des Nächsten gereiche, und nur mit Mühe bringt man sie unter Verweisung auf ihren Eid dazu, den Frai Antonio de Burgos als den zu nennen, »welchem jenes passirt sei.« Er sei aber, sagt sie, ein sehr guter Mönch, wie sie nachher gehört habe, und werde für einen Heiligen gehalten; und auch vorher sei er sehr gut gewesen. Das letzte, was Ortiz vor seiner Verhaftung von diesem seinem frühern Reisegenossen gehört hatte, war, wie er bei einer andern Gelegenheit sagt, dass er in Oropesa lebte.

Ein zweites Heft, sechszehn Blätter stark, beendet Ortiz am 8. Juni. Er bittet den Erzbischof, ihm im Sterbefall nicht die Sacramente zu verweigern, ferner, ihn wöchentlich einmal die Messe hören zu lassen, und ihn nicht der Beichte zu berauben, sondern ihm einen der Inquisitoren zum Confessor zu bestellen, er werde demselben wenig zu schaffen machen.

Auf die Worte *Judicia dei abyssus multa* [Psalm 36] könne er sich so gut berufen wie sie es thäten, und zwar er, wie er glaube, mit Recht. Er glaubt, die Inquisition habe sich zu beugen vor dem Gottesgericht, das der unerforschliche Weltregierer in dieser Sache über sie verhänge. Er seinerseits dürfe nicht nachgeben; er sage ihnen von Seiten Gottes: sie sollten Inquisitoren ihrer eignen Herzen sein. Bei einer Anklage gegen eine Person, die bei Vielen in dem besondern Ruf stehe, eine Dienerin und Verlobte Gottes zu sein, müsse einer Verhaftung eine noch viel sorgfältigere Prüfung vorhergehn als bei andern gewöhnlichen Personen. Die Inquisitoren sollten mit Beten und Fasten sich vorbereiten und der Erzbischof sollte eine besondere Offenbarung Gottes erbitten. Wie war es möglich, fragt er diesen, dass Sie die Wunder, mit denen ich die Heiligkeit und jungfräuliche Reinheit Franzisca's bezeugte, dämonischer Illusion zuschrieben, und sagten, mein Guardian habe Recht, sich zu bemühn, sie auf den Scheiterhaufen zu bringen, die mein Leben und Lehren verdorben habe, und dass Sie alles Gute von ihr glauben wollten, wenn sie Nonne wäre! Solches Zeugniss, wie der Erzbischof gegen sie gehabt, genüge nicht einmal, um eine der gemeinsten Weibspersonen einzustecken. Sehr leicht liesse sich jetzt eine derartige Restitution machen, bei welcher ich nicht retractire (denn ich habe nichts zu retractiren) und Ew. Hochwürden doch in grosser Ehre bleibt und gelobt von Gott und den Engeln und den Menschen, zur Beschämung nur derer, die es verdienten. Er glaube nicht, dass die Inquisitoren alle der Ansicht des Erzbischofs seien, ja, auch nicht, dass dieser selbst noch der Ansicht sei, die er am Tage der Verhaftung gehabt. Er betheuert seinen Gehorsam gegen die Kirche und seinen Wunsch, ganz und in Allem von ihr regiert und corrigirt zu werden. Und die Inquisitoren stehen ihm an Stelle der Kirche (*en lugar de la iglesia*).

Seine Verehrung für die Mutter Gottes habe, seit er Franzisca kennen gelernt, nur um so begeisterter werden können. »Seit ich«, sagt er, »eine solche Erhabenheit und Reinheit heroischer Tugenden, die ich Keinem auf Erden erreichbar geglaubt hatte, in Franzisca Hernandez fand, und solche Seelengrösse in einem so kleinen Persönchen (*personita tan chiquita*), wurde ich zu um so grösserer Verehrung der Mutter Gottes hingerissen, welcher Franzisca, durch Gottes Gnade, nur eine geliebte Dienerin sein kann. Hat Gott schon ihr so viel Weltverachtung gegeben, so viel Heiterkeit in Verfolgungen, so viel Erkenntniss überirdischer Wahrheiten, so viel Wirksamkeit lebendiger Worte, welche die Seele durchdringen, und sie von Allem losreissen was nicht Gott ist, so viel Wärme der Liebe, so rechte und tiefe Demuth ohne jene Aeusserlichkeiten der Heuchelei, womit Andere ihre Schlechtigkeit bedecken, so viel Treue gegen Gott, dass sie lieber tausend Tode wählt als in einem Punct seinen Willen zu überschreiten, so viel Gabe fortwährender geistlicher Tröstungen, so viel Adel eines herrlichen Geistes, so reine und hervorragende Keuschheit (die auch mir Elendem zu gut gekommen ist und mich von meinen schmerzlichen Versuchungen befreit hat), so himmlisches Gespräch, dass fünf Stunden bei ihr nicht ein Moment scheinen, so feines Urtheil auch in äussern Dingen, so viel Bildung und Anmuth voller Ehrbarkeit, so viel kindliche Einfalt und Aufrichtigkeit, verbunden mit so viel Würde und himmlischer Klugheit eines Erwachsenen, so viel Eifer für die Reinheit der wahren Vollkommenheit und die Ehre Gottes, — o was wird, o was wird, o und wie wird erst die Jungfrau Maria, die Mutter Gottes sein« und nun kommt ein transcendenter Hymnus auf diese, die höher als alles Geschaffne — *innozentisima de todo pecado original* — *regla rectisima para nivelarse cuantos quisieren ir a dios* — *avogada tan solézita de los pecadores, triumfadora de todos los herejes* —; folgt eine ganze Wolke von Heiligen, darunter S. Hieronymus, der wegen seines Umganges mit der hochgesegneten h. Paula so ungerechtfertigterweise verfolgt worden.

Ortiz übt grössere Enthaltsamkeit als er je gethan, er isst kein Fleisch, schläft auf Holz u. s. w.; er hat öfter sogar sein Brot durch den Wärter an einen Armen geben lassen, den er draussen für die Gefangenen beten hörte.

Am 28. Juli wird ein fünfter Brief von ihm beendet. Man sage ihm, es haben sich Häresien in seinen Schriftstücken gefunden. Er halte es für schlecht, ihm solche Worte zu sagen und ihm dann ohne weitere Kundgebungen den Rücken zu kehren. Gar kein Buch habe er zu seiner Hülfe bei seiner Vertheidigung.

Aus anderer Quelle erfahren wir, dass um diese Zeit der Generalinquisitor bei der Kaiserin in Ungnade fiel und auf ihren Befehl Toledo verlassen musste. An ihm und dem Hohenrath der Inquisition hatte sie als Regentin von Spanien während Karl's Abwesenheit eine besondre Stütze haben sollen, allein Don Alonso durchkreuzte so rücksichtslos die allerhöchsten Pläne, dass er die heimliche Vermählung einer jungen Gräfin beförderte, welche auf ausdrückliche briefliche Anordnung des Kaisers, der diese gute Partie einem Andern zugedacht hatte, im Palast unter unmittelbarer Aufsicht der Kaiserin gehalten wurde. Als sie einmal die Erlaubniss erlangt hatte, auf einige Tage in ein Kloster zu gehn, wurde sie daselbst auf Veranstaltung des Erzbischofs von Sevilla mit ihrem Geliebten getraut. Die Kaiserin befahl dem Prälaten — es war im August — den Hof zu verlassen, und so ging er auf seinen Sitz nach Sevilla, wo er mehrere Jahre bis zur Rückkehr des Kaisers nach Spanien blieb. Seine Regierung dort wird als eine sehr gütige gerühmt; oft hielt er persönlich in der Kirche die Kinderlehre und freute sich dann die Kleinen zu beschenken und Almosen auszutheilen. Dort empfing er im October 1531 den Cardinalshut, den ihm der Papst schon im December 1529 ertheilt hatte; dass er ihn nicht eher erhielt, mag, wie der Geschichtschreiber, dem wir diese Nachrichten entnehmen, nicht für unwahrscheinlich hält, in der Ungnade der Kaiserin seinen Grund haben (Diego Ortiz de Zúñiga *Annales eclesiasticos y seculares de Sevilla*. 1677. p. 492. 493). Frai Franzisco Ortiz erfuhr natürlich von allen diesen Dingen nichts und blieb vielleicht bis zum Schluss seines Prozesses in dem Glauben, der Erzbischof folge aus nächster Nähe dem Gange desselben, während jener die auch ferner an ihn gerichteten Briefe und überhaupt diese Acten vielleicht gar nicht mehr sah[1].

---

[1] Im Jahre 1530 schenkte der Erzbischof von Sevilla aus seinem Be-

Den 30. October schickt nämlich der Rath, darunter Niño, den Prozess gegen Ortiz an die Toledaner Inquisition, und gibt die Anweisung, dass die Anklage des Fiscals die Beleidigung des h. Amts und die Glaubenssachen als zweierlei auseinander zu halten habe.

Die drei Ermahnungen zur Retractation finden am 25. und 27. November und am 1. Dezember durch den Inquisitor Alonso Mejía statt. Ortiz bleibt aber dabei, man solle ihm vor allen Dingen die Zeugnisse mittheilen, auf Grund deren sein Irrthum zu Tage liege. Noch an demselben 1. December, an welchem die dritte Verwarnung ertheilt war, reicht der Fiscal, Baccalaureus Diego Ortiz de Angulo, seine Anklage ein, fast sieben Monate nach Frai Franzisco's Verhaftung. Das Schriftstück, fünf Blätter, nennt ihn einen Apostaten, einen Beförderer und Vertheidiger von Häresien, und Beleidiger und Feind des h. Amts und trägt darauf an, ihn dem weltlichen Arm zu überliefern.

Ortiz sagt, diese Anklage sei ein babylonischer Thurm, und erbittet sich, um antworten zu können, Abschrift. Dies wird bewilligt, ferner drei Tage Bedenkzeit. Einen gelehrten Beistand brauche er, sagt er, jetzt nicht.

Seine Klagebeantwortung ist acht Bogen stark. Er wolle bekennen, schreibt er, dass er im Irrthum über sie gewesen, wenn Franzisca behauptete, dass ein Kuss oder dgl. in der Absicht eines unsittlichen Vergnügens ihr erlaubt sei, weil sie als Vollkommene dem Gesetz entnommen sei, wie es solche Ketzer gegeben, die vergassen, dass Christi Joch zwar ein sanftes, aber doch ein Joch sei. Allein diese neue Susanne besitze vielmehr die Tugend der Keuschheit in heroischem Grade. Vom Inquisitor Mejía sei ihm gesagt, Franzisca habe in dem ersten Prozess in Valladolid bei ihrer Entlassung abgeschworen, Männer umarmen zu wollen oder dergleichen zu thun, und sie habe es nachher dennoch gethan. Sicherlich aber habe sie es in sündlicher Weise nimmermehr gethan, und habe sie es überhaupt gethan, so sei sie gewiss durch unabwendliches Vergessen jener angeblichen Zusage zu entschuldigen. Er seinerseits habe damals, 1524, mit Vorwissen des Hausbesitzers in aller Ehrbarkeit bei Franzisca Hernandez gewohnt; die Häresie der Begarden und Beginen [welche, nach Eymerik's

sitz dem Franziscanerorden ein Landhaus in der Provinz Santiago. Wadding *Annal.* 16, 296.

Directorium, vorgeben, sich nach der dritten Regel des h. Franziscus zu richten] verwerfe er wie alle andern, die von unserm h. Glauben auch nur ein Haar breit abweichen. Uebrigens gehöre der Fall gar nicht vor das Forum der Inquisition und seien deshalb auch tausend Zeugen nicht ausreichend um diese zum Vorgehen zu berechtigen.

Ferner wolle er nicht, dass man ihn in Franzisca Hernandez' Lehre unterrichtet nenne, so heilig diese auch sei, denn scholastisches Verstandeswissen habe er unter den weisesten Lehrern auf der Universität studirt, unter Clemente, Carrasco, Ziruelo, Miranda, Castrense und Andern. (Magister Miranda und Dr. Carrasco nennt auch Alfons Valdes in seinem schon einmal, S. 84, von uns erwähnten Briefe von 1528 unter den ausgezeichneten Theologen der Universität Alcalá. Miranda ist derselbe wie Sancho de Carranza, Professor der Theologie an der Universität Alcalá, ein Gegner des Erasmus; Llor. chap. 13. art. 1. § 10. chap. 32. art. 1. § 2. Miguel Carrasco, Dr. von Alcalá, 1527 Confessor des Erzbischofs von Toledo und Mitglied der Erasmuscommission, vgl. oben S. 56; Llor. chap. 13. art. 1. § 12. Den Franziscus Castrus führt Sepulveda in der früher, S. 58, erwähnten Sache unter den *primarii theologi* an erster Stelle für sich an, a. a. O. epist. p. 13. 35. 61). Franzisca's Schule sei eine *inflammativa voluntatis* zu reiner göttlicher Liebe gewesen; darin bekenne er sich von ihr unterwiesen. (Gerson *de mystica theologia*, consid. 30: *mystica theologia cum non versatur in tali cognitione literatoria, sic non habet necessariam talem scholam quae schola intellectus dici potest, sed acquiritur per scholam affectus et per exercitium vehemens moralium virtutum, disponentium animam ad purgationem et in theologicis illuminantibus eam et in beatificis virtutibus eam perficientibus, proportionabilis ad tres actus hierarchicos qui sunt purgare illuminare et perficere. Et haec quidem schola potest dici schola religionis vel amoris sicut intellectus dicendus est schola scientiae vel cognitionis. Sed quoniam plerumque evenit etiam in brutis ut ibi sit maior affectio ubi parum est cognitionis, sequitur quod ad comparandam huius theologiae mysticae doctrinam non est magna scientia opus, praesertim acquisita. Nam cognitio ex fide quod deus est totus desiderabilis, totus amabilis, affectiva portio si purgata, si illuminata, si disposita, si exercita sit, cur non in illum totaliter desiderabilem et totum amabilem sine plurimo librorum studio tota feretur totaque rapietur? Ex quo illam concludimus differentiam quoniam theologia mystica, licet sit suprema atque perfectissima notitia, ipsa tamen potest haberi a quolibet fideli etiamsi sit muliercula vel idiota* [vgl. oben S. 50], worauf er weiter schliesst: *quoniam nunquam aliquis intelliget verba apostoli et prophetarum, quantumcunque illa resonent exterius, si non imbiberit affectum scribentium).* Wenn er vor Franzisca niederkniete, so geschah das nicht in Adoration, sondern um die Gunst ihres Gebets zu erbitten, bevor er etwas aus der Schrift erklärte; zum Vorwurf könne ihm das nur machen wer nicht unter Mönchen gelebt, denn bei diesen komme es häufig vor, dass die Brüder vor einander sich auf die Kniee niederliessen und Jedem die Füsse küssten.

Den Irrthum der Alumbrados, dass das mündliche Gebet unnöthig sei, habe er in seinem Leben niemals gehabt, und jenes Verhalten, das er nicht Sammlung, sondern Starrkrampf[1] nenne, habe er in seinen Predigten so verfolgt, dass er ihnen Zeugen namhaft machen könne, welche glaubten, er thue darin des Guten zu viel. Die Sammlung habe er nicht so gepredigt wie jene, sondern im Sinn der mystischen Theologie des Dionysius, des Bonaventura, des Gerson. Wer seine herumirrende Anhänglichkeit und seine umherschweifenden Gedanken zu Gott allein erhoben festhalte, den könne man gesammelt nennen, *anima intrat in cubiculum sponsi et claudit ostia post se.* Habe Jemand ihn missverstanden, so sei es dessen eigne Schuld, *quia ego teste conscientia liberrimus sum ab hac plaga.* Dass Jemand bei jener Haltung Gott nicht weiter zu suchen brauche, sei unrichtig, denn *viatori non est impositum tempus perficiendi, et non progredi in via dei est retrocedere, et in scala Jacob nullus stabat, ait Bernardus* [aus epist. 254, doch nicht wörtlich]. Auch das sei sehr irrig, dass es keiner äussern Mittel bedürfe, um zu Gott zu gelangen, obgleich es wahr sei, dass man, so lange man sein Herz ganz auf Gott gerichtet fühle, nicht brauche zu Disziplinen zu schreiten, welche aber alsbald eintreten müssen, sowie man sich versucht fühle. Dass man in jenem Zustand die guten Gedanken abwerfen solle, sei dummes Zeug (*una burleria burlada*), dem er sich widersetzt habe; *deus non attingitur nisi cognitione et amore.* Mit Recht widerspreche Scotus [der Bekämpfer der Begarden]

---

[1] *pasmo de postes.* So noch zweimal, siehe Seite 124 und weiterhin. Vgl. die Ausdrücke: *se quedó como un poste,* von Einem, der starr vor Erstaunen ist; *es como si se hablara a un poste,* über Jemand, der nicht antwortet, u. dgl. — Solchen Starrkrampf hatte die *beata*, die 1511, der Alumbradoshäresie verdächtig, vor der Inquisition in Untersuchung war, Llorente chap. 10. art. 6. §1. Vgl. Osuna's drittes Abecedar, Tract. 6. Kp. 4; s. in unserm Anhang.

dem Heinrich von Gent, der jene falsche Ansicht vertrat. Wahr aber ist, dass Gedanken, die der Seele in einem andern Zustand gut und förderlich wären, in einem höhern ihr zeitweilig hinderlich werden können in Erreichung des höheren Ziels, und darum räth der h. Bernhard, nicht immerzu an unsre Sünden zu denken, sondern zuweilen unsre Schlechtigkeiten zu vergessen und die Betrachtung auf die Grösse Gottes zu richten [In cantica sermo XI. 2.]. Doch bleibt dabei, wenn man wohl zusieht, *virtualis detestatio peccatorum in actu illo contenta*. Es ist gewiss sehr gut, wenn Ew. Hochwürden an die Armen Ihres Erzbisthums denken, und wie Sie für dieselben sorgen wollen, und wen Sie als Besucher schicken wollen, aber bei der Messe oder *in actuali supplicatione eucharistiae* lassen Sie jene guten Gedanken fallen, um aufmerksam zu sein auf das Andenken der Liebe, mit der sich Christus für uns dem Vater darbrachte. Dies Fallenlassen (*desechar*) ist aber eigentlich kein Fallenlassen, sondern ein besser Vornehmen, denn in der Betrachtung des Gekreuzigten entzündet sich Ihre Liebe, durch welche Sie dann um so wirksamer angetrieben werden, für die Noth der Armen zu sorgen, ja bereit zu sein, für Ihre Schafe zu sterben. Darum sage er, jenes Ablegen der guten Gedanken sei schlecht gesagt und schlechter verstanden; anders aber als in der eben erklärten Weise habe er nie davon geredet. Sein Gewissen sei ganz frei von solchen *pestilenzias de alumbrados*.

Der treue Gott werde die, die sich ihm mit reinem Herzen nahn, nicht irren lassen *in necessariis ad salutem* [treu ist der Herr, der euch aufrechthalten und vor dem Bösen bewahren wird. 2 Thess. 3, 3], und gründe er darauf die grosse Probabilität dessen, dass er in seiner Streitsache nicht in Täuschung begriffen sei. In der Erwiederung vom nächstfolgenden 10. Februar bemerkt er, die volle menschliche Probabilität müsse in solchem Fall genügen.

Er schliesst seine Antwort folgendermassen. Um die Confiscation aller meiner Güter auszuführen, die Ihr, Herr Fiscal, am Schluss beantragt, müsstet Ihr selbst alle zeitlichen Güter, die Ihr besitzt, aufgeben, denn auf andere Weise kann man sich die hohe und evangelische Armuth nicht aneignen (*confiscar*), die das edle Erbtheil ist, welches mir mein grosser Vater und Herr S. Franziscus hinterlassen hat, und ein anderes begehre ich nicht; und dies Erbtheil würde für Euch, Herr, und für mich ausreichen, so dass es Jeder von beiden ganz besässe, und Ihr würdet keine so schöne Aneignung (Confiscation) vorgenommen haben, seit Ihr Euer h. Amt habt. Suchet auch nicht nach meiner Nachkommenschaft, um sie für ehrlos zu erklären (*inabilitalla,* wie der Fiscal gleichfalls beantragt), denn ich habe beschworen, dass ich niemals ein Weib erkannt habe, und als solcher gedenke ich zu verharren bis ans Ende *propter regnum caelorum* [Matth. 19, 12] *quod nobis omnibus concedat dominus Jesus. Amen.*

Beiläufig eine Notiz über den Erzbischof. *Nobilissimus hic vir,* erzählt Mayans von ihm (Vita Vivis p. 98), *non improlis obiit, nam filium habuit Rudericum de quo memoriae proditum est, literis incubuisse Parisiis.* Ein anderer Sohn wurde Bischof von Avila und als zwölfter in der Reihe der Generalinquisitoren Nachfolger seines Vaters, des fünften in diesem Amt (Llorente chap. 22. § 14).

In den Nachträgen spricht Ortiz aus, die Anklage sei mit so grosser und schlauer Vorsicht (*astuta cautela*) abgefasst, dass er hundert Augen haben müsste wie Argos, vorn und hinten, um auf Alles zu antworten. Ferner hebt er unter Anderm hervor, dass er in jener Predigt gesagt haben solle, wegen der Verhaftung des Jeremias habe es drei Jahre nicht geregnet; er kenne die Schrift besser. Ich erschrecke, sagt er anderswo, über die Verschiedenheit der Berichte der Zeugen und muss darüber lachen, dass diejenigen, die ich bat, kein Wort hinzuzuthun oder hinwegzulassen, so schlecht behalten haben, was ich sagte. Er macht noch darauf aufmerksam, wie er nur ein paar Mal mit den Pastranern und Alcaraz zusammengekommen sei und sonst keinen weitern Verkehr mit denselben gehabt habe. Nach allem Gesagten könnte man nun sehn, wie sehr ohne Grund man ihm noch die *sobrecarga de los que se dizen alumbrados o mal recojidos con pasmo de postes* aufgepackt habe.

Seine Bereitwilligkeit, Einiges, worin er seiner Feder zu freien Lauf gelassen, zu widerrufen, und, wenn nöthig, auf der Kanzel, zeige ihnen, dass er in Anderem nicht aus weltlichen Rücksichten wegen Ehre und Ruf bei seinem Vorsatz beharre, sondern um des Gewissens willen.

Obwohl man ihm alle jene Prädicate gebe: Ketzer, Apostat u. s. w., die er in sieben langen Zeilen aufzählt, so wolle er doch alle diese Galle nicht trinken; Sr. Hochwürden möge sie dem zu geben befehlen, der sie verdienen und wünschen möge, er seinerseits wolle bis zum Tode dem katholischen Glauben und der Römischen Kirche unterworfen bleiben. Er schliesst an der Octave des Festes der unbefleckten Empfängniss unserer l. Frau. Ausdrücklich bemerkt er wieder, es sei dies Alles von ihm selbst geschrieben in so und so viel Bogen; offenbar um zufällige Entstellung leichter erkennbar zu machen und jeder absichtlichen möglichst vorzubeugen.

Bei der Präsentation dieser Antwort bittet der Fiscal für seine Replik um einen gelehrten Beistand. Am 22. Januar 1530 reicht er sie ein, fünf Bogen, mit unterschrieben von *frater* Didacus de Alcántara, *ordinis praedicatorum, in theologia praesentatus.*

Am 10. Februar gibt Ortiz seine vom vorhergehenden Tage datirte Duplik ab (wir brauchen der Kürze wegen diese nicht jenen Acten entnommenen Benennungen), sein viertes Heft, von vierzehn Bogen. Unsere Zusammenziehung des mitzutheilenden Inhalts bringt auch hier wieder mehrfache Umstellungen mit sich.

Jene seine Predigt sei nicht *contra fidem,* sondern *contra factum* gewesen. Auch habe er sich durch dieselbe nicht gegen seinen Ordinarius aufgelehnt, denn dieser war der Erzbischof von Toledo, nicht der von Sevilla.

Er ist erbötig zu predigen zu Gunsten des h. Amtes, welches äusserst nützlich und nothwendig sei. Er erkennt weiterhin an, dass dasselbe in ähnlichen Sachen ganz gesetzlich vorzugehn pflege, und sagt wiederum, er glaube, es sei gewohnt auf das Gerechteste zu verfahren.

Seinem natürlichen Menschen nach, der die Verfolgungen scheue, möchte er wünschen, dass Gott ihm den Segen, den er empfangen, auf anderem Wege gegeben hätte, als durch dies Weib. Man werfe ihm als häretisch sogar das vor, dass er sie Leben meiner Seele anrede; er sei ganz perplex darüber, und widerstrebe es ihm zu erörtern, ob *vita effective* oder *formaliter* — beides sei unrichtig, er lasse diese Pedantereien auf sich beruhn. Sein naher Umgang mit Franzisca errege also gegen ihn eine *suspicio violenta.* Allerdings, sie ist nicht alt, nicht hässlich, ist frei, und hat mit so vielen Männern verkehrt, dass wohl manchmal ein Fallen sehr nahe gelegen hätte; dessenungeachtet aber dürfe man nicht leichthin aburtheilen. Es sei freilich nicht zu verlangen, dass die Inquisitoren glauben, dass Franzisca den heroischen Geist der Keuschheit habe, doch könnten sie nicht ohne grosse Sünde das Gute mit Füssen treten, welches er, der jene göttliche Ueberzeugung hege, ihnen über einen Mitmenschen sage. Der Fiscal aber rufe ein paar Mal über sie aus: *recede fera pessima!* und behaupte, falls jene

Wunder wirklich geschehen seien, so seien sie doch als vom Teufel bewirkte anzusehn. So etwas dürfe man doch nur annehmen, wenn Häresie jener Person schon nachgewiesen; andernfalls sei gar kein Sinn in einem derartigen Raisonnement. Wie viele öffentliche Sünder, die in unerlaubtem Umgang lebten, lasse man frei einhergehn, und diese Susanne ziehe man unter solcher Beschuldigung wegen Ketzerei ein. Das Volk aber glaube nicht, dass man irgend Jemand ins Inquisitionsgefängniss abführe wegen lasziven Lebens, sondern dass es wegen Glaubensirrthum geschehe[1]. Er schwört, indem er in die feierliche Kirchensprache übergeht: *Multos positos in faecibus peccatorum et vanitatum amatores ad Christum quaerendum toto mentis affectu convertit sanctis monitis suis. Et mirum est,* fährt er fort, *quod, quum ecclesia non puniat simplicem fornicationem, tam rigida censura aggravatis in ea nescio quos amplexus aut oscula quae teste S. Thoma non includunt in se necessario peccatum nec repugnat absque libidine fieri.* [Thom. Aq. *Secunda secundae* 154, art. 4: *osculum, amplexus vel tactus secundum suam rationem* (an sich) *non nominant peccatum mortale. Possunt enim haec absque libidine fieri, vel propter consuetudinem patriae vel propter aliquam necessitatem aut rationabilem causam*]. Paulus gebiete: *salutate invicem in osculo sancto* [Röm. 16]. Und was an sich nicht Sünde, wage er nicht, in dieser neuen Susanne dafür zu halten, da er das Gegengewicht ihrer Lauterkeit kenne. Habe sie in Valladolid eidlich zugesagt, sich der *communicatio personae* mit Männern enthalten zu wollen, so sei es, wenn sie nachher noch Männer geküsst habe, auch falls sie dies und dergleichen mit abgeschworen hatte, dennoch keine Sünde, schon wegen des Grades heroischer Keuschheit, der ihr zu Theil geworden, und wenn sie andererseits jenes Gelübdes nicht gedachte, also unüberlegt handelte. Die grosse Vergesslichkeit mancher Heiligen belegt er durch einige Beispiele. Uebrigens beabsichtige er ebensowenig, ihnen zu beweisen, dass Franzisca eine solche *invincibilis oblivio* in betreffenden Fällen wirklich gehabt, als dass sie jene heroische Keuschheit besitze. Er habe nie gesagt, dass die Inquisition ohne Recht sei, sie als Rückfällige anzusehn. Es sei aber möglich, dass die Inquisition sie mit Recht als *relapsa*

---

[1] Der Venezianische Gesandte Navagero schreibt 1525 aus Toledo selbst: die Herren von Toledo und vornehmlich der Frauensleute sind die Priester; sie haben vortreffliche Häuser und stolzieren einher, indem sie das beste Leben von der Welt führen, ohne dass irgend Jemand sie tadelte. Opera 304. 353.

und *periura* behandle, ohne dass sie Gott beleidigt hätte. Indessen habe sich seiner Meinung nach die Inquisition, auch wenn evident gemacht würde, dass Franzisca sich fleischlich vergangen, durchaus nicht in solche Dinge einzumischen (*entremeter*).

Die Freudigkeit mancher Ketzer, die zum Scheiterhaufen geführt wurden, halte man mit Grund für diabolisch, da jene der Ketzerei klar überführt seien; etwas ganz Anderes sei es mit Franzisca Hernandez, welche, wie sie sagten, so hartnäckig alles Uebel ertrage. Er selbst habe sie so heiter gesehn, als man sie gefangen hieher brachte, und so zufrieden als würde sie zu grossen Ehren geleitet.

Er habe keine untrügliche Gewissheit über Franzisca, aber er spreche mit Anhänglichkeit von ihr; nie habe er gesagt, dass er eine andere Gewissheit habe, als die, welche der menschlichen Schwachheit ohne Offenbarung erreichbar sei. Wenngleich er heut nicht zweifle, so könne der Zweifel morgen kommen, und möge derselbe, wenn er, wie sie meinen, im Irrthum sei, bald kommen, Amen, Amen, Amen. Mit Freuden höre er, dass sie nicht mehr schlechthin urtheilten, der Teufel habe ihn betrogen, sondern offen liessen, sein eigner Geist habe ihn verführt; dies sei in der That in einigen Puncten geschehn. So habe er den Fehlschluss gemacht: da er nicht gesündigt in seiner Predigt, so sündigten die ihn verhafteten; er retractire jenes Wort, dass dieser Schlag im ganzen Paradiese wiederhallen werde, eine rhetorische Phrase, während er nur von Frankreich, Italien, Portugal hätte reden sollen.

Er bete oft zu Gott: mein Herr, ohne Franzisca Hernandez hast du mich geschaffen, und ohne sie mich erlöst, und ohne sie hast du mir viele Gnade erwiesen; siehe auf mich, dass du mich belehrest über das, worin ich irrte, indem ich glaubte, dein Geist bewegte mich dazu, und es war mein eigner, und gib mir Licht zu erkennen, dass es nicht deine Eingebung war, wenn sie es wirklich nicht war, durch die ich predigte. Gib es, damit der Anstoss hinweggeräumt werde, und ich dir draussen besser dienen kann, als hier drinnen. Aber er werde vielmehr täglich fester.

Der Stand, in welchem Franzisca lebe, sei zwar nicht besser als der Nonnenstand, aber besser als die Ehe, und sei es nicht des Amts der Inquisition, alle Frauenzimmer, die ein solches Leben führten, zu Nonnen zu machen, weil sie sonst Gefahr liefen.

In den Anklagen auf Alumbramiento erkennt er die Aussagen wieder, deren Vorhandensein ihm bekannt war durch Frai Diego de Zisneros, welcher ihm vor etwa drei Jahren (also etwa Anfang 1527) erwähnte, er habe Manches über ihn gelesen als er zusammen mit andern Gelehrten die Alumbrados-Angelegenheit zu untersuchen hatte. Ortiz wiederholt, dass er diese sogenannten Erleuchteten stets für blind gehalten habe; seine vorübergehende Berührung mit denselben gehöre in jene Pastraner Zeit, ehe er Prediger geworden. Er habe die Sammlung nur im Sinne des h. Dionysius empfohlen. Nach dessen *via negativa* sage man sogar: Gott sei nicht Trinität, womit man nicht die Wahrheit der Trinität in Abrede stelle, sondern nur die Unvollkommenheit, die der Verstand, wegen seiner Verbindung mit dem Fleisch, in seine Gedanken und Phantasien mische. Eine Unvollkommenheit, die ihre Reinigung durch den Glauben erhält, denn darin besteht die hohe Arbeit des Gebetes, wie Gerson sagt: *non sine labore et luctu fit talis denudatio phantasmatum cuius finis est pervenire ad conformitatem conformem motui circulari quem divus Dionysius ponit in angelis, ad sensum quem subtiliter explicat S. Thomas* 2ª 2ªᵉ *q.* 180. *art.* 6. [ein trefflich geschultes Gedächtniss, wenn Ortiz nicht etwa jetzt doch Bücher zur Hand hat]: *Que alli está el verdadero recojimiento [illic enim est vera recollectio] in quo omnes operationes, ut S. Thomas dicit, reducuntur ad simplices contemplationes intelligibilis veritatis.* Wer nicht an Gott denken wolle, der müsse sich von diesem Gebet abwenden.

Man solle ihm die Sätze ausziehn, in welchen die Gelehrten ihn für im Glauben verdächtig hielten; er unterwerfe sich darin vollständig ihrer Bestimmung und werde seinen Glauben dem der katholischen Kirche gemäss expliziren.

Ortiz' Schriftstück wird dem Fiscal mitgetheilt, nebst Anweisung, am dritten Tage darauf zu antworten. Die neue Replik wird am 3. Februar 1530 von Diego Ortiz und Diego de Alcántara dem Inquisitor Vaguer präsentirt, 21 Seiten lang[1].

Man habe nicht zu präsumiren, dass der Erzbischof nur aus dem Grunde, den sich Ortiz dachte, gesagt habe, Franzisca Her-

[1] Pedro Vaguer, *collega Salmanticensis S. Salvatoris,* wurde also nicht erst 1532 Toledaner Inquisitor, wie Páramo *de orig. et progr. S. Inquis.* Madr. 1598 p. 172 unrichtig angibt. Es ist derselbe, den Sigismund Arquer, welcher 1571 zu Toledo verbrannt wurde, in seiner Beschreibung der Insel Sardinien in der Sebastian Munsterschen *Cosmographey* 1550 als gar rauchen Ketzermeister nennt. Dorthin wurde Vaguer 1534 versetzt. Vgl. über ihn auch *Documentos inéditos p. l. hist. d. Esp.* t. 9. p. 75.

nandez müsse verbrannt werden, sondern es konnte seit dem ersten Gespräch zwischen den beiden genügender Grund zu ihrer Verhaftung hinzugekommen sein, oder es konnte sich, was als Beweis gegen sie vorhanden gewesen war, als hinreichend herausgestellt haben.

Es ist allerdings klar, dass Ortiz, ohne darüber hinreichend unterrichtet zu sein, ob die der Behörde zugekommenen Klagen gegen Franzisca deren Verhaftung gesetzlich rechtfertigten, diesen Schritt nur nach seiner Ueberzeugung von der Unschuld Franzisca's verurtheilt: nur eine böse Macht, schloss er, konnte sich an der evangelischen Freiheit und Frömmigkeit jener Dienerin Gottes ärgern. Und weil er selbst die Schranken der gesetzlichen Ordnung übersprang, um der gerechten Sache beizuspringen, so durfte Ortiz den Gegnern nicht das zum Vorwurf machen, wenn auch sie nur nach ihrer moralischen Ueberzeugung, die ja Anhalt genug fand, gehandelt hatten. Es stand Prinzip gegen Prinzip. Hätte aber Ortiz warten wollen, bis in allen Instanzen ausgemacht worden wäre, wer befugt sei, den Erzbischof öffentlich zu tadeln, so hätte Franzisca zeitlebens können im Gefängniss sitzen; es war eine Lage, in der es galt, mit einer heiligen Ueberzeugung männlich durchzubrechen.

Weil, fährt der Kläger fort, in dem äusseren Zeugniss wider sie genug Grund gelegen, sie zu verhaften, so habe man sie nicht für Weizen zu halten, bis sich bewährt, dass sie nicht Lolch oder etwas dem sehr Aehnliches sei. Dafür, dass sie eine heroische Keuschheit besitze, bedürfe es des Beweises, nicht der Declamation.

Petrus sei *reprehensibilis* gewesen, nicht wegen einer tödtlichen, sondern wegen einer löslichen Sünde, *quum non ambularet ad veritatem evangelii,* was also für Ortiz' Sache gar nichts beweise, denn der Erzbischof sei bei der Verhaftung nach der Wahrheit des Evangeliums zu Werk gegangen, da die Hernandez in juridisch zur Verhaftung hinreichender Weise *de fide suspecta* war.

Nach der Erklärung, die Ortiz von dem Nicht-an-Gott-denken gebe, sei dasselbe doch eine Art von Denken, aber solche Termini von *heréticos dejados* müssten ganz und gar abgewiesen werden, die wahre Sammlung finde nicht ohne Gedanken statt. Der Satz, Gott sei nicht dreieinig, bedürfe unter Gelehrten der Erklärung, vor dem unwissenden Volk dürfe man ihn nicht einmal mit Erklärung vorbringen, denn diese werde nicht verstanden, der auffallende

Satz aber, der häretisch laute, bleibe haften. Es habe dabei sein Bewenden: die Sammlung, welche Dionysius in die *contemplatio uniformis dei* setze, könne nicht Nichtdenken genannt werden, sonst komme man dazu, alles das, worauf man am meisten Acht geben solle, aus dem Sinn zu schlagen. Ein Prophet sage: *memor fui dei et delectatus sum* [Psalm 77, 4].

Dass Ortiz die Behauptung über Christi vollkommenere Gegenwart im Gläubigen als im Sacramente vor Verurtheilung derselben durch das h. Amt ausgesprochen, entschuldige ihn nicht. Denn falsch sei sie nicht weil sie verurtheilt worden, sondern sie sei vielmehr deshalb verurtheilt worden weil sie falsch sei. Daher sie, wenngleich sie von Ortiz vor ihrer Verurtheilung ausgesprochen worden, jedenfalls in ihm als häretisch, denn das sei sie, verurtheilt und aus der Welt geschafft werden müsse.

Ortiz bittet, diese Schrift selbst lesen zu dürfen, da er möglicherweise durch sie zur Erkenntniss einiger von ihm begangenen Fehler kommen könnte; dies wird indessen nicht gewährt.

Sein sechster Brief an Erzbischof und Rath, vom 8. März, eingereicht in der Sitzung am 9. vor Mejia und Vaguer, bringt nur auf drei Seiten noch Einiges zur Sprache, da das Reichsgesetz ihm nicht gestatte ausführlich auf das letzte Actenstück des Fiscals zu antworten, welches ihm auch nicht erlaubt worden sei genauer einzusehn. Er habe, versichert er, nie beabsichtigt, die menschlichen Gründe, die zu seiner Rechtfertigung dienten, von dem göttlichen Zeugniss seines Gewissens zu trennen, oder umgekehrt. Einiges in seinen Schriftstücken aus Unachtsamkeit vorgekommene Irrthümliche habe er zurückzunehmen. Sectirer dürfe man ihn nicht nennen, denn das sei nur wer hartnäckig eine Ketzerei behaupte. Sein Nichteinsehen sei kein affectirtes.

In dieser Sitzung schliessen beide Theile ab und der Gerichtshof kann zur Beweisaufnahme (*a prueva*) schreiten. Nachdem inzwischen der Jahrestag von Ortiz' Verhaftung wiedergekehrt, bittet am 2. Mai der Fiscal vor Mejia, die Bestätigung der Zeugenaussagen zu veranlassen und dieselben dem Beklagten mitzutheilen, in jener Gerichtssprache: um Ratification und Publication der Zeugen. Am 2. Juni wird Ortiz vor Vaguer gerufen und befragt, ob er die vom Fiscal beantragte Publication wünsche; auf seine bejahende Antwort wird dieselbe sofort vorgenommen. Es sind im ganzen dreissig Zeugen, die aber vorschriftsmässig nicht genannt, sondern nur als: ein geschworner Zeuge, ein andrer geschworner

Zeuge, ein andrer u. s. w. mit dem, was sie aussagen, aufgezählt werden; überhaupt werden Namen unterdrückt, doch kommt z. B. der des Alcaraz gelegentlich vor. Ortiz gibt gleich bei jeder der ihm verlesenen Aussagen kurz zu Protokoll was er als unrichtig in Abrede stellt, unter Hinweis auf die ausführliche Beantwortung, die er zusammen mit seinem gelehrten Beistand aufsetzen werde. Am 11. Juli beschwert sich der Fiscal über Ortiz wegen Widersetzlichkeit, da derselbe immer noch nicht auf die Publication geantwortet habe, die ihm schon so lange abschriftlich eingehändigt sei (nachdem man doch in der That lange genug ihn hatte warten lassen). Ortiz, sofort davon benachrichtigt, lässt sagen, die Abschrift habe sein Letrado, den man mahnen möge; dieser, Lizenziat Quemada, wird nun angewiesen, am dritten Tage mit der Antwort zu erscheinen. Dennoch findet erst am 8. August die Sitzung statt, in welcher Ortiz in Gegenwart Quemada's seine Schrift an Vaguer übergibt. Dieser Quemada ist wohl der Liz. Gabriel Quemada, welchen Páramo (S. 175) unter den *Iudices bonorum confiscatorum* des Toledaner Inquisitionstribunals nennt (oder der in derselben Eigenschaft unmittelbar darauf genannte *Lic. Didacus Lopez Quemada, canonicus Toletanus?*), der Gabriel de Quemada, über welchen Nic. Antonio angibt: *iudex fisci S. Inquisitionis per sacra territoria Seguntinum, Segoviense et Abulense,* Vf. von *Quaestiones XXV compendiosae quae frequentiore usu in materia fiscali coram iudicibus fisci S. Inq. controverti solent.* Toleti 1564, dann Venet. 1583. (Auch als Vertheidiger der Maria de Cazalla finden wir 1532 in Toledo einen Liz. Quemada, s. oben S. 25.)

Inzwischen aber war von Ortiz am 3. August ein siebenter Brief an den Erzbischof nebst Rath geschrieben; vier Seiten.

Wenngleich er, sagt Ortiz, nur als Einer den vielen Anklägern Franzisca's gegenüberstand, so hätte man sein Zeugniss doch nicht verwerfen dürfen; ein einziger Mönch, Paphnutius, bewirkte, dass das ganze Nicänische Conzil seine Ansicht änderte *circa continentiam presbyterorum Graecorum.* [Sokrates KG. 1, 11. Paphnutius, der alte Confessor, dem ein Auge ausgestochen und ein Schenkel gelähmt worden war, befürwortete entschieden seine Ansicht, dass den Verheiratheten, welche sich dem geistlichen Stande widmeten, freigestellt bleibe, ob sie sich des ehelichen Umganges enthalten wollten oder nicht. Er nannte es σωφροσύνη (*continentia*), seiner rechtmässigen Frau beizuwohnen. Er selbst hatte nie ein Weib erkannt, doch nicht Jedem, sagte er, sei dies gegeben. Die ganze Synode trat ihm bei und beschloss, was er beantragte.]

Er wiederholt, dass er in jener Predigt nicht seinen Prälaten getadelt, denn sein Ordinarius war der Erzbischof von Sevilla nicht; damit stelle er nicht in Abrede, dass derselbe, als Delegat des Papstes *ad universitatem causarum fidem concernentium* ihn nach der Predigt habe verhaften dürfen, *praesertim ex consensu praelatorum meorum*. Was seinen angeblichen Ungehorsam in Valladolid betreffe, so habe der Guardian Guinea daselbst ihm nie befohlen, nicht zu Franzisca Hernandez zu gehn, im Gegentheil habe er Generallizenz von ihm erhalten, wie Frai Alejo, sein damaliger Begleiter, wisse. Uebrigens sei Guinea gar nicht sein Prälat gewesen und habe ihm jenen Verkehr höchstens so lange Ortiz dort in dem Kloster war, verwehren können. Ferner sei beides zugleich möglich, dass Guinea, ohne darin zu sündigen (*ignorans invincibiliter iustitiam meam*), ihm verbieten konnte, Franzisca zu besuchen, und dass er, Ortiz, ohne zu sündigen, doch hinging, nachdem er mit des Guardians Erlaubniss ausgegangen.

Jenen Satz, dass Gott nicht dreieinig sei, den er neulich angeführt, habe er thatsächlich in keiner Predigt vorgebracht. Was aber seine angefochtene Aeusserung über das Abendmahl betreffe, so habe er dieselbe in dem wahren Sinne und nicht in dem falschen gethan; seit aber jener Satz wegen des falschen Sinnes verboten worden, habe er ihn nicht wieder aufgestellt. Stets sei er Gegner der Irrthümer der Alumbrados gewesen; dass diese den falschen Sinn mit jenem Satz verbänden, sei ihm damals unbekannt gewesen als er vor sechs Jahren jene Aeusserung gethan. Er bleibe mit Christi Gunst *subjectissimus* der Determination der Römischen Kirche, wie er stets gesagt, *quae est indeviabilis in iis quae sunt fidei*. Er schreibt dies an dem Tage, da in Deutschland von der Reichsversammlung die Confutation der Augsburgischen Confession verlesen wurde.

Die schriftliche **Beantwortung der Zeugenaussagen** (das fünfte Heft) gibt Ortiz auf etwas mehr als zwölf Seiten. Einen Schlusszusatz macht Quemada, der nur an einigen Stellen im Text ein paar Worte hinzugefügt hat, wie dass ein Zeuge als einziger nicht geltend gemacht werden könne. Adressirt ist auch dies Actenstück an den Erzbischof und die Rathsherren, die zur Beurtheilung dieser Sache bestimmt seien. Ortiz gesteht zu, dass, wenngleich Franzisca gerecht gewesen, dennoch auch die Verhaftung derselben habe gerecht sein können, wenn nämlich nur hinreichende Zeugnisse gegen sie vorgelegen. Wenn Franzisca, sagt er weiterhin, in Toledo lebte, und er zehn Jahre lang in San Juan nicht die Erlaubniss bekäme auszugehn, so würde er nicht ausgehn, denn ein Ausgang wider das Verbot würde Apostasie sein. Wo nicht das Gewissen etwas Anderes fordere, sei er lebenslang seinen Oberen zum Gehorsam verpflichtet, und sei demgemäss auch immer so folgsam wie ein Noviz gefunden worden.

Zum zwanzigsten Zeugen (Olivares, dessen Aussagen wir bereits früher ausführlicher mitgetheilt haben) äussert sich Ortiz des Längeren über »die missverstandenen Recojimientos«. Man solle die mystische Theologie des göttlichen Dionysios wohl bedenken, dessen *via negativa,* und worin jene *remotio visibilium et invisibilium* bestehe; man solle sich erinnern, dass die Gelehrsamkeit ohne Gott verblende und dass mit gutem Grund jener Heilige den Timotheus anwies, sich nicht an die aufgeblasenen Gelehrten zu wenden. Man solle S. Bonaventura und Gerson beachten, die mit der Wissenschaft die Erfahrung verbänden. Wenn man es recht verstehe, so sei das Nichtgedenken (*no acordarse*) seiner selbst und Gottes ein Gottgedenken der höchsten Art, die auf Erden erreichbar (*uno de los mas altos acuerdos de dios que en la tierra se alcanzan*) *et est illa ignorantia extatica et plena doctrinâ.* Anders verstanden habe er das *recojimiento* nur für Erstarrung gehalten und für passend zur Schlafenszeit (*pasmo de postes helados i por convenible para el tiempo de dormir.* S. oben S. 00). Er habe gerathen *ut recta via primo intrarent ab exterioribus ad interiora et secundo ab interioribus ascenderent ad superiora.* Und da es, um recht in sich einzukehren (*entrar dentro de si*) und sich zu erkennen, förderlich ist, nicht an seinen Leib, noch an sein Gesicht, noch an irgend etwas Imaginables zu denken, — was nicht ohne Mühe geschieht, *ut sciunt experti* —, so kann man mit Grund sagen, man vergesse seiner selbst, um besser seiner selbst zu gedenken, denn man vergisst das Leibliche, das an einem ist, damit die Seele aufmerksam sei auf sich die unsichtbare. Ebenso ist es förderlich, damit die Seele zu einem grossen Gottgedenken (*en gran acuerdo de dios*) gelange, dass sie vergesse und dahintenlasse alles Grobe (*groseria*); so nämlich kann man nennen, was unserem Verstande (*entendimiento*) gewöhnlich von Seiten der Imagination entgegentritt, wenn wir aufmerksam an Gott denken wollen, besonders im Anfang des Gebets. Denn so erfüllt man, was S. Augustinus anräth im 5. Buch über die Trinität [c. 1]: *intelligamus deum quantum possumus, sine qualitate bonum, sine quantitate magnum etc., et infra* [ib.]: *quisquis deum ita cogitat, etsi nondum potest omnino* [Aug. hat: *omni modo*] *invenire quid sit, pie tamen caveat* [*cavet*] *quantum potest, aliquid de illo* [*eo*] *sentire quod non sit.* Und in diesem Sinn der *supereminentia* negiren die Heiligen einige Namen Gottes wie Augustin sagt: *trinitas quaedam summa res — si tamen res dici debet et non rerum omnium causa — si tamen et causa; non enim facile potest inveniri nomen quod tantae excellentiae conveniat quae supereminentia divinitatis usitati eloquii excedat facultatem.* Und dies, setzt Richard auseinander, in seinem *Beniamin minor et maior,* wenn ich mich recht erinnere [*Beniam. minor.* c. 73. 74], sei der Tod Rahels [der *ratio*] bei der Geburt Benjamins [der *contemplatio*]; und dass Mose *inexpeditioris linguae* geworden seit er zu Gott gelangt. Aber jener Tod des Denkens (*entendimiento*), von dem er spricht, ist grosses Leben, und in dem, was die Unerfahrenen »Nichtsdenken« nennen, liegt eine grosse Wahrheit (*en lo que los no experimentados llaman no pensar nada está gran algo*), *et, ut dicit Bernardus, hoc otium est magnum negotium.* [*Otiosum non est vacare deo, imo negotium negotiorum omnium hoc est. De vita solitaria.* c. 8.] Und jenes Nicht-an-Gott-denken ist das Bild (*simulacro*) wegwerfen, das die Imagination formt, *ut fide praevia assurgat anima in deum cordis simplicitate. Quae omnia magis docet unctio quam lectio,* und deshalb will ich nicht mehr von dem beibringen, wovon alle heiligen Doctoren voll sind. Und habe ich eine Schuld, so ist es, weil ich jenes Wenige, was ich sagte, vor Unwissenden (*nezios*) sagte, denn niemals habe ich die Worte, die dieser Zeuge anführt, gepredigt; ich war noch nicht einmal Prediger so lange ich mich in Pastrana aufhielt, sondern las den Mönchen Logik. Ueberhaupt erinnert er sich nicht, sich in der Art, wie der Zeuge sagt, dort ausgesprochen zu haben, ausser vielleicht zu Fr. Franz. de Osuna, mit dem er einige Male geredet habe. In dieser Uebung (*ejerzizio*), fährt er fort, die man *recojimiento* nennen kann, *quia reducit intellectum ex dispersionibus ad unitatem* — denn so erklärt S. Bonaventura den Psalmvers: *aedificans Jerusalem dominus dispersiones Israhelis congregabit* [Ps. 147, 2], indem er Jerusalem zu unserm Willen macht, Israel zum Verstande (*entendimiento*) —, bleibt der Verstand nicht ohne Gedanken von Gott *tanquam tabula rasa,* sondern reinigt sich und vereinfacht sich (*simplifica*), was nach Richard ist: *ascendere Moysem in nebu-*

lam, während Aharon *in latere montis* bleibt und die Menge der Phantasien *procul a monte* [vgl. *Beniam. min.* 4, 23. 5, 2].

In Bezug auf das Augenschliessen missbilligt er die Scrupulosität des Olivares, den er als denjenigen, welchem er, wie er glaubt, jene Aeusserung über das *scandalum passivum* gethan (siehe oben S. 19 f.), hier nennt, ohne zu sagen, ob er ihn als den Zeugen selbst erkennt.

Einen ferneren Vorwurf mache man ihm nach dieser Zeugenangabe daraus, dass er gesagt: wem diese Dienerin Gottes etwas gebe, der empfange Gnaden Gottes. Er habe diese Thatsache an sich selbst erfahren, wie er mitgetheilt, wo er von den sieben Wundern berichtet. Auch Frai Jil habe ihm ausdrücklich erzählt: er sei einmal von Franzisca zu einem Fieberkranken gegangen und als mit dem Tuche, das ihm Franzisca so eben gegeben hatte, der Kranke sich das Gesicht abgewischt, habe denselben das Fieber alsbald verlassen; auf ein ähnliches eignes Erlebniss, das wir schon früher erwähnten, beruft sich Ortiz hier wiederum. Ich glaube, fährt er fort, wenn diese Dienerin Christi Jemandem, der mit Glauben und Demuth sie darum gebeten, etwas gab, so gab sie es in Gott und durch Gott und den Empfänger Gott empfehlend, und damit es eine Mahnung (*memoria*) sei, zu Gott zu gehn; und darum konnte ich sagen: wem sie etwas gegeben, der habe Gnaden von Gott empfangen. Er bemerke, dass Frai Jil ihm Jenes erzählt, bevor er zum Verfolger Franzisca's geworden; in der nachher eingetretenen Kälte werde er das Alles für Illusion gehalten haben, kein Wunder, denn auch dem Judas, *qui secundum doctores omnes accepit potestatem a Christo faciendi signa cum aliis apostolis*, entschwand das Alles *intrante in cor eius malitia*, — welchen Vergleich er nicht anstelle, um Sache mit Sache gleichzusetzen.

Zur 21. Zeugenaussage bemerkt er Folgendes. Was gut ist für einen guten Zweck, kann für einen bessern Zweck störend sein. Vgl. Cyprian über *Expedit vobis ut ego vadam* [Jo. 16, 7], dem dann S. Bernhard [*In ascensione domini sermo* V, 12] und andere gewichtige Lehrer folgten. Wie nun das Weggehn Christi nach dem Fleisch gut war *ob apostolorum imperfectionem ad accipiendam plenitudinem spiritus sancti, nondum enim erant perfecti ante adventum spiritus sancti*, so gibt es ein geistliches Exercitium, wobei es frommt *non occupari circa discursivas meditationes humanitatis Christi et est melius transcendendo corporales imagines Christo per amorem uniri quod fit in via mystica,* wo derjenige, der es recht versteht, mit dem h. Paulus sagen kann: *et si Christum secundum carnem cognovi* [2 Kor. 5, 16]. Und sicher ist man auf einer höheren Stufe in Christo *ingrediendo ad deitatem quam egrediendo ad humanitatem.* Und wenn auch im Himmel Alles zusammen geschieht, so nützt es doch mitunter auf Erden, *ex imperfectione intellectus,* einen guten Gedanken mit einem andern höhern zu vertauschen; wiewohl ich es für mein grosses Glück halten würde *non separari a pedibus crucifixi etiam sensibiliter imaginando fide praevia,* da ich glaube, dass auch *in minimis actibus infantiae Christi* genug liegt, um die Einsicht der höchsten Serafim in Erstaunen zu setzen. Ich sagte oben, dass es *ex apostolorum imperfectione* denselben gut gewesen sei, ihnen die Menschheit Christi zu entfernen, denn es kann *ex se illa sacra humanitas spiritu sancto formata* nicht als Störung bezeichnet werden, vielmehr förderte sie, jadoch, *quia in apostolis erat amor imperfectus,* wie der h. Bernhard anmerkt, indem er vier Arten von Liebe unterscheidet: *amare carnem carnaliter et carnem spiritualiter et spiritum carnaliter et spiritum spiritualiter* [*sermo* CI], war es nöthig, dass Christus sich dem Fleische nach von ihnen entfernte[1].

Der 23. Zeuge ist der Bischof von Utica, Don Pedro del Campo. Er hatte, vor die Inquisition von Toledo citirt, am 30. April 1529, ein paar Wochen nach jener verhängnissvollen Predigt, gesagt: Ortiz habe in seinen Predigten meistens die Gewohnheit gezeigt, die Schrift etwas zu retouchiren (*retocar*) und fast mit Gewalt auf die Gegenstände, über die er sprach, anzuwenden; er habe sich etwas entfernt von den gewöhnlichen Auslegungen der Heiligen. In jener Predigt wollte der Bischof von Anfang an bemerkt haben, dass Ortiz in grösster Leidenschaft gesprochen habe, die er, der Bischof, sich nicht zu erklären wusste. (1547 begegnet als Canonicus von Toledo: *el obispo Campo.* Gamera *Hist. de Toledo* p. 1094).

Ortiz gibt in seiner Entgegnung zu verstehn, dass er die Person des Zeugen durcherkannt hat. Er habe, sagt er, ungeachtet es bei der grossen Autorität dieses Zeugen ihm habe schaden können, beabsichtigt Einiges vorzubringen, woraus erhelle *quod etiam cacumina montium potest attingere ignis aemulationis* und Leidenschaft und Verblendung des Urtheils hervorrufen kann, allein sein Gelehrter habe ihm gesagt, er dürfe, ohne sich zu schaden, darüber schwei-

[1] Vgl. Osuna's Prolog zum *Terz. Abecedario,* in unserm Anhang.

gen, denn in dem ersten Theil der Aussage sei jener verwirrt (und nicht abschliessend — fügt Quemada eigenhändig hinzu) *et testes debent esse luce clariores.* Er begnüge sich also zu sagen, wie hoch auch die Würde und Autorität des Zeugen sei, so sei es doch nicht gerecht, dass man dem ersten Punct jener Aussage Glauben beimesse, bevor derselbe spezifizirt habe, was er »etwas verdreht« nenne und was ihm nicht gut geschienen, und bevor ihm, dem Angeklagten, Gelegenheit geworden zu antworten; denn es sei sehr wohl möglich, dass, was Jenen unzufrieden liess, von andern weisen Männern gebilligt würde. Ich gestehe, sagt Ortiz, viele katholische und nützliche Auslegungen der Evangelien, nach tüchtiger Arbeit und mit der Gnade, die Gott mir schenkte, gegeben zu haben, welche man nicht in irgend einem Doctor geschrieben finden wird. Man werde aber finden, dass unter den vielen guten Predigern seit der Apostel Zeiten die späteren immer wieder neue Schätze ausser den schon entdeckten in den Minen der Schrift gefunden, wie in Daniel stehe: *pertransibunt plurimi et multiplex erit scientia* [12, 4].

Auch die angebliche Leidenschaftlichkeit jener Predigt will Ortiz nicht zugeben. Diejenigen, bemerkt er, die mit Feuer (*fervor*) zu predigen pflegen, wie ich es pflegte, erfahren, dass in jenem Feuer die Vernunft wach bleibt, und aufmerksam dass man nichts Verkehrtes sage. Uebrigens, hätte mich Leidenschaft zum Predigen getrieben, so würde sich die in so viel Zeit, als ich mich hier befinde, wohl verloren haben. Wenn ich aber glaubte oder fühlte, dass ich durch Leidenschaft zu jener Predigt getrieben worden sei, und nicht durch Gott, — wolltet Ihr mir auch heute volle Freiheit geben, ich würde, um das ewige Leben zu erlangen, sie nicht annehmen, hundert Meilen weit würde ich herkommen, Euch anzuflehn, mich auf die Kanzel steigen zu lassen, um zu widerrufen. Aber eine solche Leidenschaft, durch welche die Vernunft verwirrt und verblendet wird, so dass man thut oder sagt, was man nicht soll, bestreite ich gehabt zu haben. Ferner habe ihm der Guardian keineswegs (wie behauptet wurde) geboten, in seiner Predigt nicht über die Sache der Franzisca Hernandez zu reden; übrigens würde er sich durch ein solches Verbot nicht haben abhalten lassen, *perseverante dictamine obligatorio conscientiae meae quod tenebar credere esse secundum deum.*

Das 24. Zeugniss beschuldigt ihn, die *oratio vocalis* für unnöthig erklärt zu haben. Er erwiedert: es ist doch gewiss, dass, wer aufs Dach fliegen kann, und wann er es kann, oder wer schon oben ist, keine Leiter dazu braucht; wer aber nicht fliegen kann, soll Stufe für Stufe hinaufsteigen, und ich rathe ihm, dass er sich an die Wände halte und an den, der ihm die Hand gibt. *Tectum est eminentia contemplationis, scala est oratio vocalis, alae vero sunt vires animae in deum attentae per fidem et amorem ferventem iuvante dei gratia,* denn diese ist's, welche am meisten der Seele Flügel gibt *per gustum suavitatis divinae.*

Im 25. Zeugen erräth Ortiz richtig die Ines Lopez, die mit bösen Augen auf diese Dienerin Christi gesehen habe, weil ihr dieselbe ihre Sünden vorhielt. Viele Jahre erhielt und ertrug Franzisca sie, *deo permittente ex suo occulto iudicio,* Ines nämlich und Diego Lopez steckten unter Einer Decke. Die hier aufgeführten Aussagen sind die ihres Orts mitgetheilten Valladolider vom Juli 1528.

Zum 26. bemerkt Ortiz, wenn er sage, er habe im *aposento* der Franzisca Hernandez geschlafen, so meine er ihr ganzes Quartier (*cuarto*), das sie im Hause Cazalla's bewohnt habe, welche Wohnung wieder aus verschiedenen *aposentos* (Zimmern) bestand. Er ratifizirt auf's Neue seinen Schwur, dass er nie ein Weib erkannt. Er sage von sich, was Augustin von sich selbst: *senti de Francisco quidquid libet, sola me in oculis dei conscientia non accuset, quia omnes stabimus ante tribunal Christi ubi respondebit mihi iustitia mea.*

Der 27. Zeuge ist der Franziscaner Frai Jil de Bejar, Prediger Sr. Majestät. Auch hier sagt Ortiz wie gegen den Bischof: nenne er erst jene fast unverständlichen Spiritualitäten (s. oben S. 17), damit man sehe, ob sie unverständlich waren als eitle Chimären, oder weil jener zu plump war, oder bei der Predigt schlief, oder seine Böswilligkeit ihn verblendete.

Den 29. Zeugen erkennt Ortiz als den Alcaraz wieder. Er erklärt es für unrichtig, dass er behauptet haben solle, mit Niemand geredet zu haben, ausser wenn Gott es gewollt und gewusst (s. S. 27), er widerlegt die Beschuldigung, in Burgos das Fasten gebrochen zu haben.

Das 30., das letzte Zeugniss ist das der Franzisca vom August 1529. Ortiz lässt nicht merken, ob er sie herauserkannt hat, doch hat er sie gewiss schon in den Worten erkannt: er habe in seiner Demuth geglaubt, ihr Umgang sei ihm von Wichtigkeit gewesen. Er bemerkt dazu (beim 26. Zeugniss): das habt Ihr von Demuth zu verstehn, die in der Wahrheit begründet war aus Erfahrung der empfangenen Gnadenerweise. Das aus Franzisca's Aussagen ihm Mitgetheilte bestätigt er einfach als wahr, nur in Einem Puncte macht er einen Einwand: bei dem zweiten Aufenthalt in Valladolid sei er nicht täglich zu ihr gekommen, wenn auch die meisten Tage (*los mas dias*); und dieser Eine Differenzpunct beruht auf einer Ungenauigkeit jener Publicationsartikel; denn auch Franzisca selbst hatte gesagt: gewöhnlich alle Tage (*todos los dias comunmente,* d.h. ungefähr so viel als: es kamen auch Wochen vor, in denen er mehre Tage nicht kam). Wie früher, bemerkt er auch hier wieder: wenngleich der Guardian Guinea, ohne zu sündigen, ihm befehlen durfte, nicht zu Franzisca zu gehn, so durfte er seinerseits dennoch, wenn er nur mit Erlaubniss des Guardians ausging aus dem Kloster, gegen dessen Willen, ohne zu sündigen, zu Franzisca gehn. Denn jener konnte dessen unkundig sein, dass meine Sache berechtigt war; und dass sie sehr berechtigt und verpflichtend war, konnte Gott mir in meinem Gewissen zu erkennen geben. Und aus so Etwas kann dann in diesem Thränenthal und Land des Todesschattens zuweilen Zänkerei ohne Schuld derer entstehn, die da streiten, was keine geringe Pein und Jammer ist. Gott bringe uns in seine Lichtregion *ubi iustitia convertetur in iudicium et qui iuxta illam omnes qui recto sunt corde* [Ps. 94, 15], *amen, amen, amen.*

Bei der Präsentation dieser Erwiederung sagt Ortiz: was die Glaubwürdigkeit (*abono*) seiner Person betreffe, so habe er keinen Beweis dafür nöthig, sondern berufe sich darauf, dass sein Leben und Predigen offenkundig sei in Toledo, wie an vielen Orten. Mit dem, was er gesagt, indem er das ihm Nachtheilige in Abrede stelle, schliesse er.

Der Fiscal, seine Klage aufrechthaltend, schliesst gleichfalls, indem er bittet, wenn nöthig, die Prüfung der persönlichen Glaubwürdigkeit seiner Zeugen vorzunehmen.

Der Inquisitor sagt: da somit beide Parteien geschlossen, schliesse auch er und nehme die Verhandlung (*pleito*) für geschlossen an und bestimme für den Urtheilsspruch einen Termin von neun Tagen oder von da an später, wann immer es angemessen scheinen werde (*para cada i cuando que deliberado tengan*).

Die Verzögerung des Urtheils kann hiernach nicht auffallen. Dieser Actenschluss fand am 8. August statt. Mehr als zehn Wochen später läuft ein Brief der Kaiserin ein, der alten Gönnerin von Ortiz, die sich jetzt für ihn verwendet. Der Brief, mit der eigenhändigen Unterschrift *Yo la Reyna,* ist den Acten beigelegt; der frühere aber, auf den sich dieser bezieht, ist nicht vorhanden. Sie lässt Folgendes schreiben:

Die Königin. Ehrwürdige Inquisitoren der Stadt und des Erzbisthums Toledo, Ihr wisst schon, was Ich Euch geschrieben habe in Betreff der Sache des Pater Frai Franzisco Ortiz. Und da ich aus einigen guten Rücksichten seine Freilassung gern sehn würde, so bitte und beauftrage Ich Euch, dass Ihr zu Meinem Dienst Anordnung trefft, wie mit der grösstmöglichen Kürze seine Sache erledigt werde, in Betrachtnahme der Qualität seiner Person und seines Ordens und der langen Zeit seiner Haft und dessen, dass der Dr. Ortiz, sein Bruder, auf Meinen Befehl nach Rom geht, in einer Angelegenheit, die für den Dienst Unsers Herrn und Unsrer selbst und das Wohl der ganzen christlichen Religion sehr wichtig ist, weshalb Ich gern sehn würde, dass vor seiner Ankunft an jenem Hofe die genannte Sache erledigt wäre, denn damit wird Mir gedient sein. Aus Ocaña, am 27. October 1530. Ich die Königin.

Auf Befehl Ihrer Majestät: Juan Paz.

(An die Mutter des Kaisers ist bei dieser »Königin« nicht zu denken; Juana ist seit 1517 nicht mehr aus Tordesillas herausgekommen.) Der Kaiser hatte Toledo bereits seit einigen Wochen verlassen, als Franzisca und Ortiz dort ins Gefängniss geworfen wurden, und hatte Ende Juli desselben Jahres 1529 überhaupt Spanien verlassen, wohin er erst im April 1533 zurückkehrte. Die Kaiserin hatte er mit der Regentschaft seiner Spanischen Königreiche betraut. Ohne Zweifel an sie, die Regentin, gerichtet ist ein Augsburger Brief des Kaisers vom 8. Juli 1530 (unadressirt gedruckt in den *Dokumenten zur Gesch. Karl's V.* u. s. w. Regensburg 1862. S. 7f.), welcher uns über den Zweck dieser Römischen Reise Aufhellung gibt. Der Kaiser ordnet an, dass von den Spanischen Universitäten Gutachten eingeholt werden sollen über die Ehesache des Königs von England, der sich von seiner Gemahlin, Karl's Tante, zu scheiden beabsichtigte. »Zugleich schreibe ich Ihnen,« fährt Karl fort, »in einem beifolgenden Briefe, dass Sie Befehl geben, dafür zu sorgen, dass nach Rom, um diese Sache zu verhandeln, sofort Magister Ortiz abgehe, Bruder des Franziscanermönchs Ortiz, der gefangen gesetzt wurde, denn wir haben über seine [Pedro's] Person sehr günstigen Bericht; und da es erforderlich ist, dass er in aller Bälde hinkomme, so bitte ich Sie sehr, Befehl zu geben, dass er sich sofort auf den Weg mache und mit grösstmöglicher Eile reise, und dafür zu sorgen, dass man ihm die dazu nöthigen Gelder gibt.«

Wenn in Folge dieser Verwendung der hohe Rath der h. Inquisition sich etwas schneller an den Urtheilsspruch, für den die Sache reif erklärt war, gemacht hätte, so hätte das nichts schaden können. Statt dessen ist das Nächste, was wir erfahren, eine nachträgliche Zeugnisseröffnung, trotz Actenschluss, und zwar erst im Februar des folgenden Jahres. Am 16. Februar 1531 nämlich publizirt Mejia dem Ortiz noch folgende Zeugenaussage, die am 3. desselben Monats in Medina del Campo abgelegt war. Es sind die Aussagen Guinea's, von denen wir schon Proben genug gegeben haben, vor Allem die Aeusserung, die er, um seinen Eifer für die gute Sache zu zeigen, thut: er habe Ortiz, der viel von der Gottesliebe gepredigt, aufgefordert, da ihm das als die Lehre der Franzisca Hernandez vorgekommen sei, andere nützlichere Dinge zu predigen (s. oben S. 30). Guinea war inzwischen Guardian in Medina del Campo geworden und war dort als Zeuge citirt. Warum nicht früher als jetzt? Warum wollte man nun noch versuchen, ob Ortiz diesen parteiischen Zeugen unter der offiziellen Maskirung erkennen und als seinen persönlichen Feind zurückweisen werde? — Guinea behauptet neben anderm schon von uns Mitgetheilten insbesondere noch, dass Ortiz, als er zur Rede gestellt worden wegen seines stundenlangen Alleinseins mit Franzisca, erwiedert habe, sie sei ein so heiliges Geschöpf, wie die h. Katharina [von Siena, s. oben S. 48], und dass er gegen das Verbot fortgefahren habe sie zu besuchen, und, deswegen getadelt, mehrmals gesagt habe, es sei ein grösseres Dienstvergehen (*deservizio*) gegen Gott, Franzisca Hernandez nicht zu sprechen, als den Gehorsam gegen die Oberen nicht zu halten. Als die Gefangennahme Franzisco's auch unter seinen Mönchen Tadler fand, und Guinea denselben vorhielt: wie die Inquisition wohl irren könne? gingen Einige so weit, dies doch für möglich zu halten, und sah er sich genöthigt, Strafen gegen diese Ungläubigen anzuwenden.

Gewiss hat Ortiz gleich bei Verlesung des Auszugs aus dieser Erzählung Guinea's gemerkt, mit wem er es zu thun hatte; er antwortet sofort in geringschätziger Weise: dieser Zeuge, der von der Faullenzersecte (*seta de anboto*[1]) spreche, sei so stumpf (*boto*) und plump in seiner Aussage, dass er, Angeklagter, nicht um Frist oder Abschrift zu bitten brauche, um auf diese Einfältigkeiten zu antworten. Was den ersten Punct betreffe, so habe jener zu erklären, was für ein Irrthum darin liege, zu predigen, man solle Gott lieben; er habe nur diejenige Liebe Gottes gepredigt, die Gott gepredigt sehn wolle. Er habe Franzisca Hernandez nicht mit S. Katharina gleichgestellt, da er stets der Ansicht gewesen, dass *spirituum ponderator* der Herr sei. Dass es besserer Gottesdienst sei, sie zu sehn, als den Gehorsam gegen die Vorgesetzten zu bewahren, erinnert er sich nicht, gesagt zu haben, und verweist über seine Anschauung, bezüglich dieser Frage, auf seine früheren Erklärungen. Nicht er habe die Mönche bekehrt, die dort im Kloster an Franzisca hingen. Was das aus dem Kloster Werfen betreffe, so sei der Sachverhalt der, dass Pater de Guinea veranlasste (*hizo*), dass sie (er meint wohl Frai Alejo und sich selbst) eines Tages nach dem Essen abgingen. Als Grund davon gab Guinea einem andern Mönch, von dem es Ortiz wieder erfuhr, den Neid eines Predigers an, den der Guardian damals in seinem Kloster hatte, und dem die günstige Aufnahme, welche Ortiz' Predigten bei den Leuten fanden, nicht schmecken wollte. Auch der Guardian selbst, sagt Ortiz, sei leidenschaftlich gegen ihn verblendet gewesen, da er sehr schlecht berichtet gewesen. Die Frage, ob er diesen Zeugen beanstanden wolle (*tocar*), verneint er (derselbe erscheint ihm ganz unerheblich), und schliesst wiederum.

In einer von ihm erbetenen Audienz am 27. desselben Monats sagt er vor Mejia: er habe niemals geäussert, es sei besser, Franzisca Hernandez zu sehn, als seinen Prälaten zu gehorchen. Er erinnert an seinen Karthäuserplan, der ihm freigestanden habe. Da er wieder von den Gnadenerweisen Gottes redet, die er durch Franzisca empfangen, fragt man ihn, was denn das für welche seien? worauf er auf sein erstes Heft verweist, in welchem er von den sieben Wundern geredet habe. Er schliesst definitiv und bittet um definitive Sentenz.

Es werden ihm aber vielmehr am 20. März wieder ein paar Zeugenaussagen publizirt. Er bittet um Abschrift und wird ihm

---

[1] Im Protokoll der Zeugenaussage Guinea's steht *secta de enbodo*, in der betreffenden Stelle der Zeugenpublication *seta de enboto*. Es ist *emboto*, und die Bezeichnung ein ähnlicher Uebername wie Quietisten.

das Protokoll selbst mitgegeben, auf welchem er zum Verhör des nächsten Tages antwortet.

Die erste Aussage ist, wie wir aus den Acten ersehen können, bereits im August des vorhergehenden Jahres abgegeben, vor demselben Inquisitor Vaguer, der sie jetzt nach sieben Monaten in dieser (von ihm abgehaltenen) Sitzung dem Beklagten mittheilt. Am 29. August 1530 erschien vor Vaguer zu Alcalá Pater Antonio de la Cruz, Guardian der Franziscaner daselbst, als vorgeforderter Zeuge. Er erwähnt, dass er Ortiz' Verhaftung in Italien gehört habe; diese, seine Abwesenheit im Auslande, ist wohl der Grund, weshalb er erst drei Wochen nach Abschluss der Beweisaufnahme erscheint. Aber warum wird seine Aussage erst sieben Monate später und nach schon erfolgter Publication der später eingeholten Aussage Guinea's dem Angeklagten mitgetheilt? Dieser Antonio de la Cruz ist übrigens wohl jener Frai Antonio de Aranda, der 1530 in Palästina war und im Jahre darauf in Alcalá seine *Descripcion de la tierra sancta como estava el año de MDXXX* herausgab, auf deren Titel er sich *guardian de sant Francisco de Alcalá de Henares* nennt (de Castro *hist. d. l. protest. Españ.* 1851. p. 42 sg.). — Befragt, ob er Ortiz in Alcalá in einer Predigt habe sagen hören: »sie sollten nicht glauben was er bis da gepredigt, Alles das sei Spielerei (*burla*), von nun an würden seine Predigten ganz anderer Art sein«, antwortet Frai Antonio: er habe nur von Jemand anders gehört, Ortiz habe damals gesagt, was er bisher gepredigt, seien Narretheidinge gewesen (*locuras*), und man habe zu ihm, dem Zeugen, gesagt, Ortiz sei vernarrt (*loco*), und er, Zeuge, habe diese Narrheit hergeleitet von Ortiz' Umgang mit Franzisca Hernandez. Von einem Gelehrten, der bei jener Predigt zugegen war, hörte Zeuge, Ortiz habe gesagt: als ich euch Curiositäten predigte, habt ihr mich gern gehört; jetzt, wo ich euch Nützlicheres predige, hört ihr mich nicht gern. Frai Antonio berichtet, er habe Ortiz viel zugeredet, sich von ihr loszumachen, und seinen Obern zu gehorchen, sei aber von demselben damit abgewiesen worden, dass sein Gewissen ihm das nicht erlaube, und als er, Zeuge, ihm darauf erwiederte, er müsse die irrige Gewissenhaftigkeit abthun und ein Gewissen verwerfen, welches ihm das Gegentheil dictire von dem, was Weise ihm sagten, so entgegnete Ortiz: er habe die Sache Gott befohlen, durch Franzisca wie durch Andere, und der bestärke ihn auf dem eingeschlagenen Wege; ihm davon zu sprechen, dass er sich von Franzisca losmachen solle, sei mit dem Hammer auf den Nagel schlagen, der, je mehr man schlage, desto fester sitze.

Ortiz erwiedert nunmehr Folgendes. Schon in der Antwort auf die, glaube ich, fünfte Zeugenaussage, habe ich gesagt, wie jene Aeusserung zu verstehn gewesen, nämlich: es sei Spielerei (*burlería*), etwas darin zu suchen, beim Predigen viel trockne wissenschaftliche Speculationen vorzubringen, die mehr dazu dienen, die Menge in Staunen zu versetzen über die Subtilität des Predigers, als dazu, sie im Gewissen zu erbauen; deshalb wolle ich ins Künftige anders reden, indem ich auf die Frucht der Hörer ziele und die Entflammung ihrer Willen in Gott. Ich glaube, wie man es Narrheit (*locura*) nennen kann, wenn die Krankheit im Kopf sitzt, das Heilmittel am Hacken anzuwenden, dass man ebenso auch Narrheit nennen kann, wenn die Prediger, während Gott sie durch Jesaja [40] anweist *Loquimini ad cor Jerusalem,* weil dort das Grundübel sitzt, nach dem Wort *cor autem eorum longe est a me* [Jes. 29, 13], wenn sie statt dessen sich abmühn, den Ohren zu predigen. Was die Sache betrifft, so habe ich einen und denselben katholischen Glauben vor wie nach gepredigt, und ein und dieselben Lehren *in moribus*. Er fügt hinzu, dass es unwahr sei, er habe aufgefordert, nicht zu glauben was er ihnen bis dahin gepredigt. Uebrigens habe er nachher noch grösseren Anklang als früher gefunden.

Dass alles von diesem Zeugen Angeführte in der That, zumal in Gegenwart eines Dritten, gesprochen worden sei, erinnert er sich nicht, wohl aber, dass ihn Pater Frai Antonio de la Cruz einst selbander in der Zelle ermahnt, sich in jener Sache nach Pater Frai Barnabas Willen zu richten, und dass er, Ortiz, jenem geantwortet: bittet Gott, dass er mich meinen Irrthum, wenn ich irre, erkennen lasse. Er habe bereits nachdrücklich genug erklärt, er unterwerfe sich, wie billig, in dem, was Gelehrte beurtheilen könnten, dem Spruch derselben, allein über die besondern Gnadenerweisungen, die er mittels Franzisca Hernandez empfangen und durch welche ihm das Dictamen seines Gewissens sehr glaubwürdig werde, könnten die Gelehrten nichts wissen, da das eine Erfahrung seiner eignen Seele sei. Er könne nur wiederholen: man solle ihm nachweisen, dass sein Gewissen Irrthum sei und er wolle es ablegen. So lange es aber Gott in mir bestärkt und wachsen lässt, zumal dies Gewissen mir so theuer zu stehen kommt, was die Welt betrifft, an Leben und Gesundheit und Ruf und in der ganzen Behandlung meiner Person, so lange wird es überflüssig sein, wenn Menschen daran denken, es mir zu nehmen, denn stets wird Gott mehr vermögen.

Das Bild vom Hammer angehend, so habe er nie gesagt, dass, die ihm gegen Franzisca redeten, um so mehr sein Vertrauen bestärkten, sondern dass es Gott um so mehr thue gegen die Absicht jener Menschen.

Der andere Zeuge, dessen Aussage vom 5. October 1530 erst jetzt dem Angeschuldigten nachträglich mitgetheilt wird, ist Alonso de Frias. Dieser berichtet, vor vier bis sechs Jahren [es muss 1523 gewesen sein] habe Ortiz im Franziscanerkloster zu Alcalá ihm von einer Beate, Namens Franzisca Hernandez, erzählt, die er kürzlich in Valladolid gesehn, und habe geäussert: ich sage Euch, sie ist von Gott zur Confusion aller Gelehrten der Welt gemacht. Ferner: wenn ich in Gesellschaft der Engel des Himmels an einen Ort käme, wo sie wäre, und die Engel sagten mir: du wirst unsre Gesellschaft verlieren, wenn du hier bleibst, — so würde ich die Engel verlassen, um zu ihr zu gehn; denn ich glaube, in ihr ist Gott, und, die Engel verlassen um Gottes willen, ist gut. Auch habe Ortiz — wie Zeuge glaubt, in einer Predigt — behauptet, die Beichte sei nicht *de iure divino*.

Auf diese Aussage entgegnet Ortiz Folgendes. Jene erste Aeusserung habe er nie gethan. Doch würde er allerdings sagen und sage jetzt, dass jeder, selbst der angesehenste, Gelehrte von gesundem und demüthigem, auf Gott gerichteten Sinn, wenn er mit Franzisca verkehrte, sehn würde, welche Ueberlegenheit die Weisheit, die Gott in heilige Seelen legt, die ihn mit Lauterkeit lieben, über eine Büchergelehrsamkeit gibt, die des Geschmacks der Erfahrung ermangelt; denn das blosse Wissen blähe auf, nach Paulus [1 Cor. 8, 1]. Und wie der h. Augustin sich zu vermehrtem Gottdienen angetrieben fühlte als er vom h. Antonius, dem Eremiten, erfuhr, und wie beschämt durch eine heilige Verwirrung (*est enim sicut scriptum est* [Sirach 4, 21]: *confusio adducit gloriam*) ausrief: *surgunt indocti et rapiunt caelum, nos autem cum nostra scientia mergimur in infernum!* [*surgunt indocti et caelum rapiunt; et nos cum doctrinis nostris sine corde, ecce ubi volutamur in carne et sanguine! Confess.* 8, 8, nicht lange bevor ihm jene bekehrende Stimme — *quasi pueri an puellae nescio* — das *Tolle lege!* zurief], so könnte eine segensreiche Verwirrung in dem Gelehrten entstehn, der da erkennte, was Gott an Franzisca Hernandez gethan hat.

Jene Geschichte mit den Engeln sei so einfältig, dass man leicht erkennen werde, wenn man es darauf ansehe, dass das nicht seinen Stempel trage! Denn wenn Gott in Franzisca Hernandez sei, so sei er doch gewiss besser in den Engeln, die mit ihrem klaren Blick sicher seien, ihn nie zu verlieren. Zum Ueberfluss aber zeigt er, wie es sich ganz gut sagen lasse, dass man, um einen Befehl Gottes unter Menschen auszuführen, die äussere Gesellschaft selbst von Engeln verlassen müsse, denen man dann innerlich nur um so näher sei. Er erinnert daran, dass S. Paulus zu sagen gewagt, selbst ein Engel vom Himmel solle ihn nicht irre machen am Evangelium [Gal. 1, 8 f.]; dass Gott durch S. Peter dem Cornelius grössere Gnade erzeigt, als durch den Engel, welcher jenen deshalb selbst an den Apostel verwies, der ihn dann taufte [AG. 10]; dass der serafische Vater, um die Priesterwürde zu preisen, gesagt: wenn er Engel kommen sähe, wo der Priester gehe, so würde er jene gehn lassen, um diesem seine Ehrfurcht zu beweisen [S. Francisci *oraculum* XXII. vgl. dessen *Testamentum*].

Endlich, dass er behauptet habe, die Beichte sei nicht *de iure divino,* bestreite er *pedibus et manibus iunctis.* Vor acht Jahren [1523] habe er in Alcalá an einem Fastensonntag in einer Predigt über das Sacrament der Confession die Ansicht des Scotus aus dem 4. Buch der Sentenzen [*distinctio* 17] angeführt, dass nämlich aus den Worten *quorum remiseritis peccata, remittuntur eis* [Joh. 20, 23] nicht folge, dass die Pflicht des Bussfertigen, zu beichten, *de iure divino* sei. Gesetzt den Fall, Scotus habe Recht, so sei die Beichte nichtsdestoweniger im göttlichen Recht begründet, weil die Kirche so entschieden. Er habe aber nicht gesagt: die Kirche habe dies Sacrament eingesetzt — diese Ansicht habe er immer für irrig gehalten. Uebrigens sei Scotus selbst, wie in Bezug auf die übrigen Sacramente, so auch in Bezug auf das der Confession, der Ansicht, dass sie göttlichen Rechts [4. *dist.* 2. qu. 1], und sage: *turpissime erravit glossator decreti,* welcher behaupte *quod confessio habuit originem a quadam universali traditione ecclesiae.* Also, hätte Scotus auch Recht in jener erstangeführten Behauptung, so wäre doch, um das göttliche Recht der Beichte festzustellen, die Autorität der Kirche hinreichend, *cuius determinationes recte celebratae sicut evangelia* anzunehmen seien, da Gott den Pfeilern der Kirche, den Aposteln, gesagt: *qui vos audit, me audit* [Luk. 10, 16]. Scotus habe aber dort vergessen die gleichfolgenden Worte zu erwägen: *et quorum reti-*

nueritis retenta sunt, aus denen, wenn er sich recht erinnere, Papst Adrian in seinen Quolibets die evidente Consequenz ziehe, dass die Confession göttlichen Rechts sei. [Nicht in den *Questiones quotlibetice*, sondern in den *Quaestiones in quartum sententiarum*, Paris 1516, f. 98ª: *quorum sacerdos peccata retinuerit i. e. non remiserit, retenta i. e. non remissa sunt in coelis; cum ergo quilibet teneatur divino iure se exuere a peccatis, sequitur manifeste quod praeccpto dei quisque obligatur sacerdotibus sua peccata confiteri.* Und gegen einen möglichen Einwand bemerkt er: *licet in contrito peccata remissa sint quoad culpam, non tamen quoad obligationem confitendi ecclesiae. Iam salvator in parte secunda dictae authoritatis, sc. quorum retinueritis etc., intendit: quorum non remiseritis non sunt remissa in coelis quoad obligationem confitendi ecclesiae; et ita manet esse divini praecepti confiteri peccata sacerdotibus.*] Und so habe er selbst es, jetzt vor zwei Jahren am Tage der *Cathedra Petri* [18. Januar] in einer Predigt in San Juan de los Reyes, folgendermassen bewiesen. *Ego obligor ne peccata mea sint retenta in caelis, ergo sequitur quod obligor ne sint retenta in terris; quia ex opposito consequentis,* nämlich: *esse retenta in terris, sequitur oppositum antecedentis,* nämlich: *esse retenta in caelis.* Denn Christus sagt *expresse: quorum retinueritis retenta sunt. Et tunc ultra: obligor ne sint retenta in terris, ergo obligor facere quod in me est ut sint remissa in terris; quia, quamdiu non sunt remissa, sunt retenta. Sed non possunt remitti ab ecclesia nisi cognita nec possunt cognosci nisi me confitente, quum multa peccata sint occulta. Ergo obligor confiteri.* Und so habe er bewiesen, dass aus dem zweiten Theil jenes Ausspruchs Christi, welchen Scotus nicht beachtet, geschlossen werden müsse, dass das Sacrament der Confession *de iure divino* sei. So predigte er es wiederum im Kloster Conzepzion in Toledo, indem er nicht nur die Entscheidung anführte, die Papst Sixtus [IV. bis 1484] und viele Cardinäle gegen einen Magister von Salamanca gaben, dessen Irrthümer dann (*dias ha*) in Alcalá den Flammen übergeben wurden, sondern verwies auch auf die Bestimmung des Kostnitzer Conzils, um viele Erasmisten, sagt er, die mich hörten, von ihrem Glauben an die von Erasmus so oft vertheidigte Meinung zurückzubringen, dass die Beichte nicht göttlichen Rechts sei. So sage er denn, seine Predigten lehrten gerade das Gegentheil von dem, was dieser Zeuge aus Missverstand ihn sagen lasse. Er berufe sich auf die Ausarbeitung jener Predigt selbst, die er mit den andern in San Juan zurückgelassen; er werde ihnen zeigen, wo es stehe, wenn man sie ihm bringe. *Jesum testor,* dass ich stets ganzer Feind jenes Irrthums gewesen, obwohl ich weiss, dass, als die Wahrheiten noch nicht so gereinigt waren (*apuradas*), viele Doctoren jene Ansicht hatten. Auslegungen der h. Schrift mit allgemeiner Verbindlichkeit zu geben, komme ganz eigentlich der Kirche, die in dem gesetzmässigen allgemeinen Concil repräsentirt werde, und dem Papste zu, und es gebe Dinge, die für göttlichen Rechts gehalten werden, ohne dass die Verbindlichkeit ausdrücklich in der h. Schrift zu finden, — es genüge, dass sie von den Aposteln her gleichsam von Hand zu Hand überkommen seien, z. B. *quod signentur fideles signo crucis, et alia;* und so gebot S. Paulus, dass seine Traditionen gehalten werden sollten, sei es dass sie brieflich, sei es dass sie durch Predigten gegeben waren [2 Thess. 2, 14].

Uebrigens habe dieser Zeuge weder in diesem Punct, noch in dem, was er von den Engeln erzähle, einen Mitzeugen.

Am 21. März, dem dafür bestimmten Tage, reichte Ortiz in einer Audienz vor Vaguer diese Rechtfertigung ein. Aber ungebührlicher Weise hatte man bereits am Tage vorher, ohne auf Ortiz' Antwort zu warten, die Sitzung gehalten, in welcher die Vota abgegeben wurden. Die Richter sind folgende; zuerst die drei Inquisitoren: die Lizentiaten Alonso Mejia, Juan Yañez und Vaguer. Ferner der Vicar Pedro de la Peña (wohl der bei jeder solchen Endabstimmung hinzuzuziehende Ordinarius der Diözese), der Çanonicus Blas Ortiz. Ein Juan Falcon. Frai Antonio Pizarro, Presentado (gewiss des Franziscanerordens); Frai Rejinaldo de San Millan, vom Predigerorden; Frai Alonso de Ocaña, Guardian des Klosters San Juan de los Reyes (Frai Barnabas war, wie gesagt, versetzt); Frai Juan de Mondragon, Franziscaner. Also zehn Richter. Sie urtheilen (*votaron*), nachdem sie den Prozess des Franzisco Ortiz gesehen, folgendermassen (und in dieser Reihenfolge).

Mejia, Vaguer, Falcon, der Guardian und Mondragon sind übereinstimmend der Ansicht, dass Pizarro, der Guardian und Vaguer die Ortiz'schen Propositionen ausziehn, die häretisch sind oder übellautend, oder anstössig, oder unbesonnen und anmasslich u. s. w.; dass dann die Inquisitoren und Gelehrten die Qualität jeder einzelnen festsetzen; dass Ortiz die häretischen öffentlich in der Kirche *de vehementi* abschwöre (d. h. sich von dem dringenden Verdacht der Ketzerei durch einen Reinigungseid befreie), die irrigen u. s. w. widerrufe, dass er sieben Jahre oder länger nicht predigen und Beichte hören dürfe, zwei Jahre Zellenhaft in einem Kloster habe, Ein Jahr nicht Messe lese.

Rejinaldo de San Millan, der Prediger, glaubt sich des Breiteren und mit besonderer Entrüstung auslassen zu müssen. Franzisco Ortiz habe den Erzbischof, der als Generalinquisitor in diesem Reich die zweite Person nach dem Papst sei, und also diesen selbst, dessen Amt jener inne habe, beleidigt, um die Franzisca Hernandez zu erheben, deren schlechten Lebenswandel man kenne und in der keinerlei Heiligkeit sei, wie Ortiz predigte, — eine Absurdität, so einem Weibsen mehr, als dem Glauben und der Kirche anzuhangen. Um so grösser sei der Anstoss gewesen, da die Predigt bei einer so feierlichen Gelegenheit und in so angesehener Versammlung gehalten wurde. Und gegen den Befehl seiner Obern ist er nicht von der Kanzel gestiegen, sondern hat behauptet, er rede auf Gottes Geheiss, womit er sich fälschlich als Prophet ausgab. Ferner ist er gegen den Willen seiner Vorgesetzten vielfach, und jedes Mal viele Tage und Nächte, allein in der Wohnung der Franzisca gewesen; die beiden haben allein in derselben Räumlichkeit (*aposento*) geschlafen, er hat ihr zwei Silbersachen und andere Geschenke gegeben. Woraus man sieht, dass die Freundschaft mehr fleischlich als geistlich gewesen ist; was auch aus den Briefen voll verliebter Worte (*palabras de requiebro*), wie sie die himmlische Liebe nicht erlaubt, klar genug wird. Aus vielem Andern, was er der Kürze wegen nicht anführe, gehe hervor, dass jene Beiden einen neuen Irrthum aufzubringen bestrebt gewesen, um lax und nach ihrem Vergnügen zu leben, wie in den Mahlzeiten und Banketen und dem müssigen Geschwätz sich gezeigt. Ferner hat Ortiz, der vorher das h. Evangelium sehr gut predigte, seine früheren Predigten als thöricht bezeichnet, woran sich die ganze Stadt Alcalá und die Magister der Universität geärgert haben, und hat dann weiterhin so anstössig gepredigt, dass viele Cavaliere und Grosse des Reichs und viele andere Leute ihn nicht mehr haben hören wollen, da er wie ein Alumbrado rede. Ferner seine Behauptung: der Herr sei vollkommener in der Seele des Gerechten, als im h. Sacrament des Altars, sei Häresie, denn in der Seele des Gerechten sei Gott durch Gnade, und im Sacrament sei er durch Einung zugleich Gott und Mensch, wie im Himmel. Dass das Sacrament der Confession nicht *de iure divino* sei, auch das sei häretisch und im Constanzer Conzil verurtheilt. An diesem Punct zeigt sich, wie schreiend die Ungerechtigkeit war, dass man zum Votiren schritt hinter dem Rücken des Beklagten, den man glauben liess, man werde, wie billig, seine Vertheidigung auf die nachträglichen Anschuldigungen erst aushören. San Millan würde doch wohl nicht gewagt haben, dem Ortiz diese Häresie vorzuwerfen, wenn er dessen am nächsten Tage einzureichendes Schriftstück gelesen gehabt hätte, in welchem auf das Glaubwürdigste das Missverständniss jenes Zeugen aufgeklärt und berichtet wird, dass Ortiz selbst mit ausdrücklicher Berufung auf jenen Conzilbeschluss das göttliche Recht des Beichtsacraments festgehalten. San Millan fährt fort: die h. Schrift hat derselbe zu seinen Zwecken sehr missbraucht. Endlich ist das genannte Scandalum ein öffentliches in ganz Spanien und im Ausland. Man müsse ein abschreckendes Beispiel statuiren. Ortiz müsse die Predigt und die Propositionen öffentlich widerrufen, verwerfen und *de vehementi* abschwören, und dürfe nie wieder predigen oder Beichte hören, — sonst werde die Sache nicht gut ablaufen. Denn Ortiz sei durch und durch Converso (von bekehrten Juden oder Mauren stammend), und die seien gewöhnlich rachsüchtig und vergeben nie; dazu bemitleide man ihn, der sehr geschickt und in diesen Reichen sehr beliebt sei (*favorezido*), besonders unter Conversos, die ihn alteriren und zur Rache treiben würden, wenn er predigen dürfte. Wäre Ortiz nicht Franziscaner, so müsste man ihn in unnachlässliches Gefängniss stecken, so aber, um der Ehre seines h. Ordens willen, möge er diesem nach der Abschwörung übergeben werden, unter den genannten Bedingungen, dass er weder predigen noch Beichte hören, noch auch zwei Jahre lang Messe lesen, und dass er mit keinem *saecularis* verkehren noch reden, noch auch sich öffentlich zeigen dürfe.

Lizentiat Blas Ortiz tritt den zuerst Genannten bei, ausgenommen, dass er Predigt- und Beichtberechtigung nur auf zwei Jahre eingestellt, und die Zeit, während welcher Ortiz auf seine Zelle beschränkt bleiben solle, dem Ermessen des Provinzial anheim zu geben wünscht.

Der Vicar conformirt sich in Bezug auf die Retractation ebenfalls mit Mejia und den gleich ihm Stimmenden. In Bezug auf das Strafmaass aber befürwortet er eine Ermässigung. Ortiz' ganze Schuld beschränke sich (*se resume*) auf die Vermessenheit, mit wenig Ehrerbietung vor der Person des hochwürdigsten H. Erzbischofs von Sevilla und vor dem h. Amt der Inquisition, jene Worte von der Kanzel gesagt zu haben, und darauf, dass er diese Vermessenheit nachher vielfach in seinem Prozess bestätigt, indem er viele andere Verkehrtheiten und übellautende Dinge hinzufügte. Man müsse nun aber in Rechnung ziehn, dass Ortiz in Folge jener seiner Worte auf eine sehr schimpfliche Weise von der Kanzel heruntergerissen worden sei, und dass er jetzt fast zwei Jahre im Gefängniss gesessen habe, und müsse auch Rücksicht nehmen auf den Orden des h. Franziscus, dessen Kleid Ortiz trage, und auf die zu übernehmende Retractation, die auch eine Strafe sei. Wenn man also aus diesen Gründen eher mit Mässigung (*equidad*) als nach der Strenge des Rechts urtheile, so, glaube er, könne man ihn auf ein Jahr nach gegebener Sentenz vom Predigen suspendiren und ihn für diese Zeit in ein Kloster seines Ordens einschliessen, wo er nicht öffentlich, sondern nur in der Kapelle oder ganz abgesondert Messe lesen dürfe; im Uebrigen überlasse man ihn seinem Prälaten, der ihm andere spirituelle Pönitenzen auferlegen, aber hinsichtlich der körperlichen ihn gut und mit Milde behandeln solle. Und wenn die Herren Inquisitoren, oder zwei von ihnen, die Ansicht annehmen wollten, dass die Predigteinstellung der Willensbestimmung des hochw. H. Erzbischofs von Sevilla überlassen bleiben solle, so trete er dem bei.

Juan Yañez sagt: vor Allem lasse man nur die Sätze ausziehn, damit Alle darüber votiren können, und man so wisse, ob sie häretisch, oder verwegen, oder irrthümlich, oder scandalös, oder schlechtklingend sind; wenn er die Voten der andern Herren gesehn haben werde, dann werde er das Seinige sagen über die zu gebende Strafe.

Ihm tritt Pizarro in Allem bei.

Um diese Zeit suchte man noch eine neue Schuld auf Ortiz zu wälzen. Er wurde angeklagt, einem Mitgefangenen, der wegen Judaismus sass, Muth zugesprochen und eine Verschwörung unter den Gefangenen nicht zur Anzeige gebracht zu haben. Dass er Jenen, der ihm unschuldig vorkam, zu trösten und zu stärken gesucht, gibt Ortiz zu; ebenso, dass Einer davon gesprochen, den Wärter zu ermorden, ihm die Schlüssel zu nehmen, alle Acten zu verbrennen und durch ein Dachfenster zu entspringen, um sich nach Portugal zu retten. Aber er habe diese ganz thörichten Gedanken demselben sogleich verwiesen, doch die Sache nicht anzeigen zu brauchen geglaubt, da Jener nur zum Zeitvertreib zu schwatzen geschienen. Allerdings konnte das müssige Zusammensein nur zu leicht zu unnützem Gerede verführen. Vielleicht war jener Judaist nur eine Fliege — so nannten die Gefangenen einen Menschen, den das h. Amt scheinbar als Mitverklagten zu Jemand in die Zelle schickte, um diesen zu Geständnissen zu verleiten oder sonstwie durch unbedachte Aeusserungen zu compromittiren (vgl. Montanus *Artes aliquot inquis.* p. 94 f.). Ortiz hatte sich doch aber früher schon im Gefängniss gelegentlich stark genug gegen das Judenthum ausgesprochen, was er vielleicht gerade deshalb that, weil es seiner Abkunft wegen nahe lag, ihn auch des Judenzens zu verdächtigen. Die jüdischen Sitten, die einstmals von Gott geboten waren, sind jetzt, hatte er gesagt, längst verwerflich, und werth, schrecklich verfolgt zu werden in Feuer und Blut, für welche Sache Euer h. Amt in ganz Spanien Gott hervorragende Dienste geleistet hat, wegen deren wir der göttlichen Majestät unermesslichen Dank schulden. (Manrique selbst hatte sich in früherer Zeit als Bischof besonders durch seine Moslimconversionen berühmt gemacht.) Man musste jene Anklage bald fallen lassen.

Monate vergehn bis die Retractationsartikel extrahirt und qualifizirt sind. Beides geschieht durch Vaguer, Ocaña und Pizarro. Am 5. Juli 1531 kündigt Vaguer dem Ortiz an, dass sein Prozess von theologischen und juristischen Gelehrten vorgenommen sei, und Alle übereinstimmend entschieden hätten, dass er die Sätze, die man ihm daraus vorlesen werde, zu widerrufen habe. Ortiz selbst habe schon erklärt, er unterwerfe sich dem Urtheil der Gelehrten; ob er jetzt noch etwas vorzubringen habe? Ortiz *promittit et submittit se retractaturum ea quae literati determinaverint retractatura* — so wird am Rande seine Bereitwilligkeit formulirt. Er bittet aber ihm die betreffenden Propositionen erst vorzulesen. Niemals habe er die Absicht gehabt zu häretisiren und sage mit Augustin: *errare potero, haereticus non ero.* Er bitte um Milde, da jene Irrthümer nur aus Unbedachtsamkeit hervorgegangen und weil er zu schnell geschrieben habe. Sie möchten ferner Rücksicht auf sein Ordenskleid und die Qualität seiner Person nehmen [was auch die Kaiserin gebeten hatte] und sich erinnern, dass er Prediger des Wortes Gottes gewesen und Priester sei, und an Alles, was sie sonst bewegen könne, gnädig mit ihm zu verfahren. Auch bitte er, weil er sonst vielleicht nicht das Irrige einiger Sätze verstehen würde, ihm die Gründe der Verwerfung derselben mittheilen zu wollen, nicht als ob er vorhätte, sich der Entscheidung der Gelehrten zu widersetzen, sondern zu seiner Unterweisung.

Am 20. Juli werden dem Beklagten vor den drei Inquisitoren die 63 Propositionen mit ihren Epithetis verlesen. Gefragt, ob er retractiren wolle, oder noch irgend etwas darüber zu sagen habe, erwiedert Ortiz: die Herren Examinatoren hätten über Einiges mit geurtheilt, was die Thatsachen betreffe und nicht die Lehre von Glauben und Sitten. Ueber die Thatsächlichkeit aber könne er Sichreres wissen und unterwerfe sich darin nicht der Ansicht der Gelehrten, ausser unter den früher von ihm angegebenen Modificationen. Auch sei es keine Unehrerbietigkeit gegen die Autorität der hochzuverehrenden Herren, wenn er nicht alle jene verlesenen Epitheta annehme. Um nun nicht, da er doch demüthige Unterwerfung versprochen habe, als veränderlich und lügnerisch angesehn zu werden, bitte er um Abschrift dieser Sätze und um hinreichendes Papier, damit er sich von der Infamie reinigen könne, die ihm, wenn man nicht wohl zusehe, anzuhaften scheine, weil er sich jetzt nicht einfach allem Verlesenen unterwerfe. Er bitte ferner um eine zweite Abschrift, die er behalten dürfe; und um genügende Zeit, sich zu überlegen, was er widerrufen solle. Die Inquisitoren antworten nur: er werde sehn, dass sie mit Gerechtigkeit verfahren würden.

Am 24. Juli lassen die Drei ihn wieder vor sich holen und geben ihm die gewünschte Abschrift, aber nur eine, mit der Weisung, in den freigelassenen Zwischenräumen bei jeder einzelnen Proposition gerade heraus zu sagen, ob er sie widerrufen wolle oder was er in Bezug auf dieselbe thun wolle, und binnen sechs Tagen damit fertig zu sein. Ortiz antwortet: da er dort nicht Raum genug finde (bei jedem Artikel konnte er etwa durchschnittlich sechs enge Zeilen schreiben), um das auseinanderzusetzen, was er nach Gott und Gewissen zu sagen habe, so bitte, und, wenn es nöthig sei, fordere er ausserdem weisses Papier. Worauf nicht eingegangen wird.

Am 28. reicht er in einer erbetenen Audienz den Triumvirn das Actenstück ein, liest es vor und unterschreibt es.

Es besteht wesentlich in Folgendem. In jedem Artikel steht hinter der Ortiz'schen Proposition die Censur der Qualificatoren, dann was Ortiz dazu bemerkt.

1. Es koste der Franzisca nicht mehr als ein Ja, um eine gewisse Kranke zu heilen. *Propositio temeraria et arrogans. Non retracto,* denn selbst durch Unwürdige thut Gott Wunder.

2. Das brennende Feuer, das ihn zu jener Predigt getrieben, sei eine göttliche Inspiration gewesen, der h. Geist habe ihn bewegt. *Propositio falsa et erronea.* Er bekennt, sich darin geirrt zu haben, dass er einige Dinge, als von jenem Feuer gewirkt, angesehn habe, die vielmehr aus seinem Eigenen herrührten; was dem nicht im Wege stehe, dass die Inspiration, die ihn zu predigen bewogen, wie er noch jetzt behaupte, eine göttliche gewesen sei.

3. Wenn Jemand, obwohl zweimal privatim davor gewarnt, eine öffentliche Sünde dennoch begehe, so dürfe und solle ein Prediger dies öffentlich rügen. Dies ist folgendermassen, sagen die Gelehrten, zu modifiziren: wenn eine solche Sünde eines Prälaten scandalös ist gegen Glauben oder gute Sitten, und es ist kein Vorgesetzter da, dem das Tadeln *ex officio* obliegt, oder dieser ist offenbar nachlässig, nur dann darf und soll ein Prediger die öffentliche Rüge aussprechen, *servatis supradictis. Retracto iuxta sententiam literatorum.* — Ebenso Artikel 17, der dasselbe mit andern Worten aussagt, wo er *prout iacet* retractirt, aber bemerkt, er glaube die Worte nicht ohne eine Einschränkung gesagt zu haben: wenn der Prediger gerechten Grund habe, oder dgl.

4. Dass seine letzte Predigt autorisirt und wahr gewesen — eine falsche, scandalöse und das h. Amt beleidigende Aeusserung. Nehme ich nicht zurück, behaupte vielmehr, dass das h. Amt sich dadurch, dass ich den Willen Gottes gethan habe, nicht beleidigt fühlen darf.

5. Er sei, als er die Kanzel bestiegen, zu tausend Toden bereit und darauf vorbereitet gewesen, nicht wieder lebendig hinunter zu kommen; er habe nicht blindlings, sondern wohlerwogen geredet und nach sorgfältigem Bedenken sowohl der natürlichen Klugheit, als auch derjenigen, die Gott in seiner h. Schrift lehre. Ein falscher Satz, weil er als Sünde ansieht, was keine war; ein blasphemischer, weil er die h. Schrift zum Zeugniss für das Falsche anzieht; ein leichtsinniger, weil er eitlerweise den Tod für eine solche Unwahrheit empfiehlt. Ich widerrufe, sobald man mir, was ich oft während meines Prozesses gebeten habe, nachweist, dass die Aussagen gegen Franzisca Hernandez vor ihrer gefänglichen Einziehung hinreichend waren, diesen Schritt zu rechtfertigen.

6. Dass der Herr Erzbischof, indem er Franzisca Hernandez verhaften liess, sich geirrt, sei falsch. Dies gibt Ortiz nicht zu. Arrogant sei es, anzunehmen, dass man seinem Rath, sie frei zu lassen, hätte folgen sollen, ohne auf neue Wunder zu warten. Da,

erwiedert er, hiernach die Herren Gelehrten befunden hätten, dass seine Worte diese Annahme enthalten sollten, so bekenne er demgemäss seine Arroganz. Die Wunder, die er angebe, um seinen Glauben an den heiligen Wandel der Gefangenen zu begründen, seien keine, urtheilen die Examinatoren, und er habe eine Blasphemie begangen, indem er Falsches durch Wunder habe beweisen wollen. Auch dies gibt Ortiz nicht zu.

7. Da es Todsünde gewesen, diese gesegnete Braut Christi ins Gefängniss zu werfen, so sei es auch Todsünde, dabei zu beharren und sie nicht loszulassen. Die Folgerung widerruft er jetzt, denn obwohl die Gefangenschaft der Franzisca nicht durch Gerechtigkeit begonnen, so sei es doch möglich, dass sie mit Gerechtigkeit fortgesetzt worden.

8. Dass seine Behauptung, er sitze ungerechterweise gefangen, falsch sei, gibt er zu, und da die Gelehrten entschieden, dass seine Aeusserung: das gewöhnliche Leben der Christen sei voll verfluchter Lauheit und Schlaffheit, eine Beleidigung enthalte, so retractire er demgemäss, obwohl er nur von dem schlechten Leben der Namenchristen habe sprechen wollen.

9. Zu behaupten, dass in jener seiner Predigt, besonders am Ende derselben, keine Beleidigung Gottes gewesen, weder eine kleine noch eine grosse, weder eine Todsünde noch eine lässliche, sei falsch, scandalös und beleidigend für das h. Amt. Ortiz hält diesen Artikel weder für falsch, noch für derart scandalös, dass das *scandalum* ihm schuld gegeben werden könne; wegen der Beleidigung des h. Amts verweist er auf das zu Art. 4. Bemerkte; übrigens habe er schon früher zugestanden, dass die Worte *ni venial* überflüssig und nicht zu seiner Rechtfertigung nöthig gewesen.

10. Jener öffentliche Tadel, den er ausgesprochen, sei durch Gottes Gnade, die ihn, den unwürdigen Sünder, dazu ersehn, der grösste und hervorragendste Dienst, den er je, seit er geboren, der göttlichen Majestät geleistet. Falsch, scandalös, eigensinnig. Vielmehr ganz richtig, mit der Erklärung, die er schon gegeben, dass es der grösste Dienst sei *ratione arduitatis operis*, indem er sich in Schmach und Todesgefahr hingegeben.

11. Ich bin wegen dessen, was ich damals gepredigt, durch Gottes Gnade, des Ruhmes und der Ehre bei Gott und Menschen werth. Falsch und scandalös. Nehme nicht zurück.

12. Dass es ein grosses Unrecht sei, ihn, statt ihn zu ehren, gefangen zu halten und das Volk der geistlichen Speise zu berau-

ben, die es von seinen Predigten haben könnte, eine Behauptung, welche für falsch, *contumax* und das h. Amt beleidigend erklärt wird, nimmt er zurück. Wenngleich er nämlich durch jene Predigt einen Rechtstitel auf Ehre bei den Menschen habe, so sei es doch nicht nöthig, dass er in den Besitz derselben eintrete, so lange seine Gerechtigkeit den Menschen nicht feststehe. Er danke Gott vielmals für die Schande, die er ihm in der Welt widerfahren lasse.

13. Man müsse, ohne die gewöhnlichen Weiterungen, die Franzisca Hernandez freilassen, denn das Unrecht, das man gethan durch ihre Verhaftung, werde nicht, wie anderes, durch die Zeit gut gemacht, sondern wachse nur um so mehr, und sei dasselbe viel grösser, als seine Gefangenschaft. Falsch nach allen Theilen. Er retractirt, nur nicht, sofern dort gesagt sei, dass man Unrecht gethan, Franzisca ins Gefängniss zu werfen.

14. In Folge des Urtheils der Examinatoren: es sei beleidigend gegen den Erzbischof, zu behaupten, derselbe habe keinen genügenden Grund gehabt, ihre Verhaftung zu verfügen, wendet er sich an jenen selbst und sagt: ich stelle über Dich den Schöpfer Himmels und der Erde, in dessen Gehorsam ich mit Schmerz meiner Seele geredet habe, bei aller Ehrfurcht, die meine Niedrigkeit Dir schuldet.

15. Die Gnade und Stärke, die er im Gefängniss erhalten habe, seien derart, wie sie solchen, die in Todsünden seien, seines Wissens, nicht zu Theil würden. Illusorisch und arrogant, da ihm nur begegne, was denen zu geschehn pflege, die ihrem eignen Willen und Triebe folgen. Ich weiss, erwiedert er, um die Gnaden, die ich in diesem Gefängniss von Gott erhalten habe, besser als die Herren Gelehrten, und wenn dieselben es für ein so grosses Vergnügen halten, nach eignem Willen in diesem Gefängniss zu sitzen, so mögen sie herkommen und es einmal 28 Monate hier versuchen, und sie werden sehn wie das Vergnügen schmeckt.

16. Er wolle dem Volke sagen: ich habe euch jene Sünde deshalb bekannt gemacht, damit meinen Predigten nicht weniger geglaubt werde, da die gesegnete Verlobte Jesu gefangen war, die ich, wie öffentlich bekannt war, für die wahre Mutter meiner Seele hielt (s. S. 93). Beruht auf der falschen Voraussetzung der Unrechtmässigkeit der Verhaftung. Was ich nicht zurücknehme. Uebrigens bemerke ich, dass ich weder mehr Willens bin, irgend

etwas über diese Sache öffentlich zu sagen, noch auch Willens, was ich in meiner letzten Predigt gesagt habe, zu widerrufen.

18. Er könne nicht widerrufen, was ihm sein Gewissen ganz klar als gut zeige, und so lange die Sünde, die er mit Recht getadelt, nicht wieder gut gemacht sei, werde er nimmermehr auf die Kanzel gehn, als um die Predigt zu beenden, die er angefangen. Falsch, proterv und das h. Amt beleidigend. Was den zweiten Theil betreffe, so wiederhole er, wenn man ihn sollte auf die Kanzel schicken, so würde er mit keinem Wort auf jene Sache zurückkommen, *quia ad omnem satisfactionem conscientiae meae sufficit mihi semel praedicasse quod praedicavi,* und retractire er also.

19. Franzisca Hernandez hielt wenig, und mit nicht geringem Grund, von Aeusserlichkeiten und Ceremonien, um die es denen, die wenig Einsicht haben, so sehr zu thun war, und darum nahmen Viele an ihr Anstoss und sagten mit pharisäischer Hoffarth *quare cum peccatoribus —?* indem die armen Verblendeten nicht sahen, wie weit sie das Gesetz Gottes überschritten *propter traditiones suas* (s. S. 45). Malsonant und beleidigend für den religiösen und ekklesiastischen Stand. Ortiz bittet noch einmal, ihn wo möglich darüber aufzuklären, worin das Anstössige dieses Ausspruchs bestehe; denn seinem ersten Theile nach enthalte derselbe die gemeinsame Lehre der Heiligen, dass die Ceremonien Stroh und Schale seien und man sich an das Mark zu halten habe, im zweiten Theil aber berichte er über gewisse unverständige Menschen, ohne zu behaupten, dass man die Ceremonien missachten solle. Obgleich ich aber um Belehrung hierüber bitte, unterwerfe ich mich doch *humilitatis gratia* der Retractation wie die Herren Gelehrten befohlen.

20. Bis zu der Stunde, in welcher sie gefangen wurde, welche Gott so frei gemacht mit der h. Freiheit seiner Gnade, schien mir die Zeit nicht so lang, als die wenigen Tage, welche von ihrer ungerechten Verhaftung bis zu meiner Predigt verliefen (s. S. 77). Eine anmassende, falsche und das h. Amt beleidigende Aeusserung. Widerrufe ich weder als anmassend noch als falsch; was ich hinsichtlich der Länge oder Kürze der Zeit empfand, das kann ich besser wissen und weiss es besser als die Herren Gelehrten. In Bezug auf die Beleidigung verweist er wieder auf das zu 4 Gesagte.

21. Die Stelle, wo er sagt, die Verfolgung wundere und erschrecke ihn nicht, denn wenn Gott seine Gaben ausgiesse, pflege

zugleich der Teufel in die Seinen zu fahren, wie damals in Judas, um die Heiligen zu verfolgen (s. S. 97), wird für arrogant erklärt, und, weil er behauptet, er werde durch die sieben Gaben des h. Geistes in seiner Sache begünstigt, für falsch, und für übellautend und das h. Amt beleidigend. Was die Arroganz betrifft, so unterwirft er sich der Bestimmung der Herren Gelehrten, da er in demüthigerem Stil das Nöthige hätte sagen können. Dass es falsch sei, zu behaupten, ich habe die sieben Gaben des h. Geistes zu Gunsten meiner Sache gehabt, gebe ich zu, wenn man unter meiner Sache Alles versteht, was ich in meinem Prozess geschrieben habe, denn nie hat mich der h. Geist in einigen Irrthümern bestärkt, die ich unbedacht geschrieben habe, sondern er hat vielmehr zugelassen, dass ich zu meiner Demüthigung in dieselben falle und damit ich erkenne, was ich meinerseits bin, wenn er mich verlässt; wird aber unter meiner Sache das Rechte und Wahre verstanden, das ich geschrieben und mit beharrlicher Ausdauer vertheidigt habe, so erkenne ich nicht als falsch an, dass er mir mit seinen Gaben geholfen hat. Die Beleidigung des h. Amts angehend, verweise ich auf meine frühere Erklärung, dass ich mir niemals habe herausnehmen wollen zu behaupten *quod Satanas intravit in vos — absit absit*; wenn aber die Herren Gelehrten in dem Uebelklingenden eine Beleidigung finden, so bin ich einverstanden, denn sie urtheilen über das, was äusserlich klingt, obwohl es mir gewiss ist, dass ich weit entfernt war von so einer Beleidigung.

22. Hoch zu preisen sei die Fürsorge Gottes, durch welche Franzisca Hernandez, in diesen erbärmlichen Zeiten so leer von Korn und so voller Stroh und verdammter Heuchelei, als ein Licht gesetzt worden (s. S. 15). Vermessen, falsch und beleidigend gegen das gewöhnliche und zu billigende Leben der Christen (*a la vida comun i aprovada d. l. C.*). Diesen Artikel nehme ich nicht zurück, sofern das, was ich in ihm behaupte, von der Thatsache abhängt, die mir begegnet ist, indem ich neues Licht und neue Gnaden von Gott, mein Leben zu bessern, durch Aufsuchen des Korns, das mir fehlte, im Umgang mit Franzisca Hernandez empfing; wodurch meine richtige Annahme begründet wird, dass, was mir geschehn ist, auch Andern geschehn könne. Das gewöhnliche zu billigende Leben der Christen habe ich, wie früher bemerkt, als des Korns ermangelnd und strohern oder Heuchelei be-

zeichnet; dass aber unsere Zeiten voll Stroh und kornarm sind, — die Bücher der h. Doctoren sind voll von solchem Tadel.

23. Es sei eine der nothwendigsten Wahrheiten, die man heutzutage tausendmal predigen müsse in der Kirche Gottes: dass, wer mit grösserer Liebe esse, Verdienstlicheres thue, als wer mit geringerer faste (s. S. 100), und man sehe zu, ob diese Limitation ausreiche *ad non introducendum errorem. Propositio licet in se non sit falsa, videtur dare occasionem cessandi ab operibus paenalibus paenitentiae occasione huius temporis in quo multae haereses insurgunt contra actus paenitentiae.* Er habe schon früher gesagt, er verstehe jenes unter der Einschränkung, dass der Prediger discret sein müsse, um nicht den Laxen (*relaxados*) Anlass zu geben, sich vom Fasten und andern ähnlichen Casteiungen (*asperezas*) abzuwenden (siehe ebendas.), und habe den Irrthum des Jovinian ausdrücklich ausgeschlossen.

24. Um offenbar zu machen, dass das Gott genehme Leben nicht in äussern Dingen bestehe, auch nicht in der Armuth und Strenge, die der h. Franziscus einführte, sondern dass man Gott auch ohne dies und bei dem Gegentheil davon dienen könne, schickte er Franzisca Hernandez in die Welt, damit sie in dieser Weise lebe wie sie lebt, sehr entgegengesetzt der Einrichtung des h. Franziscus. *Male sonans, in his temporibus maxime, et periculosa,* sofern sie der Strenge des Mönchlebens nicht günstig zu sein scheine; falsch sei auch, dass es nothwendig gewesen, so fürzusorgen (dies letztere steht vielmehr in der Art. 22 angeführten Stelle). Ortiz bemerkt, er habe schon erklärt, dass die *vita religiosa* (das Ordensleben) behülflicher sei (*mas expediente*), um den Himmel zu erreichen; in dem Zusammenhange, dem jene Aeusserung entnommen, habe er nur behauptet, dass es möglich sei, ohne Mönch zu sein, ein Diener Gottes zu sein und ein grosser; diese katholische Wahrheit sei dem Mönchleben nicht ungünstig. Da aber die Gelehrten meinten, es sei der Zeitumstände wegen nöthig, zu erklären — was er an andern Orten erklärt habe —, dass das Mönchleben zur Erreichung des Himmels behülflicher sei und dass man Gefahr laufe, wenn man es nicht wähle, so trete er ihrer Ansicht bei; sie würden besser als er die Zeitbedürfnisse kennen. Ferner, in jener Behauptung: es sei nothwendig gewesen, solche Fürsorge zu treffen, habe er nur von der *necessitas expedientiae* gesprochen; er nehme es aber zurück, da es ihnen übel laute.

25. Es sei eine grosse göttliche Fügung gewesen, durch

welche Franzisca Hernandez verhindert worden, Nonne zu werden, als sie in ihrer zarten Jugend im Begriff war, in ein Kloster zu gehn; und das Wesen der Heiligkeit bestehe nicht in äussern Dingen, sondern in der Liebe. Sofern, sagen die Herren Gelehrten, hierin behauptet zu sein scheint, dass jene Person in der Welt nothwendig sei, um Art und Weise des Lebens zu lehren, ist es falsch und scandalös; und der zweite Theil, obgleich an sich wahr, in dieser Materie *male sonat eo quod aliqualiter videtur detrahere asperitatibus religionum.* Er habe nie, erwiedert Ortiz, die thörichte Meinung gehegt, dass Franzisca Hernandez in der Welt nothwendig sei, um die rechte Lebensart zu lehren, denn sie habe keine neue Ordnung oder Stand in der Kirche erfunden; da ihnen aber dies darin zu liegen scheine, so unterwerfe er sich. Auch sei er einverstanden damit, dass die strengen Sitten der Orden bewahrt blieben, so weit es recht.

26. Es gebe unter dem Himmel keine grössere Wahrheit, um Gott zu suchen und zu finden, als die, welche er aus dem Munde von Franzisca Hernandez hörte; das sei reines Korn und die Substanz des Evangeliums gewesen (s. S. 16), *Iniuriosa sanctis doctoribus et fatuissima,* und eine leidenschaftliche Lüge. Jene Aeusserung, sagt er dagegen, nehme ich nicht zurück, soweit sie von der Thatsache abhängt, welche Lehre ich von Franzisca Hernandez hörte, und da ich über diese Thatsache mehr weiss, als die Herren Gelehrten, und weiss, dass ich von ihr das Evangelium Jesu Christi unsers Herrn hörte, so darf ich, so wahr ich sagen kann, dass es unter dem Himmel keine grössere Wahrheit gibt als das Evangelium, eben so wahr auch obigen Satz behaupten. Ich habe nie gesagt, dass die h. Doctoren jene Lehre, die ich von Franzisca Hernandez hörte, nicht behaupteten, vielmehr sind sie deren voll, aber ich bekam nicht so den erfahrungsmässigen Geschmack davon, wie bei dem Umgaug mit ihr.

27. Er habe, indem ihm Gott sie zur Herrin und Mutter gegeben, fast ein Unterpfand des ewigen Lebens mit ihr empfangen, wie in der Weisheit geschrieben stehe: alle Güter kamen mir zugleich mit ihr (s. S. 16). *Propositio fatua et blasphema,* da sie auf die Creatur anwende, was der ewigen Weisheit zukomme. Das erste, bemerkt Ortiz, hänge davon ab, was für Gnade ihm Gott durch Franzisca gegeben, und darüber wisse er mehr als die Gelehrten; jene Worte aber würden von vielen Heiligen auf die hochgebenedeite Mutter Gottes bezogen, obgleich sie ein Geschöpf,

und sei es üblich genug, *applicare membris quae dicuntur de capite.* Er bitte um Belehrung, worin die Blasphemie liege.

28. Er sei vom Samenfluss durch eine Schnur der Franzisca Hernandez geheilt, wie das blutflüssige Weib durch Berührung des Saumes Christi. *Falsa et vana et in applicatione blasphema.* Er erkläre damit, wiederholt er, nur eine ihm feststehende Thatsache; er bitte aber, und wenn es nöthig, fordere er um der Gerechtigkeit willen, dass man beachte, was er früher als seine allgemeine Voraussetzung bei seinen Vergleichungen von Dingen der Franzisca mit Dingen Christi unsers Herrn angegeben, dass er nämlich damit nur eine sehr entfernte Aehnlichkeit zu bezeichnen beabsichtige (*asimilazion remotisima*), auch habe er dort das Beispiel gebraucht: wie wenn Einer den Sprung eines kleinen Flohs mit dem eines sizilischen Rosses vergleiche. Zu Anfang habe der Fiscal ihm wegen jener Aeusserungen nicht Blasphemie, sondern Unehrerbietigkeit vorgeworfen, und, nachdem er auf jene ausgesprochene Voraussetzung aufmerksam gemacht worden sei, auch diese Beschuldigung fallen lassen. Es sei ein menschliches Versehen, dass die Herren Gelehrten darauf nicht Rücksicht genommen.

29. Da ich im Denken an meine h. Herrin und Mutter dies erfuhr, so glaubte ich nicht, dass man mir nach Gottes Willen befehle, die nicht zu sehn, deren blosses Andenken mir so viel war. *Non retracto;* wie ich früher geschrieben, glaubte ich nicht, dass jener Gehorsam mich *coram deo* binde.

30. Dass Franzisca Hernandez ihn eher als hunderttausend Doctoren von seinem Irrthum, wenn anders er geirrt habe, überzeugen würde, daher man sie ihn belehren lassen möge sobald als möglich (s. S. 109). *Contumax et iniuriosa doctoribus sanctis. Retracto cum modificatione:* weil die Herren Gelehrten meine Absicht nicht wissen konnten, sondern nur, wie die Worte lauten, so gestehe ich zu, dass sie *iure et nulla temeritate* dieselben ausgehoben, und unterwerfe mich.

31. Was ihn ohne Trost schmerze, sei, dass dieser Schlag im ganzen Paradiese Gottes wiederhallen werde, Gnade und Ruhm für ihn zu bitten, der ohne Schuld Strafe leide, und Strafe zu bitten für den, der hier ohne dieselbe dastehe und sehr voll Schuld (s. S. 110). *Retracto* wie schon früher erklärt (s. S. 127); mein Irrthum entstand daraus, dass ich nicht bemerkte, wie man mich gerechterweise gefangen setzen konnte.

32. Es ist genug, aus dem Munde dieser Verlobten Jesu Christi zu wissen, dass sie die ihr widerfahrene schlechte Behandlung für ein Vergehn (*deservizio*) gegen Gott halte. Werde ich, wie gesagt, nur dann zurücknehmen, wenn man mir zeigt, dass in jenem Prozess von Valladolid, auf den allein, wie der Zusammenhang lehrt, meine Worte sich beziehn, bewiesen worden ist, dass Franzisca Hernandez irgend gegen den Glauben gesündigt hat; nicht eher.

33. Er sei heimlich in das h. Haus der Franzisca Hernandez gegangen und dort geblieben, weil er gewusst, dass die aczidentellen Ceremonien seines Ordens dem wesentlichen Gewinn nachstehen müssten, den seine Seele aus jenem h. Umgang hatte. *Temeraria, scandalosa.* Nehme nicht zurück, und in Anbetracht, dass ich jenes nicht vor Neulingen und Kleinen gesagt habe, um sie zu schlechter Freiheit zu verführen, sondern vor Gericht, wo ich meine Gerechtigkeit offenbar zu machen hatte, behaupte ich mit Recht, dass ich durch jene Aeusserung kein *scandalum activum* gegeben habe.

34. Es sei ihm klar, dass Gott wolle, dass die Person des fünften Wunders verborgen bleibe (s. S. 116). Was das Wunder betreffe, falsch; es sei kein Wunder. Weder in dieser, noch in anderer Hinsicht will er den Satz zurücknehmen.

35. Wenn man, um die Gefangennahme von Franzisca Hernandez als gerechtfertigt erscheinen zu lassen, ihm statt fünf auch fünfzig Zeugen brächte, so sei es dennoch unrecht gewesen, denn zweimal habe er von Seiten Gottes dem Erzbischof angezeigt, dass jene Information erlogen und falsch gewesen. Falsch und blasphemisch, indem es dem Evangelium widerspricht, welches sagt *in ore duorum testium* [Matth. 18, 16], auch beleidigend gegen das h. Amt und hinderlich für dasselbe (*impedidora del*). Wenn er nicht irre, habe er von unzulänglichen (*ineficazes*) Zeugen gesprochen, von denen auch fünfzig nichts gelten; da aber seine Worte von den Herren Gelehrten auf Augenzeugen bezogen scheinen, so erkenne er an, wie schon früher: *in ore duorum cet.*

36. Da er angelegentlich Gott gebeten, seine Einsicht in diese Wahrheit aufzuklären, habe die göttliche Majestät ihm im Zeugniss seines Gewissens befohlen zu predigen. Falsch, denn er konnte es nicht beweisen, und anmassend. Ich widerrufe nicht.

37. Mit jener vollen Gewissheit göttlicher Zeugnisse könne unmöglich zugleich dämonische Illusion in ihm vorhanden sein.

Nimmt er nicht zurück. Nämlich in Bezug auf jenen Punct des göttlichen Antriebs zur Predigt; dass sich damit Täuschung seines menschlichen Geistes in Bezug auf andere Dinge vertrage, habe er schon sonst zugestanden.

38. Mit jener Gewissheit, mit welcher sich, wie die Heiligen sagten, in dem der die guten Kennzeichen habe, die sie beschrieben, kein Geist des Irrthums vertrage, behaupte er, dass er in diesem Falle nicht in Täuschung befangen sei. Falsch, denn er hat nicht die Gewissheit, welche die Heiligen in ihren Schriften kennzeichnen, und blasphemisch, was die angeblichen Wunder betrifft. Ich retractire nicht; in Dingen, die nicht direct die Sache angingen und nicht wesentlich zu seinem Hauptvorhaben gehörten, habe er sich bei seiner Predigt freilich irren können.

39. Bei dem, was er in seinem Gewissen fühle, sei es unmöglich, dass er ein Ketzer (wovon er sich himmelweit entfernt wisse, wie er in dem Audienzprotokoll weiter sagte) oder in irgend einer Todsünde sei. Falsch, delusorisch, beleidigend für das h. Amt, *et sapit haeresim* (nur an dieser Stelle und Art. 62 ist in der Beurtheilung von Häresie die Rede). Er widerruft dies noch einmal, denn selbst mit ausdrücklicher Prophetie vertrage sich Todsünde, um so viel mehr mit der Inspiration von Gott, die ihn zu predigen getrieben.

40. Alle sonstigen Indizien würden nicht ausreichend gewesen sein ihn zu jener Predigt zu bewegen, aber der Drang zu diesem Zeugniss, den er unter so neuen Gaben und Erfahrungen Gottes in sich fühlte, sei so gross gewesen, dass er nach vielem Prüfen und Beten darüber entschieden geworden: in Anbetracht dieser gewaltigen göttlichen Bewegung sei es unmöglich, dass der Erzbischof durch Zeugenaussagen berechtigt gewesen sein könne, diese Perle zu ergreifen. *Delusoria, falsa et iniuriosa.* Er erwiedert rundweg: *non retracto.*

41. Niemand, der Gottesfurcht besitze, könne sein zweites Heft lesen, ohne dadurch zu der klaren Einsicht zu kommen, dass seine Verfolger es seien, denen teuflische Illusion widerfahren, und dass dieselben fürchten und zittern müssten. *Retracto.*

42. Er bleibe bei seiner Ansicht, so lange man ihm nicht das Zeugniss, das der Erzbischof ausreichend nenne, zeige, und es ihn wohl erwägen lasse. (Im Audienzprotocoll steht bei diesen Worten am Rand: *superbia luciferina*). *Pertinax delusoria praesumptuosa arrogans et falsa. Non retracto.*

43. Es sei kein geringes Wunder, mit der Zufriedenheit und Heiterkeit, die er Gott sei Dank habe, im Gefängniss zu sitzen (s. S. 116). *Fatua et delusoria. Non retracto attentis omnibus circumstantiis per me explicatis in variis locis processus.*

44. Mit recht sehnlicher Sehnsucht erwarte er den Tag seines Todes, um die Krone des Martyrthums zu empfangen als Zeuge, der sein Leben im Bekenntniss der Wahrheit beendet (s. ebendas. Vgl. Maria de Cazalla's Bekenntniss, Punct 9, oben S. 24). *Falsa proterva iniuriosa s*[to] *Officio et blasphema.* Weil dies davon abhängt, dass mich Gott zu predigen getrieben, nehme ich es nicht zurück.

45. Ein so guter Gott, wie wir ihn haben, der sogar denen, die ihn fliehen, nachzugehn pflegt, um sie abzuhalten sich durch ihre Sünden in die Hölle zu stürzen, — es ist nicht zu glauben, dass der mich, während ich durch seine Barmherzigkeit ihn suche und von ganzem und wahren Herzen begehre und ihn wacker bitte, mich in dieser Sache nicht irren zu lassen, dennoch verlassen und schwerer Verirrung überlassen sollte, obgleich ich so demüthig bereit bin, Alles zu thun, was er befehlen mag, um diese Wahrheit ganz zu erkennen. Delusorisch und eitles Hoffen. Nehme nicht zurück, in Betracht, dass meine Hoffnung sich *praecipue* auf die Barmherzigkeit Gottes und das Leiden Jesu Christi unsers Herrn stützt, und dass ich zugleich nichts zu thun unterlasse, was an mir ist *iuxta humanam fragilitatem,* wie ich schon früher geschrieben.

46. Die menschliche Einrichtung der Mönche, nicht ausserhalb des Klosters, wo eines ist, zu schlafen, habe er damals in Valladolid zurücksetzen müssen, weil er dies klar als vom göttlichen Gesetz ihm geboten erkannte. *Falsa et scandalosa quia praebet occasionem scandali.* Nimmt er nicht zurück, und was das Scandalum betrifft, verweist er auf Art. 33, der wesentlich derselbe als dieser, so dass er sich wundere, dass man sie getrennt.

47. Er hatte den Psalm *Quid gloriaris in malitia* [Ps. 51] auf den Verfolger der Franzisca Hernandez angewendet, indem er dabei an Diego Lopez dachte, dessen *malitia* ganz offenbar sei; doch retractire er, da er einen zu weiten Ausdruck gegriffen, der die Anwendung auf Andere zugelassen.

48. Wie war es möglich, dass Sie die erforderliche Sorge trugen, da Sie mich, der seinerseits zu Ihnen kam, missachteten, und die echten und gewissen Wunder, die ich Ihnen berichtete, dämonischer Illusion zuschrieben? (s. S. 117). *Falsa delusoria iniuriosa.* Angesichts der Art, wie mich der Erzbischof mit Gering-

schätzung behandelte und sagte, mein Guardian habe Recht, die Franzisca verbrennen zu wollen, aus sehr ungenügenden Gründen, die ich angeführt, und dass ich ihn aufs Dringendste bat, nicht zu leichthin zu verfahren, nehme ich nicht zurück.

49. Wenn auch noch so Viele dem Erzbischof beifielen, so werde er allein aus dem Gefängniss das Gegentheil behaupten. *Falsa iniuriosa superba.* Damit sage er nur, dass die Menge nicht über die Wahrheit entscheide und nehme nicht zurück.

50. Wenn auch ich allein aus dem Gefängniss dawider zeugte wie Micha [1. Kön. 22], während Vierhundert Ihnen beistimmen, so führen Sie dennoch, hochwürdigster Herr, keinen gesicherten Kampf gegen diese Stadt Gottes, Franzisca Hernandez; auch tadle gewiss nicht bloss ich Sie, sondern auch Ihr eignes Gewissen thut es, wie Gott dem König Ahas geschehn liess, der nur den Micha einen Propheten nannte, aber Sie werden, glaube ich, durch unordentliche Liebe zu Ihrem Ruf und Ehre zurückgehalten. *Superbia luciferina; falsa et iniuriosa.* Dieser Artikel behauptet nur, dass es nicht richtig ist zu schliessen: Viele sagen so, also ists so. Und dazu passt nicht nur das Beispiel des Micha, sondern auch das, *si bene memini,* einunddreissigste Decret der *Nicaena synodus,* wo die Glosse notirt: *unus contradicit multis* (vgl. oben S. 131). Den Schluss aber nehme ich, als schlecht gesagt, zurück und sage, dass es möglich ist, dass Eifer der Ehre Gottes Sr. Hochwürden zurückgehalten, die Franzisca Hernandez sogleich aus dem Kerker zu entlassen, denn die Haft konnte mit Gerechtigkeit fortgesetzt werden.

51. Wenn Ihr das verderbliche Gift, das Ihr unter jenem Guten verborgen wähntet, nicht gefunden habt, so könnt Ihr mit Recht annehmen, dass die Täuschung nicht auf meiner Seite ist, sondern in denen, die etwas thaten, das öffentlich getadelt zu werden verdiente; und die das dennoch so ganz ohne Weshalb wähnen, und mich der Täuschung verfallen halten, ohne dass sie zu sagen wüssten Worin und Warum, befinden sich selbst in starker Täuschung und Uebertretung des göttlichen Gesetzes. *Falsa superba iniuriosa s*^{to} *Officio.* Als ich dies schrieb, glaubte weder ich irgend einen Irrthum geschrieben zu haben, auf Grund dessen man Verdacht haben konnte, dass ich in Täuschung befangen sei so lange ich ihn nicht zurücknehme, noch auch hatte schon irgend wer mir erklärt, worin ich geirrt, und ist deswegen jener Satz in solchem Stil geschrieben. Da mich aber Gott seitdem einige Fehler und Irrthümer von mir hat einsehen lassen, so ziehe ich jene Aeusserung

zurück, die ich in der That nicht gethan haben würde, wenn ich damals eingesehn hätte, was ich jetzt einsehe.

52. 53., in welchen Artikeln die Ungerechtigkeit der fortgesetzten Inhafthaltung der Franzisca Hernandez, wofür entweder irdische oder Höllenstrafen zu erwarten seien, behauptet wird, retractirt er; auch sei das ein schlechter Ausdruck, dass Gott sie von aller Knechtschaft der Sünde befreit.

54. Ich bin kein Prophet, aber diese Wahrheit darf ich doch sagen, dass meine Seele fürchtet, dass man noch in diesem Leben wird anfangen müssen, es zu büssen, wenn nicht sehr schnell diese verderbliche Sünde wieder gut gemacht wird, die in der Kirche Gottes so grossen Anstoss und Schaden gestiftet hat und noch stiftet. *Falsa scandalosa contumeliosissima.* Ich widerrufe dies als abhängig von dem Irrthum über die Fortsetzung der Haft.

55. Sie sollten mit Bedacht lesen, was er ihnen geschrieben, und sie würden mit Schrecken die Barmherzigkeit Gottes bewundern, der so lange die Strafe dafür zurückgehalten, dass sie die h. Gottverlobte und ihn, ihren unwürdigen Diener und Anwalt, gefangen hielten, und würden nicht noch weitere Wunder fordern, wie sie eitlerweise im gestrigen Verhör gethan (s. S. 115). *Falsa superba comminatoria. Retracto.*

56. Dass, wenn die Ordnungswidrigkeit des erzbischöflichen Schritts allgemein bekannt wäre, sich eine neue h. Gemeinschaft erheben würde gegen die Verfolger der Verlobten Jesu Christi, denen es noch auf dieser Erde theuer zu stehn kommen werde (s. S. 91 f.). *Propositio falsa scandalosa iniuriosa s^{to} Officio.* Meine Voraussetzung hiebei ist nicht sowohl gewesen: wenn Alle die Ordnungswidrigkeit wüssten, sondern vielmehr: wenn Alle die Inspiration hätten, die ich hatte, und die derart war, dass Jeder ihr gehorchen würde *etiam postposita vita.* Weil aber der Stil dieser Aeusserung Anstoss gegeben hat, und mich in meinem Prozess schlimm ins Gedränge gebracht haben würde, wenn nicht Gott und die Wahrheit und meine Unschuld in Betreff dieses Falls mich gerettet hätten, und jener Satz, *prout hic iacet,* falsch ist, weil er bloss die Notorietät jener Unordnung erwähnt, so retractire ich ihn, wie die Herren Gelehrten befohlen.

57. Das h. Amt der Inquisition hat durch die Gefangennahme der Verlobten des Königs der Himmel aufgehört heilig zu sein und ist ungerecht geworden und Werkzeug zu einem heiligen und gerechten Martyrium derjenigen, die die Wahrheit vertheidigen

wollen; nicht aus Schuld des Amts, das stets an sich heilig ist, denn es ist nichts als eine Gewalt, von Gott geordnet wider das Böse, sondern wegen Ihres Schlafs und Ihrer Nachlässigkeit. *Propositio falsa iniuriosa scandalosa.* Er füge zur Erklärung bei: dass von dem in sich heiligen Amte Sr. Hochwürden nicht heiligerweise Gebrauch gemacht bei jener Verhaftung; es komme ihm, Ortiz, zu, Gutes vorauszusetzen vom h. Amt nicht nur, sondern auch von dessen Beamten, und wenn seine Aeusserung so aussehe, als sage sie, das h. Amt habe in andern Dingen aufgehört heilig zu sein, so retractire er dies, was ihm übrigens gar nicht in den Sinn gekommen sei, und wohl Keinem.

58. Ich sah mich in die Nothwendigkeit versetzt, entweder Gott zu missfallen, wenn ich die Wahrheit verschwieg, oder Eurem Amt einen solchen Schlag zu geben, wie es seit vielen Jahren nicht bekommen; der Schlag, den ihr Gott in seiner Dienerin gegeben, nöthigte mich hierzu [Brief 3]. *Falsa iniuriosa scandalosa.* Ich widerrufe nicht und wiederhole was ich oft bemerkt, dass nur mit grossem Schmerz meiner Seele und nachdem ich selbst mir viele Schläge gegeben, ich das predigte was ich gepredigt habe; was nichts Anderes war, als mir die Augen aus dem Kopfe reissen, aber Gott besiegte mich und seine Eingebung, und deshalb sage ich, wie ich immer gesagt, dass es das h. Amt nicht für eine Beleidigung gegen sich halten darf, wenn ich den Willen Gottes that.

59. Der Verlust an gutem Rufe, den Andere durch seine Predigt erleiden mussten, konnte ihn nicht von derselben zurückhalten, da Jene ihren Ruf nicht verdienten, und durfte er, da die Sache für die h. Kirche so wichtig war, für den der Franzisca und seinen eigenen sorgen, den sie verdienten und dessen man sie ohne genügenden Grund beraubte; und wie jener Petrus [der in der Mitte des 13. Jahrhunderts ermordete Italienische Dominicaner] Märtyrer geworden für die Ausbreitung der Macht des Schwertes der h. Inquisition gegen die wahren Häretiker, so sei es eine gerechte Sache gewesen, dass er die Macht des Schwerts des Wortes Gottes ausgedehnt habe gegen die h. Inquisition, in diesem besondern Fall, in welchem ihm feststand, dass dieselbe nicht heiliger-, sondern ungerechterweise zum Nachtheil der Kirche und der Förderung und Erbauung der Seelen einschritt. *Falsa iniuriosa scandalosa. Non retracto.*

60. Er wisse nicht, welche besondern Nachforschungen die

Inquisition im Prozess dieser Dienerin Gottes in Valladolid angestellt, aber das wisse er gewiss, dass dieselben nicht dem Willen Gottes gemäss angestellt worden. *Falsa et iniuriosa.* Er meine, dass das Valladolider Urtheil gegen sie nicht genügend begründet gewesen; nur unter der zu Art. 32 angegebenen Bedingung wolle er widerrufen.

61. Die Sünde der Heuchelei könne hinreichen, alle an der Verhaftung der Franzisca Hernandez Betheiligten zu verblenden; und jene Sünde sei heutzutage sehr verbreitet, da sich die Leute mit einem todten Glauben begnügten, und damit, dass sie sagten, sie seien Christen und von sehr guter Abkunft von alten Christen [ohne maurisches oder jüdisches Blut], während doch in ihnen der Eigenwille und das Suchen eigenen Vortheils und eitle Ehrliebe sehr lebendig seien, so dass man besser thun würde, sie todte Christen zu nennen statt alte Christen. *Falsa et iniuriosa.* Dass die Heuchelei hinreichend sein könne u. s. w., sei katholische Wahrheit; Heuchelei könne zu noch grössern Uebeln führen, wie er früher ausgeführt. Und dass es viel Heuchelei in der Welt gebe, bezeuge die Welt selbst; er habe aber nicht gesagt, die Herren Inquisitoren seien derselben theilhaft. Wenn er sich nicht gut ausgedrückt, so bitte er um Verzeihung.

62. Gott sei in vollkommnerer Weise in der Seele des Gerechten als in der geweihten Hostie. Diese Proposition ist, nach der Strenge der Ausdrücke genommen, häretisch, und ist im h. Amt verurtheilt, obwohl sie bei gütiger Auffassung einen wahren Sinn geben kann (s. S. 130). Nur diesen, sagt Ortiz, habe er behauptet. *Quo non obstante retracto.* Wäre sie übrigens damals, als er sie aussprach, vom h. Amt retractirt (widersprochen) gewesen, so würde er sie auch nicht *in bono sensu* gesagt haben; allein damals war sie noch nicht retractirt.

63. Wie aus vielen Stellen seines Prozesses hervorgeht, hat er oft Zeugnisse und Vergleichungen der h. Schrift unpassend und verdreht angewendet, um seine Verirrungen und Meinungen damit zu bestätigen (vgl. S. 136), — *temeritas* und Blasphemie. Auf diesen allgemein gehaltenen Artikel gebe ich eine allgemeine Antwort. Ich habe mich *in iis, quae sunt fidei et morum, humiliter* dem Urtheil der Herren Gelehrten unterworfen, *non tamen in iis quae sunt facti, praesertim talis facti* über das ich mehr wissen kann als sie. Ob ich die h. Schrift richtig oder unrichtig angezogen, hängt davon ab, ob die Thatsache wahr ist, über die ich meine Ansicht der der Herren

Gelehrten nicht untergeordnet habe. Er könne seine Schriftanführungen hierin weder für unpassend noch für verdreht halten. Seien bei ihm aber Schriftanwendungen vorgekommen, deren angebliche Unpassendheit nicht von jener Thatsache abhingen, so unterwerfe er sich, indem er seine Bitte um Belehrung darüber wiederhole, der Entscheidung der Herren Gelehrten.

Natürlich ist der Fiscal mit einer solchen Rückäusserung über die Retractationsartikel nicht zufrieden, er fordert einfach Unterwerfung; Ortiz lehnt dies rund ab. Brieflich erklärt er darauf, er verzichte auf weitere Erwiederung gegen das letzte inzwischen eingereichte Actenstück des Fiscals, denn, da die Urtheile der Gelehrten nicht weiter geändert werden sollten, und er seinerseits auf seiner ausgesprochenen Ueberzeugung beharre, so würde des unnützen Schreibens kein Ende werden, und gewiss seien die Herren Inquisitoren dessen schon überdrüssig. Dies im August 1531.

Sie scheinen ihn denn in der That nun in Ruhe haben sitzen zu lassen. Vermuthlich war ihnen auch das störend, dass eben ein Circular des hohen Raths vom 11. Juli eingelaufen war, wonach die Provinzialtribunale, wenn die Inquisitoren, der Ordinarius und die Consultatoren nicht einstimmig waren über einen Urtheilsspruch, auch bei nur einer abweichenden Stimme, die Entscheidung der Centralbehörde einholen sollten (Llorente ch. 14. art. 3. § 15). Es war natürlich, wenn man sich dieser bisher ungewohnten Controlle nur zögernd fügte, und um so mehr, wo man nicht sicher war, in Sachen von Inculpaten, denen es an hoher Protection nicht fehlte, keinen Grund zu Ausstellungen gegeben zu haben. Das Nächste, was wir über Ortiz erfahren, ist aus einem Brief des Rathes vom Dezember desselben Jahres. Der Rath wünscht zu wissen, wie die Sache des Ortiz stehe, und ob die Herren in Toledo nicht den Brief bekommen haben, in welchem sie aufgefordert seien, aus den Acten die irrigen, die häretischen und die übellautenden Sätze des Ortiz auszuziehn und demselben vorzulesen, damit er angebe, welche er retractire und welche nicht. Es werde dem Rath sehr lieb sein, die Sache abgemacht zu sehn. Dennoch scheint von Seiten der Toledaner Inquisitoren nichts zu geschehn. Nahezu ein halbes Jahr lang bleibt Ortiz ununterbrochen in seiner Zelle, ohne befragt zu werden, ohne zu schreiben. Er hatte Zeit sich zu besinnen.

Den nächsten Schritt thut er selbst. Einen Schritt, der Viele, die bis hieher der Begeisterung des tapfern Mönchs mit warmer Theilnahme gefolgt sind, wie ein unerwarteter Guss kalten Wassers treffen wird. Ortiz widerruft Alles. Er thut damit, was jener von ihm erwähnte Mr. de Meaux that, Briçonnet, der evangelisch gestimmte Bischof, der Freund der mystischen Königin Margarethe von Navarra, der vor der kirchlichen Autorität zurückwich. Er thut, was später Fénélon sich abgewann, der die Madame Guyon, die grosse Prophetin der Mystik, mit vollster Hingebung vertheidigte gegen den gewaltigsten Orthodoxen seiner Zeit, gegen den grossen Bossuet, bis das römische Verwerfungsbreve kam; demüthig verlas er selbst es von seiner Kanzel und warf seine verurtheilten Schriften im Hofe seines bischöflichen Palastes in die Flammen; durch das päpstliche Decret sei, sagte er, sein eigenes Gewissen entlastet. Ortiz ging seinem Landsmann Molinos voran, der sich, wie bekannt, dem Verlangen seiner Richter unterwarf. Dieser Gehorsam liegt im Charakter aller Quietisten: sie reformiren nur provisorisch, unter Vorbehalt des Entscheids der bestehenden Autoritäten; es fehlt ihnen die prophetische Rücksichtslosigkeit. Und der als Vater der christlichen Mystik galt, denselben feierte man, wegen seiner Empfehlung der strengsten Subordination, als den *Doctor hierarchicus*. Dieser, der Ortiz' Mystik schützte, mahnte ihn andrerseits zur Unterwürfigkeit. Mit Berufung auf seine Franziscanerprivilegien dagegen zu protestiren, dass er vor den Inquisitionsgerichtshof gestellt werde, war ihm niemals beigefallen. Vom Generalinquisitor gab es keine Appellation, weder an den Papst noch an den Kaiser; dies *ius de non evocando* gehörte ausdrücklich zu der Machtvollkommenheit des Oberhauptes des h. Amts. Ortiz hatte gewiss nicht Unrecht, wenn er, in Unkenntniss gelassen über des Erzbischofs schon mehr als zweijährige Abwesenheit von Toledo, glaubte, dass jener, unter dessen Augen der Prozess geführt werde, in welchem er zugleich Partei und Richter war, entschieden sei, nur zum Auto de fe dürfe sein Beleidiger das Gefängniss wieder verlassen. Hatte sein höchster menschlicher Richter entschieden, so sah sich der Franziscaner nun zum Gehorsam verbunden. Und was gehn nicht in sechs·einsamen Monaten alles für Gefühle durch eine Menschenbrust.

Am 3. Februar 1532 wird Ortiz auf seine Bitte eine Audienz gewährt. Das Protokoll beginnt unmittelbar auf der Rückseite seines letzterwähnten Schreibens vom vergangenen August. Von den

Inquisitoren ist Mejia gegenwärtig. Ortiz erklärt Folgendes. Eine ausdrückliche Offenbarung von Gott, das zu predigen was er damals predigte, habe er nicht gehabt, sondern nur einen Trieb dazu in sich gefühlt, den er für göttlich gehalten. In Anbetracht nun, dass eins der grössten Opfer, welches die Diener Gottes Gott bringen können, die Verläugnung des eignen Fühlens und Meinens sei (*el negamiento de su proprio sentido i parezer*), wenn dieselbe rein um Gottes willen geschehe, eine demüthige Unterwerfung, die der h. Bernhard letztwillig von seinen Mönchen verlangte, und die besonders hervorstrahlend im serafischen Vater S. Franziscus gewesen sei, erkläre er sich bereit, sein Urtheilen und Wollen zu verläugnen und Jesu Christo unserm Herrn zum Opfer zu bringen, und ebensowohl, was er damals gepredigt nebst Allem, was daraus gefolgt sei, zu retractiren, als auch alle Strafen über sich zu nehmen, die man ihm zuerkenne. Durch Gottes Gnade fühle er jetzt in sich die Gewissheit, dass ihn, seiner Ansicht nach, nicht die Liebe zum Leben oder die Furcht vor dem Tode zu diesem Schritt bewege, sondern der Wunsch, sich um Gottes willen selbst zu verläugnen, indem er erkenne, dass in ihm nichts, seiner Ansicht nach, Gutes sei, noch Etwas, worauf er sich völlig verlassen dürfe. Jesus Christus, der die Demuth liebe, werde seine Unterwerfung annehmen.

Ortiz täuschte sich selbst, wenn er glaubte, sich selbst ganz los zu werden dadurch, dass er der Stimme jener seiner Richter folgte; er folgt ja auch in diesem Schritt der Stimme seines innern Richters, seinem Gewissen. Er bedenkt nicht, dass er, ungeachtet seiner Versicherung des Gegentheils, dennoch Etwas in sich für zuverlässig hält; nämlich eben diesen Drang nach Unterwerfung erachtet er selbst für gut, wenngleich er vermeint, weil er nichts Gutes in sich finde, auf das er sich verlassen könne, wolle er sich dem fremden Urtheil der Sachverständigen beugen. Auch die Autorität, der man sich fügen will, wählt man selber, und die eigne Entscheidung und Verantwortlichkeit ist unentrinnbar.

Weiter bekennt Ortiz, er habe sich zu grosse Freiheit des Redens gegen den Erzbischof und andere Personen erlaubt. Er lege sein Herz dem Erzbischof zu Füssen und bitte um Vergebung. Wie Paulus habe er in unverständigem Eifer die Kirche verfolgt. Dieser sein Eifer sei der Grund seiner ganzen Vermessenheit. Dem Erzbischof sei er ganz besonders verpflichtet auf den Knieen zu dienen, und das wolle er mit Gottes Hülfe thun so lange er lebe.

Er bitte aber seine Richter, die, wie er überzeugt sei, stets an die Frucht gedacht, die er der Kirche bringen könne, darauf Rücksicht nehmen zu wollen, wie er am wenigsten ungeeignet werde, Seelen zu erbauen (*fructificar*), zu welchem Zweck es nöthig scheine, dass der Prediger einige Ehre oder möglichst geringe Unehre habe. Deshalb bitte er demüthigst, dass man, wenn es ihnen gut scheine, ihn, was er auf der Kanzel gepredigt, auch dort zurücknehmen lasse, und das Uebrige, was im Geheimen von ihm gesagt worden, im Geheimen.

Am 15. März schreibt der Rath aus Medina del Campo, dass er die Vota des Ortiz'schen Prozesses (ohne Zweifel jene nun gerade ein Jahr alten) empfangen habe, und verfügt, dass Frai Franzisco Ortiz am Tage der h. Jungfrau dieses Monats [Mariä Empfängniss am 25.] in der Hauptkirche auf einem Gerüst zwischen den beiden Chören abschwöre und widerrufe, gemäss der Voten der Inquisitoren Mejia und Vaguer und des Ordinarius und der andern conform Votirenden; und dass er fünf Jahre, oder nach Bestimmung des Generalinquisitors länger, nicht predigen und Beichte hören dürfe, zwei Jahre lang nicht öffentlich Messe lese, und zwei Jahre lang in einem Kloster oder zweien des Reichs Toledo, wie sein Prälat bestimmen werde, eingeschlossen bleibe.

Nichtsdestoweniger verstreicht der hierdurch angesetzte Tag, ohne dass Ortiz' Retractation vorgenommen wird. Am 17. April beantragt Vaguer erst wieder noch eine neue Vernehmung. Ortiz, dessen Bekenntniss er übrigens mit Genugthuung gesehn habe, sage nämlich nur, er wolle aus Demuth widerrufen, nicht aber sage er, er wolle es thun, weil jene Sätze schlecht seien und schlecht gesagt seien. Man dürfe ihn aber nicht sich bloss aus Demuth unterwerfen lassen, sondern müsse ihn noch einmal befragen, ob er bekenne geirrt zu haben, und ihn dann auffordern, anzugeben, warum er jene falschen Dinge gesagt (*con que intenzion*). In dieser hochwichtigen (*ardua*) Sache, auf deren Ausgang Viele gespannt seien, dürfe gar nichts unterlassen werden, was zur Ehre des h. Amtes diene. Am Tage darauf wird Frai Franzisco den Inquisitoren Mejia, Yañez und Vaguer vorgeführt, und erklärt er, dass er fest glaube, er habe geirrt in Allem, was man in jener Widerrufsvorlage ihm als Irrthum bezeichnet. Gott habe ihm diese besondere

Gnade erwiesen, ihm diesen Glauben zu geben, auf den sich sein Anerbieten zum Widerruf gründe. Er finde grossen Frieden des Gewissens bei dem Wunsch, sich in voller Wahrheit der Ansicht der Herrn Gelehrten zu unterwerfen. Wenigstens die Beschränkung aber muss er sich als selbstverständlich dabei gedacht haben, dass er nur in dem, was er wirklich gedacht und gesagt hatte, geirrt habe; denn dass er jetzt auf die Autorität der Gelehrten hin überzeugt gewesen sein sollte, auch Alles das gesagt zu haben, was er bis dahin theils sich nicht erinnern konnte gesagt zu haben, theils bestimmt behauptete nicht gesagt zu haben, das ist doch zu undenkbar in Anbetracht des gesunden Verstandes, den er nachher fortwährend zeigt. Auf die Frage: warum er jetzt glaube, früher geirrt zu haben? sagt er: weil er das Urtheil der Herren Gelehrten für treffender als das seine halte, und in diesem Glauben und dem Vorsatz, nach dem Befehl der Herrn Inquisitoren zu widerrufen, finde er grosse Genüge und Frieden. Warum und in welcher Absicht er Jenes gepredigt habe, was er nun als falsch anerkenne? Auf diese Frage sinkt er auf die Kniee nieder vor dem Bilde des Gekreuzigten und schwört und betheuert vor seiner erhabenen Majestät, dass es Gott ihm zum Uebel und theuer von ihm fordern möge am Tage des Gerichts, wenn er nicht die Wahrheit spreche, dass er damals jene Predigt gehalten habe, weil er in seinem Herzen mit grosser Sicherheit glaubte, dass, was ihn zu predigen antrieb, von Gott komme. Dass wirklich dieser Glaube ihn getrieben, könne man aus seinem ganzen Prozess erkennen. Jetzt erkenne er seinen Irrthum und seine Schuld und schliesse ab mit der Bereiterklärung zum Widerruf. Auch der anwesende Fiscalpromotor schliesst ab.

So erfolgt denn das Urtheil, *Christi nomine invocato.* Der Fiscal, heisst es, habe in dieser Sache den Sieg davon getragen und Beklagter gar nichts zu seiner Vertheidigung bewiesen, so dass er nach der Strenge des Gesetzes sehr grosse und schwere Strafen verdient habe durch seine hoffärthige scandalöse Predigt, die Beleidigung des h. Amts und die Verehrung der Franzisca Hernandez als einer Heiligen, da sie doch eine Sünderin sei, sowie für alle die in seiner Vertheidigung vorgebrachten verurtheilten übelklingenden Sätze. Es wird in der Begründung unter Anderem trotz alles darüber Verhandelten wiederholt, dass er, die Irrthümer der Alumbrados glaubend und lehrend, gesagt habe, Christus sei in vollkommnerer Weise in der Seele des Gerechten als im h. Sacrament des Altars. Es wird auf Grund der ausführlicher wieder mitgetheilten Zeugenaussage Enbids von 1525 gesagt, er habe den Irrthum der Alumbrados gelehrt, dass man bei der Sammlung auch die guten Gedanken fernhalten müsse, um in der Verborgenheit der Seele wunderbare Erkenntniss Gottes ohne Wortgeräusch zu empfangen. So wies er, heisst es, indirect die äussern Mittel und Werke und die Bemühungen ab, durch die wir zu Gott zu kommen haben, und verwarf die Wissenschaften, die man durch Studium und Arbeit erwirbt, als unnöthig um zu Gott zu gelangen und die Dinge seines h. katholischen Glaubens zu vertheidigen. Zwischen jenen Worten des Urtheils: *proposiziones dañadas* und *mal sonantes a nra s. fe católica* ist erst noch *heréticas* geschrieben gewesen, aber gleich wieder gestrichen; Ortiz ist also nicht als Häretiker verurtheilt worden. Aber, fährt das Actenstück fort, mit Rücksicht auf den Orden und das Kleid des Herrn Sanct Franziscus und auf die lange Gefangenschaft von drei Jahren und mehr, — obgleich dies ihm für seine Schuld geschehn, — und darauf, dass er endlich, wenn auch spät, zur Erkenntniss seines Irrthums gekommen, sowie aus andern Gründen grosse Mässigung (*equidad*) und Barmherzigkeit anwendend beschliesse man: er solle als Büssender in Prozession vom Gefängniss zur Kathedrale gehn, dort mit einer Wachskerze in der Hand auf dem Gerüst sein Urtheil hören, jene Artikel widerrufen und sie sowie alles sonst derart gegen ihn Bemerkte *de vehementi* abschwören. Folgen die schon mitgetheilten Strafbestimmungen des Obertribunals. Ferner, heisst es dann, befehlen wir ihm, inskünftige mit Franzisca Hernandez weder zu sprechen noch irgend zu verkehren, weder persönlich noch brieflich, noch durch Boten, noch überhaupt directer oder indirecter Weise; auch, sich fünf Meilen im Umkreis von ihrem Aufenthaltsorte fern zu halten. Dies Alles befehlen wir ihm zu thun *sub paena impaenitentis relapsi*. Ebenso soll er auch alle übrigen ihm von uns noch aufzulegenden Pönitenzen übernehmen. Die drei unterschriebenen Inquisitoren sind Liz. Alonso Mejia, Liz. Juan Yañez, Dr. Vaguer. Dann noch die Unterschrift des Liz. Peña (des Ordinarius). Notar ist noch Franzisco Jimenez, der schon Ortiz' erstes Verhör protokollirte.

Sonntag den 21. April 1532 fand das Auto de fe statt. Zwischen den beiden Chören der Kathedrale war die Bühne (*cadahalso*) des Tribunals errichtet, auf einem kleineren Gerüst (*cadahalsillo*) befand sich Ortiz. Der Hauptmesse folgte eine Glaubenspredigt (*sermon de la fe*). Dann wurden die Sentenz und jene 63 Artikel verlesen, »welche alle genannter Frai Franzisco Ortiz retractirte, in Gegenwart vieler Leute; auch schwur er ab *in forma,* wie ihm befohlen war.« Notar F° Jimenez.

Das ist das Ende dieses Reformversuchs, der nicht mit beharrlicher Zuversicht den Prophetenberuf in sich trug, allen bestehenden Autoritäten gegenüber Stand zu halten.

Am Tage darauf eine Sitzung der drei Inquisitoren und des Guardians von San Juan de los Reyes. Ortiz, der vorgeführt wird, werden folgende Bussen auferlegt. Alle Sonnabende der ersten beiden Jahre soll er fasten und vor einem Crucifix knieend die Busspsalmen nebst Litanei beten. Die zwei Jahre soll er absitzen im Kloster zu Tordelaguna, wo er eine Zelle für sich haben soll, die er nur verlassen darf zur Messe, zu den Mahlzeiten im Refectorium, und um natürliche Bedürfnisse zu verrichten. Mit keinem Menschen soll er dort verkehren ausser mit den Mönchen des Klosters. Jetzt soll er, ohne mit Jemand zu verkehren, in drei Tagen die Stadt verlassen. Er leistet den Eid darauf, mit Hinweis auf welchen ihm noch befohlen wird, das Geheimniss des Gefängnisses zu bewahren und Niemandem zu sagen, was darin geschehn noch mit wem er dort zusammen gewesen; er verspricht auch dies zu halten. Die Fastenbusse bittet er zu vertauschen, da er sich so schwach fühle, dass er sie nicht werde aushalten können; worauf die Herren eingehn und ihm statt dessen auferlegen, die Busspsalmen mit Litanei wöchentlich dreimal zu beten, Montag, Mittwoch und Sonnabend. Dann wird er dem anwesenden Guardian von San Juan übergeben, der ihn an den Bestimmungsort befördern soll.

Torrelaguna, in der Provinz Guadalajara in Castilien gelegen, war der Geburtsort des Cardinals Franzisco Jimenez de Zisneros, welcher sich um die Stadt sehr verdient machte durch Erbauung der gothischen Hauptkirche, sowie durch Anlegung eines Aquäducts, den er sich eine Million Escudos kosten liess. Auch das Mutter Gottes Kloster, ausserhalb der Mauern, in welches Ortiz abgeführt wurde, hatte er, 1510, errichtet. Es hat bis in das 19. Jahrhundert bestanden. Der Ort, der gegenwärtig etwa gegen dreitausend Einwohner hat, liegt eine Legua von der Hauptstrasse, die von Madrid über Somasierra nach Frankreich führt. Hier, wo ein paar Jahrzehnte später der Primas von Spanien durch die Inquisition verhaftet wurde, hatte Ortiz seine Strafzeit anzutreten.

Am 9. Juli darauf schreibt das Obertribunal (darunter Niño und Aguirre) aus Medina del Campo: Juan Ortiz, Secretär des Herrn Admirals, habe um Erlaubniss gebeten, mit seinem Bruder Franzisco schriftlich correspondiren zu dürfen und dass ihm und Andern gestattet werde, ihn zu sprechen. Und der Admiral habe, um ihn in der Nähe zu haben, gebeten, dass Franzisco in ein Kloster zu Medina de Rioseco übersiedeln und dass er mit ihm verkehren dürfe. Medina del Rio seco, welches etwa sechs Meilen nordwestlich von Valladolid liegt, war eine Herrschaft des Admirals, der dort ein Franziscanerkloster gegründet hatte (Lopez de Haro *Nobiliario* p. 400). Auch in Valladolid selbst besass Don Fadrique, wie fast jeder der grossen Grundbesitzer Castiliens, einen Palast, und zwar einen der beiden imposantesten dieser schönen Stadt. Was Franzisco Ortiz dort erlebt hatte, wird ihm nicht unbekannt geblieben sein, und Franzisco's Bruder, Juan, hat gewiss das Interesse seines Gönners für den Gefangenen zu steigern gewusst. Das Obertribunal wünscht nun also über die Bestimmungen und die Ansicht der Toledaner Inquisitoren unterrichtet zu sein.

Vierzehn Tage später, am 22. Juli, erklären die Inquisitoren Mejia und Vaguer zu Protokoll, dass sie dafür sind, den Originalprozess des Ortiz nach dem Verlangen des Cardinal Grossinquisitors sofort einzuschicken, wobei Vaguer (der, wie wir hier beiläufig ersehn, im Inquisitionsgebäude selbst wohnt) hinzufügt *que él se exonerava i se exoneró del conozimiento de la dicha causa i de todo lo al dicho prozeso anexo i conexo i lo remite al dicho R^mo^ Sr Car^l^.*

Als die zwei Jahre um sind, bittet Ortiz durch den Guardian von San Juan de los Reyes, Frai Alonso de Ocaña, ihm eine Beglaubigung über den Ablauf der Haft zu geben, was auch geschieht. In einem der Eingabe beigelegten Actenstück vom 22. April bezeugen ihm der Guardian Cristoval del Olivar und andere Mönche des Klosters *de la madre de dios de la orden de Señor san Francisco extra muros de la dicha villa*, Tordelaguna, dass er alles ihm Auferlegte erfüllt hat.

Am 18. Juni 1535 fordert das Obertribunal von Madrid aus umgehende Nachricht über die dem Franzisco Ortiz zuerkannten Bussen und Strafen, und was er davon noch zu erstehen habe. Am 26. ist die Antwort abgegangen. Vielleicht hatte aufs Neue die Kaiserin sich erkundigt, die Karl, der Ende Mai nach Tunis abgesegelt. wieder als Regentin zurückgelassen.

Die gerechteste Veranlassung zur Nachfrage gaben zwei päpstliche Breven von 1534. Cardinal Quiñones hatte schon unter dem 30. Juli 1533 aus Rom ein Schreiben an sämmtliche Observanten und Tertiarier Spaniens erlassen, worin er mittheilte, dass Clemens alle ihnen je gewährten Indulgenzen und Gnaden für unwiderruflich erklärt habe, *non obstantibus literis apostolicis emanatis seu emanandis* (Guadalupe *hist. de l. prov. d. l. Ang.*, im *Registro* p. 19). Im Juni 1534 gebot Clemens in Folge vieler Klagen darüber, dass die Franziscanerexemtion (s. oben S. 82) von Seiten der Inquisitoren unbeachtet gelassen werde, diesen aufs Neue, nicht gegen Mitglieder jenes Ordens wegen Häresie oder Apostasie vorzugehn, sondern etwanige Kunde derart den Obern desselben zu deren weiteren Maassnahmen mitzutheilen. Auch Paul III. bestätigte im November desselben Jahres, ein paar Tage nach seiner Krönung, sämmtliche Privilegien der Observanten, und hob besonders hervor: *Inquisitores haereticae pravitatis de fratribus vel sororibus aut monialibus dictorum ordinum, etiam ratione cuiusvis haeresis, se intromittere nullatenus posse* (Wadding t. 16. p. 620. 621). Wie wenig sich die Spanischen Inquisitoren um päpstliche Bullen kümmerten, erhellt daraus, dass gerade ihnen der zuletzt genannte Papst noch zweimal diese selbe Sache feierlich einschärfen musste, im März 1542 und im April 1546 (ib. t. 18. p. 351. 416).

Das Quinquennium, während dessen Ortiz nicht sollte als Prediger oder Beichtiger wirken dürfen, endete im April 1537.

Das späteste Datum bei den Acten ist aus dem October 1538. Das Toledaner Tribunal schickt noch einmal Bericht an den Rath über die Ortiz zuerkannte Bestrafung.

Der Generalinquisitor Manrique war kurz zuvor, am 28. September, in Sevilla gestorben. Von dort war er, als der Kaiser sich wieder in Spanien befand und ihn zu Gnaden annahm, 1533 nach Toledo zurückgekehrt (Zuñiga p. 493). Aber der Friede war nicht von Dauer. Dass die Inquisition die beiden Freunde des Erasmus, Juan de Vergara und dessen Bruder Bernardin de Tovar, zwei gelehrte Berühmtheiten Spaniens (von denen wir weiter oben schon zu sprechen hatten, S. 55), als des Lutheranismus verdächtig, in Haft nahmen, liess den Kaiser unberührt. Als aber auch sein Hofprediger Alonso Virues, ein gelehrter Benedictiner, der 1527 in der Commission zur Untersuchung der Werke des Erasmus gesessen, und dann den Kaiser, der ihn sehr gern hörte, nach

Deutschland begleitet hatte[1], wegen Lutheranisirens in das Gefängniss des h. Amts zu Sevilla abgeführt wurde, wusste Karl sich dies nur aus einer Intrigue zu erklären, die der Generalinquisitor hätte vereiteln können. Manrique wurde wieder nach Sevilla verwiesen (Llorente chap. 14. art. 2. § 2—5). In einem kurzen Brief vom 3. Dezember 1534 schreibt er aus Oliva an den Kaiser, er habe stets erkannt, dass S. Majestät ihn für ihren wahren Diener gehalten, besonders aber jetzt, da der Kaiser, der ihm Schuld gebe in einer Sache, in welcher er seinerseits nicht zu irren geglaubt habe, ihm gnädigst (*piadosamente*) als Strafe die Ruhe gebe, nach der er sich am meisten gesehnt, um Gott unter den ihm anvertrauten Schafen zu dienen (Zuñiga p. 493. 494). Manrique war aber nicht seines Amtes beraubt; erst im September 1539 empfing sein Nachfolger die Einsetzungsbulle. Doch beschränkte der Kaiser die Machtvollkommenheit des Inquisitionstribunals, dem er 1535 die delegirte königliche Jurisdiction nahm, welche nun zehn Jahre, bis 1545, ihm entzogen blieb (Llorente das. § 11).

Erzbischof Manrique, dem Franzisca Hernandez, schon weil sie ohne Nonne zu sein, heilig sein wolle, verdächtig war, verehrte aufs höchste die Nonne Magdalena de la Cruz zu Córdova. Dieselbe war als wunderthätige Heilige, auch als Zukunftverkünderin, schon längst berühmt als Manrique vom Bisthum Cordova 1524 auf den erzbischöflichen Sitz von Sevilla kam. Er empfahl sich ihren Gebeten und reiste von Sevilla nach Cordova, um sie in ihrem Kloster zu besuchen (Llorente chap. 16. art. 4. § 2). Vielleicht hätte er auch allen Nonnen gemisstraut, wenn er vorher gewusst hätte, dass auch diese als eine vom Satan verführte Be-

[1] Aus Regensburg schreibt Virues am 15. April 1532 an Erasmus (Burscheri *Spicilegium* V. Lps. 1785. p. XVI): *cum omnes ferme quae sua sunt quaerant, non quae Jesu Christi; inter quos Caesar arbiter sedens, quando non potest, per utriusque partis pertinaciam, quod vellet, perficere, faciet, ut credo, citra bellorum discrimina, quod potuerit. Nam ut est eius pietas et philadelphia, satius iudicat, in aliquibus, quae fidei summam non attingant, connivere, quam Christianos in qualesquales Christianos, catholicos adversus haereticos, aut certe schismaticos committere. Interim ego sacris concionibus insto, hoc agens ut, si minus Germanos ab errore reduxero, Hispani saltem haeretica peste non inficiantur.* Aus Augsburg berichtet am 5. Juli 1530 Andreas Osiander an Wenz. Linck und Schleupner (*Corp. Reform.* ed. Bretschneider, t. 2. col. 163): *monachus a confessionibus Caesaris Philippo* [Melanthone] *familiariter utitur et probat aperte nostram de iustificatione et bonis operibus doctrinam maledicitque istis Germanis asinis nobis in hac parte obgannientibus et sine causa discordiam moventibus. Caesaris autem concionator multo aequior est probatque universam nostram doctrinam et iubet magno esse animo.*

trügerin vom h. Amt werde entlarvt werden. 1544 gefänglich eingezogen, wurde sie 1546 zu lebenslänglicher Einschliessung verurtheilt[1].

Sowohl Wadding, der gelehrte Geschichtsschreiber des Franziscanerordens und Juan de S. Antonio, der spätere Ordensbibliograph, als auch Nicolas Antonio, der spanische Literarhistoriker, rühmen die Schriften unsers Frai Franzisco Ortiz. Keiner von diesen spricht von seinen Conflicten mit der Inquisition. Wadding will vielleicht aus Rücksicht auf den Ordensbruder nichts sagen; gewiss haben sich wohl wenigstens jene andern beiden in Unkenntniss über die Thatsachen befunden. Nicolas Antonio sagt (1672. 1783) Folgendes: *Fr. Franc. Ortiz . . . Seraphici ordinis, observantiae regularis, provinciae Castellae . . . imbutus literis apud Complutenses ibidemque religioso instituto addictus, praestantissimus aliquando devenit, non vulgaris doctrinae ac prudentiae pietatisque nomine, sacri evangelii praeco. Postquam vero in luce hominum plures annos vixit, ut deo quod reliquum vitae erat sibique vacaret, in Turrislacunae monasterium secessit, ibique alterum atque alterum elaboravit opus, edendum post mortem cura fratris germani, nempe* . . . Die beiden Werke werden dann angeführt. Auch Pedro de Salazar, der die Geschichte der Franziscaner der Provinz Castilien schrieb, lässt, wo er über das Klosterleben des Ortiz in Tordelaguna spricht, in keiner Silbe etwanige Conflicte des Genannten mit irgend welchen Autoritäten durchscheinen.

Stellen wir nun zusammen, was wir über Ortiz' Schriften an bibliographischen Notizen haben finden können.

---

[1] Vermuthlich war dieser Erzbischof die Standesperson, welche von Magdalena in folgender Weise erwähnt wird. Als Magdalena sich einmal tief niedergeschlagen fühlte über ihre Sünden, kam es ihr vor, als sehe sie den h. Hieronymus und dieser sage ihr, sie solle der getrosten Hoffnung sein, dass Gott ihr verzeihen werde und dass sie werde gerettet werden, und als Wahrzeichen (*en preuve*) füge er hinzu: *d'ici à tant de jours, il viendra ici une personne de condition, dont il donna le nom, très-tourmentée, et qui éprouve certains soucis avec un prince qu'il nomma, et il t'en fera part. Console-le, parce que c'est un grand serviteur de moi, et recommende-le à Dieu. Et ladite personne vint au jour indiqué, lui confia ses peines, et elle la consola.* So die eigne Aussage Magdalenen's am Schluss ihres Prozesses, nach der aus dem Original gefertigten Uebersetzung bei Campan's *Mémoires de F. de Enzinas*, t. 2. 1863. p. 501 f. Möglich, dass Manrique sie consultirte als er 1529 oder als er 1534 in Ungnade gefallen war, und da er sich das zweite Mal leichter getröstet zu haben scheint, so dürfte es wahrscheinlicher sein, dass er sie 1529 besuchte, in demselben Jahre, in welchem er Franzisca Hernandez gefangen setzen liess und jenen hier oben berührten Ausspruch zu Ortiz that.

Nicolas Antonio, nachdem er zwei andere Bücher von Ortiz (*Ornatus, Quadragesimale*) angeführt, die nach des Vf. Tode herausgekommen, bemerkt: *sed et tertium vidimus, absque loco editionis, forsan vivo auctore editum, ac Didaco Dezae, Hispalensi archiepiscopo, dicatum, cum hoc titulo: Informacion de la vida Christiana, en la qual se contienen tres tratados: erudimiento de la vida Christiana, penitencia que es virtud, penitencia que es sacramento. In* 4. — Juan de S. Antonio schreibt über dies Buch: *Emisit vernacule volumen praenotatum: Formatio vitae Christianae. Sub quo titulo agit primo de instructione vitae Christianae, secundo de poenitentia virtute, tertio de sacramento poenitentiae. Est editio antiqua absque loco, in* 4, *Didaco Dazae Hispalensi archiepiscopo dicata. Memoratur a Nicolao Antonio in suis appendicibus ms. apud regiam bibliothecam Matritensem.* In die Ausgabe von 1783 des betreffenden Bandes der Bibliotheca Antonio's ist jener Nachtrag, wie wir ihn vorher angeführt, aufgenommen. — Da Diego de Deza von 1504 bis 1523 (in welchem Jahre er am 9. Juni starb, als er eben nach Toledo gehen wollte, für dessen erzbischöflichen Sitz der Kaiser ihn im Januar desselben Jahres — s. Gachard *Corresp. de Charles V. et d'Adrien VI.* p. 173 — dem Papst präsentirt hatte) Erzbischof von Sevilla war, so hat Ortiz das Werk vor seiner Bekanntschaft mit Franzisca Hernandez, die eben in den Sommer 1523 fällt, in welchem Deza starb, verfasst. Wahrscheinlich ist es aber nur kurz vorher erschienen (Ortiz hatte beim Tode des Erzbischofs eben erst sein 26. Lebensjahr vollendet), und die Dedication an Deza ist vielleicht dadurch veranlasst, dass dieser zum Erzbischof von Toledo, wo Ortiz lebte, proponirt war. Deza war mehrere Jahre Generalinquisitor gewesen, bis 1506. — Bis auf nähere Nachricht wird man übrigens besser thun, dieses Werk nicht zu den sicher von unserm Franzisco Ortiz herrührenden zu rechnen.

De ornatu animae. Nach Nic. Antonio (1672. 1783) und Juan de S. Antonio (der hinzufügt: *vidi*): *Compluti* 1548 bei Jo. Brocar in Q. (Wadding wohl unrichtig: *Compluti* 1540 *et* 1549)

Quadragesimale s. expositio psalmi L. Nach Nic. Ant. und Juan de S. Ant. ebendaselbst bei demselben 1549 in Q., nach dem Letzteren in 2 Theilen. Wadding führt an: *Expositionem doctissimam in novem priores versiculos psalmi quinquagesimi. Tom.* 1. *Madriti ann.* 1540 *et* 1599 *et Compluti* 1549. Das Datum 1540 hat Wadding wohl nur aus Possevin (s. hier unten S. 187). Possevin nennt diese *expositio* als *laudata,* Andreas als *docta,* Schott als *laudatissima,* Wadding, wie eben angeführt, als *doctissima,* Nic. Antonio als *multum laudata,* Juan de S. Antonio als *opus sane egregium.* Der Letztgenannte hat sie gewiss gesehn.

Soliloquium inter animam et deum. Compluti 1551. Wohl das im Anhange der *Epistolas* von Alcalá, die zwar auf dem Titel 1552, hinten aber 1551 tragen.

Expositio in orationem dominicam a s. Francisco notis illustratam et in alia eiusdem s. viri opuscula. Compluti 1551. Ueber diese beiden von Wadding mit aufgeführten Werke bemerkt Nic. Antonio (1672. 1783): *quae quidem ex editionis tempore comprobantur Francisci huius antiquioris esse.* Auch Juan de S. Antonio nennt sie unter den Werken unseres Ortiz.

Epistolas familiares del Mvy reuerendo padre fray francisco Ortiz, preclarissimo predicador de la orden de san francisco, embiadas a algunas personas particulares. Las quales son de muy santa y prouechosa doctrina, y mucha erudiciō. Contienen se juntamente en este volumē algunas otras obras del mesmo padre, no menos prouechosas como en la tabla se declara. Dirigidas al Illustrissimo señor dō Joan de la Cerda, Duque de Medina celi, Cōde de la villa del Puerto de sancta Maria. Señor de Cogolludo, y su Marquesado: y delas villas de Arcos y Luzon, Liguela y Barabona etc. M. D. LII. Tassado en cinco Reales. The title is surmounted with the arms, in an oval shield, of Don Joan de la Cerda duque de Medina Celi and the whole surrounded by a broad engraved border. Colophon: *Fue impressa este presente obra: en la muy noble villa y Uniuersidad de Alcala de Henares, en casa del señor Juan de Brocar, en el Año de mill y quinientos y cinquenta y vno. A diez y nueue dias de Nouiembre.* Folio, handsomely printed in gothic letter, 4 preliminary and CV folios, total 109 leaves. Twenty five *epistolas.* Dies nach Angabe Benj. B. Wiffens, der ein Exemplar dieser Ausg. besitzt. Nic. Antonio (1672. 1783): *Epistolas familiares, simulque unas oraciones en romance y un sermon en latin. Compluti apud eundem Brocarium* 1552. *Caesaraugustae* 1592. 4. Wadding Scrpt. Ord. Min. führt nur Eine Ausgabe der Briefe an: *Compluti* 1555. Juan de S. Antonio: *Compluti per Brocarium* 1552. *et Caesaraugustae typis Bartholomaei de Naxera in* 4. *Vidi.* Brunet, der von dieses Ortiz Schriften nur die *epist. famil.* erwähnt, verzeichnet 1863 zwei Ausgaben: Alcalá, Brocar 1551 *pet. in-fol. goth.* Saragossa 1592 in Quart.

In der Alcalá-Ausgabe von 1552 befinden sich hinter den

Epistolas noch folgende Werke (nach Angabe der *tabla*, nach Abschrift Wiffens).

Una exposizion del paternoster que hizo el bienaventurado padre san Franzisco, la cual es en latin. *folio LXXIX.*

El sermon breve que ordenó el mesmo sancto. *f. LXXX.*

Unas oraziones en Latin que dezia el mesmo sancto. *f. LXXX.*

Diesen drei *Opuscula* ist folgende Bemerkung vorausgeschickt: *Esta exposizion del paternoster hizo señor san Franzisco; i el sermonzito, que tras el sigue, ordenó para que todos sus frailes le pudiesen hazer a cualesquer personas i dondequera que se hallasen; i las palabras en Romanze, que tras el se siguen, son las con que señor san Franzisco amonestava que amasemos a dios. Quiso ponello aquí Pedarias Davila entre las cartas del padre frai Franzisco Ortiz porque el se lo embió i le parezió que era bien ponerlo entre sus obras por ser cosa tan breve i de tan gran fruto i porque el no lo ha visto en otra parte.*

Un devoto documento que ordenó el auctor para cuando da el reloj. *f. LXXX.*

Un sermon en Latin que hizo el auctor pro capitulari congregatione fratrum. Ohne Angabe, wo. *f. LXXXI.*

Un devoto memento que ordenó para los sazerdotes. *f. LXXXVIII.*

Una instruczion como devemos dar grazias a nuestro señor en acabando de comulgar. *f. XCIII.*

Un soliloquio que entre el alma i dios conviene hazerse despues la sagrada comunion, para darle grazias por tan inmenso benefizio como rezibió. (s. oben S. 181). *f. XCIIII.*

Unos versos que hizo, en los cuales se contienen muchas misericordias que dios ha hecho con el hombre. *f. XCIX.*

Unas oraziones que hizo a unas imajines de un libro. *f. CI.*

Otras oraziones que hizo en que se contienen unos deseos mui provechosos para el anima. *f. CIIII.*

Nur Juan de S. Antonio erwähnt noch folgende drei Druckschriften:

De vita Christi eiusque misericordiis. Ligato sermone Hispanico. Ibid. cum opere immediate laudato. Da er so eben aufgeführt hat: *Epistolas familiares. Compluti per Brocarium* 1552. *et Caesaraugustae typis Bartholomaei de Naxera in* 4. *Vidi*, so scheint er sagen zu wollen, dass dies Gedicht der Zaragoza-Ausgabe, sowie der Alcalá-Ausgabe der Briefe angehängt sei. Es ist gewiss dasselbe, das in dieser f. 99 anfängt.

Pro congregatione capitulari, sub themate: videte [*sedete?* Matth. 26, 36. 41] *vigilate orate, orationem latinam. Ibid. fol.* 81. Das Citat stimmt zu der Alcalá-Ausgabe von 1552.

Opuscula varia spiritualia. Ibidem fol. 99. *Legi.* In der Alcalá-Ausgabe von 1552 beginnt f. 99 jenes Gedicht.

Von sechszehn Bänden unedirter Schriften, die Ortiz hinterlassen hat, gibt in der Vorrede des Quadragesimale von 1549 der Typograph Johannes Brocarius Nachricht, wie Nic. Antonio und Juan de S. Antonio sagen. Letzterer lässt diesen Katalog Brocars mit abdrucken; derselbe stimmt ganz überein mit dem Katalog über die sechszehn Bände, den Wadding, ohne zu sagen, woher er ihn hat, mittheilt. Da Wadding ihn mit den Worten einleitet: *in quibus* (nämlich *voluminibus*) *prae reliquis haec continentur,* so wird man schliessen müssen, dass Brocar selbst sich so ausgedrückt hat, dass man sehen konnte, er katalogisire nicht gerade Alles, was ihm vorlag. So kann es denn auch weniger auffallen, dass gerade die drei nachher noch in Alcalá heraus gekommenen Werke in diesem Verzeichniss fehlen. Ihre Veröffentlichung war damals vielleicht schon vorbereitet. Möglich auch, dass Brocar von jenen Ms. noch nichts wusste. Wir rücken das ganze Verzeichniss nach Wadding und Juan de S. Antonio hier ein, indem wir dasselbe numeriren und hie und da eine Bemerkung hinzufügen.

1. *Quaestiones ad moniales. Utrum possint in particulari aliquid possidere?* Wohl veranlasst durch seine Schwestern, s. unten in unsern Mittheilungen aus den Briefen.

2. *Responsa ad comitem de Miranda circa venationem prohibitam.*

3. *Tractatus de homicidio voluntario.*

4. *De commendatoribus Calatravae coniugium contrahentibus cum dispensatione.* Vgl. unten S. 192.

5. *Declaratio clausulae bullarum.*

6. *Si indulgentia plenaria aequiparetur baptismo?* Dies ist bei Wadding wie bei Juan de S. Antonio mit dem Vorhergehenden zu einem einzigen Alinea zusammengerückt.

7. *Tractatus de baptismo Constantini.*

8. *Tractatus de iusto pretio et pensionibus.*

9. *Tractatus de absolutione non danda post mortem.*

10. *Tractatus circa regulam tributarii simulatorie transeuntis.*

11. *Tractatus de dispensatione cum incestuoso.*

12. *Responsiones circa quasdam propositiones male sonantes.*

13. *De retractatione Ludovici Vives.* In Quiroga's *Index prohib.* von 1583 stehn *Vives Commentaria in libros de civitate dei b. Augustini,* mit der Bemerkung: *nisi repurgentur.* Sollte in Folge dieses Werkes, das zuerst Basel 1522 erschien, schon bei Vives Lebzeiten an eine Verurtheilung desselben zur Retractation gedacht und Ortiz zu einem Gutachten veranlasst worden sein?

14. *Decisio circa fideiussorem et iustum pretium.* Vgl. No. 8.

15. *Decisio circa negotium D. Gastonis de la Cerda.* In beiden Drucken steht *Corda,* doch ist gewiss jener Herzog von Medina Celi gemeint, von welchem sein Stiefbruder, dem die erste Ausgabe der Franzisco Ortiz'schen *Epistolas familiares* gewidmet ist, erbte. Das *negotium* bestand wohl darin, dass Don Gaston, obgleich Mönch, das Herzogthum übernahm. S. de Haro *Nobiliario* 1, 83.

16. *Decisio circa agitationem taurorum ex voto.* Vgl. Alfons Valdes Dialog Lactanz (1527), Ausgabe 1850. S. 462 f.

17. *Expositio super illud Joannis* [12, 1]: *ante sex dies paschae.*

18. *Alia* [*expositio*] *super C.* [*decretalium Greg. IX.* 5, 38, 13] *cum infirmitas, de poenitentia et remiss.*

19. *Obiecta quaedam contra Abulensem* [wohl gegen Tostatus, den Bischof von Avila].

20. *Quaestio circa restitutionem captorum in venatione prohibita.* Vgl. No. 2.

21. *Dubia circa Mauros conversos in regno Valentiae.*

22. *Responsa ad diversas quaestiones tangentes dominos Vassallorum.*

23. *Resolutio super statum regis Anglorum.*

24. *Quaestio super matrimonio insulanorum.*

25. *Resolutio tractatus: an liceat ducere relictam fratris?*

26. *Dubia pro infidelibus Novae Hispaniae.* Vgl. No. 21.

27. *Resolutiones passuum notabilium in quibus Lyra et* [*Paulus*] *Burgensis* [der den Lyranischen Glossen seine eignen beifügte] *discrepant super evangelia.*

28. *Quaedam dubia circa matrimonium cum responsionibus.* Vgl. No. 4. 24. 25.

29. *Annotationes super aliqua dicta evangelistarum.*

30. *Documenta ex Chrysostomo et aliis.*

31. *Dubia super ultimum cap. D. Marci.*

32. *Annotationes contra Gregorium Ariminensem* [† 1358] *et aliquos alios.*

33. *Annotationes contra Adrianum in Quodlibet. et 4. Sententiar.* Vgl. oben S. 147.

34. *Annotationes contra Canonem Gabrielis.*

35. *Annotationes contra Martinum de Magistris* [*des Maistres*].

36. *Annotationes super librum Oratorium religiosorum, Antonii Guevarae.* Juan de S. Antonio führt 1, 107 keine frühere Ausgabe des *Oratorio de religiosos* an als: Valladolid 1542.

37. *Annotationes super operibus Origenis.*

38. *Super operibus Hilarii.*

39. *Super operibus Chrysostomi.* Vgl. No. 30.

40. *Super operibus Augustini.*

41. *Passus difficiles b. Hieronymi et super omnibus operibus eius.*

42. *Passus dubii et difficiles in operibus b. Ambrosii.*

43. *Tractatus brevis de temporibus et gestis conciliorum.* Ein Unternehmen, das der Erzbischof Carranza von Toledo ausführte, dessen *Summa conciliorum* zuerst 1546 erschien.

Tabula alphabetica resolutiva conciliorum.

44. *Sermones de adventu.*

45. *Alii* [*sermones*] *in quadragesima.*

46. *Alii tres de purissima Virgine.*

47. *Alii tres in Sexagesima et Quinquagesima.*

48. *Super illud Exodi* 33: *Est locus apud me.*

49. *Quaestio an Christus ut homo fuerit rex temporalis. Cum aliis quaestionibus.*

50. *Quaedam extra super materiam septem peccatorum mortalium.*

51. *Super psalm.* 14: *Domine quis habitabit in tabernaculo tuo?*

52. *Lex amoris.* Unter dem Titel *Ley de amor* kam 1536 der vierte Theil von *Franzisco de Osuna's Abecedar* heraus, s. unsern Anhang.

53. *Quaedam summaria annotatio eorum de quibus potest in Quadragesima praedicari.* S. oben S. 108, Z. 12. Vgl. No. 45.

54. *Annotationes super mysticam theologiam Henrici Herpii.* Unter dem Titel: *Theologia mystica, cum speculativa tum praecipue affectiva ... per Henricum Harph,* erschien eine Zusammenstellung, zum Theil Uebersetzung von mehren Werken desselben zuerst Cöln 1538. In der *epistola nuncupatoria* wird der Vf., ein Brabanter Franziscaner von den Observanten, der 1477 zu Mecheln gestorben war, *vir contemplativus et undecunque non minus doctus quam illumina-*

tus genannt. Vom zweiten Buch jener *Theologia* sagt der Uebersetzer in den Vorbemerkungen: *cuidam viduae benefactrici eiusdem ordinis, filiae confessionis, hunc librum in vulgari suo i. e. teutonico tradidit.* In der dritten Auflage 1555 ist die *Th. myst.* dem Ignaz von Loyola gewidmet. Unter denjenigen Schriften, welche in Sevilla vor dem vernichtenden Auto von 1559 von den Predigern, die gegen die Evangelischen und Biblischen und gegen Erasmus eiferten, als Lehrer des selbstverläugnenden Gehorsams empfohlen wurden, nennt Reginaldus Gonsalvius (*Inq. Hisp. artes* 1567. p. 239) an erster Stelle *Henricus Herpius*, dann den Bonaventura und das Abecedar, womit ohne Zweifel das des Franzisco de Osuna gemeint ist. Dieser war wohl ein Andalusier, aus Osuna. Expurgirt wurde die *Theologia mystica* 1585 in Rom gedruckt, und fortan nur in dieser Form zum Lesen verstattet. — Vgl. Possevini Soc. J. *Apparatus sacer* t. 2. 1606. p. 16. Juan de S. Antonio: *biblioth. Francisc.* 2, 58 f. Poiret: *biblioth. mystica.* 1708. p. 114 sq. (v. Arnswaldt) *Vier Schriften von Joh. Rusbroek.* 1848. S. XXXV. Brunet *Manuel du libraire* s. v. Herp.

55. *Annotationes super libros qui dicuntur: Differentia librorum et Agonia mortis, a D. Vanegas editos.* Nach Nic. Antonio (1783. 1, 8. 9) erschien des Alexius Vanegas de Busto, eines Toledaners, *Diferencia de libros* im Jahr 1546 zu Toledo. Von desselben *Agonia del transito de la muerte* sagt Antonio in Bezug auf Zeit und Ort: *cum alias, tum Pinciae* 1583; in Ochoa's *Tesoro de Escritores misticos* t. 2. 1847, wo dieses Werk wieder abgedruckt ist, wird keine ältere Ausgabe erwähnt als die von Alcalá 1568; jedenfalls aber lag es dem Ortiz schon gedruckt vor.

Nicolas Antonio bemerkt *biblioth. Hisp.* t. 1. 1672. p. 346 (ebenso 1783. 1, 453): *Seraphici ordinis, observantiae regularis, provinciae Castellae, senior duobus aliis eiusdem cum nominis tum familiae* [*Seraphicae* doch wohl], und weiterhin: *Waddingus perperam confundit nostrum cum, cognomine, alio, sed recentiore, F° Ortiz Lucio.* Wadding sagt nämlich in seinen *Scriptores Ordinis Minorum*, Rom 1650 (die Ausgabe Rom 1806 mit Supplement ist mir nicht zugänglich geworden) S. 126: *Franciscus Ortisius Lucius, Hispanus, provinciae Castellae Definitor, egregius praedicator, vir (inquit autor Bibliothecae Hispanicae) spectabilis famae et litteraturae non vulgaris, scripsit* — und führt dann ausser Werken, die unzweifelhaft unserm Ortiz angehören, solche an, die ebenso unzweifelhaft von einem späteren gleichnamigen Vf. herrühren, der von den achtziger Jahren des 16. Jahrhunderts bis in den Anfang des folgenden seine Schriften herausgab. Der Autor, auf den sich Wadding beruft, ist der Jesuit Andreas Schott, der unter dem Namen A. S. Peregrinus (auf dem Titel nennt er auch diesen nicht) eine *Hispaniae bibliotheca* herausgab, Frankfurt 1608. Dort heisst es S. 253: *Franc. Ortisius, vir spectabilis famae, prudentiae, et litteraturae non vulgaris, scripsit laudatissimam expositionem psalmi quinquagesimi, an.* 1540. (Unter den für sein Werk benutzten Autoren führt Peregrinus weder den Valerius Andreas auf, der im Jahr vorher einen *Catalogus clarorum Hispaniae scriptorum* herausgegeben, in welchem sich S. 49 die Angabe findet: *Franc. Ortisius, ordinis Minorum, scripsit expositionem doctam psal.* 50. *an.* 1540, noch auch dasjenige Werk, welches hier gewiss des Andreas Quelle war, Possevini *Apparatus sacer* t. 1. 1606. p. 503: *Franciscus Ortitius, Hispanus, Ord. Minorum, scripsit laudatam expositionem psalmi quinquagesimi, ann.* 1540, weiteres nicht über ihn, ebensowenig bei Schott.) Eine Vermischung dieser beiden Ortiz dürfte auch dem Higuera begegnet sein. Nic. Ant. 1672. 1783: *Franc. Ortiz Lucio, Franciscanus, quem Toleti ortum Hieronymus Romanus de la Higuera, Jesuita Toletanus, Guadalaxarae autem Thomas Tamajus mihi auctores sunt.* N. Antonio sagt noch einmal ausdrücklich: *Plane hic diversus homo est a Fr. Ortiz iam laudato, eiusd. instituti, sed antiquiore, cuius sunt de orn. an.* u. s. w. Ortiz Lucio gab 1589 ein Buch heraus, andere Bücher später, und starb 1651. G. E. de Frankenau: *Sacra Themidis Hispanae arcana*, Hannover 1703, sagt: *Monachum quoque ordinis Franciscani adducimus, Franciscum nempe Ortiz Lucio, cui Toletum alii (Hieron. Rom. de la Higuera Jesuita Toletanus in Historia eius urbis manuscripta), Guadalajaram alii (Thom. Tamajus de Vargas) patriam assignant, qui, inter alia fori theologici scripta, etiam de officio iudicis, theologice tamen magis quam iuridice, commentatus est libro quem Madriti apud Laurent. de Aiala* 1606 *sub tit. Espejo de Iuezes edi curavit, Antonio teste (bibl. I. p.* 347. *a. m.).* Higuera's hier genanntes Geschichtswerk wird noch 1783 bei Nic. Antonio 1, 601 nur als MS. angeführt, und scheint auch später nicht gedruckt zu sein. In Miñano's schon von uns angeführtem geographischen Werk wird im Artikel Guadalajara, t. 4. 1826. S. 372 f., dieser Ort angegeben als Geburtsort des Francisco Ortiz Lucio »im 17. Jahrhundert«, dann aber heisst es wieder t. 9. 1828. S. 35 f. im Artikel Torrelaguna: von hier sei gebürtig *Fr. Franc. Ortiz Lucio, del orden de San Francisco, varon de consumada sabiduria, como lo demuestran sus doctísimas homilias y elocuentes epistolas.* Der Epistolograph ist aber unser Toledaner, während Lucio wohl aus Guadalajara stammte. Antonio Martin Gamera nennt in seiner *Historia de la ciudad de Toledo, sus claros varones y monumentos*, Toledo 1862, unter den namhaften Toledaner Theologen nur einen Ortiz, den Francisco Ortiz Lucio, und auch von diesem nur den Namen, p. 1001.

Jil Gonzalez Dávila in seinem *Teatro eclesiástico de las iglesias de España*. t. 1. Madrid 1645. p. 616 nennt unsern Ortiz unter den aus Valladolid gebürtigen bedeutenden Männern: *Fr. Francisco Ortiz, de la orden de s. Francisco, escribió sobre el psalmo* 50, *en el año de* 1540. (Dies nach der Abschrift eines Freundes; auch desselben Davila früheres *Teatro*, Salamanca 1618, kenne ich nicht.) Nic. Antonio 1672. 1783: *Pincia oriundus dicitur.* Joh. a S. Antonio, ohne eine abweichende Ansicht auszusprechen: *Pincianum facit Aegidius* [Davila] *in Theatro huius ecclesia.* Die Angabe, dass Valladolid unsers Ortiz Geburtsort sei, hat insofern nicht Unrecht, als es ihm ja der Ort seiner geistlichen Geburt geworden war.

(Ein Franziscaner Theolog, Franzisco Ortiz Arias, von dem 1578 und 1603 zwei Werke erschienen, wird sowohl bei Wadding von Lucio, als auch bei Nic. Antonio und Juan de S. Antonio von Lucio und unserm unterschieden. Bei Nic. Antonio findet sich auch noch ein Franc. Ortiz de Salzedo erwähnt, *Matritensis, notarius apostolicus*, der 1610 ein Buch herausgab. Verschieden von Allen diesen scheint ein in Hübers *Menologium* col. 2295 erwähnter: *Limae in Peruano regno circa a.* 1600 *valde claruit Petrus de Ore . . . Plures circa idem tempus sequebantur hunc Petrum de ordine S. Francisci, praesertim vero PP. Franciscus Ortizius, Michael de Gado, . . . qui omnes . . . in conversione gentilium optime meruerunt.*

In dem zu Gotthold Heine's Sammlung gehörigen Band Annalen der Toledaner Inquisition wird in der *Relazion de las causas que en el s. of^{o} de la inq^{on} de Toledo se han despachado desde 4 dias del mes de septiembre del año proxime pasado de* 1575 *hasta treze de septi^{e} deste año* 1576 Folgendes mitberichtet, das eine seltsame Aehnlichkeit mit dem Prozess unseres Ortiz zeigt: *Frai Franzisco Ortiz, de la orden de s. Franzisco, porque predicando en la villa de Escalona habló mal de la prision de frai Miguel de Medina que se hizo en este s. ofizio, significando que era injusta, i echó fama que sabia por lo quel dicho frai Miguel estaba preso, i que el se salvaria porque era todo nada, i que sabia quien le habia acusado, i a los que le habian acusado, los habian de castigar rigurosisimamente, i que el sabia evidentemente que estaba sin culpa i que habia sido acusado falsamente i que habia sido su prision conjurazion de ziertos frailes de su orden i que habia sido pecado mortal prenderle i que la mano grande del il^{mo} s^{r} car^{l} inq^{or} gen^{l} que sea en gloria, que habia firmado la dicha prision, que estaba en el infierno por haberla firmado, i que el daba firmado de su nombre que, se el dicho s^{r} car^{l} no habia hecho penitenzia de aquel pecado, estaba en el infierno por el, i que los inquisidores estâban corridos de haber preso al dicho frai Miguel de Medina i que andaban buscando manera como salir del negozio de la dicha prision i volverle su honra.* Weiterhin: *i que despues de la prision i malizia contra Jesu Cristo no se habia visto otra como la que se habia hecho con el dicho Medina, i que estaba preso como si tuvieran preso a un s. Jeronimo i a un s. Augustin. I sospechando que ziertas personas habian venido a testificar a este s. ofizio contra el dicho Medina, dijo que no eran cosas que se habian de venir adelante al s. ofizio sino correjille e ir a su perlado que el sabia teolojia.* Und: *que su superior podia castigar a los que habian depuesto en el s. ofizio.* Endlich: *i que el dicho Medina no era hereje ni perjudizial, i que los que le acusaron pecaron mortalmente i le habian hecho grandisima injuria i habian sido traidores a la orden i a la iglesia i a esto s. ofizio i a todo el reino.* Seine Strafe besteht nur in einem Verweis (*reprehension*) im Saal des h. Amts und in dem Befehl *que no entrase en la corte* ohne Erlaubniss des Generalinquisitors und des Tribunals. Da der Verurtheilte bei Hofe verkehrte, so ist es nicht unwahrscheiulich, dass er jener Ortiz Arias sei, der ein paar Jahre nachher den zweiten Theil seiner *Misterios de la sacrosanta pasion de Cristo,* der 1578 zu Alcalá de Henares erschien, der Königin von Spanien widmete.)

Die *Epistolas familiares* sind wieder abgedruckt in Ochoa's *Epistolario Español,* t. I. (der 13. Band der *Biblioteca de autores Españoles*) Madrid 1850 (p. 251—94). Der Herausgeber bemerkt (p. 251), die Notizen über diesen meisterhaften Schriftsteller (*consumado hablista*) seien sehr dürftig; was er anführt ist aus Antonio entnommen, also zum Theil unrichtig. Der Abdruck ist nach der Ausgabe Zaragoza 1552 gemacht. Die Vermuthung, dass dies dieselbe sei, welche Antonio als Alcalá 1552 erschienen anführe, ist unrichtig, wie unsere Angabe über Wiffen's Exemplar zeigt. Der Titel, den der Herausgeber anführt, stimmt (abgesehn von Orthographischem und derlei Kleinigkeiten) mit dem von uns gegebenen bis *Barabona etc.* Dann folgt: *En Zaragoza, en casa de Bartolomé de*

Nágera, año de MDLII. Von den 23 Briefen jener Ausgabe sind bei Ochoa drei ausgelassen, der erste, dritte und vierte, weil sie weniger Briefe, als lange Abhandlungen seien. Die Ochoa'sche Ausgabe der Briefe ist das Einzige, was mir von Ortiz' gedruckten Schriften zugänglich geworden.

Der erste Herausgeber rühmt in der Vorrede der Briefe den köstlichen Stil und meint, kein Herz werde so verhärtet sein, dass es sich nicht gerührt fühle bei Lesung so bewundernswürdiger Sachen, die mit der höchsten Beredsamkeit dargestellt seien; und wenn an diesen Briefen weiter nichts wäre als die Feinheit (*policia*) der Sprache, so solle Niemand, der dies liebe, sie aus den Händen lassen.

Bei den Debatten über Abschaffung des Inquisitionstribunals in den Cortes von Cadiz nannte der Abgeordnete Capmany unter den Beispielen dafür, dass die edelsten Geister der Nation von jenem Tribunal verfolgt worden seien, auch den Ortiz, und führt gerade aus seinen Schriften eine längere Stelle an. (*Discusion del proyecto de decreto sobre el tribunal de la inquisicion.* Cadiz en la imprenta nacional 1813. pag. 469. 470. in der Sitzung vom 21. Januar 1813). »Ein Frai Franzisco Ortiz«, sagt er, »vom Orden der *Minores*, dessen Name und Schriften unter den modernen Literaturkundigen wenig bekannt sind, Meister der mystischen Beredsamkeit, deren pathetischer Stil die Seele rührt und erhebt, und durch die Nettigkeit und Glätte des Ausdrucks nöthigt, ihn als ein Muster ersten Ranges für unsere Sprache zu verehren (*maestro de la elocuencia mística cuyo patético estilo enternece y levanta el alma, y obliga con la pulidez y tersura de las palabras a venerarlo como primer modelo de nuestra lengua*), dieser weise und tugendhafte Mann litt Einsperrung und zehnjährige Abschliessung (*encierro y diez años de reclusion*) im Kloster von Tordelaguna. Vor seinem Unglück muss der Ruf seiner evangelischen Redekunst sehr ausgebreitet gewesen sein, da der Admiral de Castilla ihm unter Anderm im Jahr 1535 aus Medina del Campo Folgendes schreibt«, — folgt Einiges aus dem Brief des Admirals und aus zwei Briefen des Ortiz an ihn (auch wir haben daraus noch Mittheilungen zu machen), angeführt nach der Ausgabe Alcalá 1552.

Bei Ochoa (a. a. O. *Introduccion* p. X.) lesen wir: »der asketische Schriftsteller Fr. Franzisco Ortiz lässt in Bezug auf fliessenden und anmuthigen Stil viel zu wünschen; vom Schmuck der Sprache sieht er gänzlich ab, wie wenn er es verschmähte, denselben für seine strengen Lehren zu Hülfe zu rufen; er ist dürr und hart, doch stets correct (*castizo*) und voll jener hohen Gravität, die in dogmatischen Productionen so gut steht. Er besitzt keine der Gaben, die in der Rhetorik für die Briefgattung empfohlen werden: seine Briefe sind nur dem Namen nach Briefe; besser würden sie Lehrabhandlungen über religiöse Dinge heissen.« Und nachher (p. 251. Anm.): »Unsers Erachtens ist Pater Ortiz einer der reinen und eleganten Schriftsteller des 16. Jahrhunderts. Er leidet etwas an der jener Zeit eigenthümlichen Pedanterei und Weitschweifigkeit, aber sein Ausdruck ist correct und sein Stil edel, angemessen und frei von aller Affectation.«

Ortiz' Briefe aus Tordelaguna gewähren einen Einblick in seine klösterliche Zurückgezogenheit, von welcher aus er doch noch einen grossen Einfluss übte. Die datirten Briefe, die wir haben, sind aus den Jahren 1535—44.

Indem wir aus dieser Correspondenz einige Mittheilungen machen, erwähnen wir an erster Stelle einen längeren Brief ohne Datum an einen Ungenannten (Ochoa p. 260 f.), dem Franzisco auf das Eindringlichste vorstellt, wie unchristlich es ist, seine ungerechten Verfolger zu hassen, statt ihnen zu vergeben; wie wir Vergebung von Gott erbitten. In dieser hochwichtigen Sache habe er, sagt Ortiz zu Anfang von sich, seine Abneigung gegen das Briefschreiben, zu dem er sich nur, wo es unvermeidlich sei, entschliesse (vgl. p. 265[b]. 286[a]. 291[a]), überwinden zu müssen geglaubt. Indem er die Frage von verschiedenen Gesichtspuncten aus beleuchtet, sagt er unter Anderm: »Grossen Gewinn verschafft mir, wer mich auf den Weg der Heiligen bringt. Wer mich verfolgt, hilft mir, mich zu retten. Sehr begünstigt mich wer mich demüthigt, mag er auch beabsichtigen, mir zu schaden. Was mir Jemand anthut der mich beschimpft und bedrängt, sind Freundschaftsthaten; denn darum hat Christus, wie die Heiligen sagen, den Judas angeredet: Freund, zu welchem Zweck bist du gekommen? denn, obwohl er nach dem Grunde, aus dem er ihn verkaufte, ein Feind war, so war er doch durch die That ein Freund, der ihm behülflich war, ihm den Kelch zuzubereiten, den der himmlische Vater ihm gegeben hatte, und diente ihm als Schenk bei jenem Tranke, der, so bitter er war, ihm doch die Erhöhung und Ehre über alle Ehre einbrachte, und die Erlösung seiner Braut, der Kirche, die er so sehr liebte.«

Ein ausführliches Antwortschreiben an einen Franziscaner

Ordensgenossen, Frai Joven, das sich hauptsächlich über die unter Umständen eintretende Nichtverbindlichkeit von Gelübden verbreitet (p. 280 f.), hat in Anbetracht der früheren Erfahrungen Franzisco's selbst ein besonderes Interesse. Man dürfe es, sagt Ortiz, nicht als eine ausnahmslose Regel hinstellen, dass das Naturrecht, nach welchem wir unser Leben zu erhalten verpflichtet sind, zurückstehn müsse hinter dem göttlichen Recht, das uns vorschreibt, ein Gott gethanes Gelübde zu halten. Ohne Zweifel freilich müsse man, falls der Bruch desselben Beleidigung oder Missachtung Gottes herbeiführen würde, lieber das Leben lassen als zu solchem Erfolg die Hand bieten. Nur wegen eines Ceremonialgesetzes haben jene Märtyrer der Makkabäerzeit das Leben geopfert. Darum aber sei Matthathias nicht weniger zu loben, der am Sabbath für Erhaltung des Lebens zu kämpfen beschloss, wenngleich damals die Beobachtung des Sabbaths nicht minder verpflichtend war als die Enthaltung von Schweinefleisch. Aber weil damals Antiochus aus Geringschätzung Gottes und seines Gesetzes die Juden zum Genuss desselben zwingen wollte, starben die tapfern Kämpfer Gottes lieber als dass sie die Verordnung übertreten hätten, nicht wegen dieser Ceremonie an sich, sondern wegen der mit ihr verknüpften Ehre Gottes, welcher Umstand bei jenem Waffengebrauch am Sabbath nicht mitspielte. Uebrigens aber sehe er nicht ein, warum nicht ein Jude, wenn es ohne Anstoss geschehn könne, in äusserster Bedrängniss zur Erhaltung seines Lebens sollte Schweinefleisch essen dürfen. Dies behaupte er in Uebereinstimmung mit Adrian [dem Papst] und mit der Wahrheit. Sicherlich also müsse man, wenn ein Tyrann einen zwingen wolle, ein Fasten zu brechen, zur Verunehrung der Kirche, dann lieber sterben als sich zwingen lassen. Sonst aber sei jenes Gelöbniss bei äusserster Noth nicht bindend, und möge auch im positiven Recht dieser Nothfall nicht ausgenommen sein, so sei er es doch selbstverständlich nach Naturrecht. Erlaubt sei es ferner, das Leben daran zu geben für die Bewahrung jedweden Gebots, welche dem Heil des Nächsten diene. Unter diesem Gesichtspunct seien die Karthäuser zu loben, die sich mit Lebensgefahr der Fleischkost enthalten; denn ohne die genaueste Aufrechthaltung seiner Strenge würde ihr Orden Gefahr laufen. Obgleich es vorgeschrieben scheine, sein Leben zu erhalten, so sei es doch vielmehr nur angerathen, ebenso wie es nur ein Rath sei, dass man sein Leben zum Heil der Seelen wagen solle. Wenn in der Lehre Jesu Christi sich ein evangelischer Rath finde, der gegen die Gesetzesvorschrift des Naturrechts zu verstossen scheine, so müsse jener Rath in beschränktem Sinn verstanden werden, und angenommen werden, dass das Naturrecht sich nicht auf jenen Fall erstrecke und über ihn nichts bestimme. Und ein Bruch des Naturrechts sei nichts in dem Grade Schlimmes als die Befolgung des Raths etwas Gutes sei. Einem Königssohn ist es nicht erlaubt unverheirathet zu bleiben, wenn der Staat dabei Gefahr liefe; denn die Enthaltung, die jenem Einzelnen frommt, ist kein ausreichender Ersatz für das Staatswohl. Dem Karthäuser hingegen ist es erlaubt zu sterben, damit sein Orden nicht zu Grunde gehe, wie der tapfre Mann für sein Gemeinwesen sein Leben in die Schanze schlagen darf. Und hierzu kann ihn, während es andrerseits nur als gerathen erscheint, sein Gelübde verpflichten, und in vielen Fällen sind wir Alle verpflichtet, für unsre Brüder unser Leben einzusetzen. Ausgenommen aber die beiden Fälle, in denen es sich erstens um die Ehre Gottes und zweitens um das Heil des Nächsten handelt, soll man nicht so leichthin annehmen, dass man, um ein Gelübde zu halten, das Leben zu opfern habe, sondern mit hundert Augen, wie Argus, prüfen, welchen Gegenstand das Gelübde hat, und ob es der Art ist, dass es in höchster Noth seine bindende Kraft verliert, oder ob der Art, dass es dieselbe nicht verliert. So haben wir, sagt er, um von den Gelübden unsers Ordens zu reden, eher den Tod zu leiden als die Keuschheit zu verletzen, abgesehn von den selten vorkommenden Fällen, wie z. B. wenn der Papst zum Besten eines Reichs den einzigen übrigen Erben, der Mönch wäre, dispensirte. Susanna habe ihr Leben für ihre Keuschheit gewagt, Josef Ehre und Freiheit; S. Augustin nehme gewisse Heilige in Schutz, die sich ins Wasser stürzten, um Verfolgern zu entgehn, die ihrer Keuschheit nachstellten, indem er meint, sie seien durch besondern Antrieb des h. Geistes, wie Simson, zu diesem Tode berechtigt worden; S. Hieronymus schreibe im Commentar über Jona [zu 1, 12]: *in persecutionibus non licet propria perire manu, absque eo ubi castitas periclitatur,* — womit dort keine allgemeine Regel gegeben werden solle, sondern nur Vorkommnisse wie die eben erwähnten erklärt werden sollen. Was aber das Gelübde der Armuth betreffe, so sei bekanntlich vom Papst erklärt worden, dass zu Zeiten höchster Noth auch dem *frater minor* der Weg nicht verschlossen sei, den das Naturrecht Allen bietet, weshalb man, meint Ortiz, verständigerweise nicht werde behaupten dürfen, dass der Franziscaner eher sterben als Geld gebrauchen solle, auch wenn er gewiss weiss, dass er anders sein Leben nicht retten kann. Auch das Gelübde des Gehorsams finde in der Ordensregel selbst seine Schranke, da es nach ihr dem Prälaten nicht zukomme Jemand gegen dessen eignen Willen zur Predigt unter die Sarazenen oder andere Ungläubige zu schicken. Nach allem Diesen sei der Tod wegen Haltung des Gelobten nur so lange rühmlich, als die Verbindlichkeit des Gelübdes dauere. Wer, weil er gelobt, einige Tage zu fasten, sein Leben aufs Spiel setzte, wenn während jener Zeit einer jener äussersten Nothstände einträte, würde vielmehr unbesonnen handeln. In andern Fällen, z. B. wenn, wie gesagt, die Keuschheit in Gefahr kommt, wäre es feige, nicht den Tod zu übernehmen. In noch andern Fällen ist es löblich, wenn es um der Bewahrung des Gelübdes willen geschieht, z. B. wenn man dem Prälaten gehorcht, der einen unter die Heiden in den Martyrtod schickt. Andre Gehorsamsfälle gibt es, die mehr zu bewundern als nachzuahmen sind; wie der, welcher auf Befehl seines Abts seinen Sohn in den brennenden Ofen warf, und ihn, zum Zeichen, dass ihm der Ruhm Abrahams zu Theil geworden, lebend daraus wieder zurückempfing, und wie jene beiden Jünglinge, welche auf Befehl ihres Obern Jemandem Feigen bringen sollten und sich unterwegs in der Wüste verirrt hatten, dort vor Hunger starben, die Hände, die die Speise nicht angerührt, zum Gebet gefaltet [*Vitae patrum* l. 5. libell. 14. cp. 18. l. 4. cp. 38]. Selig, wer von demselben h. Geist geleitet, Aehnliches thun kann. »Aber,« fügt er hinzu, »damit die Seele sicher sei, dass sie eine Eingebung Gottes und nicht eine Vorspiegelung des Satans hat, bedarf es der Gabe der Unterscheidung des Geistes, überhaupt vieler geistlichen Einsicht und Gnade von Gott; und, um diese zu erlangen, bedarf es vieler Demuth, denn diese Tugend ists, welche der Seele die wahre Unterscheidungsgabe einträgt, wie das S. Antonius der Abt ausspricht. Und indem ich so auf das, was ich zu Anfang sagte, zurückkomme, sage ich von Neuem und will es, wenns noth thut, noch tausendmal wieder sagen, dass unser Leben daran hängt, dass wir aufs Angelegentlichste und Eifrigste die Demuth suchen, auf dass wir nicht betrogen werden, entweder von unserm eignen Geist oder von unserm Widersacher; denn nicht mit geringer Scheu davor, dass er für äusserste Nothfälle solche halte, die keine sind, darf Jemand wagen, Richter in seiner eignen Sache zu sein. Und der Glaube des redlichen Gehorsamen, der die Stimme seines Prälaten wie eine Stimme Gottes ansieht, gibt demselben oft Aufschwung und Grösse, und treibt ihn zu heroischen Thaten, die die Bahn der menschlichen Vernunft übersteigen; und viel ists, was durch die Kraft Gottes die Seele vermag, wenn sie ihm in Glaube und Liebe geeint ist, und sehr gefährlich ist die Klugheit des Fleisches und auch die der menschlichen Vernunft, in ihrer Blösse für sich genommen, ohne Licht von Glauben und Gnade, wenn sie nach ihrem blinden Gutdünken beurtheilt, was ihr geheissen wird, wie Naeman that als er sich weigerte, zum Jordan zu gehn um sich darin zu baden, da er die Wasser von Damask für besser hielt, und niemals hätte der Blindgeborne von unserm Herrn Christus Licht empfangen (*fuera alumbrado*), wenn er sich daran gemacht hätte zu begrübeln, wozu denn der Koth auf den blinden Augen dienen solle, da doch derselbe sehende Augen blind zu machen im Stande sei. Dies habe ich berührt, um zu zeigen, dass man mehr durch demüthiges Beten und Seufzen als durch Erörtern dahin kommt, den wahren Gehorsam und die andern Gelübde halten zu lernen.« Lesenswerth sei, was Martin sage über die Frage: wann man um eines Werkes der Tugend willen das Leben daran geben solle. »Doch,« fährt er fort, »ich würde lieber in dem Buch des Gewissens, durch wahre Erfahrung, die Wissenschaft lesen, die Gott die Demüthigen lehrt, indem er sie durch seinen Geist zu Grossthaten stärkt.« Er ermahnt darauf den Frai Joven, über den ihm vorgeschriebenen Studien nicht das Gebet zu vernachlässigen; das wären keine rechten *liberales artes,* die den Geist so unterdrückten und knechteten. — In einem andern Briefe (gleichfalls ohne Jahreszahl) schreibt er einer Nonne (p. 290): »Es gibt Viele, welche glauben, wenn sie nur unter dem heiligen Gehorsam leben und äusserlich thun, was ihre Prälaten ihnen befehlen, so seien sie vollkommene Gehorsame und hätten weiter keinen eigenen Willen zum Verläugnen. Und das ist eine grosse Täuschung; denn, wenngleich jener Gehorsam heilig und nothwendig ist, so wird doch durch denselben ein anderer, mehr innerer und feinerer (*mas delicada*) nicht ausgeschlossen, den die Seele verpflichtet ist, Gott zu leisten, indem sie seinen inwendigen Eingebungen (*inspiraziones*) zu gehorchen sucht mit voller Verläugnung alles dessen, was wir in uns gegen das Gottgefälligere sich empören fühlen, mit so glühendem Eifer, dass wir nicht allein in dem gehorchen, was wir durch die Worte, die er in seiner h. Schrift uns ausgesprochen hat, als seinen Willen erkennen, sondern auch den Zeichen, die er uns geben mag, seien sie auch von fern und klein, vorausgesetzt, dass wir sie mit Sicherheit als seine erkennen, uns gänzlich unterwerfen, indem wir wachen und fliegen, sie zu erfüllen.«

In einem Briefe an Pedrarias de Avila (den Herausgeber der *Epistolas,* Alcalá 1552) spricht er sich folgendermassen über den Glauben aus (p. 293). »Wir sollen die Augen, welche die Sünde geöffnet hat, schliessend, die öffnen, welche die Sünde geschlossen hat, und dazu ist der Glaube, wenn er wohl bedacht und überlegt und belebt ist; denn es nützt wenig, den Schlüssel auf dem Schooss zu halten, wenn man ihn nicht zu seinem Zweck anwendet. Und der Zweck des Glaubens ist, unser Leben zu regeln, damit wir dazu kommen die Schätze des Himmels zu besitzen, die er uns zeigt, wenngleich nicht offen; denn Gott erlaubte nicht, dass das Allerheiligste anders als bedeckt von den Leviten durch die Wüste getragen wurde; und wenn unser Leben durch den Glauben geregelt ist, dann erfüllen wir, was der Prophet und S. Paulus sagten: dass der Gerechte durch den Glauben lebt. Und man beachte wohl, dass er nicht sagt: der, welcher für wahr hält (*cree*), lebt durch den Glauben (*fe*), sondern: der Gerechte; um zu zeigen, dass zu unserm besondern Leben Werke erforderlich sind, die den Glauben begleiten, und es nicht genügt, für wahr zu halten[1]. Und zu sagen, dass der Gerechte durch den Glauben lebt, ist sagen, dass er sein ganzes Leben regelt, wie der Glaube es vorschreibt, indem er dankt und wünscht und liebt, wie der Glaube es vorschreibt, und sich freut und sich betrübt, wie es einem Christen geziemt, und hofft und fürchtet was der Glaube sagt, dass man hoffen und fürchten soll, und indem er Dinge redet und thut, in denen immer der Glaube wiederstrahle.« Acht Jahre später, 1544, beabsichtigte Pedrarias eine Wallfahrt an das Apostelgrab nach Santiago. Ortiz ermahnt ihn (es ist der letzte Brief der Sammlung), er solle sich durch die »Interzession dieses speziellen Advocaten« ihres Spaniens erbitten, zu lernen, in dieser Welt ein so guter Pilger zu sein, dass er als Bürger im Himmel ansässig werde, und wünscht, Pedrarias möge auch für ihn den Herrn Santiago bitten, ihm das von Gott zu erlangen. »Und vergesst nicht,« fügt er hinzu, »ihm sehr alle Bedürfnisse (*nezesidades*) der heiligen Kirche anzuempfehlen, deren so viele und so grosse sind, dass jeder gute

[1] Die Ausgabe macht hier keinen Punct, sondern schreibt: *y no basta creer y decir que el justo* u. s. w.

Christ seine eigenen vergessen zu müssen scheint, wenn er die bedenkt, in denen sich heutzutage unsere grosse und wahre Mutter befindet; Gott sorge für sie Alle, er ist ja ihr Gemahl und Herr. Amen.«

Schliessen wir hier eine Stelle aus seinem (hinter den *Epistolas* Alcalá 1552 abgedruckten) *Memento* an. Er sagt dort (f. 88 verso), er würde dem Priester rathen, täglich alle Heiligen anzurufen, dass sie seine Interzessoren am Throne der Dreieinigkeit seien, denn durch die Menge der Advocaten gewinne die Seele grosse Zuversicht, und sicher werde die Hoffnung nicht getäuscht werden, wenn das Erbetene gerecht sei. Uebrigens wolle er durch seine nachstehenden Worte nicht den andächtigen Geist der heiligen Freiheit berauben, die derselbe haben müsse, um den Neigungen des heiligen Geistes zu folgen, die er im Innern fühle, sondern um die lauen und schlafenden Seelen wecken zu helfen habe er geschrieben, damit sie sich gewöhnen, lebhafte Empfindungen aus der Betrachtung der Mysterien des Lebens und Leidens unsers Erlösers zu ziehn. »Es ist sicher, dass die wohlgeübte Seele, ohne so viel Worte zu machen, in sehr kurzer Zeit alle die heiligen Wünsche und Gebete in sich fühlt, die hier ausführlich aufgeschrieben sind. Und da der Zweck von alle dem Ein Nothwendiges ist, nämlich die wahre Einung unsers Geistes mit Gott durch vollkommene Liebe, so hat, wer diese Frucht in sich fühlt, nicht nöthig, sich in breiten Auseinandersetzungen verstandesmässigen Nachsinnens aufzuhalten (*largos discursos de meditaziones intelectuales*). Weil aber, um zu dieser Vollkommenheit zu gelangen, das ein Weg ist, wenn man sich in solchem Nachsinnen übt, denn in ihm und an ihm entzündet sich in uns das Feuer der göttlichen Liebe, so habe ich die folgende Vorbereitung zur Messe niedergeschrieben, genöthigt von Jemand, der es mir befehlen konnte.« »Indem ich,« fügt er hinzu, »alles darin Geschriebene der Correction jedwedes Katholischen und Weisen und Andächtigen (*devoto*), der es besser versteht (*que mejor sintiere*), unterwerfe.« So solle man denn diese seine Vorbereitung mit Nachdenken beten (*pensándola i mentalmente rezándola*).

Wie zufrieden Ortiz in seiner Zurückgezogenheit lebte, zeigt uns besonders seine Correspondenz mit dem Admiral.

Werfen wir einen Blick auf des Admiral von Castilien öffentlichen Charakter, Theilnehmer an der Eroberung Granada's, hatte er auch in der Zeit der Comunidades das Schicksal seines Vaterlandes mächtig mitbestimmt (Sandoval *hist. d. emper. Carlos.* Buch 7—9). Er war unzufrieden wie ganz Spanien mit dem Auftreten und Verfahren des jungen Königs, nicht minder aber hielt er sich fern von dem Aufstand, der ihm nicht zum Guten führen zu können schien. Und allerdings war derselbe von vorn herein zum Missglücken verurtheilt, denn die verschiedenen Provinzen machten nicht gemeinsame Sache und bald zerfielen auch die verschiedenen Stände mit einander. Des Admirals einflussreiche und im Lande sehr beliebte Persönlichkeit musste, auf welche Seite er auch treten mochte, sehr entscheidend ins Gewicht fallen. Ihn und den Connetable von Castilien, Iñigo Velasco, ernannte nun Karl im September 1520, als es sich schon herausgestellt hatte, dass der Cardinal Adrian allein der Bewegung nicht Herr werden würde, neben demselben zu Vizekönigen. Er adjungirte sie jenem, wie er selbst sich in seinen Commentaren ausdrückt. »Fadrique,« so erzählt der Zeitgenosse Maldonado in seiner Geschichte der Bewegung von Spanien (bei Quevedo S. 177 f.), »war erst zweifelhaft, ob er das Vizekönigthum annehmen sollte, da er lieber wollte als Privatmann leben als unter Tumulten und Bürgerkrieg den Befehl haben. Als er aber erfuhr, dass die Plebejer seinen Ort Medina de Rioseco heimsuchten, weil derselbe den Adrian, als dieser [aus Valladolid, wo er residirte] vertrieben und flüchtig war, [in Abwesenheit des Admirals] aufgenommen und unterstützt hatte, so ging er, damit man nicht sage, dass er dem so illustren Vizekönig und Cardinal nicht zu Diensten gewesen sei, sofort dahin ab, und, auf Andringen der Freunde und Verwandten und da Adrian selbst ihn inständigst darum bat, übernahm er das Amt.« Noch immer aber suchte er die Sachen zu gütlichem Austrag zu bringen, und wie er seit dem Beginne der Erhebung von Valladolid sein ganzes Ansehn beim Volke dahin aufgeboten hatte, so richtete er auch als die beiden Heere schon nahe aneinander standen, mehre freundlich ernst mahnende Briefe an das Ayuntamiento von Valladolid. In dem einen derselben, von Ende October 1520 (bei Sandoval 7, 15; bei Quevedo S. 316 f.), schreibt er: »Ich sage nicht, meine Herren, dass bei den vergangenen Vorfällen weder diese Stadt noch das Reich Grund zu Bewegungen gehabt haben, denn die Unkenntniss unserer Regierungssitte hat diejenigen sicherlich irre geleitet, welche nicht bedachten, was man verliere, wenn man Euch in Unzufriedenheit über die Behandlung liess,« jedoch sollte man bedenken, dass die Jugend des Königs ihn auf Rath anweise, und die Schuld nicht ihn selbst treffe, der rühmlich gehandelt, Rath anzunehmen, wozu die Jugend sonst nicht geneigt sei. »Sehr recht und nothwendig wäre es, dass Ihr Euch bemühtet, das ganze Reich zu Einer Stimme der Grossen und Kleinen zu vereinigen, und wir ohne Aergernisse, ohne Todte, ohne Flammen, ohne andere schlimme Dinge verhandelten und sähen, was dem Reich Noth thue, um diese Uebelstände abzustellen, inwiefern die Privilegien, die Bräuche, die Sitten verletzt, die unter andern Verhältnissen entstanden waren und der Nachbesserung bedürfen möchten; und dies, wohl besprochen und erkundet, dem König zu senden und ihn um Abhülfe zu bitten, ein und zwei und drei Mal. Und wenn seine Hoheit, was ich nicht glaube, dem nicht abhelfen wollte, wer hielte dann von jenem Weg ab, den man jederzeit so offen hatte wie jetzt? Aber ohne diese Massregel, ohne die Abhülfen friedlich zu suchen, Euch zu rathen zu den Waffen zu greifen, was war das für ein Rath? war's ein gesunder? war's ein ehrenwerther? war's ein förderlicher?« Man werde das so gefürchtete Spanien von seiner Machtstellung herunter bringen und in innere Unordnung stürzen. Noch im November schickte er angesichts des Heeres der Comuneros an deren Junta die weitgehendsten Anerbietungen (bei Quevedo S. 320 f.). Sobald man die Königin frei lasse, dem Könige die Regierung zurückgebe und ein paar Adligen ihre Güter, verpflichte er sich die folgenden Puncte zu unterzeichnen, die er im Namen des Königs verspreche und binnen drei Monaten von demselben unterzeichnet vorzulegen sich anheischig mache, wofür er alle mögliche Sicherheit zu stellen bereit sei. Unter Anderm verspricht er im Namen des Königs, dass kein Amt oder Würde oder Benefiz einem Ausländer ertheilt werden solle, dass die geschehenen Naturalisirungen zurückgenommen werden sollen, dass der König überhaupt die Gesetze des Reichs beobachten werde wie er geschworen habe, und dass derselbe einen Generalpardon für alles Vergangene erlassen werde. Seine Stimme verhallte. Der Unglückstag von Villalar gab das Land in das Belieben des Kaisers und die freiheitliche Entwicklung Spaniens wurde für Jahrhunderte gehemmt. Dass der sogenannte Generalpardon von Valladolid so unköniglich beschnitten wurde, war nicht die Schuld dieses warmen und klarblickenden Patrioten. Seine Gemahlin, eine Gräfin Modica, nennt Bischof Sandoval (8, 6) als eine sehr christliche Frau, die 1520 auch Eintracht zwischen den Parteien zu stiften suchte und eine Conferenz beiderseitiger Häupter zu Stande brachte, deren freundliche Stimmung die Sache freilich nicht erledigte.

Nach der Eroberung Roms, noch im Jahre 1527 wie es scheint, schrieb Don Fadrique an des Kaisers schon einmal von uns erwähnten lustigen Rath, um Hofneuigkeiten von demselben zu erhalten und that keine Fehlbitte (s. am oben S. 81 angef. Ort S. 57).

1534 fühlte Don Fadrique, dass sein Ende nicht mehr fern sei. Er bat deshalb seinen vielwissenden Freund Don Antonio de Guevara, ihm eine kleine Abhandlung über die Grabschriften der Alten zu schreiben, was dieser auch in bester Laune ausführte (Guevara's Antwort vom 30. März 1534 in seinen *Epistolas familiares* die 61., in Ochoa's *Epistolario Español* t. 1. p. 183 f.). Im folgenden Jahr stand der Admiral am Rande des Grabes. Als er gegen alle Erwartung sich wieder erholte, wandte er sich in wichtigeren Angelegenheiten an einen ernsteren Rathgeber, an Franzisco Ortiz. In einem Briefe aus seinem Medina vom 9. Dezember 1535 spricht er demselben den Wunsch aus, ihn dort in San Franzisco in seiner Nähe zu haben, um ihm seine Gewissensfragen vorzutragen und seine Predigten zu hören, und bittet ihn, angeben zu wollen, welche Schritte zu thun seien, um diese Uebersiedelung zu bewerkstelligen (bei Ochoa S. 265). Ortiz antwortet am 17. (S. 265 f.). Wollte er, sagt er, daran denken, mit Worten auszudrücken was er fühle, dass er dem Wohlwollen und der Fürsorge Don Fadrique's schulde, so würde er dadurch zeigen, dass sein Gefühl nur schwach und von niedriger Güte sei (*de bajos quilates*), denn das ist Alles, was in so gar geringen Gefässen, wie die Worte sind, Raum findet; auch mit Dienstleistungen die Geneigtheit seines Gönners aufzuwiegen, sei seiner Wenigkeit unmöglich. Es tröste ihn nur das Zeugniss seines Gewissens, dass er täglich für denselben bete. Was er jetzt sagen wolle, obgleich es Don Fadrique nicht mehr werde nöthig haben zu hören, sei, dass derselbe, da Gott ihn fast wie den h. Lazarus wieder auferweckt habe, jetzt mehr wie ein Mensch der andern Welt leben solle als wie einer von dieser. Er erinnert ihn an Hiskia's Heilung und ermahnt ihn, nicht wie dieser aufs Neue weltlicher Gesinnung zu verfallen. Dann fährt er fort: »In Betreff Ihres Befehls, Ihnen zu schreiben, in welcher Weise man es anzufangen habe, sich meiner zu bedienen, begnüge ich mich, indem ich unterlasse, lange Geschichten über vergangene Dinge zu schreiben, damit, in Kurzem zu sagen, dass jene wohlwollendste Freundlichkeit Gottes, dessen höchste Fürsorge auch der geringsten Würmlein nicht vergisst, mir, indem er meine Kleinheit und Schwäche kennt, die geheime Zurückgezogenheit und Stille, die man mir als Pönitenz gegeben, zu so süsser Barmherzigkeit umgewandelt hat, dass ich, auch nachdem die Zeiten meiner Einschliessung zu Ende waren [seit April 1534], keinen Schritt aus diesem Kloster hinausgethan habe, noch auch im Uebrigen von einer apostolischen Erlaubniss (*facultad*) und den darin enthaltenen Nachlassungen (lies *relajaziones* statt *relaziones*) von Pönitenzen und Verboten habe Gebrauch machen wollen; noch auch haben viele und verschiedene Schreiben, welche alle unsere gewesenen hochwürdigsten Väter Generale mir, mit nicht wenigem Andringen, geschickt haben, vermocht, mich hier herauszulocken. Es ist noch kein Monat her, seit ich an unsern neuerwählten hochw. Vater General ein Gesuch abgeschickt habe, mich für entschuldigt zu halten, wenn ich ihm nicht gehorche, da ich zureichende Gründe habe, die Zelle und die Stille, die ich in Wahrheit so liebe, nicht zu verlassen. Denn, wenn auch kein anderer Grund hinzukäme, ausser dem, dass ich weiss, dass mein Ilmo und hochwürdigster Herr Cardinal von Sevilla gern sieht (*huelga*), dass ich nicht predige, so ist mir dieser vollständig genügend (*bastantisima*); um wie viel mehr, da es viele andere und gewichtige gibt, nicht zu wünschen aus dem Traum und der Ruhe zu erwachen, die Gott mir hier aus blosser Güte gibt. Denn Sie können mir glauben, dass ich meine Stille, mag ich sie auch nicht so theuer haben kaufen wollen (*aunque este mi silenzio yo no le quisiera mercar tan caro*), doch nicht für so gering halte und nicht so geringen Gewinn davon ziehe, dass ich sie billig zu verkaufen gedächte, und weder billig noch theuer will ich sie verkaufen oder vertauschen gegen irgend Etwas von geschaffenen Dingen, wegen der besondern Gnade, die mir Gott durch dieselbe erweist. Und gemäss der Verpflichtung, die ich habe, Ihnen gern zu dienen, ist genügender Beweis dessen, was ich Ihnen in Bezug darauf versichert habe, dies dass ich Ihre Herrlichkeit nicht bitte, mir von meinem hochw. Herrn Cardinal von Sevilla alle jene Gunst und Gnade zu erlangen, welche aus eigenstem freien Antriebe (*con llena i entera libertad*) kommen müsste, um die Wünsche Eurer Herrlichkeit erfüllen zu können, da Dieselben mir mittheilten, dass Sie die Arbeit meiner Predigt als Dienst anzunehmen gedächten. Allein, ich nehme mir die Freiheit, Ihre Herrlichkeit zu bitten, es für gut finden zu wollen, mich sein zu lassen wo ich bin; denn ich denke, dass Dieselben hierin kein Dienstvergehn sehen dürfen, da, wenn es auch nur wäre, weil meine Eingeschlossenheit sehr wichtig für meine Seele ist und mein Hinaustreten Ihnen so wenig einträgt, diese Erwägung mir genügen würde, um zu glauben, dass Ihre Herrlichkeit, die stets mit so viel Liebe und Wohlwollen Alles was mir gut ist gewünscht haben, sich herablassen werde, meinem Bedürfniss nachzugeben (*se terná por servido en condeszender con mi nezesidad*). In Fülle werden Sie sehr treffliche Prediger finden, deren Lehre und Rath und heiliges Leben für Ihre Seele Licht sein kann. Und, die Wahrheit zu sagen, ich glaube, dass Ihnen mehr und wirksamer als alle Prediger, die Sie in Ihrem ganzen Leben gehört haben, Gott selbst gepredigt hat, indem er Sie in solche Bedrängniss geführt und Ihnen dann ein wenig wieder Luft gemacht hat; eine stete und fruchtschaffende Predigt wird Ihnen die Erinnerung dieser Gnade sein.« — Am 22. Dezember schreibt der Admiral schon wieder (S. 267). »Ich empfing Euren Brief,« sagt er, »und sehr grossen Trost mit ihm, obgleich in der That Euer katholischer Entschluss mir nicht gefällt. Denn da es ein Liebeswerk (*obra de caridad*) zu sein scheint, dass Ihr allein Eurer geniessen wollt, so wäre es gut, wenn Ihr Euch daran erinnertet, dass S. Paul um der Predigt willen zur Rechten von S. Peter steht; woraus ersichtlich, dass unser Herr nicht will, dass der Gewinn einem Einzigen gehöre, sondern dass er denen mitgetheilt werde, die sein bedürfen. Und wahrlich, Herr, verdienstlicher wäre das Werk, welches Ihr thätet, indem Ihr mit mir verkehrtet, als das, welches Ihr in Eurer Einsamkeit thut, denn der Geist Gottes mit dem Eurigen sind an jedwedem Platz am Ort, und hier hättet Ihr die Einsamkeit, die Ihr nur wünschen könntet, denn auch ich bin so Freund derselben wie nur irgend Einer. Ich, Herr, verfolge meinen Weg, mich zu bemühn

Gott nicht zu beleidigen, so gut ich kann; meine Schwachheit lässt mir nicht zu, mich von den im Wege stehenden Beschäftigungen zu trennen.« Die Regierung seiner Vasallen störe ihn sehr, doch hoffe er bald mehr Musse zu gewinnen. Ortiz müsse ihm, seinem treuesten Freunde (*siendo yo el mayor amigo que teneis*), verzeihen, wenn er noch der Ansicht desselben, er, Ortiz, müsse in seiner Zurückgezogenheit verharren, widerspreche; »denn es wird Gott sehr damit gedient sein, wenn sich die Truhe der Weisheit geistlicher Wissenschaft wieder öffnet, die seit so langer Zeit verschlossen gewesen ist.« In einer Nachschrift sagt er noch einmal: »Genug Einsamkeit und Stille gibt's in Valdescopezo für Alle, die das suchen mögen.« — Ortiz' Antwort ist vom 10. Januar 1536 (S. 267 f). Er ermahnt den Admiral, sich seiner Regierungsobliegenheiten nicht zu entschlagen. Die geschäftige Martha und die beschauliche Maria bedürften der Fürsorge ihres Bruders Lazarus; das menschliche Gemeinwesen könne nicht bestehn ohne das geschwisterliche Zusammenwirken dieser drei Stände. Daher der Admiral, den Gott wie den Lazarus auf die Fürbitte der Seinigen und zu deren Trost wieder ins Leben gerufen habe, grossen Tadel verdienen würde, wenn er sich nicht seinem Gottgegebenen Amte hingebe. Was ihn selbst betreffe, schreibt Ortiz weiter, so erkenne er an, dass der Wunsch seines hohen Gönners, ihn aus der Einsamkeit in Tordelaguna herauszuziehen, von Gott komme und Gott zum Ziel habe. »Doch,« fährt er fort, »ohne Ihrem guten Willen zu nahe zu treten, und obgleich Ihr guter Wille Ihnen sicher und unangetastet bleiben soll, fühlt meine Seele, dass es mir zukommt zu schweigen und dies Winkelchen zu hüten, das Gott mir gegeben hat, indem ich anzufangen suche unserm Herrn dienen zu lernen. Denn ich versichere Ihnen ausdrücklich, dass, wenn ich von meiner so reichen Einsamkeit auch keine andere Frucht gewonnen hätte, als einen Funken von Einsicht, die Gott mir aus reiner Güte gibt, in die Nothwendigkeit ihn Tag und Nacht anzuflehn, dass er mich gnädiglich bereite anzufangen, ihm von Herzen mit jener Lauterkeit und Wahrheit und Emsigkeit dienen zu lernen, mit der man ihm dienen soll, so ist doch dieses Fünkchen so wirksam, dass es mein Herz brennen macht in so grossem Verlangen dort zu bleiben, wo Gott und seine Diener mich hingestellt haben, und tagtäglich so sehr wächst, dass es mir vorkommt, als ob ich jetzt mit erstem sehnsüchtigen Verlangen anzufangen wünschte, diesen Schatz zu geniessen. Denn bisher sind mir durch meine

Lauheit viele Jahre ohne Frucht vergangen. Denn ich sehe: obwohl es Alle angeht, was Jesaja sagt, dass, was durch die Gerechtigkeit gewirkt wird, Friede ist und dass man die Gerechtigkeit ehrt und gewinnt durch Stille [*opus iustitiae pax et cultus iustitiae silentium* 32, 17], so trifft es doch mich selbst um so mehr, als ich deutlich einsehe, wie ungeeignet (*inhábil*) ich nach vielen Seiten dazu bin, mit dem Gedanken, Andern zu nützen, öffentlich aufzutreten (*salir a plaza*). Und könnte ich auch den Aufschwung wagen, ohne meine eigene Gefahr das Nest zu verlassen, und hätte die Fähigkeit (*habilidad*), die mir fehlt, so sehe ich doch, dass von jenen zwei Zeiten, von denen Salomo sagt: Schweigen hat seine Zeit und Reden hat seine Zeit, jetzt jene die meine ist.« Wenn er bedenke, wie lange Johannes der Täufer, der ein Heiliger war bevor er geboren war, in der Wüste lebte, ehe er auftrat um kurze Zeit zu predigen, wie ferner der h. Antonius von Padua, der von Sehnsucht glühte, den Ungläubigen Gottes Wort zu verkünden, lange Jahre bei den niedrigsten Klosterdiensten zurückgehalten wurde, und wie das fleischgewordene Wort Gottes selbst achtzehn Jahre schwieg, ehe es hervortrat, so müsse er die göttlich gebotene Gelegenheit zur Selbsterkenntniss mit Freuden ergreifen. Valdescopezo, so viel Zurückgezogenheit (*recojimiento*) dort auch möglich sein möge, würde doch Veranlassung zu unvermeidlichen Zerstreuungen bieten. Selbst S. Paulus, der, wie der Admiral sage, für das Predigtamt zur Rechten S. Peters stehe, und der in der That zum Prediger für die ganze Welt erwählt war, wurde mehrmals daran verhindert, seinen Wunsch, nach Rom zu gehn, auszuführen, musste zwei Jahre in Cäsarea im Gefängniss sitzen, und sah sich dann auch noch der geringen ihm in der Haft gelassenen Freiheit beraubt. Josef, nachdem Gott ihm die Gelegenheit loszukommen gezeigt, hatte doch noch zwei Jahre nach der Traumdeutung gefangen zu bleiben. Ortiz ist daher überzeugt, dass er sich nicht gegen den Dienst bei Gott vergehe, wenn er das Mittel, sich selbst zu erkennen, mit allen Kräften festhalte, so lange Gott es ihm reiche; Gewissensbisse habe er lediglich darüber, dass er es nachlässig benutze. Oft haben die, welche die Welt für unfruchtbar halte, viele Kinder durch ihre Gebete, während Prediger, denen die Menge zuströme, die aber in ihren Handlungen das Rechte vernachlässigen, sich als vor Gott unfruchtbar erweisen werden. »Dies Alles habe ich gesagt, weil ich weiss, dass Ihre Herrlichkeit, wenn Sie meine Bedürfnisse recht fühlten, mir, als ein Herr, der mich liebt, anbefehlen würden, eifrigst in der Stille etwas zu suchen, was mir im Himmel bleibe, und nicht wünschen würden, mich dazu anzustellen, Andern das auszutheilen, was ich noch nicht für mich erreicht habe. Dann würden Sie auch die Gründe, die Sie mir vorbringen, nicht für unwiderleglich halten. Und dies versichere ich somit wiederholt mit voller Wahrheit und Aufrichtigkeit des Herzens und ohne Hinterhalt (*doblez*).«

Der Admiral scheint nun auch in Folge dessen von neuen Versuchen, Ortiz aus seinem Kloster herauszulocken, abgestanden. und brieflich ihm sein Herz weiter ausgeschüttet zu haben.

Eine Antwort von Ortiz auf einen vermuthlich in eben diesem Jahre, 1536, geschriebenen Brief des Admirals an ihn, besitzt abschriftlich die Münchner kgl. Bibliothek [1]. Da dieses Schreiben in die Briefsammlung nicht aufgenommen und noch ganz unbekannt ist, aber sehr verdient, gekannt zu sein, so gebe ich es hier in umfassenderem Auszug.

Ilustrisimo Señor, beginnt er, die Gnade des h. Geistes entflamme sich in Ihrer göttlichen Liebe und gebe Ihnen zu kosten, wie süss sie ist und mache Sie eins (*una cosa*) mit ihm und lehre Sie, denselben Willen mit ihm zu thun. Amen. Einen Brief von Ihrer Ilustrís. Señoria habe ich empfangen, der so bedeutend ist, dass ich mich nach allen Seiten hin unzulänglich finde, ihn zu beantworten, zumal brieflich; denn während wir hienieden leben, hat zwar unser Wille viel Empfänglichkeit für Gott, wenig aber unser Verstand, und weniger die Zunge und noch viel weniger die Feder. Doch da jener in ihn dringe, so wolle er mit Gottes Hülfe ihm nach Kräften antworten. Der Admiral habe für die Sehnsucht nach Heil Gott zu danken, denn nicht reiche alle Macht des Herrn Admirals aus, um dies Verlangen zu bekommen, welches ein Gnadengeschenk (*acarreo*) Gottes sei, und diese Erkenntniss und Erkenntlichkeit werde ihn grösserer Gnaden fähig machen. Die nichts von Gott haben, scheinen oft ruhig zu sein (*quietos*), sind aber vielmehr stumpfsinnig (*insensibles*), und wenn der Wunsch nach Gott in die Seele tritt, so folgen zunächst Traurigkeiten und Aengste, bis der göttliche Funke kräftiger werde. Die Wurzel der Plagen sei der Mangel der Gottesliebe.

---

[1] Cod. hisp. 31. Ex bibl. August. 26 Octavseiten. Es folgt von derselben Hand geschrieben ein weihräucherndes Gedicht von Juan Fernandez de Heredia an den Admiral.

Indem er dazu schreitet, die Fragepuncte nach der Reihe zu beantworten, unterwirft er seine Meinung der besseren, denn, sagt er, ohne Einbildung bekenne ich, dass ich weder Theorie noch Praxis genug habe, um meine eignen Wunden zu heilen, ja nicht einmal um sie zu fühlen, und viel weniger für die fremden; von fremden aber rede ich als ein unvollkommener Mensch, der nicht gefühlt hat was S. Paulus sagt: wer ist krank ohne dass ich es bin? [2 Kor. 11, 29] Denn die Liebe (*caridad*) lässt die fremden Schulden für eigne halten.

Die Kälte, welche die Sinne einschläfre, so dass man weder Gutes noch Schlechtes denke, sei eine Qual, die Gott gerechterweise geschehn lasse, indem er der Seele, die so oft seiner Aufforderung unfolgsam geblieben, nun seinerseits sich vorenthalte. Dabei höre sie übrigens nicht auf im Gnadenstand zu bleiben, nur der Geschmack der Süssigkeit gehe ihr ab. Warten wir geduldig unter Gebet zu Gott, der allein die Macht hat den schweren Stein von der Thür des Grabes unseres Herzens wegzuschaffen.

Wer Busse thut über die Vergangenheit, dem sind die alten Neigungen, die ihm bleiben, keine Schuld mehr, wenn er ihnen nicht zustimmt; die Verabscheuung der Beleidigungen gegen Gott ist die Grundlage, auf der Alles zum Besten dienen muss. Wir sollen uns jenen göttlichen Ehrenpunct (*pundonor*) zu Herzen nehmen, doch dürfen wir uns nicht, wenn wir als Schwache sündigen, übergrosser Traurigkeit hingeben, denn diese ist Mutter der Nachlässigkeit und der Unsicherheit (*desconfianza*), ja der Verzweiflung, sondern müssen schnell unsere Schuld bekennen, denn das Heilmittel ist dann nahe.

Den Grund seiner Kälte sehe der Admiral in der Schwäche seines Glaubens ganz ohne Zweifel mit vollem Recht. Ein wenig lebendigen Glaubens thue Wunder in einer Seele und sei im Stande Berge zu versetzen, d. h. alle Schwierigkeiten des Guthandelns zu heben. Wie man von einem Diener sage, er halte seinem Herrn Treu und Glauben (*tener fe con su amo*), wenn er in keiner Gefahr denselben verlässt, so hält derjenige, den keine Verfolgung von Gott trennt, Gott Treu und Glauben (*tiene fe con dios*). Dieser Glaube sei ein Geschenk Gottes, der das Wasser in Wein verwandle, wir aber müssen wenigstens das Wasser in die Krüge giessen. Und damit der Glaube erstarke, müssen wir täglich über ihn nachdenken, jeder über die Artikel, die ihm eben am dienlichsten zu bedenken sind, sei es die perpetuirlichen Höllenstrafen oder sei es den unendlichen Lohn der Gerechten, oder die Mysterien des Lebens Christi, der gekommen ist um den Schwachen Gnade zu bringen. »Aber vor Allem selig, wer erweckt ist Gott zu dienen durch Betrachtung der unendlichen Güte, die Gott in sich hat, durch die er, ohne andere Rücksicht, verdient, dass jedes Geschöpf ihm diene und ihn liebe; und mehr werth ist ein Funken dieser reinen Liebe, als viel eigennützige Liebe (*amor puro — amor interesal*); und ohne Zweifel gibt es nichts, was so sehr die Seele befriedigte und sie so mit göttlicher Freiheit in den Dienst Gottes fesselte (*captive*), wie der Gedanke an dies unermessliche Meer der Güte unseres Gottes.« Darum solle er beten: Herr, obgleich ich nicht werth bin, dich zu lieben, so bist du doch werth von Allen geliebt zu werden, und deine Würdigkeit Dienst zu erhalten übersteigt ohne Grenze meine Unwürdigkeit, zu deinem Dienst von dir gewünscht zu werden. Jene göttliche Ueberschwenglichkeit (*exzeso*) rufe ich an, damit deine Milde (*piedad*) meine Schlechtigkeit besiege; um jene flehe ich, nach jener seufze ich!« O Señor, Señor, fügt er hinzu, wenn Sie erkennten, welche Süssigkeit hierin verborgen liegt!

Zur Belebung des Glaubens diene auch die Betrachtung des Beispiels der Heiligen. Würden heutzutage so Viele die Welt, in der sie nach Vergnügen leben könnten, mit strenger Ordenszucht vertauschen, wenn nicht Gott in ihren Herzen ihnen einen Geruch eines andern Lebens gäbe, der hinreicht, um sie tausend Kaiserthümer geringschätzen zu machen? Und stets gibt es viele Zeugen des christlichen Glaubens auch in der Welt, die den Glauben in sich und in den Andern beleben.

Durch die Freundschaft der Welt, sage der Admiral, sei ihm die Liebe zu Gott schwer geworden. Gewiss, denn in sich ist die Gottesliebe niemals mühsam, sondern entnimmt vielmehr die Seele den Mühen, weshalb Christus die Mühseligen und Beladenen zu sich rufe, um unter seinem sanften Joch sich zu erholen. Strengen wir uns an, mit unserm freien Willen, jene falsche Liebe zu lassen. Wen hat sie nicht belogen mit ihrem täuschenden Zauber?

Er sage, er habe sich so ausgegeben in zeitlicher Liebe, dass ihm nichts für Gott geblieben sei. Allein, er solle an Magdalena und Paulus denken und Alle, die aus grossen Sündern eifrige Liebhaber Gottes geworden. Dadurch, dass wir die Welt sehr geliebt haben, sind wir nicht in die Unmöglichkeit versetzt, Gott sehr zu lieben, obwohl dies ohne seine Gnade weder erkannt werden noch geschehen kann. Glauben Sie mir, dass die, welche Gott gefallen wollen, mit der ganzen Welt Krieg führen müssen.

Er schreibe ferner, in seinem Fieber haben ihn mehr seine Sünden als diese Krankheit geschmerzt, und da er gemerkt, dass mit der Genesung auch seine Kälte wieder zunahm, so habe er aus Furcht vor dieser Gefahr sich gar nicht gewünscht gesund zu werden. Gelobt sei Gott, der Sorge für das Heil Ihrer Seele zeigt! Alles dies sei nur Grund zu Ruhm und Preis.

Da der Admiral nur noch eine kurze Lebenszeit vor sich zu haben glaube, — und auch wenn es lang ist, ist doch kurz, was ein Ende nimmt —, so solle er ausgehn, den Tod zu empfangen und ihn nicht bloss abwarten, und solle (»wie ich Ihnen einmal gepredigt habe«) suchen, alle Tage zu sterben, von der Welt sich verabschiedend und immer wie ein Auferstandener zu ihr zurückkehrend. Wer Gott von ganzem Herzen zu lieben anfange, wünsche mehr den Tod als dass er ihn fürchtete. Es sei nicht genug zu denken, er stehe im letzten Drittel des Lebens; nicht den nächsten Morgen dürfe er zu erleben rechnen. Uebrigens wisse er ja, nicht Reichthümer besitzen störe, sondern sie lieben. Solche Leute aber seien wie die Kinder, die sehr glücklich sind über die Häuschen, die sie sich aus Lehm gebaut.

»Ich wünschte, wir wüchsen so in der Gottesliebe, dass die Anhänglichkeit (*caridad*) alle knechtische Liebe (*amor servil*) vernichtete, damit wir nicht an die Strafe zu denken brauchten, um uns vom Schlechten loszumachen, denn die blosse Beleidigung Gottes bringt in denen, welche wissen was Gott ist, so grosse Strafe mit sich, dass dieselbe, wenn es auch keine andere Hölle gäbe, ausreichte, um sie vom Sündigen loszumachen; ja ich wage zu sagen, die grösste Qual der Hölle wird verursacht werden durch den Anblick der Abscheulichkeit (*fealdad*) der Schuld, welche die Verdammten Gottes unwürdig macht. Aber uns, die wir wenig gekostet haben von der Liebe zu Gott und Gottes, nützt es am Ende viel, an die sinnliche Höllenstrafe zu denken unter handgreiflichen Beispielen, die das natürliche Feuer gibt, das man kann gemalt nennen in Vergleich mit dem andern.«

Gott lasse nicht zu, dass diejenigen, die aus seiner Liebe fallen, in seiner Erkenntniss bleiben. Von der Erkenntniss, die nicht von Liebe begleitet, sei wenig Aufhebens zu machen.

»Wenn es auch keinen andern Beweis für den Glauben gäbe, als, unter unendlich vielen die es gibt, den einen, zu sehn dass ein Gesetz, welches Dinge so entgegen dem Fleisch und Blut befiehlt und Dinge zu glauben befiehlt, die alle Vernunft übersteigen, von zwölf einfachen Fischern in der Welt gepflanzt worden, und dass es, obgleich es ein Anstoss den Juden war und eine Thorheit den Heiden, und gegen dasselbe alle Weisheit der Griechen und die ganze Grausamkeit der Tyrannen und Macht der Römer sich rüsteten, dennoch es allein, wenn es am meisten bekämpft wurde, am meisten sich ausbreitete, durch den Tod seiner Vertheidiger, — wahrlich dies ist ein Wunder der Wunder, und hat nicht seines Gleichen, und ist für sich allein genügend als ganzer Grund dafür zu dienen, dass dasselbe von Gott ist und keine menschliche Erfindung. Und dass unsere Vernunft sich überheben will, seine Geheimnisse zu erörtern, ist nichts Anderes als einen Thurm bauen wollen, um den Himmel mit den Händen zu fassen, woraus nichts gefolgt ist als Verwirrung der Sprachen, bevor der Thurm fertig war, und stets folgt Verwirrung und Entsetzen aus solcher Neugier. Grenzen setzte Gott am Berge Sinai und bedrohte mit dem Tode den, der sie überschreite [Exod. 19, 12]. Und der Gott, den ich begriffe, für ein Idol würde ich ihn halten (*el dios que yo comprehendiese, por idolo le ternia*). Und glauben Sie mir, dass nicht ohne Grund Gott im Evangelium befohlen hat, dass zur Winterszeit, wer auf dem Dache sei, nicht herabsteige, um irgend ein Geräth aus seinem Hause zu holen [Marc. 13, 15. 18]: Winter ist die Verfolgung durch die Ungläubigen oder die Kälte des Glaubens, und auf dem Dach ist wer im Glauben Dinge bekennt, die höher sind als die menschliche Vernunft, und ein solcher darf nicht hinuntersteigen zu den Gründen, die man aus den Schriften entnimmt, welche [Gründe] gleichsam Hausrath dieser Welt sind, um auf dieselben zu pochen (*para hazer en ellas mucho hincapié*), denn sie sind alle schwach und beeinträchtigen den Glauben dessen, der allein ihretwegen glauben wollte. Ich sage nicht, dass es nicht gut sei, die höchsten Gründe und Erklärungen des Glaubens zu sehn, aber ich sage, dass, wer da unternimmt, dem Verstand die Zügel schiessen zu lassen, fallen wird«[1].

---

[1] In einem Brief an Frai Joven schreibt Ortiz (bei Ochoa p. 282): »der Glaube, der, wie der Apostel sagt, eine Gabe Gottes ist, er ist's, welcher, wie Jesaja sagt [7, 9 Griech.], die Einsicht nachzieht (*lleva*). Und weil diese Gabe des Glaubens den meisten Philosophen fehlte, so entstanden

Alles hienieden ist wie ein vorübergehendes Accidens im Vergleich mit dem Ewigen; lasst uns substantielle Menschen sein, indem wir uns an das Dauernde halten. Die Imagination aber muss als Sclavin, der es nicht zukommt sich in die Geheimnisse ihres Herrn zu mischen, aus dieser Betrachtung hinaus geworfen werden.

Die Hauptsache, ohne welche alles Andere unnütz bleibt, ist die Gnade Gottes, und um sie zu erlangen, bedarf es mehr der Gebete als der Gründe (*mas hai nezesidad de oraziones que de razones*). Mit seiner Fürbitte und der anderer Personen, die Gott viel angenehmer seien, wolle er dem Admiral zu Dienst sein, aus dessen Brief er sehe, dass Gott denselben liebe und retten wolle, und ihm etwas Ruhe am Lebensende schenke. Ein nach allen Seiten wohl geprüftes und befriedigtes Gewissen sei die Grundlage des Seelenheils. Was ihm gegenwärtig zu empfehlen, sei Almosen geben in reiner Absicht, besonders an verschämte Personen, und niemals Einem, der um der Liebe Gottes willen bitte, etwas zu versagen, — so machte es der h. Franziscus bevor ihn Gott berief und ward dadurch würdig grosse Gnade zu empfangen, welche stets empfängt wer ebenso verfährt. Ferner solle er öfter zu den h. Sacramenten gehn, »denn dort sind die Befürchtungen unserer Schwachheit,« und stets sein Herz einigen ausgezeichneten geist-

---

daraus ihre vielen Verkehrtheiten.« Und in einem andern an einen Verwandten (p. 276): vom Zeugniss Gottes sei gesagt [Ps. 19], es mache die Einfältigen weise, *sapientiam praestans parvulis*, »da uns unser Gott seine Gebote nicht in dunkeln und schwierigen Worten gab, wie Plato und Aristoteles und andere eitle (*vanos*) Philosophen thaten, welche hochtrabende (*hinchados*) Worte schrieben, die von Wenigen verstanden werden.« 1539 schreibt er andererseits an Jemand, der ein Auge eingebüsst (p. 292): »Ich billige nicht, dass Demokrit und andere Philosophen sich, wie Hieronymus erzählt, der Augen beraubten, um sich desto reinerer Betrachtung hingeben zu können, wenn die Gelegenheit zur Zerstreuung, die sie bieten, benommen sei; aber ich wage zu sagen, dass sie mit jener That diejenigen beschämen, die, wenn ihnen ein solcher Schlag von der Hand Gottes kommt, denselben nicht mit Danksagung annehmen; denn unser Herr Christus demüthigt uns durch das Beispiel der Heiden, wenn er sagt [Matth. 5, 47]: die Heiden machen es so. Und ist es mir dienlich zu sehn, was Seneca sagt [*Rem.* 12]: *intelligendum est partem esse innocentiae caecitatem: huic oculi adulterium monstrant, huic incestum, huic domum quam concupiscat; irritamenta sunt malorum, duces scelerum.* Dies genügt mir, sage ich, um mit heiligem Stolze (*con sancta soberbia*) anzunehmen, dass ich mit dem Licht des Glaubens weiter kommen werde als jener mit dem natürlichen gekommen ist.« Vgl. hier hinten die Stelle aus Osuna's *Abecedario segundo* tr. 3. cap. 2.

lichen Personen mittheilen, die mehr aus Erfahrung als aus blosser Wissenschaft (*zienzia*) reden.

»Verzeihen Sie meine Weitläufigkeit, da Sie mich genöthigt haben indiscret und dreist zu sein: indiscret nenne ich mich, weil ich viel Worte mache über etwas, das, wie ich weiss, mehr durch Salbung als durch Lesung gelernt wird, und dreist, nicht weil ich die Wahrheit sage, die man Jedwedem sagen soll, sondern da ich dessen entbehre, was ich anrathe.

Frai Franzisco Ortiz. Menor siervo i capellan[1] *de Vra Señoria que su salvazion desea como la suya.*«

Ueber die Abfassungszeit dieses Briefes lässt sich mit Bestimmtheit sagen, dass sie nicht nach 1538 fallen kann, denn in diesem Jahre starb Don Fadrique und wurde in der von ihm gestifteten Franziscanerkirche zu Rioseco beigesetzt (Lopez de Haro Nobiliario p. 400).

Mehre der gedruckten Briefe sind an seinen Bruder Juan Ortiz gerichtet, den wir oben als Secretär des Admirals kennen lernten, und den Franzisco noch in jenem Briefe an ihn vom Dezember 1535 als im Dienst desselben stehend bezeichnet (*criado de vuestra Señoria*). In einem Briefe an Juan, der wohl ins Jahr 1534 fällt — er ist nur vom 19. Januar datirt —, sagt er (p. 272), was die Anfrage des H. Doctors, vermuthlich seines Bruders Pedro, betreffe, so bleibe seine Antwort die, dass er weder General- noch Provincial-Capitel wünsche. Man scheint also durch eine öffentliche Kundgebung des Wunsches des Ordens das Wiederauftreten Franzisco's haben veranlassen zu wollen. »Schreibt ihm,« dem Doctor, sagt Ortiz, »dass die Gnadenerweise, die ich von Gott in dieser Zurückgezogenheit (*recojimiento*), in der ich lebe, empfange, nicht so gering sind, und nicht so gering der Genuss und die Zufriedenheit ist, die Gott mir gibt, dass ich hier nöthig hätte, mich an die Autorität zu erinnern, die ich für mein Hierbleiben beibringen kann (*puedo cobrar*), oder mich über meinen Aufenthalt

[1] Dass er sich Kaplan des Admirals nennt, ist nur ein üblicher Ausdruck der Dienstwilligkeit als Beichtvater. So sagt er seinem Bruder Pedro: *El R. P. mio, Fr. Antonio de Paradinas sé que besó sus manos i es su perpetuo capellan* (p. 289). Vgl. in einem Briefe an Juan die Anführung aus dem Briefe eines Andern: *escribale que beso las manos de su Md i que yo soi su siervo mui verdadero i capellan mui zierto, tal cual Dios sabe que soi, i mi voluntad zierto es mui grande para con su Md* (p. 272). Es ist ganz zur Formel geworden.

durch die Hoffnung zu trösten, dass ich ihn bald verlassen werde; im Gegentheil, ich würde sehr des göttlichen Trostes bedürfen (denn menschlicher würde nicht helfen, auch wenn er voller grosser Autoritäten wäre), wenn ich eines Tages gedächte, aus den grossen Weiten dieser meiner engen Verborgenheit in die bedrängten Engen jener so gemeinsamen und geräumigen Welt hinauszutreten, und gar sehr aus Gottes Hand müsste der gute Grund kommen, der genügen sollte, mich aus diesem meinem Nest zu reissen, wie ich zu ihm hoffe, dass es zur Ehre seines Namens geschehen wird, wann und wie und wo er beschlossen hat. Denn was den Trost meiner eignen Seele betrifft, so würde mir, auch wenn ich länger als Methusalem zu leben dächte und gelobte stete Clausur zu halten, ohne je Leute aus der Welt zu sehn oder zu sprechen, dies doch durch die Gnade Christi so süss und wohlthuend sein, dass das Gegentheil mir peinlich wäre; so dass ich hier bei einem rechten Generalcapitel, das ich mit mir selbst zu halten wünsche, beschäftigt bin, indem ich alle Gunst nachsuche, die ich von Himmel und Erde mag erlangen können, um, wo möglich, durch die blosse Gnade Gottes, unter die Auserwählten des dauernden Reichs gezählt zu werden, und weiter brauche ich jetzt nichts.« — In jenem ersten Briefe an Pedrarias de Avila, der vom October 1536 ist, sagt er, nachdem er sich so über den Glauben ausgesprochen, wie wir oben mitgetheilt haben: »Möge diese wenigen Worte Herr Juan Ortiz als sein annehmen; ich glaube, er hat sie recht nöthig.« Juan, damals in der Mitte der Vierziger, stand im Begriff sich zu verheirathen mit Pedrarias Schwester (wie es scheint), mit Juana Arias, und zwar war dies nicht seine erste Ehe, da wir ihn 1529, nach Franzisco's Aussagen, mit einer Ana de la Torre verheirathet finden. Auch an die Frau schreibt er, um dieselbe zu ermahnen, an dem Seelenheil ihres Mannes mitzuarbeiten. An diesen selbst ist ein eindringlicher Brief gerichtet, der keine Jahreszahl hat (S. 277 f.). Wenig Gnade Gottes genüge, schreibt er, um ein Gebet oder hundert mündlich herzusagen; dass man das Gute schätze, zeige sich darin, dass man es liebe, übe und in der Reformation des Lebens. Herzzerreissend sei es ihm, zu sehn, wie Juan nach so vielen Jahren eines Lebens, das so wenig unschuldig verlaufen, sich so wenig darum bekümmere, Busse zu thun, und dass derselbe in der Kraft seiner Jahre, die von nun an abnehme, mehr an Weltliebe als an Gottesliebe wachse. Franzisco sagt, er weine und faste und geissle sich und flehe zu Gott Tag und Nacht, dass dieser dem Bruder rechte Busse eingebe; er suche dafür die Gunst aller Heiligen und insbesondere der Mutter Gottes und des h. Franziscus. Ohne Aufschub solle er seine Seligkeit schaffen. »Und fragt nicht mich: worin? sondern fragt Gott und Euer Gewissen; es wird Euch antworten; denn ich sehe in mir täglich, was zu bessern und zu beweinen ist, und andre Sorge fühle ich nicht in meiner Seele, ausser der, Gott anzuflehn, sie zu retten und mich zu lehren, seinen Willen zu erfüllen.« — In dem letzten Briefe der Sammlung, welcher auch das späteste Datum trägt, vom 30. April 1544, wird erwähnt, dass Juan mit seinem ganzen Hause im Mai von Ruiseco abreisen wolle. Daraus, dass Juan wenige Jahre später diese Briefe seines Bruders, und auch die an ihn selbst gerichteten, herausgab, dürfen wir schliessen, dass die Arbeit Franzisco's an ihm nicht vergeblich gewesen ist. Uebrigens scheint sich der Herausgeber höchstens nur als einen Bruder des Verstorbenen bezeichnet, nicht als diesen Juan genannt zu haben; doch kann nur er der Herausgeber sein, denn auch Pedro, der einzige andere Bruder, war 1552 bereits mehre Jahre todt.

Auch an Pedro sind ein paar Briefe der Sammlung. Pedro war, wie wir sahen (S. 140 f.), Ende 1530 nach Rom abgesandt und scheint daselbst auch noch zu Ende des folgenden Jahres gewesen zu sein (s. oben S. 69); vielleicht war er die ganze Zeit bis zu der, von welcher wir reden, dort geblieben. Noch für 1537 wird er *Caesaris in causa matrimonii Catharinae, eius materterae, quam Henricus VIII repudiarat, apud pontificem procurator* genannt (Orlandini *hist. soc. Jesu* 2, 3. vgl. Maffei: *Lojolae vita* 2, 3). Dass Loyola in diesem Jahre nur seine Jünger nach Rom sandte und nicht selbst mitging, geschah wegen der dortigen Anwesenheit des eben zum Cardinal ernannten (nachmaligen Papstes) Caraffa, der ihm in Venedig Ungunst gezeigt hatte, und jenes seines Gegners von Paris her (Consalvus in den *Acta Sanctor.* Julii t. 7. p. 652 E. Orlandini a. a. O.). Aber, während der erstere den Freunden des Ignatius allerdings zum Theil entgegenwirkte (wohl aus Eifersucht, weil er seinen Theatiner Orden heben wollte), nahm Ortiz dieselben, wie einer von ihnen berichtet, *divino actus impulsu summa benevolentia* auf (*Acta sanctor.* l. c. p. 455 E), und führte sie beim Papste ein (Maffei 2, 3. Orlandini 2, 9). Auch veranstaltete er, um ihnen für die Pilgerfahrt nach Jerusalem, die sie vorhatten, Reisegeld zu verschaffen, eine Sammlung bei seinen Landsleuten, zu der vor Allen der Papst beitrug, und händigte ihnen 210 Gulden ein (*numos aureos*), welche Summe sie indessen im nächsten Jahre um Ostern, da sich ihr Plan jetzt nicht verwirklichen liess, durch Ortiz den Gebern, die diese Gewissenhaftigkeit sehr bewunderten, wieder zurückerstatteten (Orlandini 2, 42). Dass Caraffa allmälig dem Unternehmen Loyola's weniger abhold wurde, mag auch durch Ortiz bewirkt sein, der bei Caraffa nicht ohne Einfluss war (Orlandini 2, 40). Etwa ein halbes Jahr nach dieser Ankunft der Seinigen, die dann wieder nach Venedig zurückkehrten, im October 1537 erschien Loyola persönlich in Rom (Orlandini 2, 32). Bald war der Cardinal Gaspar Contareno sein begeisterter Gönner und dessen Einfluss bewegte den Ortiz, noch in demselben Jahre, 1538, sich auf eine Zeit lang von Geschäften frei zu machen und mit Loyola in das Kloster von Monte Cassino zurückzuziehn, wo er vierzig Tage unter der Leitung dieses seines erfahreneren Landsmannes geistlichen Uebungen oblag. Loyola's Methode war, auf dem reinigenden Wege zur Erkenntniss des Sündenschmutzes zu führen, dann auf dem erleuchtenden Wege zur Nachfolge Christi des Königs aufzufordern, in der dritten Woche hierin zu befestigen durch Vorhaltung des Kreuzes Christi, in der vierten auf dem einigenden Wege die Sehnsucht nach der Glorie des Auferstandenen zu entzünden; dies Alles unter mancherlei Erklärungen und Uebungen. Ortiz, der auch den Rückweg nach Rom mit Loyola zusammen machte, soll gesagt haben, nun erst kenne er die wahre christliche Philosophie, die nicht nur den Verstand, sondern auch den Willen bilde, und den ganzen Menschen zur Liebe der Ewigkeit aufraffe (Consalvus und Ribadeneira in den *Acta sctr*. l. c. p. 653 D. 683 F sq., vgl. 459. 423. Maffei 2, 6. Orlandini 2, 34 sq.). Wenn ihn nicht der Rath des Loyola davon abgehalten hätte, die arbeitsvolle Lebensart desselben anzunehmen, seine dazu weniger geeignete Körperconstitution würde es nicht vermocht haben (Orlandini a. a. O. Was dieser und Maffei von dem hohen Alter reden, in welchem Ortiz damals schon gestanden habe, beruht auf Irrthum; Pedro war damals nicht älter als etwa das Jahrhundert, s. oben S. 87).

Pedro's an seinen Bruder gerichteter Brief, dessen Beantwortung vom 17. April 1538, Mittwoch vor Ostern, uns erhalten ist, war geschrieben noch vor dem Anschluss an Loyola, vielleicht noch vor dessen Ankunft in Rom. Pedro hatte, wie die Inhaltsangabe der Antwort Franzisco's sagt, diesen von Rom aus gebeten dorthin zu kommen. Franzisco schreibt (p. 287 f.): »Schon in einem andern Briefe habe ich Euch meinen endgültigen Entschluss mitgetheilt und wiederhole ihn jetzt, dass nämlich diese meine Lebenseinrichtung so fortwährend und so sorgsam unserm Herrn befohlen und in seine Hände gelegt ist, dass mir, in Anbetracht des Wunsches, den seine Barmherzigkeit mir gibt, ihm allein zu gefallen und ihm meine Person und mein Leben ganz und gar zum Opfer zu bringen, und in Anbetracht der vielen Pfänder seiner väterlichen Liebe und Güte, die er meiner alles Guten so unwerthen Seele stets gegeben hat und noch gibt, kein triftiger Grund bleibt, zu glauben, ich sei in jenem Stück von ihm verlassen; und, wenngleich ich immer eine heilige Scheu habe, da ich, wenn ich bedenke wer ich bin und ein wie tiefer Abgrund seine Gerichte sind, wahrnehme, dass es keine Blindheit gibt, der ich nicht gerechterweise, wegen meiner Sünden, überlassen werden könnte, — eine Scheu, die dazu dient, mich eifrig zu machen, im demüthigen Gebet zu beharren, und seine gesegneten Füsse zu umfangen und ihn um seiner Barmherzigkeit und um der unaussprechlichen Kraft seines Leidens willen und durch die Vermittlungen seiner h. Mutter und aller seiner Auserwählten anzuflehn, dass er mein Regierer in Allem sei und dass er mich in den Händen meines eignen Urtheils lasse, — so trübt sie doch nicht die Heiterkeit, die Gott in dieser Sache in meine Seele legt, im Gegentheil, sie erhöht dieselbe. Und wenn ich hin und wieder, als ein schwacher Mensch, zwischen verschiedenen Wegen von Ueberlegungen schwanke, so läuft doch Alles auf grössere Heiterkeit und Frieden der Seele hinaus, mit einem Genuss, den die Zunge nicht mächtig ist auszusprechen, und so sage ich Euch, mein Herr, dass ich, soweit meine Seele gemäss dem vorhergenannten Zeugniss zu fühlen und zu glauben im Stande ist, den Willen Gottes thue, indem ich nicht von hier fortgehe. Nichts Anderes kommt mir zu als die Thür hinter mir zu schliessen und diese Stille zu geniessen, das mir sehr kurz scheint und keine halbe Stunde; bis Er mit seinen Händen etwas Anderes anordnen mag, oder meine Seele fühlt, dass sie, von ihm und zu ihm gerufen, ihm nachgeht. Und dies sage ich nicht, als ob ich in dieser Angelegenheit besondere Offenbarungen hätte oder hoffte, — die grösste Offenbarung, die ich wünsche, ist die, dass Gott mir die Augen öffne, um recht meine Sünden zu erkennen, damit ich mich zu beweinen und zu bessern wisse, — sondern ich sage nur, was ich, indem ich mich Gott anbefehle, mit Sicherheit zu fühlen und zu glauben bekomme. Auch sehe ich, dass zum Hierbleiben mich nicht die überfliessende Ehre bewegt, die man in dieser Provinz oder in diesem Hause mir anthut, noch auch die übermässige leibliche Behaglichkeit, — denn keins von diesen Dingen fliesst gerade sehr über, obschon ich in Wahrheit sagen kann, dass Alles mir überflüssig ist, da ich Gott allein liebe und suche; noch auch bewegt mich die Liebe zu meiner eignen friedlichen Ruhe, wenngleich diese, danach wie heutzutage die Welt ist, nicht geringe Anziehung hat für den, der daran gewöhnt ist, wie ich bin, — denn tausend Leben würde ich, unter Gottes Gnade, für das Heil der Seelen einsetzen und damit Er von Allen recht erkannt und geliebt würde; sondern mich bewegt lediglich der feste Glaube, dass Gott es jetzt so gefällt, indem ich hoffe, dass zu anderer Zeit ihm Anderes gefallen wird. Und diese Hoffnung ist so sehr ihm unterwürfig, dass ich, will er des Talents, das er mir gegeben hat oder geben mag, sich bedienen, sagen werde: gelobt sei Er, und ihm anhänglich folgen werde, und wollte er dass hier mein Leben ende, sagen werde: hochgelobt sei Er, denn nur Tod ist's was enden wird; wenngleich ich, wie ich Euch zu andern Malen geschrieben, dass ich von seiner Barmherzigkeit hoffe, dass ich nicht sterben, sondern leben werde, und die Uebertreter seine Wege lehren und die Sünder zu ihm bekehren [Psalm 51, 15][1]. Und kein Aufschub von Jahren schreckt mich, und weltliche Hindernisse machen mich nicht feige, denn ebenso für Seinen Ruhm, wenngleich nach verborgenem Rathschluss, streitet, glaube ich, mein jeweiliger Aufenthalt, wie ich hoffe, dass mein Ausgang streiten wird; jetzt ist's nicht Zeit, lass die Zeit ablaufen, und befehlen wir stets mit Furcht dem Herrn der Zeiten. Und obgleich ich für diese meine Meinung viele Wahrscheinlichkeitsgründe menschlicher Vernunft hier beibringen könnte, und keine eitlen oder schlechten, so will ich damit doch kein Papier verschwenden, denn Ihr werdet sie viel besser finden, und über sie schreibe ich nicht, und Ihr hebt schon einige hervor, und andere verschweigt Ihr vorsichtig (*con prudenzia*). Was ich Euch vor Allem bitte, mein Herr in Jesu Christo, ist dies, um meinen Zustand keinerlei Bekümmerniss oder Unruhe zu haben, denn, obschon ich sehe, dass es christliche Liebe und heiliger Eifer ist, der Euch Sorge macht, so wünsche ich doch

---

[1] Es ist nicht eben wahrscheinlich, dass die in dieser und andern Stellen dem Lateinischen folgende spanische Uebersetzung, in Briefen an Gelehrte, überall von Franzisco selbst herrühren sollte.

durchaus nicht, dass Ihr traurig seid, weder sehr noch etwas, sondern seid recht fröhlich und ganz zufrieden wie einer, der mich meinem guten Herrn übergeben hat; was aber in Eurem heiligen Eifer von grösserm Gewicht zu sein scheint, nämlich die Frucht der Seelen, darauf habt Ihr Euch selbst schon geantwortet am Schluss Eures Briefes, wo Ihr sagt, unermesslich sei die Frucht, welche eine Seele bringen könne, die es verstehe, allein zu sein; darum bittet Gott, dass ich allein zu sein lerne, um anzufangen, wenigstens in mir selbst Frucht zu tragen.« Zur Bestätigung des weisen Wortes seines Bruders erinnert er wieder an des h. Franziscus Auslegung der Worte, dass die Unfruchtbare Viele gebären werde und die Mutter vieler Kinder nichts gelten solle. Schon als er vor vielen Jahren im besten Zuge des Predigens war, habe er oft mit einem gewissen heiligen Neide auf solche »Unfruchtbare« hingeblickt, die aus der Stille durch ihre Gebete für die Kirche Gottes wirken durften. »Eins sage ich Euch noch,« fügt er am Schluss der Besprechung des Wunsches seines Bruders hinzu, »nämlich dass mein Herz so weit davon entfernt ist, daran zu denken, in meinem Leben in dieser Provinz zu predigen, als es dessen gewiss ist, dass wenn es Gott gefallen sollte, er mir die Gnade erweisen wird, sich meiner fern von hier zu bedienen, zum Wohl einiger Seelen. Und dies sage ich, weil ich darin mit Eurer Ansicht übereinstimme. Und weil es der grösste Unverstand (*imprudenzia*) wäre, etwas Anderes zu thun, gebe ich Alles unserm Herrn anheim, der es mit seiner Hand lenke.« — Eine andere Frage, die Pedro in Anregung gebracht hatte, betraf ihn selbst. Er scheint den Wunsch ausgesprochen zu haben, sich aus dem Treiben des kirchlichen Roms zurückzuziehn. Dies widerräth Franzisco mit Entschiedenheit. »Wenn ich,« sagt er, »bedenke, welche Gaben Gott Euch verliehen hat und dass die Kirche Gottes Personen braucht, die, zugleich mit Wissenschaft, Gottesfurcht und Eifer um seine Ehre haben, und da ein Conzil gehofft wird, so würde ich Euch, und wenn Ihr in Indien wäret, aufs Inständigste bitten, Euch, auch wenn Menschen Euch nicht beriefen, um Gottes willen zu entschliessen zu kommen, selbst wenn Ihr am Pilgerstabe Euch an den Thüren müsstet herbetteln.« »Ich weiss wohl,« sagt er weiterhin, »dass Jemand wie Ihr in diesen elenden Zeiten und in einem Conzil nothwendigerweise Mühsale und schwere Lasten finden wird, doch wenn Ihr Euch als Spiegel einen ruhmreichen Athanasius vorhaltet, so wird Euch alle Mühsal, die Euch begegnen mag, sehr leicht werden.

Und wenn Ihr auch, wie Ihr sagt, nicht ausreicht, um die Uebel, die wir sehn, zu heilen, so ist doch ein wenig Förderung von Personen, von denen so viele Gemeinwesen abhängen, wie die Säulen der h. Kirche sind, welche dort ist, wichtiger als viel Förderung unbedeutender Leute hier. Und Ihr wisst nicht ob Ihr nicht, was Ihr heute nicht vermögt, vielleicht morgen vermögt. Ich weiss wohl, was im h. Hieronymus den Wunsch erregte, Rom zu fliehn und in die Einsamkeit zu gehn, aber jetzt, mein Herr, ist nur zeitgemäss, dass Ihr Euch als Mauer für Israel darbietet.« Seiner Fürbitte, um welche Pedro gebeten, solle er versichert sein, Franzisco weiss in wie »grossen Gefahren und Fallstricken« sich der Bruder befindet. Mit seiner Gesundheit, theilt er noch mit, gehe es sehr gut; er ist kräftig und äusserst zufrieden. »Wenn dort,« ermahnt er den Bruder zum Schluss, »die Schlechtigkeiten der Lebenden Euch beängstigen, erfreut Euch an der Heiligkeit der Verstorbenen, und der grossen Apostel und unzählbaren Märtyrer, mit deren Blut jene ganze Stadt gebadet ist.« Er fügt noch hinzu, er wisse nicht was er ihrem ehrw. Pater Generalis, der ihm so gütig geschrieben habe, antworten solle, auch nicht, wohin derselbe sich wenden werde, da er in weniger als einem Monat sein Amt niederlege, Pedro möge das Nöthige zu thun übernehmen, um des Bruders willen sei es ja doch, dass man ihm alle jene Vergünstigungen anbiete, wofür er, wenngleich er sie nicht benutze, doch nicht aufhöre dankbar zu sein[1]. — In einem zweiten Briefe an Pedro, vom 13. September desselben Jahres (p. 289 f.), zeigt sich Franzisco noch ohne Nachricht darüber, ob der Bruder in Rom, wohin auch dieser Brief geht, bleiben, oder nach Spanien kommen werde. »Ich kann nicht leugnen,« schreibt er, »dass ich gewünscht[2] habe, dass Gott Euch mit seiner Hand in dies Land brächte. Und wie ich glaube, wünschte und wünsche ich es nicht um irgend eines menschlichen Trostes willen, denn mir scheint,

[1] Nach einem andern Grusse sagt er: »Pater Fr. Alejo natürlich vergisst Euch nicht.« Es ist dies wohl der alte treue Genosse Franzisco's. 1536 in dem Briefe an Pedrarias erwähnt er, dass Pater Fr. Alejo von Guadalajara, wie er hier näher bezeichnet ist, ihm Nachricht mitgebracht habe. In einem jedenfalls gleichzeitigen Briefe an Catalina de Orozco (wohl die Mutter des Pedrarias) sagt er, dass er den ihren durch Pater Fr. Alejo erhalten, durch den er auch diese Antwort sendet. »Weil der Ueberbringer dieses Briefes mein Pater Fr. Alejo ist, so will ich,« sagt er, »nicht ausführlicher schreiben« (p. 279).

[2] In jenem Druck steht: nicht gewünscht.

Gott zu Liebe würde ich, durch seine Gnade, gern jedwede Abwesenheit Aller, die ich in ihm und durch ihn liebe, ertragen, und unser Herr hat mich gewöhnt, viel Gesellschaft in der Einsamkeit zu finden. Aber da unser Herr so tief in seinen Beschlüssen ist, nehme ich das als das Beste an, was Er Euch eingeben mag.« — Auch in dem Briefe an Frai Joven, aus welchem wir oben Auszüge mitgetheilt haben, kommt Franzisco auf seine eigene glückliche Einsamkeit und auf die einflussreiche Stellung seines Bruders Pedro zu sprechen (p. 286). Frai Joven hatte seine Verwunderung über Franzisco's so langes Stillleben ausgesprochen; dieser erinnert, wie in jenem Briefe an den Admiral, an Christus selbst, an Johannes den Täufer, an Paulus, und fügt hinzu: »Ich meinerseits kann Euch sagen, dass ich mich nicht darüber wundere, dass ich schweige, sondern über die Barmherzigkeit, die mir unser Herr hierin so sehr, ohne dass ich es verdiene, erweist; besonders dass er mir dieselbe so süss und lieblich macht, dass mir die Menge der Jahre keinerlei Ueberdruss verursacht, dass im Gegentheil der Hunger, dieses Winkelchens zu geniessen zu lernen, zunimmt. Und gewiss, diese Gnade hat mir unser Herr als einem Schwachen erwiesen; und in dieser Lage hat er mir derart Frieden und Ruhe gegeben, wie es meine Zunge nicht zu sagen vermöchte; in Allem und durch Alles sei sein heiliger Name gesegnet und gefalle es ihm, dass meine Undankbarkeit und Lauheit mich nicht verdamme.« Bald darauf bittet er: »Vergesst nicht, Gott meine Brüder zu empfehlen, und besonders den Doctor, der, wie ich durch einen Brief von ihm erfahren habe, als er 180 Meilen von Rom entfernt war, um hieher zu kommen, ein Schreiben des Kaisers erhielt, der ihn darin beauftragte, nach Deutschland zu gehn, nach Worms, zu den Consultationen und Colloquien, die dort wegen der Lutheraner stattfinden sollen. Er ist sogleich dahin abgereist, und thut es ihm Noth, Gott in seinem Herzen zur Seite zu haben und ganz von dessen Gnaden umgeben zu sein, damit seine Arbeit in so heiliger Sache Frucht bringe und Gott zur Ehre gereiche.« Dieser Brief an Frai Joven, der kein Datum hat, ist also 1540 geschrieben. Im October wurden die Verhandlungen zu Worms eröffnet; im Januar des folgenden Jahres verlegte sie der Kaiser nach Regensburg. In einem aus den geheimen päpstlichen Archiven kürzlich (von Lämmer in den *monum. Vatic.* 1861 p. 300. 301) veröffentlichten, am 6. September 1540 zu Rom ausgestellten Gutachten eines Ungenannten, wohl eines Cardinals, über die mit dem Legaten Contareno zum Wormser Religionsgespräch zu sendenden Theologen wird unter Andern, nebst Marcantonio Flaminio und Peter Martyr Vermigli, auch Doctor Pedro Ortiz genannt, und folgendermaassen über denselben geurtheilt: »Der Dr. Ortiz ist genannt, weil er sehr bewandert ist in den Pariser Disputationen und der heiligen Schrift, und weil der hochwürdige (Bischof von) Nicastro (päpstlicher Legat beim Kaiser, nachmals Papst Marcell II.) von dort aus (von jenseits der Alpen) gebeten hat, dass derselbe unter den Kaiserlichen (Theologen) erscheine. Er wird für etwas hoffärthig (*elato*) bei den Disputationen und geneigt, leicht jeden ganz geringen Irrthum Häresie zu nennen, gehalten; weshalb er dem hochwürd. Contareno nicht sehr gefällt. Dem hochwürd. Ghinucci und mir gefällt er, sowohl wegen der Gelehrsamkeit und des guten Willens (*mente*), die er zeigt, als auch, weil es nützlich sein wird, dass man sehe, dass von mehr Gegenden der Christenheit Doctoren auf unsrer Seite sind. Zudem würde es im Namen des Kaisers sein. Und jene Hoffarth (*elazion*) würde durch den Nuntius und die andern Gelehrten gemildert werden. Und jedenfalls hat er nicht, so zu sagen, auf den Strassen zu erscheinen, auch nicht im Colloquium der deutschen Abgeordneten, sondern wird dem Nuntius zur Instruction in den theologischen Angelegenheiten (*cose sacre*) dienen. Ich glaube, wenn man ihn aufmerksam macht auf jene Schroffheit (*asprezza*), wird er sich mässigen, denn er hat Geist (*ingegno*).« Sepulveda berichtet, dass Pedro Ortiz 1540 den kaiserlichen Auftrag erhalten, mit Granvela, dem noch zwei andere Spanische Theologen beigegeben waren, an dem Wormser Religionsgespräch theilzunehmen (*de reb. gest. Caroli.* 19, 30). Ein Ungenannter schreibt an Jac. Sturm in Strassburg (Neudecker *Urkunden aus der Reformationszeit* 1836. S. 604): Trey theologos hispanos die zu Pareysz gestudirt, nit munich, nemt Granuel mit sich, hat gesacht, wegen Ists die seyen hausz bei mir, dann bey dem kheyser, mochten viel schadens bey dem kheyser thun, so Ich seiner Mjt. etwas anböte [Concessionen anriethe]. Da werden sie selbst hören, wie es bey den Theutschen steht. Die drei hispanischen Theologen erwähnt auch der protestantische Bericht in Op. Melanthon. *Corp. Reform.* 3, col. 1218, aber ohne Nennung von Namen. Genannt finden sie sich in der Schrift *de colloquio Wormatiensi,* Moguntiae 1541, im Verzeichniss der sämmtlichen Theilnehmer (abgedruckt bei Roeder *de colloq. Worm.* Norimbergae 1744), wo unter den Abgeordneten des Kaisers aufgeführt sind (Röder S. 76): *Petrus Hortitius, Aluarus de Muscosa, Petrus Maluenda,* jeder derselben als *Hispanus* und *Theol. Doct. Paris.* bezeichnet; ein anderer Landsmann von ihnen *Bernardus Sanctius, episc. Aquilanus* erscheint ebendaselbst (Röder S. 78) unter den *Alii Oratores non deputati ad Colloquium.* Ein gleichzeitiger *Catalogus doctorum tam cathol. quam protest. Wormat. praesent.*, der an die beiderseitigen Mitglieder seine Verse richtet, und während er für Calvin nur diese Worte hat:

Quaeso quid indigne tot fundis inania verba?
Doctus es; at quid tum, sis quoque porro bonus!

dem Melanthon zuruft, mit Anspielung auf den Namen desselben:

Si quid habes nigri, quaeso te, care Melanchthon,
elue; tunc multos maximus inter eris.

und wiederum:

Solus colloquii dubios moderaberis actus,
si praestare velis quod sine fraude potes.

sagt Folgendes über *Petrus Hortensius, Petrus Maluanda, Aluarus Moscosa, Hispani, Doctores Paris.* (bei Röder a. a. O. S. 171):

Tres uno eximios Doctores carmine dicam
quos sigillatim dicere longa mora est,
nosce sed Hispanos mediocri corpore, multum
doctrina et docili mente valere tamen.

Doch bringt er noch ein besonderes carmen an Einen von ihnen, *ad Petrum Hortensium* (ebendaselbst):

Te si devotum video procumbere ad aras
et consternata poscere mente Deum:
defleo Germanos quibus aut muliebre videtur
aut hypocrisis, eo procubuisse modo.

(Sleidanus sagt in seinen *comm. de statu relig.*, Granvella sei gekommen *comitatus theologis Hispanis Muscosa Maluenda Carobello.* In jenem Catalogus folgen den eben mitgetheilten Versen auf Ortiz einige auf *Joann. Corolbe Doct. Paris.*; dieser ist vielleicht derselbe mit jenem *Carobellus*). Als in Worms anwesend wird Ortiz erwähnt in einem gleichzeitigen Brief von dort, Lämmer *Monum. Vatic.* p. 333. Llorente erwähnt im *Abrégé chronologique* (hist. 4, 309) unter dem Jahr 1541 die (doch wohl von Seiten der Spanischen Behörden vorgenommene) *publication des controverses de Worms, contre les luthériens.* Pedro Ortiz war auch mit in Regensburg. Eck in seiner *Apologia,* Antwerp. 1542, praef. (Hergang: *Das Religionsgespräch zu Regensburg.* 1858. S. 64) sagt über das

Regensburger Buch: *omnibus catholicis doctoribus displicuisse hunc librum, in quem etiam scripsit rev. pat. D. Joh. Mensing, suffraganeus Halberstatensis; adnotavit quaedam Petrus Malvenda, Burgen., cum aliis Hispanis, D. Petro Orticio, D. Alvaro a Mascoso etc.; ab initio usque ad calcem iudicium desuper fecit D. Nicolaus Apelles, Bavarus* u. s. w.

Wenn, wie es scheint, der Herr Doctor, den Franzisco Ortiz in einem Briefe vom April 1544 erwähnt, sein Bruder Pedro ist, so war derselbe damals wieder in Spanien. Dort wird er auch gestorben sein, wahrscheinlich 1548. Sepulveda nämlich schreibt Idibus Julii 1549 aus Valladolid in jenem Brief, den wir schon ein paar Mal erwähnten, an Melchior Cano, nachdem er die bedeutendsten der lebenden Theologen Spaniens zu seinen Gunsten gegen Cano genannt: *Petrum Ortisium, summum theologum, in cuius obitu nuper studia theologica jacturam magnam fecerunt, a quo in primis liber meus* [kaum vor 1548 in Umlauf gesetzt; Vita bei den Opp. p. L] *perlectus et sententia magnopere probata fuit, silentio praetereo, ne mortuos extra scripta testes, a quibus, si mentiar, refelli non possim, callide citare videar, quamquam iudicii eius testes superstites nominare possem* (Opp. t. III. epist. p. 61). Mit Ortiz war Sepulveda auch in Rom zusammen gewesen. Luis Luzena schreibt 1549 an Sepulveda (epist. p. 255) aus Rom, wohin ihn Beruf und Liebe zu den Studien und zur Freiheit zurück geführt haben: nirgends gebe es doch einen grösseren Zusammenfluss gelehrter Männer *cum quibus, ut ais, vivere et philosophari iucundissimum est, quod tunc etiam mihi gratius erat cum tua tuique similium, Jacobi Neylae nostri, Ortisiique, optimorum doctissimorumque virorum consuetudine frui licebat.*

Bis an sein Lebensende blieb er ein Freund und Vertheidiger der Gesellschaft Jesu (Ribadeneira l. c. p. 684 B. Maffei 2, 6. Orlandini 2, 35). Als er von Rom nach Worms ging, begleitete ihn Lefevre, Loyola's Pariser Stubengenosse und treuer Anhänger (Maffei 2, 13: *Petrum Fabrum Caesaris legatus Ortizius ad Vormatiensem conventum pontificis permissu in Germaniam adduxerat*). Als 1547 die Jesuiten von Alcalá, wegen der daselbst herrschenden Krankheiten, ihren Wohnsitz von dort weg an einen gesunderen Ort verlegen wollten, wählten sie auf Pedro Ortiz' Rath die Gegend von Galapagar (Orlandini 7, 46).

Ein sehr langer Brief Franzisco's vom 10. März 1535 ist an seine jüngere Schwester Ines gerichtet (p. 251 f.), die wir schon als dienende Freundin von Franzisca Hernandez kennen gelernt haben, und die ihren Bruder um Anweisung gebeten sich dazu vorzubereiten, dass der Tod ihr ein Ende des Todes und eine Pforte des ewigen Lebens sei. Wir heben nur ein paar besonders bemerkenswerthe Stellen aus. Wenn sie bedenke, sagt er, was eine arme Arbeiterin fühlen würde, wenn ein grosser König ihr in Wahrheit Hoffnung mache, dass er sie zu seiner Gemahlin nehmen werde, dann könne sie von fern die Gnade verstehn, die Gott unsern ungebildeten (*rústicas*), durch die Sünde entstellten, mohrenhaften, armen, nackten, erbärmlichen Sclavenseelen erweise, indem er in göttlicher Liebe mit ihnen verkehre. »Wenn ich,« sagt er weiterhin, »Gott mit Inbrunst liebte, so würde ich allerorten ihn allein mit so grosser Aufmerksamkeit sehn, dass durch Alles, was aussen erscheint und sich regt, meine Seele als durch Eitelkeit hindurchdringen und es ansehn würde als bestünde es gar nicht, denn dann richtete sich meine Betrachtung, wie S. Paulus vorschreibt, auf das Ewige, das man nicht mit dem Leibe sieht; und gäbe man mir auch einen Novizen zum Prälaten, so würde ich ihm, indem ich Gott in ihm erblickte, Ehrfurcht und Gehorsam erweisen, wie dem ehrwürdigsten und weisesten und ältesten Vater, denn diese Gnade, sagte unser Vater S. Franziscus [in *Collatio* IV], habe er von Gott empfangen.« »Da,« fährt er bald darauf fort, »damit Euer Beten und Wünschen vollkommen werde, ausser andern Dingen das Nothwendigste die Demuth ist, so empfehle ich Euch[1], so sehr ich kann, für diese Tugend zu sorgen. Und gesetzt den Fall, dass Ihr den jungfräulichen Stand, den Ihr, durch Gottes Barmherzigkeit, gewählt habt, für höher als den der Verheiratheten halten könnt, wenngleich nicht für so vollkommen wie den derjenigen, die, zugleich mit der gelobten Jungfräulichkeit, auch Gehorsam und Armuth und Clausur versprochen haben, so soll doch niemals in Euer Herz ein hochmüthiger Gedanke kommen, indem Ihr wagtet, Euch über irgend Jemand zu stellen, denn etwas Anderes ist es, Stand und Stand, als Person und Person zu vergleichen, da, wie S. Augustin in dem Buch *de sancta virginitate* sagt, die verheirathete Frau bereit sein kann, für Gott den Zeugentod zu leiden, während Ihr nicht wisst, ob Ihr dafür stark genug sein würdet, und sie kann Euch in andern grossen Tugenden, wegen deren die Jungfrauen den Verheiratheten vorgehn, übertreffen, die ohne Ver-

---

[1] Die Schwester redet er mit der 2. Plur. an, die Brüder ceremoniöser mit der 3. Sing.

gleich mehr werth sind als der Ueberfluss unwesentlichen (*acziden-tal*) Ruhmes, auch wenn er den Heiligenschein verdient. Und deshalb beschäftigt sich S. Augustin in jenem Buch *de virginitate* vornemlich damit, die Demuth zu loben, so dass er die Jungfräulichkeit fast vergisst, denn ohne Demuth ist die Jungfräulichkeit nichts werth, und leuchtet nicht und ist vielleicht nicht einmal von Dauer, und dauerte sie ja, so ginge sie doch mit den thörichten Jungfrauen zur Hölle. Und deshalb thut Hieronymus in dem Briefe an die Demetrias, eine hochedle Römische Jungfrau, nichts Anderes, als ihr die Demuth zu empfehlen, und dass sie sich nicht traue und nicht sicher zu sein wage, auch nicht in dem, was ihr Gewissen ihr am festesten beglaubigt, sondern stets fürchte und vor sich selbst scheu sei, indem sie von Gott Gnade erbitte, um von seinem Willen nie abzuweichen. Und dasselbe sage ich Euch als denkwürdigen Rath. Ihr bittet mich, Euch fromme Uebungen (*devoziones*) zu sagen, indem Ihr versprecht, sie auszuführen. Ich sage, dass die erste fromme Uebung jedenfalls die Umwandlung (*reformazion*) der Seele sein muss, und die Besserung des Lebens und die sorgfältige Befolgung des Gesetzes Gottes und dass Ihr das Herz lauter und in Hut für Euren Gemahl Christus zu halten sucht. Und ohne diese fromme Uebung werden die andern Euch wenig frommen, aber wenn die Hauptsorge dieser gilt, sind die andern gut, welche dazu dienen, diese erste zu gewinnen und zu bewahren. Und diejenigen frommen Uebungen haltet für die besten, bei denen Ihr aus Erfahrung wisst, dass durch sie Euer Herz am meisten erweckt wird, die Welt zu verschmähen und Gott zu lieben, und Euer Herz aus der Erde zu entwurzeln und es in den Himmel zu pflanzen. Und hierüber ist's unmöglich, Euch eine feste Regel zu geben, denn zu Einer Zeit ist es für die aufgeblasene Seele erforderlich, Dinge zu erwägen und zu beten, durch die sie veranlasst wird, vor ihren Sünden zu erschrecken und sie zu beweinen, andere Male, wenn sie von Traurigkeit versucht wird, thut es ihr Noth, sich zu erheitern und getrost zu werden und zu singen, — sei der Satan niedergeschlagen, denn nimmermehr wird er Gott sehn, aber mit Grund soll der heiter sein, der ihn zu schauen hofft. Und so muss man, nach der Verschiedenheit der Gefühle, verschiedene fromme Uebungen suchen, und alle sollen dem genannten Ziele dienen. Als allgemeingültige fromme Uebung gebe ich Euch die auf, recht häufig das Herz mit inbrünstigen Wünschen zu Gott zu erheben, denn auch, wenn man dies nur ganz kurz thut, so ist es doch von hohem Werth, wenn es oft geschieht, denn diese von den h. Vätern sogenannten Stossgebete (*jaculatorias*), die gleichsam brennende und durch heftigen Liebesdrang geschleuderte Pfeile sind, haben unter Anderm das Gute, dass man sie üben kann, ohne die Arbeiten des geschäftigen Lebens zu stören.« »Und mit diesen,« fügt er bald darauf hinzu, »werdet Ihr Maria und Martha vereint und verschwistert behalten.« Er theilt dann der Schwester noch mit, welches Gebet er selbst täglich vor dem Schlafengehn sage; es knüpft sich an die sieben Worte vom Kreuz. »Weil meine Bitten,« sagt er darin, »nicht genügen, so nehme ich als dritte [als Vermittlerin] Eure hochgesegnete Mutter, die Ihr mit so viel Liebe uns vom Kreuz herab zur Mutter gabt, und flehe Euch an, dass unter so vielen Sündern, wie durch ihre Vermittlung (*por su medio*) von Euch Heilung aller ihrer Uebel erlangt haben, Einer auch ich sei. Wohlan, heilige Jungfrau, erfüllt das Testament Eures theuren Sohnes, und tragt Sorge für mich wie für einen Sohn, damit ich mit Eurem Beistand die Clausel erfüllen könne, in der er mir aufträgt, Euch zu ehren und Euch zu dienen wie einer Mutter! O mein Herr! möchte ich einer solchen Mutter nicht verlustig gehn durch meine Sünden, und nicht von ihr verwaist gelassen werden!« Und gegen den Schluss, ebenfalls an Christus gewendet, mit dem Uebergang in das innigere Du: »zu deinem heiligen Leiden nehme ich meine Zuflucht, damit deine Verdienste mir zu Gute kommen; denn du, der du mit deinem kostbaren Blut mich erkauft hast, mögest mich erlösen und retten in jener letzten Stunde, und in dem Gerichte, das du über mich halten wirst, fälle das Urtheil zu meinen Gunsten!« Er empfiehlt dann der Schwester noch insbesondere die Verehrung der Mutter Gottes, der zu Ehren sie täglich das *Obsecro te, Domina* und andere sagen solle. Schliesslich rühmt er ihr noch ein Büchlein mit dem Titel *contemptus mundi*, dessen Verfasser, wer er auch gewesen sein möge, ein Werkzeug Gottes gewesen sei; ein Blättchen desselben, das er besitze, und worauf davon gehandelt werde, dass man in dieser Welt nicht vor Versuchung sicher sein könne, gebe ihm grossen Trost. Endlich bemerkt er noch, dass, wenn Maria, die ältere Schwester, in diesem Briefe etwas für sich finde, sie denselben als an sie gerichtet ansehn solle. Ausserdem empfiehlt er sich den Gebeten seiner andern geliebten Schwestern, die Nonnen sind, und die nach so langjährigem Klosterleben seiner Worte, wie er meint, wenig bedürfen werden. Aus dieser Stelle eben sehn wir, dass dieser Brief an Ines gerichtet ist, denn über sie und Maria, die damals schon in den vierziger Jahren war, sagt er 1529 aus, dass sie sich *en hábito de virjenes honestas* in Alcalá aufhielten, während ebendamals Juana, die noch älter als Juan war, und Anna, ein Jahr älter als Franzisco, im Kloster *de la Conzepzion* ihrer Vaterstadt lebten. Ausser diesen vier Schwestern hatte Franzisco nur jene zwei Brüder.

Im Jahre 1546 starb Franzisco Ortiz im Kloster der Mutter Gottes zu Tordelaguna[1]. Seine Anmerkungen zu einem in diesem Jahre erschienenen Buch über den Tod werden unter seinen nachgelassenen Manuscripten in letzter Stelle erwähnt (s. oben S. 186). Seinen funfzigsten Geburtstag im Mai dieses Jahres erlebte er nicht mehr[2].

Francesco Gonzaga, der in Spanien das Hofleben bei Philipp II. mit dem Mönchsleben vertauschte und in den Franziscanerorden, und zwar gleichfalls unter die Observanten trat, sagt 1587 in seinem Geschichtswerk über den Orden, dessen Generalat er gleich darauf antrat, da wo er das Kloster von Tordelaguna behandelt, Folgendes[3]: *Obierunt mortem hoc in conventu: devotissimus*

---

[1] Nic. Antonio (1672. 1783) und ebenso J. de S. Antonio: *Decessit ante annum* 1547.

[2] Da er 1532 aus Toledo, von wo er sich spätestens am 24. April aufzumachen hatte (s. oben S. 175), also wohl mit dem Mai in Tordelaguna eintraf, so liefen die dreizehn Jahre, die er daselbst, Salazar zufolge, lebte, Mai 1545 ab. Mai 1546 würde er voll vierzehn Jahre dort gewesen sein.

[3] *De origine seraphicae religionis Franciscanae eiusque progressibus. F. Francisci Gonzagae, eiusdem religionis ministri generalis et nunc episcopi Mantuani, opus.* Venetiis 1603. p. 726. (Ueber Gonzaga s. Ughelli *Italia sacra* t. 1. 1644. col. 946 sq., wonach er um die Zeit geboren wurde als Ortiz starb). Nichts Anderes als eine Uebersetzung dieser Stelle Gonzaga's ist was Barezzi gibt p. 413 in seiner 1608 in Venedig erschienenen italienischen Fortsetzung der, auch ins Italienische übersetzten, *Chronicas da ordem dos frades menores* des Marcos de Lisboa. Auch das *Martyrologium Franciscanum, in quo Sancti, Beati aliique Servi Dei* cet., *cura ac labore V. P. Arturi a Monasterio* [aus Rouen]. Paris 1638 [eine zweite Ausgabe soll ebenda 1653 erschienen sein], gibt p. 115, mit Berufung auf Gonzaga und Barezzi, nur was diese haben, schickt jedoch die Notiz voraus: *Florebat ann.* 1565. Bei der Unrichtigkeit derselben verliert auch das allen Werth, dass er ihn *Nono Kalendas Aprilis* [=24. März] ansetzt, wobei man sich ohnehin an das zu erinnern hat, was im Prolog gesagt ist: *Quod vero aliquot BB. non eo die, quo forsan natalitia* [sc. melioris vitae] *ipsorum referuntur, adnotaverim, in causa fuit scriptorum sive librorum, a quibus accepi, diversitas.* Bemerkenswerth ist, dass er ihn als *beatus* bezeichnet, p. 114: *Beati Francisci Ortesii, Confessoris, concionatoris eximii, qui oratione atque zelo salutis animarum maxime enituit,* und ebenso p. 115 als Anfang des

pariterque zelantissimus P. F. Franciscus Ortisius, concionatorum sui temporis facile princeps, quamobrem eorum monarcha ab omnibus communi titulo appellitabatur; qui per XIII continuos annos se domi, meditationi lectioni vel exercitio spirituali intentus, continuit, nihilque magis quam hominum frequentiam, praecipue vero saecularium, atque colloquia fugiebat. Und Pedro de Salazar sagt in seiner Beschreibung des Klosters[1]: »Von denen, die ich hier begraben finde, will ich nur den Pater fr. Franzisco Ortiz erwähnen, der ein sehr grosser Prediger war, so sehr, dass man ihn den Monarchen der Prediger seiner Zeit nannte. Er lebte in diesem Kloster dreizehn Jahre in grösster Zurückgezogenheit (*recojimiento*), und Gebet und Busse, und nach dem Ende (*al fin*) derselben starb er, und ist begraben in diesem Kloster. Ich hörte die sehr alten und andächtigen Brüder sagen, dass er fast gewöhnlich nach der Frühmette bis zum Morgen im Chor blieb, und dass sie ihn weinen und schluchzen hörten, mit grosser Inbrunst und Geist, wenn er beim Gebet war. Während dieser ganzen Zeit ging er nicht aus dem Hause, und auch bei den Prozessionen, die man vornahm, wollte er den Fuss nicht über die Schwelle setzen.«

Die Anhänglichkeit an Franzisca hatte Ortiz damit gewiss nicht aufgeben wollen, dass er jene Predigt gegen die Inquisition zu ihren Gunsten als eine Verirrung anerkannte. Ob er jemals wieder Kunde von ihr erhalten wissen wir nicht.

Artikels über ihn: *B. Francisci, Confess.*; auch über diesen Punct indessen ist der Prolog zu beachten, welcher sagt: *licet appellationem Beati vel Martyris aut eiusmodi subiunxerim, nequaquam in stricta et propria acceptatione, fundata in approbatione canonica et ecclesiastica, quae deservit ad communem cultum et invocationem, sumenda est, sed eam tantum sanctitatem in his a nobis commendari sciant universi quae ex eorum virtute et morum excellentia ceu miraculorum probata fama proficiscitur. — Menologium . . . sanctorum, beatorum, miraculosorum, incorruptorum, extaticorum, beneficorum et quocunque sanctimoniae vel virtutis fulgore illustrium, singularium aut praecellentium famulorum famularumque dei, martyrum, confessorum, virginum, viduarum, paenitentium, ab initio Minoritici instituti usque ad moderna tempora . . . per modum martyrologii iuxta dies obitus et anni periodos compilatum . . . authore P. Fr. Fortunato Huebero.* Monachii 1698. Unterm 24. März col. 757: *Turri-Lacunae in Hispania anno* 1595 [so steht gedruckt] *Franciscus Orthesius in conventu sanctissimae matris dei immortalis gloriae orditus est vitam qui concionatorum sui temporis princeps et monarcha dictus, pro conversione populi contra vitia zelantissime intonuit, cumque per tredecim annos humana consortia, praesertim saecularium omnino declinaret, solis lectioni, meditationi ac caelestibus contemplationibus operam dedit. Gonzaga. Barezzus. Salazar. Arturus.*

[1] *Chronica de la fundacion y progreso de la provincia de Castilla de la orden de S. Francisco.* Madrid 1612. lib. 4. cap. 17. p. 274.

Dass Ortiz mit ihr unter demselben Dache lebe, hat Franzisca im Gefängniss wohl von Maria Ramirez erfahren, ihrer treuen Dienerin, die wir im Juli 1530 in ihrer Gesellschaft finden. Dieselbe wird erst nach Ortiz' Verhaftung zu ihr gelassen sein, da dieser Franzisca von aller Hülfe verlassen glaubt und mehrfach darauf dringt, man möge ihr Jemand geben, der besonders Nachts und bei ihren Ohnmachten um sie sei. Maria scheint sich nur als freiwillige Mitgefangene im Kerker zu befinden, da es heisst, dass sie der Franzisca dort Gesellschaft leiste. Uebrigens bedurfte Franzisca keines ausdrücklichen Zeugnisses darüber, dass Ortiz im Inquisitionsgefängniss sitze; sie kannte ihn zu gut als dass sie hätte glauben können, er werde sich zufrieden geben, ehe ihn ihre Vertheidigung in ein gleiches Schicksal geführt.

Daraus, dass Maria Ramirez ihre Zeugenaussage vom 19. Juli 1530, zu welcher Zeit sie ihrer Herrin im Kerker freiwillige Gesellschafterin ist, am 17. Februar 1532, ebenfalls in Toledo, ratifizirt, im Prozess der Franzisca Hernandez, wie es dort heisst, ist ersichtlich, dass Franzisca kurz vor Ortiz' Auto noch gefangen sass. Dass diesem in seinem Urtheil befohlen wird, stets fünf Meilen im Umkreis von dem Aufenthaltsort Franzisca's fern zu bleiben und in keinerlei Weise wieder mit ihr Verkehr anzuknüpfen, daraus scheint nur so viel mit Sicherheit geschlossen werden zu dürfen, dass die Richter sich wenigstens als möglich gedacht haben müssen, Franzisca werde sich noch einmal an einem für Ortiz zugänglichen Orte aufhalten können, also ausserhalb des Gefängnisses des h. Amts. Möglich, dass sie schon damals aus demselben entlassen war, möglich aber auch, dass sie erst später herauskam und vielleicht nur zum Auto auf den Zocodover und dann zum Richtplatz. Ob also Frai Barnabas die Genugthuung erlebte, sie auf dem Scheiterhaufen zu sehn, oder ob sie im Inquisitionskerker starb oder in Klosterhaft oder in freierer Zurückgezogenheit, wir wissen es nicht. Nicht denken mögen wir uns, dass sie ihren Glauben zu verläugnen schwach genug geworden. Ihr Geistesleben war fester gegründet als das des unruhigeren Ortiz. Es ist merkwürdig, wie treu in seinen Berichten der Charakter ihrer Worte mit dem sprudelnden rauschenden Feuerstrom seiner eignen Beredsamkeit contrastirt und nicht durch denselben verschmolzen wird. In dem, was er aus ihrem Munde mittheilt, ist überall ihre Eigenthümlichkeit unverwischt ausgeprägt geblieben: in ihren Worten spiegelt sich die höchste Ruhe der Seele, ein klares tiefes Auge voller

Einfalt und zuweilen voll lieblicher Heiterkeit. Sie ist eine kräftige, aber maassvolle Natur.

Wir hatten schon anzuführen, dass als eine Hauptschuld Frai Franzisco's in seinem Urtheil hervorgehoben wurde *loar por santa a la dicha Franzisca Hernandez, siendo pecadora.* Als ob es andere Heilige gegeben hätte ausser solchen, die auch Sünder waren, und zugleich Sünder dem alten Menschen nach, während sie heilig waren nach dem neuen Menschen.

In dem Verhör vom August 1529, in welchem sie sagt, Ortiz' Wandel sei wie der eines Apostels gewesen, fährt sie fort, indem sie gewiss daran denkt, dass nicht das Beobachten äusserer Kirchen- und Schicklichkeitsregeln, sondern die Demuth des Herzens heiligt: sie wünsche, dass Gott ihnen, den Inquisitoren, das von der Heiligkeit derer, die gut seien, und derer, die schlecht seien, offenbar machen möge (*que les manifieste dios esto de la santidad de los que eran buenos como de los que eran malos*).

Mäkeln lässt sich leicht genug gerade an schön ausgeprägten Charakteren. Wir möchten dagegen nur an das Wort des Mythologen Moritz erinnern, welches derselbe bei Gelegenheit seiner Darstellung der Aphrodite ausspricht, dass »das Mangelhafte oder die gleichsam fehlenden Züge in den Erscheinungen der Göttergestalten« dasjenige ist, »was denselben den höchsten Reiz gibt.« Will man die Pallas tadeln, dass sie nicht zärtlich ist?

Wer jene Frauen unweiblich finden kann, die, wo Noth am Mann war, die Fahne oder das Schwert ergriffen, um durch ihr Beispiel die Stärkeren zu tapferer That zu entflammen, wer solche Frauen zu tadeln den Muth hat, der tadle auch Franzisca Hernandez[1]. Andere werden vielmehr die Männer tadeln, die solchen Frauen nicht folgten. Wir wollen Ortiz nichts vorwerfen, — er war zum Reformator nicht geboren und handelte selbstverläugnend ohne Falsch —, aber gewiss war es ein Segen, dass nicht auch Luther diesem kirchlichen Quietismus huldigte. Doch Franzisca's Grösse liegt vornämlich in dem, was zu jeder Zeit die hohe Aufgabe der Frauen gewesen ist, das schöne Maass in allen Verhältnissen des

[1] Nach Sokrates zeichnet sich zwar das männliche Geschlecht vor dem weiblichen in Allem aus, doch sind viele Weiber für Vieles geschickter als viele Männer (*γυναῖκες μέντοι πολλαὶ πολλῶν ἀνδρῶν βελτίους εἰς πολλά.* Rep. 455). An allen Beschäftigungen im Staat nehme das Weib seiner Natur nach Theil, sei aber in allen schwächer als der Mann. Die eine sei

Lebens zu wahren und herzustellen. Der männliche Geist hat etwas Schrankensprengendes — und mit darin liegt sein Beruf —, die Vollendung des Klassischen aber haben wir stets dem feinen Sinn der Frauen mit zu verdanken, und nicht zum wenigsten ihrer so nothwendigen negativen Kritik. Wir stehen nicht an, mit den Sprüchen, die jener König von seiner Mutter über das wackere Weib gehört, über diese edle Leonesa selbst zu sagen: Kraft und Würde ist ihr Gewand, und sie lacht dem kommenden Tag entgegen — *ridebit in die novissimo* wie die Vulgata hat. Erinnern wir uns auch des Wortes des Evangeliums (Luc. 11, 31): Eine Königin von Süden wird auftreten im Gericht mit den *Männern* dieses Geschlechts und dieselben verurtheilen.

Die Cazalla's, welchen der Eindruck einer solchen Hausgenossin, wie Franzisca war, unvergänglich bleiben musste, und das Cazalla'sche Haus hatten das Schicksal, das wir zu Anfang berührten. Die Inschrift des Schandpfahls, wie sie noch bis vor Kurzem zu lesen war, lautet zu Deutsch folgendermaassen: Während der römischen Kirche Paul IV. präsidirte und in Spanien Philipp II. herrschte, verdammte das heilige Amt der Inquisition diese Gebäude Pedro's de Cazalla und Dª Leonorens de Vibero, seiner Frau, niedergerissen und dem Boden gleich gemacht zu werden, weil dort die Lutherischen Ketzer zusammen kamen, um Versammlungen zu halten gegen unsern heiligen katholischen Glauben und die römische Kirche. Jahr 1559 am 21. Mai. (Vgl. die *notizia prévia* zu der *epistola consolatoria* des Juan Perez in der Ausgabe von 1848) [1].

---

philosophisch, die andere misosophisch, die eine muthig, die andere zaghaft, die eine sei befähigt für den Wächterdienst der Staatsregierung, die andere nicht, u. s. w. (456. vgl. 540). Seneca *ad Marciam de consolatione* 16: *Quis autem dixit naturam maligne cum muliebribus ingeniis egisse et virtutes illarum in artum retraxisse? par illis, mihi crede, vigor, par ad honesta, libeat, facultas est.* Sie haben, meint er, ebenso viel ethische Energie als die Männer und brauchen sich nicht leichter als diese vom Schmerz unterdrücken zu lassen. Im ersten Klemensbrief an die Korinther heisst es Kp. 55: *πολλαὶ γυναῖκες, ἐνδυναμωθεῖσαι διὰ τῆς χάριτος τοῦ θεοῦ, ἐπετελέσαντο πολλὰ ἀνδρεῖα.* Als Beispiele werden Judith und Esther angeführt.

[1] Die eine Tochter Leonorens de Vibero, Constanza, die im Maiauto zu ewigem Gefängniss verurtheilt und ihren dreizehn verwaisten Kindern entrissen wurde, war Witwe des Kammerraths Hernando Ortiz (Llorente chap. 20. art. 1. § 10. nº. 9). Unsers Franzisco Ortiz' genealogisches Verhör ergibt über sie ebensowenig etwas wie über die schon früher (S. 47)

Im Octoberauto desselben Jahres ebendaselbst wurde als Reuige zum Sanbenito begnadigt eine Magdalena Hernandez (Raim. Gonz. de Montes: *Artes d. l. inq. Españ.* 1851. Anhang S. 71) aus Villaverde (in der damals in Bologna gedruckten *Relazione* über das Maiauto unter den für das nächste Aufgesparten: *Maddalena Fernandez, habitatrice di Villaverde.* In Skinner's Englischer Ueber-

---

erwähnte andere Constanza Ortiz. Unter den 1559 in Sevilla Verbrannten nennt Skinner a. a. O.: *Diego Ortiz, otherwise called Juan Christiano.* Franzisco Ortiz nennt in jenem Verhör einen Diego Ortiz, Brudersohn seines Vaters. 1569 schreibt Teresa de Jesus an einen Diego Ortiz, Bürger von Toledo, Theolog, der, wie sie vom Jesuitenpater Pablo Hernandez, der ihn rühmte, erfahren, dort ein Carmeliterinnenkloster gegründet hatte; es sind noch vier spätere Briefe von ihr an denselben erhalten, dessen sie auch in der *Fundazion de Toledo* gedenkt.

Sehr beachtenswerth ist die grosse Anzahl weiblicher Sträflinge auf den drei ersten antiprotestantischen Hauptautos in Valladolid und Sevilla. Im Maiauto 1559 waren unter 31 Bestraften 15 weibliche, und unter den 15 Verbrannten 6 weibliche. Illescas sagt (*Hist. pontif.* l. 6. cp. 30. § 4. Salamanca 1573. fol. 450): *hubo entre los quemados algunas monjas bien mozas i hermosas, las cuales, no contentas con ser Luteranas, habian sido dogmatizadoras de aquella maldita doctrina.* In dem von Guardia übersetzten Bericht (*Bulletin de la soc. de l'hist. du protest. Français.* 1862. p. 339. 340) werden Cat. Ortega, Cat. Roman, Juana Velasquez, Franz. Zuñiga, jede als *maestra en herejia* und Dogmatistin bezeichnet. In einem andern Bericht, hinter der Spanischen Uebersetzung der *Artes inquis.* von Reg. Gonsalvus (p. 67), wird Caterina Ortega (geborne Diaz) als *Luterana, enseñadora de tal secta* genannt; in der Bologneser Relation (Mendham *Memoirs of the council of Trent.* London 1834. p. 334 f.) wird dieselbe als *maestra della detta setta* [Luterana] bezeichnet, und Isabella de Estrada als Lutherische *dogmatizatrice.* (Ein Irrthum scheint es demzufolge, dass Llorente a. a. O. § 9. nº. 11, nachdem er soeben auch diese beiden Brandopfer genannt hat, bemerkt: *aucune de ces quatorze victimes n'avait dogmatisé*). Unter den Octoberdelinquenten in Valladolid waren 18, über die Hälfte der Gesammtzahl, weiblichen Geschlechts, von den 14 Verbrannten wieder 6, wobei auch wieder eine schon Verstorbene.

Schliessen wir mit ein paar Versen aus Adams v. S. Victor Sequenz auf die h. Katharina von Aegypten (Daniel *thesaur. hymn.* t. 5. p. 325):

Vox sonora nostri chori
nostro sonet conditori
qui disponit omnia,
per quem dimicat imbellis,
per quem datur et puellis
de viris victoria.
Per quem plebs Alexandrina
feminae non feminina
stupuit ingenia,
dum beata Catherina
doctos vinceret doctrina,
ferrum patientia.

— —

Sistitur imperatori
cupiens pro Christo mori,
in cuius praesentia
quinquaginta sapientes
mutos reddit et silentes
virginis facundia.

— —

torta superat tortorem,
superat imperatorem
feminae constantia.

setzung des Regin. Gonsalvus 1569 Anhang, als zu lebenslänglichem Gefängniss verurtheilt: *Madalena Fernandez, of Valverda*). Im folgenden Jahre starb ein Hernandez den Martyrtod zu Sevilla, Julianillo Hernandez, gebürtig aus Villaverda in der *tierra de Campos* (nach Llorente; auch Skinner a. a. O.: *born at Valverda*) d. h. aus dem Hochland zwischen Valladolid, Leon und Zamora. Möglich, dass er zur Familie Franzisca's gehörte. Er war für Verbreitung evangelischer Wahrheit, die er in Deutschland und Genf blühen gesehn, in Spanien einer der rüstigsten und standhaftesten Kämpen. Wenn man ihn von der Folter in seine Zelle zurückbrachte, ermunterte er die Gefährten, bei denen er vorbeigeführt wurde, mit der Copla:

Venzidos van los frailes,
venzidos van!
Corridos van los lobos,
corridos van!

Anhang.

Franzisco de Osuna.

Als Anhänger der Franzisca Hernandez ist uns der Lehrer der heiligen Therese, Frai Franzisco de Osuna, begegnet.

Ueber die Ausgaben seines *Abecedario espiritual* stelle ich zusammen, was sich aus Nic. Antonio, bei welchem hier die Bearbeitung von 1783 keine Veränderung der von 1672 gebracht hat, Wadding, Juan de S. Antonio, Adolfo de Castro, sowie aus Autopsie meinerseits und des Herrn Luis Usoz i Rio in Madrid ergibt. Theil I. Sevilla, Cromberger 1528. Theil II. ebend. bei Varela 1530. So Nic. Antonio, und Juan de S. Antonio, der hier aber nur jenen auszuschreiben scheint. *Segunda parte del libro llamado Abecedario spiritual . . . por el padre fray Francisco de Ossuna, Frayle menor.* 1539, ohne Angabe, dass es eine neue Auflage. Hinten: Burgos, bei Juan de Junta. In der kaiserl. Biblioth. zu Wien. Der erste Theil in italienischer Uebersetzung: *Dello abecedario spirituale, che tratta delle circostanze della santissima passione di Christo, parte prima, composto per l'eccellente Teologo F. Francesco di Ossuna, dell ordine di S. Francesco, . . . trad. . . . da M. Francesco Moneta* . . . Venetia 1583. In der kaiserl. Biblioth. zu Wien. Theil III.: *Tercera parte.* 1527. Toledo, por Maestre Remon de Petras. Nach wiederholter Angabe von Usoz, dem diese Ausgabe als die erste gilt. *Tercera parte del libro llamado Abecedario Espiritual. Agora nuevamente impresso.* Año MDXXXVII. ohne Nennung des Vf. Hinten: Valladolid, beendet am 30. Oct. 1537. In der Wiener kais. Bibl. Von einer Ausgabe: Burgos, Juan de Junta 1544, und von einer ebenda bei demselben 1555 erschienenen besitzt Usoz je ein Exemplar. Jo. a. S. Ant.: *Tertiam partem publicavit Fr. Joannes de Torres Castellanae provinciae, Matriti typis regiis, anno* 1638 *in* 4., *spem faciens novae editionis totius Abecedarii.* Theil IV.: *Ley de amor y quarta parte del Abecedario espiritual donde se tratan muy de rayz los misterios y preguntas y exercicios del amor y la theologia que pertenece no menos al entendimiento que a la voluntad: harto util aun para los predicadores que dessean ver en buen romance las cosas que de si son escabrosas.* Año 1536. Hinten: Burgos, Juan de Junta. Im Besitz von Usoz. Im Wiener Exemplar sind vom

Schlusskapitel die letzten Blätter ausgerissen. Theil V. Zufolge Nic. Antonio, welchen Juan de S. Antonio copirt, nach des Vf. Tode erschienen, Burgos 1541, dem Antonio Guevara, Bischof von Mondoñedo gewidmet. Usoz besitzt ein Exemplar folgender Ausgabe, deren Titel auch de Castro *Hist. de l. protest. Españ.* p. 31 gleichlautend angibt: *Quinta parte del Abecedario espiritual de nuevo compuesta por el padre Fr. Francisco de Ossuna: que es Consuelo de pobres y aviso de ricos. No menos util para los frayles que para los seculares y aun para los predicadores cuyo intento deve ser retraer los hombres del amor de las riquezas falsas y hazerlos pobres de espiritu.* Hinten: Burgos, Juan de Junta 1542. Deutsch: *Trost der Armen und Warnung der Reichen. Aus dem Spanischen durch Egid. Albertinum.* München 1602. In der Wiener kais. Bibliothek. *Spiegel der Reichen* [»dem vorbemelten anhängig.« Vorrede]. *Durch Aegidium Albertinum verteutscht.* München 1603. In der Breslauer Universitätsbibliothek. Theil VI.: *Sexta parte del Abecedario espiritual compuesto por el padre Fray Francisco de Ossuna: que trata sobre las llagas de Jesu Christo . . . Añadidas las tablas de las otras cinco partes con la del Conbite del sacramento que el mismo autor compuso. Nunca antes impressa.* 1554. Hinten: Medina del Campo. In der Wiener und in Usoz' Bibliothek. Diese sämmtlichen Spanischen Drucke des 16. Jahrhunderts sind in Quart und Gothisch. Letzteres wird zwar über die ersten beiden in Sevilla erschienenen Theile und, dass es eine Quartausgabe ist, von dem zweiten derselben, nicht besonders berichtet, indessen ist daran nicht zu zweifeln. In Quart sind auch die Italienische Uebersetzung des ersten und die beiden Münchener Bände der Deutschen des fünften Theils. Nic. Antonio und Juan de S. Antonio, nachdem sie vorausgeschickt, dass das Werk fünf Theile habe und die beiden Sevillaner partes von 1528 und 1530 erwähnt haben, sagen: *aliae alibi excusae,* ohne nähere Angabe über Theil 3 und 4; dann: *saltem V. pars . . . post auctoris obitum prodiit in publicum . . . Burgis* 1541. Vom sechsten kein Wort. Dann aber fährt Juan de S. Antonio fort: *Demum prodiit egregium hoc Abecedarium septem voluminibus Hispali in* 4. *Vidi.* Wadding hingegen, *Scriptores Ord. Min.,* berichtet: *tomis seu partibus senis constans, impressum partim Caesaraugustae, partim Burgis anno* 1554 *et seqq.*

Osuna sagt in dem Prolog, mit welchem er seine *Pars meridionalis* 1533 von Paris aus dem Erzbischof von Sevilla widmet (die Stelle ist mitgetheilt bei Juan de S. Antonio): *primum librum, videlicet de mystica theologia, emisi absque nomine autoris; nunc autem, quia in Gallia suboritur suspicio quando libri carent nomine, coactus sum, illud meis apponere.* Ich glaube, dass Osuna mit diesem Werk über die mystische Theologie kein anderes meint, als sein Abecedar, von welchem damals nur erst die drei ersten Theile erschienen waren. Noch der vierte 1536 und die neue Auflage des dritten 1537 sind ohne Nennung des Verfassers, der in der neuen Auflage des zweiten Theils Burgos 1539 genannt wird. Dass sein Abecedar der mystischen Theologie gewidmet sei, sagt er selbst im dritten Theil, Tractat 6, Kp. 2 (s. hier weiter unten).

Der *Conbite del sacramento* scheint schon früher gedruckt gewesen zu sein. Juan de S. Antonio gibt an: *Tractatus de eucharistia. Hispanice in 4. anno* 1443 [sic; vielleicht ist nur die zweite Ziffer unrichtig], *loco editionis non expresso. Vidi in Matritensi bibliotheca conventus regul. observ. s. p. n. Francisci. Prodiit etiam in lucem vulgari Italiae sermone* — er führt dann die auch bei Nic. Antonio erwähnte Zanchini'sche Uebersetzung an, Venedig 1599 »*in* 12. *Vidi.*«

In der Wiener Bibliothek befinden sich, ausser den als dort vorhanden schon genannten, noch folgende Werke desselben Verfassers. Die Uebersetzung des eben erwähnten *gracioso combite: Il grazioso convito delle grazie del santissimo sacramento dell' altare. Trad. d. ling. Spagn. dal Fra Giulio Zanchini da Castiglionchio.* Venetia 1599. O°. Ferner: *Norte de los estados: en que se da regla de bivir a los mancebos y a los casados.* Burgos 1550. Q. *Flagellum diaboli oder des Teufels Gaiszl, darin gar lustig und artlich gehandelt wird von der Macht und Gewalt des bösen Feindes, von den Effecten und Wirkungen der Zauberer, Unholden und Hexen-Maister. Aus dem Spanischen verteutscht durch Egid. Albertinum.* München 1602. Q. *Sermones in Evangelia domenicalia totius anni.* Romae 1590. 2 tomi. O°. In der Breslauer Universitätsbibliothek: *Pars occidentalis in accommodas hisce temporibus evangeliorum quadragesimalium expositiones.* Venet. 1572. O°.

Meine Citate aus dem Spanischen Abecedar beziehen sich auf die in Wien befindlichen Ausgaben. Dieselben haben seitdem auch Wilkens gedient bei seiner frischen Skizze der Mystik der Teresa de Jesus, in Hilgenfelds *Zeitschr. f. wissensch. Theol.* 1862. Den *Spiegel der Reichen* citire ich nach den Blattzahlen der Uebersetzung des Albertinus.

Nur in den beiden ersten Theilen des Abecedars haben spätere Spanische Inquisitoren ein paar Stellen zu streichen gefunden. Im *Index libror. prohib. et expurg.* »*Madriti* 1667« lesen wir p. 425: *Fr. Francisco de Ossuna. Su primera parte del Abecedario Espiritual año de* 1537. *en el tratado* 21. *cap.* 3. *fol.* 153 *a la buelta, borrese desde aquellas palabras D i z e m a s q u e c a y ò d e s u e s t a d o hasta L o s P r i n c i p e s d e l a S i n a g o g a exclusive. Y en el capit.* 8. *fol.* 161. *borrese desde E n t o n c e s n i h a b l a r etc. hasta T e m i e n d o l o q u e a v i a a c o n t e c i d o. Su segunda parte del Abe-*

cedario espiritual. En Burgos por Juan de Junta 1555 *y* 1545 [sic, — das wären also zwei spätere Ausgaben als die von 1539]. *En el tratado* 4. *del* 2. *alfabeto cap.* 5. *de la Confession y del Memento &c. casi al principio, fol.* 32. *despues de aquellas palabras Con el pie podrias remediar. se quite hasta Si te confiessas cada dia exclus.* Die Stellen aus dem ersten Theil finden sich in der Italienischen Uebersetzung, die dem Cardinal Borromeo gewidmet und mit Venezianischem Privilegium gedruckt ist, folgendermaassen wieder gegeben. Die eine f. 203ᵇ: *Dice di piu che caddè dello stato suo, udendo quelli che primieramente gli annontiaron la cattura del suo figliuolo. Fummi detto da colui che vide, che la Regina donna Isabella caddè della Mula che cavalcava, quando le fu annontiato la morte del Prencipe Don Giovanni suo figliuolo. Per il che non ti meravigliare se la Regina del Cielo che piu & con piu ragione amava il Signore caddè del stato suo tramortita, quando le fu detto ch'era preso colui la cui morte per esser molto certa non temeva, ma ogni giorno la piangeva come presente. Et specialmente quando conobbe le inimicitie mortali, c'havevano contra suo figliuolo i Prencipi della Sinagoga.* Die andere f. 213ᵇ flg.: *Allora ella non potendo piu parlare nè pensare alcuna cosa, caddè al piè della Croce, come morta. Vedendo che il suo figliuolo era già morto, diedesi tanto ai dolori che voleva morire con esso lui & cadde congiunta con la Croce tramortita, & essendo così destrutta, venne Longino & aperse il costato del Signore & l'acqua, che uscì di lui, caddè sopra la faccia della Vergine & ritornolla in se medesima spaurita, temendo di ciò che era avenuto.* Im Wiener Exemplar der *Parte segunda* steht auf dem Titelblatt: *Expurgado segun el expurgatorio de el ano de mil seycientos y quarenta. Fr. Fran*^co^ *de Porres Calificador de la Ynquisicion.* In seinem Eifer hat er an der betreffenden Stelle die Worte *que con el pie podrias remediar* noch mit ausgestrichen. Uebrigens kann man trotz der Censortinte die Stelle mit Sicherheit so lesen: *Lo que comunmente tienen los theologos es que los pecados veniales no son materia de confesion sacramental, sino los mortales, así que propiamente no se confiesa el que no tiene pecado mortal, ni reci-* [f. XXXIII] *be gracia por la fuerza del sacramento, porque alli no tiene lugar, aunque de fecho la recibe si fece con devocion aquella obra penal que es: decir las veniales flaquezas.* Dann *Si te confiessas* u. s. w. Ausser diesem nicht zweckmässig erachteten Bericht über die seiner Zeit gewöhnliche Ansicht der Theologen, in Bezug auf eine Seite der Beichte, und ausser jener Ausmalung des Schmerzes der Maria, wobei man die Mutter Gottes zu menschlich weich aufgefasst fand, ist den gestrengen Qualificatoren des h. Amts nichts in den sämmtlichen Bänden dieses Abecedars anstössig erschienen.

Im Prolog des ersten Theils sagt Osuna, er habe seine Abecedarien nach dem Vorbild der alfabetischen Lieder des Jeremia,

Salomo und David verfasst. Jeder Band ist in Tractate getheilt, die als Text je einen der kurzen Denkverse behandeln, deren Reihe nach dem Alfabet geordnet ist. Die Tractate sind wieder in Kapitel getheilt. Die drei Abecedarien, sagt er weiter in jenem Prolog, behandeln die drei Hauptstücke zur menschlichen Vollkommenheit, erstens die Betrachtung des Leidens des Herrn, zweitens das Gebet, drittens die Frucht von jenem Beiden, den Wandel auf dem einenden Wege der Liebe.

Der zweite Theil ist der Vizekönigin Maria de Toledo zugeeignet. Der erste Tractat beginnt mit dem Motto: *Amor se deve mezclar entre todas las potenzias,* nämlich in alle unsere leiblichen und geistigen Werke. Der dritte Tractat räth: *Ziego i sordo i mudo deves ser en lo de fuera.* »Wer ein Auge verliert,« sagt er Kap. 2, »sieht mit dem andern schärfer als er pflegte; wer sich auf beiden blind macht, wird mit den andern beiden der Seele mehr sehn, denn die Erleuchtung, welche aussen wegfällt, kommt innen hinzu. Ich sage nicht, dass du es wie der Philosoph Demokrit machen sollst, der sich selbst die Augen nahm, um viele Dinge nicht zu sehn, die ihm, seiner Ansicht nach, das wahre Sehn hinderten.« Aber wie blind müsse man werden für das Aeussere, um den rechten geistlichen Blick zu bekommen. [Vgl. den dritten Tractat des dritten Abecedars.] Tr. 5. K. 2.: Wenn die leiblichen Werke nicht den Geist des Gebetes ertödten, dann gehe Martha nicht in der Arbeit auf, sondern gedenke auch ihrer Schwester Maria, der Contemplation. Das Thema des 14. Tractats ist: Gute Gedanken oder grosse Stille halte stets im Herzen. »Du weisst,« sagt er Kp. 1, »dass dein Herz eine Windmühle ist, die mahlen muss was du hineinwirfst, und dass deine Seele kein anderes Brot zu essen hat als ihr eigenes. Darum sorge, dass sie immer gutes Mehl liefert; schütte ihr nur guten Waizen auf, denn Gerste und Sachen geringen Werths sind Futter für das Vieh. Wenn nichts zu mahlen ist, so nutze sie nicht sich selbst ab, was schlimmer ist, sondern dann nimm ihr die Flügel der Besorgungen und sie ruhe in grosser Stille und ohne Geräusch, wie unser Buchstabe dir räth. Denke auch nicht, dass sie dann nichts gewinnt, weil sie nicht geht; denn wenn du dies wohl überlegst und es ausübst, so wirst du einsehn, dass diese Stille ein Schärfen der Mühle ist, was sehr nothwendig ist, um mehr mit ihr zu gewinnen. Denn, wie wir ausführlich im letzten Abecedar abhandeln werden [s. das dritte], wenn es, nach dem Sprüchwort, besser ist allein zu sein, als in schlechter Gesellschaft, so wird es in ähnlicher Weise auch besser sein nichts zu denken (*no pensar nada*), als etwas zu denken, das uns Schaden bringt. So viel Mühe du dir geben magst, wirst du es doch nicht erreichen können, dass die lästigen Fliegen Aegyptens, das sind die weltlichen Gedanken, von dir bleiben; nicht darauf geht das Verbot in unserm Buchstaben, da es fast etwas Unmögliches ist, sondern er gebietet, dass du in deinem Herzen nur gute Gedanken haltest, denn wer etwas in sich hält, scheint dasselbe, ausserdem dass er ihm Raum gestattet hat, bei sich aufzubewahren und festzuhalten, was du nur mit den guten Gedanken thun sollst, während du die andern schnell abthun musst, ohne sie, wenn das möglich ist, auch nur einen Augenblick zurückzuhalten. So wie der Mensch in leiblichen Dingen nicht jederzeit Fruchtbringendes arbeiten kann, da wir bald ermüden, so kann auch das Herz nicht immer Gutes denken, und demgemäss müssen wir ihm bisweilen die Ruhe der Stille gewähren, das heisst aufhören zu denken, ebenso wie wir den Händen und dem Leibe Ruhe gönnen, indem wir aufhören zu arbeiten.« Gute Gedanken, führt er weiter aus, seien bei verschiedenen Leuten und nach Umständen verschiedene. Er unterscheidet auch noch zwischen unnützen und entschieden schlechten Gedanken.

Der dritte Theil des geistlichen Abc-Buchs ist gewidmet *don Diego Lopez Pachecho, duque de Escalona, marques de Villena, conde de sant Estavan, mayordomo mayor de la casa real de Castilla*, weil derselbe mehr als irgend ein Anderer dieses Buch liebgewonnen habe.

Der Widmung folgt ein wichtiger Prolog. Von Gott komme schon der Wunsch nach der Uebung der Sammlung (*recojimiento*), welche in diesem Abecedar behandelt werde, nachdem viele Heilige über sie geschrieben. Zur Abwehr von Missverständnissen geht er auf folgende Auseinandersetzung ein. »Die geheiligtste Menschlichkeit Christi, unseres Gottes und Herrn, hindert,« sagt er, »oder stört ihrestheils die Sammlung nicht, so rein und hoch diese sein mag. Denn, wäre es ihre Eigenthümlichkeit, die Sammlung zu hindern, so würde sie dieselbe unter allen Umständen hindern, und stets derselben eine Störung sein, weil sie ihre Eigenthümlichkeit als etwas ihr Natürliches mit sich brächte. Da jedoch die Jungfrau, unsere Herrin, nicht behindert worden ist, indem sie dem Kinde Jesus diente, und dessen Gegenwart ihr keine Abziehung (*distraczion*) verursachte, die ihr Gedächtniss zerstreute durch Abwendung von jener ganz gesammelten (*mui recojida*) Aufmerksamkeit auf Gott allein, welche sie immer in vollkommenem Grade, mehr wie irgend ein anderer Heiliger, hatte, so folgt, dass die geheiligtste Menschlichkeit des Herrn die hohe Sammlung der Seele zu Gott allein nicht hindert; so dass es unsre Unvollkommenheit ist, wenn wir nöthig haben, uns von den heiligen Gedanken geschaffner Dinge abzuwenden um uns vollständiger zu Gott allein zu erheben. Man muss aber merken, dass diese

Unvollkommenheit oder dieser Mangel, den wir Gott sehr nahe gekommenen Männern zuschreiben, besser ist als unsere gewöhnliche Vollkommenheit; denn Unvollkommenheit ist jene nur in Beziehung auf einen andern vollkommneren Zustand zu nennen, und so könnte man in dem gegenwärtigen Fall sagen: besser ist die Schlechtigkeit des Mannes als das Weib, das schön thut (Sirach 42, 14: *melior est iniquitas viri quam mulier bene faciens*). Diese Unvollkommenheit hat Christus, unser Erlöser, nie gehabt, noch auch fand sie in seiner Mutter statt; und es kann sein, dass einige Heilige sie einige Zeit nicht hatten, doch konnten die göttlichen Gnaden und Gaben so sehr in ihnen wachsen, dass es nothwendig war, sich den Sinnen zu entziehn und derselben nicht zu brauchen, weil der Einfluss gross war, der die Seele entrückte (*robó*) und sie ausser sich gerathen liess (*salir de si*).« So sei Adam, der durch die Beschäftigung der Namengebung (Gen. 2, 20) durchaus nicht der Aufmerksamkeit auf Gott entfremdet war, durch eine Art von Traum zu einer höhern Seelenthätigkeit (*sublimada operazion*) gefördert worden, damit er beim Ruhen der Einbildungskraft (*zesando la imajinazion*) und der Sinne, die geistlichen Dinge der Gottheit reiner empfinge. »Je mehr in Jemand durch Ausdehnung der Liebe die Fähigkeit (*capazidad*) seiner Seele wächst und sich erweitert, desto grössere Eingiessung von Gaben wird dann nöthig sein, um ihn der Sinne zu berauben; und da in dem Beschaulichen das Entrücktsein (*arrobamiento*) entweder eintritt, weil er geringe Fähigkeit hat, oder weil die Gabe, die er empfängt, gross ist, so sind die im Unrecht, welche das erste und nicht das zweite für den Grund solcher Beraubung halten, obgleich der Empfänger vorsichtig handelt, wenn er sie seiner Geringheit zuschreibt. Im Himmel wird es keine Beraubung der Sinne noch Entrückungen geben, und auch jetzt gibt es viele Gott sehr nahe Personen, die sie nicht haben; und der Grund davon ist der, dass in den Heiligen ein Jedes das übt, was ihm zukommt, ohne dass Eins das Andere stört oder dessen Kraft schwächt, so wie, als Christus im Garten war, sein himmlischer Wille gebot zu sterben und der Wille der vernünftigen Seele gehorchte, und andererseits der sinnliche Wille des Fleisches sich scheute zu sterben, ohne dass er jene beiden ersten Willen in ihren vollständigen Thätigkeiten gehindert hätte. Ich sage dies, weil in den Unvollkommenen, wenn der Fleischeswille wächst, die Vernunft zu erschlaffen pflegt, und wenn die Vernunft erstarkt, das Gefühl des Fleisches demgemäss abzunehmen pflegt; was damals bei Christus nicht der Fall war. Und dergestalt sagen wir, dass in den Seligen und in den Vollkommenen die einen Dinge die andern nicht hindern werden, sondern dass jede Kraft (*potenzia*), ohne Beeinträchtigung der andern, dem folgen wird, was ihr zukommt: die leibliche Kraft wird dem Leiblichen folgen, und die geistliche wird den geistlichen Dingen folgen, denn die Gnade bringt die Natur nicht in Unordnung und zerstört sie nicht, sondern vervollkommnet sie vielmehr in ihren Wirksamkeiten, wie die Arznei den Kranken heilt. Aus dem Gesagten ergibt sich, dass weder die heilige Menschlichkeit noch etwas anderes Geschaffenes ihrerseits die Beschauung, so hoch sie auch sein mag, hindert; und wollen wir sagen, dass die sichtbaren Geschöpfe hindern, weil unsere Geringheit nicht zugleich Alles kann, so ist das wahr, aber der Fehler ist in uns und nicht in den geschaffenen Dingen zu erkennen. Ebenso wie wenn Christus ein Aergerniss für die Juden und eine Thorheit für die Heiden genannt wird; weil sie Alle verkehrt waren, so verkehrten sie das Gute in Schlimmes. Jene übrigens konnten nicht anders als sündigen, indem sie dies thaten, während bei der Sache, von der wir reden, nicht Sünde statt hat, sondern minder Gutes, indem wir von dem behindert werden, was an sich nicht hinderlich ist. Denn wenn die Geschöpfe die Beschauung hinderten, so würde es nicht heissen (Weish. 5, 18. Vgl. 16, 17. 24), dass sie am Tage des Gerichts gegen die Bösen streiten sollen, indem sie sich auf Seite dessen stellen, der sie geschaffen hat, nicht um uns zu hindern, sondern um uns zu helfen; denn wie das Weib geschaffen ist, damit es dem Manne helfe, so ist das Leibliche geschaffen, damit es dem Geistlichen helfe, besonders unserer Seele, die auf andere Weise nicht anfangen kann, sich zu den unsichtbaren Dingen Gottes zu erheben.« Nur Gott selbst, auf der Höhe der Leiter, brauche sich der Geschöpfe nicht zu bedienen, um sich zu erkennen. »Wenn alle geschaffenen Dinge Leiter sind, auf der die Füsse der Weisen zu Gott aufsteigen sollen, um so mehr wird es die heilige Menschlichkeit Christi sein, welche Weg, Wahrheit und Leben ist, welcher kam, damit wir Leben die Fülle hätten, und in seine Göttlichkeit eintretend und zu seiner heiligen Menschlichkeit hinaustretend, Weide fänden. Nicht ohne Mysterium singt die Kirche, dass wir Gott sichtbar kennen, um hingerissen zu werden zur Liebe der unsichtbaren Dinge, denn wenn die anderen sichtbaren Dinge uns auffordern zur Liebe und Beschauung Gottes, reisst seine geheiligte Menschlichkeit uns hin (*arrebata*) und zwingt uns fast dazu.« »Davon wird Zeugniss ablegen S. Thomas, der Apostel, der durch Berührung der Wunden des Herrn Heilung derjenigen erhielt, die er in der Seele hatte, und zur Erkenntniss der Göttlichkeit kam, welche er damals bekannte.« »Obwohl,« fährt Osuna fort, »was du hier gesehn, seine volle Wahrheit hat, so finden wir doch geschrieben, dass es denen, welche zur hohen und reinen Beschauung gelangen wollen, zukommt, die Geschöpfe und die heilige

Menschlichkeit zu lassen, um höher zu steigen und die Mittheilung der rein geistlichen Dinge völliger zu empfangen, gemäss dem, was S. Cyprian sagt: die Fülle der geistlichen Gegenwart konnte nicht kommen, während die leibliche Christi der Anhänglichkeit des apostolischen Fleisches zugegen war. S. Bernhard [*in ascens. domini sermo* V, 12] und S. Gregor [*expos. mor.* 8, 13 *in Iob*] und S. Augustin [*sermo* 143 *in Ioan. De trinit.* 1. c. 9. *De peccat. merit.* 2. § 52] und Gerson und Alle, die über das Gehn des Herrn zum Himmel, damit der h. Geist komme [Jo. 16, 7], geredet haben [vgl. oben S. 135 flg.], stimmen mit S. Cyprian überein, und sagen, dass die Apostel durch die Liebe der heiligen Menschlichkeit gefesselt waren (*detenidos*), welche sie um grösserer Dinge willen mussten fahren lassen, in der Sehnsucht nach dem Kommen des h. Geistes, der sie lehre Christus zu erkennen, nicht nach dem Fleisch, sondern nach dem Geist. Sicherlich hinderte die Menschlichkeit Christi, die vom h. Geist geformt war, nicht das Kommen desselben h. Geistes, denn sie konnten [beide, der h. Geist und Christi Menschlichkeit] Platz finden in der Welt, da sie Platz gefunden in dem kleinen Leibe der Jungfrau, wo der h. Geist hinzukam, sie [die menschliche Natur Christi] zu formen; aber es wird gesagt, dass sie hinderte wegen der damaligen Unvollkommenheit der Apostel, und deshalb sagte der Herr ihnen nicht schlechthin, dass es gut sei, dass er weggehe, sondern dass es ihnen gut sei, als Personen, welche noch nicht die Fähigkeit hatten, Alles zusammen völlig zu geniessen. Da es den Aposteln gut war, eine Zeit lang die Beschauung der Menschlichkeit des Herrn zu lassen, um sich freier ganz mit der Beschauung der Göttlichkeit zu beschäftigen, so scheint dies auch denen eine Zeit lang gut zu sein, die in einen höheren Stand sich erheben wollen; denn gewöhnlich kommt man aus dem unvollkommenen zum vollkommensten Stande nicht ohne den mittleren durchzumachen, welcher der vollkommene Stand ist. Es ist also gut, das Gute zu lassen, um es besser und vollkommener zu besitzen, um mit ihm unsere Unvollkommenheit zu lassen; wie der, welcher die Reichthümer lässt, die an sich nicht schlecht sind, um Geiz und Sorge zu lassen, die sich zwischen sie und unsere Unvollkommenheit einmischen. Man nimmt dem Sperber die Beute, damit er nicht so satt werde, dass er nicht mehr fliegen mag, und man nimmt dem Kinde die Milch, damit es die feste Speise esse; doch der verständige Mensch (*varon discreto*) kann von Allem essen, ohne sich mehr, als gut ist, an Etwas zu hängen, und derart halten die Vollkommensten in Allem die Ordnung der Liebe (*ordenada la caridad* [Hohesl. 2, 4]), und was ihnen förderlich, ist Andern hinderlich. Dem entsprechend sagt S. Bernhard [*sermo* CI]:

Zwei Lieben gibt es [u. s. w. bis *nunc iam non novimus*. Vgl. oben S. 136]. Wir müssen aber beachten, dass die Liebe, die er fleischlich nennt, nichts Böses ist und nicht im schlimmen Sinne, den wir gewöhnlich darunter verstehn, genommen wird, denn in diesen vier Arten von Liebe hat er nur zwischen mehr und mehr gereinigter Liebe unterschieden, um uns zu lehren, Christus, unsern Herrn, lauterer zu lieben, nach dem Vorbild der Apostel.« Zum Schluss bemerkt der Verfasser: »In diesem blossen ABC ohne Glosse ist die Lehre der Sammlung mit viel Sorgfalt abgekürzt, wie einige in ihr sehr geübte Männer gesagt haben; doch wird man in der Glosse Einiges lesen, was in der Kürze des Textes nicht klar gemacht werden konnte.«

»Die Vernunft liebt sich selbst um der Glückseligkeit willen, und, wenn sie Gott gefallen will, hat sie auch die Sinnlichkeit und alle Regungen derselben zu lieben um der Glückseligkeit willen; was sie thut, wenn sie in Geduld erträgt, indem sie die fleischlichen Insulten erträgt wie einer ein Martyrium erträgt, und mit so viel Liebe und Tapferkeit wie der ritterliche Märtyrer die Schläge, die ihm Sieg bringen sollen, denn, wie ein Heiliger sagt: die Keuschheit in der Jugend ist ein um so grösseres Martyrium denn das Schwert, als es dauernder und lästiger und gefährlicher ist. Liebe also, mein Bruder, diese deine Büttel und Folterer und schlechten Nächsten, die fleischlichen Begierden und Versuchungen, so schrecklich sie sein mögen, wie der h. Stephan diejenigen liebte, die ihn steinigten, und bete für sie wie er für Jene: O Herr, mein Gott, möge ihnen dies nicht als Sünde angerechnet werden, denn sie wissen nicht was sie thun, da sie der Vernunft entbehren, welche dich allein sucht und wünscht.« (A. cp. 5. f. VIII).

»Wenn der Andächtige, der angelegentlich fortfährt sich im geistigen Gebet und der Sammlung der Seele (*orazion mental i recojimiento del ánima*) zu üben, seinen Weg geht, ohne umzukehren, oder sich des Begonnenen gereuen zu lassen, so pflegt ihn unser Herr nach vielem Gebet in einen Zustand seines Lobes zu versetzen, das aus dem Innersten der Seele kommt; denn aus dem gar Erfülltsein von der Gnade des Herrn bricht die Gnade hervor und ergiesst sich ihr von den Lippen und äussert sich in jener Danksagung, in der sie ganz vergehen möchte, indem sie sich so glücklich in der Nähe des Herrn sieht, und sich so von ihm geliebt glaubt (*barruntándose*), gemäss dem grossen Zeugniss ihres sehr ruhigen Gewissens; dann vergisst die Seele alle Dinge und der Verstand denkt nur an den Quell, woher dies fliessen konnte, und der Wille erfreut sich Gottes in grosser Liebe.« »Zu dieser Danksagung, die manchmal in Ruhe (*reposo*) geschieht, manchmal in Gluth des Geistes, kommt der Mensch nicht dadurch, dass er vorher daran gedacht und es vorbereitet hat, denn einige Andächtige, die niemals erfahren noch gehört hatten, was es sei, noch danach verlangten, geriethen darein und erlangten es, oder besser gesagt, wurden hinein versetzt.« »Durch diesen Zustand der Danksagung kommen Einige, die kurze Zeit darin bleiben, worauf sie der Herr zu Dingen führt, von denen sie nicht zu verstehn vermögen, ob sie besser oder schlechter sind, nur dass diese Danksagung der Seele sehr lieblich ist; Andere verharren lange in diesem Zustande, indem sie sich, so sehr sie können, bemühen ihn zu erhalten; meist aber wird er Niemand gegeben, ohne dass derselbe sich vorher geraume Zeit im Gebet geübt.« (B. cp. 2. f. XI). Dieser Danksagungsstand ist mehr Belohnung als Verdienst (*mas es premio que mérito.* cp. 3. f. XI^{b}). Jedes gute Werk, das wir thun, ist ein Geschenk (*benefizio*) Gottes, denn er gibt uns Gnade, es zu thun (f. XII^{b}).

Die drei Männer im feurigen Ofen seien die drei Begierden (*cobdizias*) unserer Seele im Feuer der schlechten Begierde, das der Teufel in unserm Fleisch entzündet; es seien die drei Kräfte (*potenzias*): des Willens, auf welchem harten Gebiet Gott säen muss, um in uns geboren zu werden, des Gedächtnisses, welches die verschiedenen Phantasieen und Imaginationen zurückhält (*detiene*), um sich nur Gottes zu erinnern (*acordar*), und des Verstandes (*entendimiento*), der von Gott erleuchtet ist (*alumbrado*). Diese drei Mächte (*poderios*) unserer Seele verbrennen nicht in dem Feuer, in das sie gegen ihren Willen geworfen sind, sondern der Engel des grossen Rathes, Christus, erfrischt sie mitten darin mit dem Thau der Gnade und dem Hauch des h. Geistes, so dass sie dann mit jenen drei Männern in einstimmigen Lobgesang und Danksagung ausbrechen. (B. 7. XX^{b}). [Ueber die drei Kräfte in Beziehung zu den drei Personen der göttlichen Dreieinigkeit s. Tr. 4. Kp. 1. (hier S. 245) und Th. 4. Kp. 51. Zu Grunde liegt Augustin's psychologische Trinität: *memoria intelligentia voluntas,* vgl. über dieselbe Giesebrecht's und Böhmer's Zeitschr. *Damaris* 1865. S. 74 f.].

Der dritte Tractat glossirt den Vers: *Ziego i sordo i mudo deves ser i manso sempre,* der fast ganz dem entsprechenden des zweiten Theils (oben S. 237) gleichlautet, an den der Verfasser auch selbst erinnert. »Um die körperlichen Dinge zu sehn und zu erkennen genügt nicht das Sonnenlicht, denn die Blinden sehn nicht bei ihm; noch auch genügt unser Augenlicht, denn Nachts im Finstern sehn wir nicht, auch wenn wir die Augen offen halten. Es ist vielmehr nöthig, dass diese beiden Lichter sich mischen; das äussere Licht und das Licht, das in unsern Augen ist, müssen sich verbinden, damit wir in dieser Mischung die sichtbaren Dinge sehn. So ist im Geistlichen, damit Erkenntniss bewirkt werde, von nöthen, dass mit dem natürlichen Licht, welches unserer Seele eingegeben ist (*impresa*), das göttliche und himmlische Licht sich verbinde, damit wir in dieser Mischung sehen, was wir vorher nicht erkannten, und mit David sagen können: in deinem Licht, Herr, werden wir Licht sehen (Psalm 36, 10). Der Glaube ist Licht zur Erleuchtung (*alumbramiento*) der Heiden und mischt sich mit dem Licht unserer Seele in der Zustimmung und frommen Neigung (*afizion*), mit der wir ihn annehmen; und in diesem Licht sehn wir durch den Glauben die himmlischen Dinge, denen unsere Seele von selbst (*de suyo*) zugeneigt war (*inclinada*), denn sie verlangt stets nach den bessern Dingen.« (C. 1. f. XXI^{b}). Was nun aber den eigentlichen Gegenstand des Verses in diesem Alphabet betrifft, so weist Osuna in der Erläuterung darauf hin, dass Gott, der mit den Armen unsers Herzens umfasst sein will, sich denen entzieht, welche neugierig erkennen wollen, was sie von ihm empfangen; den Blinden ähnlich sollen wir uns mehr an die Sache selbst halten, als an die Betrachtung (*especulazion*) derselben. Die Letra solle nicht sagen, dass wir blind sein sollen um nicht zu erkennen, sondern um besser und mehr zu erkennen, wie sich Jemand eine Brille aufsetzt, nicht weil er nicht sieht, sondern um besser zu sehn. Denen, die sich blind machen, um Gott zu sehn, ist Gott selbst Augen. Job 29, 15. Vgl. Jes. 42, 16. »Der den Sterblichen fremdeste und unbekannteste Weg ist der negative, der in diesem dritten Alphabet behandelt wird. . .« Paulus gelangte in den dritten Himmel in seiner Blindheit, bei der er nicht nur leiblich nichts sah, sondern, wovon hier die Rede, auch geistig nichts (*ziego de la zeguedad espiritual*), wie daraus erhelle, dass er nicht zu wissen bekenne, ob er sich damals im Leibe oder ausser dem Leibe befunden (2 Kor. 12). »Seine Seele war damals dergestalt aufgehoben (*suspensa*), dass die niederen Kräfte (*potenzias*), nämlich die äusseren und inneren Sinne, und ebenso die Vernunft, nicht in ihre Wirksamkeiten treten konnten, sondern damals von ihrem Thun und Wirken abstanden (*zesaron*), indem die Wirksamkeiten dieser Kräfte, so lange jene seine Verzückung (*arrebatamiento*) dauerte, gänzlich aufgehoben waren (*quitadas*), derart, dass seine Seele damals keine der Wirksamkeiten ausübte, die sie zu üben pflegte und die eine dem Leibe verbundene Seele zu üben pflegt.« (XXII^{b}. XXIII). »Wer zum Gipfel der Beschauung (*contemplazion*) gelangt, wo er mehr leidet als wirkt, und mehr bewegt wird als er bewegt, bedient sich nicht der Erkenntniss und Kunde, die ihm wie Augen waren, mit denen seine Seele die Dinge erkannte. Denn die hohe Beschauung ist in der Nähe der Gottheit, die durch unsere Sinne nicht erkannt werden kann, und auch nicht durch die geistigen Sinne der Seele, die noch mit diesem sterblichen Leibe vereinigt ist, denn eine solche Seele kann keine Erkenntniss haben, die nicht zuvor in den leiblichen Sinnen gewesen ist, und da unser Herr Gott reiner Geist ist, so folgt, dass er nicht erkennbar ist durch die geistigen Sinne der Seele, die noch eingeschlossen ist im Gefängniss dieses Fleisches, mittels dessen sie genöthigt ist, Alles, was sie verstehn mag, durch das Band (*trabazon*) zu verstehn, das zwischen dem Fleisch und dem Geist ist. Die arme Seele, die mit dem Fleisch verbunden ist, kann in ihrer Beschauung nicht so ungebunden (*sueltamente*) wirken als wenn sie frei wäre.« (2. XXIII.) Jene »heilige Blindheit« sei uns durch den Sündenfall verloren gegangen, und auch der verborgene in unserm Innern gebliebene Funke der Sehnsucht nach den geistlichen Dingen könne nur durch Gottes Gnade belebt werden, ohne welche wir nicht weiter kommen als zur Erkenntniss, dass wir blind sind. Wie die Pflanzen ihre Zeugungskraft, die sie von ihrem Vater, der Sonne, bekommen haben, nicht ausüben können, ohne dass das Licht und die Wärme der Sonne sie weckte, so sei, wenngleich wir eine gewisse natürliche Geschicklichkeit zur Beschauung der Gottheit des Herrn besitzen, doch die Sonne der Gerechtigkeit nöthig, um uns neu zu beleben. Wir müssen blind werden für Alles, was Gott nicht ist. (XXIII^b^).

»Es ist Ein Geschenk, wenn Gott die Gnade gibt, und ein anderes Geschenk ists, wenn er gibt, sie zu erkennen. Wer nur das erstere Geschenk hat, erkenne, dass es ihm ziemt zu schweigen und zu geniessen; und auch wer das eine und das andere hat, muss sich im Reden sehr mässigen, denn in einem Drange (*impetu*), der nicht allemal vom guten Geist ist, kann es ihm begegnen, etwas zu sagen, was ihn nach reiflichem Ueberlegen sehr reut gesagt zu haben; es ist besser, dass es ihn in solchem Fall reue geschwiegen zu haben als gesprochen zu haben, denn jenem kann abgeholfen werden, diesem aber nicht.« (XXIV).

Die Imagination und die aus ihr kommende Zerstreuung sollen wir hinausweisen um still allein zu bleiben, ohne das Geräusch der Windmühle, das den in ihr Wohnenden nicht zur Ruhe kommen lässt. Gott wolle mehr schweigend im Geist und in der Wahrheit angebetet sein, als mit Worten. (3).

Das Menschenherz ist nach Art der h. Trinität gemacht; so lange nicht der Vater unser Gedächtniss einnimmt und der Sohn unsern Verstand und der h. Geist unsern Willen, wird unser Herz nicht befriedigt sein. (D. 1. XXVII^b^).

»Der Herr hat sagen wollen (Luk. 6, 43—45), dass das Prinzip des Bösen oder des Guten im Herzen ist, aus dessen Fülle ganz demgemäss das Uebrige hervorgehe, wie die Frucht, was ihr

Schlecht- oder Gutsein betrifft, ihrem Baum angemessen ist; dergestalt, dass, wie jede äussere Bewegung aus der ersten Bewegung, die im Herzen bewirkt wird, hervorgeht, so jedes Werk gut oder schlecht zu nennen ist je nach dem ersten Vorsatz (*intenzion*) des geistlichen Herzens«[1]. (2. XXX).

Das dritte Kapitel zeigt, wie man das Herz nach Art einer Burg (*castillo*) bewachen müsse. »Drei hauptsächliche Vermögen (*potenzias*) hat unsre Seele: das vernünftige Vermögen und die Kraft der Vernunft, durch welche die eifrige (*iraszible*) Kraft gelenkt wird, mittels deren sie sich vertheidigt, und die Kraft, welche begehrt (*desea*), mittels deren sie sich versorgt (*provee*); diese drei Kräfte sollen Wächter des Herzens sein, damit es nach allen Seiten sicher sei.« (3. XXX^b).

»Wenngleich durch das erste Thor, welches der Verstand ist, der Hochmuth mit seinen eitlen Einbildungen (*imajinaziones*) einzieht, wird er besiegt durch die Unterwerfung unter Gott, welche vom Licht der Vernunft kommt; und wenngleich durch das zweite Thor, das des Willens, der Geiz eintritt, so wird die Liebe Gottes sein ganzes Heer verbrennen; und wenngleich durch das Thor der Sinnlichkeit die Ueppigkeit kommt, wird die Furcht Gottes, die ein gar scharfes Messer ist, alles Uebermaass des Fleisches beschneiden.« (4. XXXIII).

Kap. 5, »in welchem diese Letra in Beziehung auf die Sammlung (*recojimiento*) erklärt wird.« Je leerer unser Herz von allem

---

[1] *Spiegel der Reichen*, 50. . . . auf dass also erkannt werde, dass dasjenige, welches Gott dem Herrn wird gegeben, herfliesse aus einem reinen Gemüth. Dann es ist je nit gnug, dass man Almusen gebe, sonder die Tugend bestehet in deme wie du es habst gegeben, dann erstlich hat Gott gesehen auf den Abel und folgends auf sein Opfer . . . Daraus dann abzunehmen, dass das gegebne Almusen nit ponderirt und gewogen werde nach dem Gewicht seines Werths, sonder nach Proposito und Fürsatz des Gebers, dass es nemlich beschehe von ganzem Herzen in welchem kein Sund wohne, damit also dieses Opfer Gott dem Herrn nicht offerirt werde von einem sündigen Menschen. — Vgl. ebend. 74: Im Verdienst seind vorhanden ein Materia und Forma. Die Materialia seind deine Müheseligkeiten, und der Form ist die Gnad des Herrn Jesu, welcher da schön machet und ehret unsere Müheseligkeiten, und nit ergetzet die faule Schlüngel und Müssiggänger, sonder die fleissigen Arbeiter. Und weil die Armuth und Angstseligkeiten Christi geehrt haben unsere Müheseligkeiten, so können wir billig mit dem Propheten Esaia (4, 2) noch ferner sprechen: *in die illa erit germen domini in magnificentia et gloria, et fructus terrae sublimis*, das ist: in der Zeit wird des Herrn Zweig in grosser Achtbarkeit und Herrlichkeit sein, und die Frucht der Erden hohe. Der Zweig des Herrn ist die Gnad des Herrn Jesu, und die Frucht der Erden ist sein Mühe und Arbeit; alle diese beide Dinge verdienen zugleich die Magnificenz und hohe Glori.

Geschaffenen, desto bereiter ist es für Gott, der wie ein grosser Fürst Alles mit sich bringt und nur die leere Wohnung will. »Der Friede Gottes, welcher jeden Sinn (*sentido*) übersteigt, bewahrt unsere Herzen und Einsichten (*intelijenzias.* Phil. 4, 7), wenn über alle leiblichen Sinne die Ruhe (*quietud*) des Herrn uns zu höheren Dingen erhebt, und unser Herz aufhört, irgend etwas Geschaffenes zu denken, und die Einsicht nur mit Gott sich beschäftigt ohne etwas Geringeres zuzulassen« (5. XXIV[b]). »Wer am vollkommensten die Erfahrung hievon hatte, das war die unbefleckte Jungfrau, als sie sich ganz leer machte und ihr Herz, gar rein, aller zerstreuenden Thätigkeit baar, darbrachte, damit in dasselbe vom h. Geiste Kraft Gottes auf sie herabstiege, und sie, beschattet vom göttlichen Dunkel, den Sohn Gottes empfinge« (XXXV). Von dieser Leerung rede der Apostel 1 Kor. 13, 10. 11; »kleine Dinge« seien alle geschaffenen im Vergleich mit dem Schöpfer, das »Vollkommene« sei die Beschauung der Gottheit. Die Nacht, in der wir Gott loben sollen, Klagel. 2, 19, sei die Beraubung menschlicher Erkenntniss (*privazion del humano conozimiento*); in diesem Sinne sagen wir: die Nacht ist mein Licht in meinen Ergötzungen (Ps. 139, 11. Vulg.). (XXXV[b]).

Embevido i cuasi arrobado, mirando a Dios (E. 3. XLII).

Der sechste Tractat (F) »spricht von der Sammlung der Seele.« Unter den Heiligen üben sich einige mit S. Paulus (2 Kor. 11) in Mühsalen und Büssungen, andere geben sich mit Salomo der häufigen Betrachtung der Höllenstrafen hin, welche geistlich das Fleisch züchtigen, andere dienen mit Martha den Armen in Werken der Barmherzigkeit, andere besuchen mit Elisa die Traurigen und Niedergeschlagenen und pilgern an die h. Stätten, andere fasten viel mit den Jüngern des Johannes. »Zugegeben diese und andere derartige Uebungen seien sehr gut, so sagt doch denen, die weiter fortschreiten und grösseren Dingen nachstreben wollen, unser Buchstabe, dass sie die Sammlung üben und zur Gewohnheit machen sollen, damit sie so können dem Herrn nachahmen und nachfolgen, der in die Einsamkeit zu gehn pflegte, wo er, zurückgezogen und gesammelt, geheimer und geistlicher zu seinem himmlischen Vater und unserem im Verborgenen beten konnte.« Und dies habe er gethan, obgleich er ohne Zweifel, wie S. Paulus fordere, allerorten beten konnte, er, der stets im Schooss des Vaters verweilte mit solcher Seelenruhe (*quietud de ánimo i tranquilidad*), dass er jenes Prophetenwort (Mal. 3) sagen konnte: ich bin Gott und verändere mich nicht. Er zog sich aber zum Gebet zurück, nicht um seinetwillen, sondern damit wir ihm nachahmten (F. 1. XLV[a.b]).

Kap. 2. »Von den Namen dieser Uebung.« »Die Einen nennen

sie Mystische Theologie, d. h. verborgene (*escondida*), weil sie in der geheimen Verborgenheit des Herzens der gute Meister Jesus lehrt, der sich selbst diese Meisteramtsverrichtung vorbehalten hat, hinsichtlich deren er seinen Dienern weniger, als hinsichtlich irgend welches andern Wissens Theilnahme und Erlaubniss gegeben, Andere zu unterweisen.« Alle anderen Wissenschaften dienen der Theologie, welche einerseits die speculative oder erforschende sei, andererseits die verborgene, der dies Alphabet gewidmet sei. Durch jene lernen wir Gott als höchste Wahrheit kennen, diese andere Theologie schreitet auf jener Grundlage dazu fort, ihn auch als höchstes Gut zu lieben [Gerson *de mystica theologia*, consid. 29: *speculativa theologia est in potentia intellectiva cuius obiectum est verum, mysticam vero reponimus in potentia affectiva cui pro obiecto bonum assignamus*]. Die speculative Theologie wird mit vergehn, wenn dem vergänglichen Glauben das Schauen folgt, die andere aber wird sich vervollkommnen durch Wachsen der Liebe, und nur authören eine verborgene zu sein, da sie Allen wird offenbar werden (*manifesta*). Die erforschende Theologie bedient sich der Gründe und Beweise und Schlüsse und Wahrscheinlichkeiten, wie die andern Wissenschaften, und heisst daher scholastische oder Gelehrtentheologie (*scolástica i de letrados*), und sie zu erwerben muss Einer Begabung haben und Bücher und Zeit und Arbeitsamkeit, unter einem studirten Führer, ganz wie bei den übrigen Wissenschaften. Anders die Theologie, von welcher hier die Rede. Sie erreicht man durch fromme Hingebung und durch Uebung in den Tugenden, die die Seele ordnen und reinigen, auch bedarf sie der theologischen Tugenden zur Erleuchtung, und der Gaben des h. Geistes und der evangelischen Segnungen, um vervollkommnet zu werden gemäss den drei hierarchischen Thätigkeiten: reinigen, erleuchten und heiligen [nach Dionysius Areopagita]; und oft ist mehr Liebe, wo weniger Erkenntniss ist, wie Kinder ihre Eltern am meisten lieben, während sie sie noch am wenigsten kennen, und wie die Novizen in den ersten Jahren eifriger sind in ihrer Einfalt als nachher, wenn sie Doctoren geworden. »Um diese höhere Theologie zu finden, ist also keine grosse, mühsam aufgesuchte, Wissenschaft von Nöthen, doch fehlt die eingegossene (*infusa*) denen nicht, die sich vorbereiten; denn, haben wir mittels des Glaubens erkannt, dass Gott ganz begehrenswerth und ganz liebenswürdig und ganz Liebe ist, so weiss ich nicht, warum unsere Neigung, wenn sie gereinigt und geordnet ist, verhindert sein sollte, sich umzubilden (*trasformar*) und zu entflammen und zu erheben zu Jenem, von dem sie weiss, dass er ganz Eine Masse und Ein Stück, oder besser gesagt, ein Quell von Liebe ist. Woraus, wie ein Doctor sagt und wie die Vernunft lehrt, klar ist, dass diejenigen, die immer wollen lesen oder laut beten oder mit völliger Hingebung Worte der Andacht hören aus dem Munde derer, die solche aussprechen, klar ist, dass diese sich täuschen, wenn sie denken, bloss dadurch diese heilige Uebung zu gewinnen, die nur in innern Neigungen und Bewegungen des Herzens besteht; sicher helfen jene Dinge etwas, aber sie reichen nicht aus. Denn wenngleich sich Solche zu einiger Andacht bringen bei der Lesung und dem mündlichen Gebet und den heiligen Worten, — nimmst du ihnen das Buch und die andächtigen Worte, die schnell vergessen sind, so wird doch gleich die Andacht sich davon machen und schwören, nicht wieder zu kommen, ausser mit dem Buch und den Worten, durch die sie hervorgerufen war. Wenn wir also der einen oder der andern entbehren müssten, so ist's unvergleichlich besser, die zweite zu haben, denn wie es wünschenswerther ist, fromme und andächtige Neigung zum Herrn zu haben, als scharfen und kalten, nur durch Studium erleuchteten Verstand, den die Ketzer und Teufel haben, so ist die verborgene Theologie mehr zu wünschen, als die speculative; könnte aber Jemand dies Alles haben, das wäre zwei rechte Hände haben, oder die eine von Gold und die andere, goldene, obenein mit Edelsteinen geschmückt. Denn du musst wissen, dass, wenn die Intelligenz der Seele, welche die höchste Kraft (*fuerza*) unter denen ist, die nicht erkennen (*conoszen*), in Neigung (*afeczion*) oder Liebe zu den Dingen, die sie betrachtet (*contempla*), übergeht, so ist sie fast über sich selbst erhoben zu nennen, und dieser Vorgang heisst Aussersichgerathen der Seele oder Erhebung über sich selbst (Selbstüberhebung) oder über seinen Geist (*exzeso del ánima o levantamiento sobre si mesmo o sobre el spiritu suyo*), wie du in vielen Büchern wirst geschrieben finden. Du kannst ein Beispiel sehn [Hugo v. S. Vict. zu Kp. 7. der himml. Hierarchie des Dionys. Areopagita. Richard v. S. Vict. *Beniam. mai.* l. V. c. 7] an einem Gefäss mit Wasser oder anderer Flüssigkeit, die, wenn man Feuer darunter macht, im Gefässe warm wird; aber wenn sie heiss wird und kocht, scheint sie, die vorher ruhig war, gewissermaassen nicht in sich Platz zu haben (*caber en si*), sondern aus sich heraus zu gehn (*exzeder a si mesmo*) und über sich selbst erhoben zu werden durch die Kraft der Wärme. So scheint die Seele, welche noch nicht von der Liebeswärme der mystischen Theologie entzündet ist, so lange sie nur in der Erkenntniss der speculativen weilt, dazuliegen und sich in sich selbst zu halten (*se contiene en si mesma dentro de si*), aber wenn sie in Herzensgluth den Geist der Liebe empfängt, geht sie gewissermaassen aus sich selbst heraus, indem sie aus sich herausspringt oder über sich fliegt (*sale de si mesma, saltando de si o volando sobre si*).« Häufig fügt die mystische zur speculativen hinzu, immer gründet sie sich auf etwas von jener, zum wenigsten auf den Glauben, »der die spezielle Doctorin der wahren speculativen Theologie ist.« Diese Gebetsart nenne sich ferner Weisheit (*sabiduria, que es sabroso saber*). Auch Liebeskunst; durch sie werde der Gewaltige bezwungen, gegen den nichts Anderes anschlägt. »Diese Uebung heisst auch Einung (*union*), weil der Mensch, indem er sich auf diese Weise zu Gott begibt, ein Geist mit ihm wird, durch einen Willensaustausch (*trocamiento de voluntades*), denn weder der Mensch will etwas Anderes als Gott will, noch entfernt sich Gott vom Willen des Menschen, sondern in Allem sind sie Eins (*a una*) wie die Dinge, die vollkommen geeint sind, so dass sie fast sich selbst aufgeben (*se niegan de si*) und sich gänzlich zusammenbilden (*conforman*) in ein Drittes, was in dieser Sache der Fall ist, wo, während vorher Gott und Mensch verschiedene Willen hatten, sie nun übereinstimmen (*concuerdan en uno*) ohne dass einer von ihnen unbefriedigt bliebe. Und hieraus entspringt, dass der Mensch einig (*unido*) ist mit sich selbst und mit seinem Nächsten.« Diese Uebung heisst auch Tiefe, weil sie im dunkeln Herzensgrund ihre Stätte hat; das Herz muss dunkel sein, »d. h. beraubt menschlichen Erkennens,« wenn der Geist Gottes über die Wasser der Wünsche herabkommen soll, um zu sprechen, dass göttliches Licht werde. (XLVI—XLVII[b]).

Das folgende Kap. handelt »von andern Namen, welche der Sammlung zukommen.« Sie heisse Verborgenheit, wo man eine geheime Erkenntniss und Schauung erreiche. Ferner Enthaltung (*abstinenzia*), auch von jedem Gedanken, der das Herz berauschen oder demselben die innere Aufmerksamkeit rauben kann. Näherung, in der wir, mit einem Nein die Creaturen verlassend, ihrem Schöpfer in die Arme fliegen. Aufnahme (*rezebimiento*), in der wir Gott das ganze Herz öffnen und hingeben. Zustimmung (*consentimiento*) zu Allem was er will. Anziehung (*atraimiento*), denn so wie das Leere etwas Raumerfüllendes an sich zieht, so zieht das des Weltlichen leere Herz Gott an. Daher heisst die Uebung auch Erfüllung (*henchimiento*) des Herzens. Weiter Kindesannahme (*porhijamiento*), durch welche Esther, d. i. die arme Seele, von Mardochai, d. i. Christus, adoptirt wird, und die Güter des Vaters zu geniessen bekommt. Ankunft (*advenimiento*) des Herrn bei der Seele, denn er besucht darin, die ihn seufzend rufen. Höhe, welche die Seele erhebt. Umarmung des andächtigen Herzens und des Herzens Christi. Geistliche Himmelfahrt (*aszension*) mit Christo. Gefangenschaft, in der wir ihm unsern Verstand unterwerfen. Dritter Himmel [vgl. Tract. 3. oben S. 244], wohin die Beschaulichen entrückt werden (*arrebatados*). Daher eine Zuflucht bei nahenden Stürmen. Eine Auferstehung zu geistlichem Leben, wobei dem Gerechten Macht im Himmel über seine Seele und auf Erden über seinen Leib verliehen wird [vgl. Tract. 11. Kp. 3. unten S. 261]. Reich Gottes. Königliches Priesterthum. Ein Schweigen im Himmel [Joh. Apokal. 8, 1. Vgl. Rich. v. S. Vict. zu Ps. 30] unserer Seele, wennschon ein kurzes und nicht so dauerndes wie der Gerechte wünschte. U. s. w. Obgleich sich diese h. Uebung nicht ganz beschreiben lässt, so darf man doch schlechterdings nicht schweigen über sie, die den Sterblichen so nothwendig ist. »Der passendste Name derselben und der am deutlichsten für Alle etwas von derselben kennzeichne, schien mir: Sammlung«[1]. »Ihr Geschäft ist, das Zerstreute zu sammeln und zu vereinigen (*recojer i congregar lo disperso*).« »Diese h. Uebung wurde sehr gepflegt von den früheren Männern, die, um sich besser zu sammeln, sich in Einsiedeleien und verborgene Oerter zurückzogen, um sich nicht unter den Leuten zu zerstreuen; jetzt aber ist uns nur das Wort geblieben, das wir, weil es etwas so Gutes ist, auf die friedfertigste und ruhigste (*mas pazifica i quieta*) Person, die wir kennen, anwenden, indem wir sagen, es sei eine gesammelte Person, womit wir

---

[1] *Recojer* ist *recolligere*, vgl. hier oben S. 17. — Albert der Grosse *de adhaerendo deo* c. VII: *Qualiter cor sit recolligendum intra se.* Er sagt dort: *si cor et spiritus noster ab hac infimorum infinita distractione, quae deorsum est, per desiderium et amorem se traxerit et, haec infima deserens paulatim se intra se in unum immutabile sufficiens bonum colligens, secum esse didicerit et ei inseparabiliter quodam affectu inhaeserit, tanto amplius in unum colligitur et fortificatur quanto magis agnitione et desiderio sursum elevatur et in ipso vero summo bono intra se habituatur donec tandem omnino immutabilis fiat et ad illam veram vitam, quae ipse dominus deus est, immutabiliter perveniat ut perpetuo sine omni mutabilitatis et temporis vicissitudine requiescat iam in illa intrinseca et quieta ac secreta divinitatis mansione, perfecte collocatus intra se in Christo Jesu qui est via ad se venientibus, veritas et vita.* Wiederum c. XIII: *Orationis qualitas et utilitas et quomodo cor sit recolligendum intra se.* Das Ziel der Vollkommenheit sei, dass der ganze Wille *una et iugis efficiatur oratio.* Nach dem Satze, den wir hier zu Tr. 18. Kp. 3 ausgehoben, folgt dann: *Haec proinde si continuaveris indisrupte . . ., erit tibi in tuà introversione et recollectione tam facile ac promptum contemplari ac frui sicut vivere in natura.* In dem Buche *Lavacrum conscientiae*, Köln 1499 gedruckt, cap. XVIII: *Sacerdos celebraturus ad locum secretum vadat et ibi recolligendo se disponat.* Nach dieser Ueberschrift beginnt das Kapitel: *Sacerdos igitur missam celebraturus ad locum secretum et maxime in secreto noctis silentio vadat et a cunctis se in quantum potest abstrahat et intra semet ipsum totum se recolligat ut nec sensus nec cogitatio ad aliquid aliud diffundatur suamque conscientiam diligenter discutiat.* Savonarola *trattato dell' amore di Gesù Cristo* cp. 4: *bisogna che si raccolga in se medesimo e consideri la propria miseria e corporale e spirituale.* Juan Valdes lässt in seinem *Mercurio i Caron*, Ausg. v. 1850 S. 304, Jemanden, der Mönch werden will, sagen: *determiné de recojerme en un monesterio.* Man gab dann wieder noch einer besonderen Art von Mönchen den Namen Recollecten, vgl. hier oben S. 60.

kaum etwas Anderes sagen wollen, als dass es ein zurückgezogener (*apartado*) Mensch von ehrbarem Wandel ist, was, obgleich es gut ist, doch nicht so gut ist, dass es diesen Namen des Gesammelten nach seiner wahrsten und alten Bedeutung verdiente, nach welcher es fast ebensoviel sagen will als der Name Einung (*union*), den wir kaum in menschlichen und körperlichen Dingen, sondern in göttlichen und geistlichen gebrauchen.« »Es ist klar, dass jener Name, von dem wir reden, viele Dinge als zusammenhaltend (*muchas cosas juntas*) bezeichnet, oder auch eins, das, während es zerstreut werden kann (*derramar*), zusammenbleibt (*está junta*).« Diese Sammlung vereint erstens die Menschen, die sich ihr hingeben, und entfernt unter ihnen alle Uneinigkeit und Zwietracht (XLVII — XLIX[b]).

Zweitens (Kap. 4) »sie sammelt den Menschen zu sich selbst,« der durch die mancherlei Beschäftigungen gleichsam zerrissen wird; so sammelt sich der Prediger nach der Fastenzeit, nicht sowohl um sich von der leiblichen Anstrengung zu erholen, als vielmehr zur Nahrung seiner Seele, welche oft hungert, indem sie Andere speist. Drittens wird die Sinnlichkeit unter den Befehl der Vernunft gesammelt. Viertens führt die Sammlung aus dem Geräusch der Welt an stille Oerter, die man selten verlässt und baldmöglichst wieder aufsucht, wie der Aal den Händen entschlüpft um ins Wasser zurückzuspringen [vgl. *Vitae patrum* ed. Rosweydi 1628. p. 516[b]. 563[b]]. »Der fünfte Grund, weswegen diese Uebung Sammlung heisst, ist, weil sie auch macht, dass die Sinne sich sammeln, so dass den Gesammelten nicht die eitlen Neuigkeiten und Redereien gefallen, oder etwas zu hören, das sie zu Anderem auffordert als dazu, in sich zu gehn (*se tornen al corazon*); auch halten sie ihre Augen zurück und schlagen sie nieder, indem sie keine Ergötzlichkeit darin finden, irgend etwas zu sehn, denn sie wünschen mit dem Herzen Gott zu sehn; auch scheinen sie sich einen Zaum in den Mund zu legen, und es gefällt ihnen das Schweigen, während es ihnen Mühe kostet (*sintiendo trabajo*) zu reden; und um die Sinne gänzlich zu sammeln, lieben sie die dunkeln Orte, und schliessen die Fenster ihres Schlupfwinkels, um ihre Augen nicht zu zerstreuen. Das sechste, das diese h. Uebung sammelt, sind die leiblichen Glieder,« es hört die unstete Rastlosigkeit auf. »Hier ist für die in dieser Sache Geübten zu bemerken, dass es manchmal, wenn die Seele in die wahrste Sammlung eingeht, sich ereignet, dass sie das Haupt gewaltsam mit sich reisst und den Leib nach der Brust hin sehr zusammen zu ziehn (*encoje*) scheint, und die Glieder durch die starke Sammlung der Seele in gewisser Weise ihre Kräfte verlieren; auch kommt es oft vor, dass man sich für eine Weile gelähmt (*tollidos*) findet und nicht über seine Gliedmaassen gebieten noch sich von der Stelle bewegen kann[1]; und dann muss man sich mehr sammeln und nicht versuchen sich zu rühren noch sich um den Leib bekümmern, sondern ihn lassen, wie wenn man seiner vergessen; fast ists dann ein Hinderniss, wenn man eine Aenderung vornehmen oder den Gliedern gebieten will. Was z. B. bei einem armen Mann eintrat, der durch seine Arbeit sich täglich sein Brod verdiente, aber mit geistlicher Speise sehr versorgt, und dieser h. Uebung sehr ergeben war; als er eines Tages in der Kirche auf diese Weise gelähmt und zu Boden gefallen war, kamen einige Personen, die Mitleid fühlten, heran, um ihn aufzuheben; als er aber nach einer Weile zu sich kam, sagte er: lasst mich, denn ihr thut mir weh, wie wenn ihr einem Vogel die Flügel nähmet und liesset ihn nicht fort. Dieser Mann war ungebildet, ohne Gelehrsamkeit, aber nicht ohne die Weisheit (*sabiduria*), von der wir reden.« Siebentens sammelt man sich durch diese Uebung die Tugenden ein; ohne besondere Anstrengung fallen sie einem dadurch von selbst mit zu. Achtens sammelt so der Mensch die Sinne zum Innern des Herzens, wo die Herrlichkeit der Königstochter ist, d. h. der katholischen Seele; der so Gesammelte gleicht dem Igel, der sich ganz in sich zusammenzieht, er kümmert sich nicht um das, was draussen vorgeht und hat selbst gegen die Angreifer nichts Schlimmes im Sinn. »Das neunte ist, die Kräfte (*potenzias*) der Seele zur Synteresis (*sinderesi*) und zur gar hohen Gegend derselben (der Seele) zu sammeln, wo das Bild Gottes eingeprägt ist, welcher Geist der Gerechten (am Rande: *malac*. 7. *c*.; es ist wohl Maleachi 2, 15. 16. gemeint) und Geist, der mit Seufzen bittet (Röm. 8) heisst; wo die Seele, wenn sie über sich hinauf gestiegen ist (*sobida sobre si*), ganz gesammelt in dem oberen Speisesaal (*zenaculo*, wohl mit Anspielung auf Christi Nachtmahl), nur auf eine Sache sich richtet, durch die sie erhoben ist bis zum höchsten Gipfel des Berges Gottes.« Endlich zehntens »das in Eins Sammeln Gottes und der Seele (*recojer en uno a dios i al ánima*), welche um des willen sich so in sich gesammelt hat; was in Wahrheit geschieht, wenn die göttliche Klarheit wie in Glas oder krystallinischen Stein sich in die Seele giesst, sonnengleich die Strahlen ihrer Liebe und Gnade vor sich her schickend, die das

[1] Vgl. oben S. 122. 133. — Valentin Weigel in seiner Predigt über die Heilung des Taubstummen, Marci 7, im Gegensatz zu denen, welche wider die Lehre: zu nichts müsse der Mensch werden, solle Gott etwas aus ihm machen, spotten: das sei eine Klotzbusse, wünscht seinerseits: »O möchte ich ein Klotz sein, oder so viel wirken als ein Klotz, nur eine halbe Stunde, — ich würde ein Prophete und Apostel!« Kirchen oder Hausz Postill. 1700. Sommertheil S. 231. Vgl. Concordienformel, 2. Thl., vom freien Willen 20 f.

Herz durchdringen, in dem Höchsten des ersten Geistes aufgenommen; worauf die vollkommenste Sammlung folgt, welche Gott zur Seele und die Seele zu Gott sammelt und verbindet (*junta i recoje*); sie nimmt Theil (*partizipazion*) an demselben Herrn, in welchem sie ganz gesammelt ist, und Gott zieht sich in die Seele zurück (*se recoje*) wie in sein eigenes Haus, und, wie wenn er keine Himmel hätte, in denen er wohnen könnte, steigt er herab sich zu dem zurückzuziehn (*recojer*), welches zu ihm allein seine Zuflucht nimmt (*se acoje*).« Hier ist Bethel, hier wird der neue Name Israel empfangen, d. h. »der sich Gottes bemächtigt (*el que con dios se enseñorea*), was der menschliche Geist thut, wenn er sich so zu Gott sammelt und mit ihm sich verbindet, dass er Alles kann, in dem der ihn stark macht.« (XLIX^b—LI^r).

Das folgende, fünfte, Kapitel »ermahnt uns, uns zu sammeln und die Sammlung oft zu üben (*frecuentar*).« Sie bringt den Menschen in grosse Ruhe (*lo quieta en gran sosiego*). Man muss der Neigung nicht widerstehn, die sich in der Uebung einstellt, immer tiefer in die Einöde (*desierto*) einzudringen, denn, wie geschrieben steht, von innen kommt die Herrlichkeit, und zu dieser möchte die Seele gelangen als zum Mittelpunct der Ruhe und Seligkeit (*zientro de quietud i holganza*). »Die Geübten sind auch bei den häuslichen Handarbeiten so gesammelt und mit Gott, wie die Neulinge, die im Verborgnen auf den Knieen liegen; nur dass sie im Verborgnen sich mehr ohne Schmerz sammeln; weshalb man die leibliche Beschäftigung auf die Zeit verschieben soll, wo man sich weniger andächtig fühlt.« (LI—LII).

Tract. 7 (G). Kp. 3 (LV). »Oft befällt diejenigen, die sich der Sammlung ergeben, eine gar schreckliche Furcht, so dass die Seele vor blosser Furcht aus dem Leibe heraus möchte; es dauert dies nicht lange, doch kommt es zu Zeiten häufig; die Seele wird dadurch so erschreckt und entsetzt, dass sie ganz aufgeregt ist und so furchtsam wird, dass sie nicht weiss, was sie thun soll; weder Worte noch Willenskraft (*esfuerzo*), noch Andacht reichen hin, sie zu beruhigen; und pflegt man vorher sogar mit den leiblichen Ohren eine Art von Krachen zu hören, als wenn der Deckbalken oder die Fussbohlen bersteten, wo dies vorgeht; während sowohl das Eine als das Andere durch die Gegenwart des Teufels bewirkt wird, der sich wahrnehmbar macht oder den die Seele spürt (*barrunta*), denn oftmals stellt sich diese grosse Angst ohne irgend einen vorgängigen Gedanken und ohne irgend ein Geräusch ein, mitunter wenn die Seele sehr andächtig und gesammelt ist.«

Kp. 5 (LIX). »Treibe eifrig deinen Willen an, zu lieben und glühende Liebe hervorzubringen, welche gar leicht alle die Strohhalme der Gedanken verzehrt, die sich dem Verstande darbieten.«

Kp. 8. »Was uns am schnellsten zum Siege verhilft über den hochmüthigen Lucifer, ist, ihn gering schätzen, indem wir gar nicht achten auf das, was wir durch seine Veranstaltung denken, und was wir um so leichter los werden, je mehr wir es für nichts halten, denn in der That ist es nicht etwas, das schadet, sondern etwas, das die Seelen reinigt (*purga,* [vgl. oben S. 248]). Darum müssen wir es machen wie Jemand, dem auf der Strasse der Luftzug eine Masse Staub entgegenweht; er muss sich nicht daran kehren, sondern die Augen zumachen und weiter gehn. Das Augenschliessen ist in unserm andern Fall das Verachten, und Weitergehn ist: in Gebet und guten Werken fortfahren; denn jenes wird bald fallen, wie Staub wenn der Luftzug aufhört, so wenn die Bemühung des Teufels aufhört.« Um störende Gedanken los zu werden, gebrauche das kurze Mittel, nein zu sagen, wenn sie kommen; lass dich nicht auf weitere Gespräche ein, denn die schaden der Sammlung, sondern wirf mit nein die Thür zu. Abimelech, welchem ein Weib von einem Thurm aus, an dessen Thür er Feuer anlegen wollte, mit einem Stein das Hirn zerschmetterte, ist der Teufel, der, wenn wir eingeschlossen sind (*encastillados*) in dem Thurm der Sammlung, in welchem der Mensch zu dem höchsten Theil seiner Seele hinaufsteigt, die Pforte der Sinnlichkeit in Feuer zu setzen sucht, aber von der Weisheit jenes Nein an den Kopf geworfen erhält, das ihm das Hirn zerschmettert, d. h. den Gemeinsinn (*sentido comun*), die Imagination und Phantasie, die Urtheilskraft (*estimativa*) und das körperliche Gedächtniss (*memoria corporal*); alle diese fünf Dinge nämlich müssen in der Sammlung, die von ihnen gestört wird, aufhören. (LXII—LXIII).

8. Tract. (H). Kp. 1. »Wer in die Höhe zu steigen weiss durch den Flug der Beschauung und in den Höhen das Nest seiner Sammlung baut, darf billigerweise nicht die vergessen, die wir hier unten bleiben, sondern soll uns ermuntern zu fliegen, da wir dazu Fähigkeit und Neigung haben; es ist billig, dass er über uns seine Flügel ausbreite, indem er uns zeigt wie er es anstellt zu fliegen, und wenn einmal nicht genügt, so geschehe es oftmals, denn die ganz Neuen müssen vielfach angeleitet werden, zumal für einen so hohen Flug wie der der Sammlung ist, wo es vorkommt, dass der Beschauliche so hoch steigt, dass er sich selbst aus den Augen verliert, wie der, welcher sagte, er wisse nicht ob er im Leibe gewesen oder ausser demselben [s. oben S. 244], zu welchem Gipfel der Beschauliche wie der Adler (nach Deuteron. 32, 11) die Andern ermuntern soll zu fliegen, indem er dabei so sorglich ist wie der Adler, dass seine Jungen fliegen, wenn er sie dazu vorbereitet sieht, und er soll sie ermuntern und über ihnen fliegen, d. h. sie durch Wort und durch Beispiel belehren.« Uebri-

gens müssen wir, während wir Andere unterrichten, nicht unterlassen, selbst weiter zu lernen. (LXIII[a. b]).

Kp. 3. Gehe Jeder seinen Weg; nicht der Weg hat Schuld, wenn Jemand nicht weiter kommt, sondern der darauf geht. Diejenigen Geistlichen (*spirituales*), wie sie sich nennen, welche die Uebungen der h. Passion und der Sammlung debattiren und vergleichen, um zu sehn, welche vorzuziehn ist, irren nicht minder als die, welche über die beiden h. Johannes disputiren, die diese beiden Uebungen repräsentiren; möchten wir nur dem Geringeren der Beiden folgen! (LXVIII[b]). [Vgl. Prolog dieses dritten Abecedars].

Kp. 4 f. handelt über die Nothwendigkeit, als Schüler der Anleitung eines in der geistlichen Sammlung erfahrenen Meisters zu folgen, und über die erforderliche Beschaffenheit eines solchen.

Tract. 9 (I). Kp. 2. »Die Sammlung ist eine enge Pforte, durch welche nur Gott kann und unsere Seele, die sich bemüht mit ihm allein einzugehn, um so allein jenes Wort des Hohenliedes (2, 16) sagen zu können: Ich meinem Geliebten und mein Geliebter mir. Und zwar tritt der Herr zuerst ein, damit die treue Seele sage, der König habe sie in die Zelle des Weins des innern Trostes gebracht, wo die Liebe vollkommen in Ordnung kommt (Hoheslied 2, 4). Die Thür und das Leben der Verdammniss ist der Sammlung entgegengesetzt und heisst Zerstreuung (*distrazion o derramamiento*).« (LXXVIII).

Kp. 4. Die Einsamkeit der Zelle »erleuchtet die Augen der Seele, die um so klarer die göttlichen Dinge sehen, je mehr unsere leiblichen Augen sich enthalten, Eitelkeiten zu sehn, indem sie sich in die Zelle zurückziehn, wo sie, wie ein anderer Tobias, werden zu höheren Dingen erleuchtet werden (*alumbrados*), wenn sie sich ruhig in der verborgenen Zelle niederlassen, um an Gott zu denken.« (LXXXIII).

Kp. 5. Schluss. »Die Sammlung des Herzens setzt die Sammlung des Leibes voraus.« (LXXXV).

Kp. 6. »Es kommt vor, dass, die den Weg der Sammlung gehn, in äussere Laute oder Gebärden ausbrechen. Die Laute sind eine Art von scharfen Schreien, sehr hell und durchdringend, die sich nicht zu irgend einem Wort bestimmen (*determinan*), denn sie gehn nicht vom Willen des Menschen aus; diese Schreie geschehn nicht absichtlich und nach Vorbedacht, sondern durch eine Art von Ueberraschung und ein Aufschreien, das sich vom Herzen erhebt, so dass es die Betreffenden nicht vermeiden, auch nicht, wenn es begonnen hat, zurückhalten können. Es gibt übrigens zwei Arten dieser Schreie. Die einen entspringen aus einer glühenden Meditation, durch welche die Gott Hingegebenen ihre Seele zu bewegen pflegen, welche, sehr bewegt und angespornt, sich manchmal in jenen unvorbedachten Schreien äussert, wie wenn ihr ganzes Sehnen darin ausbräche. Eine andere Art von Schreien oder Lauten oder Seufzern gibt es, die von einem Feuer verursacht werden, das sich in unserm Herzen entzündet, nicht durch unsere Hand, und das zuweilen dergestalt wächst, dass, wenn es nicht in Aechzen oder Schreien ausbräche, die Brust zerspringen würde. Mitunter aber auch, wenn nichts dieser Art vorliegt und die Seele, ihrer selbst vergessen, in irgend welchen Geschäften hingegangen ist, stösst sie, wenn sie wieder ihrer selbst gedenkt, einen sehr lauten und gellenden Schrei aus, den sie gen Himmel zu senden scheint. Gewöhnlich bleibt nach diesen Aeusserungen in Schreien und Lauten ein gewisses Unbehagen (*descontento*) in der Seele, welches entweder aus Verlegenheit, weil man gehört worden ist, kommen kann, oder weil man nachher wirklich weniger Gnade als vorher empfindet, oder aus der Schwäche, die die Seele in sich erkennt, da sie nicht aushalten kann in kleinen Dingen. Ausserdem, dass der Gesammelte das Unfreiwillige dieser Laute daraus erkennt, dass er, bevor er den Laut von sich gab, nicht daran dachte ihn von sich zu geben, und nicht eher auf ihn verfiel als bis er ihn hörte und wahrnahm, sieht er dies, dass er nicht aus seinem Willen hervorgeht, auch daraus, dass er öfter versucht einen dem vergangenen ähnlichen Laut hervorzubringen und ihn nicht treffen kann, bis er von selbst aus dem Herzen hervorgeht, nicht gemacht noch bedacht. Da diese Laute so ausser der Verfügung des äusseren Menschen stehn, und nicht irgend ein Wort bilden, so leidet es keinen Zweifel, dass der Mensch dabei vornehmlich nach seinen geistlichen Bewegungen wirkt und in dem obersten Theil der Seele, obwohl sie sich in etwas des körperlichen bedient. Daher ich demgemäss einen Gesammelten kannte, der aus einem sanften Schlaf erwachte, indem er seine eigene Seele singen hörte, welche innen in seiner Brust eine Stimme erschallen liess, die zum Himmel zu dringen schien, in einem sehr feinen Sopran; und die Stimme schien ihm die beste, die er je gehört oder zu hören erwartet so lange er im Fleische lebt; und hörte er sie nicht mit den leiblichen Ohren und sang sie nicht mit den äusseren Lippen; von welchem Gesang er so getröstet ward, dass er noch jedesmal, wenn er sich daran erinnert und es bedenkt, sich sehr erlabt. Andere Aeusserungen (*salidas esteriores*) gibt es in Geberden, die man äusserlich bemerkt, und in gewissen Geräuschen (*bramuras*), welche die Ungeübten für etwas Schlechtes halten, und auch die, welche dies erleiden, möchten es mitunter gerne los sein und können es nicht vermeiden, denn es steht nicht in ihrer Hand. Der Kopf wird manchmal so heftig in die Höhe gezwungen, dass menschliche Anstrengung es nicht zu hindern vermag, und wenn Einer ein ander Mal versucht, den Kopf auf jene Art und Weise aufzurichten, so kann und versteht ers nicht. Wenngleich nun die genannten Aeusserungen gut sind in der Wurzel, aus der sie hervorgehn, so ist es doch ein gesunder und sehr guter Rath, dass der Mensch all sein Bemühn und Wissen daran setze, diese Dinge, die aussen erscheinen, zu verbergen so viel an ihm ist; und mögen wir auch in der Mitte oder am Ende, wenn der Geist dessen, der die Gewalt hat, sich des unsrigen bemächtigt hat, diese Dinge, wie gesagt, nicht vermeiden können, so wirst du es zu Anfang können, wenn du darauf achtest und Vorsicht übst, um Alles zu unterdrücken, was aussen erscheine; und dazu hüte dich sehr vor Seufzen und Aechzen und Körperbewegungen beim Gebet, wenn du dich ohne dies genug entflammt in der Liebe Gottes fühlst. Und gemäss diesem Rath zur Vorsicht, die du bei den Anfängen beobachten sollst um Jenes zu vermeiden, wird es dir begegnen, dass du innen in deiner Seele geistlich gewisse Bewegungen empfindest, von denen dir scheint, sie seien körperliche und Andere müssen sie gesehn haben, und du wirst sehen, dass, in Folge der Gewohnheit die äussern Glieder zurück zu halten, das Aeussere dem Inneren nicht entsprochen hat; und um so vollkommener werden die innern Dinge sein, je weniger jene andern sich daran hängen. Unter denen, die diese Aeusserungen nicht abhalten können, kannte ich einen der Sammlung sehr Ergebenen, der, wenn sein Antlitz gen Himmel erhoben war, damit die Andern nichts Besonderes dabei fänden, von den Deckenbalken des Hauses und vom Dach zu reden anfing, als wenn er das absichtlich betrachtete. Wenn die äusseren Laute oder Geberden, welche sie auch immer sein mögen, von etwas, das drinnen in der Brust entspringt, verursacht werden, so können sie nicht anders vermieden werden als indem man sich jenem Innern gegenüber verstellt (*disimulando*), als ob du nicht darauf Acht gibst und dir nichts daraus machst, sondern an andere Dinge denken willst; auf diese Art werden die inneren Dinge nachlassen, die immer mehr wachsen, wenn du dich ihnen mehr hingibst. Im Allgemeinen gesagt, wirst du auf diese Art die Aeusserungen des Geistes umgehn können, damit du dir kein Idol machest und auf der einen Seite mehr verlierst als du auf der andern gewinnst; auch wirst du oft, wenn du in der Sache vorgehst, dich zu schämen haben. Es liessen sich noch andere Gegenmittel angeben mit Rücksicht auf die Eigenthümlichkeiten der Personen; aber wenn man im Allgemeinen redet, so kann man nicht jeder Person für sich rathen und es wäre ohne Rücksicht auf die gerade bedürftige unmöglich. Du musst hiebei noch merken, dass es, wenn mit der Vermeidung jenes äusserlichen Hervortretens auch das Innere aufhört, nicht allein Irrthum wäre, es zu stören, sondern ich glaube es wäre Sünde der Widersetzlichkeit wider den h. Geist; darum musst du mehr streben das Innere zu bewahren als das äusserlich Sich-zeigen zu vermeiden, und weisst du es nicht anzustellen, das Eine vom Andern zu trennen, und entsprechen den grossen Wünschen drinnen starke Laute draussen, so mach dir keine Mühe und lass es dich nicht drücken, denn wenn Einige Anstoss daran nehmen, so werdens die Schlechten sein und nicht die Guten, und der Anstoss ist nicht gegeben, sondern genommen, wie der der Pharisäer. So kannte ich einen Mönch (*relijioso*), der in seiner Brust oft grosse Andacht erwachsen fühlte und Dinge, die ihn sehr aufforderten sich Gott zu nahen, und indem er an jene Gnade glaubte, die er empfand, konnte er sie nicht ertragen ohne grosses Aechzen, und, da er sich schämte, weil er von Allen gehört wurde und nicht verbergen konnte was er empfand, so suchte er einen h. Mann auf und sagte zu demselben: wenn Jemand in sich gewisse Dinge fühlt, die ihn Laute und Seufzer ausstossen machen, ob es gut sei, dieselben von vornherein zu vermeiden, indem man das Herz zerstreue, damit es sich nicht äusserlich zeige? Worauf Jener ihm antwortete: Gott verläugnet im Verborgnen, die ihn öffentlich verläugnen, und um nicht seinen verborgnen Umgang zu verlieren, dürfen wir nicht stören, was er in uns öffentlich mag wirken wollen, damit er in Allem verherrlicht werde. Dies sagte Einer, dem es, wenngleich er äusserlich viele der genannten Dinge zeigte und sie nicht vermeiden konnte, begegnete, wie man mir versichert hat, dass er entrückt (*arrobado*) im Bett gefunden wurde und man anfing, ihn in die Leichentücher zu wickeln, da man ihn für todt hielt; und als er zu sich kam und sich an den Muskeln gebunden fand, sagte er, man könne sie ihm durchschneiden, ohne dass er etwas fühlen würde. Alle diese besprochenen Dinge haben eine rechte Seite und eine Kehrseite, und pflegt sich viel Heuchelei einzumischen.» (LXXXV^b—LXXXVI^b).

Kp. 7, »das uns lehrt, was besser sei: in sich eingehn oder über sich hinaufgehn (*entrar dentro en si o sobir sobre si*).« »Es pflegen die der Sammlung Folgenden, wenn sie schon etwas tiefer eingedrungen sind, zu zweifeln, was besser sei: wenn der Mensch in sich selbst eingehe oder wenn er sich über sich erhebe (*levantarse enzima de si*). Hierüber bemerken wir zuvörderst, dass diese beiden Dinge dem Weg der Sammlung angehören und ohne Sammlung sich weder das Eine noch das Andre thun lässt. Das Eingehn des Menschen in sich selbst ist der Anfang des Ueber-sich-hinaufgehens, denn auch hier ist wahr jenes bekannte Wort des Herrn: wer sich erniedrigt, der wird erhöhet werden. Diese beiden Dinge, dass der Mensch in sich selbst eingeht und über sich hinaufgeht, oder dass sich die Seele in sich zurückzieht (*retraerse en si*) oder in die Höhe hinaufgeht, sind die beiden grössten Dinge, die sich in dieser Uebung finden, diejenigen, welche der Mensch am meisten suchen sollte und die das Herz des Menschen am meisten befriedigen. Das In-sich-eingehn ist mit weniger Mühe auszuführen, als das Ueber-sich-hinaufgehn, und daher scheint mir, wenn die Seele für beide Dinge in gleicher Weise bereit und geschickt ist, so musst du in dich hineingehn, denn das Ueber-dich-hinaufgehn wird kommen ohne dass du es suchst, da es aus dem ersten folgt, dem In-dich-eingehn; und es wird dann reiner und geistlicher sein, denn von diesen beiden Dingen musst du immer dem folgen, welches deine Seele am meisten begehrt, denn für das muss sie mehr Gnade und Gunst haben. Manchmal befindet sich die Seele gut, ohne in sich selbst einzugehn oder über sich hinaufzugehn, in einem Mittelzustand, wie Jemand, der in der Thür steht und weder hinaus noch hinein will; was gleichfalls etwas Gutes ist, wenn die Imagination geschlossen ist. Es gibt ein Sich-zufriedengeben in der Sammlung selbst; sonst würde das geringere Gute beeinträchtigt. Was du am meisten suchen musst, ist, den Geist zu erheben oder ihn in dir zu sammeln, niemals lass ihn zerfahren, sondern entweder gehe er zusammen (*junto*) innen hinein oder erhebe sich zusammen über dich, immer in sich ganz bleibend.« Paulus berühre 1 Thess. 5, 16—24 fast alle hier besprochenen Puncte, wie Osuna ausführt. Der Apostel sagt unter Anderem dort: löscht nicht den Geist. »— durch Verdecken; gut ists ihn zu verdecken, wie gesagt, doch schlecht ists ihn zu löschen; kannst du ihn nicht verdecken ohne ihn zu löschen, so verdecke ihn nicht, sondern lass ihm Raum, dass er aufathme, damit er nicht umkomme in dir und du ohne ihn umkommest.« »Die Weissagungen, die wir, wie der Apostel verlangt, nicht missachten sollen, sind viele Geheimnisse, die Gott der andächtigen Seele in der Sammlung offenbart, und die wir auf den Prüfstein der Vernunft bringen müssen, um zu sehn, ob sie von unserm eignen Geist herrühren, der oft weissagt was er wünscht, oder ob sie vom Geiste Gottes sind, der niemals irrt.« Auch die Bewahrung der Ganzheit [ὁλόκληρον] des Geistes für das Kommen des Herrn betont der Apostel; Gott soll unser Herz ganz finden wie das der Jungfrau, als er zusammen mit dem jungfräulichen Geiste sich in ihren Leib ergoss, um dort äusserlich zu wirken, was er täglich in den h. Seelen, in die er sich umgestaltet (*transforma*), geistlich wirkt. (LXXXVI^{b}—LXXXVII^{b}).

Tract. 10. Kp. 2. »Wenn der Andächtige die Fenster der Sinne schliesst, bleibt der Verstand im Finstern, denn kein Licht kann zu ihm dringen ausser durch sie. Doch wenn er sich dem Joch des Glaubens unterwirft, welcher sagt, dass die leiblichen

Augen nicht sehen können was Gott denen bereitet hat, die ihn lieben, und dass die Ohren es nicht hören können und dass es nicht kann in des Menschen Herz kommen, d. i. in sein Denken, dann wird er, wenn er sich sammelt wie er soll, jene gute Gabe und jenes vollkommene Geschenk empfangen, welches von oben ist und vom Vater des Lichts herabkommt, und die Finsternisse, die er vorher hatte, indem er das eigne Verstehn aufgab, werden sich ihm in gar hellen Mittag verwandeln, in welchem der Verlobte weidet [Hoheslied 1, 6], denn es wird dem Verstande eine andere, höhere Art Erkenntniss mitgetheilt, die wie ein mittleres Licht zwischen dem der gewöhnlichen Wanderer und dem der Begreifenden (*comprehensores*) ist. So unterlassen denn die Gesammelten die Verstandesthätigkeit nicht um nicht zu verstehn, sondern um höher zu verstehn, damit ihre Seele voller Glanz und göttlicher Erleuchtungen sei, wodurch so grosse Dinge erkannt werden und auf so hohe Weise, dass weder die erkannten Dinge noch die Art der Erkenntniss erklärt werden kann.« (LXXXVIIII[a]).

Tract. 11 (M). Kp. 3. »Das vollkommene Gottgedenken (*memoria de dios*) ziemt sich sehr für die, welche der Sammlung folgen, denn es setzt diese voraus, und, damit dieses Gottgedenken vollkommen sei, ist es nöthig, dass es sich auf die Sammlung gründe; sie vervollkommnet es und gibt ihm mehr Lebhaftigkeit, so dass das Gottgedenken auf Grund der Sammlung eine geistliche Auferstehung ist. Selig, sagt S. Johannes (Offenb. 14, 13), sind die Todten, die im Herrn sterben — durch vollkommene Sammlung, in der sich der nach Art eines Todten verhält, indem er die äusseren Sinne nicht gebraucht; obwohl nun diese selig sind, so sind es doch mehr diejenigen, welche im Herrn auferstehn, und das ist denen nichts Unglaubliches, die etwas von dieser Auferstehung fühlen.« [Vgl. Tract. 6. Kp. 3. oben S. 251]. »Dieses Gottgedenken setzt alle innern und äussern Dinge des Menschen in Wirksamkeit, indem es ihnen eine einfache Thätigkeit gibt, die sich verträgt mit der Sammlung. Es ist nichts Anderes als eine Vorstellung (*representazion*) Gottes in seinem nackten Sein (*desnudo ser*). Wenn es auf Grund der Sammlung gepflegt wird, so kräftigt es sich (*reviste se*) im Menschen, und scheint ihn aus einem Todten zu einem Lebendigen zu machen und belebt ihm das Innere (*entrañas*) und das Herz und die Augen, für nichts Anderes als für Gott, denn dies Gedenken geht nur auf Gott. Dies Gottgedenken, das wir haben sollen, ist nicht sinnlich; ich will sagen, dass in dieser Angelegenheit mehr das Verstandes- als das Sinnengedächtniss (*memoria intelectiva — sensitiva*) thätig ist. Das sinnliche nämlich enthält die Vorstellung (*representazion*) der Sache im Einzelnen, mit den besondern Bedingungen, die eben dieser Sache gehören; das

Verstandesgedächtniss dagegen enthält die Vorstellung der Sache ohne sich über die Bedingungen, welche die Sache im Einzelnen bestimmen, zu verbreiten (*derramarse*), nur im Allgemeinen und Grossen. Auf eine hohe Art denkt man (*se acuerda*) Gott als ein Sein ohne Schranken, eine Güte ohne Maass, einen Anfang, der nicht begonnen hat, ein Ende, das nicht aufhört, eine Fülle, die nichts leer lässt, eine Kraft, die unbesiegbar, ein Wissen, dem nichts entgeht; derart dass wir, wenn wir an Gott denken und ihm irgend einen Namen beilegen, diesen Namen gleich verallgemeinern müssen, indem wir Alles davon entfernen, was wie eine Einschränkung oder Unvollkommenheit klingen könnte; — wenn wir ihn z. B. Meer nennen, so haben wir hinzuzufügen: ohne Boden und Ufer; wenn wir ihn Lehrer nennen, haben wir hinzuzufügen: ein allseitiger, der nicht irren kann; wenn wir ihn Majestät nennen, haben wir hinzuzufügen, dass sie nicht verringert werden kann; und in dieser Weise wird das Verstandesgedächtniss stets, ohne dass die Sammlung zu einem einzigen Gut aufhörte, thätig sein. Wenn dir die genannte Art, dieser Uebung des Gottgedenkens zu pflegen, schwierig wird, so thu wenigstens das Andere, dein Herz zu sammeln; lass die Geschäfte fahren und halte diesen h. Namen Gottes in deinem Gedächtniss die ganze Zeit, die du irgend kannst, und seufze zu ihm, wie unser Buchstabe [M] sagt [Gedenke unablässig, und rufe zu Gott mit Seufzen]; auf diese Weise wirst du dich sehr fördern und zum wahren Gottgedenken kommen können, welches, wie S. Hieronymus sagt, alle Schlechtigkeiten ausschliesst und hinauswirft. Und diese Uebung, wenn du es recht anfassest, kannst du beim Lesen und Schreiben und andern Dingen, zu denen die Sammlung des Herzens erforderlich ist, vornehmen; doch wird, wenn du sie viel bei diesen Dingen anwendest, eine Zeit kommen, wo du in dem, was du vorhast, nicht fortfahren kannst, denn, wenn dies Gottgedenken wächst, so nimmt es den ganzen Menschen in Anspruch und bringt ihn dazu, dass er andere Dinge zu thun unterlässt.« »In dieser Uebung bedenkt der Mensch, dass er vor Gott steht und dass dieser uns immer sieht, vor welchem wir, innerlich und äusserlich, so still und anständig dastehn müssen, wie die Pagen, die vor ihrem Herrn stehn, gespannt auf ihn und sehr aufmerksam um zu sehn was er befiehlt.« (XCIX—C).

Kp. 4. »Der zweite Theil dieses Spruches ist dessen erstem Theil sehr angemessen, denn das, woran wir viel denken (*nos acordamos*), pflegen wir sehr zu begehren, wenn es gut ist, so dass oft das Denken (*recordazion*) an das Gute unsern Willen anregt, dies Gute zu begehren, und deshalb führt unser Spruch, nachdem er dir gesagt hat, dass du stets Gottes gedenken sollest, weiter: du sollest ihn mit Seufzen rufen, damit das Gedenken dem Willen diene, der das ist, was am nächsten und engsten mit Gott verkehrt. Das Gottgedenken wäre nicht vollkommen, wenn es sich nicht auf dieses Ziel richtete, nämlich, nachdem wir seiner gedacht, ihn mit dem Seufzen unsers Herzens zu rufen. Die Teufel halten Gott im Gedächtniss, aber, weil dies Gottgedenken, das sie haben, sich nicht darauf richtet und sich nicht dem unterordnet, dass er von ihrem Willen begehrt werde, so sagen wir, dass es ein entstelltes (*disforme*) Gedenken ist.«

Tract. 12 (N). Kp. 1. »Nicht verstehend, sondern kostend denke Ruhe zu erreichen.« Zwei Flügel hat unsere Seele, mit denen sie zu Gott fliegt, Verstand und Wille. Vergeblich ists mit jenem allein fliegen zu wollen. »Durch die Verstandesthätigkeit fördert man keine völlige Ruhe, denn, so grosse Betrachtungen unser Gedanke auch gewinnen mag, schliesslich wird doch schon ein ganz geringer Theil von dem, was wir nicht wissen, grösser sein als Alles, was wir wissen. Unser Verstand ist eine Kraft, welche aller Dinge, die waren, sind und sein können, empfänglich ist und sie zur Kunde bringt, so dass man sagt, dass unser Verstand so viel Vermögen zum Verstehen hat wie Gott zum Thun, und ist daher unser Verstand gewissermaassen alle Dinge, denn von allen kann er sich eine Vorstellung machen (*formar conozimiento i notizia*). So ist denn, wie die hervorbringende Kraft Gottes im Ausser-ihm-hervorbringen niemals fertig ist noch werden wird, d. h. wie Gott nie so viel hervorbringen wird als er kann, auch die Verstandeskraft in dem Erdenpilger nie fertig und wird nie derart fertig, dass sie nicht noch mehr verstehn könnte. Und dies wäre nöthig um Ruhe zu finden, wie man z. B. an der Materie sieht, welche, sagt man, immer daran denkt die Form abzuwerfen, die sie gerade hat, um eine andere anzunehmen, und der Grund davon ist, dass sie für alle Formen empfänglich ist und sie alle haben kann, wennschon nicht alle zugleich, und die Kraft bis sie ganz in Thätigkeit umgesetzt ist, nicht rastet.« Zum Schluss weist er darauf hin, »wie wenig innere Ruhe die haben, die nur den Büchern folgen, denn wie Tantalus sind sie inmitten der Wogen von Durst gequält.« (CIV^b—CV^b).

Kp. 3, »gegen die Feinde der geistlichen Erquickung (*consolazion*).« »Dieses Motto [N] haben Diejenigen wohl zu beachten, welche dreist zu behaupten wagen, dass wir nicht die göttliche Erquickung oder den Wohlgeschmack (*gusto*) der geistlichen Dinge suchen sollen. Der Grund, den sie zu Gunsten ihrer Behauptung vorbringen, beruht auf Verdächtigung, indem sie sagen, dass die so Erquickten Gott um deswillen lieben, das er ihnen zu kosten gibt, und nicht um seiner selbst willen; eine Behauptung, die geschmiedet ist in der Schmiede des Teufels, der die heiligen Absichten der Diener Gottes zu fälschen und zu verderben pflegt und die Seinigen anleitet, Alles von der möglichst schlechten Seite aufzufassen. Sie sagen auch, dass wir uns in der Mitte authalten und vom Ziel zurückbleiben, was sich zu ihrer Beschämung gegen sie selbst wendet, da sie nicht angefangen haben. Diese Leute sind keiner Antwort würdig, da sie die geistliche mit der weltlichen Erquickung gleich stellen und sagen, dass beide Selbstsucht (*amor proprio*) seien; wiewohl ich nicht weiss, ob sie einen andern Namen suchen werden für die Erquickung, die Einer beim Essen fühlt, die nothwendig ist zur Erhaltung der Gesundheit, denn, wenn Einem das Essen nicht gut schmeckt, so nützt es wenig; und ich weiss nicht, welchen Namen sie der ehelichen Treue geben werden, wenn sie die geistliche Erquickung Selbstsucht nennen, die, wie S. Augustinus sagt, die Grundlage alles Uebels ist, denn Niemand würde sündigen, thäte ers nicht aus Selbstsucht. Zu sagen, dass wir die geistliche Erquickung und den innern Wohlgeschmack nicht suchen dürfen, die wie eine Süssigkeit und Erfrischung sind, die die Andächtigen, ein jeder in seiner Art, empfinden; zu sagen, dass man diese Erquickung weder suchen darf noch auch, wenn der Herr sie gibt, zulassen: kann entweder eine teuflische oder eine menschliche Behauptung sein, und jedenfalls taugt sie nichts. Der Teufel pflegt schlechte Gründe zu suchen, durch die er die Gerechten von ihren frommen Uebungen abbringe, da er sie, wenn er sie ohne geistliche Erquickung sieht, leichter zu leiblicher verlocken kann; er weiss nämlich, dass die Seele, wie S. Gregorius sagt, nicht lange ohne Erquickung aushalten kann, und je mehr die geistliche abnimmt, desto mehr nimmt die leibliche zu, gemäss jenem Wort des h. Gregor. Es ist süss, menschliche Erquickungen zu haben, doch nicht für Jeden, sondern nur für den, der die himmlischen nicht gekostet hat, denn je weniger er die ewigen kennt, desto wonniger freut er sich der zeitlichen. Demgemäss scheint es mir sehr geschickt vom Teufel, dass er sucht, dich der geistlichen Erquickung abwendig zu machen, welche Brot für die Seele ist, damit er dich, wenn er dich ohne sie sieht, schneller besiege, da er dich in der Wüste vor Hunger verschmachtet findet wie David den Knappen des Amalekiters, und dich dergestalt leicht von der Strenge der Tugend abbringe. Auch menschlich kann jene Behauptung sein, die uns die Erquickung verweigert. Denn es pflegt zu geschehn, dass die Andächtigen diese Erquickung durch ihre Schuld verlieren, indem sie andere fremde zulassen, was hinreicht, dass ihnen jene entzogen werde, wie S. Bernhard sagt; und um die Seele, wenn sie trocken ist wie ein Land ohne Wasser, in ihrer Traurigkeit zu erquicken, sagen sie ihr, dass die Vollkommenheit nicht darin bestehe, dass man erquickt sei, denn dies sei Selbstsucht, sondern im Leiden. Als wenn sie so viel Tapferkeit hätten als Christus, der doch am Kreuze klagte, dass ihm die göttliche Erquickung genommen sei, die er sinnlich (*en la parte sensitiva*) zu empfinden pflegte; auch die Apostel wagten nicht Jerusalem zu verlassen bis dass sie den Geist, den Erquicker (Tröster *consolador*) empfangen hatten.« (CVII[a.b]).

Tract. 13 (O). Kp. 3. »Wenn der Religiöse wissen will, wie schädlich das mündliche Gebet denen ist, die sich der Beschaulichkeit ergeben wollen, so lese er den ersten Tractat des *Roseto*, und er wird sehn, von wie geringem Nutzen und wie schädlich das mündliche Gebet für die vorgeschrittenen Personen ist, weil es in ihnen Störung viel grösserer Vollkommenheit ist. Dies musst du aber von denjenigen mündlichen Gebeten verstehn, zu denen man nicht verbunden ist, denn das, wozu Jemand verbunden ist, darf er in keiner Weise unterlassen, auch wenn er zu sehr hohen Dingen gekommen ist. Doch kannst du es verschieben auf eine Zeit, wo dein Geist nicht mit herzinnigen (*entrañables*) Dingen beschäftigt ist, und wenn du es betest, so achte mehr auf den Geschmack der Worte als auf den Vortrag, denn du sprichst zu Gott, nicht zu den Menschen. Und entferne dich von denen, die, wenn du ihnen bekennst, beim Gottesdienst geschlafen zu haben, dir ein Ave Maria als Pönitenz aufgeben, und, wenn du ihnen sagst, dass du nicht ungetheilte Aufmerksamkeit auf den Text gehabt hast, weil du ihn im Herzen habest, Anstoss darin finden, und Beispiele und Gründe beibringen um darzuthun dass du in Täuschung seiest, indem sie sagen, du irrest in dem was sie nicht wissen. Es geschieht oft, dass diejenigen sich sehr eifrig für die Worte zeigen, die den Zweck derselben nie erreicht haben, welcher nach S. Augustin die Andacht ist (*devozion*), nach deren Erreichung die Worte zurücktreten müssen (*zesar*). Doch wenn sie pflichtmässig sind, so muss man sie aus Ehrfurcht vor dem Gelübde sagen, damit Gott nicht verliere bei seinen Gnadenerweisen und wir nicht aus der Demuth fallen, indem wir etwas Besonderes sein wollen und denken, dass die grossen Beschauungen uns der kleinen Obliegenheiten entbinden.« »Oft ist es besser, mit Andacht Gebete zu sprechen, als sich mit Lauheit der Beschauung zu widmen.« »Die h. Gedanken muss man nicht gleich fahren lassen, wenn man in ihnen keine Andacht (*devozion*) findet und diese im mündlichen Gebete findet, denn dies kann Täuschung sein und sehr grosse, die der Teufel bewirkt um uns von grösseren Dingen fernzuhalten; du musst nämlich wissen, dass man im ersten Jahre kaum Andacht findet in den h. Gedanken, aber nachher gibt unser Herr so grosse, dass man sie kaum verliert und dass sie fast den ganzen Tag über im Herzen bleibt, und man klar erkennt, dass ein Tag mit ihnen mehr werth ist als wenn du ein ganzes Jahr etwas herbetetest. Darum musst du ausharren in den h. Gedanken, wenn du dahin kommen willst, dass deine Gedanken von solcher Wirkungsfähigkeit seien, dass es dir scheine, du sehest mit den Augen was du im Herzen denkst, und dass dem innern und geheimen Gedanken der Seele die Affectionen so vollständig entsprechen wie du wünschest, so dass, wenn du etwas Trauriges denkst, sogleich dir die Thränen kommen, und wenn du etwas Heiteres denkst, du gleich voll Fröhlichkeit seiest, und wenn du etwas Erstaunliches und Grossartiges denkst, du vor Verwunderung ausser dir geräthst.« (CXVI[a. b]).

Kp. 4. »Die dritte Art des Gebets heisst das geistige oder geistliche (*mental o spiritual*), durch welches sich das Höchste unserer Seele reiner und inniger zu Gott erhebt auf den Flügeln der Sehnsucht und frommen Anhänglichkeit, getrieben durch die Liebe; die, je stärker sie ist, desto weniger Worte hat und bedeutungsvollere (*comprehensoras*) und treffendere, denn die Liebe, wenn sie eine wahre ist, weiss nicht Umschweife von zusammengesetzten Gründen zu suchen, sondern wirkt schweigend grosse Dinge, und weiss, dass sie, wenn sie von Geschaffenen sich trennt und sammelt sich zu Gott, von ihm gerne aufgenommen wird, und um so lieber, je gesammelter sie ist und je mehr sie glüht. Von denen, die so beten, sagt der Herr im Evangelium: Die wahren Anbeter haben den Vater in Geist und Wahrheit anzubeten, denn Geist ist Gott und es ziemt sich, ihn in Geist und Wahrheit anzubeten, und Solche wünscht er, dass ihn anbeten. Je grössere Uebereinstimmung stattfindet zwischen dem, der betet, und dem, zu welchem er betet, desto angenehmer wird das Gebet sein, so dass, da der Vater reiner Geist in sich selbst ist und schlechterdings nicht an Körperlichkeit theilnimmt, unser Gebet ihm um so angenehmer sein wird, je mehr es sich losmacht von der Imagination und selbst von den Gedanken des Herzens, denn dieselben können nicht erhaben genug sein, um nicht doch ziemlich niedrig zu sein im Verhältniss zum Herrn, aber die Begierden, die Gott nackt und ohne Körperähnlichkeit erfassen und die Liebe, die sich nicht um Worte kümmert, beten mit grösserer Reinheit zu Gott und in geistlicherer und unmittelbarerer Weise, denn die Seele, die so betet, sagt nichts als das des Hohenliedes (2, 16): mein Geliebter mir und ich meinem Geliebten. Man kann keine geistlicheren Worte sagen, keine gesammelteren, keine bedeutungsvolleren, keine, die den Zweck des Gebets denen, die es [das Gebet] empfinden, mehr erklärten. Das Grösste, was Gott an seinem Freunde thun kann, ist, sich ihm hingeben, und das Grösste, was der Mensch thun kann, ist, sich Gott hingeben; weil wir dies Letztere aber nicht vollkommen thun können ohne seine Gunst, darum sagt die Verlobte eher: »»mein Geliebter mir,«« als: »»ich meinem Geliebten.«« Man hat aber zu merken, dass dies Sichhingeben des Menschen an Gott und Gottes an den Menschen ein so vollkommenes Hingeben ist, dass Gott, wenn er sich hingibt, ganz und gar im Menschen zu sein scheint, ich will sagen, dass der Mensch, der Gott hat, wenn nicht der Glaube ihn erleuchtete, fast sagen würde, dass in ihm Gott ganz eingeschlossen sei und ausser ihm nicht dasei. Die Seele des Gerechten sieht sich zuweilen so Gotterfüllt, dass ihr scheint, dass die Kleinheit ihrer Brust ihm Schranken setze, so unbeschränkt er in Wahrheit sein möge. Die Hingabe, mit welcher manchmal die gesammelten Personen sich Gott geben, ist gleichfalls so reich, dass sie gar nichts für sich behalten, dergestalt, dass sie die Wahlfreiheit und den Willen (*eleczion i voluntad*) verlieren und durch das viele Gottgedenken und Gottergeben so ihrer selbst vergessen sind als wenn sie gar nicht dawären. — Von diesen drei Arten des Gebets sagt der Weise: siehe, ich habe es dir dreifach beschrieben (Sprüche 22, 20). Diese drei Arten erklärt die Interlinearglosse als: durch Wort, d. h. das mündliche Gebet, durch den Gedanken, d. h. das Gebet des Herzens, und durch die That, d. i. das geistliche Gebet der Sammlung, welches, wenn es ein wahres ist, die ersten beiden Arten so sehr überragt, wie die That das Wort und den Gedanken.« »Durch das erste Gebet vervollkommnet sich das Gedächtniss, durch das zweite der Verstand, durch das dritte der Wille.« »Zu Zeiten ist Einer mehr auf die eine als auf eine andre Art von Gebet angewiesen; manchmal fühlt er sich plötzlich mehr geholfen als er dachte, und dann wieder sinkt er so weit, dass er von vorn anfangen muss.« »Diejenigen, die vor dem Schlafen zu beten pflegen, gewöhnen sich so sehr daran, dass sie nicht einschlafen können, wenn sie nicht vorher gebetet haben, und die Seele, die gewohnt ist, sich zu sammeln, kann nicht in Schlaf übergehn ohne erst durch die Sammlung hindurchzugehn. Denn jene Ruhe (*quietud*), welche die Natur für das Schlafen anordnet, ordnet die fromme Seele für das Beten an. Zum Schlafen ist es nöthig das Herz zu sammeln und etwas Stille (*sosiego*) aussen und innen zu suchen, so dass die innern und äussern Sinne unbewegt bleiben, was Alles eine Vorbereitung zum Schlafen ist; es steht aber in der Hand des Menschen, diese Vorbereitung zuerst für das Gebet zu treffen. So schläft die Seele, in geistlichem und heiligem Schlaf, eher als der Leib. Es ist aber zu beachten, dass der leibliche und der geistliche Schlaf sich in einigen Dingen von einander unterscheiden. Jener erstere nämlich ist ein sanftes Leiden (*pasion suave*), welches die Natur stärkt und herstellt, indem es die natürliche Wärme vom Aeussern ins Innere zurückruft und anzieht, und die Wege und Stege aller Sinne durch den dicken Dunst versperrt, der von dem Unverdauten im Magen aufsteigt, in welchem die natürliche Wärme wirkt, die sich dahin zurückgezogen hat, und dann erholen sich die animalischen Kräfte des Menschen, indem sie aufhören thätig zu sein, und die natürlichen Kräfte sind angespannter und festgewurzelter (*intensas i radicadas*) in ihrer Thätigkeit, die im Schlaf stärker ist. Der Schlaf ist etwas Nothwendiges für den Leib, um das leibliche Leben zu erhalten, und der Seele des Vollkommenen ist der geistliche Schlaf ebenso nothwendig zur Erhaltung des Liebeslebens, das sie von Gott empfängt, mit einer sanften Ruhe (*suavidad quietativa*), die die Liebe ins Herz zurückzieht, damit sie wache und die Sinne schlafen für alles Geschaffene; und der von dieser Liebe verursachte Dunst, wenn er durch heilige Sehnsucht und Danksagung aufsteigt, versperrt nicht die Wege, sondern erweitert sie, damit die Seelenkräfte thätig seien und die natürlichen aufhören, und je mehr die einen aufhören und sich erholen, desto wonniger und wahrer sind die andern thätig im ganzen innern Menschen, der sich aufs Höchste stärkt und herstellt, in solchem Grade, dass er zuweilen ohne leiblichen Schlaf auskommt, weil der geistliche ihn ganz ersetzt hat, oder wenigstens, während er vier Stunden zu schlafen pflegte, sich mit einer begnügt, und beim Erwachen schnell zum Gebet zurückkehrt, was der nicht kann, der nicht vor dem Einschlafen Gebet gehalten hat, und es ist eine sichere und unter denen, die der Sammlung ergeben sind, viel erfahrene Thatsache, dass sie, je mehr Gebet sie vor dem Schlaf gehalten haben, desto schneller zu demselben zurückkehren, wenn sie erwachen; ja es kommt Etwas vor, das man kaum glauben wird, dass nämlich die Seele vor dem Erwachen zum Gebet zurückkehrt, auf eine wunderbare Weise, denn der Mensch wacht eher innerlich als äusserlich auf und kehrt, bevor er ganz wach ist, zum Gebet zurück, und zuweilen hat er es in seiner Gewalt, völlig aufzuwachen oder nicht, weil der Anfang der innerlichen Erwachung bestimmt unterschieden ist vom äusserlichen Erwachen, und dann bleibt die Seele in sich wie das lebendige Wasser, welches unter dem todten Eise ist, oder wie das Hühnchen, das im Ei lebt ohne dasselbe durchbohrt zu haben, oder wie Jona der Prophet, der im Bauch des Wallfisches war und von dort zum Herrn beten konnte.« (CXVI^b—CXVIII^b).

Kp. 5. »Die, welche im Leben der Sammlung vorgerückt sind, schütteln sich den Schlaf durch das blosse Sich-sammeln ab. Und diese sind weniger des Schlafs bedürftig; wenn ein Neuling sechs Stunden Schlaf braucht, so muss sich ein Vorgerückter mit fünf begnügen, die in dieser Uebung Vollkommenen aber pflegen den Schlaf zu verlieren, weil innen sie weckt was sie fühlen, wenn sie sich zu schlafen bemühn, und schlafen Tag und Nacht über kaum drei Stunden, aufwachend beim geringsten Geräusch von der Welt; und dieser Schlaf ist wie wenn Einer in Zügen trinkt, denn sie nehmen nicht den ganzen Schlaf auf einmal, und können dies auch gar nicht; denn unser Herr ergänzt ihnen durch die Gnade den Mangel an Schlaf, indem er uns alsdann vom Bedürfniss desselben befreit, wenngleich die Sinnlichkeit ein wenig unbefriedigt bleibt. Ich habe viele sehr gesammelte Männer gekannt, die viele Jahre mit weniger als drei Stunden Schlaf, Tag und Nacht über, verlebten; und kannte Einen, der im Vertrauen zu einem seiner besten Freunde sagte, dass er in siebzehn Jahren nicht so viel geschlafen habe als man in vier Monaten zu schlafen pflege; dieser übrigens hatte andere grössere Dinge und die man ihm ansah, da er sie nicht verheimlichen konnte, Jenes aber erfuhr Niemand, weil er sich sehr in seine Zelle verbarg, so dass man nicht wusste, ob er schlief oder ob er wachte. Selig die viel beten vor dem Schlaf, und beim Erwachen schnell zum Beten zurückkehren. Diese, nach dem Beispiel des Elia (1 Kön. 19, 5 f.), essen ein wenig, und schlafen und essen wieder ein wenig und schlafen wieder, und bringen auf diese Weise ihre Zeit zu, indem sie sich gleichsam zurücklehnen nach dem Abendmahl an die Brust des Herrn, wie das Kind an die Brust der Mutter, wo es, nachdem es Milch bekommen, einschläft, und wieder aufwacht und saugt, und wieder einschläft; und auf diese Art bringen sie, mit jenen herrlichen Unterbrechungen, die Zeit des Schlafes zu, die ihnen mehr als Gebet denn als Schlaf angerechnet wird, denn ihre Hauptabsicht war zu beten, und die meiste Zeit, die Andere verschlafen, wenden sie aufs Gebet, und auch jene selbe Zeit, während der sie schlafen, hat ihre Seele, wie sie merken wenn sie erwachen, in den Armen ihres Geliebten geschlafen.« (CXX[a. b]).

Tract. 14 (P). Kp. 3. »Wenn Martha, als der Herr zu ihr sagte, Maria habe das sehr gute Theil erwählt, ihm geantwortet hätte, dass der nicht aufhöre zu beten, der nicht aufhöre Gutes zu thun, wie sie, so hätte ihr der Herr erwiedern können, das sei wahr, allein mit mehr Aufmerksamkeit bete, wer sich nur mit Einem, mit Gott, beschäftige, als wer, wie sie, sich mit vielen Dingen zu schaffen mache, und so sei, wenngleich immer Gutes thun immer beten sei, doch dieses kein so vollkommenes als wenn der Mensch nur mit einem höchsten Gut, das Allen nothwendig, weil das Ziel Aller, ist, sich beschäftige, was ihre Schwester Maria thue, welche in grosser Ruhe zu den Füssen des Herrn gesessen sein Wort mit dem Ohr der Seele hörte. Darum sage ich, dass, wenngleich der, welcher immer Gutes thut, immer betet, doch ein solcher nicht so rein betet als wer lediglich mit den hohen Dingen

Gottes beschäftigt ist, denn der Sinn, der seine Aufmerksamkeit auf viele Dinge richtet, verliert in Bezug auf jedes derselben, und so muss der, der sich zugleich dem werkthätigen und dem beschaulichen Leben widmet, dem Einen nehmen, was er dem Andern gibt.« [Ueber Martha und Maria vgl. Th. 2. Tr. 5. Kp. 2, oben S. 237; *Spiegel der Reichen,* 25. Diese Auffassung der beiden Frauen als Typen für die *vita activa* und die *contemplativa* schon bei Gregor *expos. mor.* 6, 18 *in Iob; in Ezech.* lib. 1. hom. 3, lib. 2. hom. 14; vielleicht noch früher].

»Das was uns unter den nicht als Schuld anzurechnenden Dingen am meisten von Gott trennt ist der Schlaf, während dessen wir, da die Vernunft nicht thätig ist, nicht beten können; doch gibt es, wie ich in dem vorgehenden Tractat angefangen habe auseinanderzusetzen, Einige, welche zuweilen im Schlaf mehr Andacht empfinden als im Wachen; die Gnade des Herrn empfängt man mitunter besser im Schlaf als in der Nachtwache (*vijilia*), weil die Sinne des Menschen dann gesammelter sind, wie ein Heiliger sagt, doch glaube ich wohl, dass diess Niemand verstehn wird, als wer aus wahrer Erfahrung sagen kann mit der Verlobten: ich schlafe und mein Herz wacht.« [Vgl. Richard v. S. Vict. *in Cant. Cant.* 5, 2, wo er den Schlaf als den der Sinnlichkeit, des Fleisches fasst, das wachende Herz als die *ratio*]. (CXXIII—CXXIV).

Kp. 4. »Dasselbe ist Beten und Gottbegehren und auch das vollkommenste Gebet ist Gottbegehren. Was die Glosse (*ordin.* zu 1 Thess. 5, 17) sagt, dass der Gerechte nicht aufhört zu beten, wenn er nicht aufhört gerecht zu sein, soll entweder heissen, dass es dem Gerechten eigenthümlich ist, immer zu beten, oder dass des Menschen Gerechtigkeit und Güte selbst, die in den Kindern Gottes erscheint, gleichsam als ein Bild desselben, bei ihm die Kraft (*fuerza*) des Gebetes hat, sowie es ein fortwährendes Gebet für uns ist, dass sich der Sohn Gottes seinem Vater darstellt (*representazion*). Wenn andere Glossen die Schrift in diesem Fall anders erklären, so wird es zu Gunsten der weniger Vollkommenen geschehn um ihnen den Schrecken zu nehmen, der ihnen bei einem so vollkommenen Rath, wie der, immer zu beten, kommen kann.« (CXXIV^{h}).

Kp. 7. »Ausser dieser Traurigkeit, welche alle andächtigen Seelen zu haben pflegen, wenn ihnen die Andacht fehlt, gibt es eine andere, welche die zu haben pflegen, die der Sammlung folgen, und sie ist grösser als die erstbesprochene, manchmal tritt sie mit herzzerreissenden Seufzern auf und veranlasst den Menschen trübselige Oerter aufzusuchen, und wer sie hat, kann keinen Trost finden, weder viel noch wenig. Es ist sehr schwer zu sehn, woher sie kommt, denn sie verfinstert die Seele und nimmt das Herz ein, und sie scheint schwarze Flügel zu haben und dem Innern und dem Aeussern Trauer anzulegen, und bringt eine gewisse Ohnmacht (*desfalezimiento*) mit sich und der Mensch scheint dann sterben zu wollen, und bringt eine Art von Entsetzen und Verwunderung mit sich und zuweilen bewirkt sie Thränen ohne zu wissen warum oder warum nicht, und pflegen einige Personen, die dies haben, eine Art von Schatten oder Nebel oder Dunst zu fühlen oder mit den Augen der Seele zu sehn, der über das Haupt herabfällt, und ihnen Schrecken einflösst, da sie nicht wissen was das sei, und sie bemühen sich ihn loszuwerden als etwas Schlimmes, indem sie es für ein Phantasma erklären, und dies pflegt bei Nacht und bei Tage vorzukommen, im Hellen und im Dunkeln. Diese so starke und im Herzen wurzelnde (*intensa i raigada*) halte ich für besser als die erste, in Anbetracht der Person, die sie hat, und was du thun musst, wenn du sie bei deiner Sammlung empfindest, ist, sie für gut halten, denn sie ist Etwas, das man auf diesem Wege zu empfinden pflegt, und ihr dein Herz geben, indem du sie dir gefallen lässt (*tomando aplazimiento en ella*) ohne weiter zu denken was sie sein möge, doch brauche diese Vorsicht: thu weder davon noch dazu, sondern lass sie ihren Verlauf nach ihrem Willen haben, denn wenn du sie abschüttelst, so wirst du vieles Gute mit ihr abschütteln, und wenn du sie vermehren willst, so wirst du ihr viel von ihrem Werth nehmen und sie wird nicht mehr so gut sein; lass sie gewähren und thue nichts dabei als sie dir gefallen zu lassen (*poner un aplazamiento*) um ihr Raum zu geben zu wirken. Denn dies, glaube ich, meinte der Weise als er sagte: das Herz des Weisen wird da sein, wo die Traurigkeit ist (Prediger 7, 4). Er sagt nicht, dass er sie suchen wird, denn diese Traurigkeit können wir nicht suchen noch finden, wenn sie nicht kommt; ebensowenig sagt er, dass er sie vermehren oder fliehen wird, oder sonst etwas Anderes, als dass er da sein wird wo sie ist, indem er bei ihr allein weilen und sie begleiten will so lange sie dauern mag. Fürchtet deine Seele die Dinge, die von oben über sie herkommen, so musst du sie, nachdem du vorher gebetet und das Herz von Todsünde gereinigt hast, zwingen, sich nicht zu fürchten und zu entsetzen, sondern sich einer Todesgefahr auszusetzen und auf den Herrn zu vertrauen, der, da er für seine Feinde sorgt, besser für seine Freunde sorgen wird, und musst du das Herz gross machen, alle Furcht abwerfend und Raum gebend in deinem Willen Allem, was dir geschickt werden mag, des Glaubens, dass es von der Hand des Höchsten sein wird, der ein so treuer Freund ist, dass er, wenn er zuzulassen fände, dass uns ein Uebel zustiesse, machen würde, dass wir durch die Versuchung gewönnen und dass es nicht über unsere Kräfte gehe. Es kommen in der Sammlung oft Dinge vor, die mehr Stärke erfordern als die des Simson, und diese Stärke besteht in nichts Anderm als darin, zu wagen, sich den Dingen, die da kommen mögen, hinzugeben, im Glauben, dass sie von Gott kommen, was ein Jeder glauben muss, der seine Gebote hält, denn Solche behütet Gott als seine eigenen Kinder, indem er nicht zulässt, dass sie vom Widersacher im Geistlichen betrogen werden, wie bei Iob ersichtlich ist, dessen Seele der Herr dem Teufel nicht gestattete zu betrügen. Wie der Weise sagt: die Festung des einfachen Mannes ist der Weg des Herrn, Furcht sei denen, die übel thun (Sprüche 10, 29). Eine stärkere Festung und Zuflucht kann Niemand haben als die, den Weg Gottes einzuhalten und auf dem Pfade seiner Gebote zu gehn, denn Gott selbst hat seinen Weg gesichert, hinsichtlich des, dass, die ihn gehn, nicht betrogen werden sollen; und darum heisst er der Weg, der nicht irren kann, und Wahrheit, die nicht lügen kann, und geistliches Leben des Herzens, das ihm folgt, um nachher nicht sterben zu können. Die, welche das Ueble thun, sollen zagen und zittern und Furcht haben, aber, die den Weg des Herrn wandeln, sollen Kraft des Herzens gewinnen, um weiter zu gehn. Nur mit grosser Mühe werden die Ungeübten den Unterschied, der zwischen den beiden genannten Traurigkeiten besteht, erkennen können, wenn sie dieselben nicht gehabt haben, so gross er auch ist. Denn die Traurigkeit, die den Menschen befällt, weil er seinen Mangel an Andacht empfindet, ist schmerzlich und sehr unangenehm, ähnlich dem Gefühl derer, die nach Gold graben und keins finden; diese andere Traurigkeit der Sammlung aber ist eine stille (*quieta*), ohne irgend welchen Schmerz, sie bringt eine Art von Entkräftung (*desmayo*) mit sich und Liebe zur Einsamkeit, und ist liebenswürdig und hingebend (*devoto*), wennschon ihre Hingebung sich auf nichts Menschliches bezieht (*no se ordena a cosa humana*). Ueber diese Traurigkeit, die ich für die beste der Traurigkeiten halte, habe ich nichts gelesen, doch wollte ich ihrer erwähnen zum Trost derer, welche sie erreichen, oder besser gesagt, empfangen mögen, denn Gott verursacht sie in der Seele, ohne dass wir ihre Wurzeln gänzlich erreichen könnten. Drei Arten heiliger Traurigkeit kannst du annehmen, dass den Gesammelten zukommen. Die erste gehört den Anfängern, und kommt deshalb, weil man Gott beleidigt hat; die zweite, die der Vorgerückten, entsteht, weil sie nicht auf süsse Weise Gottes Gegenwart empfinden, da sie Reichlichkeit wünschen; die dritte ist die der Vollkommenen, und diese ist, wie gesagt, so geheim, dass man nicht weiss, woher sie kommt, doch meine ich, dass sie eine Art geistlichen Geschenks ist, das nur Gott, der es gibt, versteht.

Das Heilmittel gegen alles Dies und gegen viele andre Mängel, die du in deinem Herzen empfinden wirst, ist die Liebe, die alle Fehler beseitigt, alles Harte und wie Oel auf sanfte Weise alles Rauhe heilt, durch welche du immer deine Seele lenken musst, damit sie in Gott bleibe.« (CXXVIII^b—CXXIX^b).

Tract. 15 (Q). Kp. 1. »Die Sammlung ist eine Art von Umgestaltung (*transformazion*) in das, zu dem wir uns sammeln.« «Die die Passion des Herrn recht beschauen wollen, haben sich von allen andern Dingen zurückzuziehn und sich in sie allein umzubilden (*transformar*).« »Denen, welche sagen, dass die Philosophen diese Uebung der Sammlung erfunden haben, können wir antworten, dass sie darum nicht weniger vorzüglich ist, im Gegentheil, mehr, da dieselben ohne sie nicht Philosophen sein könnten, denn die Pforte der Weisheit ist die Sammlung, wie wir sehn, dass der leiblich und geistlich gesammeltere Studirende weiser wird, und dass diejenigen, welche von Hause aus verschwiegener sind und sich nicht in andre Dinge einmischen, in Allem, was sie lernen, besser unterrichtet hervorgehn. Und wenngleich vermittels der Uebung der Sammlung ein Philosoph eine Gabe des Herrn erreichen mag, so ist auch das keine Herabsetzung der Sammlung, und hört dieselbe deshalb nicht auf, eine mehr dem Christen als irgend wem sonst eigenthümliche Uebung zu sein, denn der Christ, der, wie Christus unser Erlöser sagt, den Vater im Geist und in der Wahrheit anbetet, muss die Sammlung in Vollkommenheit besitzen, indem er sich durch die Sammlung zu Gott allein hält und sich abwendet von allen andern Creaturen. Weshalb Christus wollte, dass in seiner Kirche die Menge Ceremonien des Gesetzes aufhörten, damit sie uns nicht Hinderniss würden uns zu sammeln; und darum sollen wir uns vollkommener der Sammlung hingeben als die Hebräer, da wir weniger als sie haben, wodurch wir uns zerstreuen könnten, wegen der Kürze des evangelischen Gesetzes, das von Christus auf nur zwei Gebote zurückgeführt ist, in denen, dem Keim nach (*virtualmente*), das Gesetz und die Propheten liegen, und auch darum müssen wir gesammelt sein, weil, wie ich sagte, die Ceremonien aufgehört haben und die Mannichfaltigkeit der Darbringungen und Opfer, was geeignet war auch die sehr Heiligen zu zerstreuen. Und es ist zu beachten, dass, wenn die Sibyllen und die Propheten oder Wahrsager der Heiden und die heiligen Propheten und die Patriarchen und andere Personen des Alterthums sich der h. Passion des Herrn hingegeben haben, sie beschauend und hochhaltend, dies der Passion zur Ehre gereicht hat, weshalb Christus das Lamm heisst, das von Anfang der Welt getödtet ward, denn als todtes beschauten sie es; viel besser aber wird es jetzt von den Heiligen des neuen Bundes beschaut, welche die ganze Sache vollkommen wissen und die ausführliche Art, in der sie sich zugetragen hat, und so ist diese Uebung der Sammlung, wenngleich seit Beginn der Welt in Gebrauch gewesen, doch jetzt vollkommener als damals und besser. Uebrigens ist zu bemerken, dass die grössere oder geringere Vollkommenheit der Sammlung sich nach dem bemisst, worauf sie sich richtet, und die Verschiedenheit ihrer Güte der Verschiedenheit der Dinge, auf welche sie angewendet wird, gemäss ist; diejenige, die sich zu Gott wendet, ist die vollkommenste.« (CXXIX[b]—CXXX[b]).

Kp. 2. »Könnte der Mensch mit Leichtigkeit die Augen gerade auf Gott heften, so würde er dieser Letra wenig bedürfen, sondern mit dem Psalmisten (25, 15) sagen: meine Augen sind stets auf den Herrn gerichtet. Doch uns, die wir keine Adleraugen haben, um ohne zu zwinkern in die Sonne zu blicken, thut es noth, die leiblichen Augen auf die Erde zu heften, damit die der Seele sich besser zu Gott sammeln können. Damit die Gesammelten den Rath, den ihnen diese Letra gibt, besser verstehen, müssen sie wissen, dass ihnen zu grösserer Förderung zwei Arten von Sammlung nöthig sind. Die eine muss eine allgemeine sein und die andre eine besondere. Die erste besteht in der Achtsamkeit über sein Herz, die man immer haben muss, wie Jemand, der den Zügel eines wilden Pferdes stets straff in der Hand hält, um es zurückhalten zu können; so dass diese allgemeine Sammlung ein stetes Achtgeben ist, indem man das Herz beschwichtigt und es verschlossen hält, und ein Unbekümmertsein um menschliche Dinge, denn der erste Stein, den man im Gebäude der Sammlung zu legen hat, ist eine geistliche Musse (*vacazion*), in der wir erkennen, dass unser Herz nichts zu thun hat als sich zu Gott zu wenden.« Obwohl die Musse und Ruhe der Seele den Prälaten und beschäftigten Leuten nicht so leicht erreichbar sei, so könnten sie doch Manches darin leisten, wenn sie nur so viel List und Erfindungskraft auf geistlichem Gebiet anwenden wollten als sie auf weltlichem gewohnt seien. »Diese allgemeine Sammlung und stete Musse des Herzens ist eine Gemessenheit (*mesura*) und Heiterkeit der Seele, die wie in Windstille beruhigt ist (*sosegada como en calma*), was immer eine gewisse Ehrbarkeit und ein zuchtvolles Verhalten (*conzierto disziplinado*) im Innern mit sich bringt, für welches man nothwendig auch das Aeussere sammeln muss, weil Eins dem Andern hilft. Und thust du irgend welche Handarbeit, so musst du doch nicht die Sammlung unterlassen, sondern dieselbe dabei, so weit irgend möglich, innen und aussen vornehmen, indem du in dir eine fortwährende Ertödtung bewirkst. Und wenn diese durch Uebung so wächst, dass du in den Dingen, die du vorhast, ungeschickt wirst und sie vergisst und nicht so gut verstehst wie früher; und findest du dich auch manchmal gänzlich unbrauchbar für die äusseren Angelegenheiten, so dass du den menschlichen Witz verloren zu haben scheinst und keine Kerze anzuzünden noch Feuer zu machen weisst, noch auch nur ein Stück Brot zu schneiden, so dass du Andere bitten musst, dass sie thun, was dir aufgetragen war: so lass dichs doch nicht Wunder nehmen und höre nicht auf, die allgemeine Sammlung festzuhalten, denn durch jenen Zustand geht die Seele nur hindurch, um nachher in Allem weise zu sein. Die besondere Sammlung ist, wenn du dich ins Verborgene zurückziehst, um zum Herrn im Stillen recht zu beten, mit vollständiger Unterlassung aller anderen Beschäftigungen und Geschäfte, um dich lediglich der blossen Sammlung hinzugeben ohne zugleich für Anderes zu sorgen. Und dann musst du denken, dass du für alle andern Dinge todt bist und dass sie dich nichts angehn und du sie nichts, und bitte und heisse sie, dich alle zu lassen als hätten sie dich nie gekannt, und sage ihnen allen: geht fort von mir, denn ich bin nicht der, den ihr sucht; weder will ich jetzt euch, noch mögt ihr mich wollen; genug, dass ihr mir zu andern Zeiten beschwerlich werdet, jetzt lasst mich ganz und gar. Bei dieser besondern Sammlung musst du dich zwei Stunden ins Herz zurückziehn und von allem Geschaffnen entfernen, eine Vormittag und die andre Nachmittag, zur ruhigsten Zeit, die du finden kannst; und wenn du im Stande bist, dich auf längere Zeit zum Gebet ins Verborgene zurückzuziehn, desto besser; aber auch, wenn du nicht zwei Stunden besonderer Sammlung haben kannst, so sei es wenigstens eine, gut benutzte, wenn du am wenigsten beschäftigt bist, indem du sie so, wie dir gut scheint, vertheilst.« Diese besondere Sammlung können und sollen die Prälaten üben, und beide Arten die Reichen, die ja genug Zeit haben. Osuna weiss Beispiele grosser Kaufleute, die sich trotz ihren Geschäften der Sammlung hingegeben und es ausserordentlich weit darin gebracht. Der Reiche, der seine Mittel im Dienste Gottes verwende, fühle sich durch sie, wie der h. Ambrosius sage, nicht behindert zu Gott zu kommen. »Die beiden Arten von Sammlung, die du gesehn hast, sind dir sehr nöthig, wenn du auf diesem Wege weiter kommen willst. Einige sagen, die besondere Sammlung sei nothwendiger, Andere die allgemeine, mir indessen scheint es, dass du dir beide musst sehr angelegen sein lassen, zuerst aber die allgemeine, weil sie der besonderen dient, denn in das besondere Gebet wirst du so, wie du dich ausser demselben bewahrt hast, eintreten. Und um die allgemeine Sammlung besser halten zu können, achte auf den Rath unserer Letra, welche dir sagt, du sollest die Störung fern halten, und eine eigne Weise sie fern zu halten angibt, nämlich, dass du die Augen auf die Erde heftest, denn, da sie die belebtesten Thore unserer Seele sind, musst du sie vornehmlich hüten. Es heisst nicht, dass du sie auf die Erde richten, sondern dass du sie auf die Erde heften sollst, mit unverwandtem Blick (*estando mirando de hito*), wie Leute, die selbstvergessen und fast ausser sich und ohne sich zu verändern benommen sind (*sin mudarse están envelesados*). Einige finden sich vorbereiteter für die Sammlung, wenn sie die Augen geschlossen halten, doch ist es, da sie das Gerede der Leute vermeiden müssen, besser, wenn sie, wo sie sich unter Andern befinden, die Augen mit Aufmerksamkeit auf die Erde heften, indem sie sie auf eine Stelle des Bodens richten, die nichts Besonderes hat oder wenig, damit die innere Phantasie minder verändert werde, indem sie weniger Imaginationen inne hat; und so kannst du auch beim Gespräch von Vielen sehr gesammelt bleiben, wenn du, wie gesagt, die Augen niedergeschlagen und fest auf einen Ort gerichtet hältst, und je dunkler und schwärzer der Ort ist, desto mehr wird der Blick festgehalten und darum desto weniger zerstreut das Herz sein. Denn wie geschrieben steht: Erhebung der Augen ist Ausdehnung des Herzens (Sprüche 21, 4), und umgekehrt ist ihre Sammlung Einung (*union*) des Herzens, damit es, mehr geeint in sich, mehr Kraft habe für das Nahen zu Gott.« Man soll wie die Schnecke wandeln, wie die Schildkröte, die gar gesammelt unter ihrer Schale geht. Durch die Augen ziehn die Dinge ein, die der Sammlung am meisten schaden. »Ein Beispiel dieses Raths, den unsere Letra dir gegeben, kannst du dir an unserm Erlöser nehmen, der am Kreuz sein Haupt neigte, um den Geist seinem himmlischen Vater zu senden, und so musst du, wenn du in dem Kreuz der Liebe, welches die Sammlung ist, verharren willst, das Haupt neigen und die Augen auf die Erde heften, um so deinen Geist reiner und unverwickelter zum himmlischen Vater senden zu können, der im Innern deines Herzens wohnt und im Geiste angebetet sein will.« (CXXX^{b}—CXXXII^{b}).

Kp. 3. Durch Niederschlagen der Augen zur Erde werden nur die vielen alltäglichen Störungen der Sammlung beseitigt, ausser denen es aber noch unzählige andere gibt. Besonders Speise und Schlaf sind zu beachten. Nach Verweisung auf Esau Hebr. 12, 16 heisst es: »stets leite dich das Bedürfniss und die Vernunft, und nicht die Gefrässigkeit und die Esslust, denn wenn du die Sammlung fortsetzest, so wird eine Zeit kommen, wo du die Lust zu essen verlierst und wo es dir, wenn du issest, nicht schmeckt, und zwar nicht wegen Krankheit, sondern weil, nachdem man den Geist geschmeckt, alles Fleisch unschmackhaft ist; und bedürftest du dann irgend etwas Delicates oder Appetiterregendes, so suche nicht ängstlich danach, sondern befiehl die Sache dem Herrn, und glaube mir, dass dir dann nichts, was du wünschen magst, fehlen wird, wenn der Wunsch gemässigt ist.« Für gewöhnlich soll man die ärmlichste Nahrung wählen, und die am leichtesten zu verdauende; soll vermeiden, was, wie z. B. Gewürze, Knoblauch, Zwiebeln, einen Nachgeschmack hinterlässt, damit man nicht nachher beim Gebet belästigt werde, bei dem man, ohne an irgend etwas Menschliches erinnert zu werden, wie ein Engel Gottes sein soll. Alle Gerüche, sowohl gute als schlechte, bleiben wo möglich fern; ist das nicht erreichbar, so sind gute vorzuziehn, nicht wegen des Vergnügens, sondern weil von den schlechten Gerüchen die reinen Menschen zu einer Art von Indignation provozirt und so beunruhigt werden. Man muss möglichst wenige Male essen, jedesmal den Mund ausspülen, immer die Zähne rein halten. Den Wein mit viel Wasser mischen, die kalten Speisen den warmen vorziehn. Was den Fleischgenuss betrifft, so wird jeder der Sammlung Beflissene das ihm passende Maass, zwei Unzen oder etwas mehr oder weniger, in ein paar Monaten selbst ausprobirt haben. (CXXXII[b]—III[a]).

Tract. 16 (R). Kp. 2. »Das *caelum empyreum* ist der Ort der Seligen, in welchem die Engel geschaffen und aus dem die Teufel hinausgeworfen wurden, und ist die Liebe, die für die Guten und Gerechten besonders aufbehalten wird.« (CXXXIX[b]).

Kp. 4. »Es ist nöthig, dass wir dies ganze Bisschen Liebe, das wir haben, ihm [Gott] allein zuwenden, damit wir uns desto schneller in seiner h. Liebe umbilden (*trasformemos*).« (CXLII[b]).

Kp. 7. Indem die Jünger Jesum baten, sie beten zu lehren, wie auch Johannes die seinen gelehrt habe (Luk. 11, 1), baten sie den Herrn ohne Zweifel um etwas, das er wünschte ihnen zu geben, nämlich eine Gebetsform, — »worin sich die Unterwürfigkeit der Liebe zeigt, welche nie etwas bittet ausser dem, was, wie sie merkt, der Geliebte geben will. Und in dem Dazwischenstellen des h. Johannes, der das Angenehme bedeutet, zeigt sich, dass die wahre Liebe nur zu dem Zweck bittet, um angenehmer zu sein und besser zu dienen. Diejenigen, die Jemanden sehr lieben, bitten denselben manchmal um etwas, wovon sie wissen, dass er den Wunsch hat, es zu geben; nicht weil sie Jenes nöthig haben, sondern weil sie wissen, dass ihr Freund, dem sie angenehm zu sein wünschen, Lust hat, es zu geben; wie z. B. wenn Jemand ein Werk verfasst hat, wir ihn, ihm zu Gefallen, darum bitten, obgleich wir desselben nicht bedürfen, und, bedürfen wir es, mehr daran denken, ihm einen Gefallen zu thun, als an unser Bedürfniss. Auf diese Art sollten wir uns zu Gott verhalten, wenn wir ihn vollkommen liebten, denn um seine Gaben sollten wir mehr ihm zu Gefallen als uns zu nützen bitten. Und so oft wir das thun, lasst uns S. Johannes als Mittler dazwischenstellen, wie die Apostel thaten.« (CXLVIII[b]).

Kp. 9. »Wecke in dir die natürliche Liebe, die du zu deinem Gott hast, damit du dann ohne Mühe liebest und die Seele dir mit grösserem Verlangen ihm nach gehe als das Kind seiner Mutter nach; was du wirst erreichen können, wenn du dich gewöhnst, aus allen Dingen die Liebe zu entziehn und sie jenem undenkbaren (*no pensable*) Gott zuzuwenden, der dir gegenwärtiger ist als du selbst bist.« (CLI[b]).

»David gibt den Grund seiner Freude an: denn der Sperling hat sich ein Haus gefunden und die Turtel sich ein Nest, wohin sie ihre Jungen bringe (Psalm 83, 4). Dieser Sperling ist das Herz, das er vorher (V. 3) nannte, und muss derselbe einsam sein (Psalm 102, 8), wie S. Augustin annimmt, weil er Gott allein zu suchen hat, sich aufs Dach setzend, d. i. sich durch Sehnsucht über alle Dinge erhebend, denn das Haus, auf dessen Dach er sich zu setzen hat, ist diese Welt, die in Vergessenheit dahinten gelassen werden muss mit dem Apostel [Phil. 3, 13. 20], um die göttliche Wohnung und den himmlischen Wandel zu erlangen. Turteltäubchen heisst hier unser Fleisch, wenn es gezähmt ist, wie die Glosse erklärt, weil die Turtel sich mit einem Gatten begnügt, und so sucht das Fleisch derer, die Gott in hoher Weise lieben, nichts als nur seine Gottheit, in welche sie ihre Gefühle und Wünsche und Neigungen bringen, die wie kleine und schwache Junge sind.« (CLIII[a]).

Kp. 10. »Von dem, was du thun musst, um diese Liebe zu suchen. Das Erste ist, uns zu entfernen von aller Sünde, auch der lässlichen, denn der wahre Liebende bemüht sich, alle Kränkung (*ofensa*) zu fliehn, mit Rücksicht nicht auf die Strafe, die ihm zukommt, sondern auf den Geliebten, der durch jedes Schlechte, kleines und grosses, gekränkt wird.« (CLIII[b]).

»Je mehr Gnadengüter du in dir siehst, halte sie für Zeichen von so viel mehr Liebe; siehst du Schlechtes, so beweine hauptsächlich den Mangel an Liebe, und den musst du zuerst abstellen, da er Wurzel aller andern Uebel ist, denn die Wurzel ists, für die der gute Gärtner am besten sorgt. Obgleich man sagt, dass die einen Sünden aus Schwachheit, und andre aus Unwissenheit, und andre aus Bosheit hervorgehn, würde man doch besser sagen, dass sie aus Mangel an Liebe zu Gott hervorgehn, indem die Nächstenliebe (*caritas*) erkaltet ist, denn nimmt die Liebe zu, so nimmt die Bosheit ab, und unsere Tugend strengt sich an bis die Sache nicht mehr schwer ist, und unsere Unwissenheit wird erleuchtet, weshalb die Liebe Gottes ehrenvolle Weisheit heisst (Sirach 1, 14 Vulg.), denn weil die Liebe unsern Verstand (*entendim.*) erleuchtet (*alumbr.*), wird sie in der h. Schrift dem Feuer verglichen, und kam der h. Geist in Feuerzungen, um zu verstehn zu geben, dass er entflamme und unterweise, gemäss dem, was geschrieben steht [Klagel. 1, 13. Vulg.]: er sandte Feuer in meine Gebeine und unterwies mich. (CLIV[a]).

Tract. 17 (S). »Folge dein Leib Jesu, und seiner Gottheit deine Seele.« Kp. 6. »Zwei Gründe bewogen mich, diese Letra in dies dritte Alphabet zu bringen. Der erste war, weil ich Viele gekannt habe, welche, nachdem sie dem Wege der h. Passion, gemäss dem ersten Alphabet, gefolgt waren, denselben verlassend, angefangen hatten, sich in dieser andern Beschäftigung zu üben, und die nun, wenn es ihnen dabei nicht so gut ging, wie sie wünschten oder dachten, gleich das Frühere beweinten und sich Verirrte nannten, weil sie die h. Passion verlassen und sich in unverständliche Dinge eingelassen hätten. Ueber diesen Tausch und die grosse Umsicht, mit der er vorgenommen werden muss, wird an einem andern Orte gesprochen werden, jetzt ist nur ein Heilmittel für den schon geschehenen zu geben, und liegt dasselbe in dieser Letra, welche Solchen den Rath ertheilt: sie sollen zum Ersatz dafür, dass sie aufgehört der h. Passion mit dem Gedanken zu folgen, derselben mit dem Leibe folgen, indem sie sich derselben im Aeussern mehr als sie gewohnt waren anschliessen, zur Ehre derselben alles Uebel, das begegnen mag, ertragen, und sich ihr so sehr sie können gleichförmig verhalten; und was das geistige Gebet (*orazion mental*) betrifft, so setze man die schon begonnene Uebung fort. Und wer es so macht, der wisse, dass er Nichts verloren hat, sondern dass es ihm vielmehr besser gehen wird als vordem, wenn er es näher erwägt. Der andere und vornehmliche Grund, der mich veranlasste, diese Letra hier anzubringen, ist, dass es Viele gibt, die, wenn sie Geschmack finden an den geistlichen Dingen, sogleich die Büssungen und Kasteiungen, die sie bis dahin vornahmen, unterlassen; ich glaube, in der Meinung, dass sie nicht Alles können werden oder dass sich nicht Alles verträgt, oder weil sie das Frühere für sehr wenig verdienstlich halten, oder denken: ihnen genüge der Kern oder das Mark ohne die Hülle, oder zur Vermeidung der Ruhmredigkeit, die aus den äussern Werken hervorzugehn pflegt, oder um ihre Kräfte zu sparen für die Uebung in dem, was ihnen mehr zusagt, und weil es überhaupt ihr Wille ist, das erste zu lassen und das zweite zu ergreifen. Bei Abweisung aller dieser Beweggründe müssen wir voraussetzen, dass wir mit Personen reden, welche die grösste Vollkommenheit wünschen und wollen, die sie haben können, und müssen ferner voraussetzen, dass im gegenwärtigen Leben Niemand von den blossen Wanderern einen solchen Grad von Vollkommenheit erlangte, dass er sagen dürfte, einen grössern könne man nicht erlangen,

— ich nehme unsere Frau aus, von der es Viele zugeben, alle Andern aber können täglich in sich weiter kommen so lange ihnen der freie Wille (*lib. arbitr.*) bleibt.« Die zweite Hälfte der Letra zu befolgen, und die erste, aus Besorgniss, sich aufzureiben, unterlassen, sei Kleinmuth; Gott werde für Beides Kraft geben. »Sagt ihr, dass ihr das Mark habt und die Hülle nicht wollt, so solltet ihr lernen, dass jenes ohne diese sich nur ganz kurze Zeit aufbewahren lässt, und dass es, da Gott keine Frucht gemacht, die nicht vom Einen und vom Andern hätte, ein Zeichen ist, dass er will, dass wir es Alles haben.« (CLXIII^{a}—IV^{a}).

Kp. 7. Indem er die Bestandtheile der Statue, von welcher Nebukadnezar träumte (Daniel 2), zur Charakterisirung der Zeitalter der christlichen Kirche anwendet, sagt er: »Heutzutage gibt es eine Art von Heiligkeit, welche, ausserdem dass sie in der Kirche keine Frucht bringt und kein [gutes] Beispiel gibt, das Eisen der Geistesstärke und den Thon der menschlichen Schwachheit verbindet, während das Fleisch und der Geist sehr entgegengesetzte Dinge sind; und sagen sie, dass Erholung (*relajazion*) und Andacht (*devozion*) zusammen wohnen sollen. . . Es gibt Einige, die sich geistlich (*spirituales*) nennen, die hierin so verirrt sind, dass sie diejenigen, die ihnen Armuth und Strenge vorhalten, gänzlich vermeiden und fliehn; und, was noch schlimmer ist, sie halten die Andern für Personen, die für die Herzenssachen keinen Geschmack und nicht die Freiheit des Geistes erlangt haben.« (CLXIV$^{a.\,b}$). Er dagegen ermahnt auch den, der einen hohen Flug in der Heiligkeit genommen habe, sich vor seinen Brüdern in irgend einer Bussübung auszuzeichnen, geringe und rauhe Kleidung zu wählen, oder karge und grobe Nahrung, oder ärmliches und hartes Lager, oder, wenn man wegen seiner Schwachheit nichts hiervon selbst durchführen kann, doch Andere, die es thun, zu loben; und erinnert an den Rath Bonaventura's, der ermahnt, die Annehmlichkeiten, die man erlaubter Weise geniessen dürfte, zu lassen, z. B. Früchte und andere Leckereien, die Jene essen, die zügellos leben. (CLXIV^{b}).

Tract. 18 (T). Kp. 2. »Dieses Sinnen (*meditazion*) betrifft keine Dinge, die sich aussprechen lassen, und deshalb sagt David (Psalm 77, 7) nicht was er sann, sondern sagt, dass es in der Nacht geschah, von der er anderswo [vgl. Tr. 4. Kp. 5, oben S. 247] sagt, sie sei seine Erleuchtung (*alumbram.*) in seinen Ergötzungen, und dies, weil in dieser geheimen Sammlung und Richtung des Strebens auf Gott allein die Seele sich insgeheim ergötzt auf eine ihr selbst sehr klare Weise, und darum nennt er sie Erleuchtung, und weil er Andern dies nicht auseinandersetzen noch erklären kann, nennt er sie Nacht.« (CLXVIII^{b}).

Kp. 3. »Die Vollkommenen gehn höher über sich, ihre Stille ist von anderer, vollkommnerer und wirksamerer Art, ihre Hoffnung hat mehr Stärke und dauert länger in der Seele, die nach jedem Schritt das, was sie wünscht, zu finden denkt. Es ist eine schwierige Sache, den Unterschied zu verstehn zu geben, worin diese Dritten über die Zweiten hinausgehn. Zu den Zweiten wurde gesagt, dass sie über sich gehn sollten zum Herzen aus den Nachlässigkeiten und Zerstreuungen, um geistliche Stille, auf die Gnade des Herrn zu harren, halten zu können; und zu diesen Dritten sagen wir, dass sie über sich gehn sollen aus sich. Denn etwas Anderes ists, zu sich kommen, etwas Anderes, über sich gehn (*tornar a si mesmo, — sobre si mesmo*); damit Einer über sich gehe, ist es nöthig, dass er erst bei sich sei (*consigo*), da er auf sich den Fuss zu setzen (*se ha de hollar*) und eine Leiter aus sich zu machen hat, um über sich zu gehn. Dergestalt, dass dieses Ueber-sich-gehn mit der Sammlung eine verdoppelte Thätigkeit der Seele verbindet, indem diese, ausserdem, dass sie sich sammelt, zu der Sammlung ein sie Ansehn hinzufügt, wie wenn Einer auf seiner Hut ist und Acht gibt auf das, was er thut, nicht in Zerstreutheit, sondern mit Ueberlegung; nämlich bei dieser zweiten Thätigkeit wird die Stille nicht aufgegeben, sondern es kommt hinzu, dass der Mensch sieht, dass er schweigt, wie wer vorsätzlich schweigt und mit einer gewaltsamen Beharrlichkeit. Denn dies erfordert Gewalt, die der Mensch sich thun muss, um das Himmelreich an sich zu reissen [Matth. 11, 12]; und Manche thun sich zuweilen so grosse Gewalt, dass sie starke Kopfschmerzen bekommen, und steigt dann eine Feuchtigkeit auf die Augen herab, sei es wegen der Ermattung, die der Kopf fühlt, oder wegen der Zurückdrängung der Lebensgeister, die daraus hervorgehn muss. Jenes, was wir gesagt haben, kann man nicht lange Zeit neben der Sammlung aushalten und will es mit Vorsicht angewendet sein; nämlich wenn man merkt, dass der Kopfschmerz zunimmt, muss man abstehn und nachlassen, und sich begnügen mit der einfachen blossen Sammlung allein, und als Mittel gegen jene Ermattung muss man keine der Kräfte der Seele und keine der Sinne gebrauchen und auf Nichts die Aufmerksamkeit richten, was es auch sein mag, sondern eine Weile wie in ruhiger Windstille (*calma quieta*) verbleiben, so dass das Herz wie eingeschlafen sei, und auf diese Art wird bald dem Kopfschmerz abgeholfen, der im Gebet entsteht. Was sollen wir sagen von der Gnade, die man in dieser verdoppelten Uebung zu empfinden pflegt! Es entflammt sich durch diese Uebung der Wille in dem Grade, dass man innen in der Brust ein Feuer fühlt, so wohlthuend, dass es sich nicht sagen lässt, ein Feuer, gar ähnlich dem hienieden, nur dass es keinerlei Schmerz macht, sondern vielmehr so wohlthut, dass man stets mit ihm Herz und Sinn (*las entrañas i el corazon*) zu entflammen wünscht. Der Verstand ist dabei so erleuchtet und aufgeklärt (*ilustrado i esclareszido*) als wenn er den Schlüssel des Wissens bei sich hätte, doch scheint dies Wissen, das er hat, zusammengedrängt und abgekürzt zu sein in einen einzigen gar sinnreichen Spruch oder Ausdruck (*incluido i abreviado en una sola razon o palabra mui sentenziosa*), denn dies Wissen ist nicht ausgebreitet noch auch zerstreut es das Herz, kommt auch nicht auf dem Wege der Offenbarung oder thörichter Gesichte, sondern die Einsicht (*intelijenzia*) befindet sich derart aufgeklärt, dass, wenn Solche dann von Gott reden oder an ihn denken oder über ihn schreiben, sie dann in Schnelle grosse Wahrheiten ohne Schwierigkeit sagen. Das Gedächtniss ist heiter, ohne sich zu verschiedenartigen Dingen zu bewegen, und zugleich scheint es dabei, dass es ihm leicht sein würde sich an Jedwedes zu erinnern, wenn es darauf achten wollte. In der Brust und zuweilen im ganzen Menschen fühlt man, wie der Lebensgeist selbst und die Kräfte des Menschen sich nach innen zurückziehn, und, was mehr ist, man fühlt eine bewundernswürdige Fülle, mit der die Seele sich ausdehnt, wie ein Handschuh, wenn man hineinhaucht, und insbesondere die Brust haben Einige so voll gefühlt, dass sie dieselbe über ihr Maass wachsen sahen, um der Gnade Raum zu geben, und bei der Erweiterung thut sie nicht weh, im Gegentheil, je mehr sie sich erhebt, desto wonniger ists, denn die Salbung, die ihr ertheilt wird, macht, dass sie sanft nachgibt. Zu diesen Dingen kommen die Leute nicht mit Leichtigkeit und gibt sie der Herr nicht so schnell, denn zuvor müssen sie viele Jahre geistigen Gebetes zubringen, für welches man die gegenwärtige Vorschrift brauchen soll, nämlich viel über sich zu gehn. Und damit du sehest, was hiedurch zu der Sammlung hinzukommt, so bedenke, dass ein Weinberg manchmal geschützt wird durch die Furcht vor dem Hüter, denn wenn sie glauben, dass er darin ist, so gehn die Diebe aus diesem Grunde nicht hin, und thun sie es doch, so sieht er sie von Weitem und kommt gelaufen, um sie hinaus zu jagen, andre Male aber ist er gegenwärtig, seinen Weinberg zu bewachen, und sagt den Räubern, ehe sie hineinkommen, dass sie draussen bleiben sollen. Der Weinberg, wie der heilige Bernhard sagt, ist unsere Seele [z. B. *in cant. sermo* 60. 63], der Hüter, der ihn bewacht, ist die Fürsorge der Sammlung, die aus Erfahrung gefürchtet wird (*temido*) von der Räuberbande, den Gedanken, welche, weil sie oft hinaus geworfen sind, nicht so häufig wieder kommen. und die Fürsorge bemüht sich nicht so sehr, da jene nicht so zudringlich sind, so dass die Fürsorge ruhig ist mit friedlicher Stille, die die Seele gesammelt hält. Doch fällt es vor, dass die Gedanken kommen und eintreten, weil der Hüter, die Fürsorge, nicht da ist, oder ohne aufzupassen schläft; heimlich treten sie ein, fangen an, die Frucht der Seele zu stehlen; dann eilt der Hüter schnell herbei und ruft: nicht weiter, nicht weiter! Anders würde er Wache halten, wenn er Acht gäbe wie ein Posten mit wacher Umsicht, um den Schaden zu verhüten, wie die heiligen Thiere, von denen es heisst, dass sie ringsum voll Augen waren (Ezech. 1, 18), um sich in Acht zu nehmen, wie der that, welcher sagt: Auf der Wache des Herrn stehe ich immerfort des Tages und auf meiner Warte stehe ich alle Nächte (Jes. 21, 8). Hierüber sagt die Glosse (bei Osuna spanisch): *in contemplatione positus, diebus ac noctibus paratus audire et loqui quae praeceperit.* Um diesen Ausspruch des Propheten etwas mehr zu erklären, ist zu bemerken, dass des Herrn Wache Sammlung ist, denn die Ergebenen (*devotos*) sammeln sich zu keinem andern Zweck als um besser nach Gott auszuschaun; auf dieser Wache stehn ist viel über sich gehn, wie ich ausgeführt habe. Dass er stehe, sagt er wegen der göttlichen Stille, die den Menschen aufrichtet und ihn mehr aus der Nähe die Dinge Gottes hören lässt; wie eine Quelle, die, wenn man sie einschliesst, in ihren Röhren wächst, so steigt die Seele, wenn die Sinne verschlossen werden, in der Stille höher und steht erhoben zu Gott. Dergestalt Tage und Nächte stehn, kann man buchstäblich auffassen, weil die Ergebenen diese Beschäftigung niemals vorsätzlich aufgeben sollten, und unser Buchstabe hebt dies sehr hervor in jenem Wort, welches uns nicht nur antreibt, viel über uns zu gehn mit aufmerksamstem Streben und grosser Lebhaftigkeit des Herzens, sondern auch sagen will, dass wir dies viele Zeit anstellen, indem wir Gott allein lebhaft und eindringlich im Gedächtniss halten, gemäss dem, was der Abt Isak sagt [stimmt abgesehen von ganz unbedeutenden Veränderungen mit Alberts des Gr. libellus *de adhaerendo deo* c. XIII; bei Osuna spanisch]: *Cum mens . . . ad deum, in quo solo semper defixa debet esse intentio spiritualis hominis* [*monje*], *respiraverit, cui ab illo summo bono vel parva separatio mors praesens ac perniciosissimus interitus est credendus, praemistaque fuerit tranquillitate fundata, vel ab omnium carnalium passionum nexibus absoluta, et illi uni summoque bono tenacissima adhaeserit intentione, apostolicum illud implebit: sine intermissione orate* [1 Thess. 5, 17] *et in omni loco levantes puras manus sine ira et disceptatione* [1 Tim. 2, 8]. *Hac enim puritate, si dici potest, sensu mentis absorpto ac de terreno situ ad spiritualem sive angelicam similitudinem transformato, quicquid in se receperit, quicquid tractaverit, quicquid egerit, purissima atque sincerissima oratio erit.* Dies sagt der heilige Abt Isak, um uns aufzufordern zur Nachahmung der Hirten, die in derselben Gegend, wo der Erlöser geboren ward, sich aufhielten und, indem sie die

Nachtwachen über ihre Heerden wachten und aufpassten [Luk. 2, 8 *vigilantes et custodientes*], nicht allein wachten, sondern wachten und aufpassten. Wer gesammelt ist, wacht des Nachts über die Heerde seiner Sinne, um die schlechten Gedanken, die ihn zu beunruhigen kommen, wegzujagen, aber er muss darüber hinaus gehn, indem er sieht, was er thut; er beobachte, dass er wacht, gehe nicht wie abgestorben (*mortezino*), was wenig ist, sondern zu sammeln hat er sich, worin das Wachen besteht, und über seine Sammlung hinauszugehn, damit sie durch Umsicht und Beobachtung lebhafter und sorgsamer sei, denn so wird er wachen und aufpassen. Und merke, dass aus der ersten Sammlung das Zweite hervor zu gehn pflegt durch neue Gnade, welche hinzukommt, damit die Seele über sich gehe, und soll sie mit Sorgfalt dies bewahren und fördern. Um diesen dritten Punct mehr aufzuhellen, beachte, dass er sich gründet auf die vollkommene Sammlung, und das Zweite, welches mitwirkt, eine lebhafte Aufmerksamkeit auf die Sammlung selbst ist, und das Dritte das blosse Gedenken an Gott allein (*memoria de dios*), so dass wir ihn uns vergegenwärtigen (*presenzialmente nos acordemos del*) ohne einen andern Umstand. Und dies bewahre so sehr du kannst, denn, wenn du das übst, wird es in dir gar gute Dinge hervorbringen, und hat Gott dir durch Erfahrung grosse Dinge zu zeigen, nach Jenem des Weisen: Er richtete ihr Auge [*el ojo dellos: oculum suum*] auf ihre Herzen, ihnen zu zeigen die Grossthaten seiner Werke, damit sie den Namen seiner Heiligung loben (Sirach 17, 7. 8). Dies sagt der Weise von unsern ersten Eltern, indem er uns die Vollkommenheit ins Gedächtniss ruft, in die unser Herr sie setzte, und die grosse geistliche Uebung, die er ihnen gab; denn der Weise redet nicht von den leiblichen Augen, da er die Einzahl gebraucht, sondern von dem, von welchem der Herr sagt: Wenn dein Auge einfältig sein wird, so wird dein ganzer Leib hell sein (Matth. 6, 22). Dieses Auge, welches eine gespannteste Aufmerksamkeit (*atenzion o intenzion atentisima*) ist, muss auf unsere Herzen gerichtet sein, wenn wir die im Stand der Unschuld irgend nachahmen wollen; und es ist wichtig für uns, dass wir uns bemühn, nachzuahmen, denn einerseits gibt uns Gott mehr Gnade als ihnen, wiewohl wir andererseits der Gunst der ursprünglichen Gerechtigkeit entbehren, welche sie besassen; so dass wir, wie gesagt, unsere Bestrebung (*intento*) auf unsere Herzen richten mögen, wenn wir die Grossthaten sehn wollen, die er in ihnen wirkt, und den Namen der Heiligung, die er in unsern Seelen verursachen wird. Er sagt hier nicht, dass wir die Heiligung, sondern dass wir den Namen derselben zu loben haben, denn gar wenig ists, was sich davon sagen lässt im Vergleich zu dem, was es ist. — Es geschieht denen, welche diese Uebung halten, dass, wenn sie sich vernachlässigen, er selbst sie weckt und mehr belebt, so sie auf irgend etwas Anderes die Aufmerksamkeit richten, denn von dort wendet sich die Seele zu Diesem, ohne aufzuhören, das Andere zu beachten und zu verstehn, da diese Uebung alle andern Dinge nicht hindert, sondern vervollkommnet. Und weil von den andern Bestrebungen (*atenziones*) die geübte Seele sich zu dieser wendet, sagen wir, dass es dem Gewöhnten nichts Schwieriges ist, lange Zeit zu beten. Weil Alles ihnen zum Guten dient und wirkt, so wirken sie es Alles vereint zum Guten, denn, im Verein mit den andern Bestrebungen, gelingt es ihnen, diese zu unternehmen, von der wir gesprochen haben, indem der heilige Geist sich darauf richtet und es bewirkt, der in diesen Sachen geschäftig ist, die Herzen zur Liebe zu erregen. Was diese unfehlbar sehr beachten müssen, ist, was S. Paulus sagt: dem Frieden mit Allem geht nach, und der Heiligkeit, ohne welche Niemand wird Gott schauen, indem ihr darauf sehet, dass Niemand der Gnade Gottes fehle (Hebr. 12, 14. 15). Dem Frieden der Sammlung und der Heiligkeit dieser Uebung haben wir in Allem was wir thun, nach unserer Möglichkeit nachzugehn, denn, wenn wir wohl darauf achten, so werden wir uns die Hände geben können mit der Gnade des heiligen Geistes, die über die Maassen fördert, und mehr in den geistlichen Dingen als in den leiblichen. Der Apostel sagt auch, dass wir darauf sehn sollen, dass Niemand der Gnade Gottes fehle. O welch grosses Wort! O welcher bewundernswürdige Rath für alle geistlichen Personen, der in ihren Herzen sollte eingeschrieben sein! O recht eigentlich geredeter Spruch, dass sie sorgsam darauf achten sollen, dass Niemand der Gnade Gottes fehle! Wir Elenden pflegen zu sagen, dass uns die Gnade fehlt, in Anbetracht dessen, dass wir sie nicht empfinden, und der Apostel sagt, wir sollen Acht geben, dass wir ihr nicht fehlen! Womit er andeutet, dass wir immer eher fehlen, als die Gnade Gottes. Denn von ihr sagt anderswo der Weise: Wenn Einer um ihretwillen früh aufsteht (*madrugare*), wird er keine Mühe haben, sie zu suchen, denn in seinen Thüren wird er sie sitzend finden (Weish. 6, 15), wartend, ob wir vielleicht mit dem Verlangen ausgehn, sie zu suchen, denn sie sucht uns und kommt zu unserm Hause. Nicht würde der Bräutigam den thörichten Jungfrauen fehlen und ihnen nicht die Thür vor den Augen zumachen, mit den Worten, er kenne sie nicht (Matth. 25, 12), wenn nicht sie zuerst ihm gefehlt hätten, da sie fortgingen, das Oel der Sünder zu kaufen, das sie fliehen sollten.« (CLXIX[a]—CLXXI[a]).

Kp. 4. »Das Sicherste ist, Stille zu beobachten, ohne sich durch einen Ausruf oder Schrei zu äussern oder irgend Etwas, das aussen merklich hervortritt, denn es ist Alles verdächtig als übel, und deshalb gibt es Devote, die sich, um zu verbergen, was sie im Innern empfinden, so grosse Gewalt anthun, dass sie manchmal Blut auswerfen durch Mund und Nase, und grosse Schmerzen in Schultern und Kopf ausstehen wegen Zurückdrängung des Geistes, den sie sich mit grossem Andrang in der Brust bewegen fühlen. Um dem vorzubeugen, musst du dich gewöhnen, mit vieler Ruhe (*quietud*) zu beten, und fühlst du in dir etwas von dem oben Besprochenen, so bemühe dich, es im Beginn zu mässigen, denn, wenn du es wachsen lässt, wirst du es nachher nicht können.« (CLXXI[b]).

»Die Anfänger sollen, gemäss diesem Buchstaben, viel über sich gehn, in Leidwesen über ihr früheres schlechtes Leben, und das in Stille, d. h. Geduld, wie ich sagte, und in Hoffnung, vorzuschreiten; und die Vorgeschrittenen sollen über sich gehn aus den Zerstreuungen des Herzens, in ruhigster Stille und in Hoffnung der thätigen Gnade, die sie vom freigebigen Herrn alsbald zu empfangen denken; die Vollkommenen sollen über sich gehn, indem sie über die Sammlung wachen mit auf Gott gerichteter Lebhaftigkeit des Herzens und mit tiefer Stille gegenüber allem Geschaffenen, und mit so starker und fester Hoffnung, dass sie durch das Verlangen hinträgt zu den himmlischen Dingen.« (CLXXII[b]).

Tract. 19 (U). Kp. 1. »Deine Mutter ist dein Wollen (*voluntad*), das dich Gotte hervorbringt, mit seinem Mann, dem göttlichen Gnadenwillen (*favor*).« (CLXXIV[a]). Vgl. Th. 4. Kp. 28.

Kp. 3. »Nicht so verhält es sich im Menschen mit den verdienstlichen Werken, hinsichtlich deren er kein eignes Prinzip in sich hat, denn während wir innen in uns ein werkthätiges (*operativo*) Prinzip haben, welches unser Wille ist, haben wir doch kein freies (*gratuito*) Prinzip, welches das hauptsächlichste ist, das bei den verdienstlichen Werken in Betracht kommt, die jetzt solche sein werden durch die göttliche Annahme oder durch die Gnade, die ihnen Glanz verleiht. Alles kommt uns als Geschenk (*de acarreo*), Alles haben wir beim Herrn zu suchen und zu erbitten, denn von ihm allein geht es aus, dass er unsere geringen und wenig guten Dienste annimmt und angenehm macht. Aus der ersten Ursache mit den zweiten gehn die natürlichen Werke hervor, aber aus dieser ersten Ursache, welche Gott ist, allein, geht die Erlösung hervor und was zu ihr gehört. Zur Schöpfung der Welt und zu deren Erhaltung will Gott Gesellschaft, und gestattet, dass ein Geschöpf ihm helfe, ein Anderes hervorzubringen, aber bei der Erlösung der Welt wollte er sich von Niemand helfen lassen, weil dies ein Werk von grösserer Wichtigkeit war, das ihm allein zukam. Und so ist zur Rechtfertigung des Sünders nichts Anderes nöthig als dass er vernichtet sei (*aniquilado*) durch Demuth und nicht widerspreche durch Sünde, und so wird aus Nichts neugeschaffen und zum Gnadensein hervorgezogen werden die kleine Welt, die der Mensch ist, wie aus Nichts früher geschaffen ward die grosse Welt, die wir sehen. Und jene Vernichtung hat auch in den guten sittlichen Werken, die er thun mag, zu geschehn, indem er erkennt, dass sie unnütz sind (*inútiles*), wie Beda sagt [zu Luk. 17, 10]: *haec est in hominibus sola fidei perfectio si omnibus quae praecepta sunt impletis imperfectos esse se noverint* [von Osuna spanisch angeführt, wie auch die gleich hier folgenden lateinischen Stellen]. Und die Glosse [*interlin.*] sagt über jene Worte: *non sunt condignae passiones huius temporis* (Röm. 8, 18): *facit spiritus quod merita non possunt.* Wenn unsere Verdienste, insofern betrachtet, als sie aus unserm freien Willen, auch ohne Sünde, hervorgehn, uns nicht retten können, noch Prinzipe des Verdienens sind, so ist klar, dass ein Weizenkorn mehr vermögend ist, um zu seinem letzten Ziel zu kommen, als ein Mensch, um zu seinem zu kommen, denn die natürlichen Ursachen, wenn sie in guter Ordnung sind, reichen aus, um das Korn Frucht bringen zu machen, und reichen nicht aus dazu, dass der Mensch würdige Früchte bringe, gemäss dem letzten Ziel, das er hofft. Damit du nicht sagest, dass wir vergeblich wirken, weil unsere Werke allein nicht genügen, uns zu rechtfertigen, musst du wissen, dass die Werke der Tugend den Menschen nicht rechtfertigen, aber ihn bereit machen zur Rechtfertigung Gottes, die er zu empfangen hat, um gerettet zu werden. Denn sowie von der Sonne das Licht und die Wärme kommt, so kommt von Gott die Rechtfertigung und Herrlichkeit, aber um das Licht der Sonne zu empfangen (*rezebir*) ist es nöthig, die Augen aufzumachen, und nicht hierdurch (*por eso*) empfangen wir es, sondern weil die Sonne es hineinstrahlt, doch durch Aufmachen der Augen machen wir uns bereit, es zu empfangen, und so machen wir durch Guteswirken uns bereit (*aparejamos*), gerechtfertigt zu werden; wenn Jemand, der in der Sonne steht, die Augen nicht aufmachen will, so ist sein die Schuld, wenn er nicht sieht, und so wird sie dein sein, wenn du dich nicht demüthig mit guten Werken bereit machst, um gerechtfertigt zu werden von der Sonne der Gerechtigkeit Christus, der mehr bei der Hand ist (*prompto*) die Demüthigen zu rechtfertigen, als die Sonne zu leuchten, denn deshalb heisst er Sonne nicht der Wärme noch des Lichts, sondern der Gerechtigkeit; und weil er uns gar bereitwillig seine Gerechtigkeit eingibt (*infunde*), nennt der Prophet ihn unsern Gerechten [*iustus noster*. Jer. 23, 6]. Wachse darum bei dir die Demuth, indem du dich wohl bereitest für die Rechtfertigung; sei deine Seele wie ein Spiegel von Stahl, der um so besser die Sonne aufnimmt, je mehr er an sich polirt ist; und erkenne, dass, wenn du nachlässig bist, jener Glanz in dir verschwinden wird und jene Gnade, die in den

Demüthigen der Herr wirkt. Die Seele ist wie Wachs, das, der Sonne ausgesetzt, schmilzt, aus Liebe zu dem Strahl, den Seine Majestät ihr eingiesst; und die Demuth verleiht der Seele Kraft, um dabei zu verharren, indem sie erkennt, dass, wie das Wachs, aus der Sonne entfernt, wieder hart wird, so auch sie, wenn sie sich von Gott entfernt, in ihre Härtigkeit zurückfallen und jene Zärtlichkeit und Liebkosung, die ihr vom Herrn zu Theil wurde, verlieren wird. Die, welche in Tugenden wachsend vorschreiten, bereiten sich für Gott, aber sie bereiten sich nicht gut, wenn sie mit den Tugenden nicht auch die Demuth haben, so dass sie beachten, dass jene an sich selbst nicht genügend sind zu unserm Heil, wenn wir uns nicht demüthigen bei ihnen, obgleich sie gut sind.« (CLXXVII[a. b]).

Tract. 20 (X). Kp. 4. »Darüber, wie in der Sammlung die Andacht (*devozion*) auszugehn pflegt.

Die gewöhnlichste Versuchung, welche Gott in dieser schrecklichen Einöde der Sammlung herbeizuführen pflegt, ist eine Trockniss und Mangel an süssem Wasser der Andachten, das in dieser Wüste reichlich vorhanden zu sein pflegt, und süsser als anderswo, wennschon es mühsamer zu finden ist und nicht schnell. In Christus, wie der heilige Bernhard sagt, ist Gestein und Erde; das Gestein ist seine Gottheit und die Erde ist die Menschheit. Die Gesammelten graben im Gestein, und die, welche das Leiden bedenken, graben, mit grösserer Leichtigkeit, in der Erde, und finden gleichfalls was sie suchen und werden getröstet, — als Bild davon kam aus der Seite des Herrn Wasser und Blut, um die Einen wie die Andern zu versorgen. Alle arbeiten in Christus, die Einen gehn in die Gottheit ein, und Andre gehn zu der Menschheit hinaus, und Alle finden sie reichliche Nahrung. Doch zuweilen lässt der Herr um unsrer Schuld willen die Quellen vertrocknen, und macht trocken den Ort seiner Herrlichkeit in dieser Wüste, und immer um unsrer Schuld willen. Du musst aber wissen, dass auf zwei Weisen Gott die Andacht zu entziehn pflegt. Erstens, indem er ihnen jenen geistlichen Geschmack und das Vergnügen nimmt, das die Andächtigen süss zu empfinden pflegen, wodurch sich die Seele sehr erlabt und tröstet, vorzüglich wenn sie es in der Sammlung empfindet, deren Brot der Tröstung, weil verborgen, desto süsser ist. Die eine Art der Entziehung der Gnade besteht also darin, dass der Herr der Seele diesen Trost entzieht, um sie durch Durst zu strafen. Die andere Art ist mehr zu fürchten, denn sie ist sehr rauh, und zeigt sie sich, wenn der Mensch, indem die Liebe (*caridad*) entfernt wird, alle Sorge und Begierde Gott zu suchen, die er zu haben pflegte, verliert, so dass ihm dann nichts daran liegt, sich zu sammeln, und er ums

Beten sich nicht bekümmert, sondern den heiligen Eifer und Wunsch verliert, den er hatte; was ohne irgend einen fühlbaren Trost zu sein pflegt, doch nicht ohne Eifer und Bedachtsein auf weiteres Vorschreiten. Die erste Gnade pflegt Gott zu entziehn entweder wegen gegenwärtiger lässlicher Schuld oder wegen früherer Todschuld, für die der Mensch schon Vergebung erlangt hat, ohne jedoch zu verdienen so schnell wieder zu dem engen vertraulichen Verkehr, den er früher bei der Andacht hatte, zugelassen zu werden, wenngleich er in der Gnade steht und eingegossne Liebe (*caridad*) hat. Wir lesen, dass Gott das Betreten des gelobten Landes dem Propheten Mose wegen früherer Sünde verweigert hat, selbst lange Zeit, nachdem er ihn zu seinem Freunde gemacht; wodurch er zu verstehn gibt, dass er oft an seinen Freunden vergangene Dinge durch zeitliche Strafe züchtigt, damit sie sich vor Aehnlichem hüten. Und wundere dich nicht, wenn Gott wegen lässlicher Sünde die Andacht entzieht, denn ein sorgloses Herumschweifen verdient Verbannung vom Trost, der denen nicht gegeben wird, welche fremden zulassen, und diejenigen, die wahre Andächtige sind, empfinden grossen Verlust bei jedem Fehltritt, den sie begehn, so klein er sein mag, wiewohl in diesem Falle der Herr Nachsicht übt und Vieles hingehn lässt, um nicht sogleich zur Vergeltung zu schreiten. Die zweite Art Gnade, von der ich sprach, entzieht Gott niemals ausser wegen gegenwärtiger Todsünde, noch gibt er sie wieder, ohne dass zuvor der Mensch volle Busse gethan. Gib wohl Acht auf jenen Eifer, Gott zu suchen, den die Andächtigen zu haben pflegen, denn wenn ihn Gott durch deine Schuld dir entzieht, so mangelt dir jedes Gut. Das Mittel gegen diese Versuchung ist nicht, dass man aus Steinen Brot macht und sich zu den andern Tröstungen der Eitelkeit wendet, sondern dass man sich mit Wasser der Thränen versieht Tag und Nacht, denn nicht nur dann sollst du um Trost seufzen, wenn du desselben entbehrst, das ist gleichsam: bei Nacht weinen, sondern auch, wenn du ihn hast, sollst du seufzen, dass er dir nicht genommen werde, so deine Tugend ermattete, und das wird Weinen bei Tage sein; und so wirst du deinen Trank mit Weinen mischen, nach Art des Kindleins, welches, nachdem es Strafe erhalten, weinend die Milch von den Brüsten seiner Mutter empfängt, woraus ihm grössere Freude entsteht, weil zur Milch die Mutter Worte der Liebkosung fügt und es an sich drückt, um es aufzuheitern.« (CLXXXIV^{b}—V^{a}).

Kp. 6. (3). »Bekümmere dich nicht um die Rathgeber, die du nicht haben kannst, es sollen dir die deines Hauses genügen ohne hinzugehn Weiblein aufzusuchen, die vielleicht betrogen sind; und auch, wenn sie das nicht sind, bedenke, dass der Rath deines Obern (*perlado*) mehr Kraft hat, da er deine Zweifel entscheiden kann, und nicht jene Weiblein, die du aufsuchst. Wenn dein Geist sich nur der oder der Person unterwerfen will, die man auszeichnet wegen Heiligkeit, und andern nicht, so denke, dass du schon betrogen bist, und dass der Teufel dich hat von dir glauben machen, dass du etwas Besonderes seiest, wie in Wahrheit deine Phantasie dich betrogen hat, weshalb du ein Idol aus dir selbst machst.« (CLXXXVII[a]).

Kp. 8. »Wenngleich das Feuer der bösen Begierde, welche versucht, in ihm glüht, so verbrennt darum der Wille noch nicht, wenn er nicht zustimmt (*consiente*); noch auch flieht Gott von da, denn er verabscheut nicht die Natur, sondern die Schuld.« (CLXXXIX[a]).

Kp. 10. ». . . indem der Wille und der Verstand sehr eingenommen (*ocupado*) und aufmerksam auf Gott gerichtet waren, mit dem ganzen innern Menschen, so sehr, dass der Teufel ihre Einbildungskraft nicht aufstören konnte, da er sie, nach dem Rath des heiligen Hieronymus so eingenommen traf, dass er keinen Platz in ihnen finden konnte; doch was er innen nicht verursachen konnte, bewirkte er im Aeussern, indem er grosse Versuchung im Fleisch erregte, damit so, um diesem abzuhelfen, der Geist von dem ersteren liesse.« (CXCI[b]).

»Um dein Gewissen zu versichern, musst du bemerken, dass ein grosser Unterschied besteht zwischen Empfinden und Zustimmen (*sentimiento — consentimiento*). Wenn wir diesen klar erkennten, würden wir grosse Sicherheit haben, und kein Scrupel würde uns bleiben über irgend Etwas, das in uns vorginge, denn wir würden erkennen, dass keineswegs Sünde darin liegt, was immer von der Welt es sein mag, so schlecht es sei, zu empfinden, sondern darin, solchem zuzustimmen, indem man es annimmt und daran Gefallen findet; allein, da wir nicht völlig klar diese Unterscheidung machen können, so bleibt die Befürchtung der Verschuldung, wo oft Verdienst ist. Und der Grund, weshalb wir dies nicht zu unterscheiden wissen, ist wegen der Uebereinstimmung (*convenienzia*), die zwischen den Vergnügungen (*deleites*) und unserm Fleisch besteht; indessen, wenn nicht das freie Urtheil des Menschen die Vergnügungen mit dem Fleisch verbindet und ihnen die Hand reicht, mit dem Entschluss, sich dies gefallen zu lassen, und es gut heissend, wenn dieser freie Wille sich nicht ins Mittel schlägt, so ist keine Sünde da.« (CXCI[b]—CXCII[a]). [Vgl. Albertus *de adhaer. deo.* c. 11].

Tract. 21 (Y): Innig beruhige und schwichtige deinen Verstand (*Yntimamente asosiega y acalla tu entendimiento*).

Kp. 1. »Wenn wir lernen wollen von den Dingen, die gemacht sind für diese grössere Welt, die uns zum Buch und Beispiel derjenigen Dinge gegeben ist, welche wir innen in uns, die wir eine kleinere Welt sind, haben sollen, so werden wir finden, dass alle natürliche Bewegung auf Stillstand gerichtet ist (*se ordena a quietud*), und auf ihn alle Dinge hinarbeiten, denn keines ist, das sich nicht nur zu dem Zweck bewegte, um Ruhe (*reposo*) zu finden, welche alle Dinge als ihren letzten Zweck suchen. Deshalb soll demgemäss der Mensch sichs nicht minder angelegen sein lassen, die Ruhe (*quietud*) seiner Seele zu suchen, denn ausser der natürlichen Neigung, die ihn hiezu einladet, hat er auch die Vernunft (*razon*), welche ruft so gut sie kann, und wünscht, still auszuruhn (*tener reposo i descanso*), wozu uns auch die Schrift auffordert mit den Worten: ein sorgloses Gemüth ist wie ein beständiges Gelage (Spr. 15, 15). Diese Sorglosigkeit und Ausspannung (*seguridad i reposo*) des Herzens gelingt es nicht, so vollkommen zu erreichen, wenn man das Herz durch Meditation erforscht als wenn man es durch Sammlung beruhigt (*por recojimiento quietando*), denn wie der Weise sagt: häufige Meditation greift das Fleisch an (Pred. 12, 12), und die Glosse fügt hinzu, dass sie auch den Geist angreift, und dies deshalb, weil vermittels unsrer niedrigen Gedanken der Mensch sich Gott nicht so sehr nahen kann, wie wenn er, die Begründungen weglassend, sich mit dem einfachen Glauben begnügt, welcher ausreicht ihn zu grossen Mysterien zu geleiten. . . In zwei Hinsichten können wir vom Verstande reden: die erste, sofern er uns dirigirt und uns leitet in dem, was wir zu thun oder nicht zu thun, zu fliehn oder zu befolgen haben, die zweite, sofern wir mit ihm geheime und verborgne Dinge erforschen; so dass wegen dieser beiden Wege und Aemter, die wir ihm anweisen, unser Verstand sich in praktischen und speculativen theilt. Wenn man von seinem ersten, praktischen, Amt spricht, so wird man sagen, dass es dann statt hat, wenn er uns vorschreibt und anweist in dem, was wir zu thun haben, und derart wissen wir, dass sein Gewissen einem Jeden sagt, was er thun soll, denn der Verstand des Menschen, von Natur gezeichnet (*señalado naturalmente*) mit dem Lichte Gottes, zeigt was wir befolgen sollen und was wir meiden sollen, in ihm ist der Funke der Vernunft, der auch in der Hölle lebt und wider das Böse zu bellen und knurren nicht aufhört. Und sage ich, dass im Verstande dieses Murren wider das Böse und dies treue Mahnen vorgeht, denn, da dies etwas Natürliches und Nothwendiges im Menschen ist, so sagt man nicht, dass es zum Willen gehört, der, weil er frei ist, kein bestimmtes Werk noch Gegenstand hat, dem er uns nothwendig geneigt machte; dergestalt, dass die Vernunft und der Stachel des Gewissens und die Anklagen und Bisse und Vorwürfe, oder das gute Zeugniss und was innen uns von Schuld freispricht, und die Synteresis auf der Höhe der Vernunft [vergleiche Tract. 6. Kp. 4, oben Seite 253], Alles der Wurzel nach und ursprünglich (*radical i prinzipalmente*) dem Verstande angehört, welcher von der höchsten Gegend unsrer Seele gleichsam Wache hält, um uns zu benachrichtigen, was wir thun sollen. Und ist seine Ansicht und Ermahnung so sicher, dass er auch mitten in der Sünde nicht aufhört, das Herz zu zwacken und beissen, um uns unsere Verirrung zu verstehn zu geben. Was in Ezechiel abgebildet ist [aus Hieronymus Ezechielcommentar Martianay 3, 702 stammt was nun folgt über die Synteresis. Vgl. *Damaris* 1865 S. 58 f. zu Meister Eckart. Rusbroek *Zierheit* 1, Kp. 3. 2, Kp. 45. *Spiegel der Seligkeit* 11. Henr. Herpii *Eden*, prolog.]. Diese Synteresis, welche der höchste Theil unserer Vernunft ist, erscheint bildlich auch in dem Adler, welchen der h. Johannes sah wehe rufen über die Bewohner der Erde (Offenb. 8, 13), d. h. die Menschen in irdischen Leibern. Sie gehört mehr (*mas prinzipalmente*) dem Verstande an, wenn wir sie auf ihre ursprüngliche Wurzel (*radical prinzipio*) zurückführen wollen; ihr Amt ist, zu murren wider das Böse und uns aufzufordern zum Guten, in welchen beiden Stücken das Naturgesetz besteht, das unserm Verstande gegeben ist. . . Bei alledem gibt es Leute, welche das Wort Gottes binden und das Vernünftige, das unser Gewissen vorbringt, ersticken, und es nicht reden lassen, oder, besser gesagt, es so missachten, dass es schon heiser ist vom Schreien und sie, wie Müller, nicht mehr hören, sondern in gutem Frieden und Behagen hinleben, nicht als ob es ihrem Verstand behagte oder derselbe aufgehört hätte, jenen Funken zu bewahren, der unser Gewissen zu brennen pflegt, wenn wir irren, sondern weil sie es ganz verschüttet halten, und in jene Grube der schlechten Gewohnheit geworfen, wo sie das Feuer verborgen haben, und dort decken sie es zu, indem sie immer neue Sünden hinzufügen, mit grosser Freiheit des Herzens . . . Solche werden wie Leute, die vom Wein benommen und von Sinnen sind.« (CXCII^{b}—CXCIV^{a}).

Kp. 2. »Alle seine Sorgfalt hätte der Mensch anzuwenden, um diese Befriedigung und Ruhe (*asosiego i paz*) des guten Gewissens zu suchen, denn das ist für uns von solcher Wichtigkeit, dass all unser Gut darin liegt. Hierzu ermahnt der gegenwärtige Buchstabe, indem er uns sagt, wir sollen innig beruhigen unsern Verstand. Und das müssen wir thun, wenn wir alles Fehlerhafte in uns ausreissen wollen und mit allem Eifer die entgegengesetzte Tugend pflanzen, damit sie Wurzel schlage in unserm Herzen, um so unserm praktischen Verstand genug zu thun . . . Ich habe die Beruhigung (*asosiego*) des Gewissens, obgleich ich dieselbe an einem andern Orte berührt habe, hier erwähnen wollen, um darauf hinzuweisen, dass auf diesem Grunde die Sammlung der Seele ruhen muss . . . Das wackere Weib erfreut ihren Mann und ihre Jahre füllt er mit Frieden (Sirach 26, 2). Das wackere Weib, das schwer zu finden ist (Sprüche 31, 10), ist das gute Gewissen, das still hält (*quieta*) dem h. Geist, seinem Manne, dessen Freude es ist, zu weilen bei den Menschenkindern, um sie mit Gütern zu füllen durch den überschwenglichen Frieden [dieselbe Deutung des wackern Weibes Sirach 26 und Sprüche 31 auf das gute Gewissen und ihres Mannes auf den h. Geist auch *Spiegel der Reichen* 45] der Sammlung (*paz soberana del recojimiento*), der alle Sinne übersteigt und unsre Herzen und unsre Einsichten bewacht (Phil. 4, 7), damit so, nachdem die lärmende Bande der Gedanken hinaus gewiesen, Christus unser Erlöser das Mägdlein auferwecke (Matth. 9, 25), welches unsre Seele ist, zu einer neuen Art von Leben, ihn zu betrachten, der schon auferstanden und in gleicher Weise wie sein Vater gesessen ist auf demselben Thron, der sein Wesen ist. Diese Beruhigung des Verstandes enthält mehr als Heiterkeit des Gewissens, welche dadurch sehr vermehrt wird.« (CXCV[a.b]).

Kp. 3. »Das Zweite, wozu der gegenwärtige Buchstabe uns ermahnt, ist, dass wir unsern Verstand schwichtigen. Und dies, wie wir anfingen zu sagen, ist auf den speculativen Verstand zu beziehn, der neugierig die Geheimnisse der Dinge aufstört und durchstöbert, was er unterlassen soll, um Gott zu erkennen auf dem verneinenden Wege, von welchem wir reden. Denn, wie der h. Gregor sagt, Alles, was wir in der Beschauung sehn können, ist nicht Gott, sondern dann ist wahr, was wir von ihm erkennen, wenn wir vollständig fühlen, dass wir nicht irgend Etwas von ihm erkennen können. Nicht nur nützt es den Gesammelten, die diesen engen Weg erwählt haben, der zum Leben führt, nicht nur nützt das Schwichtigen des Verstandes ihnen zur tieferen und eigentlicheren Erkenntniss Gottes, sondern es nützt ihnen auch dazu, reiner zu beten und mit mehr Kürze Alles, was sie wollen, Gott zu offenbaren, der uns gebot, beim Gebet nicht viel zu reden, da er wisse, was uns noth thue, bevor wir ihn bitten, denn er ist Gott des Wissens. Auf diese Art, den Verstand zu Schwichtigen, und zu machen dass er den Willen rufe, kommt das kurze Gebet zu Stande, welches ohne Zeit die Himmel durchdringt; und nenne ich es kurz, nicht als ob es nicht lange dauern dürfe, sondern weil es sich Gott gegenüber keiner Vermittlung bedient, ausser der der Liebe, die sich augenblicklich mit ihm vereinen kann. Aufhören soll im Himmel der Glaube, der dem Verstande angehört, der jetzt nicht unmittelbar zu Gott gelangt, wie der h. Paulus sagt (1 Kor. 13), sondern vermittels der Geschöpfe, die der Grund seiner Erkenntniss sind, denn ihretwegen [durch sie] erkennt man ihn, da sie ihn uns zur Kenntniss bringen; aber nicht liebt man ihn ihretwegen, sondern allein seinetwegen, und daher kommt es, dass die Liebe, die wir jetzt haben, im Himmel bleiben wird, denn unmittelbar vereint sie uns jetzt mit Gott, was sie auch dann thun wird, aber sie wird uns mehr vereinen, weil sie gewachsen sein wird. Unser Verstand zieht uns zu Gott, damit wir ihn erkennen, und da er ihn uns nicht nackt zeigen kann, sondern gemäss unserer schwachen Erkenntniss und gemäss der Art, in welcher wir ihn fassen können, so ist klar, dass wir ihn mittels etwas Anderem erkennen müssen; da aber die Liebe uns aus uns herausbringt, um uns in das zu versetzen, was wir lieben, so geht die Liebe und tritt ein zum Geheimsten, während die Erkenntniss draussen bei den Geschöpfen bleibt. Weswegen der heilige Cyprian sagt [vielmehr Arnoldi abbat. Bonaevallis *prolog. libri de cardinal. operib. Christi;* bei Osuna spanisch]: *affirmatio de dei essentia in promtu haberi non potest, neque enim definibilis est divinitas, sed verius sinceriusque remotio indicat negando quid non sit quam asserendo quid sit . . . . ut quantumlibet ad cor altum homo ascendat* [psalm. 64, 7. Vulg.], *exaltetur deus et comprehensionis importunitatem evadat.* Es ist nöthig, dass wir nach unsrer Möglichkeit unsern Verstand schwichtigen, damit so Stille die Pflege der Gerechtigkeit sei, wie Jesaja sagt (32, 17); und wenngleich die Stille unsererseits unvollkommen ist, nicht völlig, sondern wie eine halbe Stunde, wie der heilige Johannes sagt (Offenb. 8, 1), und halb (*medio*) ist, wie der Weise sagt, so sollen wir deshalb doch nicht ablassen, sie zu suchen, denn unser Herr kann sie vervollkommnen . . . Wunderbares Schweigen und gar werth, mit Bewunderung gepriesen zu werden, ist das der Liebe! In welchem sich innig beschwichtigt unser Verstand, da er eine erfahrungsmässige Kenntniss gewonnen hat, die ihm reichlich Genüge gibt! Denn wenn die, welche sich lieben, sich durch Erfahrung als gegenwärtig erkennen, so schweigen sie beide, und die Liebe, die sie vereint, ersetzt den Mangel der Worte. Alle Aengste des Kindes hören auf, wenn seine Mutter es in die Arme schliesst; jetzt liegt ihm nichts mehr daran, zu sprechen, und auch sie schweigt in ihrer Liebe. O wie unsagbar und nicht erklärlich ist die Stille, mit welcher Gott und die Seele in Liebe schweigen, wenn er sich auf sie herablässt, wie ein Strom von Frieden (Jes. 66, 12) und wie ein Bach gar lieblichen Honigs; wenn ihr von ihm, der lebendigen Quelle, die Wasser Siloa's in Stille zufliessen (Jes. 8, 6); — wenn die Worte aufhören und sie zu Werken kommen; wenn die Seele schweigt, da sie nicht weiss, was sie fordern sollte, denn keine Erfüllung ihrer Wünsche fehlt ihr; wenn der Herr schweigt, weil er nichts zu tadeln findet an der, der er so viel Zeichen der Liebe gibt; — wenn die Seele sich durch Liebe so keusch sieht, da sie aus sich herausgeht zu dem der sie geschaffen; wenn sie sich lauter sieht, weil sie ihren Herrn in sich hat, der alle ihre Sünden vernichtet und der sie macht wie eine weisse Taube, gewaschen in der reinsten Milch der Gnade [Hoheslied 5, 12]! Sie schläft, denn nun liegt ihr an keiner Speculation; es wacht ihr Herz (Hoheslied 5, 2 [s. oben S. 270]), denn die Liebe schläft nicht; in Frieden und in dem, den sie liebt, schläft ihr Verstand und ruht ihr Wille, denn sie ist Gott vereint (*junta a dios*) und mit ihm Ein Geist geworden (1 Kor. 6, 17). Dann macht man Sabbath aus Sabbath, denn aus dem Rasten der Phantasie, die durch ihr Einbilden zu schaffen machte, entsteht die Ruhe des Willens, der, weil er gar entzündet und entflammt ist von jenem, das nicht verzehrt wird, nun kein Holz der Betrachtung mehr braucht, damit das Feuer der Liebe nicht ausgehe, das dann brennt. Die Königin von Saba und der König Salomo tauschen bewundernswürdige Geschenke aus, indem sie gegenseitig sich die Liebe erwiedern. In der Einsamkeit der Stille spricht Gott (Hosea 2, 14 f.) nicht durch Worte zum Herzen, sondern durch serafische Mittheilungen; sie sprechen durch Zeichen, die mehr erklären als jemals Worte thaten, und endlich schweigen Gott und die Seele wie Freunde, die gar sorgenfrei auf Einem Lager schlafen, welche die Liebe so gleichförmig gemacht hat, dass sie nicht aufhören Einer Meinung zu sein, dergestalt, dass, was der eine thut, sagt man, der andre thut.« (CXCVI[a]—VII[b]).

Kp. 4. »Drei Arten zu schweigen gibt es in der Sammlung, oder drei Arten von Stillesein, wenn wir die andern, die nicht so wichtig sind, bei Seite lassen. Die erste ist, wenn alle Phantasieen und Imaginationen und Eindrücke der sichtbaren Dinge in der Seele aufhören und dieselbe so allen geschaffnen Dingen schweigt ... Das zweite Schweigen, das es in der Sammlung gibt, ist, wenn die Seele, ganz ruhig in sich selbst, eine Art von geistlicher Musse hält, indem sie sich mit Maria zu den Füssen des Herrn setzt und sagt: Ich will hören, was Gott der Herr in mir reden wird. Und zu dieser spricht der Herr: Höre, Tochter, und sieh, und neige dein Ohr, und vergiss dein Volk und das Haus deines Vaters (Psalm 45, 11). Gut wird dem Hören diese zweite Art zu schweigen verglichen, weil der Hörende nicht nur für das Uebrige schweigt, sondern auch wünscht, dass Alles für ihn schweige, damit er sich so desto völliger dem zuwende, der zu ihm spricht, besonders wenn er nicht weiss, wo derselbe ist, wie in dem vorliegenden Fall, denn, wie im Evangelium (Joh. 3, 8) gesagt ist, wir hören die Stimme Gottes, d. i. seine Inspiration, und wissen nicht, wohin sie geht noch woher sie kommt, weshalb wir ganz schweigen und sehr aufmerksam auf ihn sein müssen. So dass wir zwei Arten von Schweigen haben, die eine, wo in uns die Imagination aufhört und die Gedanken, die uns im Gedächtniss herumgehn, die andere ist ein Vergessen auch unsrer selbst mit einer gänzlichen Hinwendung unsers innern Menschen zu Gott allein. Das erste Schweigen ist das der Dinge für uns, das zweite das eines ganz ruhigen Stillehaltens (*sosiego quietísimo*), in welchem wir für uns selbst schweigen und uns auf Gott richten mit empfänglicher und wohl vorbereiteter Unterwürfigkeit. Was in den heiligen Wesen Ezechiels verbildlicht ist, von denen es heisst (1, 25): wenn eine Stimme geschah über der Feste, welche über ihren Häuptern war, standen sie und liessen ihre Flügel hängen. Die Stimme ist, wie ich sagte, die göttliche Inspiration, die man im Ohr der Seele vernimmt, ohne Ausdruck in Worten, durch die blosse Gegenwart Gottes, der sich zu fühlen gibt; und deshalb heisst es im Iob (4, 12), dass er verstohlner und verschwiegner Weise das verborgne Wort hörte, das ihm gesagt ward, und die Wellen oder Spuren seines leisen Geräusches wahrnahm. Diese inspirirte Stimme geschieht über der Feste, nämlich dem höchsten Theil der Vernunft, der sich Gott unmittelbar verbindet durch Liebe . . Die heiligen und geflügelten Wesen, welche die Beschaulichen sind, stehn dann, heisst es, weil, wenn diese Stimme in der Seele geschieht, diese sich zu grossen Dingen aufrichtet und gespannt anhält, fast hingerissen in Gott (*está suspensa, cuasí trasportada en dios*), wie die Apostel, als sie ihn gen Himmel fahren sahen; und in dieser Weise ward dem Ezechiel befohlen, sich aufzurichten auf seine Füsse, damit Gott zu ihm rede (2, 1); so dass das Stehn eine schweigende Bewunderung ist, wie der heilige Gregor sagt, die uns an Gott hängen macht (*colgados de dios*), wie es Iob erwählt hatte für seine Seele [7, 15: *elegit suspendium anima mea,* vgl. Gregor und Richard a S. Vict. zu dieser Stelle, Bonaventura *Itinerar*. c. 7, Suso *Horolog*. 1, 6. 15], worin fast jede Wirksamkeit der Kräfte aufhört (*zesa*), damit die Seele, indem sie sich so verringert, die Weisheit empfange. Die Flügel hängen lassen ist die höchsten Kräfte anwenden, um den göttlichen Einfluss zu empfangen, der sich in die Seele ergiesst, wobei, wie die Glosse [*interlin.*] sagt, die Beschaulichen ihre Kräfte für nichts achten; sie wenden sie aber schweigend auf Gott an (*aplicanlas a dios callando*), damit dieselben, in sich selbst vergehend (*faltando*), in ihm sich finden, wie Jener, welcher sagte: Meine Seele wies den Trost ab; ich gedachte Gottes und ward vergnügt, und ich übte mich und mein Geist versagte (*faltó* = *defecit*. Psalm 77, 3. 4). Das dritte Schweigen unsers Verstandes geschieht in Gott, wenn sich in ihn umbildet (*trasforma*) die ganze Seele, und überschwenglich seine Lieblichkeit schmeckt, in der sie einschläft wie in einer Weinstube (Hoheslied 2, 4—7) und schweigt ohne mehr zu wünschen, denn sie findet sich befriedigt, vielmehr sie schläft auch für sich selbst, indem sie die Schwachheit ihrer Beschaffenheit (*condizion*) vergisst, da sie sich so vergottet und ihrem Urbild vereint sieht (*endiosada i unida a su molde*), und bekleidet mit dessen Klarheit, wie ein andrer Mose, nachdem er in die Wolke getreten, die auf der Spitze des Berges war, was in Wahrheit noch mehr dem heiligen Johannes begegnete, als er nach dem Abendmahl sich dem Herrn an die Brust warf und damals Alles schwieg was er fühlte. Es kommt bei diesem dritten vor, dass der Verstand so geschwichtigt ist und so verschlossen oder, besser gesagt, eingenommen, dass er nichts versteht, so viel man ihm sagt, noch irgend etwas beurtheilt von den Dingen, die um ihn vorgehn, denn er versteht sie nicht, auch wenn er sie hört, zufolge dem, was mir in grossem Geheimniss ein Greis erzählte, dessen Beichte ich hörte, welcher mehr als funfzig Jahre sich in diesen Dingen geübt hatte. Und unter andern Mysterien sagte er mir, es begegne ihm oftmals, dass er Predigten und göttliche Dinge höre, von denen er kein Wort verstehe, so geschwichtigt und eingenommen sei sein Verstand innen, dass er nichts Geschöpfliches in ihm vorstellen könne (*formar*). Und als ich ihm sagte, er müsse sich dann zurückrufen, so antwortete er darauf, die Worte seien ihm wie Orgelspiel, seine Seele habe Gefallen an ihnen, auch ohne sie zu verstehn, und wie wenn er dazu Contrapunct singe und lobe den Herrn auf eine Weise, die sich fühlen lässt, aber die man nicht kann Andern zu fühlen geben. [Vgl. Widmung von Theil 4]. Dieser Buchstabe sagt nicht, dass du deine Einsicht, sondern dass du deinen Verstand schwichtigen sollst, weil, wie Richard sagt [*Beniam. minor*. l. 1. c. 3. l. 3. c. 8], das Ergreifen der unsichtbaren Dinge der reinen Einsicht gehört [*intelligentia pura,* doch dies Beiwort gebraucht Richard nicht], und reine Einsicht, sagt er, finde dann statt, wenn der Verstand ohne Beimischung von Imagination fest auf eine höchste Wahrheit gerichtet ist; doch um dahin zu kommen ist es nöthig, wie derselbe sagt, dass du lernest, die Zerstreuungen Israels zusammenzubringen, d. h. deinen Verstand, indem du ihn schwichtigst, und dass du dich befleissigst, das Umherschweifen des Gedächtnisses aufzuhalten, und dich gewöhnst, tief innen in dir selbst zu verweilen, und alle Aussendinge zu vergessen, wenn du dich um die Beschauung der göttlichen Dinge bemühst. Nach diesem Doctor sieht die Einsicht die unsichtbaren Dinge Gottes nicht wie der Verstand (*razon*, Richards *ratio*) sie sieht, welcher durch Nachspüren und Untersuchen der Wirkungen und Ursachen dahin gelangt, die verborgenen und abwesenden Dinge zu erkennen als ob er sie sähe, nicht auf diese Art, sondern wie wir die geistlichen Dinge zu sehn pflegen, indem wir erkennen, dass sie nicht verknüpft sind mit äusseren Erscheinungen noch durch solche zu erfassen. Dergestalt dass, wenn der Mensch sich um die Imagination, die sich mit körperlichen oder andern Dingen abgibt, um die geistlichen aufzuspüren, nicht bekümmert, sondern sich Gott vorstellt, ganz reinen Geist, ganz losgelöst von allen diesen Dingen, die erscheinen, und sich in jener blossen Aufschau (*acatamiento*) hält, ohne etwas Anderes zu untersuchen, dass man dann von ihm sagen kann, er bediene sich der Einsicht.« (CXCVII[b]—VIII[b]).

Kp. 5. »Von den Unzukömmlichkeiten, welche die Unandächtigen in dieser Uebung der Sammlung finden.«

»Die in den geistlichen Dingen nicht Geübten pflegen viele Fragen und Zweifel aufzuwerfen gegen den Spruch dieses Buchstabens, indem sie ihn auf Nichtsdenken zurückführen. Denn wenn wir unsern Verstand innig zu beruhigen und zu schwichtigen haben, so ist klar, dass wir Nichts denken sollen; und wenn dem so ist, dass du Nichts denken sollst, so kann man von deiner Uebung das des Satirikers sagen [Persius 3, 83. 84; bei Osuna spanisch]: *gigni de nihilo nihil, in nihilum nil posse reverti*. Auf diese Art pflegen die weltlichen (*animales*) Menschen diese heilige Uebung laut herunterzumachen. Wie Gregor von Nazianz sagt: obwohl es einem Jeden erlaubt ist, seine Art des Betens zu loben, so nehme er sich in Acht, Schlechtes zu sagen von dem, dessen Gutes er nicht kennt, denn, ausserdem dass er sich vermessen zeigt, kann er Anstoss hervorrufen in den Herzen, die sich Gott nahen durch eine gelehrte Unwissenheit, die die Weisen und Klugen der Welt nicht erreichen. Lass deinen Verstand nicht so unbändig sein, dass er Nichts glauben will ausser was er versteht, denn auf die Art wirst du wenig wissen. Und sage nicht, dass du ihn bloss den Glaubensdingen zu unterwerfen hast, denn wir pflegen auch unsern Oberen zu glauben, ohne Beweis für das, was sie uns sagen, zu verlangen, wenn es nicht gegen die Vernunft scheint; um wie viel mehr, da diese Uebung sich auf den katholischen Glauben gründet, da sie die Herzen der Gesammelten reinigt, indem sie aus denselben alles Geschaffne verweist, nicht als ob dasselbe schlecht wäre, sondern weil es weniger gut ist als Gott unser Herr, dem wir in reinem Geist uns nahen sollen, wie uns Christus unser Erlöser im Evangelium [Joh. 4, 24] ermahnt. Wenn du den heiligen Dionysius nicht verstehst, so ist er deshalb noch nicht gar nicht zu verstehn, vielmehr hier steht Gerson und andere heilige Doctoren, die ihn verstanden, und Rathschläge und Vorsichtsmaassregeln angegeben haben gegen die Fallstricke des Satans, der in den höchsten Dingen am meisten sich Mühe gibt uns zu betrügen, und, wenn er uns von denselben abbringt, denkt, dass er etwas Grosses gethan hat, da er klar erkennt, dass er uns besiegt hat, wenn er uns aus Furchtsamkeit zum Rückzug bringt. Die Gesammelten setzen die Vollkommenheit nicht in Nichtsdenken, denn auf die Art wären die Schlafenden, wenn sie nicht träumen, und, die den Starrkrampf haben, vollkommen. Darum, wenn du irgendwo findest, dass im Nichtsdenken etwas Gutes sei, so verstehe, dass das gesagt ist zu den in dieser Uebung ganz Neuen, damit sie lernen, sich von den Zerstreuungen in Demuth zu Gott zu wenden und, ihm ihren Verstand unterwerfend, in Wahrheit sagen können mit dem Psalm (73, 21—23): Entflammt ist mein Herz, und meine Nieren sind verwandelt, und ich bin zu Nichts geworden und wusste nicht, wie ein Thier bin ich bei dir geworden und bin stets mit dir. Was hier David sagt, dass er zu Nichts geworden und nicht wusste, versteht Gerson von der Sammlung, wo der Mensch, indem der Verstand geschwichtigt ist, wie ein Thier bleibt, auf dem der Herr nach Jerusalem zieht, d. h. zu dem höchsten Frieden des Herzens, wo unser Verstand gezügelt wird durch den Zaum des Glaubens an Gott allein. Wenn das Nichtverstehn hiebei stehen bleibt, entbehrt es nicht nur der Vollkommenheit, sondern man verliert auch die Zeit, die man zu irgend einem guten Gedanken benutzen könnte. Doch sagen wir, dass es Vollkommenheit in diesem Fall geben kann, wenn wir davon ablassen die geschaffnen Dinge zu verstehn, um nach allen unsern Kräften uns mit Gott allein zu beschäftigen, wofür uns, besonders in den Anfängen, nöthig ist, jeden zerstreuenden Gedanken, der uns ablenkt, wegzuweisen. Denn, wie Gerson bemerkt, die grösste Schwierigkeit der Sammlung liegt darin, den Geist von den Phantasien loszumachen, mit denen sich unser Verstand beschäftigt, der sich lange Zeit gewöhnen muss, jede Regung abzuweisen, die sich auf irgend ein Geschöpf beziehen mag, damit er frei und rein, allein durch den Glauben (*por sola fe*) geführt, sich auf die Einheit Gottes unsers Herrn richte, was das Eine Nothwendige ist, das uns Christus, als das viel Bessere, zu erwählen ermahnte [Luk. 10, 42]. Die diesem Wege folgen, bemühen und üben sich lediglich darin, die Liebe Gottes zu beleben durch Liebe allein, die das Alter hat und für sich reden kann. Es liegt ihnen nichts daran, Gründe aufzusuchen für das Gottlieben; nicht als ob das etwas Schlechtes wäre, sondern weil sie es schon abgemacht und beschlossen haben, Gott allein zu lieben über alle Dinge, ihre Seele erhebend zu jenem Quell der Güte, von wo immer Liebe kommt. Die hierauf absehn und es üben, die erkennen, dass das Bestreben des Verstehens und das des Liebens verschieden sind, und, wenngleich wir nicht lieben können, was wir nicht verstehn, so genügt uns doch, dass Gott uns viele Jahre durch Glauben bekannt ist, und es in unserm Verstand gar fest geworden ist (*asentado*), dass er allein werth ist, um sein selbst willen geliebt zu werden. Zu ihm ziehn wir uns zurück, unser Herz sammelnd, um ihn mit mehr Einheit (*unidad*) zu lieben, wie gegenwärtigerweise (*cuasi presenzialmente*). Denken wir doch nicht darüber nach, wie wir unsern Freund lieben sollen, wenn wir ihn vor uns haben, sondern sofort, indem der Verstand zu speculiren aufhört, kommt mit grosser Macht der Wille heraus, indem er Liebe hervorbringt; und dergestalt finden es die Gesammelten, da sie Gott vor sich sehn, armselig, Gründe zu suchen, den zu lieben, der ganz Liebe ist, sagen vielmehr, dass dies schon geschehn sein müsse, und wir uns nur zu üben hätten in der Anwendung jener Gründe, wie die, welche sich der Regeln ihrer Kunst bedienen ohne sich dieselben deutlich zu machen (*acotarlas*) oder an sie zu denken. Beachte also, dass dies Nichtsdenken mehr ist als es klingt, und dass sich in keiner Weise erklären lässt, was es ist, weil Gott, auf den es sich richtet, unerklärlich ist; ja ich sage dir, dass dies Nichtsdenken Allesdenken ist, da wir dann ohne Hin- und Hersinnen (*sin discurso*) allein an den denken, der Alles ist durch wunderbare Ueberragung (*eminenzia*). Und das geringste Gut, welches in diesem Nichtsdenken der Gesammelten liegt, ist eine ganz einfältige und zarte Aufmerksamkeit auf Gott allein, und ist dann, wie Gerson sagt, die Thür verschlossen für alle Täuschung des Satans, die immer durch irgend einen der Sinne anfängt. Und endlich ist dies Nichtsdenken, von dem wir reden, so niedrig es sein mag, eine Bereitschaft des Menschen, der sich los und ledig macht, um Gott allein zuzufliegen mit dem Herzen, das er frei und ganz und gar von uns verlangt. Aus dem eben Gesagten kannst du schliessen, dass du, wenn du deinen Verstand schwichtigst, indem du ihm, wie der heilige Augustin sagt [*civ. dei* 19, 19, wo er von den drei *vitae generibus, otioso, actuoso et ex utroque composito* redet], »heilige Musse« gibst, hiebei nicht stehn bleiben darfst, sondern den Vorsatz des Herzens und das Anliegen der Seele und die Aufmerksamkeit zu Gott allein erheben sollst mit Frömmigkeit und Glauben, überzeugt, dass dies ein herrliches Werk ist, an welchem Gott grosses Gefallen hat, und das, wennschon es unsrerseits immer unvollkommen ist, da es nicht in unsrer Hand steht, den Gedanken gänzlich im Zügel zu halten, doch unser Herr vervollkommnet, indem er aus der Höhe seinen Besuch schickt und die Hand seiner Gnade ausstreckt, damit Stille werde. Es begegnet den Geübten, das Gedächtniss so beruhigt und den Verstand so geschwichtigt zu sehn, dass sie, bei Gott die Gnade desselben geniessend, nicht denken an ihren Zustand noch an irgend etwas Anderes, sondern wie benommen und trunken sind (*absortos i embebidos*) von dem, was sie in ihrer Seele fühlen; und kann dies von der grossen Aufmerksamkeit kommen, wie wenn wir uns mit grosser Ehrerbietung mit einem hohen Herrn in Gespräch befinden, ohne daran zu denken, bei wem wir sind. Es begnügt sich der Gesammelte mit dem Licht des Glaubens, den wir Alle haben, und deshalb beruhigt und schwichtigt er seinen Verstand, indem er ihn nicht andern göttlichen Dingen nachspüren heisst, denn durch den Glauben hat er das Wissen, dass Gott ist und dass er Vergelter ist [Hebr. 11, 6] jedwedes Dienstes, der ihm geleistet wird, und da ich glaube, dass er, wie der heilige Augustin sagt [*Confess.* 3, 6], tiefer innen in mir ist als mein Innerstes, so kann ich mich in mir zu ihm sammeln, und, in mein Haus gehend, zugleich feiern mit ihm, dessen Verkehr keine Bitterkeit hat (Weish. 8, 16). Da, wie der heilige Gregor sagt, unsre Seele nicht lange aushalten kann, ohne sich an Etwas zu ergötzen [*esse quidem sine dilectatione anima nunquam potest. Expos. mor.* 18, 8 *in Iob*], so wird dieselbe, wenn wir die Thüren der Sinne, durch welche sie zu den Dingen der Erde hinunterstieg, ihr verschliessen, sich erheben über sich selbst, um ein andres höheres Vergnügen zu suchen, bei dem sie sich ergötze, und wird, gefördert durch den Glauben, wie die Magier durch den Stern, alle Dinge überschreiten (*traspasará*) bis sie sich verbindet (*ayuntar*) mit jenem höchsten Gut, dem ganz geistigen, das ledig von Gebein, von Fleisch und von Jedwedem, das sich vorstellen lässt (*imajinar*), so erhaben ist über Alles, was es geschaffen, und so entnommen jeder Phantasiekraft, dass nur die reine Einsicht (*intelijenzia pura*) ohne irgend einen Gedanken sich ihm nahen kann (*ayuntar*) . . . Je mehr du die Thür der Sinne schliessest, desto mehr befestigt sich Gott in deiner Seele, denn, da er stets darin ist, so ists nicht nöthig, ihm etwas Anderes zu öffnen ausser der Zustimmung, indem man gegen alles Uebrige stimmt, damit unsre Liebe, ganz und ungetheilt auf ihn gerichtet, desto mehr Kraft für ihn behalte. Nicht darf diese Uebung dir deshalb weniger gut scheinen, weil ein Philosoph [vgl. oben S. 237. Th. 2. Tr. 3; S. 273. Th. 3. Tr. 15. *Spiegel der Reichen* 29 f. führt er aus, dass unter den natürlichen Philosophen etliche Arme des Geistes halber gewesen] und ein Hebräer sie anwenden könnten, denn auf diese Art könntest du auch an der Andacht der heiligen Passion etwas auszusetzen finden, die von vielen der Alten (*antiguos*) geliebt wurde; und denke nicht, dass eine Sache, weil sie Guten und Schlechten gemeinsam ist, weniger gut ist, denn in einem Jeden wirkt sie nach dessen Beschaffenheit, indem sie ihren Werth an sich immer behält.« (CXCIX^{a}—CC^{b}).

Kp. 6. »Die Seelen, welche diese Uebung zu schmecken beginnen, halten dieselbe für so in der Wahrheit gegründet und vollkommen, dass sie erstaunen, wenn Andre es bezweifeln, und so von Herzen hängen sich die, welche sie kosten, daran, dass nicht, ihnen grössern Genuss als diese Uebung gewährt, und das nichts weil die Seele in Musse des Gedankens wirkt, sondern weil die Dinge, die man dabei findet, geistiger sind und viel mehr Genuss bieten, indem sie feiner sind und ledig des Körperlichen; und deshalb sagt Gerson, dass sie verdienstlicher sind, denn nach jeder guten Theologie ist dasjenige Gebet verdienstlicher und Gott angenehmer, welches geistiger ist, da zu einem solchen mehr Glaube und mehr Hoffnung erfordert wird. Alles eben Gesagte ladet dich ein, den Rath unsers Buchstabens zu erfüllen, der nicht nur den Anfängern nothwendig ist, sondern auch den sehr Vorgeschrittenen. Denn es pflegt der Satan deren Verstand zu beunruhigen, indem er ihnen irgend welche falsche Inspirationen ins Herz wirft, nämlich gewisse Worte, die er da drinnen im Gedanken bewirkt und aus denen er gewisse Schlüsse (*razones*) bildet, die gut scheinen, so dass, die nicht auf ihrer Hut sind, denken, dass Gott der Herr in ihnen spricht, zumal, um sie ganz zu täuschen, der Satan sie glauben macht, dass niemals irgend Einer der Lebenden so Etwas gehabt hat und dass man es nicht glauben wird, wenn es gesagt wird, weshalb es besser sein werde, solche Offenbarungen zu verschweigen. Alle diese Schliche und Listen des Satans hast du zu besiegen durch den vorliegenden Buchstaben, der dich ermahnt, deinen Verstand innig so sehr du kannst zu schwichtigen, ohne Raum zu geben solchen Täuschungen, durch welche Viele verstrickt worden sind. Du könntest sagen, dass es, wenn du nichts Geschaffnes denken und die Gedanken nicht zulassen sollst, welche gut scheinen und die du nicht bildest noch suchst, scheine, du sollest wie ein Standbild (*idolo*) ohne Seele sein. Wir sagen nicht, dass in der blossen und reinen Verneinung (*privazion*) etwas Gutes sei, noch auch ist in der eben besprochnen Uebung blosse und reine Verneinung, denn im Schwichtigen des Verstandes um aufmerksamer auf Gott allein zu sein, wenn du auf ihn dein Herz richtest, thust du Viel, und wirst dann, wenn du ausharrst, Gott empfangen, der alsbald seine Gnade eingiesst, nicht vermittels eingebildeter Offenbarungen und Enthüllungen (*adevinaziones*), die wie Geister geschwätziger Frösche, die nimmer schweigen, sind (Offenb. 16, 13. 14), sondern durch eine innige Wirksamkeit, welche das Herz rührt, von welcher der heilige Cyprian sagt [wiederum Arnold von Bonavall. a. a. O., s. oben S. 294; bei Osuna spanisch]: *gustamus, delibamus, odoramus et prope est.*« (CC^b—CCI^a).

Tract. 22 (Z). Kp. 4. »Glückselig kann man den nennen, dem nichts Anderes obliegt als er selbst, denn der wird mit grösserer Sorgsamkeit sich selbst beobachten und bewachen und ruhiger und völliger sich Gott hingeben können ohne zu klagen wie der heilige Gregorius klagte über die Sorgen für Andre, die ihm Noth machten. Denn die geistlichen Kinder machen nicht minder Noth als die fleischlichen, auch wenn sie gut sind; wenn sie aber schlecht sind, so wird es dir begegnen, willst du dir so, wie es recht ist, ihr Wohl angelegen sein lassen, dass sie dir zu Skorpionen werden, und dann wirst du erkennen, welcher Gefahr sich die Prälaten aussetzen, und wie die Schafe heutzutage Grund sind, dass es schlechte Hirten gibt, weil jene sich gegen diese wenden, indem sie nicht ein Wort ertragen wollen ohne es siebenfältig zu bezahlen.« (CCX^a).

»O Bruder, wenn du Erfahrung hättest von jener herrlichen Beschäftigung, von welcher die geistlichen Menschen hingenommen und gefesselt gehn (*absorbidos i suspensos*), gar eifrig besorgt, sich nicht zu vergessen noch in jener angelegentlichsten Aufmerksamkeit auf Gott allein nachzulassen!« (CCX^b).

Der letzte Tractat (*Tilde*) sagt auf der letzten Seite des Textes (CCXVI): »Bedenke, dass Gott dich zu nichts Anderm schuf als zum Beten, noch auch etwas Andrés von dir verlangt als dass du betest zu ihm in Geist und Wahrheit.« Und die letzten Worte sind: »Nachdem die Liebe entzündet ist, feire niemals und lasse nicht ab, das Herz zu spornen und anzufeuern zur unmittelbaren Vereinigung (*unir sin medio*) mit dem, was es völlig liebt, mit Gott, welchem sei Ehre und Ruhm in alle Ewigkeiten ohne Ende. Amen. *Deo gratias.*«

Der vierte Theil, das Gesetz der Liebe, ist gewidmet dem kaiserlichen Secretär und geheimen Rath, Grosscomthur von Leon, Franzisco de los Cobos. Er spricht zu demselben in der Widmung durchaus nicht wie zu einem geistlich erfahrenen Manne, sondern ertheilt ihm im Gegentheil Ermahnungen wie man sie einem Weltmann gibt und weist ihn in seiner hochverantwortlichen Stellung ernstlich auf Gott hin. Gelegentlich sagt er dort auch: »Ueber den Augen gab uns unser Herr den Verstand, damit er Contrapunct singe über den *cantus planus* der sichtbaren Dinge, die sich uns darbieten.« (f. V^a).

Kp. 17. Der Dreiheit: Glaube, Hoffnung, Liebe entsprechen in der Herrlichkeit: *visio* (die vom reinen Herzen ausgehn wird, Matth. 5), *tentio* (wenn die Seele ganz Hände wäre, könnte sie nicht besser halten), *fruitio*. (LXXI^b). [Vgl. Kp. 51, unten S. 309].

Kp. 20. »Da der Mensch eine Theilnehmung an der göttlichen Güte ist, so wünscht er, dass das Gut seines Gottes seinem ganzen Willen erhalten bleibe, von Natur mehr als sein eignes besondres Gut, wie der Theil mehr das Ganze fördert (*favoreze*) als sich selbst; und da alle Dinge nichts sind als kleine Theilnehmungen an jenem höchsten und allgemeinen Gut, so sind wir von Natur geneigt, sie gegen Gott alle hintanzusetzen, wie wir lieber an allen Gliedern gelähmt als im Kopf irre sein würden. Wäre dies von Natur nicht so, so würden wir sagen, dass die natürliche Liebe (*amor*) verkehrt ist (*perverso*) und dass durch die eingegossne Liebe (*caridad*) die Natur nicht vervollkommnet, sondern zerstört wird, was ein offenbarer Irrthum ist, da der Seele die göttlichen Gaben gegeben werden wie die Arzneien dem Kranken, um denselben zum natürlichen Wohlsein zurückzuführen.« (LXXXI$^{a. b}$).

Kp. 24. »Wir suchten Gott, und finden ihn nicht nur in der Thür, sondern im Verborgensten des Innern, welches er ausdehnt und weit macht, so sanft wie gut gegerbte Handschuhe.« (XCVI^{b}).

»Einige sagen, dass die Seele zwei Theile hat, einen unteren und einen oberen; der obere Theil bezieht sich auf die geistigen und hohen Dinge, die ausserhalb der Welt und des Fleisches im reinen Geist zugehn, und der untere Theil beschäftigt sich durch die fünf Sinne mit den körperlichen Dingen, die von der Erde sind. Wer also diese Theile, die wie Martha und Maria, und wie Lea und Rahel sind, beide beschäftigen will im Dienst der Liebe, ein solcher muss Gott von ganzer Seele sehr lieben.« (XCVII^{b} — VIII^{a}).

Kp. 26. »Die drei Theile des Gesetzes der Liebe versehn uns mit drei Merkmalen oder Arten wie wir dieselbe finden können. Indem unser Geliebter uns hiess, ihn von ganzem Herzen zu lieben, wollte er uns etwa sagen, dass wir, wenn wir auf dem Wege der Sammlung hineingingen in unser Herz, dort ihn finden würden. Ebenso zweitens, indem er uns hiess, ihn mit unsrer ganzen Seele zu suchen, wollte er uns sagen, dass wir ihn, wenn wir diesen unsern thierischen (*animal*) Leib zu den Werken der Busse brächten, gleichfalls finden würden. Und drittens, indem er uns hiess, ihn mit unserm ganzen Gedächtniss zu lieben [durch *memoria* übersetzt hier Osuna das *mens* der Vulgata in dem Spruch Matth. 22, 37], wies er uns darauf hin, ihn zu suchen in seinen heiligen Gedanken und Meditationen, die wie trockne Splitter oder Hölzchen sind, die seine Liebe entzünden und sie beleben. Die in der Liebe Gottes Geübten finden keinen leichteren Weg, den Geliebten zu suchen als den, die Kräfte der Liebe nach innen wendend, sie in sich zu halten und zu sammeln, damit sich die Liebe nicht auf die Dinge draussen vertheile, sondern ganz in sich gesammelt und gekräftigt an die Pforten des Herzens klopfe, wo Gott verborgen ist.« (CIV^{b}).

»Indem er eine Reihe Stellen aus S. Richard anführt, setzt er (CV^{a}) an den Rand: *recollectio animae,* und (CV^{b}): *duplex recollectio cordis*. (In Richards Schriften selbst findet sich übrigens *recollectio* als dies *recojimiento* nicht). Letzteres steht bei der Stelle: »Diese erste Art Gott im Herzen zu suchen . . .« hat gleichfalls, wie Richard gesagt hat und wie die inbrünstigen Liebhaber aus Erfahrung wissen, zwei Arten, und beide mit völliger Verneinung (*negazion*), die alle Dinge abwirft; die erste und gebräuchlichere Art ist die, dass der Mensch durch völlige Sammlung in sein tiefes Herz einkehrt, und die zweite, die mehr durch Gottes- als durch Menschenhand geschieht, ist, wenn der glühende Mensch sich auf sein hohes Herz erhebt [Vgl. oben S. 294. Th. 3. Tr. 21. Kp. 3], gleichfalls zu Gott allein, denn er sucht weder Engel noch irgend ein Geschöpf, sondern den undenkbaren (*incogitable*) Gott, der sich nur durch Liebe berühren lässt . . . Diese beiden Arten erfordern völlige Sammlung der Seele . . . (CV[b]). Für diesen verneinenden Weg kann dir kein heilsamerer Rath gegeben werden als der des Richard: Du musst das Umhertummeln des Herzens bändigen (*refrenar la vagueazion*) . . . und die Bewegungen der Gefühle (*afiziones*) und der Gedanken sammeln zum Wunsch nach einem wahren Genuss . . . Diese erste Art, Gott zu suchen von ganzem Herzen durch innige Sammlung, in der wir in grösster Stille die Gnade des Herrn erbitten, kann den nicht Geübten nicht ganz zur Kenntniss gebracht werden, aber denen, die sie üben, ist sie so offenbar und bekannt, dass sie dem Sonnenlicht nicht so viel Glauben schenken als ihr.« (CVI[a]).

». . . der Weg der Sammlung, der sich niemals begreifen liess von den Rastlosen (*bulliziosos*) noch von den Stolzen, welche gegen ihn Beweise suchen, indem sie ihn in Nichtsdenken auflösen, und sagen, es sei unmöglich, dass im Nichtsdenken eine Vollkommenheit liege. Wollten wir die falsche Auflösung dieser aufgelösten Leute auch zugestehn, so würden sie dadurch doch nicht viel gegen uns erreicht haben, denn auch eine Vollkommenheit ist es, wenn man keine eiteln Dinge denkt und das Herz nicht jedem Winde gibt, und eine Vollkommenheit ists, unsern Herrn nicht zu beleidigen, dessen Beleidigungen, wie der heilige Isidor bemerkt [*sentent.* 2, 23, 3], ihren Anfang immer in schlechten Gedanken nehmen. Ich weiss nicht, warum es mir nicht erlaubt sein soll, Nichts zu denken, da es dir erlaubt ist, an alle Händel und Geschäfte der Welt zu denken. Wenn du dein Vergnügen darin hast, zu denken, was dir gefällt, so ergötze ich mich daran, Nichts zu denken, und will meiner Seele etwas Erholung gönnen von all der Mühe, die ich ihr mache. Wenn es dir ein Leichtes scheint, Nichts zu denken, so bitte ich dich, darauf zu verwenden was du auf unnütze Gänge verwendest und was du auf zu langes Schlafen und auf Gerede verwendest, und du wirst sehn wie viel es dir werth ist, wenn du Gott zu Liebe Nichts denkst. Sei nicht ungläubig, sondern gläubig; sieh, dass hierbei keinerlei Gefahr ist, sondern Frömmigkeit, und halte es, wie Gerson sagt, für eine ganz ausgemachte Sache, dass du, während du Nichts denkst, nicht kannst vom Satan betrogen werden, denn dann hältst du ihm die Thür der Imagination verschlossen, wodurch er anfängt uns zu bekämpfen. O wenn die doch Nichts dächten, die sich mit thörichten Imaginationen beschäftigen und die, welche böse Gedanken bewegen in ihrer Seele! Einige ziehn, um mich zu widerlegen, jenes Wort des heiligen Augustin, übel verstanden, herbei, dass nämlich Nichts geliebt werden kann, was nicht zuvor verstanden wäre (*entendida*), und bedenken nicht, dass die Gesammelten schon früher ihren Verstand auf die Dinge Gottes gewendet haben, und wie auf etwas ganz Bestimmtes auf ihn die Liebe zu wenden bemüht sind. Andere, indem sie sehn, dass die Gesammelten sich durch die vorgenannten Gründe gegen die zudringlichen Verkleinerer vertheidigen, fügen hinzu, dass es unmöglich ist, Nichts zu denken, da unser Herz gleich einer Windmühle ist, wie ein Lehrer sagt. Worauf man antwortet, dass das ein grosses Wunder ist: du sagst, dass unmöglich ist, was dieser thut, und er erfreut sich dessen, was du für unmöglich hältst, wie wenn er sich lustig machte über deine Unwissenheit, die nicht bedenkt, dass, was den Menschen unmöglich ist, möglich und leicht ist für Gott. Welcher Frieden legt auch in die entfernten und abgelegnen Ziele des Menschen (Psalm 147, 14) und ihm so grosse Ruhe gibt als ob keins der Dinge der Welt ihn anginge, und ihm so grosse Stille gibt (*reposo*), dass er nicht einmal im Gedanken Unruhe hat, um ihn so zu sättigen mit dem Fett des Weizens (Psalm a. a. O.), d. h. der verborgenen Gottheit Christi, an welche die Gesammelten denken ohne sie auf irgend etwas Anderes zu beziehn (*referir*). Und weil diese Gottheit in sich selbst unglaublich ist (*increible*) und nicht explizirt werden kann, nicht einmal mit Engelzungen, so sagen wir oder sagen die, welche einfältig reden: dass Nichts denken, die daran denken, denn sie selbst können nicht sagen, was sie denken, noch auch ist, was sie haben, ein Gedanke von irgend etwas Geschaffnem, sondern eine ganz einfache Vorstellung (*mui senzilla representazion*), mit welcher sie ihre gespannteste Aufmerksamkeit auf eine einfältigste (*simplizisima*) Gottheit Gottes heften, ohne von da zu irgend etwas Anderm überzugehn (*variar*). Und dies kann man nicht expliziren wie es in sich ist, und kein Mensch von der Welt kann es fassen (*caer en ello*), wenn er nicht erst sein Herz gewöhnt Nichts zu denken Gott zu Liebe, gewiss dass ihm diese Stille gefällt, denn wo wir im Psalm haben: Dir gebührt Lob (65, 2), sagt die Uebersetzung des heil. Hieronymus: Dir Gott in Zion ist Stille Lob, und erfüllt soll dir werden das Gelübde in Jerusalem. Diese Stille, die im Herzen gemacht werden soll, ist höchstes Lob Gottes, und auf ihn allein richtet sich diese Stille; und da er sie als Lob annimmt, so haben wir uns nicht darüber zu streiten, sondern haben uns zu ihm recht von

Herzen zu sammeln in diesem innern Frieden, mit welchem die Liebe so geradeswegs und eilig zu Gott geht, dass sie bei nichts Anderm, Irdischem oder Himmlischem, sich aufhält.« (CVI$^{a.\,b}$. VII^{a}).

Kp. 27. »Steig hinan denn, Seele, auf der Leiter der Sammlung, dahinten lassend alle Dinge, bis dass du nach Jerusalem kommst, welches der Friede des Herzens ist.« (CIX^{b}. X^{a}).

Kp. 28. »Dieses Mittlere, in welchem Jesus sich gern niederlässt, ist unser Wille, der zu seinen Seiten hat den Verstand und das Gedächtniss, die wie zwei Doctoren sind; den Verstand fragt er und dem Gedächtniss antwortet er.« (CXIII^{b}).

»Der Vater unsers Heils, saht ihr schon, dass die Liebe Gottes war, die, wie der heil. Paulus sagt (Röm. 8), für uns ruft und mit unaussprechlichen Seufzern seufzet. Wenn der Schmerz und die Busse aus dieser Liebe hervorgehn, so kann gar wohl unsre Mutter, d. h. unsre fleissige Sorglichkeit, vorbringen, was sie gelitten hat, nicht allein, sondern mit der Liebe, die durch sich selbst (Gotte) gefällt, mittels welcher Gott einen Sohn aus der Seele hervorbringt (*mediante el cual haze dios hijo del ánima*), denn immer wird Christus empfangen vom heiligen Geist in den Seelen, die ihn mit Schmerz empfangen. (Am Rande: *Conceptio spiritualis Christi*) . . . wenn wir heiter Werke der Gerechtigkeit wirken, welche gleichsam ein Christum gebären sind (*son como parir a Cristo*).« (CXIV^{b}).

»O selige Demuth! [Auch *Spiegel der Reichen* 34 f. ein Lob der Demuth, wo es unter Anderm heisst: O Demuth, du bist ja die allerhöchste Tugend, und Mutter und Goldader aller anderen Tugenden.] Die du demüthigst den Souverän und unterwirfst den Unterwerfer und erniedrigend erhöhst und erhöhend krönst! Wundre dich nicht, weil ich gesagt habe, wenn du dich demüthigst, demüthige dir sich Gott, denn Gott wird sich dir so geben, wie du dich ihm gibst, und mit dem Maass, womit du ihn missest, wird er dich messen, dich schätzen, wie du ihn schätzest, und sich aus dir so viel machen als du dir aus ihm machst, denn darum heisst es, dass er in Allen Alles ist (1 Kor. 15). Die Mutter dieses Herrn, der arm werdend reich wird und sich demüthigend sich erhebt, bewahrt mit Danksagung in ihrem Herzen alle seine Worte und Mysterien, denn in die Begnadeten darf niemals Vergessen kommen, besonders in die Seele, die durch Liebe zur Mutter Gottes gemacht ist, welche, um zu verdienen, mehr Mutter zu sein als sie ist, die Mysterien Christi zusammenhalten und vergleichen muss mit ihr selber, auf dass sie sich mehr ihnen gleichbilde, denn bei dieser geistlichen Zeugung ist viel Sorgfalt nöthig, damit Jesus, der in uns noch klein ist, wachse und sich ausbilde in unsern Herzen und mehr zunehme (Luk. 2, 52).« (CXV$^{a.\,b}$).

Kp. 48. »Die leibliche Busse heisst weltliche Heiligkeit (*sanctidad seglar*) und Gerechtigkeit des Fleisches, aber die geistliche Busse, die der zweite goldne Altar der Räucherungen ist, heisst Heiligkeit der Seele und innere Gerechtigkeit des Geistes, die nicht besteht in leiblichen Uebungen, die für wenig Dinge erspriesslich sind (*a pocas cosas provechosos*), sondern in der Frömmigkeit des Herzens, das sich übt in geistlichen Dingen, dieselben in sich zermahlend wie Räucherungen des Herrn, um sie zu legen auf die Kohlen der Liebe, damit zu Gott Rauch des Mitleids (*compasion*) aufsteige [Offenb. Joh. 8, 3. 4].« (CLXXXVII^a^).

»Lerne, meine Seele, deinen Gott, eine geringe Weile wenigstens, zu lieben ohne während dessen irgend etwas Andres zu thun. Bedenke, dass du jene Kerze sein kannst, die sich vermindert in der vollkommnen Verzehrung, welche die Liebe ist; weshalb wir uns alles dessen entledigen müssen, was Gott nicht ist, wenn wir Gott allein wollen, ohne uns während dessen um seine Sachen zu kümmern. Wann nur die Liebe herrscht in den Vollkommenen, siedet und glüht das Gemüth und erstarken die Triebe (*afeziones*) und entzündet sich das Herz und belebt sich das Gefühl (*sentido*) für eine Sache, die sich um so weniger expliziren lässt, je mehr man sie fühlt (*siente*); die Seele gleicht einem Schwamme, der sich getaucht in die Quelle der Liebe, und zieht die Rechnung, dass Alles, was sie bisher gethan, Einbildung war (*finjimiento*), indem sie glaubt, dass Alles Narrethei ist ausser Lieben . . . Die, welche fühlen, was ich habe klar machen wollen, bedürfen nicht, dass man ihnen den Unterschied sage zwischen Lieben und Wirken mit Liebe, denn sie, wenngleich sie aufhören andre gute Werke zu thun, hören darum doch nicht auf mit grosser Gluth zu lieben, welches das grösste der Werke ist, die der Mensch thun kann, vielmehr geschieht es ihnen oftmals, dass sie, wenn sie sich losmachen von andern Uebungen, sofort bei der Liebe sind, wo sie, in höherer Weise wirkend, ausruhn von den andern Werken, die geringfügig scheinen gegen dieses, und gewissermaassen Gemüse sind, da sie belästigen und nicht Unterhalt geben, und nur die Liebe ist geistlich nahrhaft (*sustanzia espiritual*), wovon Wenig nährt und Viel nicht belästigt.« (CLXXXVIII^b^).

»Die Liebe Gottes ist sich selbst mittheilend. Du wirst finden, dass, je mehr Einer Gott besitzt, desto mehr er sich bemüht, ihn den Andern zu geben, denn Gott ist ein Gut, das gegeben, sich vervielfacht, und darum kann Niemand vollkommen sein im Gottlieben, ohne es zu sein in der Nächstenliebe.« (Kapitelschluss. CLXXXIX^b.^ XC^a^).

Kp. 49. (CXCII^a. b^) spricht er gegen die Höflinge unter den Bischöfen (*obispos cortesanos*), welche ihr Geld den Bedürftigen entziehn, in solchem Grade, dass selbst Judas darüber murren würde. Bischöfe sollten nicht ohne die grösste Nothwendigkeit an den Hof gehn, sondern in ihren Bischofsitzen residiren.

Kp. 51. »Im ewigen Leben ... ist der Vater dem Gedächtniss eines Jeden ganz gegenwärtig, indem er dasselbe befestigt durch die Aufmerksamkeit (*attentio*), und der Sohn Gottes belehrt in vollkommner Weise den Verstand durch die Schauung (*visio*) der Gottheit, in welcher alle Dinge sind, und der heilige Geist belebt den Willen durch den Genuss (*fruitio*), damit es durch solche Gunsterweisungen unmöglich sei aufzuhören zu lieben.« (CCI[a]).

Der sechste Theil wird durch den Prolog gewidmet der Doña Teresa de Zúñiga i de Guzman, Herzogin von Bejar, Marquise von Ayamonte und von Jibraleon, Gräfin von Vañares und Herrin von Burguillos und Capilla, Nachfolgerin und Erbin in allem Diesen. Er rühmt ihre Demuth und Andacht zu den Wunden Christi, an denen auch ihre selige Mutter hing. Das starke Weib (Sprüche 31), deren Gottesliebe stark wie der Tod (Hoheslied 8, 6), sei allerdings nicht leicht zu finden. [Vgl. Th. 3. Y. Kp. 2; oben S. 293].

Kp. 44. »Die Contemplatoren, die auf dem positiven Weg und auch auf dem negativen Gott suchen.« (LXIX).

Kp. 49. »Wie die Wissenschaft ohne die Erfahrung wenig werth ist.« (LXXVII).

Kp. 56. »Nicht zwei Finger breit ist vom Schismatiker entfernt wer seine Meinung vertheidigt gegen die Schule von Paris und gegen die andern Universitäten und gegen die Gunst der Römischen Weisheit, die sich immer zu den Weisesten wendet und sie begünstigt, indem sie sieht, dass im Lauf der Zeit viele Wahrheiten, die ehedem dunkel waren, sich aufklären. Daher mögen sich besinnen die anmaassenden Männer und Meister, die dem Ausspruch der Römischen Kirche und der Universität Paris und der andern Schulen der Weisen zu widersprechen wagen, denn wenn du diesen entgegengesetzt eine Meinung hast, die du mit Hartnäckigkeit vertheidigst, so bist du nicht zwei Finger breit vom Ketzer (*hereje*) ... Der Mensch, der gegen die Entscheidungen von Paris und gegen die Uebereinstimmung (*conformidad*) der Römischen Kirche noch auf seiner Meinung besteht, kann nicht ohne grossen Hochmuth oder offenbare Dummheit (*locura*) sein, von welcher letzteren der Weise sagt: der Dumme (*loco=piger*) hält sich für weiser als sieben Männer, die Sprüche reden (Spr. 26, 16).« (LXXXVIII). Doch was die Behandlung der Ketzer betrifft, so schreibt er, eine Stelle, auf welche Wilkens a. a O. aufmerksam macht: Der heilige Paulus sagt: den Schwachen im Glauben nehmet auf (Röm. 14, 1); der gar gütige Apostel wusste die sehr wohl zu heilen, welche schwachen Glauben hatten, denn mit gesunder Lehre und süssen Ermahnungen und brünstigen Gebeten führte er sie zum Glauben zurück, nicht dadurch, dass er über sie Ketzer! Ketzer! rief, noch auch drohte er ihnen mit dem Feuer.«

Kp. 57. spricht er davon, dass man von etwas sonst ganz Gutem, wenn man es mit etwas Höherem vergleiche, sagen könne, es sei Nichts, verglichen mit jenem. Nachdem er ein paar Beispiele dieses Sprachgebrauchs angeführt, fügt er hinzu (XC): »Der Cardinal Bischof von Sevilla, welcher Grossinquisitor war, gab mir zwei andre Beispiele in göttlichen Dingen, indem er bemerkte, dass wir demgemäss zu sagen pflegen, um auszudrücken, dass an der Auszeichnung (*eczelenzia*) der Liebe (*caridad*) das Fasten keinen Theil hat: das Fasten ist Nichts, verglichen mit der Liebe; und zu sagen pflegen, dass das mündliche Gebet Nichts ist, rücksichtlich der Contemplation. Dabei wird nicht die Tugend des Fastens und die Tugend des heiligen mündlichen Gebets geläugnet, sondern man sagt Jenes, weil so gross die Auszeichnung der Liebe und der Contemplation ist, dass diese andern beiden Tugenden, vor jene hingestellt, fast nicht scheinen, wie die Sterne nicht scheinen vor der Sonne.« [Vgl. Ortiz, oben S. 123].

Berichtigungen

S.		statt	setze
12.	Z. 4 des kleinern Drucks	od. cec. t. XVt.	ed. sec. t. XVI.
16.	Mitte	Weish. 7, 16	Weish. 7, 11
69.	Z. 13 v. u. vor *Blais* tilge: nicht		
133.	Z. 16 v. u.	S. 00	S. 122
136.	Z. 14	jadoch	jedoch
183.	Z. 1. 2	*videte* [*sedete?* Matth. 26, 36. 41] *vigilate orate*	*videte vigilate orate* [Marc. 13, 33]

Unerwähnt bleibe Orthographisches. Für das Spanische war die Schreibweise der *Reformistas antiguos Españoles,* in welcher Sammlung zuletzt als Bd. XIX Madrid 1863 einige Schriften von Constantino Ponze de la Fuente erschienen sind, zu Grunde gelegt.

CPSIA information can be obtained
at www.ICGtesting.com
Printed in the USA
LVHW040435110522
718423LV00002B/320

9 783375 009748